不负时光，不负你

迷鹿 —— 著

台海出版社

图书在版编目（CIP）数据

不负时光，不负你 / 迷鹿著 . -- 北京：台海出版
社，2021. 1
ISBN 978-7-5168-2840-3

Ⅰ . ①不… Ⅱ . ①迷… Ⅲ . ①长篇小说－中国－当代
Ⅳ . ① I247.5

中国版本图书馆 CIP 数据核字（2020）第 246421 号

不负时光，不负你

著　　者：	迷 鹿
出 版 人：	蔡 旭
封面设计：	中尚图
责任编辑：	姚红梅

出版发行：台海出版社
地　　址：北京市东城区景山东街 20 号　　邮政编码：100009
电　　话：010-64041652（发行，邮购）
传　　真：010-84045799（总编室）
网　　址：www.taimeng.org.cn/thcbs/default.htm
E - m a i l：thcbs@126.com

经　　销：全国各地新华书店
印　　刷：河北盛世彩捷印刷有限公司
本书如有破损、缺页、装订错误，请与本社联系调换

开　　本：710 毫米×1000 毫米　　1/16
字　　数：458 千字　　　　　　　印　　张：26
版　　次：2021 年 1 月第 1 版　　印　　次：2021 年 1 月第 1 次印刷
书　　号：ISBN 978-7-5168-2840-3
定　　价：79.00 元

不负时光，不负你

目录

第1章 约法三章

顾妍绯跑了！外界所传的世纪婚礼就快要变成笑话了！

叶知秋看着镜子，狠狠踩了两脚地上的婚纱，凭什么？凭什么她顾妍绯搞砸的事情要她来承担？

"你就使劲踩！这件不够踩，后面还有十件！"叶问兰身为母亲，看叶知秋的眼神却带着嫌弃。

叶知秋舒了口气站在原地，心跟着凉了半截，"奶奶的医药费医院在催了，要我代顾妍绯嫁，那就马上打钱！"

叶问兰淡淡一笑，掏出手机，"张秘书，你给卢院长打个电话。"

挂了电话，叶问兰看到叶知秋已经穿好了婚纱，一件毫无特色的婚纱，叶问兰皱眉走到叶知秋面前，拿起了化妆台上的剪刀。她的嘴角噙着一丝笑意，拿起剪刀横看着叶知秋，"别这么看着我，虽然你是我生的，但是只要看到你就会让我想起你那个没用的爸爸，你也别怪我狠心，这个世上不为自己打算的人根本就不存在！"

说罢，叶问兰的剪刀划过叶知秋的袖子，裙子立即裂了一个大口子。叶问兰一转头对着门外的婚纱助理凶了起来，"干什么吃的？没看到婚纱坏了？给我女儿重新换一件！我们家妍绯是什么人？能穿这种婚纱吗？"

叶知秋鼻子一酸，这是叶问兰第一次承认她是她女儿，而随即便是一大盆冷水，她口中的女儿是顾妍绯，而她不过是顶包用的。

叶知秋抿了抿干裂的双唇，一声冷笑，"我爸的确没用，不然怎么找了你这样的女人？我倒是要看看，你将来会不会幸福。"

"你闭嘴！"叶问兰气得扬起手掌，看着叶知秋妆容精致的脸，终究还是没能下得了手，"我今天不跟你计较，总之你今天老老实实地嫁给路其琛！不许给顾家和妍绯丢人！"

叶知秋冷笑。

路其琛？那个从出现在公众视线中就和女人名字分不开的男人，有钱有权，女人多得一年都换不过来，他到底是哪根筋搭错了要跟顾妍绯结婚？

"好好地完成这场婚礼，虽然丈夫不是你自己挑的，但是这门亲事也确实够体面，妈是对不起你，但是往后的荣华富贵都是你自己享的，也就当我还了你这一次的恩情！"

一直隐忍的情绪终究在这样的言语面前变得溃不成军，叶知秋再也没忍住，眼泪唰的一下就掉了下来，世人都说虎毒不食子，但叶问兰又是什么？

她紧拽着手上的婚纱无力绝望，也心寒到底。

"行，我嫁，我答应你顶着她的名字嫁进顾家，但是……从今往后我们断绝母女关系，你也无权再干涉我的任何生活！还有，奶奶要是有一丁点闪失，我要你好看！"

"只要你嫁过去，什么都依你！"

这是叶问兰最宠叶知秋的一次，什么都依她，但是却是以她作为筹码"卖"了出去，很多年以后叶知秋再回想起这事，也只能感叹一句人生无常，而这个看似让她绝望透底的婚姻却也在她未来的日子里给了她最强、最深的保护。

"婚礼开始了！新娘子快出来！"

婚礼如期举行，白婚纱、红地毯、鲜花、宾客……和电视剧里演的一样，隆重而热切，只是这份热情却无法融进她的内心。

这么隆重的婚礼，她之前竟然连丈夫的面都没见到，在场的宾客虽然都带着笑，更多的却像是看一场笑话，看她怎么从结婚的第一天就被打入"冷宫"！

她甚至到婚礼结束都没有和这个挽着她手的丈夫说过一句话，一直到宴会结束，她丈夫甩下她的手才和她说："你先回去，我有事！"

送叶知秋回来的是路其琛的司机，她在车上好奇地问了句路其琛去哪了。想来路其琛也并没有打算瞒着叶知秋，于是司机淡淡地说了个地名："百合山庄！"

"百合山庄？"之前新闻炒得沸沸扬扬，记得那个叫什么白蓉蓉的女明星好像就住在那里，叶知秋微微一笑，看来这传闻不假，自己的丈夫真跟那个大明星在一起，这会儿他应该正在抱着美人好生安慰，这样也好，他有别人，自己提出的那些协议想来也不会被拒绝了。

叶知秋在两人的婚房里面等了许久，房间里的布置处处透露着新婚的气息，但她却并没有丝毫感觉。

她以为路其琛今晚不会回来了，这才起身去卫生间梳洗。

她洗了很久，一来她真的很累，从身到心，二来今天发生了太多事情，正好可以借着泡澡的机会好好地将一遍。

浴室里的温度很高，水汽在空间里氤氲，模糊了浴室里的镜子，也扰乱了叶知秋的心思。

叶问兰、顾妍绯、路其琛，还有那个素未谋面的白蓉蓉。

越想越乱。

她随手扯了块浴巾将自己裹住，擦着发梢的水，从浴室出来就看见一脸阴鸷地坐在房间里面的路其琛。

房间里只开着一盏小小的壁灯，灯光很暗，却暗不过路其琛的脸色。

活了二十几年，叶知秋还是头一次这么暴露地站在一个男人面前。她第一反应就是想转身回去穿衣服，没想到刚走出两步，便被路其琛一把拽住，将她摔在了床上，嘲讽道："怎么，迫不及待地想要过新婚之夜？"

她身上只裹了一条浴巾，发梢还在滴着水，褪去了浓重的新娘妆，素面朝天的样子让人舍不得挪开眼睛。

路其琛鼻端萦绕着她身上沐浴露的味道，那是自己常用的一款，一瞬间，路其琛仿佛觉得她的身上沾上了自己的气息，让他心猿意马。

可一想到他们结婚的目的，他一下子就清醒了过来。

"我……"叶知秋睁着一双大眼睛，美目里写满了无辜。

她刚想说话，路其琛就打断了她，"顾妍绯，我娶你不过是为了让爷爷高兴，若你到现在还想着用尽手段坐稳路太太的位置，那我奉劝你一句，别做梦了。"

他千挑万选才选中了顾妍绯，一来外界传闻顾妍绯没什么脑子，活脱脱就是个不学无术的千金大小姐，二来顾妍绯父亲顾绮山贪欲重，稍微给点甜头就安分了，顾氏对他来说又没什么威胁。

可他刚到家，顾大小姐就给他上演了这么一幕活色生香的画面，是谁说她没脑子来着？

分明特别懂得利用自己的优势。

叶知秋原本压着自己的情绪，想要跟路其琛好好谈一谈，可听到路其琛这么说的时候一下子气血上涌，便想要借势把自己受的委屈发泄出来。叶知秋一骨碌从床上坐了起来，挺直了腰板坐在床沿，毫不胆怯地迎上了路其琛的眼眸，他眸底漆黑，写满了不屑。

叶知秋更气了。

"路总有白小姐这样的绝色美人陪伴在侧，我这样的自然入不了您的法眼。"叶知秋冷笑，"我也有自知之明，不敢奢求路总对我怎么样，只希望路总大发善心，把这个签了。"叶知秋一手拽着胸口的浴巾，防止它掉下来，一手从一旁的包里拿出了一份文件，递到了路其琛的面前。

"路总，我就是个小人物，您想让我嫁，我嫁了，但我也请求路总，您娶我不过是为了掩人耳目，结婚证我们正好也没领呢，我看后期也没有补的必要，所以您就差不多的时候把我当只鸟放了吧，我感激不尽。"叶知秋梗着脖子，神色一点都不像是在演戏。

路其琛有一丝愣神。

协议只有短短两句话：

一、甲方路其琛需按照约定帮顾氏渡过难关。

二、甲乙双方不得用任何理由发生关系。

乙方的位置叶知秋已经签上了字，路其琛看着她的签名，字迹娟秀，飞扬灵动。

"路总，签字吧。"叶知秋递上手里的笔。

他微怔，却还是固执地认为她是在耍手段。

原本对面前这个女人他是心怀愧疚的，他回来是想找"顾妍绯"把话说清楚，他注定对不起她，将来自己一定会想办法弥补，可眼前这一出到底是什么意思？

"你到底在耍什么手段？"

"路总！"叶知秋蹙眉，他哪来的自信觉得自己一定是在耍手段，她压根不想跟他扯上一分一毫的关系好吗？"您阅人无数，我是不是在耍手段您心里最清楚了，再说，签下这份协议对您来说半点坏处都没，不是吗？"

路其琛直勾勾地看着面前的叶知秋，她眼神清澈，看不出一丝算计，于是他在协议上添上了第三条，"这一条你要是能做到的话，那我就答应你的要求。"

叶知秋扫了一眼，路其琛在协议上加了一句话——乙方顾妍绯需在甲方需要的情况下，扮演贤妻良母的角色。

她犹豫了一下，最后还是点头，路其琛这才签下了自己的名字。

看到他签字，叶知秋的一颗心总算是放到了肚子里，小心翼翼地接过了协议，想着回头一定得找机会裱起来。

她太认真了，以至于自己身上的浴巾滑下去了她都没有发现。路其琛眸子一暗，有一抹说不清道不明的情绪。

她有一双晶亮的眸子，明净清澈，灿若繁星，长长的睫毛微微地颤动着，白皙无瑕的皮肤透出淡淡红粉，双唇如玫瑰花瓣娇嫩欲滴，以至于路其琛在看到她时有些微的愣神。

等她发觉自己走光的时候已经晚了，房间里面突然安静了下来，她抬起头看到路其琛眼底的戏谑，再顺着他的目光挪到自己不着寸缕的身躯上，红着脸拉上了浴巾，羞得脸上都可以掐出水来了。

他该不会以为自己是故意的吧？叶知秋小心翼翼地看了一眼面前的路其琛，只见他眼底一片清明，仿佛刚刚的一切都没发生过一样。她不知道，路其琛到底废了多少精力才能勉强控制住自己的脸部表情，让自己不至于失态。

路其琛的眼光紧紧盯着面前的叶知秋，心思却不知道飘到了什么地方。

叶知秋被路其琛盯得实在是受不了了，这才红着脸开口道："路总，很晚了，您该去休息了。"

加了一个"去"字，意义却大不相同。

叶知秋表达得很明确，她是不愿意跟路其琛一起住的，所以才出声提醒他。他这才回过神来，应了一声转身回了书房。

叶知秋第二天一早是被闹钟吵醒的，虽然已经"嫁"进路家，当上了人人称羡的路太太，但叶知秋心里清楚，她这个位置只是暂时的，迟早是要还给正牌主人白蓉蓉的。

因为顾妍绯的婚礼，叶知秋已经请了三天假，今天必须得去上班了。等她梳洗完后去餐厅时，路其琛也在。

昨天婚宴上太忙，晚上的时候光线又太暗了，她站在餐厅门口，这会才有机会悄悄地打量他。不得不说，她嫁的这个男人真的是人中龙凤。

一身黑色的西装勾勒出他完美的身材，光洁白皙的侧脸透着棱角分明的冷峻，不知不觉，叶知秋就看了许久。

"看够了吗？看够了就过来吃早饭。"路其琛目不斜视。

被人当场戳穿犯花痴，叶知秋很是尴尬，默默地坐到了路其琛的左侧。

早餐很丰盛，叶知秋喝了一碗薏米粥便觉得饱了，放下碗就见路其琛蹙着眉头盯着她看，"怎么起这么早，不多睡会儿？"

"不了。"叶知秋摇头，今天的路其琛像是换了一个人，虽然客气疏离，但也礼貌有加，所以叶知秋也能好好说话了，"请了三天假，今天该回去上班了。"

"上班？"路其琛愣了一下，助理给的资料里可没说这个不学无术的大小姐竟然还有工作。

"你等等。"路其琛站起身，修长的手指扣上身上黑色的西装外套，冲着叶知秋说道，"正好我也去上班，顺路送你。"

顺路？他还不知道自己上班的地方在哪里，怎么就顺路了？叶知秋狐疑，但路其琛坚持要送，于是她上车之后报了地址就靠在椅背上闭目养神。

路其琛面上不动神色，心里却流转了无数个念头。

"顾妍绯"报的那个地址是阳城有名的一家广告公司，虽然规模小，但如今势头正盛，而翔宇最近正好跟这个公司有合作。据他所知，这家公司与顾氏没有任何关系，她顾妍绯明明是一个不学无术的大小姐，怎么会在那里上班呢？他倒要看看，这个女人葫芦里到底卖的是什么药。

叶知秋在路其琛的车快要开到公司的时候"适时"地醒了过来，开口让路其琛的车在公司的拐角处停下。

她几乎可以想象到，要是让公司那帮人看到一辆豪车送她来上班，免不了又是一场"腥风血雨"。

路其琛没说什么，配合地将车子在指定的地点停下。只见，叶知秋心情愉快地下了车，还不忘回头跟他挥手打了声招呼。

路其琛头一次发现，工作原来可以让一个人这么高兴。

叶知秋的公司是阳城有名的一家广告公司，虽然规模小，但势头正盛。

"Autumn，你总算是回来上班了。"刚踏进办公室，经理周扬就迎了过来，叶知秋进公司三年，从默默无闻的策划助理一路走来，如今已经是公司最优秀的策划了。

叶知秋愣了一下，她才离开三天，周扬胡子拉碴的颓废样着实吓了她一跳。

周扬紧紧地拽着叶知秋的手哀求道："Autumn，这次你一定得帮帮我。"

周扬语无伦次的，好半天叶知秋才弄明白，原来这几天她不在，周扬又接了个大活，只是方案出了五六稿，全公司的策划通力合作，做出来的方案竟然完全入不了人家的眼，别说是公司里的策划，就连周扬本人也大受打击。

开公司这么长时间，他头一次尝到挫败的味道。

"什么公司这么难搞？"叶知秋微微皱眉。

"还不是那个翔宇……"周扬叹气，"下个月八号是翔宇的周年庆，想让我们出一个酒会方案。"

"翔宇？"那不是路其琛的公司吗？

"他们说想要酒会的形式？"叶知秋皱着眉头问道。

大多数企业在办周年庆的时候都会选择酒会的形式，一来符合国人的习惯，二来也是犒劳一下辛苦了一年的员工们，但叶知秋眼前突然闪现了一幅画面，西装革履的路其琛端着酒杯一桌桌地敬酒，这画面要多怪异有多怪异。所以叶知秋才会有此一问。

"那倒没有。"周扬仔仔细细地回想了一遍，翔宇的人从头到尾只说是周年庆典方案，可没说过一定是酒会。

"行了，你把资料给我，我试试。"周扬千恩万谢，要是他手底下这个王牌策划都没有办法的话，那这个活他肯定得赔钱了。

于是叶知秋第一天上班，就在加班加点地忙周年庆典方案的事情，连午饭都没吃，还是叶问兰打电话来提醒。

说是提醒，但其实更多的像是催债。

"知秋啊，吃过午饭了吗？"叶问兰嘘寒问暖，一副慈母的模样。

要不是她昨天亲手把自己推上婚礼现场，叶知秋还真会为此感动一番，但现在……她实在热情不起来。

"有话就说，我还有一个方案要赶，很忙。"

"什么？"电话那头的叶问兰叫了起来，"新婚第二天你就跑去上班？"

"不然呢？"叶知秋冷笑，"你不会以为路其琛会养我吧？"

叶知秋过得怎么样她根本不在乎，她在乎的是路其琛答应的事情现在怎么样了，"知秋，回头你帮我问问女婿，你已经嫁过去了，他答应的事情什么时候能兑现？你奶奶那边……可还等着下一笔费用呢……"

叶知秋握着手机的手微微泛白，好半天才控制住自己的情绪，一字一顿、咬牙切齿地答道："你放心，答应你的事情我自然会办到，不过奶奶要是有什么闪失，我一定会亲手毁了你珍重的一切，你好自为之。"

电话那头传来叶问兰谄媚的声音，"你放心，她也是我的婆婆嘛……"

叶知秋无心深究。

对于母爱，她曾经期盼过，如今只剩绝望。

被叶问兰这么一打扰，叶知秋这才发现已经到了午休时间，办公室里的人都已经走得差不多了，这么多年工作下来，她落下了一身职业病，颈椎撕心裂肺地疼。

　　她起来活动了一下，这才感觉肚子有些饿，原本想着去楼下对付两口，一下楼就瞥见了一抹熟悉的身影，其正亲亲热热地挽着一个男人的手臂，她晃了神，那人长得像极了顾妍绯。

　　她不是逃婚了吗？怎么还会在阳城？

　　她刚想追上去看清楚，身后突然伸出一只有力的大手将她拉进了怀里，紧接着一辆货车从她身边呼啸而过。

　　"你不要命了！"头顶上响起路其琛的怒吼，隐隐透着一丝担忧，叶知秋忙推开路其琛，仔细一看，马路对面哪还有什么人？

　　"我跟你说话呢，你听到没有？"路其琛怒火中烧，他穿过了大半个城市，想赶过来跟她吃个午饭，就看见她不要命地往马路中间跑，他现在还心有余悸。

　　要不是自己刚刚拉了一把，她这会儿……

　　"你怎么来了？"叶知秋这才扫了一眼面前的路其琛。

　　早一日找到顾妍绯，她就能早一日把身份换回来，她可不愿意一辈子顶着顾妍绯的身份过日子。

　　路其琛冷着脸。他一片好心，刚刚还救了她一命，她就用这么一句话打发自己？难道不是应该感激涕零，然后娇滴滴地靠在他怀里千恩万谢吗？

　　"我说你这个女人，我可是你的救命恩人，你……"

　　"谢谢你。"路其琛的满腔怒气被叶知秋的一句道谢击得溃不成军，他愣了一下，也不知该如何反应。

　　"谢谢你。"叶知秋以为路其琛没听清楚，又重复了一遍，"刚刚要不是你的话，我现在还有没有命都不知道了。"

　　"原来你也挺懂人情世故的嘛！"明明心里不是这么想的，但一开口就变成了这样。

　　叶知秋抿着嘴没说话。

　　"你吃饭了没有？"见叶知秋不说话了，路其琛也没再追究，"要不要一起吃一点？"

第2章 亲自到访

"不用了。"叶知秋微微摇头，"我刚刚吃了点，你赶紧走吧，我今天要加班，可能会晚点回去，你不用等我。"

叶知秋说完转身就走，留下路大总裁一个人在风中凌乱了。

他堂堂大总裁，竟然被一个小丫头，拒绝了？！

好！很好！！他早晚让她知道拒绝自己的代价！！！

叶知秋完全没有想过，为什么路其琛会出现在公司附近，她现在一门心思地想做完翔宇的方案。在楼下买了点吃的后叶知秋便回了办公室，一边吃一边忙着啃翔宇的资料，希望能从中发现一星半点有用的价值。

不知不觉，时针转到下班时分，同事们陆陆续续地回了家，办公室里只有叶知秋的那盏灯还亮着。

路其琛也不知道自己怎么回事，明明说好了要那个女人好看，可到了下班时分，却还是忍不住开车来到她公司楼下，公司里的人都走得差不多了，他在车里还是没有看见那个女人的身影。他锁上车进了叶知秋所在的广告公司云漫，一进门就看到一盏暖灯，像是在等待归家的人。

叶知秋正埋头在电脑前翻阅资料，对于办公室里什么时候多了一个人毫无察觉，他在门口站了许久，直到接到白蓉蓉的电话。

白蓉蓉刚刚收工，昨晚半夜醒过来发现路其琛不见了，她气得差点把家砸了。昨天要不是自己上演了一出"自杀"的戏码，路其琛是不打算再见自己了。她太了解路其琛了，一向是吃软不吃硬，要是自己在他面前耍脾气，就是逼着他离开自己，所以从来都是温温柔柔的样子，因为她知道，这副模样对付路其琛最有效果。只要稍微掉两滴眼泪，路其琛就会对自己有求必应。

电话接通，里面传来白蓉蓉温柔的声音，"其琛，你在哪里？我刚刚收工，要不要一起吃个晚饭？"

"好啊。"路其琛犹豫了一下还是答应了，他知道自己对不起白蓉蓉，所以今后想以朋友的身份尽可能地弥补一下她，于是便从云漫走了出来，冲着电话里面的白蓉蓉问道，"你在哪里？我过去接你。"

白蓉蓉报了一个地址，心情愉悦地等着路其琛过去接她。虽然路家老爷子不喜欢她，但他年纪已经这么大了，还能活几年？再说路其琛对自己明明还有感情，结婚又怎样，只要自己再加把劲，把路其琛紧紧地绑在自己的身边，那路太太的位置早晚是自己的……白蓉蓉边想边等着路其琛。

白蓉蓉并没有等太久，上车之后先是在路其琛的唇畔印下一吻，这才甜甜地笑着说："去吃什么？"

路其琛面对突如其来的一吻正色道："蓉蓉，我们不是说好回到朋友的位置吗？我现在已经结婚了，不想耽误你……"

白蓉蓉没等路其琛说完便不耐烦地说道："好了，我知道了，我只是一时没有适应好，以后我会慢慢适应的。你给我些时间，毕竟我们都在一起两年了。好了，我们去哪吃呀？"

"附近有家法国餐厅还不错，要不我们去那吃？"路其琛侧过脸征询着白蓉蓉的意见。

"要不……今天晚上听我的？"白蓉蓉无辜地眨着眼睛，看到路其琛点头时笑得周边的景色都黯然失色了。

白蓉蓉将地点选在了一家酒店，领着路其琛上楼的时候他微微皱起了眉头。

"你说的那个地方……就是这里？"

"是啊。"白蓉蓉亲昵地挽着路其琛的手臂，说道，"其琛，我拍了一天戏，真的很累，我就想安安静静地待一会儿，不想让别人打扰。"白蓉蓉故作可怜状地继续说道，"再说这家酒店的菜也很不错的，一会儿咱们叫客房服务，好不好？"

"好。"路其琛微微点头，没有任何不满。

白蓉蓉心满意足，她知道路其琛就是这样的人，不管任何情绪从来都不会放在脸上。

跟路其琛在一起两年，本以为自己可以成功嫁给他，但没想到最后他竟为了哄老爷子高兴娶了别人，她是真的急了。今天晚上无论如何她都要挽回路其琛并把自己交给他，如果能怀孕，母凭子贵的话，那就更好了，就算不行，那她也有后招。

房门打开，路其琛打电话叫餐，不一会儿，酒店的服务员便推上餐车并将食物摆上了桌。

"好香啊。"白蓉蓉笑着说道，"要不开瓶酒？"

"好啊。"路其琛是个很有自制力的人，开车的情况下他一般不喝酒，但今天破天荒地答应了，白蓉蓉难掩兴奋。

"尝尝。"白蓉蓉给路其琛倒了杯酒，她特意将房间里的灯光调暗，桌上的烛光映着她的脸，云娇雨怯，好不让人怜爱！

"怎么样，还行吗？"白蓉蓉颇有意味地问道。

"还行。"路其琛郑重其事地回答了她，弄得白蓉蓉很是气馁。不过转念间，她便又打起精神，端着酒杯坐到了路其琛面前的餐桌上，路其琛就是再傻，这会儿也看出她的意图来了。他微微皱起了眉头。

"其琛，我们在一起……有两年吧？"白蓉蓉晃着手里的酒杯，柔声问道。

"嗯。"路其琛淡淡地应了一声。

"其实……"白蓉蓉顿了顿，微微垂下眼睑，灯光透过她长长的睫毛，在她脸上留下一圈剪影。她是学表演的，她最知道自己什么样的时候最让男人心动，为了让路其琛上钩，她今天真的是豁出去了。

"其琛，我愿意的。"她垂下脸，面色潮红，话语之中的暗示不言而喻。

见路其琛并没有什么反应，白蓉蓉大着胆子放下了手里的酒杯，顺势坐在了路其琛的怀里，手在他的胸口打着圈圈，路其琛一把抓住了白蓉蓉的手指。

"蓉蓉，别……"他皱眉。

"其琛，我可以的。"白蓉蓉仍不死心，她好不容易有这么一个机会，又怎会轻易放弃，"其琛，这些年我很感激你，尽管你结婚了，可是我不在乎，我愿意继续和你在一起的，能把我自己完完整整地交给我深爱的男人，我很愿意。"

"不行！"路其琛拒绝，"之前不碰你，是尊重你，现在我结婚了，我们也已经分手了，我就更不能碰你了，蓉蓉，你冷静些。"

"其琛！"白蓉蓉心头闪过一丝不安，她没想到他竟拒绝得如此干脆。这让白蓉蓉一阵不安。

"蓉蓉，你今天好好休息，明天我去探班。"路其琛淡淡道。

"不，我不让你走。"白蓉蓉从背后抱住了路其琛，她身上的气息在一瞬间侵占了路其琛的味觉，很好闻的味道，他却没有丝毫的欲念。

她紧紧地抱着路其琛，她有一种快要彻底失去他的强烈感觉。她怎么可能甘心，于是主动献上自己的吻，热烈地吻着面前的男人，路其琛无奈推开，开口道："时间不早了，你早些休息，我也该回去了。"

"其琛？其琛！"这一次不管白蓉蓉怎么喊，路其琛都无动于衷，反而加快

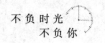
了脚步。

白蓉蓉整个人都崩溃了，她费尽心力，甚至不惜抛开面子，换来的却是路其琛的扬长而去，她的骄傲一下子被人狠狠地甩在了地上。

"路其琛……"她默念着这个名字，面色狰狞。

你以为这样就相安无事了？用不了多久，知名女星白蓉蓉和翔宇集团董事长路其琛春宵一度的新闻就会在阳城铺天盖地地宣扬开来。到时候你那个小娇妻该如何自处？以前我事事迁就你，可换来的却是你另娶佳人。这一次，我绝对不会这么傻……白蓉蓉一边想着，一边面无表情地拨了一串号码，"Leo，都拍到了吗？……好，那件事情就麻烦你了，事成之后我请你吃饭。"

白蓉蓉挂断电话，窗外夜凉如水，一如她此刻的心情。

看来，她是时候找机会去见一见这个顾妍绯，好让她明白，顾太太的位置，只不过是她暂时"借"给她的罢了。

叶知秋在公司忙到半夜十二点才回家，路其琛就在书房等到了十二点，直到听到叶知秋的脚步声这才松了一口气。

回来之后她特意把闹钟往前挪了二十分钟，留出充足的时间来供自己坐地铁，没想到早晨一下楼，便碰到了路其琛。

"早。"同在一个屋檐下，抬头不见低头见，叶知秋打了一声招呼，这才坐在桌边吃早饭。

路其琛淡淡地打量着面前的叶知秋，昨晚上她房间里的灯到四点多才关，这会却又精神抖擞地起床了，工作真的可以让人这么开心吗？

"工作很忙？"路其琛破天荒地竟然开始关心起"室友"的生活情况。

叶知秋微怔，这才微微点头，"是啊，休了几天假，本来就积攒了一大堆活，我领导又接了个特别重要的案子，没办法，这几天怕是都得加班了。"想到这活动是翔宇的，叶知秋小心翼翼地试探道，"路总，若是你公司要办年会，应该不至于俗套地弄成酒会的形式吧？"

今天就要交提案了，她昨晚上只睡了两个多小时，好不容易熬夜将方案做完。

"嗯。"叶知秋也只是碰碰运气，却不想路其琛竟然回答了自己，"传统年会千篇一律，今年是翔宇五十周年庆，且最近收购了几家公司，把钱花在酒会的布置上，还不如奖励给员工。"路其琛忍不住多说了几句。

叶知秋微微点头，觉得面前的这个男人虽不是什么好丈夫，但绝对是个好老板。

"吃好了吗？我顺路送你上班。"路其琛见叶知秋放下手里的碗筷，问道。

"不用了不用了。"

"走吧。"叶知秋的拒绝被路其琛自动屏蔽在外，不由分说地拉着她上了车。一晚上没睡她困得很，想着能在车上闭目养神一会儿，叶知秋便也没有坚持。

但叶知秋没想到，自己竟然在车上睡着了，还是路其琛叫醒了她。

看路其琛把车停在了昨天她下车的地方，她这才安心。

"一会儿见。"叶知秋并未发现路其琛话里的玄机。

叶知秋捧着电脑刚进门就被周扬拉住了，"我的祖宗啊，你方案准备得怎么样了？一会儿人家可就要过来了……"

"我只能说我尽力了。"

翔宇公司的人是九点到的，叶知秋还在检查PPT，公司新来的前台过来叫她，"Autumn，赶紧出来吧，对方公司的人到了。"

叶知秋很费解，来就来了，直接带去会议室就是了，但前台不由分说地拉着她往外走，"赶紧的吧，周总已经在催了。"

她到的时候大门口整整齐齐地排列了两队人，周扬招手让她过去，紧张地理了理身上的西装，叶知秋这才发现，平时随性惯了的周扬今天竟然难得地穿起了正装。再看看旁边，每个人的脸上都写满了翘首以盼。

叶知秋心想，不就是一个代表吗？难不成还能是路其琛亲自过来？

她不是爱凑热闹的人，但此刻也忍不住伸长了脖子，想看看对方公司的代表究竟是何方神圣。

电梯门打开，一名身着藏青色西装的男人在几人的簇拥下，迈开修长的大腿，一步一步朝着云漫的大门走了过来。

这……分明是刚刚送完自己上班的男人啊。

叶知秋知道自己手上的案子是翔宇的，但她从未想过，一个小小的年会方案，竟然会劳路其琛的大驾，难怪周扬这么紧张。

"路总。"周扬第一时间迎了上去，"欢迎路总大驾光临，这边请。"

叶知秋感觉路其琛的目光若有似无地扫过了自己，她倒是没什么反应，站在自己身边的潘琴却不淡定了。

"天哪，他刚刚看我了，他看我了！"

"琴姐，你就别多想了。"新来的前台张璐冷嘲热讽道，"这位路大总裁刚刚结婚，喏，就是Autumn请假的那几天。"

突然被点名的叶知秋心跳都漏了几拍，要是让别人知道跟路其琛结婚的就是自己，那她就成了众矢之的了。

"什么？已经结婚了？"潘琴狐疑地看了一眼面前的叶知秋。她？跟路其琛之间差着好几个银河系呢。除非路其琛眼瞎，不然下辈子也不可能看上叶知秋。

"Autumn，快过来。"叶知秋落在了后面，周扬冲着她招手。

临走前，她忍不住出声提醒，"行了，这么重要的场合，别躲在后面嚼舌根了，璐璐，去准备茶水。"

"还真把自己当成老板娘了？"身后传来潘琴不满的声音。

叶知秋没在意，快步跟上了周扬的步伐，听到周扬跟路其琛介绍自己，"路总，这位就是我们公司的策划，你可以叫她Autumn，这次翔宇的年会方案就是由她全权负责的。"

"路总。"叶知秋落落大方地冲着路其琛伸出手掌，他伸手握住叶知秋的手，若有似无地挠了一下叶知秋的掌心。

叶知秋无比庆幸公司的人习惯了叫自己的英文名，否则这会儿她肯定会因为身份被揭穿而被路其琛扔出去。

"那……我们开始吧。"叶知秋整理好自己的情绪，在工作这方面她绝对是专业的。

站在会议室的投影仪前，一页一页地展示着，口若悬河地陈述着自己的理念，叶知秋强迫自己忽略掉路其琛落在自己身上那道炙热的眼神，PPT上显示出结束时，她长舒了一口气。

"路总，如果我是翔宇的员工，在公司五十周年之际，我肯定希望有一些实质性的奖励，而非一个简简单单的酒会，所以我把年会做成了发布会的形式，尽可能地将省下来的钱用在员工身上，他们才是公司的基石。"叶知秋的话音刚落，跟随路其琛来的那几人交头接耳，显然对叶知秋的方案很满意，就连路其琛的眼里也流露出一抹欣赏。

但周扬的脸色却不太好看。他要赚钱，所以财大气粗的翔宇找上门来时，他才会不管不顾地应允了下来。原本是想借此机会狠赚一笔，但叶知秋这么一改，他一下子就少赚了一大半。

"Autumn，你怎么回事？"周扬也不管在场的是谁，站起身来训道，"你难道不知道……"

"周总！"叶知秋跟在周扬身边多年，对于他唯利是图的市侩本性了解得很通透，但当着这么多人的面，她还是出声提醒，"不如问问路总的意见？"

"还不错！"路其琛赞许道，"只是还有些细节上的问题需要跟……Autumn探讨一下，正好是吃饭时间了，周总，您介意把您的王牌策划借我一会儿吗？"

"不介意不介意。"周扬赔着笑脸，"那我这就让人去安排……"

"不必了。"路其琛打断了周扬，言外之意不能更明确了。

他只要Autumn一人作陪。

"好。"周扬就算再没有眼力见儿这会儿也明白了，笑眯眯地把叶知秋拉到一旁叮嘱道，"Autumn，你今天一定要替我把路总陪好了，不管付出什么代价，明白吗？"

"周总，这不是我的职责……"周扬的话太露骨，以至于叶知秋心生不忿。他把自己当什么了？

"叶知秋！"周扬皱眉，气愤之下喊出了她的中文名，好在路其琛离得远，并没有听到。

"这是你的工作，你擅自把酒会改成发布会，你知道我损失多少钱吗？我现在只是要求你把路总陪好，只有这样才能有长期合作的可能，这是你欠我的，明白吗？"

见叶知秋不说话，周扬这才缓和了语气，"你也知道公司最近很困难，这件事情就交给你了，花多少钱回来公司报销。"

软硬兼施，叶知秋无奈答应。

当初自己走投无路之时，是周扬收留了自己，这个恩情，她一直都记着。所以这些年外面公司几次挖人，她都不为所动。

"Autumn，可以走了吗？"路其琛开口催促，周扬拍了拍叶知秋的肩膀，说："去吧。"

"走吧。"叶知秋无奈地领着路其琛从会议室出来的时候，正好撞见潘琴。

潘琴不屑地冷哼了一声，脸上写满了嫉妒。

"你们先回去。"路其琛打发了身边的人，范特助忍不住多看了叶知秋两眼。范特助一直觉得今天的总裁很奇怪，不但放下手头那么多重要的事情不处理，而且还推了一个视频会议，跑到一个小广告公司来听提案，这样的事情他都不屑做。可当他看到叶知秋时，一下子就反应了过来，虽然婚礼的时候他离得远，但总裁夫人他还是认得出来。

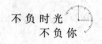
"路总，这附近没什么好吃的，拐角处有间咖啡厅，要不咱们去那对付一下？正好把方案里面的细节细化一下……"

"附近没吃的就跑远一点，我听说齐梁路新开了一间日料，咱们就去那吧！"

"齐梁路？"叶知秋愣了，"一来一回得花上将近一个小时，路总，我吃饭时间一共就一个小时……"

"走吧。"路其琛不由分说地拉着她往车上走去。

"一份香煎三文鱼，一份玉子烧，一份章鱼烧，再来一份味噌汤，还有……再上一份樱花慕斯吧。"路其琛轻车熟路地点餐。坐在对面的叶知秋瞥了一眼菜单，就这么几样菜，够得上自己一个礼拜的工资了。路大总裁未免也太不知人间疾苦了。

只有他们两人在，叶知秋便随性了许多，忍不住问道："这地方，你经常带白小姐过来？"

路其琛眉头一挑，怎么三句话不离白蓉蓉？

"是啊，我跟她经常来，这几样都是她爱吃的。"路其琛接话道。

"难怪。"叶知秋了然地点点头，"白小姐身份尊贵，你可得好好待她。"

"……"

"路总，早上的PPT有什么不满意的可以直接告诉我，我一会儿回去就给你改。"叶知秋一副公事公办的样子，弄得路其琛心里很不舒服，遂提了几个刁钻的问题，叶知秋都一一记下了。

"先吃饭吧。"看着她认真的样子，路其琛释然了。

"以后每天中午我都过来接你一起吃饭。"路其琛突然说道，吓得叶知秋差点呛到，连连拒绝，"不用了，不用这么麻烦的……"

"妍……Autumn，不管怎么说，我如今是你的丈夫。"口气坚定，不容拒绝。

第3章　怀疑

"可……"她想到白蓉蓉，转念一想，路其琛这么做肯定是有自己的主意，遂点头应了下来。

吃过饭，路其琛光明正大地把叶知秋送到了公司门口。

叶知秋进门，潘琴端着水杯迎了上来，她往旁边侧了侧，但她杯子里的水像是长了眼睛一样，尽数倒在了叶知秋的身上。

"哎哟，真是对不起啊……"潘琴幸灾乐祸地笑。

好在水不是太烫，她也没在意，再次迈步的时候潘琴又挡在了叶知秋的面前。

"Autumn，长得漂亮是资本，但要是拿着这资本去破坏别人的婚姻，这杯水迟早被人泼到你脸上去。"潘琴冷笑道，"我今天也就是给你提个醒，路总裁可是已婚，你别不要脸的贴上去，到时候赔了夫人又折兵，可没地方哭去。"

叶知秋微皱着眉头，压根就懒得搭理。

她满不在意的态度惹恼了潘琴，在她身后啐道："什么东西，整天装出一副清高的样子，背地里不知道勾搭过多少男人了……"

下午的时候叶知秋接到了家里保姆的电话，说是家里临时有事，劳烦叶知秋准备晚饭，因为路其琛说要回家吃晚饭。

叶知秋本想拒绝，但一想自己的身份，便没有推脱，问了路其琛的喜好便挂断了电话。

路其琛接到保姆的电话说"顾妍绯"答应了，便皱着眉头，手指在办公桌上轻扣着。据他所知，顾妍绯可是十指不沾阳春水的大小姐，怎会欣然应允？

"总裁？"范特助正跟路其琛汇报这个月的运营情况，没想到路其琛接了个电话就出神了，他以前可从来不会这样啊。

"范特助，你说……一个人婚前婚后会不会判若两人？"他好像抓到了什么，却又好像什么都没有。

"应该不会吧……"范特助苦着脸。总裁大人，他还是个单身狗，这么深奥的问题，他真的不懂。

"你去帮我查查顾家，看看那个顾妍绯到底在搞什么鬼，还有，给我弄两张她的照片。"路其琛吩咐下去。

知道叶知秋在家做饭，路其琛破天荒地没有加班，反而很早就回去了。

叶知秋乘地铁先去超市买了排骨、鱼片和几样蔬菜，这才不急不缓地往家里赶。

因为从小跟奶奶长大，所以她很早就学会了做饭。虽然已经许久不做了，但手艺却没有生疏，她利落地将长发在脑后挽了个髻，围上围裙，然后便井然有序地开始了。路其琛回来的时候就看见她在厨房里忙着。

"回来啦，洗个手准备吃饭了。"听到开门声，叶知秋从厨房里探出身子，冲着路其琛说道。

明明是想确认她的身份，所以才故意让她准备晚饭，可看着叶知秋围着围裙的样子，路其琛的脑子里突然闪过一个字——家。

"愣着做什么？"叶知秋问了一句，他这才回过神来，换上舒适的家居服，洗完手出来的时候看到满满一桌子的菜，愣了。

"我问了保姆，知道你口味清淡，你尝尝看，要是不合你胃口的话我下次再改。"叶知秋递过筷子，看路其琛尝了一口糖醋排骨，问道，"怎么样？"

"味道不错。"做菜最大的成就感不是能喂饱多少人，而是听到吃的人说好吃。叶知秋心满意足，坐在桌边草草扒了两口，她心里还装着方案的事情，并没有注意到对面路其琛探究的眼神。

一个千金大小姐，饭菜竟然做得这么可口，这可能吗？

电话不合时宜地响起，路其琛扫了一眼，微微皱起了眉头。白蓉蓉最近越来越不知轻重了。路其琛没接，电话不屈不挠地响着，一片短暂的寂静后，又百折不挠地响了起来。大有一副你不接我就一直打的气势。

"是白小姐吗？"叶知秋不经意间瞟了一眼路其琛摆在桌面上的手机，以为路其琛是怕自己生气所以才故意不接电话，便说，"接吧，也许她有什么急事呢。"

叶知秋虽然没把话说透，但是其中的意味却再明白不过。她根本不在意路其琛跟白蓉蓉的关系。

路其琛也不知道怎么了，胸口像是堵了一口气，接起电话，里面传来白蓉蓉虚弱的声音，"其琛，救救我……"

他一下子皱起了眉头，沉着声音问道："怎么回事？你在哪？"

白蓉蓉的声音很虚弱，路其琛的心一下子就提了起来，叶知秋只是淡淡地扫了一眼，随即垂下了眼帘，默默地扒饭。

路其琛蹙眉，握着手机走到了一旁，"到底发生什么事情了？"

"我……"白蓉蓉强忍着不适，说道，"我今天约了张导谈新戏的合作，本来聊得好好的，可他突然开始对我动手动脚的，我又不敢得罪他，借口去洗手间，回来想跟他说我先走，没想到他非逼着我喝酒，我也是没办法才喝了一小口，现在……"

"他下药了？"话说到这里，路其琛自然明白发生了什么。

"我……我不知道，其琛，我好热……"她这个样子，不是中招了才怪。

"你在那等着，我这就过来。"挂断电话，路其琛匆匆拿了车钥匙就出去了，连招呼都没来得及跟叶知秋打。

叶知秋看着满满一桌子的菜，突然觉得食不下咽。

"想什么呢你？"叶知秋敲了一下自己的脑袋，"人家才是正牌女友，你这个老婆只是暂时的，在这瞎失落什么劲？"

叶知秋安慰着自己，收拾了碗筷就上楼继续改方案去了。

路其琛打了个电话，确认了白蓉蓉的地址，这才风风火火地开车赶了过去，不管怎样，白蓉蓉毕竟是个女孩子，要是不管他良心何安？

路其琛直奔二楼包厢，透过门上的玻璃隐约看见那个所谓的张导正对白蓉蓉动手动脚，她虽然努力地想要推开，但药性发作，再加上又是女孩子，根本不是张导的对手。眼看着张导的手沿着白蓉蓉的大腿越来越上，路其琛怒火中烧，一把推开了包厢门，脸色沉得像是暴风雨来临一般。

"其琛……"看到路其琛出现在门口的那一刹那，白蓉蓉的嘴角勾起一抹不易察觉的笑容。

没错，她就是故意的。明知道那杯酒有问题，还是义无反顾地喝了下去。现在路其琛出现在这里，证明他心里还是有自己的。

"蓉蓉……"路其琛一把把白蓉蓉从张导的怀里拉了过来，闻着路其琛身上熟悉的味道，白蓉蓉脸上的笑容更深了。

"你谁啊你，长不长眼睛？"跟在张导边上的助理不满地推了一把路其琛，路其琛冷着脸一把拽过他的手，只听"咔嚓"一声，随即响起的就是助理杀猪般的惨叫。

"你这个不长眼的，知不知道你面前的人是谁？还不赶紧放开我？不然有你的好看。"助理一边惨叫一边还不忘威胁路其琛。

"是吗？我倒要看看，他要怎么让我好看。"路其琛冷笑着，"张导，多日不见，这是不想干导演这行了？"

"路……路总……"包厢里很黑，路其琛又背着光，张导这会儿才看清楚路其琛的脸，战战兢兢的样子跟刚才判若两人。他站起身，额头渗出细细密密的汗珠，他怎么也没想到，白蓉蓉背后的人竟然会是路其琛。得罪了他，他的导演生涯这辈子怕是到头了。一想到这里他就毛骨悚然，抬手照着自己的脸上就是一巴掌，下手毫不留情，"路总，我有眼不识泰山，不知道白小姐是您的人，您大人有大量，千万别跟我一般见识，我在这里给您赔罪了。"

"解药！"路其琛懒得搭理。

"解……解药？"张导好半天才反应过来路其琛要的是什么，汗水都快将自己的整个背心浸湿了，"没……没有解药的。"

他低头看了一眼怀里的白蓉蓉，她的药效应该已经发作了，一个劲地喊热，甚至还把自己的连衣裙扣子扯开了。

"路……路总。"张导大着胆子上前一步，"依我看，您就把白小姐带回去，生米煮成了熟饭，这白小姐身上的药……"

张导的话还没说完，路其琛就给了他一记凌厉的眼神，吓得他都没敢把接下来的话说出来。

"你算个什么东西？敢这样跟张导说话？"一旁的助理捂着差点被折断的手腕，嘴上却还是不肯认输。

"给我闭嘴！"张导战战兢兢，偏偏摊上了一个猪队友，听到助理的话时恨不得拧下他的头。要不是他出了馊主意的话，自己也不至于对白蓉蓉起了色心，更不至于沦落到现在这个地步。

"赶紧给我滚蛋。"怀里的白蓉蓉越发不受控制，路其琛也没心思在这个时候追究张导的责任。

看张导连滚带爬地走了，路其琛冷着脸打横抱起了白蓉蓉，将她带到了最近的一家酒店，到的时候医生已经等在房间了。

"怎么样了？"路其琛问道，张导说这药没有解药，他还就不信了。

躺在床上的白蓉蓉面色潮红，却还是保持着一丝清醒，准确无误地朝着路其琛扑了过来，媚眼如丝，在药物的作用下显得更加的娇媚动人。

"其琛，帮帮我，我真的受不了了……"

一旁的医生都看得面红耳赤，最后默默地别开了脸。

路其琛却不为所动，把白蓉蓉锁进了房间里，点了根烟，这才冲着医生问道："到底有没有办法？"

医生暗暗赞叹路其琛的自制力，"路总，这药性烈得很，第一个办法您……已经知道了，第二个方法……就是得让她在冰水里泡上两个小时，只是这么冷的天，白小姐体质寒，可能会……"

他话还没说完，路其琛已经给前台打了电话，"给我送两桶冰块上来。"

为了不让白蓉蓉乱动，路其琛拔了电话线把她绑了起来，白蓉蓉被冰水一激，整个人都清醒了不少。看到路其琛宁愿用这样的方法也不愿碰自己，白蓉蓉可怜巴巴地哀求道："其琛，你放了我，我真的受不了了……"

"不行，我是为你好。"路其琛斩钉截铁。

无论白蓉蓉怎么哀求，路其琛都不为所动，白蓉蓉一开始还求他，到了最后便破口大骂，骂他没用，骂他不行，怎么难听怎么来。

一旁的医生看得心惊胆战，他清楚地看到路其琛的脸色越来越难看。

时间一分一秒地过去，白蓉蓉知道大吵大闹没有用，于是也终于安静了下来，他吩咐医生上前查看，确认她已经安然无恙，这才打发了医生离开。

看白蓉蓉唇色发白地躲在被子里瑟瑟发抖，路其琛叹着气吩咐服务员送了一碗姜汤上来，"喝了吧，喝完了好好睡一觉，明天醒来就什么事情都没了。"

白蓉蓉猛地抬起脸，脸上写满了屈辱，"路其琛，你到底什么意思？"

她拍戏的时候不是没尝过这种滋味，零下十几度的天气穿着短裙还要强颜欢笑，但今天不一样。他明明可以有更省力的办法，为什么要这么折磨自己？

白蓉蓉越想越气，她把这一切都怪在了那个素未谋面的路太太身上。有了这种想法之后，白蓉蓉的表情更加扭曲，她一把甩开路其琛手里的姜汤碗，骂道："这些年你不碰我我忍了，你为了让你爷爷放心娶别人我也忍了，可我换来的是什么？路其琛，你真是太让我失望了。"

路其琛没说话，姜汤洒了再熬一碗就是，白蓉蓉看着路其琛再次递过来的姜汤，听到路其琛说："身体是你自己的，赶紧喝了。"

"路其琛，两年了，你一点旧情都不念吗？你到底爱没爱过我？"

"蓉蓉，等你冷静下来之后咱们再来谈这个事情，我先走了，你好好休息。"路其琛避开了白蓉蓉的问话，"姜汤别忘了喝。"

白蓉蓉作，发脾气，那是基于她觉得路其琛对她还有感情的情况下，她知道对方吵不走骂不散。可当她发现路其琛竟然决绝地转身就走时，她慌了。顾不上自己虚弱的身子，白蓉蓉掀开身上的被子，从背后抱住了路其琛。

紧紧地，仿佛一松手对方会消失不见。她将滚烫的脸贴在路其琛的背部，一个劲地道歉，"其琛，对不起，我就是心里难受，不是故意要对你发脾气的。我就是控制不住自己，我怕你会彻底忘了我，毕竟我们两年的感情不是说放下就能放下的，所以你可以理解我的对吗？"

她紧紧地抱着路其琛的腰，看不见他的表情，但她可以感受到，她怀里的路其琛身子僵硬，她的心也跟着一点点冷了下来。

但她仍然不肯放弃。

"其琛，我知道错了，你再给我一次机会，我以后一定乖乖的，不会让你生气了。"白蓉蓉信誓旦旦地保证。

好半天，她听到路其琛若有似无地叹了一口气，掰开了白蓉蓉紧紧箍着他腰的手。

他转过身，看了一眼面前的白蓉蓉，扔下了一句话，"以后好好照顾自己，别再让人跟着担惊受怕了。"

她不明白路其琛这话到底是什么意思。

路其琛也有些茫然。在路老爷子让他结婚的时候，他是很排斥的，连带着对自己的这个妻子也排斥了起来。可他也不知道怎么了，刚刚白蓉蓉抱着他时，他满脑子想的都是他的妻子，他告诉自己不能做对不起她的事情，尽管他们只是名义上的夫妻关系。而且本对白蓉蓉心有愧疚的他越发觉得白蓉蓉跟之前自己身边的女人没什么区别。他甚至问自己，之前对白蓉蓉的感情究竟是爱还是习惯。

他丢掉手里的烟蒂，发动汽车，手机上多了一条短信，白蓉蓉发来的。

她说，原谅我。

他把手机扔到了一旁。

路其琛到家的时候叶知秋听到了声音，狐疑地下了楼。她以为路其琛此去肯定是不会回来了，客气地问了一句："你回来啦，饿不饿，要不要我给你下个面条？"

没想到路其琛拖着疲惫不堪的身子，微微点了点头，说："好。"

叶知秋愣了一下，随即还是去了厨房，趁着烧水的工夫利落地煎了一个鸡蛋，不一会儿，一碗香喷喷的鸡蛋面就做好了。

"你慢点吃，当心烫。"她坐在路其琛的对面，看路其琛狼吞虎咽的样子，微微皱起了眉头，"你去见白小姐都没带她去吃饭吗？"

路其琛微怔，下一秒解释的话语脱口而出。

"你别误会，我去见她是因为她出了点事，没别的。"

叶知秋没想到路其琛会跟自己解释，尴尬地笑了笑，"你不用跟我解释，我跟你不过是合作关系罢了，你要怎么样我不在乎，只要你别玩得太过分，让记者知道就不好了。"

"嗯。"叶知秋的神色很认真，他的心里莫名地生出一抹厌烦，一下子就觉得食不下咽，扔下手里的筷子，"不吃了。"

叶知秋愣了一下，以为路其琛是因为白蓉蓉的事情心情不好，默默地收拾了碗筷，这才上楼去了。

因为保姆不在，第二天一早叶知秋起得特别早，看厨房里有鸡蛋和面粉，动作利落地和了面，摊好饼的时候路其琛精神抖擞地起来了。

满屋子鸡蛋饼的香味，他瞥了一眼厨房的方向，目光一下子柔和了起来。

这个屋子里因为这个女人，突然有了家的味道。

"过来吃早饭。"叶知秋招呼道，早上现磨的豆浆，配上鸡蛋饼，路其琛吃了很多。

"那个……"吃过早饭路其琛准备去上班，叶知秋怯怯地叫住了他，"我今天自己坐地铁去上班就好，你不用特意送我了。"

"我有说我要送你吗？"路其琛瞟了一眼叶知秋，他路大总裁亲自接送，换成别的女人是求之不得，偏偏这个女人一点都不识好歹。也罢，他何必拿自己的热脸去贴别人的冷屁股？

路其琛头也不回地离开了，留下叶知秋一个人愣在原地，她说错什么了吗？为什么感觉总裁大人好像不太开心？

路其琛一路板着脸，弄得办公室里人心惶惶，范特助在办公室门口转悠了很久，都没有勇气抬起手去敲门。

"走来走去的做什么？"路其琛的办公室门是磨砂的，虽然看不清楚，但也能隐约看到人影，范特助在门口走来走去的，弄得他心里更加烦躁了。

"总……总裁。"范特助忧心忡忡地站在路其琛的对面，完了，今天总裁的心情差爆了，偏偏还发生了这么糟心的事情，他说也不是，不说也不是。

"到底什么事情？"路其琛看着范特助一脸纠结的样子，不满地说道。

"您……看过今天的《阳城早报》了吗？"范特助小心翼翼地试探道。

早报？他早上光顾着跟那个女人怄气了，哪里有时间看什么早报？

　　"到底什么事？"路其琛皱起了眉头。

　　范特助深吸了一口气，死就死吧，他迟早要知道的，"总裁，今天早上的头版头条，跟你有关。"

　　范特助毕恭毕敬地送上了今天的早报，头版的位置标题瞩目，"翔宇总裁抛下新婚妻子，深夜密会女星白蓉蓉"。

　　他懒得去看里面的内容，但他和白蓉蓉相偕进酒店房间的照片历历在目。

　　"总裁，这件事情现在闹得沸沸扬扬的，要是让路老爷子知道了……"范特助忍不住打了一个激灵，他最伟大的路总裁，在路老爷子面前那就是只小绵羊啊。

　　"你去帮我查查，看是谁敢这么编排我，我要他从这个圈子里永远消失。"路其琛怒了，"还有，这件事情先瞒着老爷子。"

第4章　白蓉蓉的担忧

"是。"范特助一一记下了，"那……这事您看怎么办？要不要开个记者招待会解释一下？"

"不用了。"路其琛微微摇头，正好翔宇最近有新品要上市，就当是做了个免费的广告了。

"还有事？"见范特助还杵在原地，路其琛微微扬眉。

"总裁，云漫的Autumn打来电话，说是方案已经改好了，问咱们这里什么时候有时间……"

"现在！"路其琛打断了范特助的话。

"什……什么？"他自认跟在路其琛身边多年，已经很了解他了，但他突然发现，原来自己对路总裁的喜好根本一点都不了解。

比如现在，他一点也不明白，为什么他的大总裁一碰到那个小公司就失控了呢？

还是说……是因为总裁夫人？

虽然心里疑惑，但跟在路其琛身边这么长时间，范特助动作利索地安排了车子，跟路其琛去了云漫。

叶知秋按照路其琛的要求把他觉得不恰当的地方都改了，连范特助都觉得方案又完善了许多，但偏偏路其琛不买账。

"什么破方案，重做！"路其琛一想到那女人毫不在意的样子就心烦意乱，忍不住想要刁难她。

"总……总裁？"范特助皱起了眉头，他看出来了，总裁这是在挟私报复。

路其琛冷淡地扫了一眼范特助，吓得范特助闭上嘴垂下了头。

"路总，我就说这发布会的形式不够大气，咱们还是换成酒会吧……"周扬喜出望外。

"路总，"叶知秋辛辛苦苦做了这么久的方案，明明他是满意的，怎么按照他的要求改了之后反而不好了，她有些生气，"这方案到底哪里不好，您直说就是。"

"哪里都不好。"路其琛冷漠地说道，一番话让叶知秋气得脸都红了。

她紧紧地攥着手里的激光笔，要是还看不出路其琛是在故意报复自己的话，她就真的是傻子了。

只是她不明白，自己到底哪里得罪了这个大少爷。

叶知秋一张小脸煞白，路其琛以为叶知秋肯定会私下来找自己求放过，但面前的女人扬起倔强的小脸，毫不畏惧地迎上自己的目光，"好，我这就去重写。"

这一下，路其琛反而不知道该怎么办才好了。

路其琛的这一举动让潘琴很开心，她一向看叶知秋不顺眼，这回总算是找到了讽刺她的机会，从会议室出来之后，叶知秋就听到潘琴在外面阴阳怪气地讽刺道："有些人啊，真的是不要脸，我要是她我都不好意思在这里待下去，趁早收拾东西走人了。"

叶知秋倒是没当回事，随后走出会议室大门的路其琛闻言，紧紧地皱起了眉头。

"路总，您放心，方案的事情有我在，一定会给您一个满意的答复。"周扬谄媚地跟在路其琛的身后，不料路其琛突然停下脚步，害得他差点撞上去。

"路……路总，怎么了？"周扬走在后面，并没有听到潘琴的话，见他目不转睛地盯着潘琴看，一下子疑惑了起来。

他不是看中叶知秋了吗？怎么突然又对潘琴感兴趣了？要说这潘琴长得也不差，但到底年纪稍长，比不上叶知秋的青春活力。

想到这里，周扬笑眯眯地冲着潘琴招了招手，潘琴心下一喜，俏生生地走了过去，眼波流转间满是羞怯，就连声音里都透着柔若无骨的娇媚，"路总……"

"路总，这是我们公司另一位优秀的策划，叫潘琴。"周扬笑着拉了一把潘琴，潘琴顺势"倒"在了路其琛的身上，原以为他一定会绅士地扶住自己，却不想路其琛闪身避开，差点让潘琴摔倒。

"路总……"潘琴埋怨地看了一眼路其琛，但她深知，这样的男人，就算做不成老公，要是能成了他的情人，也一步登天了，所以她并没有退缩，"路总，Autumn经验不足，所以才会在这次的事情上犯下这么严重的错误，要是路总信任我的话，可以将这次的方案交给我全权负责，我一定给路总交一份满意的答卷。"潘琴信誓旦旦。

路其琛淡淡地瞥了一眼面前的潘琴，冷笑，"就凭你？"

"路总，潘琴也是我们公司很优秀的策划，她……"周扬一直对叶知秋将酒会改成发布会这一行为心存不满，如今路其琛对叶知秋心怀不满，正好可以趁这个机会将叶知秋踢出局。

相比较而言，潘琴可比叶知秋好控制多了，这些年叶知秋能力见长，弄得自己轻易不敢得罪，正好可以趁着这次的机会好好挫一挫她的锐气……周扬在心中打着自己的小算盘，却不想自己的话还没说完，就已经被路其琛打断，"周总，贵公司聘用的策划素质就这么低下吗？"

"什……什么？"

"我今天把话摆在这里，翔宇的方案交给Autumn全权负责，要是再让我听到有人在背后说三道四的，别怪我对她不客气。"路其琛冷冽的眼神扫过潘琴，吓得她浑身一哆嗦。

潘琴这会儿才明白，路其琛是给叶知秋出头来了。尽管面上不动声色，但是她心里却是翻江倒海地涌出对叶知秋的强烈不满。凭什么？凭什么公司大大小小的好处都让叶知秋得了，连路其琛这样优秀的男人也对她青睐有加？而自己呢？

"方案好了之后让Autumn亲自送到我公司去。"路其琛二话不说，领着范特助离开了云漫。

这么点小事让他来来回回跑了两趟，现在也该摆点总裁的架子，让那个女人知道，自己绝对不是那么好惹的。

叶知秋一门心思地想着改方案的事情，并不知道外面发生了什么，她心里明白路其琛就是在鸡蛋里挑骨头，但没办法，谁让人家是甲方，所以她只能将之前的想法全部推翻，重新理了一遍思路。

到最后还是电话扰乱了她的思路。路其琛打来的，"这么晚了，还不下班？"

叶知秋抬头看了一眼窗外，办公室里的人都已经走得差不多了，想着时间还早，所以冲着路其琛说道："我手上还有些事情要忙，晚一点再回去。"

"不行！"路其琛斩钉截铁地说道，"给你五分钟时间收拾东西，我在你公司楼下等你，赶紧回家给我做饭吃。"

"家里不是有保姆吗……"叶知秋微微皱眉，忍不住抱怨了一句，电话那端的路其琛却已经挂断了电话，心情愉悦地看向了云漫门口。不多会儿，叶知秋的身影果然出现了。

"先去一趟新区菜场吧。"上了车，叶知秋一边系安全带，一边冲着面前的路其琛说道。

"去菜场干什么？"

"不是让我做晚饭吗？家里什么菜都没有，怎么做饭？"叶知秋理所当然地说道。

路其琛紧紧地皱着眉头，菜场那样的地方鱼龙混杂，他刚想建议叶知秋去超市买点东西，就听见叶知秋在一旁继续说道，"新区菜场的位置虽然偏了一点，但是东西便宜，而且也新鲜，去那里再合适不过了。"

"你以前经常去？"路其琛不经意地问道。

"是啊……"叶知秋从小跟奶奶一起长大，为了省点钱她每次都会多走上半个小时去新区菜场，但一想到自己现在的身份是十指不沾阳春水的"顾大小姐"，随即改了口，"我以前经常听家里的保姆提起，就记住了。"

"是吗？"路其琛漫不经心地说道。

新区菜场比路其琛想象中还要混乱得多，车子开到巷子口的时候就进不去了，于是路其琛只能把车子停在巷子口，跟叶知秋一起走了进去。

一路上路其琛一直在叶知秋后面，坚实的臂膀虚环着叶知秋的腰部，替她挡开了拥挤的人群。

"想吃点什么？"叶知秋突然转头冲着路其琛问道，看到路其琛绅士的动作时，心头涌过一股暖流。

这一辈子，她还是第一次被人这么对待。

"你看着买就是了。"路其琛并不挑食，只是想找机会跟叶知秋多相处相处罢了。

叶知秋轻车熟路地走到一个卖蔬菜的摊子前，"大娘，这西芹怎么卖？"

"姑娘，又来买菜啊。"卖菜的大娘笑眯眯地瞟了一眼路其琛，笑道，"这是……你男朋友？"

"我是她老公。"路其琛褪去总裁的架子，笑着回答。

叶知秋脸上一红，选了几样自己要的蔬菜，卖菜的大娘笑着看向叶知秋，"丫头眼光不错。"

菜场里大部分人都知道叶知秋的事情，如今看到她有了这么好的归宿，大家也是衷心替她高兴。

回到家，叶知秋利落地扎了一把马尾，收拾起了食材。先将排骨洗净焯了一遍水，然后放进锅里炖煮，接着收拾起剩下的食材，不多会儿，三道色香味俱全的菜就端上了餐桌。

叶知秋解下身上的围裙，冲着坐在沙发上的路其琛说道："吃饭了。"

路其琛放下手里的报纸，虽然表面上不动声色，但他一直注意着厨房的一举一动，也对叶知秋的身份越来越好奇。

叶知秋给路其琛盛了一碗饭，见他一直盯着自己看，忍不住问道："怎么了？我脸上花了？"说着还拿手背去蹭了蹭自己的脸。

路其琛微微摇头，"没事，吃饭吧。"

叶知秋没有多问，默默地吃完晚饭收拾了碗筷，继续上楼改方案去了。

明知道叶知秋是因为自己才忙到现在，但他的心里还是很不满，这样下去，他们俩怕是真的要成为"普通室友"了。

吃过晚饭，路其琛越想心里越烦躁，于是给路老爷子打了个电话。

因为自己结婚，路老爷子知趣地把空间留给了他们小夫妻两个，跑到美国去找自己的孙女了，接到路其琛电话的时候，他正打算出去钓鱼。

"其琛啊，你跟妍绯怎么样了？"路老爷子爽朗的声音从电话里传来，半点不像是身体不适的样子。

"爷爷，您什么时候回来？"路其琛淡淡地问道。

"早着呢。"路老爷子说道，"有什么事赶紧说，我赶着去钓鱼呢。"

路其琛那边犹豫了一会儿，才说道："也没什么大事，就是妍绯她……"

"我宝贝孙媳妇怎么了？"路老爷子一惊，虽然之前对"顾妍绯"并不了解，但是婚礼上路其琛做得那么过分，那女孩依然笑着收拾烂摊子，识大体的样子让路老爷子一下子对她好感度直线飙升。

听到路其琛这么模棱两可的话，路老爷子的心都提起来了。

"怎么了爷爷？"路其琛听到电话那边传来了路蓼的声音，紧接着就听到路蓼冲自己说道，"哥，我这边收拾得已经差不多了，我这就跟爷爷回去。"

闻言，路其琛的眸底闪过一丝笑意。

第二天一早，路其琛下楼的时候家里已经空无一人，桌上摆着丰盛的早餐和一张纸条，今天早上叶知秋做的是三明治，路其琛就着牛奶吃完，这才去了公司。

叶知秋一大早就坐地铁去了公司，她昨晚又熬了一个通宵，好不容易把方案赶了出来，到办公室的时候时间还早，就去茶水间冲了一杯咖啡，刚准备出来就听到外面传来潘琴的声音，"你们听说了没有，昨天路总发这么大的脾气，就是因为那个叶知秋不知廉耻地勾引他，真不知道她这样的人怎么还有脸活在世上？"

"琴姐，这话可不能乱说，Autumn不是这样的人。"办公室里有人替叶知秋打抱不平，潘琴冷笑了一声，"有句话叫知人知面不知心，像她这样的女人我一眼就看穿了，说是来上班，实际上还不是为了钓金龟婿？你等着看吧，路其琛要是能看上她，除非老天不开眼。"

潘琴一想到昨天的场面就觉得气愤，话也越说越难听，叶知秋也懒得计较，端着咖啡目不斜视地进了办公室，听不见自然也就清静了。

叶知秋把方案给路其琛身边的范特助发了过去，没过多久就接到了范特助的电话，"Autumn小姐，我们总裁说了，方案里面有一些地方还需要完善一下，怕是还得麻烦您来公司一趟，一会我会派车过去接您。"

叶知秋跟周扬打了声招呼，周扬的态度明显没有之前那么好，但还是点头应允，许是还指望翔宇能将更重要的活动交给自己来做。

范特助亲自在楼下等着，将叶知秋带到了路其琛的办公室门外，"Autumn小姐，麻烦您稍坐一会儿，总裁有个视频会议，十分钟之内应该能结束，您先休息一会儿。"

"好。"叶知秋微微点头，透过玻璃窗观察了一下路其琛，处于工作状态的他比平时看起来更有魅力。

看着办公室里来来往往、脚下生风的人群，叶知秋也忍不住正襟危坐了起来。

范特助过来叫叶知秋的时候，她已经在沙发上坐了好一会儿。说好的十分钟结束，结果拖了将近半个小时，因为前一晚上没睡，叶知秋窝在舒适的沙发上竟然睡着了，前来叫她的范特助犯了难。

这可是总裁夫人，这会儿自己要是吵醒她，万一她记仇可怎么办？

范特助并没有等太久，忙碌的办公室里突然出现了一道并不和谐的身影。

"范特助。"听到声音的时候范特助还在犯难，一转头看到一道俏生生的身影正笑盈盈地站在一旁，范特助头都大了。

坏了，这新欢旧爱碰在一起，还能有什么好结果？

"白……白小姐。"范特助紧张得都结巴了，这会儿他真希望叶知秋能赶紧睡死过去，免得碰上这么尴尬的场面。

但天不遂人愿，叶知秋听到声音的时候就醒了过来，站起身来理了理身上的衣服，"范特助，总裁那边结束了吗？"

"他……"范特助看了看白蓉蓉，又看了看叶知秋，陷入了两难的境地。

两个都是他得罪不起的人物，老天啊，为什么他的总裁这么花心？

"这是新来的？"白蓉蓉是这里的常客，但她却并不认识叶知秋，理所当然地把叶知秋当成了新来的秘书。看叶知秋长得漂亮，她心里不免多了一丝警惕，一把把手里的东西塞给叶知秋，居高临下地说道，"喏，去把这些分给他们，我跟你们总裁有事要谈，没有我的允许谁也不准进来。"白蓉蓉来的路上特意让助理去买了港式茶点，想用这样的小恩小惠收买人心。

叶知秋看着被塞到手里的茶点，微微皱起了眉头。

"还不快去？"白蓉蓉斥道，自打那晚之后，路其琛就有意无意地疏远着自己，再加上绯闻爆了出来，她这会儿更加需要趁热打铁，将自己和路其琛的事情变成板上钉钉的事实。

没想到刚到这里就被一个小小的秘书破坏了心情。

白蓉蓉不认识叶知秋，但白蓉蓉是公众人物，叶知秋是认识她的。

明明约了自己谈方案的事情，却还故意把白蓉蓉约过来，叶知秋的心里很是不满。

"我不是……"她刚想反驳，一旁的范特助就谄媚地接过了叶知秋手里的茶点，"那个，还是我来吧。"

范特助看了一眼面前的白蓉蓉，"白小姐，您怕是要等等，今天总裁约了……"

"有什么能比我更重要的？"白蓉蓉信誓旦旦地推开了门，坐在办公桌前的路其琛头都没抬，"没人教你进门之前要敲门吗？你的教养哪里去了？"

"其琛……"白蓉蓉来这里随便惯了，路其琛也从来没有这么严厉地对自己过，一下子她愣在了原地，委屈地看向了面前的路其琛。

听到声音的路其琛抬起头，看到站在自己门口的是白蓉蓉，微微皱起了眉头，问道："怎么是你？"

"不然你以为是谁？"白蓉蓉这才松了一口气，看来路其琛刚刚的严厉并不是针对自己的。

"没什么，你来做什么？"路其琛淡淡地问道，没了往日的热情，反而多了一分疏离。

"我在附近开机，想着你肯定还没有吃早饭，所以特意过来给你送早饭来了。"白蓉蓉笑着扬了扬手里的早餐，像是什么事情都没有发生过一样，"快过来吃一点，是你最喜欢吃的那家店呢。"

路其琛微微皱眉，自打那晚的事情之后，他一直在刻意回避着白蓉蓉。

"不必了。"路其琛很是冷淡，"我吃过早饭了，要没什么事情的话你就先回去吧，我还约了人。"

白蓉蓉背对着路其琛，手上的动作微微顿了顿，眼底闪过一丝恶毒，再转过脸来的时候却是笑容满面，"你看你，我可是一大早就起来去买的，你就当给我点面子，尝一口吧。"

白蓉蓉夹了一个水晶包，递到了路其琛的唇边，大有他不吃就誓不罢休的意思。

路其琛还在犹豫，办公室的门就被人气势汹汹地推了开来。

范特助硬着头皮伸手想要拦住叶知秋，但却无济于事。

跟路其琛独处的时间被打断，白蓉蓉的脸色难看极了，恶狠狠地盯着面前的叶知秋，冲着范特助说道："范特助，什么时候你也变得这么不知轻重了，没看到总裁正在忙吗？手底下的人没脑子，你也跟着没脑子了吗？"

白蓉蓉见叶知秋的第一面就觉得不顺眼，现在正好被她找到了机会，嘟着嘴拉着路其琛的手撒娇，"其琛，你看这个女人，这样的人到底是怎么招上来的，依我看还是赶紧辞了她吧，免得将来坏了你的大事。"

叶知秋怒气冲冲地盯着面前的路其琛，一言不发，不知怎么的，路其琛的心底竟然生出一抹心虚来。

范特助心虚得都不敢看路其琛的眼神，忙挡在了叶知秋的面前，"Autumn小姐，你也看到了，我们总裁确实有事……"

"忙？忙什么？"

叶知秋的脸上看不出半丝情绪，实际上心头的怒气是怎么也压抑不住的。

因为路其琛的一句话，她为了这个方案不眠不休，已经很久没有好好休息过了。她今天来，路其琛在开会，行，她等！可等来的是什么？等来的是他跟他的小三浓情蜜意，让她在外候着。

这要是生活里的事情，叶知秋完全可以睁一只眼闭一只眼，当作什么都没发生过一样，但这事牵扯到了工作，她就不会如此轻易地忍气吞声。

叶知秋冷笑了一声，"忙着跟小三谈情说爱，路总，这翔宇这么多年没在您的手里没落下去还真是个奇迹啊。"

路其琛张了张嘴，想要解释却又不知道该说些什么，一旁的白蓉蓉却忍不了了。

听到叶知秋给她冠上"小三"这样的字眼，白蓉蓉怒火中烧，这两个难听的字眼就像是一把锋利的尖刀，一下下地划开她心里的伤口，血淋淋地摆在她面前。白蓉蓉咬牙切齿，迈着高傲的步伐走到叶知秋的面前，她并不比叶知秋高，但脚上蹬着一双恨天高，居高临下地看着面前的叶知秋。

"你有种就把刚刚的话再重复一遍!"

范特助在一旁看着惊出了一身冷汗,这两个姑奶奶闹起来,他是真的不知道该帮哪个才好。他在心里默默祈祷着,要是叶知秋能忍一下,这件事情也就这么过去了。

第5章　对峙

但叶知秋毫不畏惧地迎上了白蓉蓉的眼神，"我说得难道不对吗？白大明星，拜托你要点脸，路总可是有妇之夫，你在这个时候放任报纸炒作你和他的新闻，现在又大摇大摆地跑到公司来，你是生怕别人不知道你跟路总的关系，是吗？"

叶知秋吃软不吃硬，白蓉蓉要是好声好气的，她没准二话不说转头就走了。但白蓉蓉这样，那也就别怪她不留情面，"怎么？难不成白大小姐是特意来祝路总新婚快乐的？"

"你这个贱人，看我不撕了你的嘴。"白蓉蓉做惯了高高在上的大明星，不管是助理还是经纪人，哪个不把她当成祖宗一样哄着，就连路其琛也是对她宠爱有加。这会儿被一个名不见经传的女人这样讽刺，她怎么可能咽得下这口气，手掌高高地扬起，眼看着就要落在叶知秋的脸上。

一旁的范特助吓得把眼睛都闭上了。

叶知秋还没来得及反应过来，只是眼睁睁地看着白蓉蓉的手掌落下，却并没有等来意料之中的疼痛。

"其琛，你做什么？"看到路其琛一脸阴沉地抓住了白蓉蓉的手，范特助的一颗心总算是松了下来，"你放开我，我今天非得替你教训教训这个目中无人的秘书不可。"

"够了！"路其琛不耐烦地吼了一声。

叶知秋愣了一下，她刚才不过是就事论事，想着把自己的怒气宣泄出来，等意识到自己得罪了正主时已经晚了。

可她万万没想到，路其琛竟然会帮着自己。

跟路其琛在一起两年多，白蓉蓉还是头一次看到路其琛发这么大的脾气，一下子愣在了原地，等到回过神来的时候就委屈地哭了出来。

叶知秋忍不住在心里翻了一个白眼。这要是不知道情况的人，还不定以为自己怎么欺负她了呢。万一要是让外面的那些记者知道了，她非得被网上那些唾沫星子给淹死。

白蓉蓉可不管叶知秋怎么想，这会儿她在意的是路其琛对自己的态度，一边哭着一边忍不住倾诉自己的委屈，"其琛，我知道我前两天不该冲着你发脾气，我也已经知道错了，所以我今天是特意来给你赔罪的，咱们两个在一起这么长时间，这份感情实属不易，我不愿意就这么轻易地放弃。"白蓉蓉哭哭啼啼的。而叶知秋也是这个时候才知道，原来路其琛和白蓉蓉之间并没有想象之中的那么牢不可破，至少现在……路其琛已经让白蓉蓉觉得没有安全感了。

叶知秋自知自己绝不是造成两人之间问题的导火索，以路其琛声名狼藉的那些过往来说，指不定在外面还有多少女人呢。而白蓉蓉，只是她众多女人当中待的时间最久的一个罢了。

一想到这里，叶知秋忍不住替白蓉蓉可惜。她虽然惨，但也只需要熬过这一年时间，但白蓉蓉，那是真的把整副身心都交到了路其琛身上啊。

"看什么看，再看我就把你眼珠子挖出来。"瞟到叶知秋眼中的怜悯时，白蓉蓉的脑子"轰"的一下，完全失去了理智，叫嚣着扑了上来。

这一次，范特助挡在了叶知秋的面前。

面露为难，"白小姐，您是大明星，何必跟一个小人物计较，白白失了风度，您说是不是？"

范特助看出来了，尽管路其琛这会儿没有任何作为，但是白蓉蓉的手在快要打到叶知秋脸上时，他眼底的关心是藏也藏不住的。

所以他坚定不移地挡在了叶知秋的面前，毕竟……这才是名正言顺的路太太。

"范特助，连你也要跟我作对吗？"白蓉蓉恶狠狠地看了一眼面前的范特助，冷笑，"好啊，路其琛，你也看到了，你要是不给我一个合理的答复，今天这事我是不会就这样算了的。"

"你想要什么答复？"路其琛见叶知秋暂时没事，忍不住松了一口气，冲着面前的白蓉蓉问道。

白蓉蓉瞟了一眼路其琛和叶知秋，眼底闪过一丝报复，"我要你把他们两个都给我开除了，以后我不想在翔宇再看到他们两个人。"

叶知秋一惊，白蓉蓉的报复心还真是重。要说得罪她的明明只有自己一个人，范特助跟在路其琛的身边这么多年，早就已经成了他的左膀右臂，她竟然想让路其琛把范特助一起开除了，这怎么可能呢？

叶知秋忍不住在心里暗骂白蓉蓉蠢。

果然，下一秒路其琛就开口回绝了白蓉蓉的建议，话说得毫不留情，"你要是不想在翔宇看到他们的话，你可以不用过来。"

话一说完，白蓉蓉瞪大了眼睛，像是不敢相信自己听到了什么一样，不甘心地又确认了一遍。

"你……你把刚刚的话再说一遍。"

"我说，你要是不愿意见他们俩，你大可不必来，眼不见为净。"路其琛毫不留情地说道。

"你……"白蓉蓉委屈的眼泪"吧嗒吧嗒"直掉，这要是换成以前的话，路其琛早就上前安慰了。不！不是的！这要是搁在以前的话，路其琛是绝对不会让自己受这样的气的。

白蓉蓉恶狠狠地瞪着叶知秋，深吸了一口气，不死心地问道："其琛，是我冲动了，范特助是你的人，我这也是气糊涂了才乱说，可这个女人……当着我的面，竟然说出这样的话来，你要是不处置她的话，那我以后还怎么见人？"

"她说的有什么错吗？"路其琛侧头看着面前的白蓉蓉，一句话把她噎得愣在了原地。

"目前的情况就是，我确实娶了别的女人，而你……的的确确想当小三。"路其琛淡淡地说道，"别说她说得没错，就是她说错了，我也不可能开除她。"

"你……"白蓉蓉一下子觉得天都塌下来了。这到底是怎么一回事？为什么路其琛变成了自己完全不认识的样子？

"其琛，你到底怎么了？我虽然没有嫁给你，可大家都知道，你娶那个女人的目的是什么，我才是你爱的人啊。"白蓉蓉拉着路其琛的手，简直不敢相信刚刚那些决绝的话竟然是从路其琛的嘴里说出来的。

那是她的爱人啊。那是曾经把她宠上天的男人啊。怎么他一结婚，什么都变了呢？白蓉蓉固执地把这些原因都归咎在了那个素未谋面的路太太身上，却不曾想，自从路其琛结婚之后，自己的患得患失早就已经让路其琛生厌。

"白小姐，要不您还是先离开吧，这位Autumn小姐真的不是……"范特助看着这么一个大明星在路其琛的面前一点自尊都没有，忍不住好言相劝，换来的却是白蓉蓉的一顿谩骂。

"你给我闭嘴。"

看着路其琛和范特助维护叶知秋的样子，白蓉蓉一下子失去了理智。

"路其琛，你实话告诉我，你跟这个女人到底是什么关系？"

"我……"叶知秋是想解释的，毕竟他们情侣两人之间的争执是因自己而起，没想到路其琛比自己更快。

"我说过了，她不是我这里的员工，她是……我的妻子。"路其琛坦然地把叶知秋的身份说了出来，眼睁睁地看着白蓉蓉脸上的表情从怀疑到不甘，再到愤怒，最后竟然笑出了声。

"难怪……"她总算是明白了。为什么一个秘书竟然敢这样冲进路其琛的办公室。为什么范特助处处维护她。为什么路其琛也对她青睐有加。

原来，都是因为她的身份，她是路其琛的老婆，是他名正言顺的妻子，也是……抢了自己"路太太"身份的敌人。

白蓉蓉忍不住打量了叶知秋两眼，没有特别华丽的服饰，妆容干干净净，长了一张人畜无害的脸。也难怪路其琛娶了她之后就疏远了自己。在白蓉蓉的心中，早就已经把叶知秋当成了狐狸精，她恨不得现在就冲上去撕碎叶知秋的脸。

但她不能！

她跟路其琛之间的隔阂已经存在，如果现在贸然地冲上去，势必会让路其琛反感，所以她只能忍。

来日方长。

叶知秋看到白蓉蓉脸上的表情一直在变，最后竟然平静了下来，她不由得佩服这个女人的忍耐力。

也是，能在路其琛的身边待这么长时间，怎么可能没有一点心机。

叶知秋不知道路其琛表明自己的身份到底意欲何为，但决定权根本不在自己的手中，所以她根本不纠结于此。她现在只想赶紧离开，不管什么方案，也不管什么白蓉蓉。

路其琛看到白蓉蓉面带哀怨地看了一眼自己，然后默默地垂下头，"其琛，我先走了。"

没等路其琛回答，白蓉蓉就落荒而逃，只是临走时那冷冷的一瞥，让叶知秋心头一慌。

白蓉蓉绝不会这样善罢甘休。

白蓉蓉走后，范特助也找了一个借口离开，偌大一个办公室，一下子就剩下叶知秋和路其琛两个人，她顿时有些拘束，也不知道刚刚自己哪来的勇气对着路其琛说出那番指责的话语。

路其琛也看出了她的拘束，忍不住打趣道："怎么，这会儿害羞起来了？刚刚那副天不怕地不怕的架势哪去了？"

叶知秋一抬眼就撞见了他眼里的戏谑，刚想反驳，对面的路其琛就换了话题，"不是说来送方案的吗？说说看。"

谈到工作，叶知秋一下子褪去了身上的拘谨，打开随身携带的电脑，坐在路其琛的身边一页一页地讲解着。

她身上淡淡的体香一下一下窜进路其琛的鼻端，他虽正襟危坐，却忍不住心猿意马。

叶知秋是把之前的PPT彻底推翻重新做了一个方案出来，采用的还是发布会的形势，虽然是一个晚上赶出来的，但是比起之前的那一个方案来说，精进了不少，有些小细节上的问题，路其琛提出来了，她当场就改了。

等到整个PPT演示完，叶知秋一转头，就看到路其琛的脸近在咫尺，心跳都漏了一拍。

"咳咳。"叶知秋借此来打破自己的尴尬，"路总，还有什么问题吗？"

"我看着挺好的，就照这个方案执行下去吧。"叶知秋愣了一下，没想到路其琛这一次竟然没有为难自己，有些错愕地愣在原地。

"怎么？不愿意？"

"不是的。"叶知秋急忙解释，"我以为……"

"你以为我会因为白蓉蓉的事情怪罪于你？"路其琛冷笑了一声，也没给叶知秋回答的机会，"行了，我今天有事，就不陪你一起吃午饭了，明天是周六，不要安排事情，陪我去机场接个人。"

叶知秋没拒绝，整个人浑浑噩噩地从翔宇出来，还处于发蒙的状态。

她没想到路其琛非但没有责怪自己得罪白蓉蓉的事情，反而就这样放过了自己，这让她有些始料未及。这可一点也不像他的作风。

云漫。

"周总，有句话……我不知道该不该说。"潘琴吊足了胃口，没等周扬开口，又继续说道，"我承认，Autumn能力是很强，可是您也看到了，这些年她虽然帮了您不少忙，但是也闯了不少的祸，就拿这次翔宇的案子来说，她明知道您是想多赚一笔，却还是擅自将酒会改成发布会，这样一来，您得损失多少钱啊。"潘琴看着周扬脸上的表情越来越难看，忍不住继续说道，"这公司是您的，她拿着您的薪水，却不停地在替对方公司省钱，您说这样吃里爬外的人您要她干什么？"

听着潘琴的话，周扬的脑海里不由自主地回想起这些年来叶知秋在公司的表现。

算算这几年叶知秋独立完成的几件大案子，甲方都是对她赞不绝口，自己这个公司老总在她面前就像是个废物一样。

潘琴再接再厉，"周总，我可听说……她一直偷偷地在收好处费，表面上一直是在为您做事，可实际上呢，是利用这个职位之便，中饱私囊。"

"不可能！"周扬猛地抬起头，他不相信叶知秋会是这样的人。

"您以为她还是刚来公司的那个叶知秋吗？我听说她奶奶病得很重，她拿人家的钱也是情有可原不是吗？"

叶知秋奶奶病重的事情，周扬也是有所耳闻的。

"周总，我是想提醒您一句，要是再任由叶知秋独大的话，那她迟早不拿您这个总当一回事。"潘琴笑了笑，"我听说……公司最近有意选出一个策划总监，我得提醒您一句，可千万别让叶知秋坐上这个位置，否则将来您一定是会后悔的。"只要没了叶知秋这个绊脚石，那策划总监的位置迟早是她的囊中之物。

周扬紧紧地皱着眉头，冲着面前的潘琴说道："你先出去吧，一会Autumn要是回来了，让她来我办公室一趟。"

"是。"这事急不得，只要周扬对叶知秋有了怀疑，那么自己就有可乘之机。

下班时间还没到，周扬就从办公室里走了出来，"各位，咱们今天提前下班，好好庆祝一下。"

"谢周总。"一下子办公室里都热闹了起来，每个人的脸上都难掩喜色。

周扬敲了敲叶知秋办公室的门，"Autumn，咱们走吧。"

从云漫出来的时候外面的天色阴沉沉的，像是要下雨一样，也不知道是有心还是无意，叶知秋被安排在了周扬的车上。

她本就不是个爱说话的人，所以一路上都没主动开口说话，倒是周扬主动开了口，冲着叶知秋问道，"Autumn，我记得你之前好像说过，你奶奶的身体不是太好，现在好些了吗？"

叶知秋的脸上闪过一丝意味不明的情绪。说来也真是可笑，那是她最亲的人，可她现在都不知道奶奶到底怎么样了。

"多谢周总关心，她身体已经好得差不多了。"叶知秋勉强挤出一丝笑容，淡淡地说道。

"那真是恭喜了。"周扬专心致志地开着车，握着方向盘的手指节微微泛白，"你来公司也有好几年了吧？"

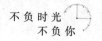

"三年了。"

"三年。"周扬笑了笑，"时间过得可真快，当初你来公司应聘的时候我还觉得你就是个什么都不懂的小女生，眼神里清澈得很，时间啊……真是太可怕了，能让一个人越来越好，也能把人拉进深渊……"

"周总，您这话是什么意思？"叶知秋微微侧过脸，冲着面前的周扬问道。

她不傻，周扬这话绝对不是在夸她。

"没什么意思。"周扬笑了笑，"这些年在我公司里，你替我做了很多事情，陪着我一路走来，帮我拿下了很多大案子，我很感激你，只是……"周扬顿了顿，继续说道，"只是Autumn，你要是有什么困难，你可以直接告诉我，而不是……"

"周总！"叶知秋严肃地打断了周扬的话，公司里一直在传自己收甲方钱的事情，她知道这些话到底是谁传出来的，只是一直不愿意去管，可她万万没有想到，周扬竟然信了这些话。叶知秋深吸了一口气，强迫自己冷静下来，"这些年我跟在你的身边，我是什么样的人我以为你已经很清楚了，别人怀疑我没关系，可你怎么能……"

"我也不想！"周扬烦躁地按了两下喇叭，"可是Autumn，种种迹象都表明你收了钱，你明知道我接翔宇的案子就是想多赚一点，可你呢，不声不响地把方案全部改了，你千方百计地替翔宇省钱，难道不是因为收了人家的钱？还是说……你看上那个路其琛了？"

"那是因为……"叶知秋想解释，周扬却没给她这个机会，把车在汎边音乐餐厅门口一停，淡淡道，"到了，下车吧。"

周扬选的地方是一家音乐餐厅，音乐和美食融为一体，环境优雅，舞台上还有歌者在驻唱，是阳城有名的"文青之家"，很多没有体验过夜生活的人都喜欢来这里，边吃东西边看表演。

叶知秋默不作声地跟在了周扬的身后，她自打进公司以来便是两耳不闻窗外事，一心一意地帮周扬，就是为了感谢他在自己落魄的时候拉了自己一把。可她现在才发现，原来自己所有的努力在周扬心里都是有目的的。想到这里，她脸上的表情也很难看。

两人到的时候公司里其他同事都已经到了，有同事拿两人开玩笑，"周总，你跟Autumn可是第一个出发的，怎么到现在才来？"

"就是就是，你们俩是不是背着我们干什么去了？"

"我刚进公司的那会儿还以为Autumn和周总是一对呢，周总，您是男人，要真是喜欢Autumn的话就赶紧的，别等人家被抢走了才后悔。"

都是开玩笑的话，叶知秋也没当真，周扬别有深意地看了一眼面前的叶知秋，"怕只怕人家钓上了金龟婿，根本看不上我吧。"

周扬的话一出，在场的人脸上都很尴尬，叶知秋也是一样。

刚进公司的那会儿，周扬确实追过叶知秋一段时间，但叶知秋对他毫无感觉，所以他追了一段时间见叶知秋一点反应也没有，就放弃了。

现在当着这么多人的面，周扬说出这样的话来，气氛一下子凝固了。

周扬在旁边抽烟，说实话，他也不愿意相信叶知秋是潘琴口中的那种人，可这段时间以来，叶知秋的所作所为真的是太让他失望了。潘琴说得没错，她确实需要一个人来挫挫她的锐气。

旁边的同事叽叽喳喳说个不停，从谁谁谁做了别人的小三，再到什么牌子的粉底好用，叶知秋对这些都不感兴趣，所以就默默地看着舞台上的主唱。

他的声音很沙哑，带着历经沧桑的感觉，让人不自觉地沉沦其中。

叶知秋看得认真，并没有发现门口走进一道修长的身影，他的目光在里面逡巡了一圈，落到了叶知秋身上之后，这才迈出了步子，挑了个角落的地方坐下。

第6章 醉酒

叶知秋坐在那里，任凭周遭嘈杂不已，却根本不愿融入其中，在人群中便成了一眼就能看见的独特存在。

菜上来了之后，潘琴给叶知秋倒了一杯威士忌，笑道，"Autumn，这杯酒你可一定要喝，这次要不是你的话，翔宇的案子我们也拿不下来，我代表公司的所有人，敬你一杯酒，让我们所有人的努力没有白费。"

叶知秋微微蹙眉，"我不会喝酒。"

潘琴笑，"谁也不是一生下来就会喝酒的不是，再说了，今天晚上你可是主角，你说这主角都不喝酒，我们还怎么尽兴。"

"Autumn，要不我帮你喝吧。"张璐在一旁露出关切的眼神。

叶知秋看着被塞到自己手里的酒杯，犹豫了一下，一旁的周扬阴阳怪气地说道："怎么，连一杯酒都不愿意喝？"

叶知秋满肚子的怨气，扬起头把一杯酒都灌进了肚子里，顿时腹中像是被火烧过一样。

角落里的一双眼睛微微皱起了眉头。

有了这第一杯酒，也不知其他人是不是都商量好了一样，一个一个的都来给叶知秋敬酒，叶知秋也是来者不拒，只要是来敬酒的，都一饮而尽。

酒过三巡，叶知秋晕乎乎地坐在沙发里，头沉得厉害，一点劲都提不起来。

周扬端起酒杯，清了清嗓子，"各位……"

"相信大家都知道，咱们公司策划总监的位置已经空缺了很长时间，今天趁着这个机会，我想向大家宣布一项人事任命。"周扬的话说完，所有的人都将目光投向了叶知秋，在他们看来，叶知秋当上策划总监的位置，实至名归。

潘琴紧紧地攥着拳头，她心里紧张极了。

周扬的眼睛扫了一眼叶知秋，最后落在了潘琴的身上，"潘琴在我们公司待了也挺长时间的了，虽然不是最优秀的，但她经验足，我认为这个策划总监的位置……非她莫属。"

"什么？"

"这怎么回事？怎么是她啊？"

"就是啊，Autumn怎么办？"

周扬的话刚说完，叶知秋"腾"的一下站了起来，大家都以为她是对这个任命心存不满，她却只是笑了笑，"不……不好意思，我去趟卫生间。"刚开始喝下去还不觉得，现在酒劲上来了，浑身难受得厉害。

叶知秋跌跌撞撞地朝着卫生间走去，潘琴也站了起来，做出一副深明大义的样子，"我去看看她。"

叶知秋刚到厕所，潘琴也跟了进来，看着叶知秋站在洗手池面前洗脸，懒洋洋地靠在了墙壁上，冷笑道："怎么？没想到我会坐上这个位置吧？"

叶知秋擦了一把脸，透过镜子看着身后的人，"潘琴，说实话，我真的不太明白，为什么从我进公司以来，你就对我带有这么大的敌意？"

潘琴的面目有些扭曲，"为什么？"她看着面前的叶知秋，冷笑道，"叶知秋，你看看你，除了长得漂亮之外还有什么？凭什么你一进公司就能获得周总的青睐，凭什么所有的合作对象都对你赞不绝口，凭什么你事事都压我一头，我不甘心。"潘琴冷笑了一声，继续说道，"现在好了，你不还是得在我手底下看我的脸色？"

潘琴走近了叶知秋，咬牙切齿地说道："叶知秋，你要是识相的话，就自己辞职，否则我向你保证，我一定会让你在我手底下生不如死的。"

叶知秋关上水龙头，定定地看着面前的潘琴，"潘琴，你知道为什么所有的合作对象都在我面前说你不好吗？"

"因为你自私自利，因为你脑子里只有这些钩心斗角的事情，这样的人怎么可能有好的创意，怎么可能做出好的策划，所以你注定输给我。"叶知秋面无表情，"实话告诉你，这个策划总监的位置我根本不在乎，你要是觉得你自己有能力，你坐着便是，我留在这里，不过是为了……"

"算了。"叶知秋叹了一口气，"像你这样的人，我说再多你也不会明白的。"

叶知秋推开了面前的潘琴，径直走了出去，刚一出门就撞进了一个宽阔的怀抱，叶知秋一抬头就看见一张熟悉的脸，微微带着诧异，"你怎么会在这里？"

"回家。"来人正是路其琛，之前他一直默默地看着叶知秋那边的动静，知道她不想让人家知道两人的关系，所以为了不造成没必要的困扰，哪怕是看着叶知秋被人灌酒，路其琛也没有过去。好不容易等到叶知秋去洗手间，路其琛急忙跟了过来。

"回家？"叶知秋诧异地看着面前的路其琛，"我不是让范特助跟你说过了吗？我今天有事……"

"有什么大事？不就是在这里喝酒？"路其琛凑近了面前的叶知秋，因为喝了酒，她面色潮红，看起来可爱极了，"你别忘了，你现在可是有夫之妇，哪有把我一个人扔在家里饿肚子的道理？"

"可是……"聚餐还没结束呢，她要是走了，人家心里怎么想？

"没什么可是的，赶紧走。"叶知秋还没回过神来，路其琛已经不容分说地拽着叶知秋的手离开了。

潘琴从厕所出来的时候，正好就看见叶知秋和路其琛拉拉扯扯的样子。她紧紧地攥着拳头，嫉妒像是藤蔓，一点点地扼住了她的喉咙。

凭什么？凭什么叶知秋这么好运气，连刚刚新婚的路其琛都对她青睐有加？潘琴不知道自己是怎么回到餐桌边上的，张璐朝着她身后张望了一下，"琴姐，Autumn呢？怎么没跟你一起回来？她没事吧？"

声音不大不小，正好可以让在场的所有人听到。

"她能有什么事？"潘琴冷笑了一声，"人家可是大美女，喝醉了酒自然有护花使者送她回去。"

潘琴走到周扬的面前，凑近他耳边说了一句话，话音刚落，周扬的眼底一下子变得黢黑，握着酒杯的手指关节也微微泛白。

她竟然……真的跟路其琛走到一起了。

周扬越想越觉得可笑，当初自己还以为她真的是个不食人间烟火的"仙女"，现在看来，人家是嫌自己资金不够雄厚啊。

叶知秋并不知道自己走后发生了什么，她酒喝多了，上车之后就开始昏睡。

到景园的时候她还在睡，路其琛叹了一口气，下车轻手轻脚地把她抱上了楼。刚在餐厅看到叶知秋受委屈的时候，他真想冲出去的，可这丫头倒好，好像完全不在意一样。

叶知秋醒过来的时候已经是第二天早上，身上的衣服已经换成了舒适的睡衣，她想起家里一个保姆都没有，这衣服……

说实话，路其琛把自己从那边带走，她是心存感激的。她早就不想再继续待下去，只是没找到借口离开罢了。

"起来了？"正坐在床上发呆，房间里突然响起路其琛的声音。路其琛原本以为叶知秋的酒品不错，哪知道一到家就开始撒酒疯，吐了一地不说，还非得拉着自己聊天，天南海北地聊，到最后直接趴在自己怀里吐了。

路其琛又气又好笑，但还是默默地把她抱去卫生间清洗干净，换上舒适的睡衣，等她在床上睡熟了，又把家里收拾干净。

他不禁有些后悔让家里的保姆走了。

"你……你怎么在这里？"叶知秋吓了一跳，她知道自己身上的衣物十有八九是路其琛换的，再看到他的时候免不了有些尴尬。

路其琛昨晚压根就没有离开，在沙发上窝了一夜，看着叶知秋醒过来，先是看了看自己身上的衣物，然后懊恼地发了会儿脾气，再然后又坐在床上发呆，他实在是看不下去了，这才出声打断了她。

"你折腾了一晚上，赶紧起来，给我做早饭去。"路其琛命令道。

路其琛去洗了个澡，出来的时候叶知秋已经做好了早饭，因为时间紧，她就下了点饺子，招呼路其琛过来吃。

"来不及做别的了，你将就一下。"叶知秋尴尬地笑了笑，"昨天晚上……我没有做什么丢人的事吧？"

"你说呢？"路其琛丢下一句模棱两口的话，吃了一口饺子，像是想起了什么一样，微微抬起眼，说道，"你那个公司，你要是不愿意去的话就别去了，来我公司吧。"

"啊？"叶知秋愣了一下，这算是邀请吗？

"正好公司缺一个策划总监的位置，你要是愿意来的话，随时欢迎你。"路其琛淡淡地说道，仿佛只是在说一件小事一样。

听到策划总监四个字，叶知秋眼底的光暗了暗，她这才知道路其琛到底为什么有这样的提议，他是怕自己在云漫受了委屈吧？

"谢谢，不过……我暂时还不需要。"不管周扬怎么对她，毕竟那是自己待了三年的地方，说没感情那是假的。

"你记住，你是我路其琛的老婆，没人能让你受委屈，除了我。"路其琛霸道的话语传入耳中，该死的霸道，也该死的暖心。

叶知秋低着头，闷声应是。

"一会儿爷爷回来，我们先去机场接他，晚上一起吃个饭。"路其琛淡淡地说道。

路老爷子要回来了？叶知秋有些发怵。她毕竟不是真正的顾妍绯，随时都有暴露的可能。

叶知秋硬着头皮上楼换了一件鹅黄色的连衣裙，一头黑色秀发简单扎成马尾，露出清晰、漂亮的锁骨，恰到好处地衬出修长双腿，金色凉靴简单大方。

去机场的路上叶知秋沉默不语，路其琛看了她一眼，问道："怎么？你紧张？"

"嗯。"叶知秋微微点头，"你爷爷他……"

"他现在也是你的爷爷了。"路其琛淡淡道，"你别紧张，他很和蔼的，没有你想得那么恐怖。"

"那……"叶知秋犹豫了一下，说道，"我听说爷爷身体不是太好，外面的饭菜油烟大，不适合老人家，一会儿咱们接了他之后你就陪他回来，我去菜场买点菜，晚上咱们在家吃？"

"好啊。"路其琛的嘴角扬起一抹笑容。他现在越来越怀疑叶知秋的身份了。

老爷子是和路蓼一起回来的，路蓼老远就看到了等在出口的路其琛和叶知秋，飞奔过来挂在了路其琛的身上，"哥，想我了吗？"

"你这丫头，快下来。"路其琛宠溺地看着怀里的路蓼，"你嫂子还在呢，像什么样子？"

路蓼这才意识到路其琛已经结婚了，吐了吐舌头，尴尬地从路其琛的身上滑了下来，笑嘻嘻地冲着面前的叶知秋说道："嫂子，你别见怪，我跟我哥随便惯了。"

"没关系的。"叶知秋站在一旁恬静地笑，说实话，她真的很羡慕路其琛一家人的感情能这么好。

"爷爷，我来帮您吧。"叶知秋接过了路老爷子手里的行李。

路老爷子满意地打量着面前的叶知秋，落落大方的样子深得他心。

"我来吧。"叶知秋刚刚接过路老爷子手里的行李，路其琛便又接到了自己手里，另一手揽住了叶知秋的腰。两人恩爱的样子落在老爷子和路蓼的眼中，爷孙相视而笑。

路其琛飘了这么长时间，总算是安定下来了。

"你干什么？"叶知秋很是不习惯路其琛抱着自己，压低了声音问道。

路其琛目不斜视，"别忘了咱们之间的约定。"

见他拿协议说事，叶知秋只好忍了下来。

到家后，路老爷子和路其琛在书房说话，叶知秋就在厨房处理食材，路蓼也不好意思坐着，跟着叶知秋在厨房一起帮忙。

"嫂子，你什么时候学会做饭的？"路蓼好奇地问道，看她熟练的样子，应该不是最近才学会的。

"我啊……"叶知秋手下的动作顿了顿，想起之前顾妍绯曾经在国外留学过一段时间，笑了笑，"以前在国外留学的时候，吃不惯外面的西餐，所以就开始学着做饭，也是被逼出来的。"

路蓼不疑有他。

叶知秋饭还没做完，叶问兰和顾绮山就赶了过来，他们听到路老爷子回来的消息，第一时间赶了过来，是路蓼给开的门。

"嫂子，你爸妈来了。"听到路蓼的声音时，叶知秋握着锅铲的手抖了一下，差点掉在地上。

"想什么呢？心不在焉的。"路其琛听到楼下门铃声时就下来了，站在厨房门口就看见叶知秋晃神的那一幕。

"没事……"叶知秋勉强挤出一丝笑容，冲着路其琛说道，"厨房里油烟大，你先出去吧，我这还有一个菜，马上就好了。"她用脚后跟都能猜到叶问兰是来干什么的，说实话，路老爷子刚刚回来，她是真不希望她这会儿过来打扰。

可她心里清楚，该来的，总是会来的。

叶知秋往最后一个汤里面加入调料，然后关火，解下身上的围裙，从厨房走了出来。

路其琛和路老爷子坐在沙发上对叶知秋赞不绝口，叶问兰的脸上挂着笑容，但笑意却不达眼底。

叶知秋不情不愿地走到沙发旁，路其琛站起身，拉着叶知秋坐在了自己的身旁。

"爸，妈。"叶知秋低着头叫了一声，对面的两人高兴地应了一声，叶问兰和蔼地看着面前的叶知秋，"叶……妍绯这两天好像胖了点，脸色也比之前好看了……"说着又把眼光投向了面前的路其琛，说道，"看到路总跟我们家妍绯关系这么好，我们当父母的也就放心了。"

"妈，我跟妍绯现在已经是一家人了，以后你们也别路总路总的叫我了，叫我其琛就好。"路其琛伸手揽住了身边叶知秋的肩膀，说道，"妍绯很好啊，我真要感谢你们培养了这么好的一个媳妇给我，说起来还是我占便宜了呢。"

虽然知道路其琛露骨的夸奖只是为了演戏，但叶知秋还是忍不住红了脸。

"可不是，咱们现在已经是一家人了，亲家以后就别这么客气了，我们一家对妍绯可满意得很。"路老爷子笑着说道，"正好，既然来了就一起吃个便饭吧。"

"好啊。"叶问兰毫不客气地答应了下来。她今天来就是想让路其琛抓紧时间帮顾氏集团处理这一次的危机，现在目的还没达到，她怎么可能会走？

叶知秋去厨房把饭菜端了出来，自打叶问兰来了之后她就一直沉默不语，最后一个菜端上桌，她才在路其琛的身边坐下，默默地给路老爷子盛了一碗排骨汤。

叶问兰看在眼底，忍不住冷嗤，心想，自己对这个叶知秋真是看哪哪不顺眼，这次要不是顾妍绯临时逃婚的话，这样的好事怎么可能会落在叶知秋的头上。

"怎么了你？"路其琛侧头问道，"要是不舒服的话就去楼上歇着，这里有我。"

一句简简单单的有我，一下子触动了叶知秋心底里最柔软的那根弦。她笑了笑，示意他自己没事。

对面的叶问兰看得咬牙切齿。面前的这个路其琛跟传闻中的一点也不一样，看着叶知秋误打误撞嫁了这么一个好男人，她心里很不舒服，恨不得立马拆穿叶知秋的身份。

可一想到顾氏，还是只能忍下来。

"妈，你怎么不吃？"路其琛抬起头，正好撞进叶问兰充满怨毒的眼神，微微皱起眉头，对面的叶问兰急忙收回目光，笑了笑，仿佛刚刚什么事情都没有发生过一样，"你也吃。"

路其琛疑惑地看了一眼叶问兰，不是母女吗？为什么刚刚叶问兰看着叶知秋的眼神仿佛是在看仇人一样？

路老爷子在美国待了这么长时间，难得吃到这么合心意的中餐，所以一直埋头吃饭，并没有察觉到餐桌上诡异的气氛。

叶问兰和顾绮山可不是来吃饭的，两人对视了一眼，叶问兰开了口，"其琛啊，你跟妍绯结婚也有一段时间了，那……"

"妈！"叶知秋猛地抬起头，打断了叶问兰的话，"你尝尝这个糖醋鱼，是你最喜欢吃的了。"

"我……"叶问兰皱着眉头，显然对叶知秋打断自己很不满意，叶知秋却完全不管叶问兰是怎么想的。

"本来今天该我跟其琛去娘家回门的，可爷爷今天刚刚回来，舟车劳顿的，也怪我，没事先跟你们说一声……"叶知秋把责任都揽到了自己的身上，把叶问兰和顾绮山的这次造访说成了是"想女儿"。

路老爷子恍然大悟，"瞧我这个记性，都忘了今天是回门的日子，害得亲家亲自跑一趟，是我的不是。"

"亲家，不是这样的，我们来是……"叶知秋三言两语就让叶问兰乱了方寸，一旁的顾绮山皱着眉头开了口。

叶知秋往他碗里夹了一块排骨，"爸，您之前不是说想吃我做的饭吗？多吃一点。"

叶知秋知道自己是阻挡不住他们两个人的，但她至少想努力地让他们不在路老爷子面前开口。

路其琛敏锐地察觉到了两人来的目的并不是"看女儿"这么单纯，"爸、妈，是我考虑不周，这样好了，明天我跟妍绯两人回顾家，正好公司的事情我也想跟爸聊一聊。"

"好好好，那就这么说定了。"叶问兰满脸笑容，"明天我让家里准备饭菜，你们过来吃饭。"

"好。"她努力了这么久都没能让两人闭嘴，但路其琛的一句话就让两人心甘情愿地闭了嘴。

达到了目的，两人吃过午饭就准备离开，叶知秋正准备收拾桌子，叶问兰站在门口喊，"妍绯啊，爸妈要走了，你过来送送我们，正好我也有点事情要叮嘱你。"

叶知秋这才放下手里的毛巾，叶问兰突然亲热地挽住了叶知秋的手，"走吧。"

一出门，四下无人，叶知秋甩开了叶问兰的手，"叶问兰，你想要的明天就会有答案，还有什么事情吗？"

"怎么，你是我的女儿，难道我就不能跟你说说话？"叶问兰冷笑了一声，话音刚落，就听到叶知秋冷笑了一声，"这里没别人，你也不必再演戏了，说吧，到底有什么事情？"

"我看那个路其琛对你挺好的，你该不会真的喜欢上他了吧？"叶问兰酸溜溜地问道，"我警告你，那是顾妍绯的老公，我劝你最好不要动什么歪心思……"

"你放心！"叶知秋不耐烦地打断了她，"我对他一点感情都没有，我巴不得顾妍绯早些回来，好把这个位置还给她。"

顾妍绯回来了又怎么样，路其琛心里的那个人是白蓉蓉。

"还算你有点自知之明。"叶问兰这才满意地点了点头，"明天你们两个回去，等你顾叔提起顾氏的事情时，你在旁边帮衬着点，听到了没有？"

叶知秋沉吟一番，"要我帮忙也可以，不过……我要见奶奶。"

叶知秋提到老太太的时候，叶问兰的眼底闪过一丝慌乱，很快又恢复如常，冲着面前的叶知秋说道："放心，只要你帮顾氏渡过这次的难关，我就把奶奶还给你，让你们祖孙两个尽快团聚。"

"这可是你说的。"

叶问兰冷笑着离开了路家，回家的路上越想越生气，忍不住侧头冲着面前的顾绮山说道："绮山，你有没有觉得路其琛跟外面传的不太一样？"

"你也发现了？"顾绮山冷笑了一声，"我早就让你盯紧了顾妍绯，我怎么可能让自己的女儿去跳火坑？可你倒好，明知道她要跑你还是把她放走了，我看妍绯这孩子，早晚被你宠坏了。"

"什么？"叶问兰惊呼，冲着面前的顾绮山问道："你早就知道路其琛不是那样的人，为什么不跟我说明白？"

"我提醒过你。"顾绮山微微皱眉，"让你务必看好妍绯，这能怪得了我吗？"

"怎么不怪你？"叶问兰一脸理所当然的样子，"你要是跟我直说的话，我怎么可能纵容妍绯跟那个穷小子跑了，白白便宜了叶知秋。"

一想起路其琛一表人才，对叶知秋又呵护备至的样子，叶问兰的心里就很不舒服，恰好顾妍绯打电话回来，开口就是要钱，"妈，我没钱了，你赶紧给我打一点。"

叶问兰的心里突然生出一个主意，既然路其琛跟传闻中的完全不一样，那顾妍绯不愿意嫁给路其琛的理由就不存在了，她可不愿意眼睁睁地看着这样的好男人落入叶知秋的手中，"要我给你打钱也可以，明天你回家吃饭。"

叶问兰说着便挂断了电话，她有信心，就算是为了钱，顾妍绯也一定会回来的。

第二日一早，顾妍绯就敲响了叶问兰的房门，张口就是要钱，"妈，我回来了，赶紧给我拿钱。"

叶问兰睡眼蒙眬地过来开门，因为路其琛夫妻俩要来，所以家里的保姆一早就忙开了，而她，只需要一会儿做个样子就可以了。

她打着哈欠，问道："怎么回来得这么早？"

"早点拿钱早点走人，我跟曾炜约好了，一会儿还要出去玩呢。"顾妍绯催着叶问兰去拿钱。

叶问兰从钱包里面拿了一张卡，递给顾妍绯，说："这张卡里有五十万，够你生活一段时间的了，不过……想要密码，那就在家里吃完饭再走。"

"妈……"顾妍绯急了，"当初是你让我走的，还跟我说让叶知秋代替我嫁到路家去，我上楼的时候家里的保姆跟我说了，今天他们俩要来，我在这里算怎么回事，万一要是被发现了，我怎么办？"

"放心，不会的。"叶问兰宽慰着顾妍绯，她就是要让顾妍绯亲眼看看，她错过了一个什么样的男人。

"真的只是吃顿饭这么简单？"顾妍绯狐疑。

"当然。"叶问兰知道顾妍绯动心了，继续怂恿道，"你从小就不喜欢叶知秋，难道你不想知道她现在过得怎么样吗？"

顾妍绯沉吟一番，最后还是点了点头，答应了下来。

第7章　回叶家

路其琛和叶知秋到的时候不算晚，路老爷子让他们把他从美国带回来的保养品拿了过来。

顾妍绯站在门口看着两人下车，路其琛接过了叶知秋手里的东西，顺手牵上了她的手，这才朝着顾家大门走了过来。她看到叶知秋不小心扭了一下脚，路其琛紧张地询问她有没有事，她笑着摇头。

明晃晃的笑容刺痛了顾妍绯的眼。

等到两人走近，叶知秋看到站在台阶上的顾妍绯，一下子愣在了原地。

"怎么了？怎么不走了？"路其琛转过脸来冲着叶知秋问道，叶知秋只是定定地看着面前的顾妍绯。

顾妍绯这会儿才有机会好好地打量路其琛。之前只听说路其琛名声不好，什么女人多、脾气差，可等到人活生生地站在自己的面前，她才知道，用传闻来认识一个人，是她这辈子做得最错的一件事情。

路其琛今天穿得很随意，浅蓝细格的衬衣，手腕处松松挽起，斜飞的英挺剑眉，细长蕴藏着锐利的黑眸，阳光洒在他的脸上，晕出一个柔和的弧度。

"没事。"叶知秋是看到顾妍绯眼中的妒忌时才回过神来，笑着挽住了路其琛的手臂，"咱们进去吧。"

路其琛微微点头，经过顾妍绯身边的时候目不斜视，反而侧头让叶知秋当心脚下的门槛，这一幕刺痛了顾妍绯，她想也没想就开口叫住了叶知秋，"姐……"

叶知秋紧紧地握住了拳头，继而又松开，要不是因为这个女人，她现在根本不用整日活在胆战心惊中。

而罪魁祸首，竟然还有脸回来。

她转过脸，漾出一抹笑容，"不好意思，我认识你吗？"

"妍绯，其琛，你们来啦。"叶问兰一直没有出来，知道顾妍绯站在门口她也没有阻止，不管她说多少好话，顾妍绯都听不进去。倒不如让她亲眼看看，路其琛到底是个什么样的人。

眼看着两人就要撕起来了，她这才走了出来，挡在了顾妍绯面前，"妍绯，你不记得了吗？这个是你的远房表妹叶知秋，小时候你们两个一起玩过的。"

"是吗？我一点印象都没有了。"叶知秋淡淡道。

"她今天正好过来玩，我就让她留下来吃饭了。"叶问兰不动声色，笑了笑，继续说道，"你看你们两个，来就来吧，还带这么多东西过来，快进来吧。"

叶问兰笑着招呼两人进门，顾妍绯的脸色很不好看，"妈，你怎么不早告诉我？居然白白让叶知秋那个贱人捡了便宜！"

跟路其琛一比较，曾炜差得何止是一个银河系？要是当初叶问兰能拦着自己的话，现在挽着路其琛手的就是自己了，哪里还轮得到叶知秋？顾妍绯完全忘了，当初是自己死活要逃婚的。

叶问兰拍了拍顾妍绯的肩膀，"你放心，只要是你想要的，妈一定给你抢过来。"

叶问兰等两人进了门，就冲着叶知秋说道："妍绯啊，你过来帮帮我，让其琛在客厅里坐一会儿。"

叶问兰亲热地拉着叶知秋的手去了厨房，临走还不忘给顾妍绯使了个眼色。

顾妍绯会意，她站在门口看了好一会儿，这才起身去倒了一杯茶，递给了路其琛，"姐夫，喝茶。"

顾妍绯侧对着路其琛，娇滴滴地捋了捋耳后的头发，递茶过去的时候"一不小心"滑了一跤，直直地朝着路其琛的怀里摔了过去。她惊呼一声，自认还有几分姿色，所以对勾引路其琛这件事情是信心满满。却没想到下一秒，她就摔在了沙发上，手中的茶尽数倒在了自己的脸上，茶叶跟头发混在一起，那样子可笑极了。

"姐夫……"她哀怨地看了一眼路其琛，心中对叶知秋的怨念更深了。

要不是这个女人挡在中间，路其琛怎么可能对自己这么狠心？

她全然忘了，自己对路其琛来说，不过是个才见过一次的陌生人罢了。

路其琛冷眼看着面前的顾妍绯，对这个"表妹"他一开始就心怀警惕，自己的妻子在见到她的时候脸上的厌恶是怎么也遮掩不住的，再加上她对这个家里这么熟悉，根本不像是难得来玩的人，所以路其琛在她送茶过来的时候就一直紧紧地盯着她的一举一动。

只是他万万没想到，在自己第一次上丈母娘家的时候，他们就送了这么一份大礼给自己。

他的小姨子……竟然对自己投怀送抱。

他看了一眼厨房的方向，他的妻子……到底是怎么在这个家里生活下去的。

顾妍绯心中怨怒横生，尽管扮出一副柔弱的样子，但显然路其琛根本不吃这一套，只能咬着牙自己站了起来。怯生生地站在路其琛的面前，顾妍绯像是要哭出来了一样，"姐夫，都怪我，笨手笨脚的，连杯茶都递不好，没烫伤你吧？"

"你还是多担心担心你自己吧。"路其琛扫了一眼面前的顾妍绯，淡淡道。

疏离的态度让顾妍绯满肚子怨气，但当着路其琛的面，她也不好发泄出来，所以微微低下头，冲着面前的路其琛说道："姐夫，你稍微坐一会儿，我这就去重新给你泡杯茶来。"

顾妍绯转身上楼把狼狈的自己收拾干净，换身干净的衣服。

她换了一身吊带装，露出圆润滑腻的珍珠肩，下身穿着一条短到不能再短的超短裙，露出两条修长的腿。

她看着镜子里的自己，满意地扬起了笑容。

顾妍绯完全没有想过她这么做有什么不合适，下楼的时候自信满满，等她发现路其琛的眼神落在自己身上的时候，还若有若无地撩了一下自己的头发。

她就知道，自己的魅力还是很大的。

路其琛看她，当然不是因为她穿着清凉，如果他没记错的话，叶问兰介绍的时候说她是远房亲戚，并不常来。怎么她对这里这么熟悉？弄脏了衣服一转眼就换了一身，再看看这尺寸，分明就是她自己的。

路其琛起了疑心。

"姐夫，喝茶。"顾妍绯这次学聪明了，放下手里的茶杯之后就起身离开，"你先坐会儿，我去厨房看看表姐那边有没有什么需要帮忙的地方。"

她做出一副贤惠的样子，男人嘛，不就喜欢漂亮、贤惠的？

一进厨房，顾妍绯就原形毕露，随手拿了一个苹果就啃，嘴里还不客气地冲着叶知秋说道："叶知秋，我警告你，路其琛早晚是我的，你最好弄清楚自己的身份。"

"你是在跟我说话？"叶知秋扔下手里的蔬菜，冷着脸问道，"顾妍绯，如果我没记错的话，我会嫁给路其琛全部都是拜你所赐，要不是你的话，我现在还跟奶奶好好地生活在一起，怎么会跟路其琛纠缠不清？"她冷笑了一声，"怎么？现在看到路其琛一表人才，后悔了？"

顾妍绯的脸上闪过一丝心虚，但很快就恢复如常，她从小被叶问兰灌输的理念就是，叶知秋连家里的保姆都不如。就算她嫁过去了又怎样，那是因为她不知道路其琛的好。现在她知道了，自然要把路其琛要回来。

"是又怎么样？"顾妍绯冷笑了一声，"要不是我的话，你这辈子都见不到这么帅气多金的男人吧？别总是一副吃了大亏的样子，能嫁给路其琛是你的福气。"

"是吗？"叶知秋的脸色很难看，"这样的福气我还真是不屑，要不这样，我现在就出去跟路其琛说清楚，咱们两个赶紧把身份换回来，什么路太太，我一天都不想做了。"

"好啊，求之不得。"顾妍绯眼前一亮，好在叶问兰还算是比较理智的，急忙拉住了面前的叶知秋，"你看你，难得回来一趟，妍绯不过就是跟你开个玩笑罢了，发这么大的脾气做什么？"

"妈……"顾妍绯蹙眉。

叶问兰却没有管顾妍绯，拍了拍叶知秋的手，说道："行了，你出去陪陪他，这里我一个人可以的。"

叶知秋二话没说解下身上的围裙，径直走了出去。

厨房里只剩下顾妍绯和叶问兰两个人，顾妍绯拉着叶问兰的手撒娇道："我不管，我一定要嫁给路其琛。"

"好好好，妈知道的。"叶问兰宠溺地拍了拍顾妍绯的脸，"你这孩子，说风就是雨，要不是你当初死活不肯嫁，现在哪来这么多的事情？"

"那我不是不知道路其琛是什么样的人嘛……"顾妍绯这会儿也是悔得肠子都青了，"妈，刚刚叶知秋说要把身份换回来，你拦着她做什么？干脆就趁这次机会……"

"不行！"叶问兰斩钉截铁地打断了顾妍绯的话，见顾妍绯愣在原地，忙又上前安慰，"妍绯，妈知道你现在着急，可心急吃不了热豆腐，什么事情都得慢慢来不是？"

叶问兰叹了一口气，继续说道："你也知道你爸的公司出了点问题，现在唯一的办法就是让路其琛出手帮忙，你要是在这个时候说出自己跟叶知秋互换身份的事情，万一路其琛发怒，那你爸的公司怎么办？"

叶问兰句句在理，但顾妍绯一想到叶知秋与路其琛朝夕相处就浑身不舒服。

"那我怎么办？难道眼睁睁地看着叶知秋那个贱人和路其琛同床共枕吗？"凭什么她就得跟着一个靠自己养的软饭男，而叶知秋就在路家吃香喝辣？她迫切地想要把身份换回来。

"现在最好的办法就是按兵不动。"叶问兰思忖再三，最后给出了自己的建议，"如今最重要的事情就是让你爸的公司度过眼前这个坎，正好趁这段时间，你好好去接近路其琛，要是路其琛能爱上你的话，那就算咱们骗了他又如何？"

"这……"顾妍绯犹豫了。她刚刚已经试过，但路其琛对自己似乎一点兴趣都没有，要想让路其琛爱上自己，怕是有点难。

但一想到要将路其琛这么好的男人拱手让给叶知秋，顾妍绯是怎么也不愿意的，于是点了点头，说："妈，你放心，这次我无论如何都要让路其琛爱上我。"

一想到叶知秋被路其琛抛弃的那个场面，顾妍绯就忍不住暗爽。

"这才是妈的乖女儿。"看着顾妍绯信誓旦旦的样子，叶问兰也忍不住笑了起来，眼神里透着慈爱。

"妍绯，曾炜那边……"叶问兰提到这个名字的时候顾妍绯微微皱起了眉头，"既然你已经决定要跟路其琛走到一起，那我可得提醒你，那边你一定得处理干净了，万一要是让路其琛知道了，咱们一家都得跟着倒霉。"

顾妍绯蹙眉，说实话，真的要跟曾炜分手，她心里还真有些舍不得。曾炜跟自己是在酒吧认识的，虽然家里条件不怎么样，但人长得帅，像是最近特别火的一个当红明星，最重要的是他那一张嘴，哄得顾妍绯每天都很高兴。可跟路其琛这样一个帅气多金的成功男人一比，曾炜还是差得远，于是顾妍绯一咬牙，狠下了心来，说："放心吧妈，我会处理好的。"

叶问兰拉着顾妍绯从厨房走了出来，见叶知秋和路其琛正坐在沙发上说话，两人凑在一起的样子让顾妍绯怒火中烧，一把甩开叶问兰的手，冲到了两人面前，说："表姐，姐夫，你们在说什么呢？说得这么高兴？"

叶知秋别开脸，一言不发，倒是一旁的路其琛冲着叶问兰开口说："妈，刚刚公司临时来了个电话，我得赶紧过去了，今天就不在这里吃饭了。"路其琛没给叶问兰开口的机会，就拉着叶知秋站了起来，"顾氏集团的事情我已经派人在着手处理了，要是爸那边缺资金的话尽管跟我开口，我们就先走了。"

叶知秋跟路其琛刚刚不过就是在讨论方案的事情，下一秒路其琛就拉着自己离开，虽然挺意外，但说实话，她求之不得。对着叶问兰和顾妍绯那两张虚伪的脸，怎么吃得下东西？

"这……这怎么刚来就要走？"叶问兰愣了一下，虽然路其琛再三跟自己保证，一定会帮顾氏渡过这次的难关，但叶问兰现在可不满足于这些，瞪了一眼一旁的叶知秋，斥道，"是不是你惹其琛生气了？"

"妈……"路其琛蹙眉，"她现在是我的老婆。"

一句话，把叶问兰训斥的话堵在了喉咙里。

是啊，她现在已经结婚了，可不是自己想训就能训的了。

"走吧。"路其琛柔声冲着面前的叶知秋说道。

顾妍绯怎么可能让这两个人就这样离开，忙挡在了两人面前，"表姐，姐夫，来都来了，就在这吃了饭再走吧，也不差这么一会儿。"顾妍绯笑眯眯地说道。

俗话说，伸手不打笑脸人。但叶知秋可不是按套路出牌的人。

她笑了笑，说："你姐夫差的就是这么一会儿呢。"

"扑哧！"一旁的路其琛忍不住笑出了声，他头一次发现，原来她这么毒舌。

"你……"顾妍绯气得脸都白了，哀怨地走到路其琛的身边，勾着路其琛的手臂撒娇，"姐夫，你看我姐她……"

"叶小姐，放尊重些。"路其琛冷着脸，看向顾妍绯的眼底透着寒光，他伸手拂开顾妍绯的手，目光厌恶得像是在看垃圾一样。

顾妍绯忍不住咬牙切齿。

"好了好了。"最后还是叶问兰过来解围，"知秋，别闹了，你姐夫是干大事的……"

叶问兰笑盈盈地转过脸看着叶知秋，"妍绯啊，其琛忙也就算了，今天是周末，你难得回来一趟，就在家里吃了饭再走吧。"

"是啊……"顾妍绯也在一旁阴阳怪气地说道，"你能有什么好忙的。"等路其琛走了，她一定得好好教训教训这个叶知秋。

但路其琛并没有给两人这个机会，他伸手揽住了叶知秋的肩膀，"还是不了，我中午要带她见一个朋友，妈，帮我跟爸说一声不好意思，下次我们一定补回来。"

"可是……"顾妍绯还想说什么，一旁的叶问兰拉住了她，"那好吧，你们自己照顾好自己，有时间就回来。"

路其琛这才牵着叶知秋的手离开，顾妍绯盯着两人离开的背影，攥紧了拳头，"妈，你为什么处处护着那个叶知秋？你要是把她留下来，我一定好好收拾她，让她知道不是什么男人都是她可以染指的。"

"你啊，这脾气要是不改改的话，就算嫁进路家了也要吃大亏。"叶问兰叹气，"我听说翔宇正好在招秘书，你想办法去应聘，到时候你跟路其琛朝夕相处，还怕他不喜欢你吗？"

顾妍绯一想，觉得叶问兰说得有道理，这才满意地笑了起来，恰好曾炜来电话，皱着眉头跑一边接去了。

曾炜见顾妍绯回家拿钱过了这么长时间还没回来，有些着急了，急忙打电话过来催促，"宝贝儿，你怎么还没回来？我都等急了。"

原来顾妍绯听到这么亲昵的称呼，一定很高兴，但今天，除了厌恶之外再无其他，"曾炜，我有点事要跟你说，半个小时之后我们在蓝湾咖啡厅见面。"

顾妍绯是自己开车去的，到咖啡店的时候曾炜还没到，又等了十几分钟，曾炜才姗姗来迟。

她坐的位置正好对着咖啡店的大门，门口的风铃叮当作响，她抬起头，看见一身休闲装的曾炜踏进了咖啡店。都已经在一起这么长时间了，顾妍绯再看到曾炜这副脸蛋时还是忍不住心动。

"等很久了吧？"曾炜挂起笑容，亲昵地揽住了顾妍绯的肩膀，"怎么去了这么长时间，我都担心死了。"

曾炜还像往常一样甜言蜜语地哄着顾妍绯，而在他怀里的顾妍绯一边享受着这一切，一边忍不住在内心挣扎。

最后天平偏向了路其琛那边。

她伸手掰开了曾炜挂在自己脖子上的手臂，冷着脸，说："你坐好，我有话要跟你说。"

"怎么了你？"像顾妍绯这样大门不出二门不迈的大小姐最是好骗，他怎么也没想到，顾妍绯不过就是回了趟家，自己之前的努力全都白费了，"宝贝儿，有什么话咱们一会儿再说，你离开这么长时间，我都想你了……"

温热的气息喷洒在顾妍绯的耳后，言语间的暧昧不言而明。

顾妍绯难得的没有被蛊惑，正襟危坐，甚至还离曾炜远了一点，"曾炜，你别这样。"

她喝了一口咖啡，继续说道，"我今天是想跟你说，我们两个不合适，还是分手吧！"

"不合适？"曾炜一下子愣了，他这才明白，为什么今天的顾妍绯这么不一样，敢情是想着跟自己分手啊，"你这话是什么意思？顾妍绯，咱们俩在一起这么长时间了，好端端的你突然跟我分手，你要是不给我一个合理的理由，我是绝对不会同意的。"

"不合适就是不合适，哪有这么多理由？"顾妍绯不耐烦地说道。

曾炜恶狠狠地瞪着面前的顾妍绯。

在遇到顾妍绯之前，他只是酒吧里的一个服务员，后来遇到顾妍绯，顾妍绯出手大方，让他过上了他之前想都没有想过的好日子。所以在知道顾妍绯要结婚的时候，他才会不遗余力地怂恿她逃婚，他甚至开始想着，将来自己跟顾妍绯结了婚，日子该是何等的舒适。

他的美梦做得正香，顾妍绯却告诉他，要分手。这怎么可能？

"你玩我？"曾炜褪下虚假的柔情，恶狠狠地瞪着面前的顾妍绯。

"别把话说得这么难听，咱们俩在一起不是你情我愿的事情吗？"

爱着你的时候，你千好万好。不爱你的时候，你就是个一文不值的垃圾。如今的顾妍绯看曾炜就是这样。

"曾炜，好歹咱们俩也在一起这么长时间了，我在你身上花的钱也不是小数，你放心，我不会要回来，咱们好聚好散。"顾妍绯站起身来，"从现在开始，咱们两个半毛钱关系都没有，请你不要再来打扰我。"

"站住！"顾妍绯转身要走，曾炜一把拽住了顾妍绯的手腕，这个时候他哪还顾得上扮演什么温情，直接撕破了脸，"顾大小姐也不缺钱，给我一百万，咱们好聚好散。"

第8章　顾妍绯后悔了

"你……"顾妍绯吃惊地看着面前的曾炜，昔日的恋人像是青面獠牙的怪兽，一张嘴就要将你吞没。

"顾小姐，一百万而已，你什么时候拿出来，我们就什么时候分手。"曾炜掐灭手里的烟蒂，再抬头的时候眼底又是柔情蜜意，"其实吧，我也挺不想跟你分开的，你说你人长得这么漂亮，出手又大方，像你这样的女孩实在是不多，你要是实在拿不出这个钱的话也没关系，咱们不分手就是了。"

曾炜死皮赖脸地缠上了顾妍绯，伸手拍了她一下，"要自由，还是要钱，顾小姐，你自己选。"

眼前的曾炜完全是自己不认识的样子，她突然想到路其琛，心底对叶知秋的厌恨不免又多了几分。

"好，我答应你。"顾妍绯几乎是咬牙切齿地说完这句话，"不过我现在没有这么多钱，明天早上十点，我们还是在这里见，到时候我会把钱给你。"

顾妍绯失魂落魄地走在大街上，不知不觉竟走到了翔宇的大门口，看着恢宏大气的办公大楼，她暗暗发誓，一定要成为这里的女主人。

与此同时，路其琛带着叶知秋神神秘秘地来到了一处地方，站在门口的时候叶知秋愣了，"不是说要去公司吗？怎么来了这里？"

路其琛带叶知秋来的地方，是阳城有名的一家川菜馆，平时过来基本都是排队排到天荒地老，但今天，门可罗雀。

"我记得上次你说你喜欢吃辣，正好今天休息，就带你过来尝一下。"路其琛云淡风轻地说道，仿佛这只是一件再普通不过的小事。

叶知秋这会儿才明白，原来根本不是什么公司有事，而是他看出自己根本不想待在顾家，所以找了个借口把自己带出来罢了。

路其琛有这份心，叶知秋感动不已。

菜上来之后，路其琛一个劲儿地给叶知秋夹菜，自己反倒不怎么吃。

她这才想起，之前家里的保姆提过一嘴，路其琛肠胃不好，是不能吃辣的。

"你……"叶知秋歉疚地看着面前的路其琛，说道，"下次咱们还是去吃别的吧，你又不能吃辣，光看着我吃，我怎么好意思？"

"这有什么？"路其琛笑，叶知秋主动提起下次，是不是意味着她心里已经慢慢开始接受自己了呢，"你喜欢吃就多吃点，晚些时候我在家里也请个川菜厨师，到时候你就不用出来吃了。"

叶知秋垂下头，心头却是暖暖的。

这是她跟路其琛之间第一次有这么和谐的气氛，全部都是拜叶问兰和顾妍绯所赐。

原本以为今天的和谐会一直延续下去，但天不遂人愿，老天总是要在你最开心的时候，给你最重的一击。

叶知秋知道路其琛不能吃辣，所以找服务员又点了些糕点之类的，还没上来，路其琛就接到了白蓉蓉的电话。

自打白蓉蓉从公司离开之后，他们俩就再也没有联系过，也没有见过面。路其琛一心一意地把心思放在了家里，跟叶知秋的关系也稍有缓和，可直到白蓉蓉打电话来，他才想起来，自己在外面还有些事情没有处理干净。

"接吧。"路其琛看着手机发呆，一旁的叶知秋埋着头，装作若无其事的样子劝路其琛接电话。

路其琛这段时间太好了，好得她都差点忘了，他是白蓉蓉的男朋友，而不是自己的。

现在……也是时候把他还给白蓉蓉了。

路其琛皱了皱眉，好不容易跟叶知秋有些进展，白蓉蓉一个电话就让叶知秋自动跟自己划清界限，看来……是时候该让白蓉蓉彻底死心了。

追妻路漫漫，他可不想一遍一遍地做无用功。

"你在这等我一下，我马上回来。"路其琛拿着手机去外面接了，叶知秋看着满桌子的川菜，一下子没了胃口，她默默地去吧台结了账，把给路其琛点的糕点打包，等路其琛打完电话回头一看，叶知秋已经站在车旁边等着他了。

"怎么出来了？"路其琛微微皱眉，问道。

叶知秋笑了笑，一脸的善解人意，"白小姐找你一定是有急事的，我给你打包了，你吃一点，一会儿我自己回去，你就不用送我了。"

路其琛定定地看着面前的叶知秋，白蓉蓉确实是约自己去她家里见面，但他是为了和她断干净才答应见面的，可看叶知秋的意思，巴不得自己赶紧去见其他女人，尽管他知道自己必须得去赴这场约会，但看到叶知秋的态度他还是生气了。

"你就这么希望我去见别的女人吗？"

叶知秋愣了一下，不明白路其琛这话是什么意思。

"那天我在你办公室把她气成那样，麻烦你帮我跟她说声对不起，白小姐毕竟跟了你这么长时间，你跟她怎么样都是应该的，不用顾虑我。"叶知秋扯起一抹笑容，"爷爷那边我会帮你兜着，你安心去就是。"

"好，既然你这么希望我去，我去就是了。"路其琛冷笑了一声，他多希望这个时候叶知秋能伸手拦住自己，然后自己向她解释一下，但她没有。她眼睁睁地看着自己上了车，甚至还目送自己离开。

路其琛握着方向盘的手青筋暴起。

叶知秋默默地看着路其琛离开，心里面像是空了一块，很失落，她也不知道自己怎么了，刚刚路其琛走的时候，她有一种强烈的冲动，想要阻止他。

她想说，你别去。

可她有什么立场说这句话？

叶知秋攥紧的拳头又松开，最后"善解人意"地说道："去吧。"

路其琛跟叶知秋分开之后，直接去了白蓉蓉的家。他在门口点了一根烟，并没有抽，只是静静地等它烧完，然后熄火，上楼。

门铃响的那一刻，白蓉蓉几乎是第一时间拉开了门，看到路其琛站在门外，她的眼睛都亮了起来，像是黑夜里闪亮的星。

"其琛，我就知道你舍不得离开我。"白蓉蓉扑上前去，抱住了路其琛，将自己的身体紧紧地贴住路其琛。这个时候她不是什么大明星，她只是个患得患失的小女生罢了。

"别闹了。"路其琛掰开了白蓉蓉的手，径直走进了白蓉蓉的家。

他来这里，不过是想跟白蓉蓉把话说清楚，免得那个小女人再误会。他知道自己势必要对不起白蓉蓉，所以不管白蓉蓉有什么要求，他都会尽力完成。

"不是说有话要跟我说吗？"路其琛淡淡道。

"先不着急，你吃饭了吗？"白蓉蓉妆容精致，永远都是男人趋之若鹜的对象，可偏偏在路其琛这里……

"这几天没我的戏，本来想说给你做顿饭的，可是你看……菜都凉了。"白蓉蓉嘟着嘴抱怨，一来显示自己的贤惠，二来是提醒路其琛，他这段时间变了不少。

"我去给你把菜热一下，你等着，我马上就好。"白蓉蓉端着菜去了厨房，这一次路其琛倒是没拒绝，他确实是有些饿了。

白蓉蓉满眼笑容地看着路其琛吃饭，路其琛吃得很慢，眉头紧紧地锁着，不知道在想些什么。

"喝点汤。"她盛了一碗汤，路其琛却摇了摇头，"不用了，我吃饱了。"

他伸手拿了纸巾擦嘴，这才抬起头来看着面前的白蓉蓉，说道："蓉蓉，这段时间我考虑了很多，有些事情……我觉得我必须要跟你说清楚了。"

路其琛脸色很严肃，白蓉蓉敏锐地察觉到了路其琛想要说什么。

"其琛，有些事情，我觉得我还是得告诉你。"白蓉蓉打断了路其琛的话，说道，"是关于路太太的事情。"

话音刚落，房间里面的气氛陡然安静了下来，路其琛定定地看着白蓉蓉，连声音都有些沙哑了，"关于她？"

"是，关于……路太太的事情。"

"你到底想说什么？"路其琛皱着眉头说道。

"你先别着急。"白蓉蓉拉着路其琛在沙发上坐下，把早就切好的水果端到了路其琛的面前，说道，"这件事情我也是偶然发现的，你要是知道了，可千万不要生气。"白蓉蓉冷笑，"我有个朋友，跟顾小姐是很好的朋友，听说她在结婚前还跟一个男人纠缠不清，还在我那个朋友面前说，要不是为了让你帮顾氏，她才不会嫁给你。"

白蓉蓉一边说一边盯着路其琛的表情，"其琛，我知道你娶她是为了让爷爷高兴，可是……她要是一天到晚地这样在外面乱说的话，对你的影响也不好，你说是不是？"

"你找我来，就是为了跟我说这个？"路其琛紧紧地皱着眉头，原本他也清楚，他跟叶知秋第一次见面便是在婚礼现场，哪里会有什么感情。

倒是结完婚这几天以来，他对这个女人起了兴趣。

所以叶知秋不喜欢他这件事情，他心知肚明。

白蓉蓉想用这样的事情来攻击叶知秋，怕是打错了主意。

路其琛的脸色明显暗了下来，他头一次发现，原来白蓉蓉也是一个爱嚼舌根的女人。

而此时的白蓉蓉，还在沾沾自喜，她觉得任何男人在听到自己的老婆在外面这样说自己，都会受不了的，路其琛的脸色越难看，她反而说得越起劲。

"其琛，我看你还是赶紧跟她划清界限吧，像这样的女人，你要是跟她亲近一些，她还以为你别有目的呢。"

"其琛……"白蓉蓉伸手揽住路其琛的腰，温柔地靠在他的胸口，"我知道，因为我工作的原因，我很少能够陪着你，爷爷也不喜欢我，不过我真的已经知道错了，你跟她离婚吧，我愿意嫁给你，只要你离婚了，咱们立马就去领证。"

白蓉蓉顿了顿，"爷爷那边……我一定会想办法让他喜欢上我，不会让你为难的。"白蓉蓉心想，那老头子再不喜欢自己又如何，他还能有几年时间。只要熬过了这几年时间，还不是她说了算？

白蓉蓉靠在路其琛的胸口，问："其琛，你说好不好？"

"不，我想你误会了。"路其琛的话说完，白蓉蓉的笑容一下子凝固在了脸上，但还是不忍心就这样放弃，"你……你这话是什么意思？"

"这几天我仔仔细细地想了想，我们……以后还是不要再见面了，我之前觉得对不起你，所以以为我以朋友的身份照顾你可以弥补你一些，可现在，我觉得我们没有再见面的必要了。"

路其琛说完这些话后，白蓉蓉觉得天都塌了。

都是那个女人搞的鬼！白蓉蓉咬牙切齿地在心里咒骂着，面上却是楚楚可怜的样子，"其琛，为什么？是我不够好吗？还是说……你真的爱上那个女人了？"

"是。"路其琛毫不犹豫地点了点头。

"你就这么狠心？"白蓉蓉一向对自己很有自信，哪怕是当初路其琛要娶别人和自己分手的时候，她也是自信满满，因为她觉得，路其琛肯定不会爱上别的女人。

可这才几天时间，她已经连接近他的机会都没有了。

"还是那句话，你想要什么补偿，我尽量满足。"

"呵！"白蓉蓉笑出了声，"我跟你在一起难道是为了你的钱吗？"

路其琛不说话。事到如今，他能给的也只有钱了。

"是我对不起你，以后要是有什么需要我帮的，我可以帮你。"扔下这句话，路其琛就走了。

看着紧闭的房门，白蓉蓉意识到，这一次，她是真的要失去路其琛了。

她怎么可能甘心。

从白蓉蓉家里出来，路其琛的心情很平静。回到景园时，路老爷子正脸色铁青地坐在客厅里。

路其琛看到桌子上那张报纸时，心里"咯噔"一下，顿时明白了过来。

路老爷子抓起桌上的报纸扔在路其琛的面前，"你给我解释一下。"

这在路其琛看来只是个误会，所以他其实并没有什么好心虚的，之前让范特助瞒住爷爷，只是怕他生气而已，"这只是记者捕风捉影而已。"

"你跟妍绯结婚之前我就告诉过你，让你趁早跟那个女人断了关系，可你倒好，完全没有把我说的话放在心上，我告诉你，妍绯这孩子我和路蓼都挺喜欢的，你要是把她气走了，我跟你没完。"

"放心吧，不会的。"路其琛保证道。

之前她娶顾妍绯，可以说是为了不让路老爷子失望。

但现在，他是为了自己。

路老爷子紧紧地盯着面前的路其琛，看他样子不像是在说谎，这才松了一口气。

路其琛看着桌上的那张报纸，问道："爷爷，这张报纸……你是从哪找到的？"

如果他没记错的话，他一早就让范特助把市面上能买到的报纸都买到销毁了，网上的消息也是在第一时间被撤了下来，可自己家里莫名其妙地多了一份这个报纸，这是怎么一回事？

"今天一早我出门的时候就看见这报纸插在门上，具体怎么来的我也不知道。"路老爷子皱着眉头，听到路其琛这么问的时候他才明白，这件事情肯定是有人蓄意为之。

那，会是谁呢？

目的又是什么？

路其琛蹙眉，关于这份报纸的来源，他心里已经隐约有了答案。

会做这种事情的，除了白蓉蓉之外，他实在想不到别人了。

叶知秋是在晚上九点左右回来的，逛了半天最后只买了一盒保健品。嫁到路家这么长时间了，她真的很担心奶奶的情况。这几天都是在噩梦中醒过来的，有时候梦到奶奶慈爱地跟她说话，让她好好照顾自己，有时候梦到奶奶浑身是血，她刚刚伸出手想拉住奶奶，就大汗淋漓地醒了过来。

她心里有一种不好的预感，所以迫切地想要见到奶奶。

叶知秋拨通了叶问兰的电话，"我奶奶到底怎么样了？"

"这会儿着急了？"叶问兰冷笑了一声，"我把她照顾得很好，你不用担心。"

叶知秋压低了声音，隐隐透着愤怒，"叶问兰，你让我代替顾妍绯嫁进路家，我嫁了，你让我帮你在路其琛面前说好话，我也说了，现在我要见我奶奶，否则你别指望我再帮你做任何事情。"

"急什么？"叶问兰得寸进尺，"有件事情还要麻烦你一下，只要你把这件事情替我办成了，我自然会把你奶奶还给你。"

"不可能！"叶知秋算是明白了，只要奶奶在她的手里，她就永远有软肋，就永远要受制于叶问兰，永远没有自由，所以她打定了主意，这一次，无论如何都要将奶奶带回来。

"叶问兰，我已经帮你够多的了，我现在只想见我奶奶，至于其他的，你休想。"叶知秋斩钉截铁地说道。这段时间跟路其琛相处下来，她发现自己真的没有办法再算计路其琛了。

心里那抹愧疚是挥之不去的。

"这是我最后一次要你帮忙，只要你帮我把这件事情办成了，我立马让你见你奶奶。"叶问兰笃定叶知秋会答应，只要那个老太婆在自己的手里，她就什么都得听自己的。"你也有好几天没见到你奶奶了吧？你难道不想知道她现在病情怎么样吗？"

叶知秋握着手机的手指节微微泛白，为了奶奶，她只能答应下来。

"说吧，你又想让我做什么？"

"我听说翔宇正在招总裁秘书，你想办法让妍绯去，她什么时候正式上班，我就什么时候让你见奶奶。"

"你疯了吗？她要是去那边上班势必要办入职手续，到时候她的身份被拆穿怎么办？"

"这就是你该考虑的事情了。"叶问兰挂断电话。

叶问兰想过了，路其琛已经着手开始帮顾氏，再有半个月的工夫，顾氏就能起死回生，而顾妍绯去翔宇上班，得先实习一段时间，所以最起码一个月之后才能办理入职手续。顾妍绯要是利用好这一个月的时间，让路其琛对她动了心，那接下来的事情就好办了。所以现在最重要的事情，就是让顾妍绯进翔宇。

叶问兰刚刚挂断电话，还沉浸在美梦之中，不知何时顾妍绯站在了她面前，拉着一张脸，叶问兰吓了一跳。

"你这孩子，怎么走路没声音的？"

"妈，我……"答应给曾炜的一百万还没有着落，顾妍绯实在是不知道该怎么开口才好。

"怎么了你？有什么话就说，别支支吾吾的。"叶问兰心情不错，跟顾妍绯比起来简直就是天壤之别。

顾妍绯犹豫了很长时间，最后在叶问兰的再三逼问下，还是说出了曾炜要一百万分手费的事情。

叶问兰思量再三，只能偷偷地拿出了自己的私房钱交给了顾妍绯，还不忘叮嘱，"妍绯，这钱是妈偷偷攒下来的，你爸公司出问题我都没拿出来，你记住，给了钱之后，你跟那个曾炜就一刀两断，明白吗？"

"是。"顾妍绯紧紧地攥着手里的银行卡。

叶知秋在阳台上打完电话，一进门就撞见了从浴室出来的路其琛。

他刚刚洗完澡，浑身上下就围了一条浴巾，显露出来那古铜色的肌肤，在灯光下闪着光芒，每一寸都蕴含着爆发式的力量，好像随时都能崩开一样！他的头发还在滴着水，沿着肌肉的线条往下流，像是一颗颗晶莹剔透的露珠。

叶知秋看呆了，还是路其琛把她拉了回来，"不去洗澡吗？"

叶知秋看到路其琛拿起一旁的毛巾擦着头发上的水，顺势还躺在了床上，她顿时有些不知所措，"你……你晚上要睡这里？"

"是啊。"路其琛口气淡淡的，又怕叶知秋误会自己是色狼，所以急忙开口解释道，"你别误会，爷爷回来了，要是让他发现咱们两个分房间睡的话，咱们两个都有麻烦。"

叶知秋这才松了一口气。

说实话，跟路其琛结婚这么长时间，她一直跟他保持着距离，让她跟路其琛同床共枕，她还真有些接受不了。

路其琛显然也知道她的心思，淡淡地说道："从今天开始，咱们两个就得在一个房间里睡了，不过你放心，我不会强迫你做你不愿意的事情，你睡床上，我睡沙发。"

"那怎么行？"叶知秋蹙眉，严格意义上来说，路其琛是自己的老板，哪有让老板睡沙发的道理，"要不还是你睡床，我睡沙发吧。"

两人就这个问题争论了很长时间，一直都僵持不下，最后路其琛妥协，叶知秋这才去梳洗，等她从浴室出来的时候，却发现路其琛已经躺在了沙发上。

一米八几的身高，窝在一张狭小的沙发上，实在是有些奇怪。

叶知秋犹豫了很久，最后红着脸冲路其琛说道："我看床也挺大的，要不……

一起睡？"

她生怕路其琛误会，又说道，"你别误会啊，只是躺在一张床上，没别的意思……"

"好啊。"路其琛千方百计地把路老爷子骗回来，这会儿连苦肉计都用上了，就是等这一刻，见叶知秋开口，急忙从沙发上坐了起来，掀开被子，坐在了床的一边。然后又用手拍了拍另一侧，"过来睡吧，不早了。"

整个动作一气呵成，看得叶知秋整个人都愣了。

叶知秋没说话，但脸却红到了耳朵根，主意是自己提的，她想着路其琛怎么着也会客气一下，没想到路其琛完全没有。

事情发展到这个地步，她也只能硬着头皮上了。

她从另一边上了床，躺在床沿边上的位置，离路其琛越远越好。

她的身体很僵硬，脑子里总有一些奇怪的念头闪过，路其琛身上的味道若有若无地闯进她的鼻端，一双手紧紧地握着拳，紧张得不行。

第9章 爱情的萌芽

她脑子里有无数个念头闪过，万一路其琛要是对自己做点什么，她该怎么办？

她竖着耳朵，一直在等着路其琛过来，但等来的却是路其琛均匀的呼吸声，他睡着了。

至此，叶知秋的一颗心才算是放到了肚子里，长舒了一口气，一直紧绷着的神经也慢慢地松懈下来，没过多久就进入了梦乡。

察觉到身边人的状态，躺在一旁的路其琛睁开了眼睛，黑暗中，他的眼睛就像是闪闪发光的星星。他当然知道叶知秋紧张，所以才故意装睡，目的就是让她安心。

从他打电话给路老爷子，再到故意睡在一张床上，他承认自己是有私心的，但……叶知秋不愿意做的事情，他是绝对不会做的。

就比如现在，温香软玉在侧，他怎么可能睡得着？

叶知秋醒来时天已经亮了，一睁开眼睛就看见躺在身边的路其琛安静的睡颜，而自己的手还抱着路其琛的腰，他温热的气息喷洒在自己的脸上，她吓得急忙缩回了手。

她看了一下时间，还早，所以轻手轻脚地起床，默默地梳洗之后去厨房做早饭去了。

她刚走，躺在床上的路其琛也睁开了眼睛，看着身侧空落落的床，忍不住扬起了笑脸。

路其琛起身下楼，就见叶知秋已经在厨房里忙开了，满屋子飘散着粥的香味。

"好香啊。"路蓉忍不住惊呼。

"哥，咱们家里以前不是有保姆吗？怎么我回来之后一个人都没见到？"

虽然叶知秋厨艺很好，可让她每天这样伺候一家人的吃穿，也实在太辛苦了。

路其琛的脸上闪过一丝可疑的尴尬，清了清嗓子，说道："前几天我给她们放了假，今天也该回来了。"

"那就好。"路蓼微微点头，冲着面前的叶知秋说道，"嫂子，我帮你。"

家里有了路蓼和路老爷子，多了几分欢声笑语，叶知秋和路其琛也不得不装出"恩爱"的样子，两人的关系也总算是缓和了不少。

当天晚上，路老爷子非让路其琛带着叶知秋出去吃饭，说是不能让自己耽误了两人谈恋爱。

结婚之前两人没见过面，更没谈过恋爱，那就把这些都放到结婚之后来做吧。

路其琛倒是蛮高兴地应了下来，路老爷子回来确实帮了他不少忙，他喜闻乐见，但叶知秋却觉得有些尴尬。

出门的时候路其琛给范特助打了个电话，问他哪里适合情侣用餐，范特助推荐了一家法国餐厅。

刚上车，叶知秋就忍不住开了口，"路总，要不咱们就在附近逛一圈就回去吧。"

叶知秋怕自己跟路其琛一起吃饭会造成不必要的误会，所以才给出了这个建议，路其琛没说话，径直朝着叶知秋"扑"了过来。

叶知秋吓了一跳，身体一下子变得僵硬了起来，没想到路其琛只是帮她扣好安全带，二话不说就发动了车子。

车子缓缓驶出，车窗开着，晚风轻拂，打乱了她的头发，她身上的味道若有若无地钻进路其琛的鼻端。

大概开了二十分钟，路其琛的车在山脚下停了下来，他拉开车门，牵着叶知秋的手下车。

叶知秋知道这里。

这间法国餐厅建在山顶，地处城郊交界处，虽说位置是偏了一些，但因为它独特的设计风格和环境，成为闻名阳城的情侣圣地。很多情侣都会来这里坐坐，不管是喝下午茶还是吃晚饭，都别有一番意境。

叶知秋以前也一直想过来看看，只是一直没有找到男朋友，所以只能作罢，没想到路其琛竟然会把自己带来这里。

"你……怎么来这里了？"叶知秋站在原地，微微有些尴尬地问道。

这可是情侣约会的圣地，他们两个……合适吗？

"不好吗？"路其琛没听出叶知秋话里的意思，微微蹙眉，"我问了范特助，他给我推荐的，你要是不喜欢的话，那咱们就再换一家吧。"

"不，不是的。"叶知秋拉住了面前的路其琛，支支吾吾地说道，"这里……是情侣约会的地方，咱们两个来，好像不太合适。"

路其琛愣了一下，这才反应过来，原来叶知秋是因为这个觉得不合适，冷着脸一把拉住了叶知秋的手，说道："我们两个来有什么不合适的，你别忘了，咱们俩可是夫妻。"

"可是……"可是他们俩并不是真正的夫妻啊。

叶知秋还想反驳，但路其琛却不给她这个机会，牵着她的手排在了等待缆车的队伍中。

这家餐厅有个特色，上去的话没有别的路，只能乘坐缆车，情侣两人坐在一个狭小的空间内，不管你是看风景还是说悄悄话，都会让感情升温。

包厢里面只有叶知秋和路其琛两个人，叶知秋觉得空气都尴尬了，但路其琛却觉得，总算可以安安静静地吃顿饭了。

"你……"叶知秋轻咳了一声，打破了这宁静。

"白小姐她……"叶知秋原本是想问路其琛有没有带白蓉蓉来过这里，不过她刚提了个白字，对面的路其琛就皱起了眉头。

"顾妍绯，今天这么浪漫的气氛，你确定要提那个女人吗？"路其琛一句话将叶知秋没说出口的话堵在了喉咙口。

她讪讪地看了一眼面前的路其琛，后面的话没敢说出口。

这么浪漫的地方，这么浪漫的餐厅，这么浪漫的气氛，说起来还真是有些浪费了。

服务员进来上菜，顺便还带来了一束鲜艳欲滴的玫瑰花，递到了路其琛的面前，"路总，我们郭少说了，这束玫瑰花是他友情赞助的，另外，今天这顿饭，他请了。"

路其琛的脸色越发难看，他好不容易带叶知秋出来吃个饭，需要他付钱？

房间里的空气一下子冷了下来，服务员打了个冷战，忙退了出来，路其琛看了一眼面前的玫瑰花，还是递给了叶知秋，"送你的。"

"谢谢。"叶知秋脸色一红。

这个世界上大概没有哪个女孩子对玫瑰花不感兴趣，叶知秋也是一样，虽然这花并不是路其琛送的，但并不妨碍她收到花的好心情。

餐厅里响起优美的小提琴乐声，叶知秋埋头轻嗅了一下怀中的玫瑰花，小巧的脸蛋在玫瑰花的映衬下显得更加娇小，真正的人比花娇。

路其琛看得心头一震，缓过神来的时候叶知秋已经把玫瑰花放到了一旁。

如果对面的男人真是自己的男友，那这样的环境就真的太有杀伤力了，可惜……叶知秋时时刻刻都在提醒自己，他是别人的。

路其琛并不知道叶知秋心里在想什么，默默地把牛排切好，跟叶知秋面前没切的牛排换了过来，她心头涌上一股甜意。可是，开心之余，叶知秋觉得今天晚上的惊喜和浪漫，像是偷来的一样，让她心里很愧疚。一面觉得对不起白蓉蓉，一面又贪恋着路其琛给自己的柔情蜜意。

她犹豫了一会儿，还是开口道谢，"谢谢你。"

"谢什么？"路其琛坐在叶知秋的对面切牛排，动作优雅得像是经受过训练的贵公子一般，听到叶知秋的道谢，微微抬起了头。

叶知秋叹了一口气，笑道："虽然我知道今天晚上的这一切都是为了让爷爷高兴，不过还是很谢谢你，给了我这么浪漫的一个晚上。"

叶知秋侧头看着窗外的夜景，万家灯火通明，却突然觉得没有一盏是为自己而亮的，"其实你知道吗？我一直想来这里吃饭的，只是一直没有找到合适的机会，今天……算是圆了我一个梦吧。"

"你很喜欢这里？"路其琛撇了撇嘴，郭阳那人弄出来的，能有什么好东西？

"是啊。"叶知秋微微点头，"大概全阳城的女孩子都想来这里看看吧？带着自己心爱的男人，吃上一顿饭。"

路其琛微微皱眉，好半天才冲着面前的叶知秋说道："你要是还有什么想去的地方，告诉我，回头我带你去。"

明明没喝酒，在听到路其琛这句话的时候，叶知秋却觉得自己脸色腾的一下红了起来，这大概就是传说中的酒不醉人人自醉吧。

叶知秋别过脸，假装没听到路其琛的话，路其琛却不给她逃避的机会。

"妍绯，其实我今天带你出来，不光是因为爷爷。"路其琛的脸色很平静，也出人意料的认真。

叶知秋埋着头，脸色红得快要滴出水来了，假装在吃东西。路其琛说这话的时候，她明显地感觉到自己的心跳漏了一拍，就快要被路其琛不经意间的情话撩得发昏了。

路其琛倒是毫不在意，好像刚刚的情话不是他说的一样坦然，他看着对面的那个小女人，脸色绯红的样子可爱极了，恨不得咬上一口。

他这么想着，也这么做了。

叶知秋看到突然从位置上站起来的路其琛时，愣了一下，看到他离自己越来越近，紧张得心都要跳出来了。她甚至已经想不起来他到底是怎么站在自己面前的了，等她回过神来的时候，路其琛已经站在了她的身边，扶着她的肩膀，黢黑的眼眸中倒映出她惊慌失措的样子。

"你……你干什么？"叶知秋紧张得连舌头都打了结。

"有没有人跟你说过，你的眼睛很漂亮？"路其琛突然开口，趁着叶知秋还在发蒙的时候，下一刻，路其琛就埋头狠狠地吻了下来。

叶知秋觉得自己脑子不够用了。他为什么吻自己？她瞪大了眼睛，路其琛的脸就近在眼前，她甚至能清楚地看见他长而翘的睫毛，灯光在他脸上撒下一圈好看的剪影。

她明明该推开他的，最后却忍不住在这个吻里沉沦。

叶知秋贪恋着这份温暖，路其琛站起身来的时候她已然面色潮红，说不出话来了。

"没人告诉你，接吻的时候应该闭着眼睛吗？"

叶知秋头都大了，这算什么？得了便宜还卖乖？

路其琛心里也发虚，刚刚那一刻他也不知道自己怎么了，怎么就这么冲动？

也许是那一刻的叶知秋太诱人了吧，所以他冲动之后第一件要做的事情就是推卸责任。

一切都发生得太快了，叶知秋一时还没有完全反应过来，默默地低着头吃饭。

吃完饭，两人进入缆车后，叶知秋还是不说话。

大概是受不了这么沉闷的气氛，路其琛开了口，"妍绯，我有话要跟你说。"

"别说了。"叶知秋转过脸不说话，叶知秋一直默默地在生气，一方面觉得自己不该这样，另一方面又情不自禁地被路其琛吸引，"刚刚的事情……我就当什么都没有发生过。"

"为什么？"缆车缓缓下行，狭小的空间里面只有他们两人，叶知秋退无可退，被路其琛逼到了角落里。

"你放开我！"叶知秋冷着脸，伸手推了一下路其琛的胸膛，但其纹丝不动，仍旧是紧紧地将她逼在角落里。

叶知秋一下子就来了脾气，她抬起头，眼底里充斥着不安和受伤，"路其琛，我就当刚刚发生的那一切是你情不自禁，我会当什么都没有发生过，咱们俩还是契约关系，我不会自作多情到认为你喜欢上我了，我会尽量不让白小姐误会，也请你以后不要再有这样的举动，免得我们大家都尴尬。"叶知秋苦笑了一声，"我不是白小姐，请你以后不要对我做这样的事情。"

路其琛沉下脸，眼底闪过一丝愠怒。

这个女人，以为自己把她当成白蓉蓉才有这样的举动吗？

他刚刚确实是情不自禁，但他清清楚楚地知道，他吻的那个人，不是白蓉蓉。

"你以为……我是把你当成白蓉蓉了是吗？"路其琛的眼底闪过一丝危险的光芒。

"难道不是吗？"叶知秋扬起脸，委屈得快要哭出来了。

她还想说什么，面前的路其琛毫不犹豫地吻了下来，不同于之前的温柔，这个吻霸道得多，根本没有给叶知秋回绝的机会。

她的身体瞬间被束缚进一个有力的怀抱，未尽的语声淹没在满是情意的吻里，路其琛贪婪地攫取着属于她的气息，用力地探索着每一个角落。

他紧紧扣住她的身体，手捏着她的下巴不让她别过脸去，眼底写满了愤怒，他身上的气息瞬间侵入她周围的空气里，毫不温柔地啃咬她的双唇。

"不要……"她想开口反驳，但刚开口，他灵活的舌头就顺势闯了进来，搅乱她的所有思绪，让她每一根神经都跟着活跃了起来，她恼羞地想要反抗，可是她的手被紧紧地扣在他的手掌里，只能发出"呜呜——"的声音。

她被吻得晕晕乎乎的，渐渐忘记了反抗，条件反射般的回吻着他。

良久，路其琛终于放开了怀里的叶知秋，一双眼睛像是要喷火一样，"现在……你还觉得我是把你当成白蓉蓉才吻你的吗？"

叶知秋凌乱了，她分明感受到了路其琛的认真。

可这怎么行呢？他是白蓉蓉的男朋友，而他们俩之间只不过是契约关系罢了。

"你疯了吗？"叶知秋喘着气。

路其琛没说话，恰逢缆车到了山脚下，路其琛霸道地牵着叶知秋的手从缆车里面走了出来，直接带上了车。

叶知秋羞得不敢去看路其琛，等了很久，路其琛都没有开车，她忍不住抬起脸，问道："不走吗？"

路其琛沉吟许久，这才淡淡地开口说道："有些事情，我一直想顺其自然，但……咱们今天就敞开来说清楚吧。"

"……"叶知秋不吭声，默默地等着路其琛开口。

路其琛深吸了一口气，这才继续说道："我承认，我一开始娶你确实是为了让爷爷高兴，可是这几天相处下来，我觉得你跟我想象中的不太一样，让我……惊喜。"路其琛皱着眉头，"我跟白蓉蓉之间的关系，没有你想的那么牢不可破，我跟白蓉蓉之间并没有什么爱情，更多的像是习惯。习惯了她每天陪在我的身边，习惯了跟她一起吃饭，我是个很懒的人，感情上也是，所以我懒得去接触别的女人，碰到一个就以为是最适合自己的。"路其琛顿了顿，继续说道，"但我跟你之间不一样，虽然我不能说我已经爱上你了，但至少……不讨厌，甚至对你很感兴趣，想方设法地想要接近你，想要知道你的喜好，想看你笑，我不知道这是不是喜欢，但至少不是讨厌吧？"

"你到底想说什么？"叶知秋皱着眉头，路其琛的这一番话彻底把她弄懵了。

"我说这么多，就是想告诉你，白蓉蓉从来不是我们两个之间的绊脚石，我们结婚之前，我就已经和她分手了，但她可能一时接受不了，所以才发生你那天所见到的一幕。"路其琛顿了顿，认真地冲着面前的叶知秋说道，"所以你能不能给我一个机会，让我追求你？"

路其琛的话说完，并没有急着让叶知秋给答案，反而大度地说道："我不要你现在给我答案，我给你时间，咱们顺其自然，只希望你不要时不时地拿白蓉蓉来做挡箭牌，你明白吗？"

那一瞬间叶知秋也不知道怎么了，在路其琛认真的眼神下，她竟然魂不守舍地点了点头，直到路其琛欣喜地将她拥进怀里，她才反应过来。

看着像孩子一样高兴的路其琛，叶知秋的嘴角也不自觉地上扬，对这个男人，她从认识到了解，反正……也不讨厌就是了。

路其琛和叶知秋回家的时候是手牵着手的，路老爷子敏锐地察觉到两人之间的氛围好像不太一样了，有粉红色的暧昧气息"咕噜咕噜"地往外冒，像是煮开的水一样，怎么也遮不住。

洗过澡，叶问兰又打电话来了，还是为了顾妍绯的事情，说是明天周一了，她会去翔宇面试，让叶知秋提前给路其琛打个招呼。

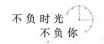

挂了电话，叶知秋不禁发起愁来。要真帮着顾妍绯说话，她实在是不放心，有她这样一个祸害待在路其琛的身边，指不定闯出什么祸来。可要是不按照叶问兰说的去做，那奶奶怎么办？

"想什么呢？"路其琛坐在了叶知秋的身边，揽住了叶知秋的肩膀。

叶知秋沉吟许久，最后还是开了口，"路总，有件事情……我想请你帮个忙。"

"叫我其琛。"路其琛微微皱眉，霸道地说道。

"其……琛。"叶知秋艰难地开了口，这才继续说道，"你还记得那天去顾家看到的那个女孩吗？"

"叶知秋？"路其琛微微皱眉，对那个女孩他可谓是记忆深刻啊。

叶知秋的脸上闪过一丝尴尬，听到自己的名字从路其琛的嘴里说出来，带着明显的不屑，她心里很不是滋味。

她差点忘了，自己如今是顶着顾妍绯的名字啊。

"是……"叶知秋微微点头，"她是我的远房亲戚，我妈刚刚给我打电话，说她想在翔宇找一个工作，听说你现在在招秘书，就想让我问问你，看看能不能让她先做着？"

路其琛可没忘记那个女孩子是怎么对自己投怀送抱的，听说她要来做自己的秘书，他皱起了眉头，"妍绯，我要的秘书可不是花瓶，虽然我才见过她一面，但我想……她真的不适合这个工作。"

"我知道，可是……"叶知秋皱起了眉头，她好不容易鼓起勇气开了口，哪里会这么轻易地放弃，"我知道这件事情是有些为难，可我妈那边……她既然已经开了口了，我这也是没办法。"

一开始，路其琛就看出来了，她跟叶问兰的关系并不融洽，想到自己的拒绝可能会让她为难，路其琛犯了难。

好半天，路其琛才开口说道："那……你明天让她来试试，但我可不敢保证我一定会录用她。"

叶知秋长舒了一口气，忙不迭地点头道谢，"谢谢。"

"先别急着谢我。"路其琛淡淡道，"如果她不适合的话我也不会因为你的面子对她网开一面，但我可以跟你保证，我会在翔宇给她安排一个闲职，不会让你太为难的。"

叶知秋心里明白，路其琛是洞穿了自己的为难，才会这样说。

也正是因为这样，她才会格外感动。

她红着脸再次道谢，路其琛却伸手拥住她，"谢什么，你是我的老婆，这都是我应该做的。"

当天晚上路其琛是抱着叶知秋一起睡的。

仅仅只是抱着，再也没有进一步的动作。

叶知秋原本还觉得有些别扭，但一想到自己答应给他一个机会，便没有推开他，枕着他的手臂，沉沉睡去。

这一晚，一夜无梦。

醒来的时候已经是第二天早上，叶知秋抬手摸了手机看时间，一瞬间就清醒了过来，"完了完了，睡过头了。"她匆匆起身梳洗打扮，也不知道是不是因为路其琛的缘故，这一晚上她睡得格外的香甜，甚至连闹钟响没响都不知道。

第10章　辞职

　　刚下楼，叶知秋就看见路其琛气定神闲地坐在餐桌边上吃早饭。

　　昨天路其琛为了让叶知秋不要这么辛苦，已经给家里的保姆取消了休假，一大桌子丰盛的早饭，叶知秋却只能望洋兴叹。

　　"我不吃了，上班快来不及了。"叶知秋淡淡道。

　　"你等等。"路其琛迅速地装了一个三明治和牛奶递给叶知秋，"我送你。"

　　今天叶知秋只是稍稍犹豫了一下，就答应了下来，快来不及了，她也没时间跟路其琛客气。

　　车子还是停在拐角处，在车上的时候叶知秋已经吃完了早饭，拉开车门准备下车，路其琛一把把她拽回了车里，逼迫她看着自己。

　　路其琛的脸就近在眼前，吓得叶知秋不知道该说什么了，"你……你干什么？"虽然这里离云漫还有一段距离，但也会有同事经过，要是让人看到自己和路其琛在一起，指不定还有什么难听的话等着自己呢。

　　路其琛没说话，脸却越凑越近，叶知秋以为路其琛是要吻她，微微闭上眼，良久都没有等到意料之中的吻，却等来了路其琛压抑的笑声。

　　"你怎么跟个小孩子一样，吃个早饭弄得自己脸上都是。"路其琛伸手替叶知秋擦去了嘴边的面包屑。

　　叶知秋看着路其琛憋笑憋得辛苦的脸，尴尬极了。

　　"我走了。"她转身就想跑，路其琛却又把她拉了回来，在她额头吻了一下，"既然你这么希望我吻你，那我就勉为其难地满足你一下。"

　　"你……"叶知秋气急，她都走出去老远了，还能听到路其琛爽朗的大笑。

　　该死的路其琛，竟然敢耍她！

　　叶知秋一边往楼上走一边心里还在咒骂着路其琛，刚刚踏进办公室的大门，原本聚在一起恭喜潘琴的人纷纷散了开来，不作声了。

　　潘琴阴阳怪气地说道："叶知秋，我还真是挺佩服你的，路总裁刚刚才结婚，竟然为了你连名声都不要了，你说你到底是使了什么手段，让路总裁对你这么死心塌地的？"

"怎么，你羡慕？"叶知秋冷笑，"我听说前段时间百盛的那个张总来公司谈事情，你倒好，明知道人家老婆怀孕，还故意上去勾引人家，最后被人家老婆找人打了一顿，你的手段……确实不行。"

"你……"潘琴这件事情当时成了公司里的笑柄，张总对这个女人也是深恶痛绝，叶知秋这个时候谈起这件事情，让潘琴的怒气一下子达到了顶点。但很快，她就平静了下来。她得意地看着面前的叶知秋，"现在我才是策划总监，你放心，我一定会好好招待你的。"

叶知秋皱起了眉头，倒不是因为怕，而是因为潘琴的那番话。

她喝了一口咖啡，冷淡地说道："潘琴，你不要在我面前用激将法，等我做完翔宇这个单子之后，我自然会辞职。"

"这可是你说的。"潘琴今天的目的已经达到了，心满意足地从叶知秋的办公室离开。

叶知秋懒得理会潘琴，刚拿起电话打算打去翔宇那边，张璐就敲了门。

"Autumm，给你带的咖啡。"张璐笑盈盈地冲着叶知秋说着，在所有人都忙着拍潘琴这个新策划总监的马屁时，只有她还是一如既往地站在自己身边。

说实话，叶知秋心里还是有些感动的。

潘琴走出办公室，就看见周扬，心生一计，迎了上去，"周总，我有事情要跟你说。"

周扬停下脚步，看了一眼面前的潘琴，点了点头，"跟我来办公室吧。"潘琴跟着周扬去了办公室，随手关上玻璃门，站在了周扬办公桌的面前。

"周总，翔宇那边的案子已经定下来了是吧？"潘琴问道。见周扬点头，她这才继续说道，"翔宇接下来的事情，就交给我吧。"

"交给你？"周扬愣了一下。

"周总，Autumn跟翔宇的路总关系匪浅，之前定方案的时候你也看出来了，她一直在帮着翔宇……"潘琴顿了顿，继续说道，"反正方案已经定了，更何况我现在是云漫的策划总监，派我去跟翔宇对接，也证明咱们公司重视翔宇这个客户，您说是不是？"

潘琴一番话说得合情合理，周扬犹豫的时候，她继续说道，"翔宇这一次的单子咱们并没有多少利润，咱们更得争取下一次的合作，可我今天去过叶知秋的办公室，听她的意思，好像准备做完翔宇的单子就辞职。"

听完这番话，周扬气势汹汹地去了叶知秋的办公室，而后，里面传出争吵

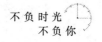
声，再之后，周扬摔门而出。

"潘琴，你现在去一趟翔宇，确认一下合作的细节，张璐，带叶大小姐去人事部。"

叶知秋也不坚持了，既然周扬心意已决，她再留下去也没什么意思。回办公室收拾了东西，去人事办理了离职手续，从云漫出来的时候，她却有一种轻松的感觉。

这些年对周扬报恩的心态一直像是一座沉重的大山，压在她的心头，现在好了，总算是轻松了。

叶知秋回头留恋地看了　眼云漫的办公大楼，而后义无反顾地走了出来。

她站在路边拦车的时候，潘琴开着车得意扬扬地从她面前经过，摇下了车窗，"要不要我送你？"

叶知秋没搭理她，她却不肯放过这个羞辱叶知秋的机会，"Autumn，好歹我们同事这么长时间，你是我在这个公司见到的最势均力敌的对手，真要走了，我还真是有些舍不得呢……"她咯咯地笑着，"上车吧，正好我要去翔宇，顺路送你。"

"谢谢你的好意，不过……我想我们不顺路。"去哪都不顺路。

"别客气，好歹我们同事这么长时间。"潘琴伸手扶了扶脸上的墨镜，笑道，"那我就先走了，哦对了……"她顿了顿，笑容满面地继续说道，"回头要是找不到合适的工作记得来找我，我这边还有几个朋友那边需要招清洁工。"

潘琴得意扬扬地开着车子离开，留了一股尾气给叶知秋。

在公司跟叶知秋明争暗斗了这么多年，好不容易把叶知秋挤走了，潘琴心里别提有多高兴了，车子开到翔宇楼下，潘琴给范特助打了个电话，约跟路其琛见面的时间。

范特助接到潘琴电话的时候愣了一下，知道潘琴是来谈合作的事情，忍不住多嘴问了一句，"之前不是一直是Autumn小姐跟我们接触的吗？今天怎么是你过来了？"

潘琴好好的心情在听到范特助的这句话时一下子就黯淡了下来。

Autumn，Autumn，Autumn！为什么所有的人都只看得到她，她努力了这么长时间，还是永远活在她的阴影之下。潘琴咬牙切齿，但却不敢对范特助直言，好不容易整理好心情，开了口，"Autumn她辞职了，所以以后跟翔宇的合作全部都由我来，范特助，您放心吧，我一定会认真对待这件事情的。"

"辞职？"范特助微微皱眉，"潘小姐，方不方便透露一句，她为什么要辞职？"范特助怕一会儿路其琛问起自己答不上来，所以才继续问道。

潘琴站在翔宇的楼下，硕大的落地玻璃上映出她扭曲的脸，但开口时，声音很是温柔，"这我就不太清楚了，毕竟她辞职只需要经过周总同意就行，不过我听说……似乎是财务上有些问题……"

潘琴故意说得含糊其词，留给范特助无限的想象空间。

潘琴听到电话那边沉默了，追问道："范特助，路总裁现在有时间吗？我想跟他约一下……"

"……你上来吧。"路其琛一大早就吩咐过，要是云漫有人过来的话就让她在办公室等一会儿，他开完会就过来。

现在潘琴来了，他自然也只能让她上来。

范特助亲自在电梯口等着潘琴，把她带到了路其琛的办公室坐着，"潘小姐，我们总裁正在开会，你在这里稍坐一会儿？"

潘琴一开始还安安稳稳地坐在沙发上，后面就坐不住了。她对路其琛的非分之想从来就没有停止过，这会儿好不容易有机会进他的办公室，她自然想到处看看，也算是增加一些自己对路其琛的了解。

路其琛的办公室除了黑白灰之外，几乎找不到别的颜色了。没有任何花里胡哨的装饰，一切都以简洁为主，路其琛在办公室里辟出了一小块地方作为休闲区域，在这块区域里装了一个室内高尔夫，沙发、茶几都以简练、舒适、大气为主。

他还在办公室的旁边辟出一个小房间作为休息室，简简单单的单人床，再配上电视、音响及必要的日常生活用品，并带有独立的洗手间及简单的浴室。

潘琴甚至可以想象得到路其琛平时工作的样子，无论是中午午休还是深夜加班，说不定就在这里睡了。她的注意力被路其琛桌上的一张照片吸引住了，那应该是路其琛和路太太结婚当天的照片，只是她离得远，根本看不清那女人的脸。

鬼使神差地，潘琴走了过去，刚刚拿起桌上的相框，门口突然传来路其琛微怒的声音，"你在干什么！"

潘琴还没来得及看照片上的人，被路其琛一吓，手里的相框应声落下，玻璃碎片满地都是。

"路……路总。"潘琴也没想到路其琛会突然回来，吓得说话都不利索了。

路其琛板着脸，脸色阴沉得像是要滴出水来了一样，就连跟在路其琛身后的范特助感受到他身上的寒气，也忍不住打了一个冷战。

"你在这里做什么？"路其琛皱着眉头，还没等潘琴说话，路其琛就转过头来，冲着面前的范特助问道，"这是怎么一回事？"

范特助硬着头皮，恨不得在心里将潘琴碎尸万段，谁让她在总裁办公室随便翻东西了？

"路总，我今天是来跟你谈年会的事情的。"范特助还没说话，一旁的潘琴就开了口，她这会儿已经冷静了下来，"周总跟我说了，从今天开始，翔宇的案子就交给我了。"

潘琴看了一眼碎成渣的相框，"实在是不好意思，因为等得实在是太无聊了，就四处转了转，没想到……"潘琴率先开口道歉，有句话叫伸手不打笑脸人，她以为这样说了路其琛就不好意思再说她什么了。

没想到下一秒，路其琛还没发火，范特助就走了过来，皱着眉头说道："潘小姐，我让你在这稍等一会儿，这也没过多久，谁让你碰总裁的东西了？"

这张照片是总裁今天早上洗了带过来的，就摆在办公桌最明显的地方，这才不到一个上午，就被这个潘琴给摔坏了，范特助现在杀了她的心都有。

"我不是故意的……"潘琴哀怨地看向了面前的路其琛，路其琛的脸色依旧很冷，默默地看着范特助把照片收好，把碎片收拾了，"总裁，回头我让人再送一个相框过来。"

路其琛没说话，连看都不愿意看一眼潘琴，冲着范特助问道："不是说云漫有人过来了吗？"

"是……"范特助皱着眉头，路其琛从会议室出来的时候，范特助还没想好该怎么跟路其琛说叶知秋辞职的事情，只说了一句云漫那边来人了。路其琛二话不说，快步走回了自己的办公室，他还没来得及说叶知秋已经辞职的事情。

"路总是想问为什么Autumn没来吗？"潘琴心里恨得要死，但是脸上还是云淡风轻的样子，"她辞职了，所以以后她的工作就由我来负责了，路总，咱们……"

路其琛听到叶知秋辞职的事情，虽然狐疑，但是二话没说就冲着潘琴开了口，"回去告诉你们周总，我只跟她合作，她要是辞职了，那咱们之间也没必要合作了。"

路其琛走进门，绕过了面前的潘琴坐在办公桌前，专心致志地开始处理文件。

潘琴愣了半天，没想到路其琛竟然会这样做，一下子傻了。

"路总……"潘琴为难地皱起了眉头，她千方百计地挑拨离间，才让叶知秋从云漫离开，可路其琛这么做，她回去怎么跟周扬交代？

"还有事？"路其琛不满地看了一眼杵在一旁的潘琴，冷淡地问道。

潘琴犹豫再三，她好不容易踢走了叶知秋，她可不想自己当上总监的第一个案子就失败。

"路总，我知道之前的案子一直都是她在跟您联系，但是她现在已经辞职了，周总也是一直很重视跟翔宇的合作，所以才会派我来，我向您保证，一定能……"

"潘小姐！"路其琛懒得跟潘琴在这里浪费时间，没等她把话说完就打断了她，冲着潘琴说道，"一个乱翻别人东西的人，我实在不相信她工作能有多尽心尽力，抱歉，要么让Autumn来跟我谈，要么……我就换合作公司了。"

虽然时间是紧了点，但是绝对来得及。

"路总……"潘琴听到路其琛的话，尴尬极了，但还是不肯就这么死心，刚想说话，办公室的门突然被人推了开来。

"姐夫！"玻璃门被推开，潘琴本能地看向了门口，门口站着一个很漂亮的女孩子，身上穿着一件露肩公主裙，露出迷人的锁骨，脸上的妆容精致，长长的睫毛微颤着，像是一个打扮精致的洋娃娃。

只是此刻，她脸上的怒气遮都遮不住。

"范波！"看到门口那个身影的时候，路其琛压抑的怒气怎么也压不住了，气急之下喊了范特助的全名，范特助讪讪地站在女孩身后，委屈地说道："总裁，我拦不住……"

路其琛心知范特助说的是实话，但自己的办公室，现在倒成了谁想来就来想走就走的地方，"下次要是再发生这样的事情，你就自己去人事部报到吧。"

"是……"范特助也很心累啊。

"潘小姐，你还有事吗？"路其琛看向了身边的潘琴，"我已经把话说得很清楚了，我这里有事，方便的话就请你回去把我的话一字不差地带给周总。"

潘琴看到路其琛眼中的厌恶，无奈之下只能离开，经过那个女孩身边的时候忍不住多看了两眼，路其琛的办公室门缓缓关上，她听到身后传来那个女孩子的声音，"姐夫，我是来给你当秘书的，人事部的人竟然让我去……"

姐夫？难道她是路太太的妹妹？

潘琴留了个心眼，从路其琛的办公室离开之后并没有直接回公司，而是在楼下大厅等着那个女孩。

顾妍绯一大早就过来面试了，她仗着自己的身份，直接把翔宇当成了自己家的产业，对人事部的人说话也是一副高高在上的样子，死活要做路其琛的秘书。

人事部的人早就已经得了路其琛的吩咐，她来的时候也是按正规流程给她面试，可做路其琛的秘书，光是英文八级这一点她就被淘汰了，人事部最后给她在下面的部门安排了一个文员的工作，这不，顾妍绯知道后气坏了，冲上来就想让路其琛给她主持公道。

"姐夫，那帮人真的是欺人太甚了，竟然让我去做文员，让我干一些打杂的事情。"顾妍绯喋喋不休地冲着路其琛抱怨，"我不管，除了你的秘书，我什么都不想干，姐夫，你再去跟他们说说，让我做你的秘书吧。"

顾妍绯拉着路其琛的衣袖撒娇，"姐夫，你一定得替我主持公道，那些人竟然敢这样欺负我，你赶紧把他们辞退了。"

"放开！"路其琛嫌恶地挥开了顾妍绯的手，他实在是不明白，自己老婆这么好，怎么会有这样一个不知轻重的奇葩小姨子。

"姐夫，我……"顾妍绯讪讪地看着自己被甩开的手，却还是不自觉，"我知道我有很多不好的地方，但是你相信我，只要我能当上你的秘书，我一定会努力地做好自己应该做的事情，姐姐只能在生活中照顾好你，我可以在工作中照顾好你的……"

顾妍绯说着就红了脸，言语中的意思再明显不过。

"我这里不养废人，给你这个文员的工作，还是看在你姐的面子上，如果不是她的话，你连翔宇的大门都踏不进来。"路其琛的话说得很不留情面，顾妍绯看着面前的路其琛，委屈得快要哭出来了。

"姐夫，我……"

"以后不要再叫我姐夫了。"路其琛打断了顾妍绯的话，他不想在无聊的人身上浪费时间，"如果没什么事的话就出去吧，帮我把门带上。"

顾妍绯气得直跺脚，可又不敢得罪路其琛，只能讪讪地走了出去。

顾妍绯在路其琛那边碰了一鼻子灰，从电梯一出来就想给叶知秋打电话骂她一顿，身边突然传来一道声音，"你好。"

"你是谁？"顾妍绯看了一眼面前的女人，她有印象，刚刚在路其琛的办公室见过一面。

"我是路总的客户。"潘琴笑盈盈地看了一眼面前的顾妍绯，"请问您跟路总是什么关系？"

"我跟他是什么关系需要跟你报备吗？"顾妍绯不满地看了一眼面前的潘琴，眼神中透着戒备。

潘琴脸上挂着笑容，虽然不喜欢顾妍绯，但是脸上还是很热情的样子，"你别误会，我刚从路总办公室出来的时候听到你叫他姐夫，你是……路太太的妹妹？"

"路太太，哼。"顾妍绯冷笑了一声，要不是自己走错了一步，她才是真正的路太太，"算是吧，你有什么事？"

"要不咱们找个咖啡店喝杯东西，慢慢说？"潘琴亲昵地拉着顾妍绯的手，"附近有家店的甜品很不错，要不咱们去那？"

顾妍绯犹豫了一下，最后还是答应了下来。

潘琴把顾妍绯带到了一家咖啡店，点了两杯咖啡，又拿了两块蛋糕，顾妍绯喝了一口咖啡，昨晚上没睡好，确实需要一杯咖啡提提神。

"说吧，找我到底什么事？"顾妍绯淡淡地问道，她也不知道自己为什么会答应潘琴来这里，可能……是觉得她们两个是一类人吧？

眼神里都写满了赤裸裸的贪欲。

第11章　我怎么可能会爱上他

潘琴毕竟在社会上摸爬滚打了这么多年，她一眼就看出了顾妍绯眼里对路其琛的占有欲，小姨子对姐夫，还真是好笑。

"我听说你是路总的小姨子，所以特意来提醒一下你。"潘琴淡淡地笑了笑，"像路总这么帅气多金的男人，身边围绕着几个女人是很正常的事情，不过……路总现在毕竟已经结了婚，要是还有不知廉耻的女人缠上来的话，就不太好了。虽然我没见过路太太，但能让路总心甘情愿地踏进婚姻的坟墓，我相信她一定有自己的过人之处，最近吧，我们公司有个女的，仗着自己工作之便，千方百计地勾引路总，现在路总被她迷得五迷三道的，我想着，大家都是女人，所以今天叫住你，想让你提醒一下路太太，自己的老公，还是看得紧一些，别被外面那些不三不四的女人给抢走了。"

"你说什么？有人勾引其……我姐夫？"顾妍绯气得脸都绿了，"到底是谁这么不要脸？"

"说起来也真是不好意思，她是我的同事，长得倒是还可以，正好我们公司最近跟翔宇有合作，她仗着这个机会，跟路总眉来眼去的，因为这件事情，我公司老总已经委婉地请她离开公司了，可是……"潘琴微微皱眉，继续说道，"她走以后公司的事情就交给了我，我今天来就是为了跟路总商量合作的事情，谁知道路总竟然说没有她就不跟我们公司合作。"

潘琴叹着气，冲着面前的顾妍绯继续说道："我今天叫住你，也是实在没办法了。"

顾妍绯听着潘琴的话，脸色越发难看。

路其琛身边有个叶知秋也就罢了，现在又冒出一个莫名其妙的女人，真是前有狼后有虎。

"可以的话麻烦在路太太面前帮我美言两句，我们公司就是个小公司，为了翔宇的案子忙前忙后，现在路总说不合作就不合作了，我回去都不知道该怎么交代，所以……能不能麻烦你跟路太太说一声，看在我给她提供这个消息的份上，让路总回心转意？"潘琴笑了笑，"你放心，这件事情要是办成了，我一定好好感谢你。"

顾妍绯的脸色一直不好看，最后还是微微点了点头，冲着潘琴说道："行了，这件事情我知道了，回去之后我就告诉我姐，看我怎么收拾那个贱人。"

"那就麻烦了。"潘琴看着顾妍绯脸上的怒气，满意地笑了起来，她从包里找了一张名片递给顾妍绯，"这是我的名片，要是有什么需要我做的，尽管给我打电话。"

"云漫？你是云漫的？"顾妍绯接过潘琴手里的名片，神色古怪地看着面前的潘琴，虽然她一向不关心叶知秋的生活，但也知道叶知秋在哪上班，见到这张名片的时候才会这么的惊讶。

"是，有什么问题吗？"潘琴愣了一下，有些疑惑地看向了顾妍绯。

"没什么。"顾妍绯的神色很快就恢复如常了，"方不方便问一句，你说的那个女人，叫什么名字？"

"当然方便。"潘琴冷笑了一声，说道，"她叫叶知秋，英文名叫Autumn。"

"叶知秋？"听到这个名字的时候顾妍绯神色大变，她怎么也没想到，潘琴嘴里那个把路其琛迷得五迷三道的女人，竟然会是叶知秋。

她紧紧地攥起拳头，恨不得现在就冲到叶知秋的面前去问个清楚。

"怎么了？"看到顾妍绯一下子变得很惊讶的样子，潘琴微微皱起了眉头。

"没事。"顾妍绯紧紧地攥着潘琴的名片，冷笑了一声，"我先走了，回头要是有需要的话我会给你打电话的。"

"好。"潘琴站起身，目送顾妍绯离开，唇角勾起了一抹冷笑。

与此同时，从咖啡店出来的顾妍绯立马给叶知秋打了个电话，"叶知秋，你在哪里？赶紧给我滚回来！"

叶知秋从云漫离开之后一直没回去，她不想让家里人知道自己辞职的事情，接到顾妍绯电话的时候她正坐在街边的一家咖啡店里。

原本她是不想去的，但一想到奶奶，还是打车直奔顾家。

叶知秋抱着自己的东西到了顾家，刚进门，就看到顾妍绯气势汹汹地坐在沙发上生闷气，她放下手里的物品箱，淡淡地问道："叫我回来有什么事？"

"呦，你还知道回来？"顾妍绯冷笑了一声，瞟着叶知秋身侧的物品箱，"这是怎么了？在公司勾引客户被人辞退了？"

叶知秋闻言，微微皱起了眉头，"你在胡说八道些什么？"

"你自己做得出来，还怕我说吗？"顾妍绯冷笑，"叶知秋，你给我记清楚了，我才是路其琛的老婆，你现在不过是个替补罢了，你要是敢勾引路其琛，你看我

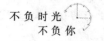

怎么收拾你。"

"你给我闭嘴！"叶知秋可不是任人揉捏的软柿子，她只有奶奶一个软肋，所以她对顾妍绯也一向没什么好脸色，"你找我回来就为了说这个？要是没别的事，我就先走了。"

"少在我面前装！你做的好事，都已经传到我耳朵里来了。"顾妍绯冷笑了一声，"叶知秋，你可真不要脸，仗着自己工作的关系，竟然明目张胆地勾引路其琛，现在路其琛为了你竟然要取消跟云漫的合作，还有我……"顾妍绯顿了顿，继续说道，"我让你去跟路其琛说让我做他的秘书，你倒好，竟然让我去做文员，你到底安的是什么心？"

叶知秋没想到路其琛竟然这么快就知道了自己辞职的消息，还把跟云漫之间的合作都取消了，更没想到这些事情竟然会传到顾妍绯的耳朵里。

她微微皱起眉头，说道："我不知道你到底是从谁的嘴里听说了这些事情，但我问心无愧。"

"你的意思是，你同事在冤枉你了？"顾妍绯冷笑了一声，冲着面前的叶知秋说道。

叶知秋懒得解释，反正她跟路其琛之间，确实也没那么光明磊落。她既然答应了要给路其琛机会，就不会怕顾妍绯的威胁。

"我跟你说话呢，听到没有？"顾妍绯等了半天没有等到叶知秋的回答，皱着眉头骂道，"你别以为不说话这件事情就这么过去了，以后要是再让我发现你勾引路其琛，你看我怎么收拾你。"

两人争执间，叶问兰开了口，"你别忘了，你奶奶还在……"

"你少拿我奶奶威胁我。"叶知秋叶来了气，"叶问兰，你让我办的事情，我都做了，路其琛的秘书需要英文八级以上，她行吗？虽说是出国了两年，可天天在外面泡吧喝酒，你问问她能说几句英文？路其琛不养废物，我能怎么说？"叶知秋冷笑，"我可没那个本事让路其琛事事都听我的，要真是这样的话，我一定让他先对付顾氏。"

"叶知秋你还敢在这里乱说，看我不撕烂了你的嘴。"顾妍绯气急，她可从来没有把叶知秋当成是自己的姐姐。

"住手。"叶问兰微微皱眉，急忙拉住了面前的顾妍绯。

看着叶知秋眼底的恨意，叶问兰心里也闪过一丝心虚，在这个节骨眼上，她不可能得罪叶知秋。

"你这孩子，什么时候也学会恶人先告状了？"叶问兰不痛不痒地斥责了一句，这才安抚起了叶知秋，"妍绯毕竟是你的妹妹，你现在能帮的时候也得帮一点。"

"她自己是扶不起的烂泥，难道还要怪我？"叶知秋冷漠地说道。

一句话，顾妍绯彻底炸了。

一旁的叶问兰被两人吵得头都大了，叶问兰冲着顾妍绯说道："你先上楼，我跟你姐姐还有事情要说。"

"我一会还有事情，你长话短说。"

"坐吧。"叶问兰倒了一杯水给叶知秋，说道，"我问你，你到底有没有在路其琛面前替顾妍绯说话？"

"答应你的事情我自然会做，但顾妍绯自己没本事也怪不到我吧？"叶知秋淡淡道。

叶问兰紧紧地盯着面前的叶知秋，好半天都没能从她的脸上看出任何心虚的感觉，于是微微点头，"好，那我就相信你，不过……有件事情我还是得提醒你。"

"虽然你现在嫁过去了，不过你记清楚了，你是代替妍绯嫁过去的……"叶问兰冷笑了一声，继续说道，"路其琛这样的人，你这辈子都不一定能攀得上，你得时时刻刻记着他是你的妹夫，想办法让他爱上顾妍绯，明白吗？"

叶知秋淡淡地看着面前的叶问兰，心里一下子乱了。嫁过去之前，她对路其琛这个名字都是抵触的，可这段时间相处下来她才发现，路其琛真的不像外面传的那样。她虽然极力地控制着自己的心，但却避免不了自己慢慢地被他吸引。

叶知秋没说话，对面的叶问兰敏锐地察觉到了这沉默代表的意思，淡淡地说道："你该不会……已经爱上他了吧？"

"没有！"叶知秋忙否认了这个事实，心虚地移开了眼，"我怎么可能会爱上他呢？"

"这是最好。"叶问兰冷笑着，"总之你记住你今天说的话，别让我逮到你什么把柄。"

叶知秋好不容易才缓过来，冷眼瞧着面前的叶问兰，"你让我做的事情我都已经做了，我什么时候才能见到奶奶？"

"急什么？"叶问兰端起桌上的茶杯，眼神飘向了别的地方，"等什么时候顾妍绯嫁进路家了，我自然会让你见奶奶。"

叶知秋倏的从沙发上站了起来，"我已经很长时间没见过奶奶了，妈，我求你，你好歹让我见她一面，只要确定她安然无恙，你要我怎么样都可以的……"

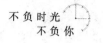
之前的嚣张和强势都是装出来的，只有奶奶是她的软肋，她一面哭，一面哀求着叶问兰。

没有人知道，那一声"妈"她到底是怎么叫出口的。

"我也是你的女儿啊，你不待见我，我都认了，可奶奶是我唯一的亲人，你不能把她从我身边带走。"叶知秋哭得伤心极了。

叶问兰看着面前的叶知秋，烦躁地甩开了叶知秋拉着自己的手，"哭什么哭，我还没死呢，用不着你在这里号丧。"叶问兰站起身来，说道，"你好好把这件事情做完，我会给你一笔钱，到时候你带着你奶奶，给我从阳城消失，永远不要再出现在我的面前，明白吗？"

叶知秋站起了身，别的女儿都可以在自己的母亲面前哭，因为母亲是自己最坚强的后盾，是自己的港湾。但是她叶知秋不行，哭，解决不了任何的问题。

她也是傻了，竟然以为叶问兰会心疼自己。她擦了眼泪，刚刚站起身，叶问兰就下了逐客令，"行了，该说的我已经说完了，你回去吧，少在我面前碍眼。"

叶知秋抱着东西缓缓地走在马路上，来顾家之前，她把手机调成了静音模式，并不知道路其琛打了无数个电话找她。

最后一个电话打完，路其琛烦躁地把手机扔到了办公桌上。

知道叶知秋辞职的事情，他一直很担心，忙完手头上的工作，他便打电话给她，可打了那么多电话，却怎么也打不通，路其琛满肚子的担心无处释放，"范特助！"

"总裁，有什么事情要吩咐？"范特助站在办公室门口问道。

自从知道叶知秋辞职的事情之后他就一直不太稳定，范特助怕自己这个时候凑上去会殃及自己。

"我上次让你查的事情怎么样了？"他总觉得自己的妻子身上有很多的秘密，她时而坚强，时而郁郁寡欢，他迫切地想要了解她身上到底发生了什么，只有这样才能接近她。

虽然派人调查她是件很不光彩的事情，但现在，他只有这一种办法。

"今天早上那个私人侦探给我来了电话，当时正好在忙就没接到，要不我现在给他回个电话？"范特助看到路其琛恼怒的眼神，立马改了口，"我现在就去打电话。"

路其琛并没有等太久，范特助就把那个私人侦探带了上来，"总裁，张先生到了。"

"你先出去吧。"路其琛点头，范特助小心翼翼地关上路其琛办公室的门。

"说说吧，都查到什么了？"路其琛声音低沉。

"路总想得没错。"张先生从随身携带的包里面拿出一个文件袋，递给了路其琛，"我这里有份资料，请您过目。"

路其琛取出文件，仔仔细细地看着上面的每一个字。

她不是顾妍绯，她是叶知秋。

看完所有的资料，路其琛终于明白，为什么她和传闻中的不一样，为什么他总觉得她心事重重的样子，她怕是……在担心自己的奶奶吧。但这一切，路其琛并不打算拆穿，他想等她自己亲口把这一切告诉他。

张先生看了一眼路其琛，继续说道："路总，叶知秋的照片已经在你手里了，至于真正的顾妍绯……顾家应该派人把所有外泄的照片销毁了，所以目前为止，我还没有找到顾妍绯的任何照片。"

"不用了。"路其琛冷笑了一声，真正的顾妍绯……就是现在的"叶知秋"吧。

路其琛又给叶知秋打了个电话，这一次叶知秋倒是接了。

"喂……"她的声音从电话那边安然无恙地传来时，路其琛觉得自己的心都落了下来，但口气不免有些严厉。

"我给你打了那么多电话为什么不接？"

"我……"叶知秋原本是想撒谎说自己在公司，虽然自己辞职了，但她还是不想路其琛跟着担心，但转念一想，路其琛都要取消合作了，那肯定已经知道自己辞职的事情了，于是如实说道，"我在外面呢。"

"你在哪儿？把地址发给我，我现在过来。"

路其琛挂断电话，没多久就收到了叶知秋发来的信息，他急急忙忙地开车赶过去，在路边的长椅上看到了叶知秋的身影。

她一个人孤零零地坐在椅子上，身边躺着一个箱子，周身像是笼罩着一层孤寂。

路其琛停好车，快步走到了叶知秋的面前，叶知秋先看到的是路其琛油光锃亮的皮鞋，顺着修长的双腿往上，路其琛充满怒气的脸映入眼帘。

她竟然还笑得出来，"你来啦？"

"你在这里待着做什么？"路其琛一肚子的怒气，在看到叶知秋强颜欢笑的脸时，却发不出来了，她眼眶微红，应该是刚刚哭完，他的心一下子就软了下来，"走吧，我们回家。"

路其琛牵起叶知秋的手，抱着她的箱子上了车，叶知秋一直一言不发，上了车之后，路其琛伸手替她系安全带她也是一点反应都没有。

路其琛把她带回了景园，拉着叶知秋坐在了阳台的秋千架上，问道："你难道就没什么要跟我说的吗？"

"你不是都已经知道了吗？"叶知秋的声音小得几不可闻。

"但我想听你自己说。"路其琛淡淡地说道。

叶知秋埋着头，犹豫了很久，这才开了口，"我辞职了。"

"没关系，我养你。"路其琛一句话，让叶知秋压抑了很久的委屈都发泄了出来，一开始路其琛还不知道该怎么办才好，最后坐在她的旁边，把她抱进了自己的怀里，"哭什么，多大点事，我这么大一个总裁，难道还养不起你吗？"

叶知秋闻言，忍不住破涕而笑，"你还真是自大。"

"难道不是吗？"路其琛大言不惭地说道，"你放心，我绝对养得起你。"

叶知秋的心情总算是好了一些，之前在叶问兰那边受的委屈一下子烟消云散。她的情绪也慢慢地稳定了下来，好半天才冲着路其琛问道："你不问问我为什么吗？"

"有什么好问的？"路其琛淡淡地问道，"妍……Autumn，不管你做什么决定，我都会支持你的，至于工作……如果你愿意的话，翔宇永远有你的位置。"

"不用了。"叶知秋淡淡地摇了摇头，说道，"我就当休息了，等过两天我自己去找工作。"

"为什么要让自己这么辛苦？"路其琛皱着眉头，她明明可以有更省力的活法，为什么要让自己这么辛苦？

"辛苦吗？我不觉得。"叶知秋摇了摇头，她已经习惯了这样的生活，什么都靠自己，"可能习惯了吧。"

"以后有我在，你可以学着多靠靠我。"路其琛的一句话让叶知秋心头一暖，但还是笑着拒绝了。

她现在的日子像是偷来的，就让她自私一会儿，再一会儿就行了。

她是迟早要把他还给顾妍绯的。

路其琛看着怀里的叶知秋，他很想问问她身份的事情，但还是忍住了，他相信她迟早会告诉自己的。

慢慢来，不着急。

"你今天去顾家了？"路其琛看叶知秋的情绪平静下来了，这才问道。

"你怎么知道？"叶知秋猛地抬起头，眼神里写满了慌乱，他怎么会知道？是不是发现了什么？

"我去接你的地方离顾家不远，你的眼睛那么红，肯定是哭过了，是不是她们为难你了？"路其琛皱起眉头，"我今天早上跟……她说清楚了，我不可能让她做我的秘书的，我要的是有真材实料的，不是花瓶。"

"我知道。"叶知秋笑了笑，"你放心，她们没有为难我。"

"其琛……"叶知秋犹豫了一下，说道，"其实你不必为了我跟云漫取消合作，这个案子是我写的，你也很喜欢，接下来执行的事情，潘琴也能做好的……"

路其琛摇了摇头，淡淡地说道："我不在乎执行的事情谁来负责，但云漫派来的那个人……我不喜欢。你放心吧，这件事情我有分寸的，你别管了。"

叶知秋闻言，也不再说话了，静静地躺在路其琛的怀里，享受这偷来的片刻悠闲时光。

吃晚饭的时候路其琛接到了顾妍绯的电话，因为知道了她的身份，所以路其琛对她的态度更差了，顾妍绯娇滴滴地说着自己明天去上班的事情，路其琛只是淡淡地应了一声就挂断了电话。

叶知秋也听到了顾妍绯的电话，看来是叶问兰说通了她，她默默地低下头吃饭。

第二天一早，因为叶知秋不用上班，所以路其琛想让叶知秋多睡一会儿，便轻手轻脚地起床上班去了。

他走后不久，叶知秋接到了云漫人事部打来的电话，她这才起床。

这几年的奖金，加起来也有好几万，这钱是叶知秋应得的，她可不会客气。李会计看到叶知秋过来的时候客气极了，热情地拉着叶知秋在一旁坐下，"Autumn，你可算是来了，快坐，我这还有点单子处理一下，你稍等。"

"没关系，你先忙。"叶知秋坐在一旁，李会计给叶知秋倒了一杯茶，刚坐下没多久，人事部的门就被人推开了。

来的人是潘琴，跟叶知秋四目相对的时候，她的眼底闪过一丝尴尬和愤恨，下一秒，她就已经站在了叶知秋的面前，说道："周总让你去他办公室一趟。"

"有事？"叶知秋目不斜视地喝了一口茶，淡淡道，"我已经辞职了，说起来跟这个公司也已经没什么关系了，我不觉得我跟周总还有什么好谈的，也没有再见面的必要了吧。"

"你……"潘琴气得脸都绿了，可叶知秋说得一点错都没有，她已经不是公司的员工了，凭什么要听周总的？

潘琴强忍着心头的怒气，这个时候得罪叶知秋绝对不是个好策略，她可不想成为公司的笑柄。

大丈夫，能屈能伸。

第12章 秘书

"Autumn，我想你应该知道我来找你到底是为什么，虽然你现在已经辞职了，但是你毕竟也在公司待了这么多年，现在公司遇到了麻烦，于情于理，你都应该帮一把。"潘琴轻声细语地说道，"周总现在就在办公室等着你，咱们俩好歹同事这么多年，你就当是帮帮我，你看可以吗？"

"帮你？"叶知秋冷哧了一声，"你在外面诋毁我的时候，怎么想不起来我们是同事？"

"我哪有？"潘琴一时心虚，难不成叶知秋知道昨天的事情了？这怎么可能，要是路太太真的知道路其琛跟叶知秋暧昧的关系，怎么可能这么轻易地放过叶知秋？

"行了。"叶知秋冷着脸，"你不是最讨厌我吗？有本事你别来求我啊。"

潘琴听着叶知秋的话，很想冲上前去撕碎叶知秋的脸，但是她不能，不管叶知秋现在说什么，她都只能忍着，受着。

"你到底要怎么样才肯帮忙？"潘琴看着面前的叶知秋问道。

叶知秋不说话，说实话，对于云漫的事情，她真的已经不想插手，做得好也没人念着自己的好，何必呢？

"叶知秋，以前的事情都是我不好，我在这里跟你道歉，现在事情摆在眼前，我真的是没有办法了，所以我求求你，帮帮我吧。"潘琴难得地低了一次头，一旁的李会计也开口帮腔，"Autumn，大家都是同事，潘琴之前确实有做得不对的地方，但是她已经道歉了，你就大度点，再说你也在公司做了这么多年，周总待你不薄，你于情于理也应该帮帮忙的。"

这个李会计平时常受潘琴的恩惠，所以这会儿帮潘琴说话也是情有可原。

但叶知秋却很反感。

"我不帮忙又怎么样？"叶知秋冷笑，话音刚落，门口就传来周扬的声音。

他在办公室等了一段时间，一直没有等到叶知秋的身影，所以他就自己过来了。在翔宇这么大一个客户面前，这一点自尊根本不算什么。

"你就真的这么绝情吗？"周扬定定地看着面前的叶知秋，问道。

潘琴第一时间冲了上去，冲着面前的周扬说道："周总，您也听到了，我不管怎么说她都不肯帮忙，我……"

"你给我闭嘴！"周扬冲着面前的潘琴吼道，"要不是你在中间挑拨离间，这件事情根本不可能闹成现在这个样子。"

"我……"潘琴尴尬地看了一眼周扬，她也没想到竟然会发生这样的事情。

"周总。"叶知秋静静地站在周扬的面前，人淡如菊。

"Autumn，过去的这几年，咱们合作得还是挺愉快的，我也一直很信任你，谁也不想发生这样的事情，现在公司出了这样的事情，我想……你还是回公司来上班吧，我把策划总监的位置给你，待遇翻倍，你看怎么样？"周扬冲着面前的叶知秋说道。

虽说翔宇的案子赚不了多少钱，但之后和翔宇肯定还会有长期合作的机会，而且公司的知名度也会水涨船高，所以这一单对于云漫来说意义重大。

"周总，这怎么能行！"潘琴一听，急了，她刚到手的位置，怎么可能就这样轻易放弃，"我才是策划总监，你怎么能……"

"你给我闭嘴！"周扬冷笑了一声，"潘琴，我真的是被你坑死了，我告诉你，翔宇的事情要是不能顺利解决的话，你也不用来上班了。"

叶知秋微微皱眉，对周扬这个人有了更深层次的了解。

在自己辞职的这件事情上，虽然潘琴占了一部分原因，但最重要的一部分原因还是周扬，是他对自己的不信任才会致使自己辞职。

"周总，"叶知秋淡淡地看了一眼周扬，"我们之间的事情，跟潘琴无关，这个策划总监的位置我不要，我既然从云漫离开了，就不会再回来。"

"为什么？"周扬懵了，他一直以为叶知秋是那种自己一回头就会在的人，但他错了。

他着急地看着面前的叶知秋，说道："你要是因为潘琴的话，我现在就可以把她开除了，只要你肯回来。"

"周总，我觉得你根本不明白我为什么要离开。"叶知秋摇头叹气，更加坚定了自己想要离开的念头，"一开始来公司的时候，你确实对我很好，不管大事小事都是手把手地教我，也正是因为这样，我才会成长得这么快，所以我对这个公司有感情，不到万不得已的时候，我不会离开。这些年外面也有很多人挖我，可我想着您对我的好，所以一次都没有动心。"叶知秋顿了顿，继续说道，"可是这段时间以来，我发现您变了，变得唯利是图，对我也没有了以前的那种信任。这次的事情只是压垮骆驼的最后一根稻草，我忍够了，不想忍了，所以我要走。"

"你撒谎，你根本就是因为路其琛，所以才要走的，不是吗？"周扬冷笑了一声，"叶知秋，你说我变了，可你自己呢？难道一点都没变吗？你敢说你跟路其琛之间清清白白的，一点关系都没有吗？"

叶知秋不能说，她沉吟一番，还是冲着面前的周扬说道："周总，这是我的私事，我自认我从没因为任何的私事影响到我的工作，所以……我想我不必回答这个问题吧？"说完这番话，叶知秋转过头来看着面前的李会计，"麻烦你尽快把工资结算好打给我，我还有事，先走了。"

"这……"李会计偷偷地看了一眼面前的周扬，周扬虽然冷着脸，但并没有开口阻止自己，李会计这才说道，"好，我会尽快的。"

"那就好。"叶知秋微微点头，"那我就先走了。"

闹到这个地步，叶知秋跟云漫已经彻底没有关系了，但路其琛那边她还是会开口，也算是自己为云漫做的最后一件事情了。

"叶知秋！"她刚走到门口，就听到身后传来周扬的声音，歇斯底里地冲着她吼道，"你会后悔的，我一定会让你后悔的！"

叶知秋加快了脚步，从云漫离开。

走到门口的时候，路其琛在门口等着。

初夏的日子里，城市凛然如绽放的花朵，艳丽而多姿，湖边三三两两的情侣手牵手走着，惬意极了。

叶知秋主动牵起了路其琛的手，风吹在脸上，柔柔的，舒服极了。

"唔……"叶知秋正沉浸在自己的世界里，下一秒，路其琛就扣住了叶知秋的后脑勺，准确无误地吻上了她的唇。

良久，路其琛才放开了叶知秋。

"你过分！"叶知秋红着脸说道。

虽然这里是情侣圣地，但当着这么多人的面，叶知秋还是觉得很不好意思。

"我亲我自己的老婆，难道不行吗？"看着叶知秋绯红的脸色，路其琛语气得意。

好半天，叶知秋才缓过劲来，两人坐在湖边的板凳上，她问路其琛："你就没什么想问我的吗？"

路其琛微微摇头，"我相信你。"他静静地看着叶知秋，"你要是愿意说的话我洗耳恭听，但你若不愿意说，我也不会强求，毕竟……谁还没点过去呢？"

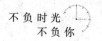

闻言，叶知秋的脸上涌出一抹感动，"其实……也没什么不能说的。"

叶知秋叙述了一段关于自己和奶奶的童年往事，只是她小心翼翼地抹去了关于自己身份的所有事情，话音刚落，路其琛心疼地将她拥进了怀里。因为知道她的身份，所以更加心疼她所承受的一切，更加明白她当初到底是怎么熬过来的。

叶知秋不由自主地往路其琛的怀里靠了靠，明明湖风很暖，她却觉得有些冷。

头顶上响起路其琛温柔的声音，"Autumn，以后不管发生什么事情，我都不会离开你。"

"嗯。"叶知秋心头微甜。

"走吧。"路其琛站起身来牵着叶知秋的手，"我们回家。"

景园。

路其琛上楼的时候就看见叶知秋拿着旅行社的宣传单页在研究，她想找个人少景美的地方，带着奶奶一起出去玩玩。

奶奶照顾了自己一辈子，现在自己有能力了，当然应该好好地孝顺奶奶。

"在看什么？"路其琛探身上前，看电脑屏幕上开了很多个网页，大部分都是攻略，微微皱起了眉头。

她要出去玩？自己怎么不知道？

"看今天在旅行社拿的资料。"叶知秋原本趴在床上，听到路其琛的声音时翻过了身，随手扯了一个抱枕枕在脑后，"我这不是休息了嘛，就想趁着这个机会出去走走看看，也算是散散心了。"

"你看这两个地方，我应该选哪一个？"路其琛冷着脸，这个小女人，完全没有把自己当成是她的老公，旅游这么重要的事情，竟然完全把自己排除在外。

"这个吧。"路其琛随手一指，坐在一旁生闷气。

"这个啊……"叶知秋沉吟一番，微微皱起了眉头，"这里好是好，但是要爬山，人也多，我怕……"

"你自己慢慢看，我先去洗澡。"路其琛生着闷气，丢下一脸懵的叶知秋。

这又是怎么了？

不过，叶知秋很快就把路其琛生闷气的这件事情忘了，她专心致志地研究着，到底什么样的地方适合带老年人出去玩。

路其琛从浴室出来的时候，叶知秋还在看，偶尔还拿笔记录一下，每个景点的利弊她都仔细研究，为的就是给奶奶一个舒心的旅行。

路其琛皱着眉头，"啪"的一下关上了电脑，"这么晚了，该睡觉了。"

他以为自己已经把生气表现得很明显了，但没想到叶知秋一点也没察觉到，反而柔声安慰道，"你要是困了就先睡，我再看一会儿。"

……

路其琛心里简直想吐血，但脸上却是不动声色，还给出了一个冠冕堂皇的理由，"太晚了，明天还要上班呢。"

"你要上班我又不要。"在云漫待了这么多年，她几乎把所有的时间都奉献给了工作，这突然休息下来，她还真是有些不适应，"你早点睡，我再看一会儿。"

叶知秋说着就要过来抢电脑，一句话彻底惹毛了路其琛。

路其琛随手把电脑甩到一旁，翻身将叶知秋压在了身下。

"路……路其琛，你干什么？"叶知秋还没来得及反应过来就已经被路其琛紧紧抱住，她虽然已经答应了路其琛追求自己，但不代表她能这么快的接受路其琛突如其来的亲近，她红着脸，使劲地想要推开路其琛，"你别闹。"

"不上班是吧？"路其琛冷笑了一声，这么近的距离，他甚至可以听得到叶知秋忐忑的心跳声，他静静地看着怀里的叶知秋，说道，"正好我缺一个秘书，从明天开始，你就暂时给我当秘书吧，直到我找到合适的秘书为止。"

"我不……"叶知秋的"不"字刚刚说出口，路其琛就堵住了叶知秋的嘴，直到吻得叶知秋意乱情迷，这才放开了她，"去不去？"

叶知秋脑子里一团糨糊，在路其琛的温柔注视下，不知怎么的就点了点头。

路其琛的脸上浮现出一抹笑容，这才翻身躺在叶知秋的身边，拥着她一觉睡到了天亮。

第二天一早，叶知秋是被路其琛叫醒的，她赖在床上不肯起来，声音像是慵懒的小猫咪，可爱极了，"唔，再让我睡一会儿……"

"赶紧起来。"路其琛拉着叶知秋起床，"从今天开始你就是我的秘书了，哪有老板起来了员工还不起来的？"

"我什么时候答应了？"叶知秋蒙上被子说道。

"你这是不承认了？"路其琛一把掀开了叶知秋的被子，声音暧昧，"要不要我帮你回忆回忆？"

叶知秋闻言，一下子清醒了过来，"不……不用了，我现在就起来。"

今天是顾妍绯第一天上班的日子，路其琛就是故意把叶知秋带去的，有她在，顾妍绯也不至于太过分。

叶知秋选了一身套装，白色的衬衫，下半身是黑色的包臀裙，露出修长的双腿，让人不由自主地想把注意力放在她的身材上，领口系了一条橘色的丝巾，让这一身一下子变得鲜活了起来。

路其琛微微皱眉，拉着叶知秋上楼非要把裙子换成裤子，她哭笑不得。

这个男人，真不是一般的能吃醋。

因为路其琛的这一出，两人到办公室的时候已经很晚了，范特助第一个迎了上来，"总裁……"

他看到跟在路其琛身后的叶知秋时一下子瞪大了眼睛，这是怎么回事？总裁夫人怎么会在这里？

"什么事？"见范特助目不转睛地盯着叶知秋看，路其琛微微皱起了眉头，往旁边挪了一步，挡住了范特助的眼神。

范特助在心里鄙视了路其琛一把，他头一次发现自家总裁竟然这么的小气。

"那个……叶小姐一大早就来了。"范特助看到她就觉得头大，他已经把话说得很清楚了，让她去人事部报到就行了，她却不肯，死活要在这里等路其琛，非要见到他才肯走。

"她来干什么？"范特助也知道叶知秋代嫁的事情，两人都默契地装作毫不知情的样子。

让顾妍绯和叶知秋都来上班，入职也是个大问题。

"范特助，你带Autumn直接去秘书部报到，不用去人事部了，从今天开始她就是我的私人秘书。"路其琛吩咐范特助，自己则快步走向了办公室，"还有，从今天开始，除了Autumn之外，任何人都不准随意进出我的办公室，明白了吗？"

"是……"这是当着叶知秋的面，要撇清一切关系了。

范特助转过身，冲着身边的叶知秋说道："总裁夫人，跟我来。"

"范特助……"叶知秋对这个称呼很不适应，微微皱起了眉头，"你还是叫我Autumn吧……"

"这……"范特助犹豫了一下，路其琛没有公布叶知秋的身份，叫她总裁夫人确实不太合适，犹豫了一下，最后还是点了点头，"Autumn。"

叶知秋这才笑了起来，"做路总的秘书需要注意什么？"

"这……反正就是听路总吩咐吧，路总让你干什么你就干什么。"范特助一头冷汗，他可不敢给叶知秋安排事情，毕竟她是总裁夫人，自己要是得罪了她，怕是连怎么死的都不知道。更何况，路其琛在公司根本没有设私人秘书这个职位，他把叶知秋带来，到底是想做什么，根本没人知道。

"各位……"范特助把叶知秋带到了秘书部，办公室里一共坐了两个人，再加上范特助和叶知秋，一共四个人，"这位是路总的私人秘书，叫……Autumn。"既然路总没有公布叶知秋的身份，不管是叶知秋还是顾妍绯这个名字都不适合她，所以范特助介绍叶知秋的时候用了她的英文名，也顺便向叶知秋介绍了其他两位同事——丁娜和赵雯。

叶知秋落落大方地站在两人面前，"大家好，我是Autumn，希望在将来的日子里大家多多关照。"

"Autumn，你坐这里。"范特助把叶知秋安排在了自己对面的位置上。

与此同时，办公室里的路其琛正一脸不耐烦地盯着站在自己面前的顾妍绯。

她今天穿的是新买的衣服，化着精致的妆，但是路其琛却完全不在意。他冷着脸，冲着面前的顾妍绯问道："你怎么又来了？"

顾妍绯微微低着头，柔声说道："姐夫，我今天来，是想来谢谢你的。"

"谢我？谢我什么？"路其琛皱着眉头问道，他实在是不明白，顾妍绯的花样怎么层出不穷的。

"要不是你的话，我也不可能来翔宇上班，我知道我自己的能力距离你期许的还有一段，不过姐夫，你放心，我一定会好好努力，不会让你失望的。"

"也不是什么大事，下次就不用特意跑这一趟了。"路其琛一眼就看穿了顾妍绯的想法，不过是借着道谢的借口接近自己罢了。

"要的，做人不能不知好歹。"顾妍绯急忙说道，"姐夫，我想过了，为了表示我对你的感谢，我想……请你吃顿饭可以吗？你想吃什么都可以。"

因为叶知秋的关系，路其琛懒得拆穿顾妍绯，但顾妍绯如今是越来越过分了，让他有撕破她面具的冲动，犹豫再三，还是忍了下来。

"正好你姐姐今天也来公司上班了，你去跟她说一声，要是她愿意跟我一起去的话，那你就订位置吧。"

"什么？"顾妍绯紧紧地皱起了眉头说道，"她也在这里上班？"

"有什么问题吗？"路其琛故作疑惑地看着顾妍绯。

"没……没事。"顾妍绯快要气炸了，但还是做出一副什么事都没发生过的样子。

从路其琛的办公室出来，顾妍绯气势汹汹地站在了叶知秋面前，说道："你在这里上班的事情我先不跟你计较，晚上我要请路其琛吃饭，你一起去。"

"你要请他吃饭，我去干什么？"叶知秋皱着眉头，"我可不相信你是真的想叫我。"

"你以为我愿意吗？"要不是路其琛非要她去，她怎么可能叫她，"总之你给我记住，一会儿你一起去，然后找个借口先走，我可不想对着你这张脸吃饭。"

还没等叶知秋答应，顾妍绯便出去给路其琛打电话，说姐姐已经答应，位置一会儿告诉他。

路其琛淡淡地应了一声，便挂断了电话。

顾妍绯刚走，叶知秋就听到丁娜的冷嘲热讽，"如今这世道可真是变了啊，那句话怎么说来着，人不可貌相，可真是一点都没说错。"

"可不是。"赵雯也是一脸鄙夷地看着叶知秋，"有些人长得清清纯纯的，却老想着飞上枝头变凤凰，真是太可笑了。"

"你们手上的事情都忙完了？"范特助皱着眉头，自打叶知秋嫁给路其琛之后，先是被辞退，现在又被人排挤，再加上她顶替顾妍绯的事情，范特助也忍不住替叶知秋觉得不忿。

"范特助，你怎么也帮她说话，难不成你看上她了？"丁娜冷笑着说道。

"你说够了没有？"叶知秋原本不愿意跟她们一般计较，毕竟她也不会在这里待很长时间，但她们俩的话越说越难听，叶知秋也不想忍下去了。

"我自认没有任何得罪你们的地方，不跟你们计较是我脾气好，但并不代表我会一直忍下去，再让我听到你们说这些话，别怪我对你们不客气。"叶知秋神色严肃。

丁娜冷笑了一声，冲着面前的叶知秋说道："呦，这就恼羞成怒了？Autumn是吧，我告诉你，你要是想在这里待下去，最好给我安分守己一点，你要是敢对路总有非分之想，就别怪我对你不客气。"

叶知秋还没来得及说话，门口就传来路其琛威严的声音。

他紧紧地皱着眉头，声音不怒而威，"你这是在威胁谁呢？"

"路总！"

"路总！"路其琛一出现，所有人都闭上了嘴，丁娜不忿地站在路其琛的面前，要不是他突然出现，她今天一定要让叶知秋好看。

路其琛站在丁娜的面前，紧紧地盯着她，"把刚才的那番话再说一遍。"

"我……"丁娜有些发慌。

路其琛淡淡地笑了笑，冲着面前的丁娜说道："把你手上的事情全都移交给Autumn，从明天开始你就不用来上班了。"

"路……路总？"丁娜诧异地看着面前的路其琛，根本不敢相信自己听到了什么。

"我说得不够清楚？"路其琛皱着眉头。

"不是这样的路总……"丁娜这会儿才着急了起来，"您怎么能辞退我呢？该走的人明明是她啊……"

"什么时候轮到你来教我做事了？"路其琛冷笑道，"范特助，带她去人事部。"

路其琛冷眼瞟着赵雯，"从现在开始，要是再让我听到办公室里面传出一些我不想听的话，别怪我对你们不客气。"

这番话的警告意味颇浓，赵雯冷着脸，默默地低下了头，心里不由自主地开始怀疑起叶知秋的身份，为什么路其琛这么护着她？

"Autumn，跟我进来一下。"路其琛板着脸，冲着叶知秋说道。

叶知秋默默地跟在了路其琛的身后，刚准备出去，丁娜就冲了过来，嘴里一边不停骂着，一边挥手朝叶知秋打过去。她原本站得就离叶知秋很近，眨眼间已经到了叶知秋的面前，叶知秋甚至连躲闪的机会都没有。

看到丁娜冲过来的那一瞬间，路其琛眼疾手快地把叶知秋拉进了自己的怀里，紧紧地护着叶知秋。

丁娜一巴掌拍在了路其琛的后背，用了十足的力，路其琛只是微微皱了皱眉。

"丁娜，你疯了？"范特助急忙拉开了丁娜，"总裁，您没事吧？"

"没事。"路其琛微微摇头，"赶紧带她去人事部吧，我不想再看到她。"

丁娜失魂落魄地看着自己的手，她明明是想打叶知秋的，怎么就打到了路其琛的身上？她张了张嘴，最后什么话都没有说出口。

总裁办公室。

"好了，我真没事。"路其琛无奈地看着面前的叶知秋说道。

"不行，你让我看看。"丁娜那一下用了十足的力，她担心路其琛。

路其琛伸手把叶知秋揽进自己怀里，"你要是真想看我当然愿意，你是我的老婆，别说是看，摸都行。"

"流氓！"叶知秋嗔怒道。

路其琛把叶知秋带到沙发上坐着，认认真真地道歉，"Autumn，实在是对不起，今天的事情是我考虑不周，否则也不会让你受这么大的委屈。"

"我没事。"叶知秋笑了笑，"但是其琛，我还是不做你的秘书了，我想趁着这段时间休息一下，出去走走看看。"

顾妍绯虎视眈眈，再加上赵雯，叶知秋可以想象得到，她在这里的日子绝对不会太好过。

"不行！"路其琛斩钉截铁地说道，"你别忘了，你可是答应过我，一直待到我找到合适的秘书为止。"

"可是……"叶知秋还在犹豫，路其琛打断了她。

"好了，不说这个。"路其琛给叶知秋倒了一杯水，"Autumn，叶知秋有没有去找过你？"

叶知秋握着茶杯的动作顿了顿，好半天才回过神来，点了点头，"来过了，她说今天晚上请你吃饭，让我一起过去。"

"你答应了？"路其琛皱了皱眉，他把这件事情的决定权推给叶知秋，就是想让她拒绝。

"要不……你就去一趟吧，不管怎么说都是人家的一片心意，不去也说不过去。"

路其琛皱了皱眉，"你就这么希望我去？"

叶知秋很想拉着路其琛，跟他说她不想，可一想到奶奶，还是只能苦笑一声，"不过就是吃顿饭，就去一下吧。"

"既然你都这么说了，那我当然得去。"路其琛赌气。他不明白叶知秋为什么要装出一副大度的样子，为什么这么不信任他，为什么不能把事情告诉他，两个人一起解决呢？

路其琛越想越气，径直站起身来拨通了顾妍绯的电话，"叶小姐是吧，麻烦一会儿把地址发到我手机上，我会过去的……对，我一个人。"

挂断电话，路其琛转过脸来看着面前的叶知秋，"这下你满意了吗？"

"其琛，我……"叶知秋想解释的，但路其琛根本不听，"够了，你出去吧。"

叶知秋静静地站在路其琛的面前，想上前，可再看看路其琛的脸色，还是作罢，垂头丧气地看了一眼路其琛，"那我先出去了。"

一整天，路其琛都因为这件事情阴晴不定，谁也不敢进他的办公室。

"交个朋友吧？我请你吃饭。"午饭时间，赵雯主动找叶知秋示好，她已经看出了路其琛和她之间非比寻常的关系。

"交朋友……"叶知秋冷笑，"不好意思，我这个人很挑，虽然不知道该选什么样的人做朋友，但不想选什么样的人做朋友我却是很清楚的。"

"你……"赵雯没想到叶知秋会这么不给面子，"Autumn，我知道上午是我不对，可我已经跟你道歉了，你还想怎么样？"

"不想怎么样。"叶知秋站起身，"麻烦收起你那张伪善的脸，我们同处一间办公室，维持着表面上的客气就行，我想……你应该不想跟我做朋友，真巧，我也是。"

叶知秋说完转身就走，去楼底下的咖啡厅买了一份三明治，在电梯里正好碰见路其琛。

"你去哪了？"电梯里没有其他人，路其琛也完全不避讳，抓着叶知秋的手问道。

"你弄疼我了。"叶知秋微微皱眉，再见到路其琛心里很别扭。

一想到他晚上要去跟顾妍绯单独吃饭，她心里很不是滋味。

路其琛这才放开叶知秋的手，"你这个女人到底有没有心，你跑哪去了？不知道我找了你很长时间吗？"

今天是叶知秋上班的第一天，他原本是想带她去吃好吃的。

叶知秋也生气，她别过脸，冲着路其琛说道："你找我做什么，怎么不去跟你的叶小姐吃饭？"

看叶知秋这样子，路其琛反而高兴了起来，咧着嘴嬉皮笑脸地凑到了叶知秋的面前，说道："怎么？你吃醋了？"

"我吃什么醋？"叶知秋哪里肯承认，"你是大总裁，我现在就是个小秘书，我哪敢吃您的醋啊。"

"你就是吃醋了。"路其琛斩钉截铁地说道，"Autumn，我之前给她打电话就是想你阻止我，我知道她是你的妹妹，可现在我是你的丈夫，我们俩才是一家人，我知道你夹在中间为难，可我已经给她安排了工作，我不希望你一个劲儿地把我往外推，你明白吗？"

"我哪有……"路其琛的一番心意让叶知秋一下子后悔了起来，她因为自己的身份一直很犹豫，可路其琛现在却明明白白地告诉她。

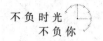
他喜欢的是自己，而不是顾妍绯。这个认知让她欣喜不已。

"还说没有？"路其琛皱着眉头，在他眼神的注视下，叶知秋也有些心虚了起来，确实，她真的想过要把路其琛还给顾妍绯。

叶知秋不说话了。

路其琛这才偃旗息鼓，冲着面前的叶知秋说道："好了，我也不是怪你，只希望你以后不要那么犟，你的东西，只有自己紧紧地拽在手里才不会被人抢走啊。"

"我知道了。"叶知秋吸了吸鼻子，有些想哭，"那……晚上顾妍绯请你吃饭，你还去吗？"

"当然要去。"路其琛淡淡地点了点头，"既然已经答应人家的事情，我自然要去，不过……"

"不过什么？"

"不过我自己有分寸，我去露个面，然后就回家，好吗？"路其琛征询叶知秋的意见，看她笑着点了点头。

"我先回去上班了。"

叶知秋回到办公室，赵雯已经在工位上了，只见她好像之前什么事情都没发生过一样，说道："Autumn，麻烦你帮我把这份文件打印一下，路总说明天要用的。"

"Autumn，麻烦你去趟财务部，把这份报销单送过去，辛苦了。"

"Autumn……"

赵雯笑盈盈地把手上的事情都扔给了叶知秋，在自己忙得过来的情况下，叶知秋并没有拒绝。直到赵雯在下班前拦住了叶知秋，"Autumn，你今天第一天上班，照道理来说这件事情我不该麻烦你的，但我这也是实在没有办法了，所以只能麻烦你。"

赵雯笑着，俗话说伸手不打笑脸人，所以叶知秋并没有发火，只是淡淡地问道："什么事情？"

在云漫的时候加班早已成了家常便饭，虽然今天是第一天上班，但合理的加班对于叶知秋来说也并不过分。而且她并没有兴趣去和顾妍绯吃饭，所以，她今天晚上也确实没有什么重要的事。

"是这样的……"赵雯顿了顿，继续说道，"本来今天晚上有个合同要谈，我一个人也没办法，所以只能让你跟我一起去了。"

"这么晚了谈合同？"叶知秋皱起了眉头，她隐约猜到赵雯的意思，但还是忍不住确认道，"什么时候能结束？"

"很简单的，就是跟对方一起吃个饭，到时候你就在旁边看看，帮衬几句，毕竟你在翔宇待着，以后肯定也是要接触这些的，今天就当是学习了。"赵雯说得轻描淡写，叶知秋却明白，这样的饭局……多半是要吃亏的。

但叶知秋从来不是温室里的花朵。"我跟你去。"叶知秋淡淡地回应。

闻言，赵雯的脸上露出笑容，"你收拾一下，我去拿合同。"

叶知秋知道接下来要面对的是什么，好在今天一早因为路其琛的坚持，她穿了一条裤子来上班，如果不说话的话，也不至于太引人注目，赵雯不一样，她穿了一件定制的旗袍，将自己玲珑的曲线暴露无遗。

去饭店的路上，赵雯一直在车上补妆，叶知秋就坐在一旁，安安静静地看着街景。

她今晚唯一的目的就是把赵雯安全送回家。

饭店是赵雯订的，挺中国风的一个饭店。听说对方客户是刚从国外回来，选择这样一个中国风的饭店，确实是个好主意，能快速地拉近双方的距离。

叶知秋忍不住多看了赵雯两眼。

她们两人先到，六点半，宋总准时出现在包厢门口，他是一个身材矮小的男人，两颗黄豆大的眼睛扫过赵雯的胸口，随即露出了笑容，"小赵啊，好久不见了，最近过得怎么样？"

赵雯笑盈盈地站起身，扭着纤细的腰肢走到了宋总的面前，伸手勾着宋总的手臂，说道："托您的福，这段时间我过得挺好的，宋总看着倒像是瘦了，最近过得不好吗？"

第13章　陪客户

"可不是……"宋总拉着赵雯的手，不停地揩油，叶知秋忍不住皱起了眉。

"小赵啊，我这可是想你想的，你看看我，最近都瘦了，一会儿可一定得陪我多喝两杯……"宋总伸手在赵雯的腰上捏了一把，脸上的皱纹都笑成了一朵花。

赵雯倒是一点反应都没有，她早就已经习惯了这样的场合。

"宋总真会开玩笑，您放心，今天我一定陪您多喝两杯。"赵雯笑盈盈地挽着他的手臂，把他安顿在了叶知秋的身边，这样一来，他就坐在了赵雯和叶知秋两人的中间。

赵雯偷偷地看了一眼叶知秋，这才冲着宋总说道："对了宋总，还没来得及给你介绍……"

她站起身，站在了叶知秋的身边，"这位可是我们办公室刚来的大美女，Autumn。"

"Autumn，赶紧跟宋总打个招呼。"赵雯故意把叶知秋引荐给了宋总，她都这么说了，叶知秋只能抬起头，朝着宋总微微笑了笑，"宋总，您好。"

叶知秋看到宋总的眼底闪过一丝惊艳，她微微皱眉，而赵雯的眼底却闪过一丝冷笑。赵雯笑盈盈地揽着叶知秋的肩膀，说道："宋总，这位是我们办公室刚来的，今天第一天，我就带到您这来拜山头了，人家跟我可不一样，小姑娘，不习惯宋总您这一套，一会儿您可得悠着点。"

"放心放心。"宋总目不转睛地看着面前的叶知秋。虽说叶知秋穿得挺普通的，但抵不住她五官精致，肤若凝脂，比起赵雯来不知好看了多少。

看着宋总眼底赤裸裸的垂涎，叶知秋忍不住皱起了眉头。

"那……一会儿就让Autumn陪您。"赵雯笑着说道。

宋总完全把赵雯扔到了一旁，一个劲儿地逗叶知秋说话，"妹妹，你是阳城本地人吗？"

"是。"叶知秋虽然心底很不耐烦，但也强忍着没当场发作。

宋总作势要抓住叶知秋的手，"你说你长得这么漂亮，何必去做秘书，要不来我公司吧，我给你个经理的位置坐坐，你放心，待遇你随便开。"

"不用了宋总。"宋总的手刚刚伸过来，叶知秋就装作喝水的样子，端起了桌上的杯子，完美地避开了宋总的手。

宋总把自己的凳子挪近了一点，"只要你来我这里，我跟你保证，绝对比在翔宇开心多了，怎么样？"

他话音刚落，手就放在了叶知秋的大腿上，虽然她穿着裤子，但宋总还是能感受到她肌肤的触感，忍不住多摸了两下，叶知秋腾的一下站了起来，吓了宋总和赵雯一跳。

赵雯微微皱眉，冲着叶知秋问道："你怎么了？"

叶知秋皱着眉头，心里对宋总的行为很是厌恶，甚至起了一身的鸡皮疙瘩，但一想到自己的处境，还是没发作。

她冷着脸，冲着面前的赵雯说道："没事，我去趟卫生间。"

宋总紧紧地盯着叶知秋的背影，就像是盯着猎物一样。

"宋总，看上她了？"赵雯一眼就看穿了宋总的心思，这也是她带叶知秋来的目的，现在，她只需要再添一把火。

"可别胡说。"宋总笑了起来，在赵雯的腿上摸了一下，"我最喜欢的还是你，你可别吃醋。"

"行了宋总，您也别拿好听的话哄我了，我都跟您认识这么长时间了，我还不了解您吗？"赵雯冷笑了一声，"您啊，就是见一个爱一个，我要是吃醋的话，我现在还不得被气死？"

"还是你了解我。"

赵雯冷笑了一声，"宋总，您要是真喜欢她的话，我倒是可以帮您……"

就算路其琛真的喜欢叶知秋又怎么样，等到她成了宋总的女人，办公室里还不是只有自己？路其琛只要不傻，就一定不会再要她。

赵雯打着自己的小算盘，今天叶知秋一到办公室，她就察觉到范特助对她的特殊照顾，所以她猜想着，叶知秋肯定和他们总裁有着特殊的关系。

叶知秋在厕所待了很长时间，一直在犹豫要不要回去，一想到宋总那张嘴脸就忍不住皱起眉头。后来是赵雯找过来了，一进厕所看叶知秋站在一旁发呆，微微皱起了眉头，"你这是在干什么，客户都已经到了，你怎么还躲在厕所里？赶紧跟我走……"

"赵雯，我……"叶知秋微微皱眉，"要不你自己去吧，我就在这等着，等你

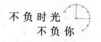
什么时候结束了我再进去。"

"这怎么可能？"赵雯皱起了眉头，"Autumn，你不会是在玩我吧？来都来了，怎么可能不进去，莫非……你是怕宋总对你动手动脚的？"

"……"叶知秋不说话，一旁的赵雯看着叶知秋笑了起来，"好了，我知道你是担心宋总的事情，你放心吧，他也就嘴上说说，不会真的对你怎么样的，再说了，现在客户也来了，你一个人在这里我怎么应付得来？"赵雯拉着叶知秋继续说道，"走吧，我们已经出来很长时间了，别让人家等得太久。"

叶知秋犹豫了一下，最后还是跟着赵雯进去了。

赵雯先进去，一进门就跟里面的人道歉，"宋总，林总，实在是不好意思，新来的小姑娘不懂规矩，你们别在意。"赵雯笑盈盈地把叶知秋从自己的身后拉了出来，冲着叶知秋说道，"Autumn，赶紧的，去敬杯酒赔罪。"

叶知秋被赵雯推了这一把之后微微皱起了眉头，冷着脸说道："我不会喝酒。"

她酒量本就不好，更何况在这样的场合下，她是绝对不可能喝酒的。

"你怎么这么不懂事，这么重要的场合，就算豁出命也得把宋总给我陪好了。"这里没有范特助，也没有路其琛，还不是她说了算？

"赶紧过去。"赵雯把叶知秋往宋总那边推。

"我说了，我不喝酒。"叶知秋出奇的强硬。

一时之间两人僵持在了原地，宋总笑呵呵地出来打圆场，"好了好了，人家不喝你就不要强迫了，不喝就不喝吧，小赵，让服务员送杯果汁过来。"

"宋总，哪有你这样怜香惜玉的，当心把她惯坏了。"赵雯笑着说道，转头就让服务员去拿果汁。

"惯坏了也是我愿意的。"宋总笑着，拉着叶知秋在一旁坐下，"小赵啊，不用管我这里了。"

"好。"赵雯笑着点点头。

叶知秋很拘谨地坐在宋总的身边，微微皱着眉头，宋总一个劲儿地逗她说话，她仍是摇头，宋总靠过来一寸，她就往边上一尺，总之就是离宋总远远的。

宋总一开始只是语言上的挑逗，这会儿越来越过分了，竟然伸手往叶知秋的臀上摸去，叶知秋当即站了起来，一杯果汁泼在了宋总的脸上。

她什么话也没说，赵雯急了，急忙追了过来，一把把叶知秋拉开，"Autumn，我叫你来是来帮忙的，不是让你来捣乱的，你这是在做什么？"

叶知秋不说话，赵雯忙冲着宋总问道："宋总，您没事吧？"

"没事。"宋总对叶知秋用尽了耐心，没想到稍稍有一点动作，就换来这样一个下场，他颜面尽失，板着脸先发制人，"你什么意思？我好心好意地关心你，你这是什么意思？"

宋总冷笑了一声，"当了婊子还立牌坊，你跟着赵雯出来不就是卖肉的吗？装什么贞洁烈女？"

叶知秋的脸色越发难看，赵雯的脸色也一样不好看。

宋总的这句话，连赵雯也骂进去了。

但赵雯还是笑着冲叶知秋说道："你还傻站着干什么，还不赶紧过来给宋总擦干净？赶紧给宋总道歉！"

她声音严厉，一点拒绝的机会都不给叶知秋。

宋总冷笑了一声，狠狠地擦了擦自己的脸，站在了叶知秋的面前，"不知好歹，你看我怎么收拾你。"说着，他便扬起手掌，作势要朝着叶知秋的脸上打过去，叶知秋微微闭上眼，却没等到意料之中的疼痛，等她再睁开眼睛的时候，就看见路其琛抓住了宋总的手。

看到来人的时候，叶知秋那颗心总算是安稳了下来，而站在一旁的赵雯却是面如死灰，"路……路总。"

他怎么会来？赵雯握紧了拳头，她是确认过路其琛今天晚上有应酬所以才带叶知秋过来的，想着叶知秋就算是吃了亏，也绝对不好意思把这么丢人的事情说出去，可她怎么也没想到，路其琛竟然会出现在这里。

原来，赵雯刚带着叶知秋走出公司，范特助就听公司其他同事说她们俩去见宋总了。范特助觉得事情不对，便给路其琛打电话说清状况。而路其琛彼时已经到了顾妍绯订好的饭店门口，他下午有事出去了一趟，以为叶知秋会和顾妍绯一起去饭店，所以就没回公司接叶知秋，而是直接去了饭店，可没想到，却接到了范特助这么一通电话。路其琛接到电话后，二话不说就赶了过来。

好在总算是赶上了。

"你没事吧？"路其琛根本不去管在场的人是什么目光和想法，他紧张地扶着叶知秋的肩膀，仔细地查看她的身体状况。

"你先放开我，我没事。"叶知秋有些不好意思地想要拉开路其琛的手。

路其琛确认叶知秋安然无恙，这才如释重负地松了一口气，"为什么来这里？"

路其琛并不是那种会袒护女下属的人，这一点赵雯比任何人都清楚。跟在路

111

其琛身边这么多年，作为他的秘书，在给他挡酒的时候他从不会说不，当然，单子要是谈成了他也绝对不会亏待你。就是这样一个几乎不近人情的总裁，现在竟然为了一个女秘书不惜大动干戈，得罪自己的合作对象。要不是亲眼所见，她是绝对不会相信的。

"赵雯说要带我见识一下，我就来了。"叶知秋实话实说。

宋总恶人先告状，"你这个秘书可真是让我刮目相看，明明自己勾引我，最后却反咬一口说我非礼，还泼了我一身的果汁，我告诉你，这件事情要是解决不了，我跟你没完。路总，我知道这个女人是你的秘书，不过你可千万不要被这个女人骗了，这个女人先勾引我……"

宋总喋喋不休地说着，下一秒，路其琛就扼上了他的喉咙，眼神凶狠得像是下一秒就会捏断宋总的脖子，宋总在路其琛的注视下感觉到了死亡的气息，他惊慌失措地拍打着路其琛的手，"路其琛，你疯了不成，你别忘了，我们可是合作关系，你要是敢对我动手，别怪我立刻终止我们之间的合作。"

"刚刚你是用哪只手碰了她？"路其琛完全不理会宋总的话，冷笑着问道。他想用这招来威胁他路其琛，真是太可笑了。

"放开，放开我。"宋总觉得自己呼吸越发的困难。

"算了。"叶知秋秉着息事宁人的原则，过来拉了一把路其琛，"也不是什么大事，算了。"

路其琛不说话，眼神却看向了宋总的右手，"是这只手吗？"

路其琛冷笑了一声，下一秒，宋总就发出了杀猪般的号叫，同时伴随着的还有骨折的声音。

"下次别让我再看到你，否则可就不是骨折这么简单了。"路其琛松开手，看着面前的宋总说道。

路其琛掏出手机给范特助打了一个电话，"范特助，麻烦你现在拟一份解约书，终止跟宋总那边的所有合作，从今往后，翔宇绝不会跟他有任何的合作，还有，放出消息去，只要是跟翔宇有关系的公司，哪怕跟宋总那边有一块钱的交易，也立刻解约。"

范特助二话没说就拟合同去了，他知道，宋总这是在太岁爷头上动了土，敢轻薄叶知秋，真的是不要命了。

"你……你竟然敢？"宋总怎么也没想到，为了一个小小的秘书，事情竟然会搞成这样。

赵雯看见路其琛如此维护叶知秋，嫉妒得发狂。

"路总……有些话，我想跟您说。"

路其琛微微皱眉，看向了赵雯。

赵雯紧张地咽了咽口水，继续说道："今天的这件事情，宋总什么都没做，都是这个Autumn，先是泼了宋总，现在还恶人先告状，像这样的人要是在翔宇留下去，以后还不知道要出什么问题呢。"

"你的意思是，宋总说的都是真的，Autumn说的才是假的？"路其琛问。

"是。"赵雯坚定地点了点头。

路其琛的脸色越发难看，"所以……宋总说Autumn勾引他的事情也是真的了？"

赵雯犹豫再三，最后还是点了点头。

路其琛的脸上扬起一抹冷笑，"赵雯，我没想到你竟然这么愚蠢。"

"你觉得……我路其琛的女人会去勾引一个秃顶、没品的中年男人吗？"路其琛的话掷地有声，这是他第一次当着外人的面承认跟叶知秋的关系。

"你……你说什么？"路其琛可是结了婚的，怎么能这么明目张胆地……

赵雯吓得连话都说不清楚了。

"怎么，没明白？"路其琛冷笑，"那我不妨说得更加清楚一些，你听清楚了，Autumn是我的女人，是名正言顺的路太太，听明白了吗？"

闻言，赵雯跌坐在地，她原本以为叶知秋不过是跟路其琛有点关系罢了，却从来没有想过她竟然会是路太太。

也是，她和丁娜跟在路其琛身边那么多年，还从来没见过他对任何女人这么上心。

怪只怪自己有眼无珠。

"路太太……她怎么可能会是路太太……"赵雯嘴里喋喋不休地嘟囔着，自己这一下，真是踢到了铁板上。

"我们走。"路其琛牵住了叶知秋的手，打算带她离开，一直倒在地上的宋总这会儿恼羞成怒，抓起桌上的酒瓶冲了过来。

他一辈子顺风顺水，这会儿却在阴沟里翻了船，怎么甘心？

事情发生得太突然，好在叶知秋眼尖，"小心！"

路其琛看不见背后发生了什么，却还是本能地把叶知秋护在了自己的怀里。

"嘭！"红酒瓶在路其琛的头上开了花，一瞬间碎片齐飞，红酒四溅，而他的头顶分不清到底是血还是酒。

一时间，所有人都愣了。

叶知秋抱着路其琛已经吓得六神无主了。

路其琛勉强挤出一个笑脸，安慰叶知秋，"傻瓜，我没事的。"

"还说没事……"叶知秋哭得一抽一抽的，她觉得自己就像是个灾星。

"你别说话了，都怪我……"叶知秋抽噎着。

路其琛伸手想摸摸叶知秋的脸，告诉她别哭了，可视线越来越迷糊，手还没有碰到她的脸，就无力地垂了下来。

……

救护车很快赶到，路其琛被送进了急救室。

叶知秋只能抱着腿蹲坐在手术室的门口，眼巴巴地看着手术室的大门，全然没有注意到走廊门口盯着自己的那双眼睛。

叶问兰今天来医院是因为医生说老太太快不行了，她才赶了过来。她一直偷偷地把老太太藏在这里，就是为了控制叶知秋，她刚刚从医生的办公室出来，医生说，如果再不动手术的话就晚了。

她沉吟许久，还是觉得这钱花得没必要，于是她告诉医生，想办法让老太太再挺三个月，三个月之后顾妍绯拿下路其琛，那叶知秋这颗棋子就没用了。她没想到自己刚刚从医生办公室出来就看见了叶知秋。

怀着好奇的心态，叶问兰跟上了叶知秋，从经过的护士口中了解到，路其琛因为叶知秋受了伤，这会儿正在里面动手术呢。

叶问兰皱起了眉头。如果她没记错的话，今天顾妍绯兴高采烈地回来报信，说晚上要跟路其琛单独吃饭，那他又怎么会为了叶知秋受伤呢？

叶问兰悄悄地给老太太转了院，做完这一切，才偷偷地离开了医院。

快天亮的时候，手术室的灯终于熄灭了，叶知秋忙站起身，冲着医生问道："医生，我丈夫现在怎么样了？"

"他的头部受到撞击，有轻微脑震荡的症状，另外他头上的伤口缝了四针，现在已经送去普通病房了，已经没什么大事了。"

听到路其琛没大事，叶知秋的心总算是落了地。

病房里。

叶知秋紧紧地攥着路其琛的手，忍不住埋怨，"你说你怎么这么傻，那么大的酒瓶砸下来，你竟然连躲都不躲。"

"下次要是再有这样的事情，你别管我，只要你安然无恙就可以了。"

"你听到我说话没有，快醒来吧，好不好？"

叶知秋喋喋不休地说着，病房里冷不防地闯进一道身影，拽着叶知秋的手腕把她推到了一旁，"你给我滚，我不想在这里再看到你。"

来的人是顾妍绯，叶问兰回家之后把自己的所见所闻一五一十地告诉了顾妍绯，她这才知道原来路其琛没有赴约竟然是因为叶知秋。

她一个人傻傻地在餐厅等了三个小时，却始终没有等到路其琛的身影。

"叶知秋，这才几天，路其琛就被你害得进了医院，到现在都昏迷不醒，你就是个扫把星。"顾妍绯太了解叶知秋了，一句话就戳中了她的软肋。

"别说了！"叶知秋皱着眉头，顾妍绯的话像是一把把锋利的尖刀，直往她心里戳。

"他是为了我才受的伤，我必须得待在这里。"叶知秋看着面无血色的路其琛，心一阵阵地抽疼。

"我说的话你听不懂吗？"顾妍绯冷笑了一声，"别忘了，我才是他的妻子！而你，不过就是个替代品罢了！赶紧滚蛋。"

顾妍绯二话不说就把叶知秋赶了出去，叶知秋不管怎么哀求都无济于事。

没办法，她只能坐在了门外的椅子上，用自己的方式默默地陪伴着路其琛。

赶走了叶知秋，顾妍绯心情颇好，其实，她最在乎的不是路其琛的伤势，而是此时此刻，站在路其琛身边的人是她。她伸手抚上路其琛的眉眼，仔仔细细地抚摸着每一寸，在梦里，她无数次地这样做过，而此刻，手下的触感提醒她，这一切都是真实的。

"其琛……"她喃喃地叫着路其琛的名字，像是叫过无数遍一样，"从今往后我在你身边，我再也不会让叶知秋那个贱人靠近你一步。"

路其琛醒过来的时候顾妍绯已经趴在床上睡着了，她很想回去休息的，但叶问兰说了，让她一定要在这里待着，路其琛受伤的时候是最脆弱的，如果他醒过来看到陪在他身边的是自己，一定会感动的。所以她千方百计地赶走了叶知秋，就为了在路其琛最虚弱的时候乘虚而入。

路其琛一睁开眼睛把趴在病床上睡着了的顾妍绯错认为叶知秋，嘴角扬起一抹微笑，但当手抬起刚刚碰到顾妍绯的头发时，他就觉得不对，她根本不是叶知秋。

而此时的顾妍绯也醒了过来，看到路其琛醒过来了，一阵欣喜，"其琛，你醒啦？"顾妍绯欣喜地拉着路其琛的手，说道，"我听说你出事了，立马就赶了过来，你现在怎么样？有没有哪里不舒服？要不要我把医生叫过来？"

"不必了。"路其琛冷淡地抽回了自己的手，说道，"你怎么会在这里？"

"我当然是担心你啊。"顾妍绯理所当然地说道，"你渴不渴，要不喝点水吧？"

顾妍绯殷勤地忙前忙后，路其琛却一点都不领情，"出去！"

"其琛，你……"顾妍绯并没有因为路其琛的态度而退却，"你现在受伤了，我肯定不会走的，你什么时候出院我什么时候走。"

路其琛冷着脸，掏出手机来给叶知秋打电话，看路其琛打电话，顾妍绯急忙过来抢手机，"你干什么？"

"其琛，我一定会好好照顾你的，你放心吧。"顾妍绯淡淡地说道，"你想吃什么喝什么直接告诉我。"

"把手机还给我。"路其琛冷着脸，索要自己的手机。

顾妍绯不肯，"你现在受着伤，手机我暂时帮你保管，你有什么需要就直接告诉我……"

"我说，把手机还给我，你听不懂吗？"路其琛的脸色阴沉得可怕，顾妍绯还是不肯，她知道只要把手机还给他了，他一定会给叶知秋打电话的。

顾妍绯捏着手机站在一旁，路其琛掀开身上的被子，挣扎着要站起来抢手机，顾妍绯吓得惊呼了起来，"你干什么？你现在身体还没好呢？万一扯到伤口怎么办？"

叶知秋一直在门外等着，听到里面传来路其琛的声音，也顾不上顾妍绯的警告，立马推开了门，看到路其琛竟然拔掉了针头，吓得脸都绿了，急忙冲了过去，"你这是在干什么，你知不知道你现在身体很虚弱？"

"你去哪了？"看到叶知秋安然无恙地站在自己的面前，路其琛的一颗心总算是放了下来，任由叶知秋扶着自己在床上躺下，手却紧紧地拉着叶知秋的手，仿佛生怕她跑了一样。

"赶紧躺下。"叶知秋扶着路其琛躺下，一直站在一旁的顾妍绯的脸色越发难看。

"你没事吧？有没有哪里不舒服？"叶知秋泪眼婆娑地看着面前的路其琛，一看到路其琛头上的纱布她就忍不住想哭。

第14章　威胁

路其琛微微摇头，还不忘安慰叶知秋，"我没事，你在这陪着我，我能有什么事？"

叶知秋脸色一红，忍不住啐道："都什么时候了，还这么不正经？"

"我跟我自己老婆说话，有什么不正经的？"路其琛笑道。

一旁的顾妍绯实在是看不下去了，冲着叶知秋说道："姐，你不是说你有很重要的事情要去做吗？赶紧去吧，姐夫这里有我照顾着就行了。"顾妍绯冷笑了一声，"放心吧，我一定会把姐夫照顾得妥妥帖帖的，绝对不会让他少一根汗毛。"

路其琛皱起了眉头。

因为知道叶知秋的身份，所以他很明白叶知秋的感受，也更恨不能在这个时候撕破顾妍绯的面具，他紧紧地攥着叶知秋的手。

"放心吧，我没事的。"叶知秋淡淡地拍了拍路其琛的手背，"你先躺一会儿，我出去一下，马上就回来。"

路其琛很不放心，叶知秋笑了笑，"放心吧，我不会有事的。"

路其琛这才放开了叶知秋的手，"那你快点，我饿了。"

叶知秋站起身，经过顾妍绯身边的时候冷着脸说道："你跟我出来。"

顾妍绯看了看躺在病床上的路其琛，他根本不愿意看自己，她又气又急，跺了跺脚跟着叶知秋出去了。一离开路其琛的视线，顾妍绯一把攥住了叶知秋的手，"叶知秋，我跟你说的话你不明白吗？我让你滚，你又回来做什么？"

叶知秋半天没说话，顾妍绯更气了，"我跟你说话呢，你听到没有？"

"顾妍绯，我想你应该也不想让路其琛知道你逃婚的事情吧？"叶知秋开了口。

"你什么意思？"顾妍绯愣了一下，"你威胁我？你别忘了，你奶奶可还在我们手里呢。"

听到顾妍绯提起奶奶，叶知秋的心里很不是滋味，但一想到路其琛现在这个样子，她实在是放心不下，"顾妍绯，你少拿奶奶威胁我，我知道，我对你们来说还有用，你现在是绝对不会把奶奶还给我的。"叶知秋冷笑了一声，继续说道，

"路其琛是因为我受伤的，不管怎么说，我现在还是他老婆，于情于理都应该是我在这里照顾他。"

"凭什么？"顾妍绯嗤笑，"你别忘了，我才是真正的顾妍绯。"

"那好啊，我现在就去告诉路其琛，你才是真正的顾妍绯，你不是想做路太太吗？我现在就把这个机会让给你。"叶知秋神色严肃，一点都不像是在开玩笑。

"你敢！"顾妍绯杏目圆瞪。她去翔宇，来医院，做的所有事情都是为了循序渐进地让路其琛逐步接受自己，如果在这个时候告诉他自己是顾妍绯的事情，路其琛是绝对不能接受的。那就等于断了自己的后路，她怎么肯。

"叶知秋，我不信你敢这样做，路其琛要是知道了这件事情，我保证你再也见不到你奶奶。"不就是威胁吗？谁不会！

果然，顾妍绯的话说完，叶知秋的脸色很不好看。

她犹豫了很久，最后还是决定赌一把，"你要是不信的话，大可以试试看，我相信奶奶不会怪我的，她一定会理解我的所作所为。"

顾妍绯的脸上青一阵白一阵，最后还是讪讪地指着叶知秋的鼻子，"算你狠，你给我等着。"

顾妍绯转身就走，看到她终于离开，叶知秋如释重负，天知道她多害怕顾妍绯不顾一切。

在外面缓了很久，叶知秋平复了一下自己的情绪，这才推开了路其琛的房门，"想吃什么，我给你出去买？"

"不用。"路其琛靠在床头，放下手里的电话，朝着叶知秋招了招手，声音里透着埋怨，"怎么去了这么久？"

"我……"叶知秋语塞，不知道该怎么回答路其琛才好，"你渴不渴，要不要给你倒杯水？"

"不用。"路其琛拉着叶知秋在自己的床边坐下，强迫她面对着自己，"Autumn，你难道就没什么想跟我说的吗？"

叶知秋听闻，心虚地看着面前的路其琛。

她是个不会隐藏自己情绪的人，路其琛一眼就看出了她眼底的心虚，他以为经历过这件事情之后，他跟叶知秋之间能多一点信任，他一直在等着叶知秋跟自己把身份的事情说清楚，但显然叶知秋还没做好这个准备。

路其琛在医院住了一个礼拜。

出院的那天一早，叶知秋去办出院手续，路其琛收拾了一下自己的衣物，听到身后传来开门声的时候他很自然地说道："一会儿咱们回家带爷爷出去吃饭吧，省得在家里做了。"

路其琛背对着门，等了一会儿没等来叶知秋的回答，一转头便看见白蓉蓉正站在病房门口，眼底里写满了复杂的情绪。

路其琛一下子收敛了自己的笑容，冷冷地冲着面前的白蓉蓉问道："你怎么来了？"

那日跟路其琛分开之后，白蓉蓉就去国外拍戏了，这些天她故意忍着没有联系路其琛，一来是想给两人一段时间好好的冷静冷静，二来也是想借这段时间让这件事情消停一下。她刚回来就忙着打听路其琛的消息，听说他受伤住院的消息，急忙赶了过来。

"其琛，你怎么会变成这样？"白蓉蓉夸张地惊叫着，虽然路其琛的头上确实缝了四针，但因为贴着纱布，所以看起来并没有那么严重。

白蓉蓉这样的行为，让路其琛有些反感。

白蓉蓉皱着眉头，小心翼翼地靠近路其琛，想伸手安慰他，但手刚刚伸到一半，路其琛就拦住了她的手。他二话不说往后退了一步，戒备地看着面前的白蓉蓉。叶知秋随时都有可能回来，他绝不会让叶知秋误会。

"你来干什么？"路其琛皱着眉头，再次问道。

"我刚下飞机就听说你住院的事情，所以马不停蹄地过来看你，你没事吧？"白蓉蓉冲着面前的路其琛说道，"其琛，你让我看看，伤得严不严重？"

路其琛微微皱眉，说道："我没事，你看也看到了，赶紧回去吧。"

医院毕竟是人群聚集的地方，白蓉蓉这样一个大明星，走到哪里都会发光，要是被人家发现了可就不太好了。

"你就这么讨厌见到我吗？"白蓉蓉的眼神里写满了受伤。

"白小姐……"路其琛皱着眉头，"我想我话已经说得很清楚了。"

白蓉蓉快步上前，一把抱住了路其琛，"我在国外的这些天一直在想你，拍戏的时候想你，闭上眼睛也是你，我仔细地想过了，我没办法忘记你，其琛，过去的不愉快就让我们一起忘了吧，我们重新开始，好不好？"白蓉蓉紧紧地抱着路其琛的腰，"其琛，我不要名分，我只想默默地陪在你的身边，真的。"

"白蓉蓉，你不要闹了！"路其琛伸手想推开白蓉蓉，奈何她抱得很紧。

路其琛正不知道该怎么办才好的时候，门口突然传来叶知秋欢快的声音，"其琛，手续都办好了，我们……"她开心地拿着手里的各种缴费单，在这里住了一个礼拜，也担惊受怕了一个礼拜，生怕路其琛会出现什么意外。没想到一抬头就看见白蓉蓉和路其琛抱在一起的情景，手里的缴费单一下子掉了，她心里空了一下，连话都说不利索了，"你们……继续。"

叶知秋说着转身就走，这段时间相处下来，她一直以为路其琛是真心喜欢自己的，可白蓉蓉一出现，路其琛整个人都好像变了一样。

路其琛看到叶知秋转身就走，急忙推开了白蓉蓉，快步上前拽住了叶知秋的手臂，声音里透着愤怒，"你又打算跑？"

"我……"叶知秋喉头发苦，"我只是不想打扰你们罢了。"

路其琛的脸色很难看，一旁的白蓉蓉冷笑着上前勾住了路其琛的手臂，得意扬扬地看着面前的叶知秋，"算你还有点自知之明，既然知道还不赶紧滚？我跟其琛已经很久没见面了，我还有很多悄悄话要告诉他，难不成你想在这听着？"

叶知秋的脸唰的一下就白了，她倔强地掰开了路其琛的手，"你放开我，我先回去了，你跟白小姐说完话也早点回来，爷爷还在家里等你。"

"你站住！"路其琛没有伸手去拉她，板着脸说道，"给我好好在那站着，哪都不准去。"

路其琛也不知道为什么自己会这么生气，大概是因为叶知秋在遇到事情的时候从来没有坚定不移地信任过自己吧。

路其琛吓住了叶知秋，又转过头来看着面前的白蓉蓉，冷静地推开了白蓉蓉的手，"白蓉蓉，我把话说得很清楚了，我们之间结束了。"

以前路其琛跟自己说这些话的时候，都是两个人在私下，像现在这样当着叶知秋的面，还是头一回，白蓉蓉堂堂一个大明星，竟然被人这样侮辱，哪里甘心，"路其琛，你一定要这么绝情吗？"

路其琛不说话，他是故意的，当着叶知秋的面把话说清楚，也是想借此让她多一点安全感。

"我说过了，我可以给你补偿。"

之前跟白蓉蓉在一起的时候，他几乎是有求必应，而现在……完全是两个极端，也难怪白蓉蓉接受不了。

路其琛淡淡地看着面前的白蓉蓉，眼神淡泊得仿佛是在看一个陌生人一样。

"你就真的这么爱她吗？"白蓉蓉不死心地问道，就算是自己跟路其琛在一起的时候，路其琛也从来没有这么坚决地撇清跟任何女人的关系，现在他竟然为了照顾叶知秋的情绪而主动跟自己撇清关系。

他看了一眼叶知秋，嘴角不自觉地上扬了起来，下一秒，他开了口，"是，我很爱她，所以我不会再让任何人或事来影响我们之间的感情，也请你理解。"

听到路其琛这番至情至性的表白，叶知秋心头暖暖的。之前自己还误会他，现在想起来真是不好意思。

白蓉蓉苦笑了一声，她知道这个时候得罪路其琛绝对不是好主意，所以她静静地站在路其琛的面前，问道："你刚刚说，不管我有什么要求，你都会竭尽全力地帮助我，是认真的吗？"

"是。"路其琛稍稍犹豫了一下，最后还是郑重其事地点了点头。

"下个月八号是我的生日，你……能来吗？"白蓉蓉满怀期待地看着面前的路其琛。

"这……"路其琛犹豫了。

"你说过会力所能及地帮我，该不会连这点小事都不可以吧？"白蓉蓉激将道。

路其琛转头看向叶知秋，显然是想征求她的意见。

见叶知秋没说话，白蓉蓉的眼里闪过一丝怨毒，但很快就收敛了，"路太太，我今年的生日宴是跟粉丝一起过的，还会有很多圈内的朋友，我只是想其琛能出现，就当是……我们的分手仪式吧，如果你实在不放心的话，你也可以一起来。"

"好……我们会一起出席。"人家都这么说了，叶知秋也不想再让路其琛为难，忙说道。

"那我就等着你们了。"白蓉蓉说完头也不回地离开了。

叶知秋看着白蓉蓉的背影，莫名有些同情。

"还看？赶紧收拾东西回家了。"路其琛伸手敲了敲叶知秋的脑袋。

回家的路上，叶知秋开车，总算是有惊无险地把车停在了院子里。

叶知秋殷勤地过来替路其琛开门，伸手扶他下车，"你小心点。"

"我伤的是头又不是脚。"路其琛好笑地看着面前的叶知秋，"你别担心，我真没事。"

路老爷子闻声而来，看到路其琛头上的纱布时，只是微微皱了皱眉，并没有什么太大的反应，甚至都不觉得惊讶。

"爷爷。"看到路老爷子的那一刻，叶知秋讪讪地低下了头，之前瞒着路老爷子是怕他知道这件事情之后承受不住，所以就撒谎说路其琛出差了，但现在路其琛没事了，这件事情自然也不可能再瞒下去了。她一直觉得这件事情是自己的错，所以直接跟路老爷子承认错误，"对不起爷爷，是我没能照顾好其琛，让他受了这么严重的伤。"

"傻丫头，你瞎说些什么？"路其琛伸手把叶知秋带到自己的身后，"爷爷，是我自己不小心，跟她没关系。"

"伤得严不严重？"路老爷子皱着眉头不说话，好半天才冲着路其琛问道。

路其琛微微摇头，"缝了四针，已经没什么大问题了。"

"没什么大问题你让你老婆在医院里面陪你这么长时间，她能休息好吗？"路老爷子非但没有责怪叶知秋，反而责怪起路其琛不知道心疼老婆。

"家里这么多保姆，你非让妍绯在那边照顾你，万一她累垮了怎么办？"路老爷子骂道，"你一个大男人，皮糙肉厚的，就不知道心疼心疼自己的老婆？"

"爷爷，不是这样的，其琛是为了保护我才受的伤，我是心甘情愿留在那边照顾他的。"叶知秋忙解释道。

路老爷子还是板着脸，"他保护你是再正常不过了，一个大男人，受了点小伤就哼哼唧唧的，一点都不像路家人。"

"爷爷，我……"叶知秋急了，路其琛大伤未愈，回来还要被路老爷子责骂，她心疼极了，不管不顾地想要冲上前去跟路老爷子解释清楚，路其琛拉住了她，"爷爷，你就别逗她了，你没看她都快急哭了？"

叶知秋这才知道自己被耍了。

路老爷子哈哈大笑，看到自己的孙子和孙媳妇感情这么好，他由衷地高兴，"好了，不逗你了，妍绯，爷爷知道你们瞒着我是为我好，不过以后再发生这样的事情不用再瞒着我，我虽然年纪大了，但是这点承受能力还是有的。"

"是，爷爷，我知道了。"叶知秋红着脸点了点头，犹豫了一下，冲着路老爷子说道，"爷爷，你以后还是叫我Autumn吧，叫我妍绯……怪不习惯的。"

路老爷子表面上不露声色，只是淡淡地看了一眼路其琛，见路其琛点头，笑了起来，"好，那我以后就叫你Autumn。"

晚上，一家四口其乐融融地吃了顿饭。

路老爷子突然开口，"你们两个打算什么时候要个孩子？"

叶知秋的脸唰的一下红了，虽然跟路其琛结婚也有一段时间了，但她始终觉得两人还在相互了解的阶段，甚至到现在都没能有更进一步的亲密关系。在这个方面，路其琛还是很尊重自己的。

"好端端的，突然问这个做什么？"路其琛皱起了眉头，他倒是不在乎，但他怕叶知秋尴尬。

路蓼也在一旁帮腔，"嫂子，你们结婚也有一段时间了，要孩子的事情也该好好考虑考虑了，我可是迫不及待地想要做姑姑了。"

叶知秋的脸更红了。

路其琛一本正经地盯着面前的路老爷子，"您放心，我跟Autumn会努力的。"

路老爷子这才满意地点了点头。

吃过晚饭，路老爷子找了个借口把路其琛叫走了，叶知秋不疑有他，专心致志地跟路蓼坐在沙发上吃水果。

路其琛知道路老爷子叫自己是什么事情，两人来到路老爷子的茶室，他率先开了口，"爷爷，你是想问我Autumn的事情？"

"是。"路老爷子微微点头，"当初你选择顾妍绯的时候，我不是没有调查过，她负面评价较多，跟现在的顾妍绯一点都不一样，但我想着她毕竟出身名门，总比那个大明星好。"

说起来路老爷子选择孙媳妇的条件还真是不挑，只要不是白蓉蓉就好。

"我也不是老糊涂，这段时间相处下来，觉得她跟传闻中一点都不一样，性格也跟顾家那两口子一点都不一样，再加上她今天突然让我叫她英文名字，我才会觉得特别奇怪。"

"看来您也已经猜到了。"路其琛淡淡地说道。

"难道……她真的不是顾妍绯？那她是谁？"路老爷子不在乎叶知秋到底是谁，他很满意这个孙媳妇，只是他很好奇，为什么嫁进路家的人从顾妍绯变成了现在的这个女人？

"你还记得她有个妹妹叫叶知秋吗？"路其琛问道，路老爷子仔仔细细地想了很长时间才想起那个人，忍不住微微皱起了眉头。那个女孩子他只见过一次，尽管在自己面前装得客客气气的，但路老爷子就是不喜欢她，总觉得她是装出来的。

路其琛把叶知秋的无奈娓娓道来，听得路老爷子的心里一阵难受。

"没想到这孩子这么可怜。"路老爷子叹了口气，"没想到误打误撞地娶了个好媳妇回来，真要是那个顾妍绯嫁进来的话，还不知道家里要怎么鸡飞狗跳的。"

路其琛沉默了好一会儿，才说道："说实话，我也很感激这一场阴差阳错，让我能够认识知秋，既然她已经嫁给了我，那她就是我路其琛的妻子，我会永远

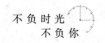

对她好的。"

"这是你应该做的。"路老爷子淡淡地说道，"不过……她奶奶的事情，我想你还是要处理一下。"

路老爷子叹了一口气，"自己的母亲对她这样，她心里一定很难过，叶奶奶是她唯一的亲人，如果可以的话，把她带回来，别再让那家人威胁知秋了。"

"我知道的，我已经让人在调查奶奶的情况了。"路其琛微微点头，"爷爷，这件事情要是你没察觉的话，原本我是不想说的，知秋她现在还没彻底接受我，这些事情我等她亲口告诉我。"

"我明白。"路老爷子点头，"不管她是叶知秋还是顾妍绯，总之我认定这个孙媳妇了。"

"你出去吧，Autumn还在外面等你，她照顾了你这么长时间，今天晚上让她好好休息一下。"路老爷子叮嘱着路其琛。

从茶室出来，路其琛径直牵起了叶知秋的手，拉着叶知秋上楼，叶知秋随口问了一句："爷爷找你聊什么？该不会还在怪我吧？"

"想什么呢？"路其琛眼底闪过一丝精光。

路其琛受着伤，伤口不能碰水，一进门就冲着叶知秋撒娇，"Autumn，我受伤了。"

"我知道啊。"叶知秋茫然地点了点头，"你受伤都一个星期了，我当然知道。"叶知秋收拾了路其琛的贴身衣物和浴巾，说道，"你赶紧进去洗澡，我去给你倒杯热水，一会你还要吃药呢。"

叶知秋把东西塞进路其琛的手里就转身想走，没想到路其琛一把拽住她的手腕将她拉进了自己的怀里，紧得叶知秋根本没办法挣脱。

一瞬间，路其琛身上的男性气息侵占了叶知秋的鼻息，她红着脸，问道："你干什么？别闹了。"

"我闹什么了？"路其琛忍不住逗叶知秋，他紧紧地抱着怀里的叶知秋，感受着她身上的温度，觉得无比的满足。在他怀里的这个女人，是自己的老婆，是他决定要一辈子守护的女人，这样的感觉真的是好极了。

"其琛，我知道我们俩是夫妻，但是……你答应过我不会强迫我的……"叶知秋微微红着脸，今天晚上的路其琛很危险。

"我说什么了吗？"路其琛歪着头看向面前的叶知秋，"你看我现在受着伤，一会儿洗澡的时候伤口要是进了水可怎么办？"

"这……"叶知秋并没有发现路其琛的意图，还真是认认真真地想了好一会儿，这才说道，"那……我去给你拿个浴帽吧……"

路其琛心里简直就在吐血，他都暗示得这么明显了，结果自己的妻子还一本正经地在帮自己想办法。

路其琛一把抓住了叶知秋的手，"要什么浴帽，不如……你帮我洗啊。"

路其琛的声音里透着诱惑，叶知秋的脸一下子就红了，"你别闹了，我……"

"你什么？你不愿意？"路其琛委屈地看着面前的叶知秋，"Autumn，你别忘了，我变成这样都是为了你，我现在受着伤洗澡不方便，难道你这样都不愿意帮我吗？"

"不是……"叶知秋急了，她生怕路其琛误会自己，但一想到要帮路其琛洗澡，要这么亲密……她怎么做得出来？

"其琛，不是我不愿意，只是……"她不知道该怎么跟路其琛解释。

第15章　感情升温

路其琛好笑地看着面前焦急的叶知秋，他就是在故意逗叶知秋，叶知秋内心挣扎了很长时间，一方面担心路其琛的伤口恶化，一方面又过不了自己心里这一关。

她犹豫了很长时间，路其琛都打算不再逗她的时候，叶知秋下定了决心，她深吸了一口气，像是慷慨赴死一样，"走吧，我帮你洗澡。"

"什……什么？"这一下轮到路其琛愣了，他原本是想逗逗叶知秋的，没想到叶知秋因为担心自己的伤口竟然同意了。

"别磨蹭了，赶紧的吧。"叶知秋这会儿完全把刚才的那丝害羞扔在了脑后，几乎是拖着路其琛进了浴室。她生怕自己磨蹭一秒就没了这个勇气。

"Autumn，要不还是算了，我……"路其琛竟然怂了。

"赶紧的。"叶知秋现在已经顾不上害羞了，"你现在受着伤，也确实不方便。"

随后叶知秋拉着路其琛就开始脱他身上的衣服，路其琛精壮的上身露在叶知秋的面前时，她还是忍不住红了脸，她的手慢慢下移，摸到了路其琛的裤子纽扣上，路其琛一把抓住了叶知秋的手。

他一向自诩有自制力，可是在叶知秋面前，却总是不受控制。明明是他挑起的游戏，最后却是自己败北。

"怎么了？"叶知秋装作无动于衷的样子。

"我自己来。"路其琛抓着叶知秋的手，开口的时候声音低沉得可怕。

他默默地伸手脱掉了自己身上的裤子，赤裸裸地站在了叶知秋的面前，这一下，叶知秋彻底不知道自己的眼睛该往哪儿放了。

"我去给你放洗澡水。"路其琛头上有伤，淋浴是不大可能的事情，所以叶知秋选择了盆浴，她红着脸避开了路其琛的眼神，这一刻，浴室里的温度高得离谱。

叶知秋是半跪在地上测水温的，身后的路其琛见状，拉着叶知秋站了起来，"差不多了，我自己可以，你先出去吧……"

"可是……"叶知秋微微皱眉，一旁的路其琛淡淡地说道："出去吧，我真的可以。"

最心爱的女人就在自己的面前，路其琛勉强才能控制住自己，可叶知秋要是再待下去，他真的不知道自己还能不能控制得住。

"我自制力没那么好。"路其琛的话说得直白，叶知秋一下子就明白了路其琛的意思，红着脸走了出去。

她走后，路其琛把水龙头调到冷水那一面，直到浴缸里面的水凉透了，这才踏了进去。

虽然刚刚入秋，但是在这样的天气泡冷水澡也需要很大的勇气，他脑子里面想着的全是叶知秋刚刚那副娇羞的模样，不禁有些后悔，为什么要逗她呢？虽然她现在是自己的妻子，但毕竟当初她嫁进来的时候是不情愿的，所以路其琛不愿意逼她做自己不愿意做的事情。

只要叶知秋没有点头，他就绝对不会做出任何强迫她的事情。

路其琛在冷水里面泡了整整半个小时，这才裹了一条浴巾出来。

与此同时叶知秋也坐卧不安，看到路其琛从浴室出来只围了一条浴巾，脸唰的一下就红了。叶知秋情不自禁地咽了一下口水，想到刚刚在浴室里面的场景，叶知秋的脸像是火烧过一样。

"不去洗澡吗？"路其琛低沉的声音响起，叶知秋忙奔向了浴室，像是只要自己慢一秒就会被抓住一样。

路其琛无奈地看着叶知秋的背影，他知道，自己今天晚上是吓到她了。

叶知秋在浴室里面竟然磨蹭了整整一个小时之久，其实她早就已经洗好澡了，只是一想到之前的场景就觉得心虚，索性就躲在浴室里面不出去，想着等路其琛睡着了自己再偷偷地出去。

因为路其琛跟自己同床共枕，她这会儿觉得很不方便。

她一直偷偷地听着外面的声音，直到确认外面一点声音都没有了，这才小心翼翼地推开浴室的门，但让她没想到的是，她以为睡着了的路其琛这会儿正躺在床上好整以暇地看着自己。

她觉得自己像是一个无处可躲的猎物一样，尴尬地笑了笑，冲着路其琛问道："你……怎么还没睡？"

"等你啊。"路其琛的回答再自然不过，叶知秋听到这个答案的时候又忍不住开始胡思乱想，他等自己做什么？

"很晚了，赶紧睡吧。"之前路其琛受伤，公司里面大大小小的事情都是范特助在处理，有需要路其琛签字的他会亲自送到病房去，现在路其琛出院了，休息了一个礼拜，明天也该回去上班了，"明天不是还要上班。"

叶知秋绕到床的另一边，装作若无其事地上了床，她故意离路其琛很远，拉开自己和路其琛之间的距离。

路其琛当然注意到了叶知秋的目的，他放下手里的杂志，冲着面前的叶知秋问道："你离我这么远做什么？"

"有……有吗？"叶知秋紧张得连话都说不利索了，"很晚了，赶紧睡吧。"说着，她还偷偷地往床边上又挪了挪，以为自己做得够隐蔽的了，谁知道路其琛长臂一捞就把叶知秋拉到了自己的怀里。

"没有吗？"路其琛问道，他温热的鼻息喷洒在叶知秋的颈部，很痒，她却紧张得不敢动弹。

"没……没有。"她仍旧嘴硬，路其琛好笑地抱着叶知秋，她嘴上说着没有，但是整个人身体僵硬，连呼吸都不敢用力。

叶知秋屏息凝神，她能感受到路其琛身上的灼热，她甚至想好了，但凡路其琛有一点别的动作她就立马跑。然而路其琛抱着她之后，就再也没有进一步的动作，她能听到他稳健的心跳和均匀的呼吸声，但他只是抱着自己，再无其他。

"其琛，你……"叶知秋抬起脸撞上了路其琛的眼神，他双目像是凝着一团火，好似随时都能将人吞没。

"别动。"路其琛微微皱眉，他需要花多大的自制力才能将自己的欲望忍住，怀里的这个小女人似乎一点都没有自觉。

"怎么了？"看到路其琛眉头紧锁，叶知秋的心里"咯噔"一下，她趴在路其琛的怀里，紧张得半撑起自己的身躯，伸手抚上了他的伤口，"是不是我弄疼你了，没事吧？"

叶知秋的眼里写满了担心，她怕自己一不小心碰到了路其琛的伤口，怕路其琛的伤口恶化。

路其琛看着叶知秋的小嘴一张一合，扰人的声音从她嘴里说出口，不知怎么的，他突然很想堵住那张嘴。

他这么想了，也就这么做了。

"你说话啊，别吓我。"叶知秋说道，下一秒，路其琛的大手扶住了她的腰，将她往上抱了抱，狠狠地吻住了她的唇。

"唔……"叶知秋又惊又怕，瞪大了眼睛看着路其琛。

她的唇很软，嘴唇相碰的那一刹那，她无意识地瘫软在了路其琛的怀里，这一举动，无疑是助长了路其琛的嚣张气焰，他趁机撬开了叶知秋的贝齿，唇齿相依。

叶知秋本就混沌的脑子一下子天旋地转，她渐渐地从抗拒变成顺从。

路其琛满意地看了一眼面前的叶知秋，"闭上眼睛。"

闻言，叶知秋竟然真的乖乖地闭上了眼睛，她感受到路其琛的动作从一开始的粗暴变成了温柔，他慢慢地引导着叶知秋，让她感受接吻的乐趣。

叶知秋被他亲得浑身酥软，没有一点力气，她不由自主地靠向路其琛的怀里。

他的吻柔和缠绵，缱绻不息，路其琛一开始还有理智，但慢慢地就不满足于亲吻了。他翻身覆上叶知秋的身体，将她压在身下。

她穿了一件很保守的睡衣，领口处的纽扣不知道怎么被解开了，被包裹住的肌肤一寸寸露出来，他眸子一暗，开始亲吻她修长白皙的颈项，一点一点向下游移，她感到他的手指滑入她的裙衫，下一秒，屋子里的寒气就朝着叶知秋逼来。她一下子清醒了过来，皱着眉头，用仅存的一点理智把路其琛推了开来。她躺在路其琛的身下不停地喘着气，眸子里清清亮亮的，像是蒙上了一层水雾。

她的手抵着路其琛的胸口，眼神里写满了挣扎，他听到她低低地说了一声，"不要……"

路其琛这才反应过来自己做了什么，他忽然伸手扣住叶知秋的后脑勺，狠狠地吻了一下，然后放开了叶知秋。

他精疲力竭地躺在叶知秋的身边，刚刚要不是她突然清醒过来，接下来会发生什么他真的不敢保证。

"对不起。"路其琛为自己刚才的鲁莽道歉。

"没事。"叶知秋忙扣好自己睡衣的扣子，刚刚路其琛吻自己的时候，她是享受的，既然这样，她又有什么立场去责怪他？她不排斥这样的亲热，只是再进一步的亲热举动，她是真的没有做好准备。

路其琛微不可闻地叹了一口气，伸手把叶知秋揽进了自己的怀里，"睡吧。"

叶知秋一开始还绷着自己的身体，但抵不过睡意来袭，抱着路其琛一觉睡到了天亮。

第二天一早她醒过来的时候就看见自己紧紧搂着路其琛，她小心翼翼地起床，想趁着他还没醒过来的时候去给他做早饭。她刚刚从房里离开，一直睡着的

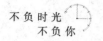
路其琛也睁开了眼睛。

在叶知秋睡着之后，他一夜没睡。温香软玉抱在怀里，他却没有办法动，她睡得很熟，明明手臂已经被枕麻了也是一动不动，生怕打扰到她休息。

这段时间他住院，叶知秋几乎是不眠不休地照顾自己，晚上也不敢睡熟，哪怕路其琛翻个身都能把叶知秋惊醒。

他实在不忍心叶知秋这么辛苦，所以哪怕自己不舒服，他也要让她睡个好觉。

叶知秋下楼的时候家里的保姆已经在准备早餐，看到她们煮了羊肉汤，叶知秋忍不住微微皱起了眉头，"宋妈，其琛现在受着伤，羊肉汤是不能吃的。"

"怎么会？少爷受这么大苦，得补补身子了。"宋妈在路家做了半辈子了，路家的人一向把她当成自家人一样，慢慢地，她也有些恃宠生娇，总觉得叶知秋是外人，现在听到她指责自己，一下子就炸了，"少爷从小是我看着长大的，难不成我还会害他？倒是你，这才刚嫁过来，少爷就因为你进了医院。"宋妈冷笑了一声，冲着面前的叶知秋说道。

叶知秋的脸一下子就白了，她不再说话，默默地走到一旁替路其琛准备早饭。

路其琛下楼的时候，宋妈立刻笑盈盈地把羊肉汤端上了桌，"少爷，快趁热把汤喝了。晚上还想吃什么就告诉宋妈，宋妈给你做。"

"不用这么麻烦。"路其琛笑了笑，"就是一点小伤，没这么金贵。"

"什么小伤？"宋妈夸张地惊呼道，"少爷，你这可是伤在头部，稍有不慎就可能会出人命的，你说你这刚结婚就把自己弄成这个样子，以后还不定要出什么篓子呢。"

"宋妈！"叶知秋正好端着早饭出来，听到宋妈的话时眸子都暗了，路其琛见状，皱着眉头制止了宋妈。

当着路其琛的面，宋妈也没有太过分，只是冷哼了一声，别开了脸。

叶知秋装作什么都没听到的样子，默默地把羊肉汤端到了一旁，把牛奶和小米粥递给了路其琛，"吃这个吧，我给你做的。"

"你什么意思？"叶知秋的行为彻底惹恼了宋妈，也不管路其琛在场，她指着叶知秋的鼻子骂道，"你下楼指责我也就算了，我不跟你计较，可现在你不让少爷吃我做的东西是什么意思？难不成我会跟你一样害少爷吗？"

"我……"叶知秋委屈得要掉眼泪了，"宋妈，我不是这个意思，只是羊肉……对其琛的伤口愈合不好，我只是希望他快点好起来。"叶知秋解释道。

宋妈不领情，"你少在这里猫哭耗子假慈悲，要不是你的话少爷根本不会变成这个样子。"

叶知秋的退让换来的是宋妈的得寸进尺。

路其琛的脸色越发难看，宋妈是自己的家人不错，可叶知秋是自己的老婆，不管是谁让她受了委屈，路其琛都不可能袖手旁观，"宋妈，Autumn是我老婆，我保护她是应该的，再说她也是为我好，没有你想的那个意思。"

"少爷，你就不要帮她说话了。"事到如今，宋妈还以为路其琛是在维护自己，冷笑了一声，冲着面前的叶知秋说道，"这么多年了，也没见有人说过我哪里不对，怎么到了她那儿就都是问题了？"

"我……"叶知秋委屈极了，毕竟宋妈是长辈，所以叶知秋只能咽下这口气。她抓起椅背上的外套，冲着面前的路其琛说道，"你慢慢吃，我出去等你。"

"你等等。"路其琛拽住了叶知秋的手臂，说道，"这是你家，为什么要走？"

"是啊。"宋妈冷冷地看着面前的叶知秋，"话还没说清楚呢，干吗急着走。"

"够了！"路其琛冷声说道，吓了宋妈一跳，讪讪地站在原地，冲着面前的路其琛说道，"少……少爷。"

路其琛揽着叶知秋的肩膀，站在了宋妈的面前，"宋妈，Autumn是我的老婆，也就是这个家的女主人，我希望你能时刻谨记这一点，要是再让我发现你对她不敬的话，就别怪我不念旧情。"

"少爷，我……"宋妈心里恨，但是脸上却还是装作风平浪静的样子，"我只是气不过她……"

"她？"路其琛微微皱起眉头，"宋妈，以后别让我再听到你用这样的称呼来称呼她，她是少夫人，你也可以称她为路太太，明白了吗？"

路其琛知道家里保姆都对叶知秋很不满，既然今天宋妈撞在枪口上了，那他就杀鸡儆猴。

"宋妈，今天你要么跟Autumn道歉，要么，我就只能请你离开路家了。"路其琛淡淡地说道。

"少爷，我……"餐厅里的动静吸引了其他人，宋妈看了看周围的人，忍不住皱起了眉头。

在叶知秋来之前，宋妈在这个家里也算是说得上话的，除了路其琛和路老爷子之外，就连路蓼也很尊敬她。可现在为了叶知秋，路其琛竟然要她道歉，还是当着这么多人的面，这让她把面子往哪里放？

宋妈心里恨极了叶知秋，可又不敢表现出来。

"其琛，不用了……"叶知秋忙拉住了路其琛，又冲着宋妈说道，"你不是说还有事情要忙吗，赶紧去……"

叶知秋的话还没说完，宋妈就甩手要走。

这一下，不仅让叶知秋尴尬，路其琛的脸色也越发难看。

"宋妈，今天这事，你必须道歉。"餐厅突然传来路老爷子的声音。

一瞬间，所有的人都把目光投向了路老爷子。

"老爷，这件事情……"

"不必解释，发生了什么事情我已经清楚了。"路老爷子也对宋妈很失望，她在路家也做了这么多年，竟然连基本的礼仪都不懂。

宋妈咬牙，犹豫再三，还是冲着叶知秋开了口，"少夫人，今天的事情确实是我不对，您放心，从今往后绝对不会再有类似的事情发生，您大人有大量，别跟我一般计较。"

叶知秋尴尬地笑了笑，"都是一家人，别这么说。"

路老爷子见宋妈道了歉，这才冲着周围的人说道："我今天就把话放在这里，以后要是再让我看到谁对少夫人不敬，那这家里怕是容不下他了。"

路老爷子拍了拍路其琛的肩膀，"时间不早了，你们俩赶紧上班去吧。"

"是，爷爷。"路其琛这才牵起叶知秋的手出了门，开车直奔翔宇。

这段时间路其琛住院，公司里的事情都是范特助在打理，而赵雯则在公司心惊胆战地过了一个礼拜，听说今天路其琛回来上班，吓得整张脸都白了。

叶知秋走进秘书室的时候范特助第一个迎了上来，"夫人，您回来啦。"

"嗯。"叶知秋淡淡地点了点头，"这段时间辛苦你了。"

"这是我应该做的。"范特助笑了笑，"总裁的伤势怎么样了？"

"已经好得差不多了，只要按时换药就行。"叶知秋笑了笑，"你先去忙吧。"

"好，正好我有个文件要找路总签字。"范特助拿着文件出去了。叶知秋坐回自己的位置上，经过赵雯身边的时候看了她一眼，她低着头，根本不敢看叶知秋。

这段时间路其琛虽然没来上班，但范特助随时都会跟路其琛汇报赵雯的状况，自从发生那件事情之后，范特助特意警告过赵雯，让她保守叶知秋身份的秘密，她当然不敢出去乱说，就这样忐忑地过了一个礼拜，终于等到了路其琛和叶知秋回来上班。

她不知道路其琛到底会怎么处理自己，但她总觉得自己不能坐以待毙。翔宇的工作相对于现在的她来说可是金饭碗了，真要是从翔宇出去了，谁敢要自己？赵雯犹豫了很久，还是站起了身，站在叶知秋的办公桌前面。

叶知秋刚刚整理好自己的桌子就看见赵雯站在自己的面前，吓了一跳，"有事吗？"

"Autumn……夫人，能不能给我五分钟时间，我想跟你聊聊。"赵雯鼓起勇气说道。

叶知秋手上的动作顿了顿，犹豫了一下，说道："我觉得没必要吧。"

"我……"赵雯尴尬极了，她没想到自己竟然会得罪路太太，可事情已经出了，她恨自己也是正常。

"路太太，我知道之前的事情是我不对，我真的知道错了，我家里还有生病的妈妈和上大学的弟弟，我真的不能失去这个工作，我……"正是因为家里这么困难，赵雯才会生出这样的念头来，想着只要自己攀上了路其琛这棵大树，她就能飞上枝头变凤凰，所以才会对叶知秋有敌意。

"赵雯，如果我不是路其琛的老婆的话，那天晚上我就……"一想到那天晚上的事情叶知秋还是有些后怕，她不是生气赵雯这样对自己，只是气赵雯心这么坏。

赵雯着急地冲着叶知秋说道："我真的没想到你会是路太太，如果早知道的话……"

"如果我不是路太太，那天晚上我是不是就难逃那个宋总的魔爪了？"

"这……"赵雯沉默了，如果她不是路太太的话，她是绝对不会放过她的。

"看，你自己也说不上来是不是？"叶知秋冷笑，"我觉得我跟你这样心肠恶毒的女人没什么好说的，我还有很多事情要忙，麻烦你让一让。"

叶知秋抱着手上的文件夹，站起身来走了出去，径直敲响了路其琛的办公室。

"进来。"里面传来路其琛的声音。

范特助拿起签了字的文件，冲着面前的路其琛说道："总裁，那我先出去忙了。"

"去吧。"路其琛把钢笔的笔盖盖好，这才冲着面前的叶知秋问道："你怎么过来了？"

"有件事情我想跟你谈谈。"叶知秋的神色很严肃,路其琛也正色了起来,拉着她在一旁坐下,"说吧,什么事情?"

叶知秋犹豫了一下,这才继续说道:"其琛,之前你让我来这里上班,是想让我帮你的忙,可我在这里待了一天之后才发现,我根本帮不到你什么,所以我仔细想过了,我打算辞职,希望你能同意。"

"辞职,为什么?"路其琛愣了,他还以为叶知秋来找自己是为了赵雯的事情,正打算开导她一番,"是我给的待遇不好还是别的什么,能给我一个理由吗?"

"我跟你说过了,我真的不适合这里。"秘书的工作看着简单,可是想在路其琛身边待下去,哪是那么简单的事情。

可自己呢?策划能力是不错,但秘书工作的确没有接触过,隔行如隔山,所以她感觉自己还是不太适合。

"我是个策划,你让我做秘书的工作,别说我自己不适应,我想你肯定也感觉到了,我真的做不来,所以想来想去,我还是想辞职。"叶知秋笑了笑,"之前我不是跟你说过吗?我想出去走走,我已经选好地方了,就是朱城,等我回来之后会再去找工作的,至于赵雯……"

叶知秋犹豫了一下,虽然真的很讨厌赵雯的行为处事,但一来她觉得自己不应该过多地参与公司的任职情况,二来赵雯能走到今天业务能力肯定是很强的,所以她并没有提出立马辞退她的要求,"那天的事情虽然赵雯确实做得挺过分的,但是我毕竟也没出什么大事,而且,她做秘书也挺长时间了,业务能力肯定挺强的,也能帮衬着你一些,等你找到了合适的人选,到时候再考虑赵雯的去留问题,你觉得呢?"叶知秋询问着路其琛的意见。

"她这样对你,你难道一点都不生气吗?"路其琛问道。

"当然生气。"叶知秋郑重其事地点了点头,"可是我仔细想过了,要是立马辞退她,一时找不到合适的人选,你肯定忙不过来,所以暂且留着她吧,只是以后对她留个心眼,我怕她……"

"Autumn,你真的是……"路其琛抱住了叶知秋,原本自己也不打算辞退赵雯,理由跟叶知秋一样,原本他还以为叶知秋不会接受这样的做法,可没想到叶知秋竟然会主动提起这件事情,他真的很感动。

他心里清楚,叶知秋这样做都是为了自己。

"感动吗?"叶知秋调皮地笑着,"真的这么感动的话就赶紧同意让我离职,好让我出去玩。"

"你啊……"路其琛宠溺地看着面前的叶知秋，还是答应了下来。

赵雯很快就接到了路其琛的内线电话，她忐忑地去了路其琛的办公室，以为自己死定了。没想到路其琛竟然只是训了自己几句，还告诉自己，是叶知秋帮她求情他才留下她的，要是以后再发生这样的事情，他绝不轻饶。

赵雯感激涕零，从路其琛的办公室出来之后又去了叶知秋的办公桌前，扭捏了半天，最后才冲着叶知秋说道："Autumn，今天的事情真是太感谢你了，要不是你的话，我真的……"

赵雯眼睛里蓄满了眼泪，有一种劫后重生的后怕。

"不用谢我，"叶知秋淡淡地说道，"是你自己有能力，我也只是做个顺水人情，不过……以后你要是再做这样的事情……"

"你放心，绝对不会了。"赵雯感激涕零，千恩万谢地回了自己的办公桌，最近这段时间，她是不会再有什么坏心思了。

赵雯走后，叶知秋就打开了本地的人才网，想给路其琛物色一个合适的秘书人选，没想到会在求职的人员中看到了张璐。

犹豫了一下，叶知秋还是给张璐打了电话，电话那头响起张璐欢快的声音，"Autumn，你怎么会有空给我打电话？"

"我……"叶知秋犹豫了一下，"这不是想着好久没有你的消息了，想问问你现在过得怎么样。"

张璐的声音一下子就低沉了下来，"不太好，我现在正好在人才市场，准备找工作呢。"

叶知秋沉吟片刻，说道："那正好，我这有个工作，不知道你有没有兴趣……"

叶知秋愿意帮张璐，是因为在云漫的时候张璐帮了她不少忙，尽管张璐之前有些懒散，但人还是比较机灵、聪明的，且学历也比较高，叶知秋相信她会好好珍惜这次机会的。

接下来的几天，因为本身的资质，以及叶知秋的推荐，张璐很快通过了面试。接到入职通知书的时候，张璐兴高采烈地给叶知秋打电话，"Autumn，你真的是对我太好了，晚上我请你吃饭好不好？"张璐开心得不行，那可是翔宇，路其琛的秘书，她怎么可能不高兴。

"不用了。"叶知秋淡淡地拒绝了她，"你好好工作就是了，翔宇不比云漫，不能再像以前那样懒散，记住，少说话，多做事。"

"我知道的！"张璐难掩兴奋。

挂掉电话，叶知秋刚准备收拾东西下班，顾妍绯就闯了进来，径直朝着路其琛的办公室冲。

"叶小姐，总裁现在有事在忙，你不能进去……"范特助拦住了面前的顾妍绯。路其琛受伤住院的这段时间，她几乎天天都会来一趟，其目的昭然若揭，今天算是被她逮了个正着。

顾妍绯冷眼看着面前的范特助，说道："让开，我可是路总的小姨子，别拦着我。"

"叶小姐，你就别为难我了，别说是路总的小姨子，就是路太太来了，我也不能放她进去。"范特助淡淡地说道，重要的是，路太太绝对不会像她这样不懂事。

"你……"顾妍绯气疯了，好半天才缓过劲来，又冲向叶知秋的方向。

看到顾妍绯出现的那一刹那，叶知秋头都大了，打发走了范特助，这才问道："你怎么又来了？"

第16章　顾妍绯的歪心思

"今天晚上我在芳满庭订了晚饭，你告诉路其琛，让他一个人来。"顾妍绯对自己没什么信心，但是叶知秋出马的话，她最起码多百分之五十的机会。

"不行！"叶知秋斩钉截铁地拒绝了顾妍绯的要求，"他现在伤势还没好，我不会让他去的。"

"少在这里猫哭耗子假慈悲，你别忘了他到底是怎么受的伤，要不是你的话怎么会有这件事情。"顾妍绯冷笑了一声，"总之我警告你，如果他今天不来的话，那你这辈子都别想见到你奶奶。"

"哦，对了，"顾妍绯走到门口突然转过头来，冲着叶知秋说道，"妈说了，原本打算让你和你奶奶见上一面的，但你现在这样……"

"他会去的。"叶知秋忙说道，听说可以见到奶奶，叶知秋再也忍不住了。她已经好久没见到奶奶了，也不知道她到底怎么样了，"你别告诉她，我会让他去的。"

顾妍绯满意地笑了起来，她走后不久，路其琛就从办公室走了出来，看叶知秋站在门口等他，脸上不自觉地扬起了笑容，"走吧，不是说要去菜场吗？"

在认识叶知秋之前，他从来没有想过自己有一天会爱上去菜场的感觉，跟自己心爱的人手牵着手精心挑选食材，为柴米油盐酱醋茶活着，这才真实。

"其琛……"叶知秋犹豫了一下，拽住了路其琛，"有件事情我想跟你说……"

"怎么了？"路其琛疑惑地看了一眼面前的叶知秋，叶知秋犹豫半天，一想到自己的奶奶，还是开了口，"其琛，我那个妹妹说今天在芳满庭订了位置，让你过去一趟……"

"不去！"路其琛斩钉截铁地说道。

"你别这样，人家也是一片好心。"叶知秋违心地说道，她很不想让路其琛去，可是没有办法。

"上次她请你吃饭结果没吃成，人家在饭店等了三个多小时，就是为了跟你道个谢，看在上次爽约的份上，你就去一趟吧。"叶知秋帮顾妍绯说好话，但自己心里却很难受。

"你就这么希望我去？"路其琛皱着眉头问道。

"就是吃个饭而已……"叶知秋为难地说道。

路其琛紧紧地盯着面前的叶知秋，从她脸上他看出了挣扎，他知道，叶知秋肯定又被威胁了，于是他点了点头，"好，我去，不过……你跟我一起去。"

"不行，她说了让你一个人去……"叶知秋急忙拒绝，路其琛却不给她这个机会。

"你什么事都要听她的，她到底是你什么人？"路其琛皱眉，"再说了，我是你的老公，你见过丈夫跟小姨子单独吃饭的吗？万一要是被别人看到了像什么样子？总之你今天要是不跟我一起去的话，我肯定不会去的。"

"可是……"

"没什么可是的，大不了你坐旁边桌上不就行了，她又没说你不能去那边吃饭。"路其琛拉着叶知秋就往外走，"走吧，赶紧的。"

叶知秋没辙，只能跟着路其琛一起去了。

顾妍绯早就到了，就等着路其琛过来，棕色的卷长发随意地披在肩头，一袭大红丝裙领口开得很低，露出丰满的胸部，修长的美腿，很随意地坐在窗户边上，吸引了很多男性的目光。

路其琛和叶知秋到的时候，顾妍绯从玻璃窗看到了，她记得自己明明警告过叶知秋，可她还是出现了，忍不住皱起了眉头。

"其琛，要不我还是不去了，我就在车上等你吧。"站在芳满庭门口的时候，叶知秋又怂了。

"好啊。"路其琛笑了笑，"那我跟你一起回去。"

听到路其琛这么说，叶知秋别无他法，只能跟在了路其琛身后，看到路其琛过来，顾妍绯站起了身，笑盈盈地看着两人，"姐夫，姐姐，你们来啦。"

"是。"路其琛淡淡地点了点头，"你今天很漂亮。"本是一句很简单的客套话，可顾妍绯听在耳里就变了味，她就知道自己长得这么漂亮，路其琛怎么可能不喜欢。她娇羞地低下头，看着身边的叶知秋越发觉得碍眼，想了好半天，她亲昵地拉着叶知秋的手臂，说道："姐夫，你先坐一会儿，看看有什么想吃的，我跟姐姐去一趟卫生间。"

顾妍绯说着就强行把叶知秋带到了卫生间，"我不是说过让他一个人来吗？你是不是不想见你奶奶了？"

"不是……"叶知秋为难地皱起了眉头，"我也不想来，可是路其琛说了，如果我不来的话他也就不来了，我这是没办法。"叶知秋跟顾妍绯保证，"你放心，一会儿我就在旁边开一桌，不会打扰你们的……"

"最好是这样！"顾妍绯嫌弃地看着面前的叶知秋，冷笑道，"你要是敢破坏我和他的约会，你这辈子都别想见你奶奶了。"

顾妍绯警告完叶知秋就准备离开，叶知秋一把抓住了她，"妍绯，我知道你很不想见到我，一会儿我肯定离你远远的，不过……其琛现在伤口还没拆线，饮食方面还是要注意一些，有很多东西是他不能吃的，比如虾……"

"够了！"顾妍绯不满地甩开了叶知秋的手，"这些事情我自己会注意，你别以为自己真是什么路太太了，这些事情可不是你该管的。"

顾妍绯说完扬长而去，笑盈盈地坐在了路其琛的面前，柔声问道："点好菜了吗？"

"还没，你来点吧。"路其琛绅士地把菜单递给了顾妍绯，不忘回头张望着叶知秋的身影，顾妍绯笑了笑，说道："姐夫是在找姐姐吗？"

"是，她不是跟你一起去卫生间了吗？怎么没过来？"路其琛淡淡地问道。

"姐姐说了，她怕自己在我不自在，今天我请你吃饭是为了感谢你，所以她自己一个人去边上吃了。"顾妍绯笑着说道，"要不……点份牛排好吗？"

"你定。"路其琛淡淡地说道，跟顾妍绯在一起，他哪里吃得下东西，今天来不过也是走个过场，顺便看看她葫芦里到底卖的是什么药。

"其实你不用这么客气的。"路其琛喝了一口柠檬水，冲着面前的顾妍绯说道，"你是Autumn的妹妹，给你介绍一个工作是很简单的事情，不必请我吃饭特意感谢我的。"路其琛笑了笑，"再说了，我们现在是一家人，客气什么？"

"我当然知道姐夫不在乎这些虚的，不过我今天叫你来吃饭，也是因为我真的很佩服姐夫，你说你对我姐姐这么好，事业有成，又长得这么帅，我要是有这样一个老公该多好啊。"顾妍绯娇羞地低下头，虽然话说得隐晦，可是看这样子就觉得不正常。"姐夫，其实我真的很羡慕我姐姐，你知道吗？当初我阿姨让她嫁给你的时候，她是不愿意的，甚至还想逃婚，我就不明白了，你说姐夫你这么优秀，她到底还有什么不知足的？"顾妍绯一副义愤填膺的样子，"要不是后来把她找了回来，现在嫁给你的就是我了。"

"逃婚？是吗？"路其琛冷笑了一声，要不是事先知道了这件事情的来龙去脉，他还真说不定要被顾妍绯骗了。

可是现在看顾妍绯演戏，他只觉得好笑。

"可不是……"顾妍绯并不知道自己已经暴露了，还在对面自导自演，"姐夫，其实我真的很喜欢你，说真的，她当初逃婚的时候我真的很高兴，我想我要是嫁给了你，我一定会对你很好的……"

"是吗？"路其琛冷笑了一声，"不过，现在我娶的人是她，既然她嫁给我了，我就会一辈子对她好，这是作为一个男人应该做的事情。"

"是……"顾妍绯讪讪地笑了笑，越发恨叶知秋，明明现在路其琛心里眼里的都应该是自己，"不过姐夫，你对姐姐这么好，她可不见得对你一心一意，当初逃婚也就算了，现在……"

"现在怎么样？"路其琛总算是弄清楚顾妍绯的目的了，她就是为了离间自己跟叶知秋之间的感情。

他又不是傻子，道听途说哪里可信，他只相信自己亲眼所见的。这段时间跟叶知秋相处下来，他越发觉得叶知秋善良、单纯，可顾妍绯这样诽谤她，让路其琛的心里很不舒服。

"姐夫，其实我……"顾妍绯情绪激动之下一把抓住了路其琛的手。

"你干什么！"路其琛皱着眉头抽回了自己的手，冲着顾妍绯说道，"我希望你弄清楚自己的身份，我今天来这里不过是给Autumn面子，要是你再做什么不符合自己身份的事情，别怪我不留情面。"

"姐夫，我是认真的，我真的……"顾妍绯还想再试一试，她始终觉得路其琛不会对自己这么绝情。从开始懂感情这回事时，她就没有被拒绝过。

路其琛不满地皱着眉头，"对我而言，你只是Autumn的妹妹，你要是有什么歪心思，趁早收起来，如果再让我听到你这些荒诞的话，我不会再留情面！"

"……"顾妍绯没想到路其琛会把话说得这么绝，脸上青一阵白一阵的，难看极了。

两人正僵持的时候，服务员过来上菜，顾妍绯微微低下头，冲着面前的路其琛说道："姐夫，今天是我唐突了，你大人有大量，不要跟我一般计较，赶紧吃东西吧。"

路其琛冷着脸不说话，他已经弄清楚了顾妍绯的目的，也表明了自己的态度，便直接起身离场，"我没胃口，你慢慢吃。"

"姐夫！"顾妍绯的牛排刚刚切开还没来得及吃，路其琛就要走，她急忙站起来，想要留住路其琛。

"你就不能多陪我一会儿吗？我还没吃完。"顾妍绯可怜巴巴地看着面前的路其琛，路其琛可不吃这一套，冷笑了一声，说道："我老婆还没吃东西，我得带她去吃饭。"

"姐夫！姐夫！路其琛！"顾妍绯不管怎么叫，路其琛都是头也不回地离开了。

叶知秋坐在门口的位置，还没开始点菜，一抬头就看到路其琛阔步走了过来。她愣了一下，疑惑地问道："你不是在吃饭吗？怎么这么快？"

她还没来得及点菜，路其琛那边就结束了？

"怕你等得心焦。"路其琛笑盈盈地拉着叶知秋站了起来，"走吧，我们回家。"

"可是……"叶知秋皱着眉头，她有些怕顾妍绯那边出状况。

"别可是了，我想吃你做的鸡蛋面，回去做给我好不好？"路其琛冲叶知秋撒娇，叶知秋无奈地点了点头。

从芳满庭出来，叶知秋不停地追问着他跟顾妍绯之间的事情，"顾妍绯不是说要请你吃饭吗？怎么这么快就结束了？是不是她说了什么不该说的话？"

"是啊。"路其琛笑了笑，"她说她喜欢我，让我甩了你跟她在一起，你怎么看？"

叶知秋愣了半天才回过神来，紧张地咽了咽口水，"她……她真这么说？"

路其琛微微点头，很好奇叶知秋的反应，"你怎么想的？"

"她是不是疯了？"叶知秋皱着眉头，就算顾妍绯再心急也不能这样做吧，这不是自己给自己找麻烦吗？

"那……你怎么回答的？"愣了半天，叶知秋忐忑地问道。

"你觉得呢？"路其琛不回答，反而问道。

叶知秋心里很没底，她总觉得自己的表现让路其琛失望，平心而论，顾妍绯长得也不错，她要是真的这么主动，叶知秋真怕路其琛答应下来。

"你……你不会答应了吧？"叶知秋紧张地问道。

"你啊，果然对我一点信心都没有。"路其琛叹了一口气，说道，"我当然是义正词严地拒绝了她，顺便告诉她，我很爱你，这辈子你要是不跟我离婚，我是绝对不会离开的。"

路其琛的表白来得太突然，让叶知秋一下子就红了脸。

"你真这么说？"叶知秋红着脸问道。

"对啊。"路其琛点头，"有什么问题吗？"

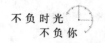

叶知秋满心欢喜，特地往路其琛的面里多加了两个蛋。

第二天一早，叶知秋在办公室接到了叶问兰的电话。

电话那头传来叶问兰不容反驳的声音，"今天晚上，你带着路其琛回家吃晚饭。"

"他今晚……"叶知秋拒绝的话才说了一半，叶问兰就叫了起来，"这不是我要管的事情，总之你今天无论如何都要把路其琛带过来，就这样。"

叶知秋还没来得及反应，叶问兰就挂断了电话。

叶知秋踌躇再三，还是敲响了路其琛办公室的门。

路其琛刚刚结束一个视频会议，心情颇好，"进来。"

叶知秋弱弱地开口，"那个，我已经帮你招到了新人，我是不是可以……"

"早知道留不住你。"路其琛叹着气，却神秘兮兮地从抽屉里取出了一个信封递给了叶知秋。

"打开看看。"

"什么呀？"叶知秋好奇地拆开信封，一面还不忘询问路其琛。

路其琛笑而不语。

信封里是叶知秋心心念念想要去的朱城的旅游攻略。

"你……怎么会给我这个？"叶知秋问道。

"不喜欢？"

"当然不是，只是……有点意外。"叶知秋笑着说道，"谢谢你。"

"先别急着谢我，还有这个。"路其琛笑着把另外一个信封递了过去，"酒店已经订好了，资料全都在里面，哦，对了，还有一张银行卡，是你的旅游基金，到时候我让司机去送你，保证你能开开心心地玩一趟。"

"这些……都是你准备的？"叶知秋看着纯手写的旅游攻略，感动得不知道该说什么好了。

"怎么可能……"路其琛有些不自然地摸了摸鼻子，"我怎么可能会做这么无聊的事情，这些都是范特助准备的。"让叶知秋知道他一个大男人每天晚上趁着她睡着爬起来搜资料做攻略，岂不是要被她嘲笑死？路其琛本能地把功劳推到了范特助的身上。

叶知秋忍不住笑，这上面的字迹一看就是路其琛的，他撒起谎来的样子……真是可爱。

笑完了，叶知秋把桌面上的银行卡递了过去，认真严肃地说道："攻略和你给我订的酒店我都收下了，不过这个……我不能收。"她顿了顿，继续说道，"我从云漫走的时候拿了一笔钱，够我用的了，所以这个你收回去。"

"Autumn，你非要跟我算得这么清楚？"路其琛板着脸，"你是我老婆，用我的钱不是应该的吗？"

"话是这样说没错，可是……"叶知秋犹豫半天，"可是我现在自己能赚钱，还没到靠老公养的地步，你放心，等哪天我没钱了，我一定不跟你客气。"

叶知秋坚持，路其琛也只能收回了银行卡，"要是在那边遇到什么事情的话，记得给我打电话。"

"好。"叶知秋微微点头，"还有件事情，刚刚我妈来电话了，让我们回家吃饭，你晚上有应酬吗？"

"好，我会去的。"路其琛微微点头，"一会儿下班你先过去，帮我跟妈说一声，我晚点到。"

"好。"叶知秋微微点头，"如果你有事要忙的话就不用过来，妈那边我去交代。"

"放心吧。"路其琛拍了拍叶知秋的手，"要不你今天就早点下班吧，反正也已经辞职了，早点回顾家看看。"

"好。"叶知秋也没推辞，她很想知道，叶问兰这一次又想出什么幺蛾子。

叶知秋收拾完了东西，就从翔宇离开了。出来之后她先去买了点礼品，免得路其琛来的时候着急被人诟病，这才慢悠悠地去了顾家。

这个点，顾妍绯应该是在公司上班的，但没想到叶知秋到的时候她竟然也在家。

"妈……"叶知秋放下手里的礼物，淡淡地打了一声招呼。

在叶知秋来之前，一家三口正坐在沙发上其乐融融地聊天，如今顾氏的危机在路其琛的帮助下已经迎刃而解，他们又过上了人人称羡的生活，当然有资本高兴。

叶知秋的出现打断了这一欢乐的气氛。

叶知秋从小跟着奶奶长大，虽然这个家里有叶问兰，但是她几乎不怎么过来，对这家人也没有太大的感情，至于顾绮山，更是没必要客气。所以叶知秋只是跟叶问兰打了一声招呼，便坐到了沙发上，要不是顾妍绯逃婚，她想她这辈子都不会再跟这家人有什么瓜葛。

"呦，果然当了路太太就是不一样，见到长辈连招呼都不打一声。"因为昨天晚上的事情，顾妍绯气得没去上班，现在看见叶知秋，自然是有仇报仇有冤报冤，"别说你只是个替嫁过去的，就算真嫁给了路其琛，回到这个家里你也得恭恭敬敬的。"

骤然一听这话，叶知秋一点也不生气，反而挑衅地看向了一旁的叶问兰。

"怎么就你一个人？不是让你带路其琛一起来的吗？"叶问兰皱着眉头问道。

"我跟你说了他晚上有应酬，他说他晚点会来的。"叶知秋淡淡地说道。

闻言，叶问兰也没有再说话，反而是一旁的顾妍绯跳上跳下的，"叶知秋我告诉你，路其琛早晚是我的，你最好时时刻刻记住这一点，否则我绝对不会饶过你。"

叶知秋压根就懒得搭理顾妍绯，皱了皱眉，冲着坐在一旁的叶问兰问道："上次不是说只要我帮顾妍绯约到路其琛就让我见奶奶的吗？这都几天过去了，你是不是又打算说话不算话？"

叶问兰微微皱眉，她可从来没有说过这样的话，她狐疑地把眼神看向了坐在一旁的顾妍绯，顾妍绯见自己被拆穿，急了，指着叶知秋的鼻子骂道："我都没提这件事情呢，叶知秋你还好意思提，我问你，我当时说的是让路其琛一个人去，结果呢？你去干吗了？还有，说好了是一起吃顿饭，结果他吃了一口就把我一个人扔下了，你还好意思要我兑现承诺，做梦吧你。"

叶知秋的眼底闪过一丝狠绝，"顾妍绯，如果我不去的话，你连路其琛的人影都见不到，更何况我虽然去了，但是我并没有跟你坐在一桌，更没有打扰你们的约会，是你自己没本事留不住男人，怪我？"

"你……"叶知秋毫不留情面地把事实剖析出来，弄得顾妍绯很没有面子，"我不管，总之要不是因为你的话，我怎么可能这么丢脸？路其琛也不会不喜欢我！"

叶知秋冷笑，"遇到这样的事情麻烦你多在自己身上找找原因，别想着把责任推到我身上来，我受不起。"

"够了！"一直沉默不语的顾绮山突然开口说道，"知秋，我知道我跟你妈让你嫁给路其琛你受了很多的委屈，不过现在顾氏的危机已经过去了，有些事情，我们还是应该让它回到正轨上来，毕竟当初路其琛选中的是妍绯，既然妍绯决定要回去做路太太，那你……做姐姐的，也该拉妹妹一把，而不是一味地扯后腿。"

闻言，叶知秋觉得好笑极了，这一家子真是奇葩，用得着自己的时候千求万求，用不到自己了就一脚踢开。

"顾叔，你说得没错，作为姐姐我确实应该好好照顾我的妹妹。"叶知秋在"照顾"两个字上加重了口气，冷笑了一声，继续说道，"不如这样好吗，我现在就给路其琛打电话，告诉他我叫叶知秋，当初我是被逼着嫁给他的，现在真正的顾妍绯后悔了，想要回头，问问他同不同意。"

"你……"顾绮山气急败坏，没想到几天不见，一向软弱的叶知秋竟然变得这么强势。

其实也不怪叶知秋强势，叶问兰和顾妍绯一次次地拿奶奶威胁，再加上顾妍绯时不时地发作一次，是人都有脾气。

"够了，都别说了。"叶问兰冷眼看着面前的叶知秋，"你少拿话刺激他们俩，说到底就是一场交易，你帮顾妍绯得到路其琛的心，我把奶奶完好无损地还给你，就这么简单。"

"我不会再帮你做任何事情。"叶知秋直截了当地说道，"叶问兰，你少拿奶奶再来威胁我，从现在这一刻开始，只要我见不到奶奶，我就不会再帮你做任何事情。"

闻言，顾妍绯脸色大变，如果叶知秋真的不帮她的忙，那她怎么办？

"叶知秋，你敢！"顾妍绯气急败坏。

"你不妨试试看。"叶知秋冷笑，"见不到奶奶我不会再帮你们做任何事情，也许哪天我一不小心说漏嘴了，你们可别怪我。"

叶问兰冷眼看着面前的叶知秋，"好啊，想不到你竟然是个白眼狼。"

叶知秋冷笑，"这可都是你逼我的。"

"看来你是真的不想见你奶奶了。"听到叶问兰提起奶奶，叶知秋紧紧地皱起了眉头，"你什么意思？"

"这有段视频，是你奶奶录的，她现在正在准备手术的事情，不方便见你，如果你不想看这段视频，那我……删掉好了。"叶问兰冷笑着说道。

"你说的是真的吗？"叶知秋的心情跌宕起伏，好半天才缓过劲来冲着面前的叶问兰说道。

第17章　旅游

"当然，不信你自己看。"叶问兰大方地把手机递给了叶知秋，她知道，如果自己再不让叶知秋知道一点那个老太婆的消息，那么这颗棋子一定会反水，所以她威胁那个老太婆，如果不按自己说的去做，就对叶知秋不利。

老太太怕孙女担心自己，所以也是很配合，这才有了这段视频。

叶知秋打开视频，看到里面奶奶的身影时，眼泪再也忍不住了。

"奶奶……"她喃喃自语着，伸手想去触碰她的容颜，最后却只碰到了冰冷的屏幕。

视频开头奶奶咳嗽了几声，她瘦了很多，躺在病床上像是一个纸片人一样，好似一阵风都能把她刮跑。她的脸色很不好看，但是面对着镜头的时候还是扬起了一丝笑容，"开始录了吗……嗯，囡囡，奶奶现在挺好的，你妈给我找了个医生，很快就要动手术了，你不用担心我，自己一个人好好的，等奶奶病好了就过去看你。"

听到奶奶开口，叶知秋的眼泪怎么也忍不住了，唰唰地流了下来。

她反反复复地把视频看了很多遍，眼泪也止不住地流，最后她抬起头来，冲着叶问兰问道："我奶奶到底怎么样了，这才一个月时间，她怎么瘦成这个样子了？"

叶问兰收起手机，说道："她现在毕竟有病在身，瘦也是正常的，你放心，我给她请了护工，等她手术结束，我自然会让你见她。"

"你……能把这段视频发给我吗？"叶知秋犹豫了半天，最后还是说道。

叶问兰微微点头，"只要你听话。"

"我会的。"叶知秋失魂落魄地回道，叶问兰太了解自己了，她总是轻而易举地拿捏住自己的软肋，让自己不得不从。

"我想过了，路其琛现在对妍绯很不满，我希望你从今天开始疏远路其琛，慢慢地让他觉得你没有他想象的那么好，这样妍绯才会有机会，你明白了吗？"叶问兰说什么叶知秋都说好。

哪怕心里疼得要命，但为了奶奶，她只能这样做。

路其琛到了，顾家才开饭，路其琛坐在叶知秋的左边，剩下的人也都纷纷落座。

顾妍绯屁颠屁颠地坐在了路其琛的另一边，自顾自地给路其琛倒酒，"姐夫，你尝尝这红酒，这可是我……姨夫珍藏了好多年的好酒。"

她说着就要给路其琛倒酒，路其琛却一点面子都不给，端着杯子送到了正在倒饮料的叶知秋面前，"晚上还要开车回去呢，就不喝酒了。"

顾妍绯端着红酒瓶尴尬地坐在一旁，她已经很努力地想要吸引路其琛的目光，可是路其琛防她就跟防贼似的，一点办法都没有。

见此情况，叶问兰和顾绮山对视了一眼，叶问兰笑盈盈地开了口，"其琛，你就喝一点吧，这可是好酒，一会儿要是喝多了的话就在这里住一晚上，反正房间多的是。"

"是啊，你跟妍绯结婚也这么长时间了，在家里住一晚上也没什么大不了的。"顾绮山也在一旁帮腔。路其琛仍旧不为所动，面不改色地冲着面前的顾绮山说道："不了，我认床。"

闻言，叶知秋差点没忍住笑出声，要知道刚结婚的那段时间他可是在书房睡了好几天，他竟然用这样荒诞的借口来应付顾绮山。

叶知秋知道这是路其琛的借口，叶问兰和顾绮山当然也知道，他可是翔宇的总裁，一年到头在外面跑，住酒店就跟自己家一样的，他会认床？

见路其琛不肯喝酒，顾妍绯急了，原本她跟叶问兰都商量好了，今天晚上这顿饭局就两个目的，一是挑拨叶知秋和路其琛的关系，二是灌醉路其琛。只要路其琛喝醉了酒，到时候还不是自己想干什么就干什么？

"姐夫，你就喝一点吧……"顾妍绯着急得想要给路其琛倒酒，没想到一整瓶红酒尽数倒在了路其琛的身上，深色的西装裤上一片狼藉。

见状，顾妍绯第一本能就是拿了桌上的餐布朝着路其琛的腿间探去，"姐夫，实在不好意思，我没想到……"

"够了！"原本路其琛就不想来，现在事情闹成这样，他根本不想再待下去，他抓住顾妍绯的手腕，"我去一趟卫生间。"

路其琛起身，叶知秋也追了过去。

路其琛刚走，叶问兰就瞪了一眼顾妍绯，而直到这个时候，顾妍绯才意识到自己这个举动的不妥。

　　一顿饭，餐厅里的氛围很尴尬，好不容易熬到晚饭结束，路其琛开车带着叶知秋回家，半路停了下来。

　　他实在是憋不住了，"那个女人到底是什么人？她一而再再而三地勾引我，你爸妈都装作视而不见，甚至还有些推波助澜的意思，她到底是什么意思？"

　　"你是不是想太多了？"叶知秋别过脸，她当然知道顾妍绯做得实在是太过了，可她要想解释清楚这件事情，势必要暴露自己的身份，她不敢。

　　"她就是我一个远房表妹，来家里暂住一段时间，可能就是人热情了一些，没别的意思的……"叶知秋眼神闪烁，根本不敢看路其琛。

　　"没别的意思？"路其琛冷笑了一声，"你当我是傻子吗？那天那个女人约我吃饭，已经把话说得那么明显了，你是我老婆，难道你就真的一点反应都没有吗？"

　　叶知秋不说话了，每次到这个时候她都用沉默来应付路其琛，原本路其琛很理解叶知秋，可现在顾妍绯做得越来越过分，他是真的受不了了。

　　"你别不说话，我问你，明明你才是正儿八经的顾家大小姐，为什么你爸妈拼命地想把一个来路不明的女人塞给我？她到底是谁？"路其琛皱着眉头问道。

　　他问了很多，但是叶知秋都不回答，于是这一晚，两人闹起了别扭。

　　路其琛这一次出乎意料的坚持，哪怕在家里见了叶知秋也只当没看见，他就是想借这次机会来好好地警醒叶知秋，有些问题，逃避是绝对不能解决的。

　　两人之间闹别扭，连累路老爷子也跟着揪心，于是便找叶知秋和路其琛谈话，想把两人之间的矛盾化解开。

　　"我也不知道你们俩之间到底发生了什么，但爷爷希望你们有什么话都能好好说。"路老爷子说道。

　　"我知道了，爷爷。"路其琛苦笑，他不知道怎么才能让叶知秋明白，既然结了婚，那他们俩才是一家人，有什么事情都应该两个人商量着解决，而不是自己一个人闷在心底。跟叶知秋闹别扭的这两天路其琛也仔细想过，她从小跟奶奶一起长大，被自己的母亲这样利用，她心里一定很没有安全感。再加上叶问兰拿她奶奶威胁，叶知秋有这样的反应也是正常。但路其琛很想告诉她，不管发生了什么，他一定会坚定不移地站在她身后，他爱的是她这个人，而不是顾妍绯这个名字。

　　叶知秋也微微点头，不是她不愿意跟路其琛解释，只是……她真的不知道自己该怎么说。

路其琛回房的时候，叶知秋已经洗完澡躺在床上了，房间里面的气氛一下子就尴尬了起来。

叶知秋转头，看见路其琛头上的纱布，终究还是心软了，"你……我出去这段时间，你别忘了换药。"

"放心。"路其琛淡淡地应了一句，就背对着叶知秋躺下了。

看着路其琛宽厚的背影，叶知秋心口像是堵了一块石头一样，一句话都说不出来。

如果她跟路其琛不是以"代嫁"这样的方式相遇，她一定会紧紧地抓住他的手，但现在……她不能。

第二天，叶知秋就去旅游了。她才刚走，路其琛就已经体会到了挂念的滋味。

路其琛给叶知秋订的房间是海景房，房间里的布置自然是极好的，但最让叶知秋欢喜的，还是房间里那个巨大的落地窗。站在落地窗前，能够清楚地看见海边的景象，太阳走进云层中，光线从云里直射下来，水面上波光粼粼的，海岸边上有情侣光着脚丫踩在软绵绵的沙滩上，浪花一阵阵地扑过来，他们奔跑、追逐、嬉戏，一切的一切看起来都是那样的美好。

叶知秋换了身沙滩裙，戴着遮阳帽迫不及待地奔入了人群中。海是蓝的，天是蓝的，连心情也是蓝的。站在无垠的海边，她仿佛听到了自己的心跳声，"扑通、扑通！"

叶知秋回房间洗了个澡，突然很想路其琛，明明答应了要离他远一点，但此刻，思念像是汹涌的潮水涌来，她控制不住地给路其琛发了个视频，想看看他，想听听他的声音。

"这么晚了，怎么还没睡？"视频接起，手机屏幕上出现了路其琛面无表情的脸，看叶知秋头发湿漉漉地就躺在床上，微微皱起了眉头，"怎么不把头发擦干再睡？"

"我刚洗完澡，想和你视个频，一会儿就去。"叶知秋笑着说道，想起秘书室里那两个年轻漂亮的秘书，忍不住问道，"新秘书的表现还好吗？"

"你亲自挑的，当然很好。"路其琛的嘴角不自觉地上扬，"怎么，你吃醋了？"

"哪能啊。"叶知秋笑了笑，说道，"很好就好。"

路其琛忍不住笑出了声，好半天才一本正经地问道："你打算什么时候

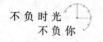
回来？"

"我这才来第二天，你给我订的房间可是五天呐，怎么着也得住完了再回去。"叶知秋躺在床上玩着自己的头发，轻描淡写地说道。

五天……他明天一定得去公司问问范特助，为什么订这么长时间。

"其实……你老公我不差钱，房间不住也没事的。"路其琛正儿八经地说道。

"那不行，从小老师就教导我们，不能养成铺张浪费的习惯。"叶知秋故意逗路其琛，正说着话，房间里面的灯"砰"的一声炸了，一片漆黑，而因为网络断掉的缘故，她跟路其琛的通话也戛然而止。

叶知秋正疑惑的时候，门外响起一阵嘈杂的脚步声，夹杂着几声叫嚷，"着火啦，赶紧跑啊。"叶知秋的心里"咯噔"一下，顾不上多想，夺门而逃。

熊熊的火焰肆无忌惮地扩张着它的爪牙，企图把所有的地方全覆盖在它的统治之下。

哭声，喊声，警笛声……一切嘈杂的声响在这场大火中扭曲着，人们的恐惧感、紧张感被无限放大，黑暗中燃起的红光如同死神的召唤信号。

叶知秋再次睁开眼睛的时候，只看到病房雪白的天花板，她动了动身子，喉咙像是被火烧过一样疼。她伸出手想去够旁边桌子上的水杯，没想到另一双手比她更快。

她费力地抬起头，看到路其琛那张包公脸时，又是欣喜又是慌张，"你怎么来了？"

"我不来谁照顾你？"路其琛又气又急，昨晚跟叶知秋视频突然中断，他又给叶知秋打了很多个电话，她一个都没接，急得他六神无主，稍镇定下来便立马搜了一下朱城本地的新闻，看到叶知秋所在的酒店发生大火时，他立刻开车赶了过来，当看到叶知秋安然无恙的时候，路其琛悬了一整夜的心总算是落了地。

"对不起。"叶知秋看着面前的路其琛，因为一夜没睡的缘故，他的眼睛充血，头发乱糟糟的，胡茬也长了出来，跟平时那个风度翩翩的路其琛全然不一样了。她心口泛甜，此时此刻她终于知道被人担心着到底是什么样的感受了。

她话刚说出口，路其琛就一把抱住了她，此时此刻根本什么都不需要说，能感受到彼此的体温、呼吸、心跳比什么都重要，路其琛担心了一整夜，此刻突然有一种失而复得的喜悦。

叶知秋的眼泪一下子掉了下来，昨天晚上那么危险的时候，她脑海里唯一闪过的人就是路其琛。如果她死在那场大火里，那路其琛会不会伤心难过？

此时她得到了答案。

"没事了，没事了。"路其琛以为叶知秋是在害怕昨晚的一切，于是拍着她的后背安慰她，看叶知秋这个样子，他也不敢再大声责备，"人没事就好了。"

叶知秋却哭得更厉害了。在那样危险的情况之后，她终于确定了自己的心意，这辈子非路其琛莫属了。

"好了好了，别哭了。"路其琛无奈地安慰着叶知秋，这不是没事吗？怎么越哭越厉害了？

正说着话，路老爷子打来了电话。他一早醒过来就看见新闻里报道着朱城的这场大火，差点被吓晕过去，得知路其琛已经赶到朱城了，急忙问道："Autumn怎么样了？人没事吧？"

"没受伤，就是有点发烧。"路其琛安慰了老爷子几句，这才转过头来冲着叶知秋说道，"家里人很担心你。"

"我没事。"叶知秋闷声闷气地嗅了嗅鼻子，有家里人的感觉……真好。

从病房离开之后，路其琛去了一趟医生那边，得知叶知秋已经没什么大碍，就收拾好东西，直接带着叶知秋来到了一栋海边别墅门前。叶知秋还没反应过来，路其琛已经走到旁边的花盆边上，从土里挖出了一把钥匙，像是变戏法一样，看得叶知秋目瞪口呆。

"这……这是你的房子？"叶知秋诧异地问道。

"开了一夜的车，我先去洗个澡。"路其琛没有正面回答，而是岔开了话题。

洗完澡，路其琛从衣柜里面拿了一套崭新的西装换上，下楼时看见叶知秋还局促地坐在沙发上。

"反正已经来了，要不我带你出去逛逛？"虽说是在问，但路其琛已经霸道地牵起了叶知秋的手，拉着她走了出去。

这是他们俩第一次逛街。

平日里叱咤风云的路其琛，在陪女人逛街这件事情上却犯了难，路其琛生怕叶知秋不喜欢，又怕叶知秋身体不舒服，小心翼翼地说道："会不会很无聊？"

"怎么会？"叶知秋调皮地笑了笑，伸手抓紧了路其琛的手，"你肯陪我逛，我高兴还来不及。"

"去那看看。"叶知秋伸手指着一家西装店，拉着路其琛非要过去，路其琛拗不过她，只能跟着她进去了。

"小姐，是要给男朋友买西装吗？"店里的服务员迎上前来，看着叶知秋的眼里满是艳羡，"像你男朋友身材这么好的话，我们店里的这几款都是可以试试的。"

"好啊，试试吧。"叶知秋推着路其琛进试衣间。等他换好衣服出来的时候，叶知秋感觉的确不错。

叶知秋上前，替路其琛扣好了身上的西装纽扣，"喜欢吗？"

"只要是你选的，我都喜欢。"路其琛的声音低沉而性感，她差点以为路其琛是在跟自己表白。

"那……就要这个？"叶知秋抬头询问路其琛的意见。

"好。"路其琛二话不说就要去付钱，叶知秋忙拉住了他，"我想买来送给你。"

路其琛心里顿时有一种美到冒泡的感觉。

"你都给我买了礼物了，接下来我是不是也该给你买点什么了？"路其琛的大手牵起叶知秋的手，说道，"我看前面还有个商场，咱们去那看看。"

路其琛拉着叶知秋，来到了商场五楼的儿童用品区。

看到漂亮衣服和可爱的鞋子，叶知秋忍不住伸手去拿。

"好看吗？"叶知秋拿着手里一件粉色的公主裙比画着，路其琛站在一旁，笑而不语。

"你笑什么？"叶知秋愣了一下，随即摸了摸自己的脸，说道，"我脸上是有什么脏东西吗？"

路其琛看着面前的叶知秋，"我在想……将来咱们俩要是有了自己的孩子，你会是什么样的。"

叶知秋红着娇嗔道："谁要跟你生孩子了。"

路其琛得意地哈哈大笑，叶知秋红着脸，心里却一直回味着路其琛的话，一个属于她和路其琛的孩子，一定……很可爱吧。

叶知秋正尴尬的时候，童装店门口突然传来一道熟悉的女声，叶知秋还没来得及反应过来，就看见一道身影朝着路其琛扑了过去，紧紧地抱住了路其琛，声音激动，"其琛，你是来看我的对不对？我就知道你一定不会舍得扔下我的。"白蓉蓉一边哭一边说道，"其琛，你之前跟我说那番话的时候我真的好怕，但是我也想清楚了，不管你做什么决定，我一定不会放开你的手，我既然能让你爱上我一次，就能让你爱上我第二次。"

"其琛，我们重新开始好不好？"白蓉蓉紧紧地抱着路其琛的身体，抬起头可怜巴巴地问道。

白蓉蓉是大明星，又闹出这么大的动静，周围的人群纷纷聚集了起来，看到白蓉蓉正抱着一个帅气的男人痛哭，纷纷开始拿手机拍照。

白蓉蓉余光瞟到了呆愣在一旁的叶知秋，却只当作没看见。

她在赌，赌在这么多人的面前，路其琛不好意思推开自己。

"这不是大明星白蓉蓉吗？"周围的人议论纷纷。

"可不是，听说最近这几天她在朱城拍戏，没想到今天就在这里见到了，真是太幸运了。"

"她旁边的那个男人是谁？"周围有人问道。

"这你都不知道？"之前白蓉蓉和路其琛的绯闻闹得沸沸扬扬的，再加上路其琛在阳城的名声和地位，所以，大众一般都知道一些他们之间的事情。

"那不就是之前跟白蓉蓉闹绯闻的那个男人嘛，叫什么……路其琛。"

"他不是结婚了吗？怎么还和白蓉蓉在一起？"

"他们那个圈子的事真真假假，谁知道有什么猫腻呀！"

白蓉蓉听着身边人的议论，再看看叶知秋越来越难看的脸色，忍不住扬起了嘴角，下一秒，路其琛就冷着脸推开了白蓉蓉。

"其琛……"白蓉蓉猝不及防，一下子被路其琛推倒在地，不可置信地看着面前的路其琛，"你……"

"白蓉蓉，你闹够了吗？"路其琛冷着脸说道，毕竟跟白蓉蓉有这么多年的感情，再加上分手是自己提的，所以路其琛一直觉得自己对不起白蓉蓉，很多事情上都让着白蓉蓉，也照顾着她的情绪，但是白蓉蓉今天当着这么多人的面，特别是当着叶知秋的面闹这一出，他绝对忍不了了。

"我闹什么了？"白蓉蓉委屈的眼泪都掉了下来，"路其琛，我到底哪里对不起你，你要这样对我？"

"我们已经分手了。"路其琛冷淡地看着面前的白蓉蓉，半点没有因为白蓉蓉的眼泪而心疼，"白小姐，我想我们还是保持点距离的好。"

"分手？我不同意。"白蓉蓉今天是豁出去了，她刚好在附近拍戏，看到路其琛和叶知秋竟然开始逛儿童用品店，白蓉蓉真的着急了。她跟路其琛在一起这么长时间了，路其琛连碰都没碰过她，可他跟叶知秋在一起才一个月的时间，竟然已经怀孕了吗？白蓉蓉恶狠狠地盯着叶知秋平坦的小腹，嫉妒得快要发狂了。

她站起身，紧紧地拽住了路其琛的手，"其琛，如果我有什么地方做错了，你跟我说我一定改，我真的很爱你，我不想跟你分开，我们重新开始好不好？"

"放开！"路其琛一把甩开了白蓉蓉的手，"白蓉蓉，你别闹了行不行！"

他的脸上已经有了隐隐的不耐烦，周围的人群中有白蓉蓉的粉丝，看到自己的偶像受了这么大的委屈，纷纷开始指责路其琛，"渣男，我们家蓉蓉这么好，竟然抛弃她，太可恶了。"

"就是，蓉蓉，你这么好，一定能找到更好的，远离渣男。"

"你们别这样。"白蓉蓉一边哭一边冲着周围的人群说道，"我跟其琛就是闹了点误会，如果你们是我的粉丝，千万不要误会他。"

白蓉蓉一副为路其琛考虑的样子，她的粉丝更加生气，振振有词道："有这么好的女朋友还不知道珍惜，将来迟早要后悔。"

"可不是，我们蓉蓉长得好看，人又好，自己还有钱，跟外面那些爱慕虚荣的女人可不一样，真不知道这个男的到底是怎么想的。"

当然，除了白蓉蓉的粉丝，人群中的其他人还是有理智的，"人家都结婚了，还这么缠着人家，这么想当小三，人品是有多差。"

……

"够了。"路其琛皱着眉头，冲着面前的白蓉蓉说道，"白蓉蓉，之前我一直让着你，分手是我提的，但是话我也跟你说清楚了，你今天闹这一出到底是什么意思？"

"我……我只是不想跟你分开。"白蓉蓉可怜巴巴地说道。

"可我已经结婚了。"路其琛冷笑了一声，"你不介意做破坏别人婚姻的第三者，我还不想对不起我老婆呢。"

"你……"白蓉蓉没想到路其琛会这么说自己，心里对叶知秋的恨意更深了，"你就是为了那个女人才离开我的是吗？"白蓉蓉哭着问道，"我们俩在一起这么多年了，你为了一个来路不明的女人跟我分手，其琛，她根本就是看上你的钱了，你……"白蓉蓉一把抓住了路其琛的手，"我是白蓉蓉，大明星，那女人是什么？她比我年轻、漂亮，还是比我有钱，为什么你宁愿选她那样的女人也不肯跟我在一起？"

路其琛冷笑了一声，一把揽住了叶知秋的肩膀，"在我心里，她就是最特别的。"

"我们走。"路其琛说完也不管白蓉蓉怎么想，揽着叶知秋的肩膀离开了人群中心。到了安静的地方，路其琛叹着气跟叶知秋道歉，"对不起，总是把你卷进这样的局面当中。"

"没关系的。"叶知秋微微摇头，觉得白蓉蓉的所作所为确实有些过分了，毕竟是公众人物，在这么多人面前处理自己的私事也不合适，"白小姐大概是太爱你了，所以才会这样吧。"

"爱？"路其琛冷笑了一声，"其实说白了，她根本没她想的那么爱我，或者说，她根本就不懂得什么是爱吧。"

路其琛伸手揉了揉叶知秋的头发，"不用担心，有我在，不会让你受委屈的。"他的语气充满宠溺，这是他发誓要一辈子守护的女人，他绝不会让她受到一丁点的伤害。

虽然发生了一些小插曲，但是并没有影响到两人的心情，晚饭的时候路其琛多喝了两杯酒，微醉之后一个劲儿地缠着叶知秋撒娇，弄得叶知秋哭笑不得。

叶知秋好不容易才把路其琛扶到床上躺下，不一会儿他就睡着了。她很少有这样的机会可以看到路其琛的睡颜，尽管他喝醉了酒，但是脸上却带着满足，叶知秋叹了一口气，去浴室拧了热毛巾，帮他擦了脸，又废了半天的力气，才好不容易把他身上的衣服脱掉，忍着害羞替他擦干净了身子。做完这一切，已经是凌晨了，她匆匆去浴室冲了下澡，精疲力竭地躺在了路其琛的身边。

第二天一早叶知秋是被闹钟吵醒的，一睁开眼睛就看见路其琛无限放大的脸，连毛孔都能看得清清楚楚，叶知秋还在发蒙，下一秒耳边就响起路其琛性感而慵懒的声音。

"醒了？"路其琛大手一伸将叶知秋揽进了自己的怀里，心满意足地在她脸上印下一吻。

路其琛知道自己喝醉了酒是什么样子，再看看自己身上消失的衣服，估摸着自己昨晚肯定没少让叶知秋受罪，一早醒过来看到躺在自己身边的叶知秋，他觉得无比的满足，实在是不忍心打扰她休息，所以一直也没有换过姿势。他现在才发现，自己的半边身子都有些发麻。

叶知秋想起来做早饭，路其琛皱着眉头低吼了一句，"别乱动。"他半边身子都是麻的，叶知秋这么一动让他很不舒服，而叶知秋却误会了路其琛这两个字的意思，吓得缩在他怀里不敢动弹。

路其琛半麻的身子渐渐舒缓过来，也意识到叶知秋是误会了，忍不住逗她，"你要是再乱动的话，我可不保证我会不会吃了你。"

叶知秋的脸色红得都能滴出水来了，乖乖地趴在路其琛的胸口不敢动弹，她听到路其琛的心跳，再接着就是路其琛隐忍的笑声。

"你骗我！"叶知秋这才意识到自己被耍了，气得坐起了身子，抓起旁边的靠垫就往路其琛的身上砸过去。

阳光从半掩的窗帘外照进来，轻轻地落在棕色的木地板上，整个房间里都充斥着暧昧的气息，偶尔窗外还有海浪的声音。

路其琛顺势抓住了靠垫，一把把叶知秋抱进了自己的怀里。

"放开！"叶知秋不安分地扭着自己的身体，因为自己被路其琛耍了很不满。

"别动啊，你要是再动的话我就真的不能保证了。"叶知秋柔若无骨的身体就在自己的怀中，路其琛怎么可能没有反应。

偏偏叶知秋还在气头上，听不出路其琛口气里的隐忍，她气呼呼地想要推开路其琛，"好啊你，还用这招骗我。"

"你看我怎么收拾你……"叶知秋一心想着推开路其琛，却没意识到自己因为动作太大，身上的睡衣早就滑了下来，露出消瘦的半边肩膀……

路其琛毫不犹豫地吻上了她。

这一吻像是电击一般，酥酥麻麻的感觉传遍了叶知秋的整个身体，她想要逃的，却忍不住在路其琛的吻里沉沦，迫切地想要索取更多……

第18章　坦白

结束之后，路其琛揽着叶知秋躺在床上，她累极了，她也不知道自己今天怎么会这么大胆，她趴在路其琛的肩头觉得无比的满足。

这一刻不用管叶问兰，不用管顾妍绯，什么都不用管，她只管把自己完完整整地交给路其琛，让自己成为路其琛的女人。

"想什么呢？"路其琛抱着叶知秋，一手绕着她的头发转着圈圈。

"没什么……"叶知秋红着脸说道，刚才那么大胆，可这会儿却不知道该怎么跟路其琛相处了。

"那你躺一会儿起来洗澡。"路其琛说着就要翻身下床，叶知秋忙拉住了他，"你……你要走吗？"这才刚刚把自己完完整整地交给他，他就要离开吗？

"想什么呢你？"路其琛伸手捏了捏叶知秋的鼻子，说道，"我去给你准备早饭，你今天肯定会很累，我得让你养足精神。"

路其琛这么一说，惹得叶知秋叫了一声蒙上了被子，将自己裹了起来。她真的是……没脸见人了。

看到叶知秋这个样子，路其琛笑得越发开心了。

好在这个别墅时常有保姆过来补货，所以食材还算是比较新鲜，路其琛笨手笨脚地煎了两个鸡蛋，以前看家里保姆做的时候觉得挺简单的，但怎么到了自己的手里就变成这黑乎乎的模样了？路其琛站在厨房里，紧紧地皱起了眉头，仿佛这两个鸡蛋成了世纪大难题。

叶知秋在楼上都闻到了烧焦的味道，随手穿上路其琛的衬衫赤着脚走了下来，看到那两个黑乎乎的鸡蛋，忍不住笑得前仰后合，"这个……不会就是你给我准备的早饭吧？"

路其琛一脸的尴尬，"这……我再试一次吧。"

"还是我来吧。"叶知秋急忙阻止了他，

这一次路其琛倒是没有再拒绝，他倚在门边，看叶知秋熟练地打了两个鸡蛋，又下了一点面条，一时间，香味充盈了整个屋子。

路其琛把靠着海那边的落地窗打开了，咸咸的海风一瞬间灌了进来，两人坐在餐厅里吃面，叶知秋突然抬起头，冲着面前的路其琛说道："我听说朱城有个寺庙很灵验，你下午可以陪我去吗？"

"好。"路其琛毫不犹豫地应了下来，"那你吃完去楼上换衣服，我把碗洗了。"

叶知秋换了一身轻便的服装，因为知道要爬山，随手扎了一个马尾，戴上棒球帽，整个人看起来青春洋溢。

"走吧。"她笑盈盈地站在路其琛的面前。

到了地点之后，路其琛去买票，叶知秋站在一旁等的时候还有人上来搭讪，弄得路其琛一脸不满，最后还是叶知秋主动送上自己的香吻才算了结了这件事情。

进门之后，叶知秋和路其琛都收敛了嬉笑的神色，虔诚地上山。

叶知秋来这里是为了奶奶，她本想带着奶奶出来旅游的，但没办法，事与愿违，她过来希望给奶奶求个平安，所谓心诚则灵，她希望奶奶能够平安无事。

像是所有普通的情侣一样，叶知秋和路其琛也是手牵着手一路往山顶走去，虽说有更便捷的方式到达山顶，但叶知秋还是选择了自己一步一个台阶走上去，中途完全没有喊过一个累字。

"要不，我背你一会儿吧。"路其琛有些心疼地看向了叶知秋，说道。

"不要。"叶知秋想也不想就拒绝了路其琛的提议，"还有三分之一的路程就到了，而且这里山路这么陡，太危险了。"

叶知秋在路边的大石头上坐了一会儿就站起了身，说道："咱们走吧。"

到山顶整整走了两个小时，叶知秋的脚都已经磨破了，却一句累都没有喊。

山顶上微风徐徐，抚摸着叶知秋的脸，寺庙的钟声让两人的心逐渐平静下来。

从山顶往下看，朱城尽收眼底，风光无限。山腰边上几朵悠闲的云儿自在地在空中飘着，山底下的高楼整齐地排列在一起，从这个角度看真是别有一番情调。

这座寺庙不大，但香客却很多，寺庙中一些建筑物的木桩经过时间的侵蚀，有一些外皮已经剥落，显得十分破旧。

叶知秋和路其琛虔诚地烧了一炷香，走到大院，中间有个许愿池，叶知秋朝里面扔了一个钢镚儿，听到它清脆的声音，然后就见它稳稳当当地落在了许愿池中的铜鼎上，叶知秋一脸欣喜，转头看着路其琛像是邀功一样。

路其琛宠溺地看着叶知秋，提醒道："快许愿。"她这才双手合十，闭上眼睛许愿，一是希望奶奶平平安安，二是希望路其琛这一生顺风顺水。

两个愿望竟然没有一个跟自己有关系。

当天晚上，路其琛接到了范特助打来的电话，有很紧急的事情要他处理，所以他和叶知秋的旅途只能叫停了。

"Autumn，你要是没玩尽兴的话你在这里待着，我自己回去。"路其琛实在不忍心拂了叶知秋的兴致。

叶知秋一边收拾东西一边摇头，"不了，我还是跟你一起回去吧。"

"Autumn……"他拉着叶知秋的手，冲着叶知秋保证道，"你放心，以后只要有时间我就带你出来玩，好吗？"

"好啊。"叶知秋扬起笑脸说道，"这可是你自己说的，不许反悔。"

"放心，绝对不会。"路其琛帮着叶知秋收拾东西，两人连夜赶回了阳城。

到景园的时候，天刚蒙蒙亮，连家里的保姆都没起床，叶知秋轻手轻脚地上楼，生怕打扰了家里人休息。

路其琛帮着叶知秋把行李箱提到了楼上，抱了抱叶知秋，说道："你睡一会儿，我得去公司了。"

"你不休息一会儿再走吗？"他开了一夜的车，又马不停蹄地去公司上班，叶知秋实在是有些担心。

"不了。"路其琛微微摇头，"公司的事情挺复杂的，晚上你不用等我，早点休息，我要是回来得晚了，就在书房睡了。"

"……好吧。"叶知秋帮不上什么忙，只能在这个时候尽量不给路其琛添麻烦。

路其琛走后叶知秋就回房休息了，一直睡到中午才醒来，投了几份简历，吃过午饭后又直接睡了。傍晚醒来的时候路其琛就躺在自己身边，电话响起，她看了一眼来电显示，皱着眉头去阳台接了起来，一上来就是一顿骂，什么不要脸，什么白眼狼，几乎把肮脏的词汇都安到了叶知秋的身上，叶知秋捏着电话，似乎也习惯了，虽然心口酸得厉害，但眼泪终究还是没掉下来。

叶问兰骂累了，就冲着电话里面吼，"叶知秋，你现在能耐了啊，我让你离路其琛远一点，你倒好，转头跟他出去旅游去了，你是不是把我的话当成耳边风？"

叶知秋任由叶问兰骂着，就是不吭声，电话那边冷笑了一声，"叶知秋，你是不是真的不想要你奶奶了？"

听到叶问兰再次提起奶奶的时候，她终究是忍不住了，"你到底还想怎么样？那是我唯一的亲人了，我也是你的孩子，从你肚子里掉出来的肉，你偏心顾妍绯我忍，你要我让着她我也都听你的，现在我只想要回奶奶，对你来说就这么难吗？"

大概是忍得太久了，又或者是太委屈了。她差点死在那场大火里，而叶问兰，作为自己的母亲，在意的竟然是她跟路其琛一起出去旅游了，而不是她有没有事，受伤了没有……她整个身子都在抖，声线也抖得厉害，眼泪像是断了线的珠子，她朝着电话喊："叶问兰，你给我一句实话，我到底是不是你的女儿？"

叶问兰那边沉默了很长时间，蓦地闪过一声冷哧，接着叶知秋就听到叶问兰回她，"你放心，你的的确确是我肚子里掉出来的肉，我既然生了你，你就应该为我做些事情，谁让你那个该死的父亲对不起我呢！"

"对不起你？"叶知秋忍不住笑出了声，"从我有记忆以来，我爸就事事都依着你，不就是穷一点吗？你要是接受不了这一点当初干吗要跟他结婚？到最后活活把我爸气死，这就是你说的我爸对不起你？"

"你懂什么？"叶问兰色厉内荏地斥道，"总之你爸欠我的，就应该你来还。"

叶知秋算是明白了，对于叶问兰来说，她根本就不是女儿，而是一件可以利用的商品，有用的时候就捧着你，没用了就一脚踢开。

跟这样的女人谈感情，真是太可笑了。

"好，咱们不谈这个，我就问你一句，你到底什么时候能让我见奶奶？"叶知秋努力让自己的声音显得平静一些，透着一抹不容拒绝的坚持。她心里清楚，一旦自己继续让步下去，那么她这一生都要受人摆布，甚至永远见不到奶奶。

她现在有了路其琛，对未来的向往也更加强烈，自然也平添了几分勇气，她不会再委曲求全下去。

她听到叶问兰的声音响了起来，"我跟你顾叔商量了一下，决定让顾妍绯去路家住一段时间，这件事情由你来跟路其琛打招呼，她明天就搬过去。"

"你疯了吧？"叶知秋没想到叶问兰会想出这样的招数来，"你让我怎么跟路其琛交代？你这样做还不如直接告诉他我不是顾妍绯好了。"

"那不行。"叶问兰斩钉截铁地说道，"现在时机还不成熟，不能这么早暴露你们俩的身份，我们让妍绯过去，也是想让他们两个多多相处，在这段时间里，我希望你自觉一点，给他们俩制造相处机会，什么时候他们俩好上了，你自然可以见到你奶奶。"

"你休想！"叶知秋冷笑了一声，"叶问兰，我不会再受你的摆布了。"

叶知秋突然觉得自己多了一身铠甲，自从跟路其琛在一起之后，她什么都不怕了。

"叶知秋，你敢！"叶问兰没想到叶知秋会拒绝，气急败坏地说道，"我告诉你，今天医生可给我打电话了，你奶奶的病要是再不动手术的话，怕是没几天好活的了，你要么乖乖地安排顾妍绯进路家，要么就等着你奶奶去世的消息，孰轻孰重，你自己好好掂量掂量。"

"你少拿奶奶威胁我。"叶知秋冷笑，叶问兰的要求是不可能有满足的那一天的，所以叶知秋在慢慢学着拒绝，"叶问兰，我会找到奶奶的，至于你刚刚提的那些要求……"叶知秋冷笑，"你死心吧，我不会答应的。"

叶问兰这会儿真的急了，在听到叶知秋的这番话之后，她整个人都变得歇斯底里了起来，把之前骂叶知秋的那番话又来了一遍，最后不断地告诉叶知秋，路其琛本来就是顾妍绯的人，她现在这样做就是鸠占鹊巢。

叶知秋是铁了心的，之前她一而再再而三的让步，但现在她不想了。

路其琛是她的人，她不能为了任何人再去做对不起他的事情。

"妈，这是我最后一次叫你，你给我听清楚，顾妍绯想住进路家，不可能！"叶知秋说着就气急败坏地挂断了电话。

这要是在昨天早晨之前，叶知秋权衡利弊也许还会答应，但现在她跟路其琛有了肌肤之亲，她不得不为自己考虑。

她不可能再眼睁睁地看着顾妍绯勾引路其琛。

叶知秋挂断电话，一转头看到路其琛站在自己的身后，他脸上一点表情都没有，只是定定地看着叶知秋。

好半天，他才开口问道："家里打来的？"

"嗯。"叶知秋很心虚，她不知道路其琛到底听到了多少，脸上的泪痕还没干，她低下头，微微点了点头。

路其琛叹了一口气，其实叶知秋打电话的时候，他就已经醒了，他站在叶知秋的身后听她打电话，看她终于鼓起勇气拒绝叶问兰的威胁，他心里是很高兴的。

但是他没想到，到了这个时候，叶知秋还是要瞒着自己。他走过去牵起叶知秋的手，傍晚的风很凉，叶知秋的手也冰得吓人，他关上阳台的门窗，抱着叶知秋坐在了床上。

好半天，叶知秋颤抖的身体才渐渐冷静了下来，冰凉的手也渐渐回温。

他强迫叶知秋面对着自己，问道："Autumn，你就真的没什么想跟我说的吗？妈到底跟你说什么了？"

"我……"叶知秋很犹豫，虽然在叶问兰面前她很坚定，但是她真的不知道到底应不应该跟路其琛和盘托出。

毕竟她嫁过来就是一场阴谋，她怕路其琛误会。

"Autumn，咱们是一家人，不管发生了什么我都可以跟你一起分担的，你明白吗？"

叶知秋抿着嘴不说话，犹豫了很久，她实在不想再被叶问兰摆布，在路其琛鼓励的眼神下，她终于开了口。

"我……"真到了要开口的时候，她却不知道从何说起，犹豫了很久，她像是下定了决心一样，说道，"其琛，我……不是顾妍绯。"

叶知秋说完这句话，路其琛脸上一点惊讶的神色都没有，反而淡淡地说道："说下去。"

话都说出口了，叶知秋也没什么好顾忌的了，把自己是如何跟顾妍绯互换身份，又是如何嫁过来的，一五一十地跟路其琛说清楚了。

说完这一切，叶知秋忐忑地看着面前的路其琛，"我知道我瞒着你是我不对，但是我……"

叶知秋的话还没说完，路其琛一把把她揽进了怀里，"知秋，我真的很高兴。"他就是想让叶知秋亲口告诉自己这些事情，这代表着她已经完完全全地信任了自己。

叶知秋愣了半天，听到路其琛却说："其实这件事情……我早就知道了。"

叶知秋半天没缓过神来，她以为自己瞒得很好了，可没想到路其琛竟然早就已经看穿了自己，这算什么，在玩她吗？

"你早就知道？"叶知秋的脸上虽然看不出表情，但是路其琛知道她在生气，叹了一口气，"就知道你会生气，所以一直没拆穿你。"

路其琛抱着叶知秋，不让她离开，说道："我一直在等你主动开口，所以知秋，你今天能跟我说这些，我真的很高兴。"

叶知秋的心里别扭极了，忍不住问道："你……你怎么会知道我不是顾妍绯？"

"当初爷爷让我结婚，虽然随便了些，但是我也是调查过的，我选择顾妍绯就是因为她没脑子，将来离婚的时候也比较好打发，可你一嫁过来我就觉得你跟调查结果里的完全不一样，再加上叶问兰动不动就把顾妍绯往我这里推，我要是不起疑才奇怪吧？"路其琛顿了顿，继续说道，"所以我就让范特助去调查了一下，这才发现了你的身份。"

"所以……你早就知道我是叶知秋？"叶知秋觉得自己口干舌燥，很难反应过来。

"是。"路其琛点了点头，"你跟顾妍绯都在翔宇里面供职，要不是我事先打过招呼，你以为你们的入职会这么顺利吗？"

叶知秋忍不住骂自己蠢，竟然忘了这一茬。

"那你……"叶知秋红着脸，如果路其琛早就知道自己是叶知秋，那昨天早上的事情是什么意思？

"我爱的是你。"路其琛认真地说道，"不管你是叶知秋还是顾妍绯，我爱的是你，是你这个人，你明白吗？"

叶知秋红着脸，路其琛突如其来的表白让她很不适应，微黄的灯光打在她的脸上，衬得她好看极了。

第19章　名声被毁

路其琛见状，抱着叶知秋就亲了起来。

"你干什么……"叶知秋半推半就地想要推开路其琛，他哪里肯，手上的动作根本不停，叶知秋红着脸骂他流氓，路其琛也不生气，笑嘻嘻地说道："我对我老婆流氓天经地义。"

……

叶知秋第二天醒过来的时候已经是中午了。

路其琛一大早就去上班了，家里只有路老爷子一个人，她下楼想找点东西吃，路老爷子就坐在沙发上看报纸，"起来啦。"

叶知秋轻咳了一声，脸上飞起两朵可疑的红晕。

她进路家门还没多长时间，昨天睡到中午情有可原，可今天又睡到日上三竿才起来，她很不好意思，"嗯，爷爷。"

"其琛早上起来说你昨天晚上累坏了，让我们别打扰你休息，所以我就没让人叫你起来吃饭。"路老爷子的这番话弄得叶知秋脸更加红了，路其琛这番话简直就是在告诉所有人他们昨天晚上到底干了些什么。

可恶！

"你想吃什么，我让宋妈给你准备点。"路老爷子说道。

叶知秋的脸红得像熟透的番茄一样，忙说道："不用了爷爷，我自己来就行。"她煮了点面条对付了一顿，就上楼继续投简历去了。

说起来也一天时间了，她竟然连一个电话都没接到，她意识到不对劲的地方，想了半天还是给圈里一个相熟的姐妹打了电话。

"珍珍，我记得你之前跟我说过，深蓝不是在招策划吗？我投了一天的简历，一个面试通知都没收到，你们不招人了是吗？"赵珍珍是叶知秋在工作时认识的，两人脾气相投，虽然不在同一个公司，但两人的关系一直不错，时不时还出来聚一聚。

叶知秋这是没办法了，才给赵珍珍打了电话。

"Autumn，你是不是得罪什么人了？"电话那头的赵珍珍开了口，"最近咱们圈子里关于你的事情传得是沸沸扬扬的，刚开始我听到的时候还以为是同名同姓呢，可后来才知道原来说的真的是你，这到底是怎么一回事？"

"什么？"叶知秋愣了半天都没反应过来，她不过就是出去玩了几天，感觉什么都变了一样。

"你不知道？"赵珍珍诧异。赵珍珍叹了一口气，说道，"最近圈子里都在传，你从云漫离开是被辞退的，因为你抄袭别人的方案，还收甲方的回扣，损害自己公司的利益，以你的能力从云漫出来想跳槽是轻而易举的事情，但是现在业界都收到了风声，你说你投出去的简历没人回，这是很正常的啊。"

"抄袭？收回扣？"这又是谁给自己扣的帽子？

"我了解你，你是不可能做这样的事情的，所以我听到这些的时候留心了一下，发现风声是从你以前的公司传出来的，Autumn，你是不是得罪了什么人？"赵珍珍的一番话让叶知秋皱起了眉头，如果这些话是从云漫传出来的，那就只可能是一个人。她都已经从云漫离开了，她还是不肯放过自己，真是太可笑了。

"Autumn，现在所有公司对你都是避之不及，再加上这些内容是从云漫传出来的，就更加有说服力，如果你还想在这个圈子里混，就必须想办法澄清这个谣言。"赵珍珍也找过深蓝的老总，现在深蓝正是缺人的时候，可她旁敲侧击了一番，老板知道她说的是叶知秋之后，便拒绝了。毕竟谁也不会接受一个吃里爬外的员工。

跟赵珍珍通完电话，叶知秋本想去云漫讨个说法，但一想，自己就这样过去，肯定没人承认，也不知怎么走着走着就走到了翔宇楼下，叶知秋给路其琛打了个电话。

"在忙吗？"想着电话那头就是自己心爱的男人，叶知秋的唇角都忍不住上扬。

"还好，怎么啦？"路其琛正在开会，接到叶知秋电话的时候就暂停了会议，声音温柔得让在场的股东大跌眼镜。

很多人都说路其琛的婚姻只是一场交易，但现在看来……似乎不是这样的。

"我刚好走到你们公司楼下，想问问你晚上想吃什么，我给你做。"因为自己不上班，叶知秋也没什么好忙的，总想着力所能及地帮路其琛做点事情。

"晚上我有点事情，可能要晚一点回去，你不用给我准备晚饭。"路其琛淡淡地说道。闻言，叶知秋很失落，但还是乖巧地点了点头，"那好吧，你自己注意休息。"

叶知秋转身要走，身后突然传来一道熟悉的声音，"Autumn，你来了怎么不上去？"

"我就是正好路过。"看到身后的张璐时，叶知秋淡淡地笑了笑，几天没见，张璐跟以前完全不一样了。

之前张璐不管是性格还是打扮都是很单纯的样子，但现在的张璐……倒是跟顾妍绯有些相像。眼神里透出来的光不一样了。

"你怎么在这里？"叶知秋淡淡地问道，"不是还没到下班时间吗？"

"路总说他晚上要加班，让我去给他买点吃的。"张璐笑了笑，说道，"路总这个人就是太不会照顾自己的身体了，说是让我去买点面包就打发了，那哪行啊，Autumn你说是不是？"

叶知秋没说话，张璐说起路其琛的时候眼睛好像在发光，跟顾妍绯一模一样，她忍不住皱起了眉头。

"Autumn，你在听我说话吗？"张璐拍了拍叶知秋的肩膀，说道，"你怎么了？是不是身体不舒服？"

"我没事。"叶知秋微微摇头，说道，"你不是要给路总买饭去吗？赶紧去吧。"

叶知秋说不清心里是什么滋味，反正挺不舒服的。

"对对对，差点忘了这一茬。"张璐抬起手看了看时间，说道，"我不跟你说了，附近新开了一家粥店，味道很不错，去晚了可是要排队的，我得赶紧去了。"

张璐急吼吼地说道："Autumn，你帮我解决了工作的事情我还没有好好感谢你，等什么时候有空我请你吃饭。"

看着张璐离开的背影，叶知秋很是失落。

以前倒是不觉得有什么，毕竟她一直觉得自己是迟早要离开路其琛的，但现在两人的关系有了更进一步的发展，叶知秋也希望自己能够光明正大地站在他身边，而不是连买饭这样的小事都交给助理去做。

她到家的时候路蓼也到家了，宋妈只做了老爷子和路蓼的晚饭，看到叶知秋回来的时候微微皱眉，但还是毕恭毕敬地说道："少夫人，因为您没说回来吃晚饭，所以我……"

"没关系，我不饿。"叶知秋心里挺膈应的，但还是装作若无其事的样子，跟路老爷子和路蓼打了声招呼就上楼了。

叶知秋一晚上都心事重重的，路其琛回家之后跟她说了好几次话，她都没反应。

"你这是怎么了，从回来之后就魂不守舍的。"

"没事，就是太累了。"叶知秋这才回过神来，淡淡说道，"很晚了，早点睡吧。"

第二天一早，路其琛刚到公司，张璐就迎了上来，"路总早。"

"早。"路其琛淡淡地打了一声招呼，张璐身上的香水味浓得方圆百里都能闻到，他微微皱着眉头，刚坐下，张璐就跟了进来。

"路总，这里有份文件需要您签名。"秘书的工作张璐做得得心应手，路其琛对这个秘书还算是满意的。

"路总还没吃早饭吧，这是我在楼下的咖啡店买的，您吃一点吧。"张璐得意地把手里的三明治递了过去，"路总您先忙，我先出去了。"

"等一下。"路其琛叫住她，"帮我叫范特助进来。"

昨天路其琛见叶知秋心情不好，便以为是她工作找得不顺利，所以他今天便想找范特助调查一下这个事情，没想到他刚开口，范特助就微微皱起了眉头，"路总，您说的这件事情，我也已经听到了风声，正考虑要不要告诉您呢。"

"到底怎么一回事？"路其琛皱着眉头问道。

"之前咱们公司的年会方案不是交给云漫负责的吗？后来您说不跟云漫合作了，我这两天就抽空去了一趟云漫把款结了，出来的时候正好听到他们办公室里的人在议论夫人的事情，说得一板一眼的，我就留了个心眼，躲在旁边偷听了一会儿。"范特助当时听到这些话的时候也觉得很生气，但他也无能为力，"您还记得上次咱们见过的那个潘琴吗？就是她在办公室里乱说。"

叶知秋从云漫走了之后，潘琴觉得是她害得自己被周扬责怪，所以一直对叶知秋怀恨在心，周扬也因为叶知秋的拒绝恼羞成怒，任由潘琴在圈子里面抹黑叶知秋。

"所以现在圈子里面都传开了，说是夫人吃里爬外、抄袭，没有一家公司敢用她。"范特助说完这番话，路其琛紧紧地皱起了眉头，说到底，其实这些麻烦都是自己带给叶知秋的。

"那……云漫现在怎么样了？"路其琛淡淡地问道。

"之前云漫的账务就一直有问题，咱们跟云漫取消合作之后，云漫的问题也更多了，现在周扬就跟热锅上的蚂蚁一样，不知道该怎么办才好。"

"有没有办法收购？"路其琛轻叩桌面，既然圈子里容不下叶知秋，那他就为她铺一片天出来，他想收购云漫也有自己的考虑，这样一来翔宇的公关就可以交给叶知秋去完成了。

"有。"跟在路其琛身边这么多年，范特助早就已经了解了路其琛的处事方法，云漫给了叶知秋这么大的难堪，以路其琛护犊子的个性，收购已经是最好的打算了。所以在了解这件事情之后，范特助已经去了解过云漫的财务状况，想要收购只是时间问题罢了。

"那就去做吧，越快越好。"路其琛把这件事情交给了范特助。

顾妍绯在翔宇待了一段时间，一直没机会接近路其琛，她急了，"妈，上次我跟你说的那个事情，你搞定了没有？"

去路家住是顾妍绯提出来的，她以为只要拿那个老太婆威胁，叶知秋就一定会答应，可她等了好几天了，叶问兰那边一点动静都没有。

叶问兰叹了一口气，这才冲着顾妍绯说道："妍绯，你先别着急，这件事情我们从长计议……"

"从长计议？妈，路其琛身边有个叶知秋也就算了，你别忘了还有那个大明星白蓉蓉，我呢？我只能在这边傻等着，我告诉你，这次我不想等了，我得主动出击。"路其琛身边有那么多女人，如果她还是一味地等下去，什么时候路其琛才能看到自己？

叶问兰听到顾妍绯这么说的时候知道自己瞒不下去了，只能把实话告诉了顾妍绯，"妍绯，这件事情不是妈不帮你，只是叶知秋……"一想到叶知秋她就忍不住咬牙切齿地，"我给叶知秋打过电话了，她竟然不顾那个老太婆的死活，说什么也不肯让你住过去，不过你放心，妈一定给你想别的办法。"

"不用了。"顾妍绯冷笑，"她不帮我说话我也有办法住进去，你等着看吧，我一定会成为路其琛的女人。"

顾妍绯冷笑着，路其琛身边那么多女人又怎样，来一个她"解决"一个。

路其琛回家的时候叶知秋还在房里看招聘，既然投出去的简历石沉大海，那么她明天想直接去招聘公司碰碰运气，她相信以自己的能力一定能说服公司的人，哪怕被拒绝，她也要证明自己。

　　路其琛推开门，叶知秋听到动静回过头来，看到突然出现在自己面前的路其琛，愣住了，"你不是在公司上班吗？怎么回来了？"

　　"这两天公司比较忙，晚上还有个应酬推不开，我想着先回来陪你吃个饭。"路其琛坐到床边拉叶知秋起床，"快起来吧，我饭店都订好了。"

　　"这才三点，我们这是去吃什么饭？你中午没吃饱吗？"叶知秋一边在衣柜里面挑衣服一边问道。

　　"晚上应酬我肯定吃不多，先去垫垫肚子。"路其琛拉着换好衣服的叶知秋直奔订好的饭店，明明只有两个人，路其琛却订了很大的一个包厢。

　　"你发了？"看着十几人的大包厢，满桌子的菜，以及明显被布置过的场景，叶知秋瞠目结舌。

　　路其琛"噗嗤"一声笑了出来，"我说，你这是在怀疑你老公的实力？"

　　叶知秋尴尬地吐了吐舌头，也是，他可是路大总裁，怎么会缺钱呢？

　　"坐。"路其琛拉着叶知秋在主座上坐下，然后她眼睁睁地看着路其琛在自己的身边跪了下来，不知从哪变出一个戒指盒，打开红色的绒面盖子，里面的钻戒熠熠生辉。

　　叶知秋顿时觉得坐立不安，她想扶起路其琛，路其琛却执意跪在她面前。

　　"你快起来，你这是在做什么？被人看到多丢人。"叶知秋说道。

　　"你让我把话说完。"路其琛举着手里的戒指盒，看向面前的叶知秋，"知秋，我们俩在一起始于一场美丽的误会，可是在跟你相处的这段时间里，我慢慢地被你吸引，从喜欢你到爱上你，我没想到会这么快。"

　　路其琛苦笑了一声，他自己也没想到，自己竟然会因为叶知秋心甘情愿地跳进婚姻的坟墓。

　　"我跟你的那场婚礼，我还以为你是顾妍绯，我知道我欠你太多，所以Autumn，以叶知秋的身份，能不能再嫁给我一次？"当初那场婚礼，虽然盛大，但是却是给顾妍绯的，他爱的是叶知秋，所以他希望能让她以叶知秋的身份，再嫁一次。

　　"你干什么？弄这一出多不好意思……"叶知秋早就已经在心里答应了无数次，看到跪在自己面前的路其琛，觉得很不好意思，"你快起来。"

　　"你不答应我，我就不起来。"路其琛举着戒指的手都要酸了，"知秋，因为很多原因，我没办法现在向大家宣布你的身份，但你相信我，我心里只有你一个。"

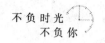

"我知道我知道。"叶知秋早就已经热泪盈眶，"你快起来吧，我答应你还不行吗？"

虽然她是顶着顾妍绯的身份嫁给路其琛的，但是早在把自己完完全全交给路其琛的那一刻，她就已经认定了路其琛这个人。

什么仪式都是虚的，她要的是路其琛这个实实在在的人。

"那，咱们一会儿去把结婚证领了好吗？"

"领证？"叶知秋早就已经忘了这一茬，看着路其琛希冀的眼神，坚定地点了点头，"好。"

路其琛欣喜地抱住了叶知秋，明知道她会答应的，但他还是忍不住屏息凝神，生怕她不答应。

"那……是不是要回家去拿户口本？"叶知秋忐忑不已。

"我都准备好了。"路其琛笑着冲叶知秋说道。

吃过饭，路其琛拉着叶知秋直奔民政局，下车的时候从后备厢里面拿了一整袋的喜糖，看得叶知秋目瞪口呆，"你这都是什么时候准备的？"

"秘密。"关于领证这样重要的事情，路其琛其实也没经验，还是路老爷子提醒他带点喜糖过来，也算是跟大家伙分享一下新婚的喜悦。

叶知秋倒是有些磨不开面子，但路其琛一直笑盈盈地，拿着大红色的喜糖盒子在工作人员和等待的新人间分发起来，接到的人都笑盈盈地说着"恭喜"，叶知秋犹豫了很久，还是走过去，陪在路其琛的身边，俏生生地冲着在场的人说"同喜"。

两人拿着手里的红本本，轻飘飘的，但也沉甸甸的。

外面的风一吹，叶知秋的眼眶就红了起来。她想起奶奶无数次地在自己面前念叨，"知秋啊，奶奶活了这些年，够了，唯一遗憾的就是没能看着你结婚。"

那时候叶知秋总是笑盈盈地扑进奶奶的怀里，说自己要一辈子守着奶奶不要结婚。

奶奶笑着骂她傻，眼底里却满是宠溺的笑容。

可现在，她真的结婚了，她的身边站着自己最爱的人，却不能亲口告诉奶奶。

"傻丫头，哭什么？"路其琛笑着拂去了叶知秋脸上的泪水，"这么高兴的事情，该笑才是。"

叶知秋点点头，好不容易止住眼泪，"其琛，有个事情，我想麻烦你……"

"你说。"路其琛温柔地说道。

叶知秋犹豫了很长时间，"现在咱们俩已经是合法的了，我想……把奶奶接回来，可我跑遍了阳城所有的医院，我都没有找到奶奶，我实在是没办法了……"

奶奶是她唯一的亲人，无论如何，她一定要找到她。

"这件事情我已经安排人在找了，你放心，用不了多久就会有消息的。"路其琛拍了拍叶知秋的肩膀，"我送你回家？"

"不了。"叶知秋听到路其琛的话，心里总算是放心了不少，指着前面的路口说道，"你就在前面放我下来。"

"好。"路其琛知道叶知秋正为了工作的事情烦心，所以也没问，只是叮嘱叶知秋早点回家。

路其琛应酬到大半夜才回家。他走进房间时，里面漆黑一片，他以为叶知秋已经睡了，没想到自己刚准备进去洗澡，房间里的灯"啪"的一声亮了。

叶知秋坐在床上，定定地看着路其琛，脸上的表情让人捉摸不透，"怎么这么晚才回来？"

叶知秋现在的样子像极了怨妇，但路其琛却没敢笑，忙坐在了叶知秋的身边，冲着面前的叶知秋说道："这么晚了，你怎么还没睡？"

叶知秋没回答路其琛的话，只是静静地看着面前的路其琛，等着路其琛的回答。

他被她的眼神盯得很不自在，最后只能主动承认错误，"好啦，我知道这么晚回来是我不好，但我今天真的是走不开，所以才回来晚了。"路其琛继续安慰着叶知秋，"下次我要是再这么晚回来的话你就早点睡，不用等我。"

"什么重要的应酬，要到这么晚？"

"倒也不是什么重要的应酬，只是非去不可。"他把叶知秋揽进怀里安慰着，"我答应你，以后要是再有这样的应酬一定先跟你报备。今天喝得有点多，这衣服到现在还有一股难闻的味道。"

路其琛说着就脱下身上的衣服往叶知秋的鼻子凑去，叶知秋嫌弃地推开了路其琛，"臭死了，赶紧洗澡去。"

"遵命，老婆。"路其琛笑着去了浴室，刚进去不久叶知秋就听到路其琛叫她，"老婆，帮我拿条内裤来。"

"……在哪里？"叶知秋犹豫了好一会儿，还是冲着浴室喊道。

"就在衣柜左边的抽屉里。"路其琛喊道。

叶知秋拉开抽屉，拿出内裤，给路其琛送过去。可没想到，路其琛一把把她拉了进去，叶知秋瞟了一眼，吓得赶紧闭上了眼睛，"你……你赶紧把衣服穿上。"

路其琛好笑地看着面前的叶知秋，明明两个人都已经是合法夫妻了，该做的事情也已经做过了，可叶知秋还是这么害羞。

"你是不是傻，我难不成穿着衣服洗澡吗？"路其琛逗她。

"那……那你赶紧洗，我先出去了。"叶知秋说着就想跑，路其琛可不肯就这样放过她，"你去哪？"

"我当然是回房间……"叶知秋红着脸，紧张的满手心都是汗，眼睛根本不知道该往哪里放。

"一起洗……"路其琛从后面抱住了叶知秋，暧昧地朝叶知秋的耳朵边说道，酥酥麻麻的感觉一下子传遍了叶知秋的全身。

"你别闹了……"虽然心里是愿意的，但叶知秋脸上还是放不开，她推了推路其琛，想阻止他，但路其琛稳如磐石，根本推不动，叶知秋红着脸说道，"你赶紧洗澡吧，别闹了。"

"这怎么就是闹了，你别忘了，咱们已经错过一次洞房花烛夜了，今天这次……无论如何都得好好过。"

路其琛还记得结婚典礼那天，叶知秋跟自己签了一份约法三章的文件，现在她人都是自己的了，回头一定找机会把那份文件给毁了。

第20章　不速之客

第二天路其琛是要去医院拆线的，所以叶知秋一早就调了闹钟，早早地起床给路其琛做早饭。

到了医院，路其琛原本想让她在外面等着，但叶知秋不肯，非要在里面陪着他。她紧紧地抓着路其琛的手，比路其琛还紧张。

"其琛，一会儿你要是疼的话就抓着我的手，没事的。"叶知秋这番话也不知道是在安慰路其琛还是在安慰自己。

路其琛甚至感觉到叶知秋拉着自己的手越来越用力，明明很害怕，但她还是目不转睛地看着医生的手，每根线抽出来的时候，她都感觉自己的心也跟着颤抖一下。

好半天，医生总算是把线都拆完了，叶知秋还是不放心，"医生，他的伤怎么样？没什么大碍吧？"

"伤口恢复得挺好的，我让药房再开一点药，每天记得吃，应该很快就没事了。"医生头也不抬地说道。

叶知秋还是不放心，还想问什么的时候，路其琛已经接过了医生手里的单子，"走吧，医生都说没事了。"

"可我还是不放心。"叶知秋皱着眉头，毕竟伤的是脑袋。

"没事啦。"路其琛安慰叶知秋。

从医院出来，两人一路上说说笑笑地回到家。路其琛去停车，叶知秋先进了屋门。一进门她就闻到了满屋子的香水味，还没反应过来，香水味的主人就朝着她扑了过来，"姐姐，我想死你了。"

是顾妍绯。她冲过来一把抱住了叶知秋，伸手在叶知秋的腰间掐了一下，心想：贱人，竟然敢不听话，以为这样她就没办法了吗？

"你怎么来了？"叶知秋皱着眉头推开了顾妍绯，问道。

"阿姨和姨夫出去旅游了，家里就我一个人，我就想着过来陪陪你，正好我也想你了。"顾妍绯甜甜地笑着，"姐姐，自从你嫁人之后咱俩就没好好地说过话了……"

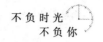
"是吗？"叶知秋不咸不淡地推开了贴上来的顾妍绯，"咱们以前也没怎么说过话吧？"

顾妍绯一下子变了脸色，委屈地站在叶知秋面前，"姐姐，你这是不欢迎我吗？"还没等叶知秋说话，她的眼泪就掉了下来，"姐姐，你要是不欢迎我的话，我现在就可以走。"

她站在那里的样子委屈极了，这要是不知道的人看见了还真以为叶知秋欺负她了呢。

叶知秋头大极了，她没想到自己拒绝了叶问兰的提议，顾妍绯竟然还能厚着脸皮主动找上门来。

"Autumn啊，这是你的妹妹，就由你来安排吧。"

路老爷子把这个问题扔给了叶知秋，不管顾妍绯来这里的目的是什么，都应该由叶知秋自己来解决。

"是，爷爷。"叶知秋淡淡地说道。

表面上路老爷子是在维护顾妍绯，但实际上路老爷子把这个决定权交给叶知秋就是对她最大的维护，她是在告诉顾妍绯，哪怕她今天真的住进来了，这个家里唯一的女主人还是叶知秋，她是去是留，都是叶知秋一句话的事情。

顾妍绯可没这么多的脑子，听到路老爷子的话，她忍不住唇角上扬。她打听清楚了，知道叶知秋不在家才过来，跟路老爷子聊了很长时间，希望能让他喜欢上自己，这不，果然派上用场了。

顾妍绯笑了笑，冲着面前的路老爷子说道："谢谢爷爷。"

路老爷子微微皱眉，"我看你还是叫我路爷爷吧，叫爷爷不太合适，这要是不知道的人还以为我有两个孙媳妇呢。"

路老爷子的这番话虽然是以玩笑的方式说出口的，却也重重地打击了一下顾妍绯，她差点忘了，叶知秋才是路老爷子认可的孙媳妇。

"是，路爷爷。"顾妍绯一下子恢复了理智。在没有让路其琛爱上自己之前，她一定得处处小心，这一次住进来，不光是为了勾引路其琛，最重要的也是想跟路老爷子多多相处，让他喜欢上自己。

"你跟我出来。"叶知秋冷眼看着面前的顾妍绯，冲着顾妍绯说道。顾妍绯愣了一下，还是跟着叶知秋走了出去，一出门，在没人看到的地方，顾妍绯立马就恢复了之前嚣张跋扈的样子，"叶知秋我警告你，这段时间我住在这里的时候你最好给我安分守己一点，还有，不管我想做什么，你都必须帮我，听明白了吗？"

　　叶知秋冷笑了一声，"我说过我要让你住下了吗？爷爷说了，你能不能住在这里都由我来决定，不过你也真够可以的，顾氏刚刚才有一些起色，你竟然为了住进来打发了他们俩出去旅游，我真是太佩服你了。"

　　顾妍绯冷笑了一声，轻蔑地说道："一个小小的顾氏算什么，只要我能嫁进路家，将来连翔宇都是我们的囊中之物，所以你最好给我记清楚，你不过就是个冒牌货，等我什么时候真的嫁进路家了，你也就自由了，还能见到你日思夜想的奶奶，这可是件双赢的事情。"

　　叶知秋冷眼看着面前天真的顾妍绯，"你以为你住进来就能改变什么吗？我告诉你，我不会再受你们摆布了。"

　　有了后盾的女人，什么都不怕。

　　"是吗？"顾妍绯冷笑，她眼尖地看到路其琛走过来，顺势倒在了地上，可怜巴巴地看着面前的叶知秋，"姐姐，我这次来真的是因为实在没办法了，阿姨和姨夫出去旅游，家里的保姆也都放了假，如果你真的这么不希望我住进来，我去住酒店就是了，你为什么要打我……"

　　叶知秋目瞪口呆地看着面前的顾妍绯，真的是翻脸比翻书还快，等她听到身后路其琛的声音时，终于知道为什么顾妍绯突然开始演戏了。

　　"这怎么回事？"路其琛冷漠地看着面前的顾妍绯，她坐在地上，捂着自己根本没被打过的脸，模样看起来可怜极了。

　　"姐夫，我……"她欲言又止，忍不住偷偷地瞟了一眼叶知秋，那样子仿佛是在害怕一样。

　　"这是怎么一回事？"路其琛看向叶知秋的眼里满是不耐烦，他是在问叶知秋，为什么这个女人会在这里。

　　叶知秋无奈地叹了一口气，说道："我爸妈出去旅游了，家里的保姆也都放了假，所以她过来暂住一段时间，你看……"

　　路其琛还没说话，地上的顾妍绯已经站起了身，冲着面前的路其琛说道："姐夫，姐姐不喜欢我，我就不在这里惹人厌了，我……我去住酒店就行。"

　　叶知秋真是哭笑不得，顾妍绯颠倒是非的本领真是一绝，好在路其琛已经知道了她们俩的身份，也了解自己是什么样的人，否则她是真的不知道该怎么解释。

　　"你等等。"路其琛叫住了顾妍绯，冲着顾妍绯说道，"既然岳父岳母把你托付给我们，哪有让你出去住酒店的道理，你就安心在这住着，有什么需要的就跟

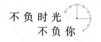

你姐姐说。"

顾妍绯低着头，嘴角却不自觉地上扬，她就知道路其琛看见自己这楚楚可怜的模样肯定会忍不住动恻隐之心。

路其琛扔下两人径直进了屋，顾妍绯朝着叶知秋得意地笑。

"姐姐，麻烦你给我安排一个房间，离姐夫越近越好。"她得意扬扬地安排叶知秋做事，路其琛亲口留下自己，她以为叶知秋肯定气疯了，但事实是她脸上一点情绪都没有。

就像路其琛信任叶知秋一样，她也一样的信任路其琛，她相信路其琛留下顾妍绯一定有自己的用意。

顾妍绯得意扬扬地跟在了路其琛的身后进门，叶知秋进去的时候她已经坐在了路其琛的身边，哪怕根本没有人理她她也乐此不疲。

"爷……路爷爷，我听说您喜欢下棋，要不我陪您来一局？"

还是路老爷子心善，没有驳了顾妍绯的面子，淡淡地说道："好啊。"

顾妍绯得意扬扬地冲着叶知秋笑道："姐姐，那我跟路爷爷下一局棋，麻烦你帮我把行李搬上去吧。"

"……"叶知秋无语了，这是真把自己当保姆的节奏啊。

路其琛率先站起身来，提起了顾妍绯的行李，"我来吧。"

叶知秋跟在了路其琛的身后，眼看着他把顾妍绯的行李扔进了一楼空置的一间保姆房。

说是保姆房，但也打扫得干干净净的，只是空间小了点，叶知秋忍着笑，总算有些明白路其琛为什么要留下她了。

"其琛，对不起。"不管怎么样，顾妍绯都是自己同母异父的妹妹，出了这样的事情，她也是有责任的。

"对不起什么？"路其琛无奈地看着面前的叶知秋，他最不能接受的就是叶知秋什么事情都往自己身上揽的这个坏习惯。

"我真没想到她会招呼都不打就直接过来……"

"放心吧，用不了多久，她就会自己走的。"路其琛冷笑了一声，以前不高兴管顾妍绯的事情，那是因为不想让叶知秋为难，但现在既然两人已经把身份挑明了，那也就没什么好顾虑的了。

叶知秋笑了起来，她甚至已经能想象得到，一会儿顾妍绯要是看到自己住在这样的房间里时，会是什么样的反应。

顾妍绯现在还全然不知道发生了什么，她正一心一意地讨好路老爷子。她在来之前特地去学了两节象棋课，但两节课的成果想要跟路老爷子比，那差距可不是一星半点的。不到五分钟，路老爷子就把顾妍绯杀得落花流水，弄得顾妍绯娇嗔大叫，"路爷爷，不带你这样欺负人的，我不管，下一局你最起码让我悔棋三招。"

"悔棋？"路老爷子微微皱眉，下棋之人落子无悔，这点道理都不懂还好意思过来跟自己下棋，路老爷子在心里给顾妍绯打了个折扣。

"是啊。"顾妍绯浑然不觉路老爷子的变化，笑了笑，冲着面前的路老爷子说道，"咱们继续？"

"不了。"路老爷子站起身，跟这样的人，还有什么好继续下去的，"时间也差不多了，宋妈应该已经把晚饭做好了，咱们吃饭吧。"

路老爷子发了话，宋妈立马把饭菜端上了桌，叶知秋就在一旁看着，顾妍绯毫不客气地坐在了路其琛的边上，伸手想给他倒水，路其琛微微皱眉，冲着面前的顾妍绯说道："不好意思，你坐的是我老婆的位置。"

"不就是一个位置嘛，谁坐都是一样的。"她拍了拍自己另一边的位置，冲着叶知秋说道，"姐，你坐这里吧，你肯定不会跟我计较的是吧？"

叶知秋还没说话，一旁的路其琛就开口说了话，"可是我介意。"

一时之间，饭桌上的气氛因为路其琛的这句话尴尬到了极点，尤其是顾妍绯，她大概也没想到路其琛会这样驳自己的面子。她忍不住瞪了一眼面前的叶知秋，在她看来，路其琛会这样对自己完全是因为她横在他们俩中间。尽管心里再恨，但她还是只能不情不愿地让出了位置，抓着筷子的手青筋都暴了起来。

一顿饭因为顾妍绯的加入变得很尴尬，甚至没有一个人说话，只有路其琛不停地给叶知秋夹菜，叫她多吃点，而坐在一旁的顾妍绯就更加尴尬了，明明她才是客人，但是却没有一个人搭理她。

"姐夫，明天你去上班的时候……"顾妍绯不甘心地想要开口就被路其琛打断了，"叶小姐，在我们家里有个不成文的规定，食不言寝不语，饭桌上麻烦不要开口说话，可以吗？"

一句话把顾妍绯还没说出口的话堵在了喉咙口，气得她连话都不敢说。

好不容易熬到吃完饭，顾妍绯想把叶知秋拉到一边去聊聊，嘱咐她一定要给自己制造机会，于是她笑盈盈地冲着面前的叶知秋说道："姐，能不能麻烦你带我去房间，我有些累了。"

该来的还是要来，叶知秋微微点头，"好，我带你过去。"

叶知秋领着顾妍绯穿过后院，走到了后面那栋楼里，拉开其中一扇紧闭的房门，说道："喏，就是这里了。"

叶知秋带她过来的时候，顾妍绯就觉得很不对劲，再看看其他房里偶尔走出的保姆打扮的人，顾妍绯差点一口气背过去，她站在叶知秋的面前，尖声质问道："你到底是什么意思？这是什么鬼地方，这明明是保姆房，你想让我住在这样的地方？"

"保姆房怎么了？不也是干干净净的吗？"叶知秋冷笑了一声，说道，"不就是小了点，怎么？人家都能住，就你不能住？"

"你……你故意的是吧？"顾妍绯气得脸都绿了，她压低了声音说道，"你是怕我把路其琛抢走了是吗？叶知秋，你真让我恶心。"

"什么？你说这根本不是人住的地方？你这是说的什么话？"叶知秋夸张地叫了起来，"虽然这里确确实实是保姆房，但这里的每一个保姆都像是我们的家人一样，你说这话的时候就不能考虑一下别人的感受吗？"

不就是演戏吗？谁不会？

之前有叶问兰帮着她，叶知秋自然是处处吃亏，不过现在这里可是自己的地盘，没有叶问兰帮她说话，她倒要看看，顾妍绯要怎么办才好。

"你胡说八道些什么，我哪有这样说？"顾妍绯看着周围的保姆，忍不住有些害怕，她转身就想往前院走去，"你先别得意得太早，你给我等着，我倒要去问问清楚，到底是谁给你这样的权利让你这么做？我倒想看看，姐夫和爷爷要是知道你把我安排在这样的房间，他们两个究竟做何感想。"

"我劝你最好不要。"叶知秋冷冷地说道。

"怎么？你害怕了？"顾妍绯冷笑，仿佛是抓住了叶知秋的软肋一样。她明明让叶知秋安排路其琛隔壁的房间，没想到叶知秋把自己安排在了保姆房里，离路其琛这么远，她怎么勾引路其琛？

"害怕？"叶知秋忍不住冷笑，她让她不要去问，那是为她好。

"不然呢？叶知秋，你给我记清楚了，你不过就是个鸠占鹊巢的小偷，在我的家里，你把我安排在这样的地方，我迟早把这笔账跟你算清楚。"顾妍绯威胁道。

"你的家？"叶知秋冷笑，"可现在做决定的是我，相信我，你要么在这里安安稳稳地待着，要么就滚回顾家，现在……这是我叶知秋的家，你最好搞清楚这一点。"叶知秋毫不畏惧恶地迎上了顾妍绯。

　　"你给我等着，我这就去找路其琛。"顾妍绯觉得叶知秋变了，变得跟以前一点都不一样，她不知道，正是自己跟叶问兰的一次次逼迫，才让她变成了现在这个样子。

第21章 过分

顾妍绯说着转身就要去找路其琛，没想到刚走出两步就看见路其琛走了进来，她急忙上前告状，"姐夫，你看我姐，她分明就是不想我住在这里，竟然把我跟家里的保姆安排在一起，你一定得帮我讨回公道，她这样做真的是太过分了。"

"过分？怎么过分了？"路其琛装作什么都不知道的样子，冲着面前的顾妍绯问道，"这里有什么问题吗？"

"这……"顾妍绯皱着眉头，这让她怎么说？难道让她说自己想住在路其琛隔壁的房间吗？

"如果没什么问题的话你就赶紧洗洗睡吧，我跟你姐姐也要上去休息了。"路其琛绕过面前的顾妍绯，牵住叶知秋，而后又对顾妍绯说道，"哦，对了，让你住在这里是我的主意，你姐一开始是死活不答应的，毕竟这里空间确实是小了点，但是也挺干净的不是吗？主楼里面的房间都没打扫过，这里是每一间都有专人打扫的，反正你也就住这么几天，委屈你了。"

路其琛淡淡地说道，一副你要是不愿意住就回去的模样，这让顾妍绯还怎么说。

眼看着路其琛就要带着叶知秋离开这里了，顾妍绯急忙叫住了叶知秋，上前两步亲热地挽住了叶知秋的手臂，她既然不能跟路其琛住在同一栋楼里，那她也绝对不会让叶知秋舒心，"姐夫，我有个不情之请，我……有些不好意思说。"

路其琛一本正经地回道："要真觉得不好意思就别说了。"

一旁的叶知秋看着路其琛的样子，忍不住笑出了声，略带责怪地说道："看你，说的这都是什么，别逗她了。"她又转过脸来亲热地拉着顾妍绯的手，她相信顾妍绯的心里也是一样的膈应，"好妹妹，有什么话你就直说，这里是我的家，你就把这当成自己家一样，要是缺什么一定得告诉我。"

顾妍绯恨得牙痒痒，但偏偏拿她没办法，委屈地看着面前的叶知秋说道："姐，咱们两个已经很长时间没有像小时候那样躺在一张床上说话聊天了，今天……要不你就陪陪我吧，我一个人住在这里，怪害怕的。"

"我们小时候有一起睡过吗？我怎么不记得了？"叶知秋毫不留情地拆穿了

顾妍绯的谎言。

"当然有。"为了留下叶知秋，顾妍绯是什么招数都使了，她笑了笑，转过头来冲着面前的路其琛说道，"姐夫，你应该不会不同意吧，我跟姐姐这么长时间没见了，我们有好多话想要说……"

"不行！"路其琛斩钉截铁地拒绝了顾妍绯的建议，"实在不好意思，我已经习惯了她在我身边，要是晚上她不陪着我的话，我怕我睡不着。"一番话噎得顾妍绯一点脾气都没有。

路其琛抓着叶知秋的手，说道："咱们赶紧走吧，别打扰叶小姐休息了。"说完便头也不回地拉着叶知秋从后院出来，两人到了前面的时候叶知秋再也忍不住了，拉着路其琛的手毫不留情地大笑了起来。

叶知秋和路其琛走后，顾妍绯很想转身就走，让她住在这样的地方她实在是受不了，但她也实在是不甘心，她费尽千辛万苦来到这里，绝对不会认输。她站在窗口，正好能看见路其琛和叶知秋的房间亮起了灯，冷笑了一声，"叶知秋，你给我等着，早晚有一天，我也要让你尝尝住在保姆房里的滋味。"

顾妍绯躺在床上，直到凌晨才睡着。她特意调了闹钟，早早就起了床，披了件外套就往前院去了，路其琛也刚好下楼。

顾妍绯理了理身上的真丝睡衣，笑盈盈地与路其琛打招呼，"姐夫，麻烦你等我一会儿，我也要去公司，能不能让我坐个顺风车，这里不太好打车。"

路其琛没说话，顾妍绯屁颠屁颠地回了房间收拾打扮自己，路上的时间是完完全全属于她和路其琛的，所以她一定要抓住这次机会。她化了个精致的妆，然后换上自己最喜欢的衣服。但让她没想到的是，她到前院的时候已经看不到路其琛的身影了，这下她傻了眼。

她以为路其琛一定会等她的，所以根本不担心自己上班的交通问题，可现在……她拉住正好经过的宋妈，问道："路其琛呢？"

宋妈冷冷地瞟了她一眼，说道："少爷已经上班去了，他让我告诉你，他帮你叫了出租车，应该也快到了，你先吃点早饭等等吧。"宋妈说完转身就走，突然好像又想起了什么一样转头冲着顾妍绯说道，"哦，对了，少爷还说了，让你千万别迟到，不然他会扣你的奖金。"

顾妍绯到公司的时候当然是迟到了，但她实在是有苦说不出，抽空给叶问兰打了个电话抱怨昨晚的事情，听到顾妍绯的抱怨，叶问兰紧紧地皱起了眉头。叶问兰叹了一口气，冲着电话里的顾妍绯说道："妍绯，这件事情我这个当妈的真的帮不了你，你必须要靠你自己。你要是真能跟路其琛生米煮成熟饭，那我向你保证，我一定有办法让路其琛娶你，但到底怎么做，你必须自己来。"

顾妍绯越想越心烦，随即扯开了话题，"不说我这里的事情，我告诉你，等你回来之后一定得帮我好好收拾叶知秋，我看那个贱人还怎么在我面前得意。"

"行，妈答应你，她得意不了几天了。"叶问兰信誓旦旦地保证道。

"你那边怎么样了？那个女人怎么说？"顾妍绯问道。

"我这里的事情不用你操心，我自然有办法解决，倒是你，得抓紧时间了，毕竟这机会只有一次，错过了就再也没有机会了。"叶问兰叮嘱顾妍绯，"行了，我这还有事呢，不跟你说了，你自己随机应变，实在不行的话，找个机会把我给你的东西用上。"

"知道了。"顾妍绯心烦意乱地挂断了电话，她心里乱得很。

快到下班的时候，顾妍绯去了总裁办公室，没想到路其琛已经走了，她想跟他一起回家的机会又泡汤了，气得顾妍绯差点破口大骂。

自打叶知秋和路其琛确认了关系之后，两人之间好像每天都有粉色的泡泡溢出来一样，路其琛的情话技能也是越来越厉害了。

路其琛紧紧地抱着叶知秋，正打算有进一步的动作时，房间门突然被人一把推开，顾妍绯站在门口，冲着两人说道："姐，姐夫，路爷爷让我来叫你们下去吃饭。"

"出去！"路其琛的脸色一下子掉了下来，叶知秋尴尬地推开了路其琛的怀抱，不自然地理了理自己的头发。

"对不起对不起，我不知道你们……是路爷爷让我来……"顾妍绯嘴上说着对不起，但脸上却没有一点歉意。她看到两人都上了楼，等了很长时间不见两人下楼，这才不管不顾地上楼，她就是故意破坏两人的好事。

"我让你出去，你听不懂吗？"路其琛的脸色越发难看，顾妍绯却全然不觉，"姐夫，我……"

路其琛这下是真的怒了，一把扯着顾妍绯的衣服把她扔了出去，"你给我记清楚，以后要是再让我看到你来我房间，别怪我对你不客气。"

"姐，我……"顾妍绯弱弱地看向了面前的叶知秋，指望叶知秋能替自己说一两句话，可叶知秋只是淡淡地笑了笑，一脸温柔地冲着面前的顾妍绯说道："妹妹啊，虽然你是我们家的客人，可是客人就要有作为客人的自觉，哪能不经过主人家同意就擅自上楼的？还有啊，进别人房间之前先敲门，这是最基本的素质，你连这一点都不知道？"

"我……"顾妍绯感觉自己被莫名其妙地训斥了一顿，可偏偏什么话都说不出来，最后只能咽下这口气。

顾妍绯在路其琛吓人的目光注视下，最后还是下楼了，而叶知秋的脸色却并没有因为顾妍绯的离开而有所缓解，反而有些担心。

"怎么了？"路其琛第一时间发现了叶知秋的不对劲，问道。

"没事，就是有些担心。"她这段时间不管是叶问兰还是顾妍绯都没有给任何面子，可奶奶还在她们手里，万一因为自己殃及奶奶，那可怎么办才好？

"担心奶奶？"路其琛安慰道，"放心，我会尽快把奶奶给你带回来的，到时候咱们就把奶奶接过来。"

吃过晚饭，顾妍绯就跟没事人一样，缠着路其琛说话，"姐夫，今天早上你给我叫的出租车来得太晚了，害得我去公司都迟到了，明天早上我会早点起床，麻烦你顺路把我带去公司吧，要是你觉得不方便的话，就到公司附近把我放下来，不会给你造成什么麻烦的。"

路其琛冷漠地抬头看了一眼顾妍绯，"我看你还是自己去吧，我明天不去公司。"

"不去公司？"顾妍绯愣了半天，路其琛分明就是不想带自己，她又气又急，可偏偏拿他没办法，只能耐着性子问道，"那后天呢？后天能带我吗？"

"不能！"路其琛斩钉截铁地说道，"不管哪一天我都跟你不顺路。"

顾妍绯脸上青一阵白一阵的，尴尬极了。她真的不明白，明明自己长得不比叶知秋差，为什么路其琛对自己就这么差，这一点让她很受伤，她差点脱口而出，把自己才是顾妍绯的事实说出口，但最后还是忍了下来。

顾妍绯忍下心头的怒气，转身回了自己的房间，她一定要忍，绝对不能在这个时候半途而废。

"叶知秋，你给我等着，我今天受的屈辱，将来一定十倍百倍地还给你。"顾妍绯冷笑着说道。

范特助的动作很快，云漫那边收购的事情很快就有了眉目，他把资料放在路其琛桌上，说道："路总，我派去接触周扬的人给了消息，周扬给出的价格略高，而且要求收购之后仍然在云漫任职，咱们还要继续收购吗？"

"当然。"路其琛说道，心想：他既然敢做出这样的事情来，那就要承担相应的后果。他不是仗着自己的身份对叶知秋呼来喝去的吗？那自己当然也要让他尝尝在叶知秋手底下做事的滋味。当然，叶知秋会怎么对他那是她的事情。

"吩咐下去，这件事情尽快给我办好。"路其琛等不及要把这份大礼送给叶知秋了。

范特助得了路其琛的授权，加快了收购的步伐。而周扬那边，只要价格给得合适，自然也没什么好不答应的。最重要的是，自打叶知秋离开公司以后，云漫一直在走下坡路，并且再也没有接到过一个像样的案子。

当然，这里面是有路其琛的功劳的。

路其琛正在处理文件，张璐敲门进来了，"路总，今天晚上有个应酬，请问您是自己去还是……"

"我就不去了。"路其琛一想到顾妍绯还在自己家里，万一自己不在家她欺负了叶知秋可怎么办？所以这两天他哪里都不会去。

"珍珍，怎么这么晚给我打电话，出什么事了吗？"接到赵珍珍电话的时候叶知秋正准备去洗澡，电话里面沉默了好一会儿，只有赵珍珍粗重的喘息声，像是受了什么惊吓，叶知秋这才意识到不对劲，忙问道，"珍珍，你是不是出什么事了？"

电话里面响起赵珍珍慌乱的声音，"知秋，我……能不能在你那边借宿一晚。"

"你在哪，我去接你。"叶知秋二话不说就拿起床上的外套准备出门，路其琛忙拉住了叶知秋，"这么晚了，你去哪？"

"我一个朋友出了点事。"

路其琛不放心叶知秋这么晚自己出门，遂跟她一起出了门。

在去接赵珍珍的路上，叶知秋有些忐忑，在她印象当中，赵珍珍是个大大咧咧的人，似乎永远没有烦恼，但她今天实在是太反常了，让叶知秋不得不怀疑她是不是发生了什么事情。

上一次见到赵珍珍这样还是……

"是那个人吗？"叶知秋出神的时候，路其琛已经把车开到了赵珍珍给的地址附近，她一抬头正好看见赵珍珍瑟缩在马路边上，孤零零的一个身影看起来可怜极了。

"珍珍……"叶知秋忙上前扶起赵珍珍，"你这是怎么了？到底出什么事了？"

赵珍珍见到叶知秋，听到她关心的话语，眼泪一下子就掉了下来，什么话也不说，只是一个劲儿地哭，叶知秋脱下身上的外套给赵珍珍穿上，希望能给她一丝温暖。

"走吧，咱们先回去再说。"路其琛说道，顺手拉开了车门。

回到景园，路其琛主动提起，"Autumm，今天你好好陪你朋友，我去书房睡。"

"谢谢。"叶知秋感激地看了一眼路其琛，这才扶着赵珍珍上了楼。她给赵珍珍准备了干净的睡衣，等赵珍珍洗完澡冷静下来后，她开了口，"珍珍，能不能告诉我，到底出了什么事情？"

"……"灯都熄了，叶知秋看不到赵珍珍的表情，等了很长时间，黑暗里悠悠传来赵珍珍的声音，"他回来了。"

"他？你是说顾辞远？"叶知秋在提到这个名字的时候眉都拧到了一起，当初他离开的时候，赵珍珍是怎样的生不如死，她都看在眼里，一个已经完全消失的人，怎么突然又出现了呢？

叶知秋终于明白，为什么一向理智的赵珍珍会这么失控了，她没有再问下去。

"好好休息，其他的事情，明天再说。"叶知秋安慰赵珍珍。

清晨，叶知秋带着赵珍珍下楼的时候，顾妍绯也在，她先是一愣，下一刻便是震怒，凭什么她来了之后就得住保姆房，而这个陌生人就能跟叶知秋一起住？

"姐，这是谁啊？"顾妍绯冷笑着问道。

赵珍珍并没有搭理顾妍绯，只是有些不好意思地跟路其琛说道："那个……真是麻烦你们了……"

"不客气。"路其琛笑了笑，他看得出来赵珍珍是对叶知秋很重要的朋友，"你是Autumn的朋友，就是我的朋友，在这里住多久都没关系。"

"我一会儿就回去了。"赵珍珍笑了笑，"昨天晚上真的很感谢你们，回头我请你们夫妻俩吃饭。"

"哪能要你请客？"叶知秋无视了顾妍绯，一边给赵珍珍盛早饭，一边冲着面前的赵珍珍说道，"你别忘了我可还欠你一顿大餐，既然今天来了，不如一会儿就一起吃饭吧。"

"不……"赵珍珍的"不"字刚刚说出口，路其琛就开口说道："好啊，就今天吧。"

他说着还回头征求赵珍珍的意见，"赵小姐一会儿有空吗？我给Autumn准备了一份大礼，要不你也帮我参考参考？"

"好啊……"赵珍珍答应了下来。

叶知秋听得云里雾里，路其琛这话是什么意思？他什么时候给自己准备礼物了？她刚想问，一旁的顾妍绯重重地摔下手里的碗筷，指着叶知秋的鼻子斥责道："你到底是什么意思，我才是你的妹妹，凭什么她能住在楼上，我就只能在保姆房住着？我告诉你，你今天要是不给我一个满意的答复，你看我怎么收拾你！"

"Autumn，你家里什么时候多了个这么不懂规矩的疯狗。"赵珍珍说道。

叶知秋刚想说话，一旁的顾妍绯忍不下去了，骂完了叶知秋就来骂赵珍珍，"你算什么东西，我跟她讲话有你插嘴的地方吗？"

叶知秋强忍着怒气，她觉得自己对顾妍绯的忍耐度已经到了极限，她刚想说话，路其琛就站起了身。

从顾妍绯搬进路家的那一刻开始，他就一直当顾妍绯不存在，现在也是一样，"Autumn，你吃好了吗？吃好了我带你去个地方，赵小姐，你也一起来吧。"

"好啊。"赵珍珍对路其琛这个态度简直满意极了，她跟叶知秋准备出门，顾妍绯一个箭步冲到了路其琛的面前，娇嗔地说道："姐夫，你看我姐，我可是她的妹妹，她竟然联合一个外人来欺负我，我不管，今天晚上我就要搬到主楼里来，保姆房又小又脏的，怎么能住人？"顾妍绯拉着路其琛的手，"姐夫，我姐凭什么这样对我，我可是……"

"就凭她是路家的女主人。"路其琛一把甩开了顾妍绯的手，对着她嗔怒的眼神一字一顿地说道，"这是她的家，她想让谁住在哪里都是她的权利，你要是这么不愿意住在后面的话……可以啊，你随时可以回顾家。"路其琛冷笑了一声，"你要是考虑好了的话就告诉我一声，我让家里的司机送你回去。"

"不……"顾妍绯又气又急，可她能怎么样呢？她只能咽下这口气，乖巧地冲着面前的路其琛说道，"姐夫，我刚刚就是气糊涂了，对不起，你原谅我吧。"

一旁的赵珍珍冷哧了一声，还当她多有骨气呢。

顾妍绯强忍着心头的怒气，说道："是我不懂事，您大人不记小人过。"

"这话你该跟你姐说。"路其琛不客气地说道，"平心而论，不管你做了多过分的事情，你姐都对你宽宏大量的，从来没有责怪过你，所以这句对不起，你该跟她说。"

顾妍绯气得脸都白了，可是她知道这个时候绝对不能惹怒路其琛，于是她只能忍着心头的怒气，心不甘情不愿地走到了叶知秋的面前，说道："姐，对不起，是我不好。"

"行了行了，也不是什么大事，就算了吧。"叶知秋做出一副宽宏大量的样子说道，下一句话却让顾妍绯差点当场发火，"不过……不管怎么说，人的忍耐都是有限度的，如果你下次再这样的话，那我只能请你回顾家住了，明白了吗？"

"你……"顾妍绯整个脸都白了，刚想发火，一转头看见路其琛威胁的眼神，最后只能软了下来，"是，姐，你放心，我再也不会这么不懂事了。"

"走吧。"路其琛催促道，顾妍绯又迎了上来，"姐夫，你们去哪？我也要一起去。"

今天是休息日，所以顾妍绯打算跟着他们。

叶知秋是想拒绝的，但出乎意料的，路其琛竟然答应了下来，"好啊，那就一起去吧。"

叶知秋并不明白路其琛为什么要这么做，但赵珍珍却有些明白，路其琛肯定是有自己的主意的，否则怎么可能同意让顾妍绯跟着一起去？

路其琛开车，顾妍绯率先拉开了副驾驶座的门，冲着面前的叶知秋说道："姐，我有些晕车，能不能让我坐副驾驶座的位置？"

顾妍绯别的地方赢不过叶知秋，但还是想试试，她用威胁的眼神看着面前的叶知秋，以为叶知秋会同意，没想到叶知秋淡淡地笑了笑，冲着顾妍绯说道："实在不好意思，我也晕车。"

顾妍绯没想到叶知秋会这么说，一旁的赵珍珍也过来解围，她亲热地挽着顾妍绯的手臂，"走吧，咱们就别打扰人家小夫妻俩了，咱们一起坐后面去，正好我也可以跟你好好聊聊。"

赵珍珍加重了最后四个字的音，然后拉着顾妍绯上了车。

顾妍绯对赵珍珍深恶痛绝，原本以为赵珍珍说好好聊聊的事情只是随口一说，但没想到赵珍珍竟然真的拉着自己聊起了天。

"小叶啊，你跟Autumn是什么关系啊，我怎么从来没听她提起过有你这么一个妹妹啊？"赵珍珍坏笑着问道。

第22章　路其琛的礼物

当着路其琛的面，顾妍绯笑了笑，说道："我是她的远房表妹，所以她没提起过也是很正常的。"

"是吗？"赵珍珍冷笑了一声，要不是知道顾妍绯的底细还真要被她骗过去了，但既然自己知道了，那就一定要让她露出马脚，她冷笑了一声，继续问道，"要说你这远房表姐对你还真是挺好的，你瞧瞧你这一身，不便宜吧？哪来的钱买的？"

"我……"顾妍绯有苦说不出，但最后还是只能说道，"这是我阿姨和姨夫给我买的，他们真的很好，对我也挺好的。"

"可不是，明眼人都看得出来，Autumn可从来没有这种待遇，这要是不知道的人看见了，还以为你才是他们的亲生女儿呢。"赵珍珍咯咯笑了起来。

"你别胡说。"顾妍绯吓得整个脸都白了，心虚地吼道。

"急什么，咱这不是聊聊天吗？"赵珍珍笑着说道，"对了，我看你也老大不小的了，谈恋爱了没有？有没有喜欢的人？"

顾妍绯娇羞地低下头，冲着面前的赵珍珍说道："还没有，从小我家里的家教就比较严，我妈经常跟我说，女孩子要矜持，不到结婚绝对不能跟男人……所以我现在还没有谈过恋爱。"

顾妍绯这话一出，一车另外三人都忍不住在心里翻了一个白眼。

赵珍珍强忍着心头的恶心，说道："这样啊，那正好，我有个朋友真的挺好的，人长得帅，家里又有钱，最重要人品也好，要不这样，什么时候你有时间了我带你去见一面，就算不成也是多个朋友，你觉得怎么样？"

"不，不用了。"顾妍绯急忙看了一眼坐在前面开车的路其琛，似乎是怕他误会自己寂寞难耐，急忙说道，"多谢你的好意，不过我现在已经有喜欢的人了，就不麻烦你帮我找男朋友了。"

"只是喜欢的人怕什么，又不是男朋友。"赵珍珍无所谓地说道，"我这跟你说话呢，你老偷看你姐夫做什么？"

"你别胡说，我哪有？"顾妍绯被赵珍珍拆穿，吓得整个人都六神无主，"我真的已经有喜欢的人了，你就不用帮我介绍了。"

"也罢，本来我还觉得你们俩挺合适的，既然你说不要，那我也不勉强。"赵珍珍笑了笑，就在顾妍绯以为她准备放过自己的时候，赵珍珍接着问道，"你喜欢的人什么样子？"

"这是我的私事，我不想回答。"顾妍绯冷着脸说道。

"你急什么，反正还没到地方，我这就是随便问问。"赵珍珍冷笑着说道，"难不成你喜欢的那个人见不得人？"

"你少在这里胡说八道的。"顾妍绯紧张地说道，她怎么可能现在说出她喜欢的人是路其琛。

就在顾妍绯六神无主的时候，路其琛把车停下了，说道："到了。"

叶知秋抬头一看，"这不是云漫吗？你带我们来这里干什么？"

"上去就知道了。"路其琛神秘兮兮地说道，收购的事情终于有了眉目，现在……叶知秋就是这个公司的总经理了。

"走吧，咱们上去。"路其琛笑了笑，拉着叶知秋的手上楼去了。

顾妍绯在两人身后紧紧地跟着，看着面前两人紧紧拉着的手，眼神里满是嫉妒。

赵珍珍觉得有些不对劲，云漫被人收购的事情她还是有所耳闻的，今天路其琛带着叶知秋来这里，那……

叶知秋的心里很是忐忑，与此同时，周扬和潘琴也是很忐忑地等在电梯口，听说今天新的总经理就要走马上任了，顺便还要来这里考察工作，所以一大早周扬就严阵以待，希望能给新经理一个不错的印象。

周扬和潘琴等在电梯门口，电梯打开，率先走出来的是路其琛，叶知秋和赵珍珍跟在他身后。周扬看到叶知秋的时候微微皱起了眉头，原本他以为自己这辈子都见不到叶知秋了，没想到会在云漫重新遇到。

他微微皱着眉头，倒也没说什么，一旁的潘琴可忍不了，她冷笑了一声，径直走到了叶知秋面前，说道："你还有脸来？"

"她为什么不能来？"赵珍珍随手把叶知秋拉到了身后，冲着面前的潘琴说道，"这里是你开的？"

"赵珍珍，你少护着她，圈里谁不知道你是她的好朋友？"潘琴冷笑了一声，叶知秋抄袭等的污蔑都是她传出去的，可现在看到叶知秋还好好的，她怎么忍得了？

"赵珍珍，现在她的名声可不太好，你这样护着她可不值得，别到头来把你自己的名声也给弄臭了。"潘琴冷笑着冲赵珍珍说道。

赵珍珍不甘示弱，"她是什么样的人我自己清楚，至于外面那些名声到底是怎么传出去的，你我心里都清楚，我们家Autumn是有真本事的，可不像你，将来怎么样还不一定呢。"

"我怎么样是不确定，但是她……"潘琴冷笑了一声，说道，"名声这么臭，现在哪家公司敢要她？不过……不得不承认，她长得倒是还可以的，说不定可以找个好人家嫁了，在家相夫教子什么的也是挺好的。"

"那是，我们家Autumn一定嫁得好。"赵珍珍拉着叶知秋得意地说道，"你放心，我们家Autumn一定会幸福得让你妒忌的。"

从头到尾就见赵珍珍和潘琴两个人斗嘴，一旁的叶知秋拉了拉赵珍珍，不好意思地说道："珍珍，你别说了。"

"怕什么？"赵珍珍满不在乎地说道。

一旁的周扬微微皱眉，走到了路其琛的面前，说道："路总，我不知道你们今天到底是来干什么的，不过……我们今天真的有很重要的事情要做，麻烦你们……不管有什么事情麻烦你们明天再来。"

"就是。"潘琴现在对路其琛鼻子不是鼻子，眼睛不是眼睛的，要不是因为路其琛，自己也不会在周扬这边失去信任，云漫更不至于沦落到现在这个地步，"Autumn，你已经不是云漫的员工了，麻烦你以后没事不要来这里闲逛，这里不欢迎你。"

"谁说这里不欢迎了？"路其琛冷着脸说道，"潘琴是吧？"路其琛努力地想了很长时间才想起潘琴的名字，"你明天可以不用来上班了。"

"凭什么？"潘琴不甘示弱地说道，"路其琛，以前你是甲方公司的，我自然不敢得罪你，不过现在……你跟云漫已经取消合作了，现在你什么都不是，你更没有资格辞退我，这是云漫，不是翔宇，你听清楚了吗？"

"以前不行，不过现在……"路其琛冷笑了一声，就在潘琴还想开口说什么的时候，一旁的周扬突然反应过来了，他皱着眉头走到路其琛的面前，问道："你……不会就是收购云漫的那个神秘买家吧？"

"不，我不是。"路其琛淡淡地笑了笑，随手把一旁的叶知秋拉到了周扬面前，说道，"从今天开始，Autumn就是云漫的总经理。"

"什……什么？"路其琛的话说完，不光是周扬和潘琴愣了，就连站在一边的叶知秋也愣了，"你刚刚说什么？"

"我说……从今天开始，这家公司是你的了。"路其琛冲着叶知秋说道。

一旁的赵珍珍心里已经做好了准备，听到路其琛宣布这事的时候第一个上前恭喜，"Autumn，恭喜你了，你梦寐以求的事情真的成为现实了。"

叶知秋脸上却没有很欣喜的神色，反而透着些担忧，她把路其琛拉到了一旁，说道："我不能要。"

"这有什么不能要的？"路其琛觉得很不能理解，这公司可是自己送给她的礼物。

"其琛，你不明白，我……"叶知秋不知道自己该怎么跟路其琛说。

"Autumn，你就收下吧。"路其琛不明白叶知秋的想法，但是赵珍珍是了解的，毕竟她们俩前几天才聊过这个事情，所以当叶知秋把路其琛拉到一旁的时候，赵珍珍就知道叶知秋想干什么，所以她跟了过来。

叶知秋微微皱着眉头，"珍珍，你知道我的。"

"我当然知道。"赵珍珍微微点头，"可现在不是你矫情的时候，路总是你老公，哪怕他把翔宇给你也是他一句话的事情，更何况只是一个小小的云漫！"

"你明知道我不希望这样……"

"是，可那是以前，现在不一样了。"大概是因为旁观者清，所以赵珍珍比叶知秋看得清楚多了，"你别忘了，现在外面到处都在传你的事情，想要出去找工作根本就是不可能的事情，之前我也跟你提过，实在不行的话咱们就自己开个公司，现在你老公帮你把这件事情达成了，你还有什么好矫情的？"

"可是……"

"别可是了。"赵珍珍说道，"他是你老公，他赚这么多钱不给你花难道你希望他去给别的女人花？是吧，路总？"

"是……"路其琛听着两人的话也总算是有些理解叶知秋的想法了，为了不给叶知秋造成太大的压力，他笑道，"翔宇这些年的公关业务几乎都是外包，公司里面虽然也有公关部，但是基本形同虚设，云漫虽然小了点，但是风评还不错，我收购云漫也是有自己的考量，管一个翔宇已经让我心力交瘁，你总不能眼睁睁看着我把云漫的事情也揽在身上吧？"

"就是。"赵珍珍也劝她，"你就当是帮你老公的忙，你要是真的觉得于心不安的话，那就努力把云漫的事情做好，年底用效益来回报他不就行了吗？"

"可……"叶知秋心里已经有些松动了，但还是有顾虑。毕竟路其琛花了钱

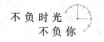

的，万一自己要是把云漫搞砸了，岂不是要害他亏本。

"没什么好可是的，你就放心大胆地做。"路其琛安慰叶知秋，随即转过脸来冲着面前的赵珍珍说道，"赵小姐，我听说你为了Autumn连工作都给丢了，不知道你有没有兴趣来云漫帮帮Autumn？"

"对对对，珍珍，你过来帮我吧。"要不是路其琛提醒，她差点都忘了赵珍珍是为了自己才丢的工作，这下好了，就算是为了赵珍珍，她也得接手云漫了。

"我跟你讲，我可是很贵的……"赵珍珍看着面前的叶知秋，由衷地替她高兴。

"你放心，多贵我们都请。"路其琛笑着说道。

赵珍珍微微点头，"行，那以后就请多多关照了？"

"去你的。"叶知秋看着赵珍珍打趣自己，忍不住笑了起来。

路其琛总算是说通了叶知秋，而一直等在一旁的周扬心里却很忐忑，叶知秋的那些"黑料"虽然是潘琴传出去的，但也是自己首肯的，现在人家摇身一变成了云漫的总经理，那他们以后在她手底下做事，难保叶知秋不记仇。

商量完了之后，叶知秋站在了周扬的面前，说道："周总，以后就请多多关照了。"

"不不不，您才是经理，以后还是叫我小周吧。"周扬忐忑地看着面前的叶知秋，说道，"之前的事情就是一场误会，希望您大人不记小人过，千万别跟我一般见识。"

"你放心，以前的事情我都不记得了，希望以后不要再有这样的事情发生。"叶知秋的话说完，就率先往云漫里面走去，"周扬，麻烦你今天加个班，把公司所有的文件全都整理一遍，明天我要看。"

"至于办公室……"叶知秋看了一眼自己以前的办公室，她走之后周扬就把这个办公室给了潘琴，如今这里面已经完全没有之前的痕迹，潘琴连办公桌的方向都改了，叶知秋看了一眼办公室的位置，说道，"还有，麻烦把我的办公室空出来，明天早上之前我希望恢复原样。"

叶知秋从来不是老好人，既然周扬他们对自己不仁，就别怪自己对他们不义。

叶知秋的话说完，周扬连声附和，"经理，要不还是把我那间办公室给您腾出来吧，那边……"

"不必了。"周扬的办公室自然是整个公司位置最好最大的，但叶知秋习惯了自己的那间办公室，也就不在乎这些了，"我习惯了这里，就不用这么麻烦了。""珍珍。"叶知秋突然开口叫了一声赵珍珍，说道，"策划部总监的位置你还满意吗？"

想当初潘琴为了这个位置跟叶知秋抢破了头，可这才多长时间，叶知秋随手就把这个位置给了赵珍珍，这让她怎么能忍。

"Autumn，我知道你现在是公司的总经理，我替你高兴，不过你别忘了，我才是云漫的策划总监，她赵珍珍是什么，凭什么一来就坐策划总监的位置？"

"就凭我是总经理啊。"叶知秋歪头看她，一句话噎得她说不出话来。

"你……"潘琴气得脸都白了，"我知道了，你就是在公报私仇是不是？当初离开云漫是你自己的决定，跟我可没关系，你凭什么这么做？"

"我记得刚刚路总说过了，你已经被解雇了，你是不是失忆了？"叶知秋淡淡地说道，"就算我现在是在公报私仇，你能拿我怎么样？"

"潘琴！"周扬严厉地吼道，"你知不知道你在跟谁说话，你疯了吗？"

"我……"潘琴讪讪地看了一眼面前的周扬，最后还是闭上了嘴。她是不怕叶知秋，可对于周扬，她还是有些惧怕的。

"周扬，那我刚刚说的那些事就麻烦你了，我明天一早过来上班。"叶知秋淡淡地说完后，一行人就离开了。

潘琴在一旁眼睁睁地看着，知道自己大势已去，急忙拉住了面前的周扬，说道："周扬，您帮帮我，不管怎样我都已经跟在您身边这么长时间了，没有功劳也是有苦劳的，您不能眼睁睁地看着我被她赶走，这可是您的公司啊……"

"你放开！"周扬一把甩开了潘琴的手，说道，"潘琴，现在她才是云漫的老板，连我都要看她的脸色，我能有什么办法？"

"可……可这是您的公司啊，您一定有办法的。"潘琴急了，她离开云漫之后能去哪？

"晚了，我也无能为力。"周扬苦笑着说道。

第23章　一条船上的人

从云漫出来，赵珍珍想回家，如果明天真的去云漫上班的话，那她也要回家准备一下，但叶知秋却不肯，"有什么好准备的，我已经订了酒店，咱们晚上一起吃饭。"

"这……"赵珍珍为难地看着面前的叶知秋，"要不还是下次吧。"

"走吧。"叶知秋二话不说就拉着赵珍珍离开，路其琛转过脸来冲着身后的顾妍绯说道，"叶小姐，我们一会儿还有很重要的事情要去做，你也跟了一天了，要不……就先回去休息吧。"

顾妍绯一直一言不发地跟在三人身后，得知路其琛竟然把云漫收购之后送给了叶知秋，她整个人都快气疯了。如果当初她嫁给了路其琛，那么现在叶知秋的所有就都是自己的了，凭什么叶知秋享受着这么多，而自己还住在保姆房里？如今他们三人出去吃饭，路其琛竟然还要赶自己走，顾妍绯心里的不平衡越发严重，她强忍着，知道自己绝对不能在路其琛的面前表现出任何不满，"姐姐，我有点事要跟你说，刚刚阿姨给我打电话了，是关于你奶奶的……"顾妍绯装作一副柔弱的样子，怯怯地看着面前的叶知秋，实际上她心里的怒气已经翻江倒海。

叶知秋犹豫了好一会儿，最后还是答应了下来。

事关奶奶，她没办法淡定。

顾妍绯转身走了，叶知秋紧随其后，两人走到一个偏僻的角落里，叶知秋不肯走了，"到底什么事情就在这说吧，奶奶到底怎么了？"

顾妍绯转过脸来，恶狠狠地瞪着面前的叶知秋，就在叶知秋猝不及防的时候，一个巴掌甩上了叶知秋的脸。

叶知秋猝不及防，结结实实地挨了这一巴掌。

"叶知秋，我警告过你，你只不过是我的一个替身，麻烦你搞清楚自己的位置，你以为路其琛是真的喜欢你吗？我告诉你，他喜欢的是我，他是我的，云漫也是我的，你听明白了吗？"顾妍绯觉得心里很不平衡，从小到大叶知秋什么都不如自己，就连路其琛也是自己不要，让叶知秋过去顶包的，可偏偏现在路其琛对她这么好，看到她过得这么幸福，顾妍绯实在不甘心。

她一定要把路其琛抢回来。

叶知秋捂着自己的脸，说道："你把我叫过来，就是为了跟我说这些？"

"不然呢？"顾妍绯冷笑了一声，"你以为我们俩还有什么好聊的吗？要不是因为路其琛，我这辈子都不想再见到你。"

顾妍绯冷淡地看着面前的叶知秋，继续说道："叶知秋，不管路其琛送什么东西给你，你都不能收，你现在就去跟路其琛说，说你没办法胜任总经理的位置，然后推荐我，听明白了吗？"

"你说完了吗？"叶知秋冷笑了一声，说道，"顾妍绯，我觉得你搞错了一件事，当初我嫁给路其琛，确实是给你擦屁股，可现在我才是路其琛的老婆，别说是一个小小的云漫，就算是翔宇，他只要敢送我就敢收，想让我拱手把云漫让给你，做梦。"

"你……"顾妍绯脸色发白，"我看你是不想要那个老不死的了是吧，我……"

"啪！"叶知秋听到顾妍绯侮辱自己的奶奶时，一巴掌甩了上去，"我警告你，你要是再侮辱奶奶的话，看我怎么收拾你，别以为妈宠着你，你就可以无法无天，从现在开始，我叶知秋没有那个妈，更没有你这个妹妹。"叶知秋好半天才平静下来，冲着顾妍绯继续说道，"路家你要是想住就给我安分守己一点，不然我随时把你扫地出门。"

"你敢！"顾妍绯瞪大了眼睛，不敢相信叶知秋竟然敢这么做，"你就不怕我把你的身份抖出来吗？"

这要是换成以前的话，叶知秋说不定真的会有所顾虑，但现在，路其琛已经知道了自己的身份，她自然是一身轻松，也根本不怕顾妍绯的这些威胁，"你大可以去试试看，看到最后他知道你逃婚的事情还会不会把你留在路家。"

叶知秋说完转身就走，她知道找奶奶的事情得抓紧了，否则叶问兰指不定还要出什么幺蛾子呢。

叶知秋回到路其琛和赵珍珍身边前特意用头发遮了一下被打的脸，然后心事重重地去吃饭了，饭吃到一半，路其琛接了个电话就离开了，偌大的包厢只剩下两人，赵珍珍再也忍不住了，问道："知秋，你这是怎么了？一副心事重重的样子。"

"我……"叶知秋叹了口气，把刚才发生的事情娓娓道来，"虽然现在路其琛已经知道我的身份了，可奶奶只要在她们手里一天我就一天不安心，你说我现在该怎么办？"

"既然路其琛已经派人去找了，那我相信应该很快就会有消息了，你就别担心了。"赵珍珍安慰叶知秋，"咱们现在最重要的事就是把云漫做好。"

这顿饭吃到很晚，两人才各自回家，没想到叶知秋刚到家就听到客厅里时不时地传出些欢声笑语，路其琛这个时间还没回来，就连路老爷子也出门了，那这家里是……

叶知秋走进家里，一眼就看到坐在沙发上的白蓉蓉，一段时间不见，她跟之前好像又不太一样了，变得……更加自信了。

顾妍绯就坐在一旁陪着白蓉蓉，就连一向对自己板着脸的宋妈也是笑盈盈的模样，明明这是自己家，可到头来自己倒像是个外人。

"路太太，你回来啦。"白蓉蓉眼尖，第一个看到了进门的叶知秋，站起身来冲着面前的叶知秋打招呼。

顾妍绯和宋妈都收敛了脸上的笑容，静静地站在一旁。

叶知秋看着面前的白蓉蓉，问道："你怎么来了？"

"姐，你这说的是什么话？白小姐可是大明星，她能来是咱们的福气。"顾妍绯忙拉着白蓉蓉在一旁坐下，说道，"白小姐，你坐一会儿，吃点水果吧。"

"谢谢。"白蓉蓉笑着道谢，好像之前什么事情都没发生过一样。

"路太太，咱们坐下说。"白蓉蓉笑容满面地冲着面前的叶知秋说道，要不是宋妈在一旁站着，她真要以为这是白蓉蓉家了。

叶知秋在一旁的沙发上坐下，淡淡地问道："白小姐，您今天来这是……"

爷爷在的时候，白蓉蓉是绝对不会过来的，可她怎么知道爷爷不在家呢？叶知秋淡淡地扫了一眼面前的宋妈，心里猜测一定是她透露了风声。

"是这样的……"白蓉蓉跟顾妍绯是完全不一样的人，顾妍绯没脑子，不管什么事情都摆在脸上，相比较而言，白蓉蓉就深不可测多了。

在朱城的时候出了这么大的事情，媒体没有报道但还是有小道消息传出，白蓉蓉却跟没事人一样。

"上次碰见你和其琛的时候忘了把我生日宴的请帖给你，这段时间又一直在外面拍戏，这不，刚回来就给你们送帖子来了。"白蓉蓉笑盈盈地从包里拿出了两张请帖，递给了叶知秋。

叶知秋淡淡地扫了一眼，笑道："白小姐真是太客气了，其实像这样的小事让助理过来送一趟就是了，何必亲自跑过来？"

"那怎么能一样？"白蓉蓉急忙说道，"你和其琛都是我很重要的客人，所以这帖子我必须亲自送到你们手里，确认你们一定会出席我的生日宴，这样我才能安心，路太太，你跟其琛……会去的吧？"

"这……"叶知秋根本不想去，一来她跟白蓉蓉根本也不算熟悉，二来她知道白蓉蓉对路其琛的心思，试问哪个女人愿意去参加自己情敌的生日宴？

"白小姐，我怕是没办法……"叶知秋的话还没说完，一旁的顾妍绯就接过了话，"白小姐，您放心，我表姐和我表姐夫一定会去参加的。"

"那我就先谢谢了。"白蓉蓉满意地站起身来，她故意挑着路其琛不在的时候过来，就是想让叶知秋没办法拒绝。

叶知秋看了一眼面前的顾妍绯，一言不发。她明白顾妍绯的想法，敌人的敌人就是朋友嘛，不过既然她敢去，就不怕白蓉蓉使诈。

顾妍绯不知道叶知秋心里怎么想的，今天白天发生的这一切让她整个人处于崩溃的边缘，她迫切地想要陷害叶知秋，也许……白蓉蓉是一个突破口。

想到这里，顾妍绯有了主意，第二天一早她没去上班，千方百计找到了白蓉蓉所在的公司，打算找她谈一谈。

白蓉蓉现在也不太顺利，自打那日得罪了路其琛之后，似乎所有的导演都跟自己断了联系，有些已经拍了一半的戏也紧急把她撤下了，平时都是别人求着她要档期，现在白蓉蓉主动联系之前那些被拒绝的导演，却一个个都吃了闭门羹。

"蓉蓉姐，那些导演突然开始疏远你，也不说是为什么，按说你现在名气这么高，来找你的人应该是络绎不绝的，怎么……"助理怎么也想不明白，为什么白蓉蓉会沦落到现在这个样子。

白蓉蓉心里多多少少是有些预感的，她知道这次的事情肯定跟路其琛有关系，她没想到路其琛会把事情做得这么绝。

白蓉蓉不说话，一旁的助理忍不住了，再这样下去，她可是要失业的，"蓉蓉姐，是不是你得罪了什么人，要不……"

"行了，你先出去吧。"一想到路其琛的事情白蓉蓉就觉得心烦意乱，把助理赶走之后她亲自给几个相熟的导演打了电话，没想到一个个都婉拒了她，这让白蓉蓉的自尊心很是受挫。

她现在是真的后悔了，早知道这事情会闹成现在这样，她当初说什么也不敢得罪路其琛。

"不是让你出去吗？你又进来干什么？"休息室的门被人推开，白蓉蓉心烦意乱地冲着门口喊道。

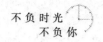

站在门口的助理吓了一跳，最后怯生生地说道："蓉蓉姐，外面有人找你。"

"不见！"白蓉蓉皱着眉头说道。

助理讪讪地准备关门，白蓉蓉犹豫了一下，还是问道："等等，外面那人说自己是谁了吗？"

"她说自己是路太太的表妹，还说昨晚上你们才见过面。"助理顿了顿，继续问道，"蓉蓉姐，要见吗？"

"让她进来吧。"白蓉蓉淡淡地说道。

顾妍绯进门的时候白蓉蓉正坐在沙发上看报纸，看起来气定神闲的，等顾妍绯进门的时候就笑盈盈地站起了身，"你怎么来了？"

"白小姐，我是来……跟你谈合作的事情的。"顾妍绯淡淡地笑了笑，"咱们可是一条船上的人。"

"一条船上的人？你真会说笑。"白蓉蓉笑了起来。

"白小姐，我虽然是路太太的表妹，不过……我从小跟她关系就不好，我看得出来，你喜欢我姐夫，也许……我们可以合作。"顾妍绯冷笑了一声，接下来就要赌白蓉蓉相不相信自己了。

"怎么合作？"白蓉蓉犹豫了一下，最后还是问道，路其琛对自己这么赶尽杀绝，她跟顾妍绯想的一样，打算借这次生日会搞点事情。

"你说……我姐要是跟别人好上了，我姐夫还会要她吗？"顾妍绯的话说得模棱两可，但白蓉蓉却一下子明白了顾妍绯的点。

白蓉蓉冷笑了一声，又转过头来冲着面前的顾妍绯问道："你为什么要帮我？别说什么你跟她关系不好，这些话我不信。"

顾妍绯冷笑道："其实我跟白小姐一样，觉得自己才是最适合路其琛的女人，可现在有个人挡在我们的面前，我选择跟白小姐合作，就是想一起把这个绊脚石搬开，否则我们两个谁也不会有机会。"顾妍绯顿了顿，继续说道，"当然，等铲除了这个绊脚石之后，咱们就各凭本事了，你看怎么样？"

"那……就祝我们合作愉快了。"白蓉蓉笑了起来。

第二天是叶知秋上班的第一天，她一大早就起来挑衣服化妆，然后坐地铁上班，到门口的时候正好碰见赵珍珍。赵珍珍在后面按着按喇叭，皱着眉头问道："我说你现在好歹也是一个公司的总经理了，总不能每天这样挤地铁来上班吧？"

叶知秋淡淡地笑了笑，说道："等我找到奶奶，帮她把病看好了，我才会考虑买车的事情。"

"你家路总呢？怎么没送你来上班？"赵珍珍好奇地问道。

"他……昨天一晚上没回来。"说起这件事情叶知秋也忍不住皱起了眉头，她打了一晚上的电话，路其琛都没接，最后她只能先睡了，早上睁开眼睛的时候身侧还是跟睡前一样，刚刚她又打了个电话，依然是没通。

"一夜没回来？"赵珍珍诧异地看了一眼身边的叶知秋，"你难道不担心他吗？"

"当然担心，我给他打了一晚上的电话，不过他一直没接。"叶知秋微微皱眉，"我跟他结婚这么长时间了，他还是第一次这样，我怕他出什么事情。"

"我看你还是把他看紧一些，别一个不小心你老公可就是别人的了。"赵珍珍说这话的时候叶知秋的脑海里突然闪过了白蓉蓉的脸，说实话，路其琛身边最让自己担心的就是白蓉蓉了。一来两人曾经谈过一段时间，也算是有感情基础，二来白蓉蓉是大明星，又一直对路其琛虎视眈眈的。

虽然心里担心，但叶知秋还是装作若无其事的样子说道："你别胡说八道的，其琛不是这样的人……"

"行行行，你家路其琛最好了行了吧。"赵珍珍无奈地瞪了一眼面前的叶知秋。两人说说笑笑地上了楼，一走出电梯就看到周扬带着一众人站在云漫门口夹道欢迎。

"叶总，您吩咐的事情我都已经准备好了，办公室已经恢复了原样，您要的文件也已经摆在您桌子上了，您看看还有什么需要的尽管吩咐我。"周扬边领着叶知秋进门边说道。

"你去通知他们，半个小时之后在会议室集合，咱们开个会。"叶知秋淡淡地说道。

再次回到云漫叶知秋有一种恍若隔世的感觉，当初虽然是自己辞职才离开的，但说到底有些落荒而逃的意味，再回到这里真有一种扬眉吐气的感觉。

叶知秋站在落地窗面前，看着楼下车来车往的马路，笑了起来。

周扬把手底下的人都召集了起来，所有人都在会议室坐好了，这才过来敲叶知秋的门，"叶总，人都已经齐了，您看……"

"我这就过去。"其实也没什么好说的，只不过新官上任三把火，叶知秋也是一样。

她在云漫待了那么长时间，对每个人的能力都有一个大概的了解，所以她把整个公司大洗牌，有能力的人自然得到提拔，没能力就只能去财务室领遣散费了。这样一来，公司里的人手也不够了，她淡淡地扫了一眼剩下的几个人，说道："各位，咱们之前就是同事，所以我也就不浪费时间做自我介绍了，我对你们只有一个要求，不管我交给你们什么任务，我都希望你们能在规定的时间保质保量地交给我，这是我做事情的一贯准则。"她顿了顿，继续说道，"周扬是什么样的经营模式我很清楚，但我告诉你们，想要在我这里留下去，就拿出你们的真本事，你们这些人当中，有多少能力我都是清楚的，我今天就把话撂在这里，从现在开始，只要你们能勤勤恳恳地做事情，年底的奖金我一定不会亏待你们，但……若你们想着混日子的话，就别怪我不客气。"

"Autumn，你放心吧，我们一定会好好干的。"留下来的人当中很多都是跟过叶知秋的，也知道叶知秋的为人。当初为了一个方案忙死忙活天天加班，结果周扬答应的奖金又反悔，是叶知秋拿了自己的奖金发给大家，现在叶知秋成了公司老总，他们这些人都很高兴。

"周扬，还有件事情得麻烦你。"叶知秋淡淡地笑了笑，冲着面前的周扬说道。

"你说。"

"是这样的，咱们公司的人手现在是铁定不够的，还麻烦你帮我招一些人。"周扬名义上是公司的副总，但事实上也就只能处理一些杂事，叶知秋是不会把实权交给他的。

"……好。"

叶知秋把拉业务的事情交给了赵珍珍，并不是为难她，而是她相信赵珍珍绝对有这样的能力。果不其然，到快下班的时候赵珍珍就跟叶知秋说，以前的一个客户愿意跟她见面聊聊。

"要不我还是陪你一起去吧。"叶知秋刚说完就接到了路其琛的电话，赵珍珍看了一眼面前的叶知秋，说道："行了，我自己一个人可以的，你赶紧接电话吧。"

路其琛打电话来的时候声音很严肃，什么话也没说，只说自己在楼下等她，等到她转身想跟赵珍珍说话的时候，赵珍珍已经不见了。

"你昨晚去哪了，我给你打了一夜的电话你都没接。"上车的时候叶知秋忍不住埋怨，语气里带着些许娇嗔，要是换成以前，路其琛肯定早就开口解释了，但现在……他不过就是点了一根烟，默默地吞云吐雾。

"你这是怎么了？"叶知秋这才意识到不对劲，"到底出什么事情了，你跟我说啊。"

"知秋，我找到奶奶了。"路其琛掐灭了手里的烟，说道。

"真的？"叶知秋的眼神一下子就亮了起来，"她在哪，你快带我去见她。"

"你先别激动……"路其琛昨晚上就是接到了消息才赶了过去。叶问兰为了不让路其琛找到老太太，竟然把老太太从医院里面接出来，藏到了自己乡下的一个远房亲戚那边，路其琛开了一夜的车把她接回来，连夜送进了医院。老太太的病情很严重，一进医院就被推进了手术室，而路其琛也在手术室外待了一整夜。

他不是不想接叶知秋的电话，只是……他不敢告诉叶知秋奶奶的情况。

第24章 宣告她的身份

刚刚医生告诉路其琛，老太太最佳的治疗时间已经过了，估计也没多长日子可以活了，路其琛这才过来见了叶知秋。

"她……是不是出事了？"按说找到奶奶是一件好事，可路其琛的脸上却并没有一星半点的轻松，叶知秋这才意识到了不对劲。

"你先别紧张，听我说。"路其琛安抚叶知秋，把奶奶的病情告诉了她，末了又冲她道歉，"对不起知秋，我要是能早点找到奶奶的话，说不定她也不会受这么多的苦了。"

"不怪你……"叶知秋一个劲地掉眼泪，她拉着路其琛的手，说道，"其琛，你快带我去见她，我想见她。"

"好，你先别激动，我这就带你去见她。"在把奶奶送进医院之后，路其琛已经给老太太安排了最好的病房，也找了最好的医生，可反复诊断下来都是一样的结果。

老太太大限已到，如今只能让她少受一些痛苦了。

路其琛发动车子，叶知秋从未觉得这一段路程会如此的漫长，她等啊等，好不容易等到车子停在医院门口，率先冲了进去，可人冲进去了，却不知道奶奶到底在哪个病房。

"你别着急。"路其琛随后赶了过来，大手牵住了叶知秋的手，让她稍微安心了一些，然后把她带到了奶奶的病房门口。

"等等。"叶知秋满脸泪痕，刚想推开奶奶的病房门，路其琛拉住了她，仔仔细细地替她把眼泪擦干净，说道，"别哭了，你找了奶奶这么长时间，好不容易找到了，该高兴的，千万别让奶奶担心你。"

"我知道……"叶知秋把眼泪逼了回去，深吸一口气，这才推开了奶奶的病房门。

一段时间没见，奶奶更瘦了，躺在雪白的病床上，仿佛就是皮包骨头一样，两颊深深地凹了进去，仿佛风都能将她吹走一样。

叶知秋张了张嘴，想要喊人，明明说好了不哭的，可眼泪却像是断了线的珠子，完全不受控制。她怎么也没办法将眼前这个瘦弱的身影跟自己记忆里面的那个奶奶重叠起来，她的心里像是刀割一样，看着面前的奶奶，她恨不得杀了叶问兰。那可是自己唯一的亲人了，她怎么能拿奶奶的生命开玩笑？

"奶奶……"她终究还是颤颤巍巍地叫出了这两个字，愧疚地跪在了奶奶的病床前，号啕大哭了起来。

她没办法控制自己的情绪。

"囡囡来了啊……"大概是感觉到了叶知秋的到来，躺在病床上的奶奶突然睁开了眼睛，费力地想要看清楚自己最疼爱的孙女，可不管她怎么用力，眼前都是模糊一片。

叶知秋这才发现，奶奶的眼睛已经看不到了，她扑上前抓住奶奶的手，将她的手覆上自己的脸，嘴里一个劲地说："奶奶，我在这里，我在这里……"

摸到叶知秋的脸时，老太太的脸上总算是露出了一丝笑容，她仿佛已经习惯了这样的黑暗，仔仔细细地摸着叶知秋的脸，最后还扬起笑容，"胖了，那我就放心了。"

叶知秋号啕大哭，"奶奶，你怎么会变成这样？她明明说只要我答应她的要求就会给你看病的，这个骗子，我……"

"好了囡囡，不难过了。"粗糙的手拂过叶知秋的脸，她费力地想要擦去叶知秋脸上的眼泪，好半天才让叶知秋的情绪平静下来，"囡囡，奶奶都这么大年纪了，能在死之前见你一面，奶奶知足了。"

"奶奶你别这样说。"明知道她大限将至，叶知秋还是忍不住安慰奶奶，"你放心，现在我有钱了，我一定会把你的病治好，我要让你长长久久地陪着我，我不会让你离开我的。"

"囡囡，别费劲了。"老太太叹了一口气，说道，"我自己的身体，我自己心里清楚，我这身子拖不了太久了。"

在叶知秋还很小的时候，叶爸爸就过世了，叶问兰嫁给了顾绮山，从来也没管过自己，都是奶奶一个人把她拉扯长大，她一个人含辛茹苦，也是为了照顾自己才把身体拖垮了。好不容易熬到自己有出息了，奶奶却倒下了。

叶知秋想起小时候奶奶自己穿的衣服补了又补，却从来没有亏待过自己，心里就一阵一阵的抽疼。

"囡囡，别哭了，你哭得奶奶心都疼了。"老太太替叶知秋擦眼泪，忍不住叹了一口气，"我这一辈子也没什么好放不下的，唯一放不下的就是你了，你说我这要是走了，你怎么办？以后谁来照顾你？"

这是老太太最放心不下的事情，也是因为这个执念，才让她拖到了现在。

一直在门口站着的路其琛走上前，扶着叶知秋的肩膀，说道："奶奶您放心，以后我会照顾她的。"

"我记得你的声音。"老太太笑着，"昨天就是你把我带回来的，是吗？"

"是，奶奶耳朵真灵。"路其琛笑道，"我是路其琛，是囡囡的……老公。"

"老公？"老太太诧异地瞪大了眼睛，只是眼睛里面依旧是没有一点神采。

"是，奶奶。"叶知秋这才擦了眼泪冲老太太介绍路其琛，"奶奶，我结婚了，他就是我的老公，你放心，他对我很好的。"

老太太被叶问兰关了这么长时间，偶然一次听到叶问兰打电话的时候说起，叶知秋好像是代嫁过去的，刚刚燃起的希望一下子又熄灭了，"囡囡，我知道你是想让我高兴，可……我知道你们俩的事情。"

"奶奶是说代嫁的事情吗？"路其琛笑了笑，说道，"这件事情我已经知道了，您放心，我爱的是她这个人，更何况我们俩已经领了结婚证，是合法的，我一定会一辈子对她好的。"

"真的？"老太太的一颗心总算是放了下来。

"是真的。"叶知秋微微点头，"奶奶，其琛是个很好的人，有他照顾我你大可放心。"

她知道老太太的病情拖不了太久，现在最重要的就是让她走得安心一些。

老太太看不到路其琛的样子，但听声音觉得还算沉稳，她悠悠伸出手，冲着路其琛招了招手，"孩子，你过来……"

"奶奶……"路其琛抓住了老太太的手，"我在这。"

老太太抓着叶知秋的手放到了路其琛的手里，"我就这么一个宝贝孙女，我走之后就把她交给你了，你一定要好好对她，否则我做鬼都不会放过你的。"

"您放心，我一定会对她好的。"路其琛信誓旦旦地保证。

老太太的身体本来就不好，说了几句话之后就气喘吁吁的，叶知秋忙让她休息，"奶奶，你好好休息一下，别说话了。"

她帮老太太把枕头垫高了一些，好让她躺得更加舒服一点。

"囡囡，我有些饿，麻烦你去给我买点吃的好吗？"老太太说道。

"好，我这就出去给你买。"叶知秋二话不说站起了身。

路其琛知道，老太太这是故意支开叶知秋。

叶知秋走后，路其琛主动开了口，"奶奶，您是有什么话要叮嘱我吗？"

"其琛，虽然我眼睛不好使了，但是我心里清楚得很，我能感觉得到，囡囡她很爱你。"老太太淡淡地说道。

"是，我也很爱她。"路其琛说道，"奶奶，咱们是一家人，有什么话您可以跟我直说。"

老太太皱着眉头想了好一会儿，这才说道："有件事情……我在心里憋了很多年，连囡囡也不知道……"

奶奶刚说了两句话就开始喘，路其琛忙给她倒了杯水，说道："奶奶，有什么事咱们以后再说……"

"不，现在不说……以后怕是没机会了。"老太太倔强地说道，"我支开囡囡，就是想把这件事情的前因后果告诉你，也希望你今后能帮助囡囡找到自己的家。"

老太太喝了一口水，娓娓道来。

原来叶奶奶名叫叶文书，根本就不是叶知秋的亲生奶奶。叶知秋的父亲名叫赵熙，赵家在朱城也算是大户人家，叶奶奶年轻时就一直在赵家做保姆，而赵熙是她从小照顾大的，两人的关系犹如母子般亲密。

当初赵熙身边也有很多不错的女孩子，只可惜他人很单纯，最后竟然选了叶问兰这样一个心机女。而他跟叶问兰的恋情遭到了家里人的一致反对，赵老爷子甚至告诉赵熙，如果他非要跟叶问兰在一起，那他们就断绝父子关系。叶问兰当初勾引赵熙的时候就是看中了赵熙的家世，可赵熙为了跟叶问兰在一起不惜跟家里决裂，叶问兰怎么肯答应？她甚至气得赵老爷子几次住进医院。哪怕是这样，赵熙还是带着叶问兰离开了朱城。叶奶奶为了不让赵熙受苦，也毅然决然地跟着赵熙离开了朱城。之后，赵熙为了避免一些麻烦，就与叶奶奶以母子相称。而叶问兰与赵熙的生活并不幸福，叶问兰每天都让赵熙回去要钱，不然就吵架。赵熙当然不肯，他哪里还有脸回去要钱？

在一次大吵之后，叶问兰就消失了，她再出现的时候就大着个肚子，甚至威胁赵熙，他要是不给钱的话，就把她肚子里的孩子打掉。

赵熙变卖了所有的东西，才保住了叶问兰肚子里的孩子，也就是知秋。没想到叶问兰在生下知秋之后就火速勾搭上了顾绮山，不但活活气死了顾绮山老婆，赵熙也一病不起。

在知秋四岁的时候，赵熙因病去世，只剩下叶奶奶和知秋相依为命。叶奶奶后来也试图带着知秋去找赵家，但赵家不但电话号码换了，甚至全家都移了民，联系不上赵家的叶奶奶只能独自带着知秋生活。而后因为上学等问题，叶奶奶便把知秋的姓改为了叶。

"其琛，朱城才是囡囡的家，虽然我不知道这么多年过去了，赵家人还认不认这个孙女，但不管怎么样，她也是有亲人的，希望你今后能帮她找到自己的家。不管到时候，赵家对她的态度如何，你都要护她周全。"老太太叹着气说道。

"您放心，不管赵家认不认她，我都会护她、爱她，因为她是我的妻子。"路其琛保证道。

对于路其琛来说，叶知秋是什么身世根本不重要，他爱的是她这个人，不管她是赵知秋还是叶知秋，她都是自己的妻子。

老太太把这件事情告诉路其琛之后，总算是了了一桩心事，疲累地靠在床头睡了。路其琛扶着她躺下，然后小心翼翼地出了门。

叶知秋带着餐盒回来的时候路其琛正好出门，她刚想开口说话，路其琛就做了一个"嘘"的动作，小声说道："奶奶已经睡着了，先不要去打扰她。"

"其琛，我好怕。"在路其琛面前，叶知秋还是忍不住掉眼泪，声音里满是委屈。

她恨自己为什么要相信叶问兰的话，大概人在绝境的时候只要有根救命稻草就会情不自禁地抓住，也不管稻草的那头到底是什么吧。

路其琛搂着叶知秋柔声安慰，声音里带着魔力，"别怕，我在。"

短短四个字，却让叶知秋的心一下子安定了下来。只要路其琛在她身边，她的心里就是安稳的。

从医院出来，路其琛拉着她去了一趟礼服店，非让她选一件。

"其琛，就算了吧，我这平时根本也穿不到这样的衣服，你买来做什么？"叶知秋皱着眉头说道。

"谁说让你平时穿了？"路其琛无奈地看着面前的叶知秋，说道，"你忘了吗？明天就是白蓉蓉的生日宴，难道你想穿现在身上这一身过去吗？"

"……"这两天事情多，叶知秋差点忘了白蓉蓉生日的事情，人家都说情敌相见分外眼红，叶知秋自然也不想在白蓉蓉面前输了面子，于是认认真真地挑选起了礼服，选了半天都没有选到合自己心意的，叶知秋不免有些泄气。

"怎么了？没选到自己喜欢的？"路其琛拉着叶知秋问道。

"是啊。"这里的每一件礼服都很漂亮，看得出来也很贵，但叶知秋就是找不到自己喜欢的。或者说，没有一件适合自己。

路其琛转过身冲着身后的导购说道："除了这些就没有别的了吗？"

"……有。"导购微微点头，颇有些犹豫地冲着面前的路其琛说道，"可是路总，之前您带白小姐过来的时候说得很清楚，但凡有新款第一个拍给白小姐看，二楼那件礼服我们已经拍给白小姐看过了，她也很喜欢，说是下午过来试，所以……"

导购说完还不动声色地看了一眼面前的叶知秋，长得倒是挺漂亮的，只是跟白蓉蓉比起来还差得远，估摸着是把叶知秋当成路其琛的新宠了。

叶知秋也没解释，笑了笑，拉着路其琛的手说道："算了吧，咱们去别家看看。"

既然在这里挑不到自己喜欢的，那就去别的地方看看就是了，贵的并不一定就是适合自己的。

"等等。"路其琛拉住了叶知秋，说道，"这里的礼服是全阳城最好的了，如果在这里你都挑不到的话，那别的地方你肯定也都看不上。"说完这话他又转过头来看着面前的导购，"去把二楼那件礼服拿下来给我太太试一下。"

"太……太太？"导购吓了一跳，早就听说路其琛结了婚，可路其琛的名声并没有因为他结婚而变好，前有大明星白蓉蓉，后有各个美女前赴后继，导购自然而然认为路其琛今天带来的也是情人之类的，怎么也没想到他带过来的竟然会是老婆。

"有什么问题吗？"路其琛淡淡地问道，"从今天开始，你这边要是进了什么新款，第一个拍给我太太看，如果我太太看中了麻烦你送货上门，至于价钱方面，我绝对不会亏待你的。"

路其琛说这话，等于是在告诉所有人，路其琛跟白蓉蓉之间已经完全没有关系了，如果白蓉蓉还打着路其琛的名号，他们是完全可以不用搭理的。

"是，我这就去。"路其琛可是大客户，不管他带来的人是谁，只要有钱赚，他们绝对会尽心尽力地服务。

导购把礼服拿下来的时候叶知秋就被吸引了。

"路太太，我带您进去试试？"导购对这件礼服还是很有自信的，这件礼服出自天才设计师Linda之手，据说她一年只设计两件礼服，每一件都能拍出高价。

叶知秋进试衣间换上礼服，后背的绑带她自己系不了，于是冲着试衣间外喊道："能帮我系一下后背的带子吗？"

没过多久，试衣间厚重的帘子被拉开，一双冰凉的大手触碰到了叶知秋的

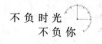
后背。

"好了。"路其琛并不擅长系礼服的带子，费了半天劲儿才勉强把带子系好，领着叶知秋出来站在灯光下的时候，路其琛都忍不住惊叹。

宝石蓝的长裙在朦胧的灯光下优雅、动人，长长的裙摆水银一样地铺绽在红地毯上，腰线收得极细，束腰上勾勒着银白色的花纹，带着中世纪欧洲宫廷的韵味。叶知秋腰背笔直地缓缓走过，远看就像是一个细颈的青花瓷瓶，精致的花边衬出白皙的双腿，修长挺拔，玲珑的曲线完完全全地勾勒了出来。

叶知秋不经意地抚上自己的发丝，有些不适应路其琛这样直勾勾的眼神，"不……不好看吗？"

"不，是太好看了。"路其琛一直知道叶知秋长得挺漂亮的，但他没想到打扮起来的叶知秋会这么好看，也难怪，平日里她都是一副清清爽爽的模样，从来没有多余的装饰，也不化妆，这换了一件衣服之后整个人都变了一个样。

"就这件了，给我包起来吧。"路其琛说道。

"好。"一旁的导购也看得眼睛都直了，这样一比较起来，路其琛选择叶知秋的理由显而易见，白蓉蓉虽然长得漂亮，但身上没有叶知秋那股气质。

路其琛连价钱都不问就直接说包起来，在场的几个导购都挺开心的，毕竟他买一件礼服她们的工资都能翻倍了。

"莉莉，我让你给我预留的礼服呢？"路其琛去付钱了，试衣间外突然响起白蓉蓉的声音，导购听到这声音的时候头都大了，尴尬地冲着面前的叶知秋说："路太太，麻烦您进去换下来吧，我好给您包起来。"

"好。"叶知秋淡淡地应了句，因为裙摆大，所以行动起来确实有些不方便，叶知秋还没来得及走到试衣间，白蓉蓉就走了进来。

原本她看起来心情还不错，可看到礼服在叶知秋身上的时候，她的笑容就凝固了，叶知秋背对着白蓉蓉，所以白蓉蓉并没有认出她来，转头就甩了莉莉一个巴掌，"你知道我从来不穿人家穿过的衣服，这么长时间了，你还不了解我的喜好吗？"

"我……"导购捂着脸，委屈得快要哭出来了，"白小姐，这件礼服……"

"这件礼服我昨天就跟你定下了，说好了今天来试穿的，你还把它给别人穿，你是什么意思？这么贵的礼服她买得起吗？"白蓉蓉轻蔑地冲着莉莉说道。

叶知秋实在是不忍心看白蓉蓉为难导购，皱着眉头转过了身，冲着白蓉蓉说道："白小姐，好久不见。"

"是你啊。"白蓉蓉轻蔑地看着面前的叶知秋，"是挺久不见的了，嫁了个有钱人果然不一样，像这样的店以前你都来不了吧？怎么？路其琛给了你多少钱？让你来这里买礼服？"

白蓉蓉知道叶知秋来这里肯定是为参加自己的生日宴买礼服的，她看到叶知秋的时候眼底也闪过一丝惊艳，要是让叶知秋穿这身去生日宴，自己的风头一定被她盖过了。

"白小姐这话说得好玩，我花我老公的钱天经地义不是吗？不像白小姐，年纪轻轻就喜欢花别人老公的钱。"叶知秋云淡风轻地说道，"哦，对了，其琛应该把你的副卡都停掉了吧？不知道白小姐还能不能负担得起你的高消费呢？"

"你给我闭嘴！"白蓉蓉气得脸都绿了，"别以为你是路其琛的老婆我就不敢动你，我告诉你，路太太的位置我迟早抢回来。"

以前路其琛从来不会带白蓉蓉去逛街，都是给她钱，让她自己去买，所以白蓉蓉理所当然地认为叶知秋也是一个人来的。白蓉蓉冷笑了一声，说道："我劝你最好主动离开路其琛，否则我不会让你好看的。"

"是吗？你要怎么让她不好看？"路其琛刚刚付完钱回来就看到白蓉蓉正盛气凌人地欺负叶知秋，他当然不乐意，冷笑了一声，冲着面前的白蓉蓉说道，"你打算怎么收拾我老婆？"

"其……其琛……"白蓉蓉这段时间都避着路其琛，一来是因为她知道路其琛现在不想看到她，如果这个时候她缠上去的话很可能会适得其反，二来她也是想在这段时间好好调整自己，在生日宴的时候一鸣惊人，也让路其琛看到自己的改变。

路其琛不是喜欢自己以前那种知书达礼的样子吗？那她就让路其琛看见自己的转变。可她没想到会毁在一件礼服上。

"你怎么会在这里？"白蓉蓉的脸色都白了。

"我当然是陪我太太来买衣服，有什么问题吗？"路其琛自然地站到了叶知秋的身边，冲着白蓉蓉说道。

"我……"白蓉蓉嫉妒得发狂，可还是忍了下来，她淡淡地笑了笑，冲着面前的路其琛说道，"我这是跟路太太开玩笑呢，你们也是来买礼服吗？"

两人谁也没搭理白蓉蓉，路其琛侧头柔声说道："去把衣服换下来吧，一会儿带你去吃好吃的。"

"好。"叶知秋微微点头，她刚想转身回去换下礼服，白蓉蓉不甘心地拉住了叶知秋，"路太太，这件礼服是我先定下的，还麻烦你割爱，把它让给我。"

"你定下的？"叶知秋拂开了白蓉蓉的手，说道，"白小姐，虽然我很想割爱，不过……这件礼服我老公已经付了钱，更何况我自己也很喜欢这件礼服，所以我实在没办法装大方，不好意思。"叶知秋淡淡地笑了笑，"一会儿我还有事，这里还有很多好看的礼服，不如……白小姐就不要在我身上浪费时间了，赶紧再选选吧，说不定还能找到自己喜欢的。"

"路太太……"叶知秋拒绝，白蓉蓉并不意外，但她也不会这么轻易地放弃，她笑了笑，说道，"你也知道的，生日一年只有一次，更何况我是个公众人物，出现在媒体面前的时候总不能随随便便地选一件礼服，你看……"叶知秋微微侧头，看向了身边的路其琛，白蓉蓉急忙说道，"路总这么宠你，只要你答应了，他肯定没什么意见的，是吧？路总。"

路其琛笑了笑，说："千金难买心头好，我太太在这里逛了这么长时间了，就选到这么一件合心意的礼服，作为老公的我如果连这个都不能满足她的话那我未免也太没用了，所以白小姐，还是麻烦你另选一件吧，哦，对了，不管你今天选哪一件，都挂在我的账上，就当是我和我太太送你的生日礼物了。"

第25章　生日宴

路其琛说完也不管白蓉蓉的反应，拉着叶知秋就进去换衣服，"快去换衣服吧。"

白蓉蓉气得脸都绿了，只能眼睁睁地看着路其琛和叶知秋离开。白蓉蓉为了报复，选了十几件礼服，就算现在穿不到，以后总有穿到的时候。

没想到付钱的时候莉莉又为难了，"白……白小姐，您还需要支付一百八十七万……"

"你没听到路其琛说的话吗？记他账上，赶紧给我包起来，我一会儿还有事情要做。"白蓉蓉气定神闲地摆弄着自己新做的指甲，一会儿她还约了人做SPA，明天是她的生日，一定要美美地出现在众人面前。

"可是……"莉莉犹豫了半天，最后还是说道，"路总说了，他现在是有老婆管的人，不能乱花钱，所以……请白小姐选一件最喜欢的，其他的他不会承担。"

"什么！"路其琛对自己一向大方，可自打结婚之后对自己的态度就一百八十度转变，她更加怨恨叶知秋，要不是因为她的出现，路其琛怎么会变成现在这样？

白蓉蓉最后只能在十几件礼服里面选了一件自己最喜欢的，记在了路其琛的账上，毕竟她现在很少接到工作，资金方面也就没那么充裕，最后愤愤地出了门。

她一走，周围的人纷纷围在了莉莉的身边，"莉莉，你怎么样？我看白蓉蓉打的那一下可是下了狠手，真是太过分了。"

"可不是，以前有路其琛罩着她，她嚣张一点也就算了，毕竟还有钱赚，可现在没有路其琛撑腰，她算什么东西，还动手打人，真是太过分了。"

莉莉微微摇头，被白蓉蓉打的那半边脸还是有些红肿，"虽然今天被打了，但总算也把那件礼服卖出去了，这个月咱们的奖金也很可观。"

"可不是，我看路太太比起白蓉蓉来，好得岂止是十万八千里，也难怪路其琛肯为她浪子回头。"

"就是……"

　　白蓉蓉的生日宴安排在市中心的一家酒店，可谓是闹中取静，装修和周围景色都很好。

　　白蓉蓉早早就到了，一直在等着顾妍绯的出现。

　　顾妍绯这次没有缠着路其琛说要搭便车，离生日宴还有三个小时的时候，顾妍绯就自己出去，直奔宴会酒店。

　　白蓉蓉在娱乐圈里摸爬滚打这么多年，尽管戏约少了，但还是积累了一些人脉，能出现在这个宴会上的非富即贵，还有很多圈内人，当然，想进来也不是这么简单，请帖是唯一的敲门砖。

　　顾妍绯出示了自己的请帖，直奔白蓉蓉的化妆间，看到她出现的时候，白蓉蓉的一颗心总算是放了下来，"你可算是来了。"

　　"白小姐，你今天可真漂亮。"顾妍绯笑着恭维白蓉蓉，她今天穿了一件纯白色的礼服，上面点缀着许多小珍珠，棕色的长发盘起来，用一个百合簪子固定住，透明的水晶高跟鞋衬出她的腿细长而洁白。

　　顾妍绯以为这样恭维白蓉蓉会高兴，没想到白蓉蓉从鼻子里发出一丝冷哼。她身上的这件礼服就是昨天路其琛买单的那件，一想起自己中意的礼服被叶知秋抢走了，白蓉蓉就满肚子怨气，对顾妍绯的恭维也很不满，冷笑了一声，说道："行了，恭维的话就不要说了，我不吃这一套。"

　　顾妍绯脸色一僵，但很快就恢复如常，说道："白小姐，你让我准备的东西我都已经准备好了，那……你这边有人选了吗？"

　　白蓉蓉冷笑了一声，"这你就放心吧，今天来了那么多大明星，她要是看上一个也是很正常的事情，路其琛不会怀疑的。"

　　"好。"顾妍绯冷笑了一声，总算是放下了心。

　　生日宴临近开始，路其琛和叶知秋才姗姗来迟。

　　在场的记者们早就听到了风声，知道路其琛今天会带路太太出席，现任太太和旧情人见面，这个噱头够记者们编排的了，所以路其琛一出现，所有的记者都围了上去。

　　这也是叶知秋第一次以路太太的身份在众人面前亮相，她淡淡地笑了笑，瞬间周围黯然失色。

　　难怪外界传言路其琛浪子回头，原来是因为家里藏了这么一个美娇娘。

　　"路总，看这里。"记者热情地跟路其琛打招呼，叶知秋是头一次见识这样的场面，略有些不适应，拉着路其琛有些不知所措。

路其琛笑了笑，牵住了叶知秋的手，说道："别紧张，一会儿就结束了。"

因为路其琛的鼓励，叶知秋总算是慢慢地平静了下来，两人对视时眼底里的浓情蜜意是挡都挡不住的。

"路太太真漂亮！"

"是啊，路总眼光不错！"记者们的夸赞让叶知秋红了脸，而路其琛则笑盈盈地道谢，别人夸自己老婆漂亮，他当然是高兴的。

人群中有一道怨毒的目光盯着两人看了很久，握着酒杯的手指关节微微泛白，顾妍绯心里的嫉妒像是藤蔓一样，快要把她缠得窒息了。本该站在路其琛身边被他呵护备至的人是她啊。

人群中不知谁喊了一句，"寿星来了。"

记者们这才恋恋不舍地挤到了楼梯前，等着白蓉蓉逐级而下。

白蓉蓉今天的打扮唯一出彩的地方就是头顶的那个皇冠，据说是花了大价钱借来的，既然礼服不能跟叶知秋抗衡，那么别的方面……她自然希望能够赢过叶知秋。她站在楼梯口，一眼就看到了人群中的路其琛和叶知秋，嘴角微微扬起，过了今晚，看叶知秋还有什么脸来跟自己争路其琛。

镁光灯对准了白蓉蓉，叶知秋脚下扭了一下，好在身边的路其琛扶住了叶知秋，柔声说道："小心点。"

"知道。"叶知秋甜蜜地笑了起来。

两人的眼中只有彼此，而楼梯上的白蓉蓉将这一幕尽收眼底，嫉妒得快要发疯。

白蓉蓉走下楼梯，在所有人的瞩目中，走到了叶知秋的面前，仿佛跟叶知秋是很好的朋友一样，亲昵地拉着叶知秋的手，说道："还以为路太太今天不会来呢，你能来我真的很高兴。"

白蓉蓉这一举动让在场的人大跌眼镜，原本以为两人见面肯定是火星四射，再不济也是暗自使绊子，谁也没想到会是这样和谐的样子。

叶知秋客气地笑道："白小姐这么盛情邀请，我跟其琛自然要给面子。"言外之意她和路其琛是一家人，而白蓉蓉充其量只是个外人罢了。

白蓉蓉脸上看不出任何的情绪，她笑着冲叶知秋说道："来了就好，我之前还怕你跟其琛不给我面子，那我可就丢大脸了。"

"对了其琛……"白蓉蓉俏皮地冲着路其琛眨了眨眼，"今天来的很多都是咱们之前的朋友，你要是无聊的话可以找他们聊聊天，路太太就先借我了。"

"多谢白小姐的好意，不过我这个老婆平日里没见过这么大的场面，就不劳烦白小姐照顾了，还是我自己来比较放心。"路其琛冷淡地笑了笑，"白小姐今天可是主角，应该也挺忙的吧？"

"不忙不忙。"白蓉蓉笑盈盈地说道，"我跟路太太也挺长时间没见了，就想让她陪着我说说话，路总不会这么小气吧？"

到最后还是叶知秋开了口，冲着面前的路其琛说道："没关系的，你去忙吧，今天是白小姐的生日，我在这里陪陪她也无妨。"

有白蓉蓉在的场合，路其琛总是沉默寡言，但一转头冲着叶知秋说话的时候却是百般温柔，在场的女人哪个不羡慕？

这大概就是传说中的，弱水三千只取一瓢。

"那你自己小心，我过去一下，一会过来找你。"路其琛伸手替叶知秋理了理额头的鬓发，她笑着点了点头。

白蓉蓉咬牙切齿地看着，在路其琛投过警告的眼神时，她还若无其事地扬起一抹微笑。

白蓉蓉今天的生日宴有一群人是很特殊的存在，不是圈子里的人，他们就是很普通的人，只是他们都是白蓉蓉的铁杆粉丝，一个个把白蓉蓉奉若神明，能被自己的偶像邀请来参加生日宴，个个都觉得三生有幸。

路其琛和白蓉蓉的事情他们都是知道的，曾经私下里把路其琛称为"姐夫"，看到自己的偶像能有这样一个优秀的男朋友，他们也是由衷地为她高兴，可好景不长，路其琛竟然结婚了，今天还明目张胆地把自己老婆带过来，这是想给白蓉蓉难堪吗？

看到白蓉蓉明明很不开心还要装作高兴的样子，粉丝们心疼极了。

哪有人会对自己的情敌这么好的，蓉蓉就是太善良了。

白蓉蓉拉着叶知秋走到了粉丝中间，笑盈盈地说道："感谢你们能在百忙之中抽空来参加我的生日宴，我很感谢，谢谢你们陪了我这么多年，将来的日子也希望你们多多关照。"

"蓉蓉姐，最近怎么看不到你有拍什么新戏或者是出席什么活动了？"有一位粉丝问道。

白蓉蓉脸色一僵，尴尬地笑了笑，"……这段时间太累了，不管是工作、生活还是……其他什么方面，都觉得自己很不顺遂，所以就想找个机会让自己偷偷懒，你们放心，等我休息调整完之后我会重新开始的。"

"蓉蓉姐，你是不是因为跟路其琛的感情出现了问题，所以才这么伤心的？"叶知秋算什么东西？哪里比得上白蓉蓉这么温柔大方、美丽动人？路其琛真是瞎了眼，选了这样一个女人。

闻言，叶知秋微微皱起了眉头，她终于明白白蓉蓉带自己过来是什么意思，想用这三言两语来击退自己，未免也太天真了吧。

白蓉蓉侧头看着面前的叶知秋，忙解释道："路太太，你可千万不要误会，他们也就是随口一问，没别的意思。"

叶知秋淡淡地笑了笑，说道："没关系，我不介意。"

白蓉蓉见这些根本没能让叶知秋生气，继续说道："你们啊，总是拿过去的事情出来说，路太太还在这里呢，说这些不合适。"白蓉蓉的脸上闪过一丝哀伤，笑了笑，继续说道，"我跟路其琛的事情已经是过去式了，虽然……算了，不说了，我相信其琛选择路太太是有原因的，可能真的是我们不太合适吧，以后你们也别提这个事情了，免得我们大家都尴尬。"

白蓉蓉虽然嘴上这么说，但是脸上的表情却是很伤感的，看得周围的粉丝义愤填膺。他们本能地认为一定是叶知秋插足了白蓉蓉的感情，所以路其琛才会抛下白蓉蓉，叶知秋就是个不要脸的小三。

"好了，我那边还有事，一会儿我过来找你们聊天。"白蓉蓉见自己已经达到了目的，准备告辞，正好那边晚宴主持人叫到了自己的名字，"下面……有请我们今天晚宴的主角，白蓉蓉小姐上台。"

白蓉蓉笑盈盈地看着面前的叶知秋，说道："路太太，你稍等我一会儿，我去去就回。"

"好。"叶知秋微微点头，她不过是想让路其琛去跟以前的生意伙伴聊聊，哪里在乎白蓉蓉去做什么。她找了个角落的位置坐着，看白蓉蓉笑盈盈地上了台。

白蓉蓉深深地朝着宾客们鞠了个躬，"感谢各位在百忙之中来参加我的生日宴，希望大家今晚玩得愉快。"

白蓉蓉简短地说了一些话，刚想下台，主持人就拉住了白蓉蓉，冲着她说道："白小姐稍等，听说白小姐在出道之前是学舞蹈的，不知道今天在场的宾客有没有这个机会能一睹白小姐的舞姿呢？"

"这……"白蓉蓉的脸上虽然有些为难，但一点都没有诧异的神情，显然主持人的这个提议她是知情的。

"蓉蓉姐，你就别推辞了，我们也很久没看到你跳舞了。"底下的粉丝纷纷热情地喊道，白蓉蓉只好微微点头，"要我跳舞也不是不可以，只是……"

"只是什么？"主持人笑着问道，"白小姐放心，只要你肯跳舞，其他什么要求我们都会想办法满足你。"

"其实也不是什么大事，我听说路太太不光人长得漂亮，还弹得一手好琴，不如让她上台给我伴奏，可以吗？"白蓉蓉冷笑着说道，直接点到叶知秋。

叶知秋原本还躲在角落里休息，这样的晚宴对她来说无趣得很，靠在沙发上差点睡着了，听到白蓉蓉叫她的时候才回过神来，一脸无奈地看向了舞台上。

宴会厅里很安静，所有人都把眼神集中到了叶知秋的脸上，路其琛微微皱眉，快步走到了叶知秋的身边，冲着叶知秋说道："走吧，咱们人到了也算是给足了她面子，没必要再完成任何她要求的事情。"

"现在走不合适吧。"所有人的眼光都盯着自己，如果她这会儿转头就走，未免也太不合适了些，先不说媒体要怎么报道，无外乎什么自己不给白蓉蓉面子啊，新欢旧爱同框火药味十足啊……她是不想在白蓉蓉面前输了气势，也不愿意让人家比较，觉得路其琛选自己是错误的。

叶知秋拍了拍路其琛的手，笑道："不就是想让我上台丢脸吗？谁丢脸还不一定呢？"

"路太太，可以吗？"两人浓情蜜意的样子，白蓉蓉实在是看不下去，最后忍不住开口催促道。

路其琛眉头都拧到了一起，显然对白蓉蓉这样的做法很不满，路其琛拧着眉，语气冷清，"你若是不想去别就去，没必要为了争一时之气上了她的圈套。"

不知道为什么，路其琛就是觉得这件事情没那么简单。

白蓉蓉笑道："路总，我就是想让路太太给我伴奏而已，众目睽睽之下，难不成我还能做出什么伤害她的事情来吗？你该不会连我这点小小的要求都不答应吧？"她问过顾妍绯，知道叶知秋不会弹琴，所以她才故意让叶知秋上台，想让叶知秋出丑。

一个不会弹琴的和一个会跳舞的，高下立现。

更何况不管叶知秋用什么方式拒绝，在场的人都会觉得她惺惺作态。

所以这笔买卖对于白蓉蓉来说是无论如何都不会亏的。

一直站在一旁的顾妍绯也开始煽风点火，"姐，白小姐都这么说了，你就答应了吧，别扭扭捏捏的了。"从小到大，叶知秋家里穷得都快揭不开锅了，哪里有这个时间和精力去学弹钢琴？顾妍绯就是想看着叶知秋出丑，让路其琛看清楚，他到底娶了怎样一个草包。

顾妍绯和白蓉蓉一唱一和，叶知秋要是再拒绝的话未免显得太过小气，所以她笑了笑，冲着台上的白蓉蓉说道："那……我就献丑了。"

"……那真是太好了。"白蓉蓉从没想过叶知秋会答应下来，她这么做就是想让叶知秋出丑，甚至她安排的钢琴师已经在后台候着了，可叶知秋答应了。她愣了半天，最后笑了起来，"多谢路太太赏脸，钢琴已经准备好了，路太太稍等，我去换件衣服，马上就来。"

白蓉蓉身上穿的是礼服，确实不适合跳舞，一旁的路其琛看叶知秋一脸坦然的样子，顿时明白叶知秋肯定是有些功底的。

"不用担心我。"见路其琛眉头紧皱，叶知秋笑着说道，"不过就是一首曲子罢了，一会儿结束了咱们先走好不好，我有点担心奶奶……"

这两天奶奶的情况是好了点，但是医生也下了病危通知书，她是熬不过这个冬天的，叶知秋现在就想在有限的时间里能多陪陪奶奶。

"好，等你结束了之后我带你见一个人，咱们就回去。"路其琛笑着说道，恰好白蓉蓉也换好了衣服，叶知秋在众目睽睽之下走上了舞台，优雅地鞠了一个躬，然后在钢琴前坐了下来。

周遭都暗了下来，只有舞台上的灯光打在叶知秋的脸上，她有些不适应，过了好一会儿才适应过来，修长的手指放在黑白分明的琴键上，优美的乐声从她的指尖缓缓流淌出来。

平心而论，白蓉蓉的舞姿很优美，一看就是练家子，但在场所有人都没想过叶知秋的琴艺竟然会这么好，连路其琛都有些愣了。她这个老婆身上真是有太多自己没有发现的点了。

白蓉蓉轻轻跳起又轻轻落下，她没工夫去想叶知秋的曲子为何弹得这么流畅，她只有尽力跳好自己的舞，踩着节奏翩然起舞，全身的关节灵活得像一条蛇，可以自由地扭动。一阵战栗从她左手指尖传至肩膀，又从肩膀传至右手指尖。手上的花环也随之振动，每一个动作都是自然而流畅，仿佛出水的白莲。

第26章　合作

白蓉蓉跳的舞是最能显示舞蹈功底的，中间有一段连续的旋转动作，一般人在这样的旋转之下肯定晕头转向，但白蓉蓉对自己的技术有足够的自信，一定能震惊在场所有人。

节奏越来越欢快，白蓉蓉知道叶知秋是故意的，但她根本不惧怕，她优雅地踮起脚尖，旋转，仿佛与音乐融为一体，按照曲子的走向，这会儿是该停了，白蓉蓉嘴角扬起笑脸，她想用这样的伎俩来害自己出丑，那真的是太可笑了。她慢慢地放慢了动作，没想到叶知秋却突然加快了曲风，她被迫把刚刚的旋转动作重新来了一遍，最后还是出现了一点小小的失误。

她心里恨得不行，可叶知秋的曲子没有任何的破绽，所有人都只看到她的失误，她也只能打碎了牙往肚子咽。

音乐停下的那一瞬间，白蓉蓉觉得自己从未像现在这样累过，整个人都快要喘不过气来了。

叶知秋气定神闲地站起了身，悠悠地站在了白蓉蓉的面前，跟着白蓉蓉一起鞠躬致谢，跟她比起来，白蓉蓉输惨了。

"实在是不好意思。"毕竟在场的多数人都跟白蓉蓉关系比较好，还有很多白蓉蓉的粉丝，不管她跳得怎么样都有人鼓掌，但白蓉蓉知道自己的失误大家都看在眼里，索性就大大方方地认了，"可能是很长时间没有跳舞了，今天还是出现了一个小小的失误，希望大家谅解。"

"蓉蓉姐跳得很好。"底下的粉丝纷纷说道，白蓉蓉笑盈盈地去旁边的桌子上拿了两杯酒，递给叶知秋一杯，"虽然我的舞蹈有些失误，不过路太太今天这一首钢琴曲弹得真的是让我不得不佩服，路太太，请。"

叶知秋看着白蓉蓉手里的酒杯，微微皱起了眉头。

"怎么？怕我下毒？"白蓉蓉轻笑了一声，用只有两人能听到的声音开口说道，"你还真是让我刮目相看，放心，喝了这杯酒，我也懒得在这里跟你演戏。"

叶知秋这才接过酒杯，淡淡地喝了一口，在路其琛惊叹的眼神中走下了舞台。

路其琛笑容满面地看着面前的叶知秋，问道："你身上到底还有多少我不知道的秘密？"

"不如你慢慢发现？"叶知秋俏皮地说道。

"能告诉我你到底是什么时候学的钢琴吗？"路其琛实在是有些好奇。

"从小到大一直是爸爸带着我，他从年轻的时候就很喜欢弹钢琴，虽然家里一贫如洗，他也没把这个爱好放下，我很小的时候他在家里买了一台电子琴，教我识谱、练琴，我爸一直说我很有天分，如果不是他去世得早的话，可能我到现在还被他逼着练琴呢。"爸爸对叶知秋一向很疼爱，但偏偏在她练琴的时候就很严肃，甚至曾因为某一次她偷偷出去玩没有练琴而打过她。

"后来爸爸去世之后隔壁邻居教了我弹钢琴，虽然已经很长时间没弹了，但基本功还在。"叶知秋怎么也没想到，自己这点手艺竟然还有搬得上台面的时候。就连叶问兰都不知道她会弹琴的事情，谁会想到家里穷成这样了还有闲情雅致去练琴呢。

"你刚刚不是说要带我去见一个人吗？"叶知秋好奇地问道，"什么人？"

"跟我来。"路其琛牵着叶知秋的手走到了一个西装笔挺的男人面前，他看起来心情不是太好，自始至终都板着一张脸，"顾先生。"

路其琛淡淡地招呼了一声，"这位是我太太，有些事情她想跟你谈谈。"

"我们……认识吗？"顾辞远好奇地问道。

"不认识，不过……我们认识赵珍珍。"路其琛淡淡地说道。

顾辞远脸色陡然严肃了起来，路其琛拍了拍叶知秋的肩膀，说道："你不是一直想见见顾先生吗？有什么话你就跟他说吧，等你说完了咱们就回家。"

"好。"叶知秋微微点头，"顾先生，我是珍珍的朋友，之前一直听她提起你，要不……咱们去外面聊聊？"

"好。"在这个时候能为了赵珍珍的事情来找自己的，怕是真的跟她关系很好，所以顾辞远二话不说就答应了下来。

两人找了个安静的角落，顾辞远开口问道："路太太，你来找我到底想说什么？"

"顾先生，我就想问问你，你跟珍珍的事情到底是怎么想的？"

两人一番交谈，叶知秋确认了顾辞远对赵珍珍心意不变后，这才如释重负，心头的一块大石头也算是落了地。

叶知秋转身回去，走到门口时一眼就看到了站在白蓉蓉身边的路其琛，白蓉蓉拉着路其琛不知道在说些什么，路其琛的脸上满是不耐烦。

叶知秋微微皱眉，正打算过去帮路其琛解围，突然白蓉蓉的两个粉丝挡在了自己面前，"路太太是吧，我们有点事情想找你聊聊。"

"我跟你们能有什么好聊的？"叶知秋微微皱眉，心里隐隐有一丝不好的预感。

"路太太真是好本事，我们蓉蓉跟路总在一起才是天造地设的一对，也不知道你使了什么手段，竟然把路总骗到手了。"

叶知秋刚想说话就觉得天旋地转，她想起刚刚舞台上的那杯酒，她以为众目睽睽之下白蓉蓉不敢做手脚，可现在看来还是自己太天真了。

"就是啊，路太太可真厉害，你教教我们，怎么样才能快速有效地钓到一个金龟婿呢？"

"听说她身上的这件礼服是咱们家蓉蓉先看上的，现在却穿在她身上，真是太过分了，哪有蓉蓉穿得好看？"

周遭的声音像是从很遥远的地方传来的，叶知秋脚下踉跄了两步，一旁紧紧盯着的顾妍绯走上前来，冲着几个粉丝说道："你们在干什么？"

"怎么，你要过来帮她吗？"几人轻蔑地说道。

顾妍绯冷笑了一声，帮？她巴不得叶知秋出事呢。她伸手扶住连站都站不稳的叶知秋，说道："我告诉你们，我姐姐和我姐夫感情很好，别以为你们这样挑拨两句就能有什么效果，做梦！"顾妍绯顿了顿，继续说道，"你们都是白蓉蓉的粉丝，今天又是白蓉蓉的生日宴，这么多媒体在场，要是拍到你们对我姐姐无礼，到时候丢脸的可是你们的偶像。"

"这……"几个粉丝原本来找叶知秋也只不过是想替白蓉蓉出头，顾妍绯这些话一说出来，几个人生怕给自己的偶像抹黑，一个个都讪讪地避开了。

顾妍绯扶着叶知秋离开，装模作样地问道："姐，你没事吧？"

"你要带我去哪？"叶知秋喘着气问道，她身上一点力气都没有，连找人帮忙都喊不出声。

"一会儿你就知道了。"顾妍绯冷笑着说道，也有人上前询问要不要帮忙，顾妍绯只是笑着说道，"不用，我姐就是喝多了，我扶她去旁边休息一下就好。"

路其琛分明看到叶知秋的人影了，可一眨眼人就不见了，而后白蓉蓉又上前缠着他说话，"其琛，我们在一起这么长时间了，就算现在分开了，但我以为我们至少还称得上是朋友吧？你下令封杀我，弄得我现在一点工作都接不到，你要不要对我这么狠心？"

"我给过你机会，可你自己没有珍惜。"路其琛冷漠地说道，"我跟你在一起这么多年，平心而论，只要你做的不是太过分我都睁一只眼闭一只眼，我以为我们可以好聚好散，我给过你很多次机会，就算现在咱们不是情侣，可我也给你在娱乐圈里铺出了一条康庄大道，你好好把握不会比以前过得差，可你自己亲手毁了这一切，不是吗？"

"不，不是这样的。"白蓉蓉可怜巴巴地看着面前的路其琛，说道，"其琛，我跟你在一起不是为了钱或者名利，我只是单纯地想要跟你在一起，如果你愿意的话，我们还是可以在一起的，我向你保证，绝对不会再像以前那么任性，好吗？"

白蓉蓉哀求路其琛，她以为路其琛只是在气自己不懂事，可路其琛看向自己的眼神里面满是陌生和疏离，有一瞬间她突然惊醒过来，路其琛是真的爱上叶知秋了，而不是在跟自己赌气。可她不甘心，叶知秋很快就会变成一个人尽可夫的贱人，路其琛迟早还是要回到自己身边。

路其琛懒得跟白蓉蓉多废话，斩钉截铁地说道："如果你答应我从此不再纠缠，那么我可以跟你保证，你在娱乐圈依旧可以做你风光无限的白小姐，但你若还要苦苦纠缠，那你的演艺生涯怕是也到头了，孰轻孰重，你自己掂量。"

"你一定要这么绝情吗？"白蓉蓉心寒地看着路其琛，不死心地问道。

路其琛一言不发。

"好，好啊，路其琛，如果你非要这么做的话，你一定会后悔的。"白蓉蓉狠声说道，就算得不到路其琛，她也一定要亲手毁了路其琛和叶知秋的幸福。

她得不到的东西，也绝对不会拱手让人。

路其琛懒得搭理白蓉蓉，他在宴会中看到了顾辞远的身影，可找了半天都没找到叶知秋。

顾辞远见状问道："我跟路太太聊完之后就回了宴会厅，算起来也应该有十五分钟的时间了，她还没回来吗？"

"十五分钟……"路其琛第一反应就是叶知秋出事了，他想起白蓉蓉最后那个阴森恐怖的眼神，直觉告诉他这件事情一定跟白蓉蓉有关系。

看到路其琛这么紧张的样子，顾辞远就知道路太太肯定是出事了，他微微皱眉，冲着路其琛说道："路总，咱们还是赶紧去找找吧。"

好在叶知秋今天出尽了风头，还是有几个人看到叶知秋被顾妍绯带走的，顺着他们所指的方向，路其琛找人把酒店的监控调了出来，确认叶知秋是被顾妍绯带走了，急忙追了上去。

路其琛担心叶知秋的安危，并没有看见顾辞远看到监控时那一闪而过的狠厉。顾辞远的心事只有他自己最清楚。顾家的情况他已经打探清楚了，只是没想到会在这里碰上顾妍绯。

"就是这里了。"通过酒店的监控，两人看见顾妍绯把叶知秋带进了1805号房间，站在房间门口，顾辞远紧紧地皱起了眉头。

"房卡！"顾辞远把从前台拿的房卡递给了路其琛，路其琛刚想开门，房门却开了，顾妍绯的脸出现在两人面前。

顾辞远眼疾手快，一把将顾妍绯按在了墙上，路其琛夺门而入，看见一个男人已经在脱衣服了，而躺在床上的叶知秋早就已经昏迷了，根本听不到路其琛的呼唤。顾妍绯看到路其琛出现在这里的时候，脸都白了，她之所以找白蓉蓉来做这个事情，就是想让白蓉蓉做自己的替死鬼，可她没想到自己的计谋还没得逞，甚至自己还没来得及走出去，路其琛就闯到了自己面前。

顾妍绯被顾辞远反手压在墙上，她拼命地挣扎，喊道："你赶紧放开我，听到没有？"

"顾妍绯，十几年没见，你还是一如既往的讨人厌。"顾辞远冷笑了一声，"我的好妹妹，想不到十几年之后咱们俩的再次见面，竟然会是在这样的情况下。"

"你……你是谁？"顾妍绯慌了，当着路其琛的面，这个男人竟然能准确无误地叫出自己的名字，证明他肯定是认识自己的，但顾妍绯想了半天，还是不知道这个人到底是谁。

"怎么？这么快就把我忘了？"顾辞远冷笑了一声，"当年你那个妈爬上那个男人的床，生下你，你们逼着我从顾家离开的时候没想到会再次见到我吧？十几年过去了，你还是跟小时候一样讨厌，一点长进都没有。"

"你……你是顾辞远？"顾妍绯终于想起了顾辞远，十几年没见，她早就已经把这个同父异母的哥哥抛到了九霄云外，她从来没有想过自己还会有再见他的一天。

"你不是出国了吗？回来做什么？"当年叶问兰生下顾妍绯之后子宫受到了伤害，医生说她很可能再也不能怀孕，叶问兰怕顾绮山将来把家产都留给顾辞远，于是处心积虑地把顾辞远从家里赶了出去，算是彻底斩断了顾辞远和顾绮山之间的父子情分。

十几年过去了，顾妍绯和叶问兰早就已经把这件事情抛到了脑后，只知道当初顾辞远从家里离开之后一直跟着外公外婆生活，后来干脆就移民国外了，今天在这样的情况下见面，顾妍绯可以说是一点准备都没有。

在阳城，甚至有很多人还不知道顾辞远的存在。

"看来是想起来了……"顾辞远冷笑了一声，"好久不见啊，顾妍绯。"

"你给我闭嘴！"顾妍绯盛气凌人地说道，"顾辞远我警告你，赶紧放开我，否则我要你好看。"

顾辞远在叶问兰进门之后就没有过过一天好日子，叶问兰无时无刻不在折磨他，几岁的孩子，逼着他洗碗、做饭、洗衣服，反正家里什么琐碎的事情都扔给他做，最后还污蔑他偷东西，所以对顾妍绯来说，这根本不是她的哥哥，而是一个用人罢了。

"放开我！"顾妍绯喊道。

"顾先生，放开她！"路其琛怎么都没办法把叶知秋喊醒，三两下就把旁边的男人捆在了一旁，这才有时间过来收拾顾妍绯，他站在顾妍绯身边，冷声问道："我问你，她到底怎么了？"

"听到没有，赶紧把我放开。"顾妍绯冷笑着冲着面前的顾辞远说道，不满地扭了扭自己的手腕，等到顾辞远放开她之后，顾妍绯第一时间冲到了路其琛的面前，撒娇道："姐夫，我也不知道我姐现在到底是怎么了，可能就是喝多了吧？我刚刚在楼下碰见她，白小姐让我带她上来休息一下，说是跟你有话要聊，这件事情真的跟我没什么关系……"

"我问你，她到底怎么了！"路其琛一把扼住顾妍绯的喉咙，弄得她根本喘不过气来，他的眼神很吓人，仿佛随时都会把顾妍绯的脖子拧断。

顾妍绯头一次看到这样的路其琛，他弄得自己根本喘不过气来，她拼命地拍打着路其琛抓住自己喉咙的手，惊恐地说道："姐……姐夫，你放开我……"

路其琛这才缓缓松开了顾妍绯，说道："我问你，她为什么到现在还昏迷不醒？我警告你，你最好给我如实回答，否则我要你好看。"

顾妍绯好不容易呼吸到新鲜空气，好半天才缓过神来，"我……我不知道，我什么都不知道。"

她哪里敢承认，这要是认下了，她就真的没有任何机会可以接近路其琛了。

"你还敢嘴硬。"路其琛怒道。

一旁的酒店经理说道："路总，她不肯说，那边不是还有一个？"

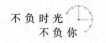
路其琛这才回过神来，他是关心则乱。

"我认得你。"路其琛仔仔细细地看着面前的男人，冷笑着说道，"你之前跟白蓉蓉合作过，听说已经是小有名气了，你说要是网上出现一些你现在的照片，你好不容易积累下来的名气，会不会在一夜之间毁于一旦？"

像他们这样的人，最在乎的就是自己的名声，那是他们吃饭的东西，路其琛就是抓住了这一点。

"你……你想干什么？"他是圈里出名的花花公子，所以当白蓉蓉找他来帮忙的时候他只是问了一句漂亮吗？等真的看到叶知秋的时候他还暗喜，可一个女人跟自己的名声、前途比起来，自然是后者比较重要，所以男人很惊恐地摇了摇头，问道，"你想问什么，我一定知无不言言无不尽。"

路其琛冷笑了起来，"是谁派你来的？白蓉蓉，对吗？"

"是。"男人微微点头，"白蓉蓉告诉我只要我把这件事情办成了就把我介绍给宋导，你知道他……"

"行了！"他们之间到底是怎么说的他并不感兴趣，"那白蓉蓉到底给她下了什么？为什么到现在还没有醒过来？"

"就是……就是一点普通的迷药，真的。"男人吓得瑟瑟发抖，"路……路总，您饶了我吧，我下次再也不敢了。"

如果白蓉蓉早点告诉自己床上那个是路太太的话，他肯定拒绝，白蓉蓉这次可真的是把自己坑惨了。

"我问你，她在这里面扮演了什么角色？"路其琛冷笑了一声，指着坐在地上的顾妍绯问道。

"她……她是白小姐的人，负责帮我把……把路太太带过来，白蓉蓉说了，一会儿她会带人过来捉奸，路总，您饶了我吧，我是真的不知道她是您太太，我……"

听到男人把自己供出来的时候，顾妍绯心如死灰，无力地坐在地上，一句话都说不出来。

确认叶知秋安然无恙之后，路其琛的一颗心总算是落了地，他看了一眼面前的两人，微微皱起了眉头。

这两个人……该怎么处理呢？

顾辞远看出了路其琛的为难，笑了笑，说道："路总，这里就交给我来处理，你帮了我这么大的忙，这个……就当是我的回报吧。"顾辞远冷笑着，"你放心，这事我一定帮你办得漂漂亮亮的，你只管带路太太离开这里。"

路其琛的确顾不上其他事情，现在他只想好好照顾叶知秋，所以微微点头，说道："那就麻烦你了。"

路其琛走后，顾辞远蹲到了男人面前，冷声问道："想走吗？"

男人点头如捣蒜，他现在只想赶紧离开这里。

"你觉得……她漂亮吗？"顾辞远伸手指着缩在角落里面的顾妍绯，问道。

男人点了点头，又摇了摇头，"你赶紧让我走吧，我以后真的再也不敢了。"

"想走简单，只要你答应我一个条件……"顾辞远冷笑着凑近了男人的耳朵，不知道说了些什么，顾妍绯只看到男人朝她看了一眼，最后紧张地摇了摇头，"不不不，你不要再玩我了，我真的不敢了……"

顾辞远冷笑，十几年前被叶问兰母女那样欺负，那时候他没有反击之力，既然今天跟顾妍绯在这里撞上了，那就证明是老天让他回来报仇的，他要是让顾妍绯安然无恙地走了出去，不说对不起路其琛，第一个对不起的就是自己曾经受过的苦。

"总之办法我已经给你了，至于做不做……就是你自己的事情了。"顾辞远冷笑着站起了身，"你时间不多，好好考虑。"

楼下的生日宴已经到了尾声，白蓉蓉说动了几个跟自己关系比较好的记者，说是带他们上楼采新闻，站在1805号房间门口的时候，白蓉蓉的嘴角勾起了一抹冷笑。过了今天晚上，叶知秋就会变成一个家喻户晓的出轨女，到时候她倒要看看，路其琛还有什么脸跟她在一起。

"白小姐，你今天带我们过来到底是想干什么？里面到底藏着什么秘密？"有记者问道，白蓉蓉神秘地笑了笑，"进去就知道了。"

她掏出房卡开了门，看到床上躺着两个身影，心里简直乐开了花，甚至还没看清楚床上的人到底是谁就惊呼了一声，"路太太，你……你怎么能做出这样的事情来？你怎么能做对不起其琛的事情呢？"

白蓉蓉痛心疾首地说道："枉我一直以为你是一个知书达理、善解人意的女孩子，没想到你竟然背着其琛在外面跟别人偷情，我……早知道我绝对不会把其琛让给你的。"

"路太太，就是今天晚上路其琛带来的那个女人吗？"

"这可是大新闻，赶紧拍！"

白蓉蓉看达到了自己预期的效果，嘴角勾起一抹冷笑，"路太太，你打算在里面躲多长时间？难道你想一辈子躲在里面不出来吗？"

白蓉蓉等了一会儿没等到叶知秋探出头来，疑惑地皱起了眉头，难道是药力还没散？不应该啊……

她也没想这么多，在跟路其琛纠缠的时候她已经看到顾妍绯带走了叶知秋。她快步上前，一把把被子掀开来，当她看到顾妍绯的脸出现在自己面前的时候，整个人都愣住了，脱口而出，"怎么回事？在这里的不应该是路太太吗？为什么会是她呢？"

"秦杰，这到底是怎么回事？"白蓉蓉气急败坏地问道，明明在这里的应该是叶知秋，怎么变成顾妍绯了？

"我还想问你怎么回事呢？"秦杰现在对白蓉蓉可谓是咬牙切齿，要不是她威逼利诱，自己怎么可能落到现在这个地步？更不可能被人拍下证据，导致他现在只能按照既定的剧本演下去。

秦杰全身上下只穿了一条内裤，那个男人临走前把他所有的衣物都带走了，就是想逼着他把这出戏演完。

秦杰咬牙切齿地冲着面前的白蓉蓉说道："你莫名其妙地带着一群记者闯进我的房间，我倒要问问你，你哪来的房卡，你这样莫名其妙地闯进来我可以告你的，你知道吗？"

"你疯了不成？"白蓉蓉惊讶地看着面前的秦杰，问道，"你赶紧跟我说清楚，路太太去哪了，为什么她会在这里？"

"什么路太太、田太太的，我跟我女朋友在这里约会犯法吗？我警告你，赶紧带着这些人出去，还有你们，今天的事情要是敢报道出去我就告你们，听明白了吗？"秦杰底气十足。

"这……这到底是怎么回事？"几位记者都懵了。

"是啊，白小姐说这里的是路太太，可怎么……"怎么到了这里人都变了呢？

虽说秦杰也是个小明星，平时要是被拍到他跟某人约会倒也是个不大不小的新闻，可今天这样拍到的新闻，秦杰是能告他们的，所以就算采到了新闻也没人敢用。

"白小姐，这到底是怎么一回事？"有个记者问道。

白蓉蓉费尽心机才让记者们出现在这里，她怎么甘心让叶知秋就这样全身而退。

"各位……"白蓉蓉安抚面前的几位记者，说道，"我刚刚收到消息，路太太一直对这位秦先生仰慕有加，也算是秦先生的粉丝了，这次借着我生日宴的机会，路太太竟然……竟然公然勾引秦先生，我实在是觉得她这样做太过分了，所以才带着你们过来，其实是想让你们看清楚路太太的为人，同时也让路其琛看清楚自己的老婆到底是个什么样的人，可是我怎么也没想到，她应该是提前听到了风声，所以跑了，临走竟然还把自己的表妹送到了这里，真的是……"

"白小姐，你说的都是真的吗？"记者们面面相觑，不知道该不该相信白蓉蓉的话。

白蓉蓉笃定地点了点头，"不信的话你们也可以问问秦杰，他可是最清楚这件事情的了。"

白蓉蓉转过脸给了秦杰一个警告的眼神。

记者们纷纷转过脸来冲着秦杰问道："秦先生，请问刚刚白小姐说的都是真的吗？"

"秦先生，请问您真的跟路太太有不正当的关系吗？"

"秦先生，你们……"

"够了！"秦杰不耐烦地冲着面前的几人吼道，"你们几个有没有脑子，路太太可是路其琛的老婆，路总这么年轻、帅气，又事业有为，她脑子不好了非要跟我在一起？还有，就算我真的跟路太太有一腿，我们俩会选在这里偷情吗？等着被路总抓还是等着白蓉蓉过来？你们还是好好想想，为什么白蓉蓉会有这个房间的房卡，毕竟……她到现在都没放弃路其琛呢。"

秦杰的话说完，几个记者更不知道该相信谁了。

"秦杰，你胡说八道些什么，你……"白蓉蓉气急败坏地说道，一转头急忙解释道，"你们别听他乱说，我跟路总现在已经一点关系都没有了，你们今天也都看到了，我跟路太太关系也不错，我只是觉得……路太太不应该这么对路其琛罢了。你们相信我……"

"白小姐……"相比较起来，还是秦杰的话有说服力，所以记者们都怀疑起了白蓉蓉的动机，问道，"我们只想知道，你手里的房卡到底是哪来的？"

相信没有哪个酒店会把房卡交给一个不相干的人，白蓉蓉也不见得就像她自己说得那么清白。

"我……"白蓉蓉愣了，她当时为了方便所以准备了两张房卡，可没想到这张房卡现在竟然害了自己。

"行了，你也别在这里待着了，赶紧出去吧，我女朋友身体不舒服，这会儿已经睡着了，你们要是把她吵醒了，我要你们好看。"秦杰见自己的目的已经达成，作势要赶几人离开，听到秦杰提起躺在床上的顾妍绯时，白蓉蓉终于有了主意，她眼疾手快地赶到床边，恰好床头柜上有一杯水，她一把把杯子里的水浇到了顾妍绯的脸上。

顾妍绯悠悠醒来。顾妍绯的包里携带着给叶知秋下的迷药，顾辞远把这药给顾妍绯喝下了，所以顾妍绯才会这么安稳地躺在床上。

看到白蓉蓉把顾妍绯泼醒的时候秦杰就暗道不妙，可还是晚了一步，只能眼睁睁地看着顾妍绯醒了过来。

第27章　谁在撒谎

白蓉蓉冷笑了一声，说道："你们不是不相信我说的话吗？现在当事人醒过来了，咱们问问她不就什么都清楚了吗？到底谁在撒谎，一目了然。"

白蓉蓉知道顾妍绯是自己这一边的，也知道顾妍绯绝对不会眼睁睁地看着叶知秋全身而退，只要顾妍绯说是叶知秋把她叫过来的，那她就稳赢了。

"白……白小姐……"顾妍绯记得自己昏过去前到底发生了什么，她也知道自己醒过来之后将要面对什么。可真的面对这么多人，尤其自己身上还只剩内衣的时候，顾妍绯还是觉得很羞耻。她扯过被子盖住自己的身体，眼眶不自觉的红了。就算心思再狠毒，她也是个女生啊。

"行了行了，别哭了。"白蓉蓉可懒得跟顾妍绯浪费时间，不耐烦地打断了顾妍绯的啜泣，冲着顾妍绯问道，"我问你，是不是路太太把你带来这里的？"

白蓉蓉暗暗地给顾妍绯使眼色，顾妍绯却什么都听不到，只知道哭。

"说话啊。"白蓉蓉不耐烦地抓着顾妍绯的肩膀，冲着面前的顾妍绯说道，"你一个劲儿地哭有什么用，到底发生了什么你得告诉我们，我们才能帮你啊。"

白蓉蓉放柔声音安慰着面前的顾妍绯，说道："来，告诉我们，是不是路太太把你带到这里来的，路太太跟这位秦先生是不是有什么不正当的关系？"

顾妍绯这个时候不管说什么，反正她的名声是挽救不回来了，原本路其琛要是没发现自己的话，她还能全身而退，可路其琛看到自己了，如果这个时候她把事情推到叶知秋身上，路其琛更不会放过自己，他还会把这件事情查清楚，所以顾妍绯当然是选择自保，这个时候她绝不会傻到按照白蓉蓉的剧本走下去。

"不，不是这样的……"顾妍绯啜泣着说道，"我……我之前只是觉得有些头疼，所以就想上来休息一下，后来我就睡着了，之后发生的事情我都不知道。"

"你说什么？"白蓉蓉气得整张脸都绿了，她没想到在最关键的时候，在自己最孤立无援的情况下，顾妍绯竟然会背叛自己，说出这样的话来。

"你疯了吗？你知不知道……"白蓉蓉咬牙切齿地冲着面前的顾妍绯说道，她恨不得将顾妍绯碎尸万段。

顾妍绯只是淡淡地扫开了白蓉蓉的手，问道："白小姐，你到底想说什么，你这样莫名其妙地带着几个人闯进房间，合适吗？"

顾妍绯眼眶红红的，看起来可怜极了，几个记者也纷纷摇头，没想到这白蓉蓉在媒体面前从来都是一副温柔大方的样子，今天却整个颠覆了。

"好啊，你们……"白蓉蓉冷笑了一声，指着面前的顾妍绯和秦杰说道，"你们合起伙来玩我是吧？"

明明之前都答应得好好的，没想到到了关键时刻一个个都临阵倒戈，弄得自己如此尴尬。

"白小姐，我觉得今天的事情你需要给我们一个合理的解释。"大家都不傻，今天的事情到底是怎么样的记者们也都心里有数了，所以今天的事情，他们一定要讨个说法。

秦杰不耐烦地冲着面前的几人说道："行了，接下来的事情麻烦你们出去解决，别挤在这个房间里了，可以吗？"

几人鱼贯而出，白蓉蓉是不敢得罪这几人的，但想把这件事情平息下来肯定又要大出血。

几人离开之后，秦杰瞟了一眼躺在床上的顾妍绯，冷笑道："我还以为你会跟白蓉蓉站在一起，没想到你还不算太蠢嘛……"

顾妍绯冷眼看着面前的秦杰，她还要在路家生存，当然要尽可能地挽回自己在路其琛心中的印象，"赶紧给我把衣服拿来。"她几乎是咬牙切齿地说道，对顾辞远恨之入骨。

秦杰冷笑了一声，"衣服？我看你还是跟你那个哥哥要吧。"

要是有衣服的话，秦杰早就已经离开了，还会傻等着顾妍绯醒来不成？

"我算是看清楚了，从今往后我一定离你们远远的，再也不想跟你们扯上任何关系。"秦杰说道。

"你以为我愿意跟你扯上关系吗？"顾妍绯冷声说道。

顾妍绯最后只能花钱让服务员买了一身过来，换上衣服正准备出门，秦杰叫住了顾妍绯，"你就这样走了？那我怎么办？"

"你自己想办法。"顾妍绯不满地说道，"以后别出现在我面前，否则我要你好看。"

顾妍绯转过身来威胁秦杰，"我警告你，今天的事情要是让我在外面听到一点风声，别怪我对你不客气。"

顾妍绯第二天一早到路家的时候，路其琛和叶知秋也在家。他们已经让家里的保姆收拾好了顾妍绯的行李物品，等在大厅里。

"姐夫……"顾妍绯狠狠地瞪了一眼叶知秋，哀怨地跑到了路其琛的身边，冲着面前的路其琛说道，"我……我到底做错了什么，我这刚回来姐姐帮我把衣服都收拾好了，姐夫，你得替我做主啊。"

路其琛冷声说道："收拾好了就赶紧走吧，家里又招了两个保姆，没地方住了。"

"你……"顾妍绯皱着眉头，转向了一旁的叶知秋，亲昵地拉着叶知秋的手套近乎，"姐，你看，难道我还没家里一个保姆重要吗？"顾妍绯垮着脸，"之前让我住保姆房也就算了，我都忍了，可现在竟然连保姆房都不让我住，这也太过分了吧？我不管，姐，阿姨和姨夫还要过两天才回来，反正我是一定要住在这里的，你给我想办法……保姆房要是住不了的话，正好让我搬到楼上去住不就行了？姐，你倒是说句话啊，别忘了你……"

"怎么，又要威胁我吗？"从顾妍绯一进门叶知秋就一言不发，如果顾妍绯肯安安稳稳地离开路家，那她自然什么也不追究了，可顾妍绯似乎根本没有把昨晚的事情放在心上，反而还恬不知耻地想留下来。

"姐，你说什么呢……"顾妍绯愣了一下，随即拉了一把叶知秋，放低了姿态说道，"我知道你还在为昨天晚上的事情生气，可是……可是这件事情真的跟我没有任何关系，从头到尾都是白蓉蓉策划的，她就是想把姐夫抢过去，我可没有跟她一伙，你可千万要相信我。昨晚她带了一帮人冲进酒店房间，非说你跟那个不知名的男明星有一腿，被我骂回去了。姐，我真的没有做任何对不起你的事情，你不能赶我走。"

叶知秋看了一眼面前的路其琛，路其琛淡淡地说道："你自己决定。"

顾妍绯心里一喜，决定权掌握在叶知秋的手里，那自己就有机会留下来，毕竟自己可知道叶知秋的软肋。她笑盈盈地冲着面前的叶知秋说道："姐，我住哪个房间？"

叶知秋冷冷地看着面前的顾妍绯，说道："你走吧，这里……你不能再住了。"她不想再无休止地容忍顾妍绯，这是自己的生活，顾妍绯既然做出这样的事情来就必须承担相应的后果。奶奶已经找回来了，从今天开始，她跟顾家人没有任何关系，也绝对不会再帮叶问兰做任何一件事情。

"你……你这话是什么意思？"顾妍绯愣了半天，怎么也想不明白为什么叶知秋会说出这样的话来。

"意思就是……你赶紧带着你的行李从这里滚出去，至于你要去哪，跟我没关系。"叶知秋冷冷地说道，从今往后她不会再纵容顾妍绯，这是她家！

"你别忘了你自己的身份，还有……"顾妍绯冷声说道，话还没说完，叶知秋就打断了顾妍绯的话，"你还想用奶奶来威胁我吗？我告诉你，我已经找到奶奶了，你们当初答应我，会替我好好照顾奶奶的，可结果呢？"

"你……你说什么？"顾妍绯没想到叶知秋竟然已经把老太太找回去了，那她手上可就真的一点筹码都没有了，"你……你真的已经找到你奶奶了？"

"怎么？很惊讶吗？"叶知秋冷笑，"你给我听清楚了，从今天开始，我不会再受你们摆布了，你走你的阳关道，我过我的独木桥，你要是再敢做出这样的事情来，别怪我对你不客气。现在！赶紧给我滚蛋！"叶知秋伸手指着门口的方向，冲着面前的顾妍绯吼道。

顾妍绯头一次看见这样的叶知秋，大概是自己真的把她逼急了，所以叶知秋才会孤注一掷。那老太婆没了，自己唯一的筹码也没了，顾妍绯怕了。

叶知秋亲自把行李箱送到了顾妍绯的面前，说道："请吧。"

顾妍绯紧紧地拽着行李箱的拉杆，越想越生气，她才是真正的顾妍绯，跟路其琛结婚的应该是自己，这里应该是自己家，该走的也应该是她叶知秋。凭什么是自己？

顾妍绯冷笑了一声，站在了路其琛的面前，"姐夫，不，路其琛，有件事情……我姐嫁过来这么长时间了，应该还没跟你坦白吧。"顾妍绯笃定地说道，甚至还不忘挑衅地看了一眼叶知秋。

路其琛正愁没办法挑明这件事情呢，没想到顾妍绯自己撞枪口上来了。

顾妍绯冷笑着看了一眼面前的叶知秋，冲着路其琛说道："有一件事情在我心里已经憋了很长时间了，原本我还想循序渐进地告诉你，毕竟这也不是什么小事，可我实在是不忍心看她骗你了，所以今天我必须把这件事情说清楚。"

"你到底想说什么，赶紧说吧。"路其琛懒得听顾妍绯那么多的铺垫，"我也不想耽搁你的时间。"

顾妍绯的脸色难看极了，好半天才缓过劲来，冷声说道："路其琛，你捧在手里、放在心间的这个女人，根本就是个冒牌货，她不是真正的顾妍绯，我才是！"

路其琛的脸上没有半点的诧异，顾妍绯愣住了，好半天才冲着面前的路其琛说道："当初你来路家提亲的时候我根本不认识你，我承认，当时我真的很害怕，所以我趁我爸妈不注意的时候偷偷溜了出去，当时也没多想，就是觉得婚姻是一辈子的大事，所以不能这么草率……"

顾妍绯顿了顿，继续说道，"我以为我逃婚之后我爸妈肯定会把这桩婚事取消，事实上他们也确实这么做了，可是这个人……也就是叶知秋，她不让，她说如果这个时候跟你把婚事取消了，那我们家就得不到任何的好处，所以她就跟我爸妈建议让她代替我嫁过来，等我回来之后再做打算。"

顾妍绯恶狠狠地瞪着面前的叶知秋，继续说道："当我知道叶知秋代替我嫁过来的时候我就回来了，一来我觉得这样的方式是欺骗，是不道德的，二来我也想看看，我要嫁的到底是个什么人，所以我偷偷地跑了回来。"

"后来呢……"路其琛一言不发，只是偶尔给顾妍绯一个"鼓励"的眼神，让她继续说下去。

而站在一旁的路蓼早就已经呆了。她认了这么久的嫂子突然跟自己最讨厌的人对调了身份，这到底是怎么回事？

"跟你接触下来之后我发现，你根本不是传说中的那样花心，每当看到你对叶知秋那么好的时候我都很伤心，甚至后悔自己为什么要逃婚，所以我跟叶知秋商量，想接近你，想循序渐进地让你爱上我，让一切都回到既有的轨道上来，可我怎么也没想到，就在我说我想换回来的时候，她竟然主动勾引你，让你对她死心塌地的，我……我真的是一时没办法接受，所以才一时糊涂跟白蓉蓉策划了昨晚的事情。"

顾妍绯抓住路其琛的手，说道："其琛，我真的很喜欢你，我希望能跟你过一辈子，咱们结婚好不好？"

顾妍绯看着路其琛淡定的神色，再看看叶知秋的脸上也没有半点的慌乱，难道……

"你还想再说什么？我们早就已经领证了，是合法夫妻。你要是还有一点点尊严的话就自己赶快滚出去。"叶知秋根本不想再听顾妍绯继续废话下去，看到她的每一眼每一秒都是无尽的厌恶。

"叶知秋，我告诉过你，你从头到尾就是个替身，是不可能跟路其琛走到最后的。"顾妍绯冷笑着说道，"领证怎么了？领证……"她好不容易才反应过来，如果叶知秋真的跟路其琛领了证，那肯定是用叶知秋的身份，那……路其琛岂不是早就已经知道自己的身份了？

"你早就知道了对不对？"看着路其琛眼底的轻蔑和叶知秋脸上的坦然，她突然反应了过来，也是，逃婚这么大的事情路其琛怎么可能不查清楚，也怪自己和叶问兰太天真，竟然一直以为自己真的可以瞒天过海。

路其琛冷哼了一声，不置可否。

叶知秋看着面前的顾妍绯，淡淡地说道："顾妍绯，我实话告诉你，很久之前我就已经跟其琛坦白了这件事情，我不想每天背着这个秘密生活，所以你想用这件事情来攻击我，那你可就真的算错了。"

"你……"顾妍绯心如死灰，她原本以为这是自己最后一张王牌，可现在才知道，原来叶知秋早就掌握了主动权，她别说赢，连翻身的机会都没有。

"说完了吗？"路其琛问道，"说完了的话也该轮到我说了吧？"

路其琛冷笑了一声，说道："顾小姐，从叶知秋嫁给我的那一刻开始，我的老婆就只会是她，至于她到底是叫顾妍绯还是叫叶知秋，对我来说真的没这么重要，毕竟我爱的是她这个人，而不是她的名字。至于你说你喜欢我，抱歉，我劝你还是换一个人喜欢，毕竟你当初跟你前男友私奔的时候也是爱得死去活来的，我这个人有洁癖，承受不了你这么廉价的喜欢！"

一旁的路蓼忍着笑，没想到自己这个闷骚的哥哥毒舌起来竟然这么好笑。

"是你！"顾妍绯气急败坏，尖叫着朝叶知秋扑了过去，她跟前男友的事情只有叶知秋知道，要不是她说的路其琛怎么会知道？

"我杀了你！"顾妍绯叫嚣着，她恨不得将叶知秋碎尸万段，才能泄愤。

顾妍绯的动作很快，快到叶知秋还没反应过来她就已经近在眼前了。路蓼眼疾手快，挡在叶知秋的面前，不满地推了一下顾妍绯，"我说你这个人怎么这么烦，出了事情麻烦你在自己身上找找原因！"

路蓼这一推，直接把顾妍绯推到了地上，她脚下一扭，皱着眉头跌坐在地。

"赶紧拿着你的东西滚蛋，以后别出现在我们面前。"路蓼亲自动手把她的行李箱扔到门外，冲着顾妍绯说道。

叶知秋知道，以顾妍绯的脾气是不可能这样善罢甘休的，她刚想开口，面前的顾妍绯突然一头栽到了地上。

"喂，你这个人！竟然连装晕这样的招数都用上了？我告诉你，今天不管怎么样，你必须走。"

路蓼等了半天，地上的顾妍绯都没有一点反应，路蓼这才察觉到不对，走近顾妍绯试探了下，"喂，你不会是真的晕了吧？"

叶知秋也发现了顾妍绯的不对劲，看到她身下的一摊血时，脸色大变。

"赶紧打电话叫救护车！送她去医院！"路其琛第一个反应过来。

顾妍绯直接被推进了手术室，路蓼这才失魂落魄地跌坐在地，吓得整个人魂都没了。

叶知秋上前扶起路蓼，拉着她坐在了走廊里的长椅上，安慰道："不会有事的，别怕。"

"嫂子……"路蓼一把抓住叶知秋的手，"我，我只是轻轻地推了她一下，她……她怎么就流了那么多血呢？"路蓼六神无主。

叶知秋也忍不住蹙眉，顾妍绯这样子，倒像是流产，可她……

"顾妍绯家属在哪？"手术室里的医生走了出来，"病人大出血，肚子里的孩子怕是保不住了，这份手术确认书麻烦你们签一下。"医生说着就把文件递给了路其琛，路其琛微微皱眉，却并没有接过，医生催促道，"我说你这个人怎么这么磨叽，你老婆躺在床上生死未卜，对她来说现在每一分每一秒都很宝贵，你再不签字就晚了。"

"医生，里面那个是我妹妹，他是我老公。"叶知秋走上前去，冲着面前的医生说道，医生看了一眼路其琛，大概也觉得有些不好意思，闹了这么大一个乌龙。

叶知秋签下了自己的名字，说道："麻烦您了。"

签完字后，叶知秋觉得自己身上突然多了个担子，她犹豫再三还是决定给叶问兰打个电话。

上次见面之后，两人就再也没有任何的联系，这还是自己头一次给叶问兰打电话，响了三声，叶问兰接了起来，依旧是熟悉的冷嘲热讽，"哟，叶大小姐今天怎么有空给我打电话了？"

"顾妍绯出事了。"叶知秋简洁明了地说道，"医生说她怀了孕，孩子保不住了。"

"你说什么？"叶问兰心揪了一下，"怎么会这样？孩子是谁的？"她心里隐隐希望这孩子是路其琛的，那一切就都水到渠成了。

可叶知秋冷漠地笑了笑，"反正不是路其琛的，已经两个多月了，到底是谁的我想你比我清楚。"

叶问兰拧着眉，算算时间，应该是曾炜的孩子，流了也好，反正这孩子本来就不能留。

叶知秋等了半天没等到叶问兰的回答，追问道："她现在还在手术室里，你那边的事情忙完了的话就赶紧回来吧。"

"你等等。"叶知秋刚想挂电话，叶问兰就叫住了她，"我警告你，过两天我就回来了，你给我好好照顾妍绯，如果等我回来之后发现她少了一根汗毛，我要你好看。"

"你这意思……还不打算回来吗？"叶知秋皱着眉头，"叶问兰，你最好还是赶紧回来，照顾顾妍绯不是我的责任，有这个时间照顾她的话我还不如好好陪陪我奶奶。"

"你说什么？"叶问兰握着手机的手微微收紧，说道，"你奶奶我会让人好好照顾的，你就给我好好照顾顾妍绯就行，流产不是小事，你亲自照顾，帮她把这个小月子给坐好了。"

"叶问兰，你还想骗我到什么时候！"原本叶知秋也没打算再多说什么，但叶问兰还想欺骗自己，叶知秋的脾气一下子就压抑不住了，"我告诉你，我已经找到奶奶了，当初你答应我只要嫁给路其琛就会替我好好照顾她，会替她看病，可到头来怎么样？你从头到尾都在欺骗我，她现在身体很差，医生说已经错过最佳治疗时间了！"

叶知秋只要一想到这件事情就觉得很自责，如果不是自己盲目信任叶问兰的话，就不会耽误了奶奶最佳的治疗时间。

"叶问兰，你真让我恶心！"

"你找到那老太婆了？可真是长本事了啊。"叶问兰冷笑了一声，"我告诉你，你是我肚子里掉出来的肉，顾妍绯是你的亲妹妹，在我回来之前你必须好好照顾她，听明白了吗？"

"奶奶是我唯一的亲人，我没有顾妍绯这个妹妹，更没有你这个妈！"叶知秋情绪激动地冲着电话里面吼道，"我告诉你，顾妍绯的手术费我会付，但想让我照顾她，门都没有，你要是不想让她死的话就自己回来！"

叶知秋说着就挂断了电话。

医院。

在听了叶奶奶的故事后，路其琛便经过多方打听联系到了赵老爷子赵志平。赵志平是一名医生，移民后因其医术高超，偶尔也会被请回国内做会诊。这些年尽管老爷子退休了，但仍然会接到国内医院的邀请。赵老爷子在得知了自己的儿子和孙女的情况后便马不停蹄地赶回了国内，因为其难得回一趟国，所以就留在医院里面做指导，路其琛找到他的时候他刚回办公室准备休息一会儿。

"路先生，请进。"赵志平一边说，一边朝着路其琛的身后张望着，仿佛在等什么人出现一样。

"就我自己过来的。"路其琛淡淡地说道。

赵志平听后就像泄了气的皮球一样，淡淡地坐回到位置上，倒了一杯茶给路其琛，说道："路先生，我们之前说的事……"

路其琛淡淡地说道："最近她忙得焦头烂额的，恐怕也没时间来见您。"

"她……还好吗？"赵志平欲言又止，脸上的皱眉仿佛是饱经沧桑的证据。

"不是特别好。"路其琛微微摇头，奶奶的事情，赵珍珍的事情，现在又加上了顾妍绯的事情，叶知秋现在就像是热锅上的蚂蚁，"所以我想等过一段时间再告诉她所有的事情，也请您等等。"

"好的，也谢谢你。"

"哦对了……"路其琛仿佛想起了什么，说道，"奶奶现在也在这家医院里，状况不太好，如果您想见她的话可以过去。"

路其琛离开以后，赵志平赶到了病房。

此时叶知秋刚刚从外面买了一碗粥回来，正在喂奶奶喝，"好喝吗？"她柔声问道，奶奶微微点头，笑盈盈地说道，"知秋，不用麻烦了，奶奶自己来就行。"

"这哪是麻烦？"叶知秋笑容满面地舀起一汤匙粥凑到嘴边，吹凉了，再送到奶奶的嘴边，"奶奶，从小到大都是你来照顾我，现在你生病了，我也想为你做点什么。"

"好孩子……"奶奶伸出骨瘦嶙峋的手，轻拍了一下叶知秋的手背，"奶奶这辈子最高兴的事情就是能有你陪在我身边，就是现在立马死了也值了……"

"奶奶……"叶知秋嗔怪地看着面前的奶奶，忍不住眼眶泛红，"你看你，好端端地说这些做什么？只要有我在就一定不会让你有事的，我还指望你的身体能尽快好起来，将来还能帮我带带孩子呢。"

叶奶奶被叶知秋的这一番话逗笑了，"你这孩子竟然还指着我给你带孩子，你是想折腾死我这把老骨头是吧？"

叶奶奶笑着笑着就开始剧烈地咳嗽起来，叶知秋吓坏了，急忙端起床头柜上的水，递给奶奶，担忧地问道："奶奶，没事吧？要不要喝点水？"

"没事没事，就是呛到了。"叶奶奶急忙安慰叶知秋，她自己的身体状况她自己知道，怕是时日不多了，但也不想让叶知秋跟着担心。

　　叶知秋心疼地看着面前的奶奶，病房门却突然被人推了开来，赵志平站在病房门口，看到叶知秋的时候，目不转睛地盯着，直到面前的叶知秋微微皱眉，问道："这位先生，你是不是走错病房了？"

　　赵志平身上穿着便装，所以叶知秋以为他走错了地方。

　　"知秋，是有人来了吗？"说话的是叶奶奶，听到病床上的人出声，赵志平才把眼神挪到了叶奶奶的身上，他吓了一跳。

　　"奶奶，好像是走错了。"叶知秋话刚落地，赵志平立即开口道："文书，是我，赵志平。"

　　奶奶闻言，先是一愣，接着说道："知秋，扶我坐起来。"

　　叶知秋并不知道发生了什么，她上前扶着奶奶坐起身，在她腰后垫了个枕头，柔声问道："怎么样奶奶？有没有什么地方觉得不舒服？"

　　"挺好的。"叶奶奶拍了拍叶知秋的手背，笑着说道，"知秋，奶奶突然想吃水果，要不你去给我买一些来？"

　　"好。"叶知秋知道奶奶是故意支开自己的，但她也没有说什么，乖巧地走了出去，把空间留给了两人。

　　叶知秋小心翼翼地带上门，叶奶奶突然翻身想要下床，赵志平忙制止了，叶奶奶说道："老爷，是我没有照顾好赵熙，是我对不起你！"

　　叶奶奶情绪很激动，赵志平急忙说道："几十年没见，你怎么会成现在这个样子？"

　　常年遭受病痛的折磨，现在的叶奶奶已经瘦得不成样子！如果不是那双大眼睛，赵志平简直不敢认这个人就是当初那个善良、漂亮的文书了。

　　赵志平很心疼，当年要不是出了那样的事情，赵熙不会离家出走，文书也不会跟着他受这么多苦，叶知秋更不会流落在外这么多年。

　　"你这到底是怎么一回事？"赵志平皱着眉头问道，如果他知道叶知秋在国内受这么多苦的话，一定会早些回来的。

　　"没事的，老爷。"叶奶奶摇了摇头，说道，"我这条命不值钱，最重要的是看到知秋能够平安快乐，将来我去下面的时候见到赵熙也不至于太羞愧。"

　　"你啊，日子过不下去了，就该早点找我们，那臭小子不懂事，你也不懂事吗？他是我儿子，知秋是我的孙女，我能眼睁睁地看着他们去死吗？"赵志平斥道，当初的事情他不过也就是跟赵熙怄气罢了，他早就后悔了，只是碍于面子，一直就没主动去找他们，再加上后来出国，这件事情也就这么不了了之了。

闻言，叶奶奶一脸羞愧地说道："其实当年我给您打过电话的，只是那个号码已经打不通了。"

赵志平沉默了，自己出国就把房子卖了，家里的电话自然打不通，一想到赵熙和叶知秋受了这么多的苦，赵志平的心里就很不是滋味，迫切地想要弥补她。

"好在您回来了。"一想到这里叶奶奶就觉得很开心，"老爷，她毕竟是赵家的骨肉，虽然……虽然是那个女人的孩子，可她是无辜的啊。"叶奶奶一把抓住了赵志平的手，说道，"知秋跟赵熙一模一样，心软，我真担心我这一去之后就没人，能照顾她了，好在您回来了。"

"先不说这些。"赵志平微微皱眉，说道，"我帮你检查一下。"

赵志平说着手就探了过来，却被叶奶奶阻止了，"不用了，我知道您医术高超，但我自己的身体我自己心里有数，没用的。"

赵志平一阵心酸，这个女人为了赵家付出了自己的一辈子，他实在觉得对不起她，"文书，你……"

"真的不用了。"叶奶奶笑了笑，"其实这样也挺好的，我就能去地下照顾赵熙了，知秋……就交给您了。"叶奶奶很忐忑，他生怕赵志平不愿意认回叶知秋，于是继续说道，"老爷，您会把知秋认回去的吧，毕竟……她也是赵家的一分子。"叶奶奶没等到赵志平开口，又急急地说道，"知秋真的是个很乖的孩子，从小到大都很好带，就跟赵熙小时候一模一样，而且很孝顺，她就是太善良，总是被那个女人牵着鼻子走，如果我不在了，我真担心她……"

"你放心，我这次就是为了她回来的。"赵志平微微皱眉，说道，"我不光要把她带回赵家，我还要把你也一起带回去。"

叶奶奶在听到赵志平前半句话的时候还是很高兴的，但听完后半句话之后，就微微皱起了眉头，"老爷，我就不必了。"

能再见到赵志平她已经很高兴了，她一直觉得是自己没照顾好赵熙，所以他才会死，赵熙死后，她终日都郁郁寡欢，有了病也不去看，还要费神照顾叶知秋，这身体拖下来就成了现在这副样子。

"这事必须听我的。"赵志平皱眉，她把一辈子都给了叶知秋，赵志平说什么也要尽力一试，看能否治好她。

叶奶奶不说话了，赵志平这才满意地说道："我先去你的主治医生那边了解一下你的情况，你好好休息！"

叶奶奶没说话，叶知秋回来的时候赵志平已经走了，叶知秋这才有机会询问叶奶奶，"奶奶，刚刚来的那个人是谁啊？我怎么从来没有见过他？"

"他……"叶奶奶犹豫了一下，觉得这件事还是让赵志平和叶知秋亲自说比较好，于是说道，"他是奶奶以前的一个朋友，姓赵，是一名医生，医术很高的。我们已经好几十年没见了，没想到今天会在这里见到。"

"该不会是您的老相好吧？"叶知秋开玩笑道。没想到叶奶奶却生气了，"知秋，这种话怎么能乱说呢。"

头一次看到叶奶奶这么严肃的样子，叶知秋吓了一跳，忙解释道："奶奶，您别生气，我就是开个玩笑罢了！"

"以后这样的玩笑不要乱开。"叶奶奶冷着脸说道，"我累了，想睡会儿，你先回去吧。"

"好。"叶知秋讪讪地看了一眼面前的叶奶奶，说道，"那奶奶你好好休息，我明天再来看你。"

离开奶奶的病房后，叶知秋便想去看看顾妍绯，虽说自己在叶问兰面前信誓旦旦地说绝对不会管她，但她毕竟是自己的亲妹妹，又流了产，叶知秋怎么也狠不下这个心肠来。

叶知秋还没到病房门口，就听到病房里面传来顾妍绯歇斯底里的叫喊声，"滚，你给我滚出去，我不想看到你。"

叶知秋看到路蓼哭着被赶了出来，急忙上前，"路蓼，我不是让你在家待着不要来这里吗？你怎么过来了？"

"嫂子……"路蓼哭哭啼啼地说道，"我这心里实在是放心不下，想着带点东西来看看她，只有确认她平安无事了，我这心里才能好过一点，可……"她看了一眼紧闭的房门，心里更难过了。

"好了。"叶知秋安慰着路蓼，说道，"我先进去看看她，你赶紧回去吧。"

说着，叶知秋便推开了病房门。

"是你？"顾妍绯咬牙切齿地看着面前的叶知秋，说道，"你来干什么？来看我笑话吗？"

叶知秋冷笑了一声，说道："你看看你现在这个样子，还有什么能让我看笑话的？顾妍绯，你就是个Loser，别太把自己当回事了。"

"你这个贱人！"顾妍绯尖叫着朝叶知秋扑了过来，她恨叶知秋，如果不是因为叶知秋的话，她不会沦落到现在这个地步，她怀了孕，最重要的是这件事情还被路其琛知道了，她这下是真的完了。

"顾妍绯，你都这样了，能不能安分一点！"叶知秋不耐烦地推开了顾妍绯。顾妍绯刚刚流产，身体还很虚弱，自然不是叶知秋的对手，轻轻一推就倒在了地上，嘴里不停念叨着，"完了，这下我真的完了……"

叶知秋看着面前的顾妍绯，终究还是有些不忍心，"放心，这件事情我不会往外传的。"

顾妍绯却并不领情，冷笑了一声，"叶知秋，你以为你这样做我就会感激你吗？我告诉你，只要我活着一天，我就会跟你斗到底！"

叶知秋定定地看着面前的顾妍绯，冷笑道："顾妍绯，从头到尾我就没想跟你争什么，我承认我跟路其琛的事情多多少少是我对不起你，但就算没有我，路其琛也不会喜欢你的，你别傻了！"

"不，我不听！"顾妍绯就跟魔怔了一样，总觉得是因为叶知秋的存在她才会输得这么惨，"叶知秋，我不会放过你的。"

叶知秋只觉得头大，同时也觉得顾妍绯这个样子很可怜，她叹了一口气，"顾妍绯，我觉得我们之间从今往后也没什么交集了，我希望你好自为之。"

"你给我站住！"顾妍绯不肯善罢甘休，一把拉住了叶知秋，说道，"我要见路其琛，你听清楚了吗？我要见他！"

"顾妍绯，你何必……"

"我不管，我就要见他！"顾妍绯歇斯底里地嚷道，"如果你不让他来见我的话，我现在就报警，把路蓼送进监狱！"

"好，我这就去找他，让他来见你。"从病房出来，叶知秋就看到了站在病房外的路其琛。他刚从叶奶奶病房里面出来，知道叶知秋来看顾妍绯，但他并不想进去见顾妍绯，所以就等在门外。

"其琛。"叶知秋上前抱住了路其琛，这段时间发生了太多的事情，如果不是路其琛陪在自己身边的话，她是绝对撑不过来的，所以她真的很感谢路其琛的出现。

"怎么了？"看着面前的叶知秋像只小猫一样钻进自己的怀里，路其琛无奈地说道，"顾妍绯又为难你了？"

"没有……"听到这个名字的时候叶知秋本能地皱起了眉头，微微吸了吸鼻子，犹豫着自己应该怎么开口跟路其琛提顾妍绯的要求。

"说吧，这次她又提了什么要求？"路其琛一眼就看出了叶知秋的犹豫，问道。

"她……她说让你单独去见她一面，否则……否则她就报警抓路蓼。"叶知秋紧紧地皱着眉头，顾妍绯毕竟是自己的妹妹，因为她的原因给路家带来这么大的麻烦，叶知秋觉得心里很过意不去。

"其琛，实在是对不起，我……"叶知秋很自责，路蓼是为了自己才会推顾妍绯的，她是为了自己才惹上这样的麻烦，叶知秋实在是不知道该怎么办才好。

而面前的路其琛只是淡淡地揉了揉叶知秋的头发，说道："好了，你自责什么，现在不是什么事都没有吗？她不过就是想见我一面，我去就是了。"

"其琛……"叶知秋蹙眉，说道，"如果你真的不愿意去的话不用勉强，我去跟她说。"

"行了，没关系的。"路其琛淡淡地笑了笑，他可不在乎顾妍绯的那个威胁，他只是为了不让叶知秋担心罢了，"我进去一下，你就在这里等我，我马上就出来。"

"好。"叶知秋微微点头，看着路其琛进了病房，这才忐忑地在走廊里的长椅上坐了下来。

路其琛刚刚进门，顾妍绯就冲了过来，一把拉住了路其琛，说道："其琛，你总算是来了，我等你很长时间了。"

路其琛淡淡地推开了顾妍绯，说道："你不是要见我吗？我来了，说吧，找我什么事情？"

"我……"顾妍绯看着路其琛生疏的面孔，微微有些失落，这样英俊帅气又多金的男人，差一点就是自己的了，现在却功亏一篑，"其琛，你能不能陪我说说话，我有好多事情想要跟你说。"顾妍绯痴迷地看着路其琛。

路其琛只是淡淡地扫了一眼顾妍绯，眼神轻蔑，他冷然地开了口，声音不带一丝温度，"顾妍绯，我来这里不过是看在叶知秋的面子上，有什么话你赶紧说，我可没时间在这跟你浪费。"

"叶知秋，叶知秋！"顾妍绯听到这个名字的时候情绪突然激动了起来，她咬牙切齿地问道，"她到底比我好在哪里？为什么你宁愿选择她也不愿意选择我？"顾妍绯上前拽着路其琛的袖子，继续说道，"我知道之前逃婚的事情是我不对，可我真的已经意识到自己错了，在我见到你的第一面我就知道我喜欢你，我千方百计地接近你，其琛，我求求你，你看我一眼好不好……"

顾妍绯的话还没说完，路其琛就甩开了顾妍绯的手，冷声说道："顾妍绯，我今天来见你，不过是因为有些话想跟你说清楚罢了。叶知秋嫁进来的时候我很抵触，后来通过朝夕相处，我发现她跟我调查的结果一点都不一样，我这才开始怀疑她的身份，当我知道她不是你的时候我欣喜若狂，也是那个时候开始，我情不自禁地被她吸引，慢慢地爱上了她。"路其琛皱了皱眉，继续说道，"你总说你才是顾妍绯，我爱的应该是你，可我今天就明明白白地告诉你，我爱的人是叶知秋，从头到尾都是她，我无比庆幸你逃婚让我遇见了她，你听明白了吗？"

顾妍绯的脸色顿时变得很难看，她没想到路其琛竟然会说出这样的话来，他感谢自己逃婚？

"路其琛，你真的从来没有喜欢过我吗？"顾妍绯仍旧是不死心地问道，"一丁点都没有？""当然。"路其琛冷淡地说道，"如果你安分守己，至少咱们还能当个亲戚，但现在……怕是什么都当不成了。该说的话我都已经说完了，你好好休息吧。"

没想到这句关心的话让顾妍绯看到了希望，她上前一把抓住了路其琛的手，"不，你一定是爱我的，否则你不会这么关心我的对不对？"

"你疯了吗？"路其琛真的不耐烦了，他甩开顾妍绯的手，"我话说得还不够明白吗？你要是再纠缠我或者知秋的话，你看我怎么收拾你！"

"路其琛，你今天要是敢走的话，我立马就报警，就说路蓼故意推我，害得我失去了肚子里的孩子，你说……她要坐多久的牢？"顾妍绯冷笑着说道，她以为这样就能威胁到路其琛，可路其琛的脸上依旧是毫无表情。

"你这是在威胁我？"路其琛眯起眼，问道。

顾妍绯有些心虚，可这话她已经说出口了，也断然没有收回来的道理，更何况她相信以路其琛的脾气，是绝对不会眼睁睁地看着路蓼去坐牢的，所以她还有赢的机会。

"就当是吧。"顾妍绯冷笑了一声，继续说道，"路其琛，路蓼可是你唯一的妹妹，为了一个叶知秋你把自己的妹妹送进监狱，这笔买卖可不划算，你自己考虑清楚。"

"你以为这样就能威胁得到我？"路其琛摇头，顾妍绯真的是太天真了，想用这样的手段逼自己就范，真是太可笑了。

"顾妍绯，不管你用什么手段，我都不可能会跟你在一起，你死心吧。"路其琛说着就离开了病房，再也没有搭理顾妍绯歇斯底里的挽留。

"怎么样了？她答应不告路蓼了吗？"叶知秋看到路其琛出来急忙迎了上来问道，她等在病房外的这段时间简直是太煎熬了，只听见顾妍绯歇斯底里地在房

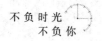
里叫唤，她怕路其琛进去之后反而会刺激到顾妍绯。

"我想清楚了，如果顾妍绯非要告路蓼的话我就去给她顶罪，顾妍绯巴不得我去坐牢，她不会有意见的，路蓼是为了我才惹上这些麻烦事，我不能让她再受到伤害了。"叶知秋已经把种种不好的后果都考虑到了，由自己去给路蓼顶罪是最好的办法。

路其琛无奈地看着叶知秋，问道："真不知道你这脑袋里面一天到晚在想些什么，这样的办法你都能想得出来。"

"那……还能怎么办？"叶知秋讪讪地看着路其琛，这已经是她能想到的最好的办法了。

"行了，咱们回去吧。"路其琛牵上叶知秋的手，说道，"你放心，只要有我在，我绝对不会让你和路蓼有事的。"

叶知秋将信将疑，心里还是有些担忧。

从医院回来之后，叶知秋洗了个澡躺在床上，路蓼就过来敲门，可怜巴巴地站在门口，"嫂子……"

"怎么了？"叶知秋看到路蓼的眼眶红红的，像是刚刚哭过一样，急忙招呼路蓼过来。

拉她坐下，继续问道："你是为了顾妍绯的事情头疼吗？"

"我就是觉得我自己挺对不起她的，你说这世界上哪个母亲不想生下孩子，可我……可我却害她丢了一个孩子，我现在觉得我自己就是个刽子手。"路蓼虽然性格大大咧咧的，但是从小到大被路其琛保护得很好，根本就没有经历过这样的事情，她一直觉得是自己害了顾妍绯，所以这心里的坎怎么也过不去。

叶知秋皱着眉头想了好一会儿，这才问道："路蓼，我不是顾妍绯，我叫叶知秋，你会不会觉得很奇怪？"

路蓼被叶知秋这么一打岔，一下子愣了，微微摇了摇头又点点头，"说实话刚知道的时候肯定是有些诧异的，但是这段时间跟你相处下来我觉得很投缘，最重要的是我哥也喜欢你，我相信我哥的眼光是不会错的。"

叶知秋的脸上扬起笑容，说道："那你知道我为什么会顶着顾妍绯的名字嫁进路家吗？"

路蓼虽然从顾妍绯的话里面听出了一点，但事情的来龙去脉她依旧不是很清楚，所以她还是摇了摇头，"其实很简单，我跟顾妍绯是同母异父的姐妹，当年我爸跟叶问兰生下我之后，叶问兰嫌我爸穷，去做了人家的小三，气死了原配之后这才生下了顾妍绯。从小到大我和奶奶相依为命，父亲在我很小的时候因病去世，对于我来说奶奶就是我唯一的亲人。"如今叶知秋回忆起叶问兰逼自己嫁给路其琛的那段往事她依旧还是会觉得痛心，那可是自己的妈妈啊。

"当时顾氏资金方面出现了一些问题，恰好你哥选中了顾妍绯，顾绮山和叶问兰就打起了主意，想着让顾妍绯嫁进路家之后能够帮衬一把，没想到在结婚前一天，顾妍绯竟然逃婚了。我用竟然这个词，是因为我真的没想过顾妍绯会逃婚，但叶问兰是知道的，甚至可以说她是默许的，因为你哥在外面的风评很差，母女俩谁也不希望顾妍绯嫁过来，所以她们就把主意打到了我的身上，想让我代替顾妍绯嫁过来。"

"这……这也太过分了吧？"路蓼是头一次听说竟然还有这么狠心的母亲，真是太过分了。

"是啊，你也觉得过分对不对？"叶知秋苦笑了一声，说道，"当时我也不肯嫁过来，可叶问兰她……为了逼我嫁竟然藏起了我的奶奶，威胁我说只要我嫁过来就一定会替奶奶看病，可如果我不嫁的话，那我这辈子都见不到我奶奶了。"叶知秋说着说着就红了眼眶，一旁的路蓼听着也是义愤填膺，哪有这样当妈的？

"嫂子，你别难过，你现在嫁过来了就是路家的一分子，以后我哥、爷爷，还有我，我们都会保护你，绝对不会让那个女人伤害到你。"路蓼心疼地说道。

叶知秋笑了笑，继续说道："如果她真的帮我把奶奶治好了，那这些我都认了，可事实上，她把奶奶带走之后除了拿来威胁我之外，竟然连个护工都没给她请。"叶知秋一想到奶奶现在的样子就后悔，她就不应该相信叶问兰的谎话，她怎么可能替自己照顾奶奶呢？

"那后来呢？"路蓼越发心疼叶知秋，没想到叶知秋嫁过来的背后竟然有这么多故事。

"我好不容易找回了奶奶，我当然对叶问兰和顾妍绯恨之入骨，所以顾妍绯出事之后我就给叶问兰打了电话。"叶知秋静静地看着面前的路蓼，她愿意把自己的这些事情说出来，一方面是因为路蓼是自己人，另一方面也是想让路蓼明白，也许并不是所有的母亲都希望孩子出生。

"我那个妈……从头到尾都不在意顾妍绯流产的事情，反而说反正那个孩子不是路其琛的，丢了也就丢了，她希望顾妍绯的身体能够快点好起来，好继续跟我抢路其琛。"叶知秋说完这番话，路蓼一下子蒙了。

"不……不会吧？"她怎么也不敢相信叶知秋说的这番话会是真的。

"你看到了，我母亲就是这样的一个人，自私自利，眼里永远只有自己的利益，顾妍绯也是一样，她们根本不在乎这个孩子，你又何必耿耿于怀呢？"叶知秋安慰道。

听完叶知秋的这番话，路蓼的心里反而更加沉重了，她苦笑了一声，"嫂子，虽然话是这样说，可我更心疼那个孩子了，不管父母怎么样，孩子毕竟是无辜的，我……"

叶知秋安慰着面前的路蓼，"你也说了，咱们是一家人，不管你做了什么，我跟你哥都会护着你，路蓼，你也别想那么多了，一切都会好起来的。"

在叶知秋的安慰下，路蓼的情绪总算是缓和了一些。

第二天一早，叶知秋又径直去了医院。

叶知秋刚到，就碰见了赵志平，他恰好从病房里面出来。叶知秋淡淡地点了点头，算是打了声招呼，这才进了病房，"奶奶，好点了吗？"

"知秋来啦。"叶奶奶今天看起来精神还不错，能坐起来了，脸色也红润了不少。

"奶奶今天精神挺不错的嘛。"叶知秋开心道。

叶奶奶笑了笑，说道："赵医生给我换了药，舒服多了。"

"奶奶，饿不饿，我给你带了积香居的糕点，你之前不是很喜欢吃吗？"叶知秋笑盈盈地说道。

"知秋，以后你别没事就往我这里跑了，你还有自己的工作，这样两头赶太累了。"

"我不累，奶奶。"叶知秋急忙说道，"等你稍微好一点了我就把你接回家。"

叶知秋一直陪着叶奶奶，直到她睡着了，这才出了病房，在病房外的走廊上正好碰见了赵医生。

"赵医生。"叶知秋快步上前，赵志平看着面前的叶知秋，脸上不自觉地扬起了笑容，"叶小姐，有什么事情吗？"

"我想知道，我奶奶的病，怎么样了？我什么时候才能带她回家？"

"她……"赵志平不由自主地皱起了眉头，"叶小姐，我就直说了。"赵志平淡淡地说道，"你奶奶送来得太迟了，现在我只能尽力替她减轻痛苦，所以……

如果你想带她回家的话，随时都可以。"

叶知秋其实早就已经清楚奶奶的病情，但还是抱着一丝希望，现在连奶奶口中医术高明的赵医生都说奶奶的病没救了，她……

叶知秋苦笑了一声，"谢谢医生，那我明天就替她办理出院手续。"

第二天早上，叶知秋是红着眼来替叶奶奶办出院手续的，既然奶奶的病已经无力回天，那她也只能认命。

赵志平听说叶奶奶出院的事情，急匆匆地赶了过来，"叶小姐，如果你奶奶有什么事情的话，记得给我打电话。"说着便递上了自己的名片。他现在唯一能做的也就是这个了。

"好。"叶知秋微微点头，"赵医生，我奶奶的事情……劳您费心了。"

叶知秋把奶奶接到了景园，刚下车，叶奶奶就问道："知秋，这就是你现在的家吗？"

"是啊。"叶知秋点了点头，说道，"奶奶，从今往后这里也是你的家了。"

"不不不……"叶奶奶连连摆手，说道，"我还是回以前的地方住去吧。"

"那哪行？"叶知秋微微皱眉，她知道奶奶是怕麻烦路家人，所以耐着性子跟奶奶解释，"奶奶，这是我家，你把我养到这么大，现在该是我孝顺你的时候了，你放心，我跟其琛会把你照顾得好好的。"

"可是……"叶奶奶还是在犹豫。

"知秋，回来了怎么不进门？"路其琛不知从哪冒了出来，径直走到了叶奶奶的另一边扶住了她，冲着叶奶奶说道，"奶奶，房间都已经给您收拾好了，要是有什么不满意的地方，我让家里的保姆再去换。"路其琛笑了笑，"您就把这当自己家一样，千万不要跟我客气，有什么想吃的、想喝的，就跟家里的保姆说，不用怕麻烦她们，我可是付了她们工资的。"

路其琛一句玩笑话逗乐了叶奶奶，她说道："其琛，我知道你跟知秋是好心，可我还是觉得住在这里太麻烦你们了！"她叹气，"我都这么一大把年纪了，你们年轻人还是得有自己的日子。"

"奶奶，您就别客气了。"路其琛说着就把叶奶奶拽进了家里，"您来了，正好也能跟我爷爷做个伴，平时我们两个都在外面上班，我妹妹也没什么时间陪爷爷，他老人家一个人在家里也挺无聊的，你们两个还能一起说说话，您就当是帮

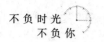

我一个忙，别跟我客气了。"

"这……"路其琛这一招让叶奶奶再也没有拒绝的理由。

一旁的路老爷子也跟着帮腔，"可不是，平时家里空荡荡的，就我一个人，你说咱们都已经做了亲家这么长时间了，才第一次见面，可得多陪我聊聊。"

"奶奶，你就答应吧。"叶知秋很感动，她知道奶奶的身体状况不好，如果放在医院或者是别的任何地方她都不放心，路家是真的把她当自己人，才会对奶奶这么上心，这让叶知秋心头一暖，"你说你去了别的地方，我也不能照顾你，我怎么能放心呢？"

盛情难却，叶奶奶总算是答应了下来。

叶知秋满心欢喜，去厨房帮着宋妈上菜。因为知道叶奶奶要来，所以路老爷子吩咐厨房做了一桌子的菜，宋妈忙得脚不沾地，对叶知秋也是一肚子的怨气。叶知秋心情好，也不愿意跟她一般见识。

被叶问兰关了这么久，再加上在医院又住了这么长时间，叶奶奶还是头一次感受到这种家庭的氛围，心情好饭量也好，在路老爷子的劝说下，还喝了一小杯红酒，看到叶奶奶脸上露出孩子般开心的笑容，叶知秋也觉得很高兴。

吃过晚饭，叶知秋把奶奶送回了房间，房间就在一楼。因为叶奶奶的身体状况已经不允许她爬楼梯，所以路其琛贴心地把房间安排在了一楼，房间里的所有东西也都是最好的，这些细节更能体现出路其琛对叶奶奶的用心，也更让叶知秋觉得感动。

俩人回房之后，叶知秋主动抱住了路其琛，"谢谢你。"

"你啊，这谢谢都快成你的口头禅了，咱们是一家人，有必要这么客气吗？"路其琛埋怨道，"下次你要是再跟我说谢谢的话，我可真要惩罚你了。"

叶知秋脸色一红，说道："我先去洗澡。"她红着脸逃开了路其琛的怀抱。

叶知秋第二天早上起床的时候，叶奶奶跟路老爷子已经聊开了，叶奶奶一个劲儿地把叶知秋小时候的糗事告诉路老爷子，逗得路老爷子哈哈大笑。

叶知秋伺候奶奶吃完了饭就去了公司，因为方案的事情，办公室里面的气氛都变得很紧张，每个人都各司其职地忙着自己手上的事情，叶知秋趁着中午吃饭的时间，自己去了一趟4S店，她不想每次都麻烦路其琛，所以就想着自己买辆车，送奶奶去医院也方便一些。

叶知秋看中了一辆商务车，后座够奶奶躺下休息，便当即拍板，把首付付了。

晚上，当路其琛知道叶知秋瞒着自己去买了一辆车的时候，果然又生气了，一晚上都没怎么理叶知秋。

安顿好奶奶之后，叶知秋主动去找路其琛赔礼道歉，她端了一盘水果沙拉上去，敲了敲书房的门，里面传来路其琛冰冷的声音，"进来。"

叶知秋忐忑地推开了书房的门，把碗放在书桌上，小心翼翼地说道："我看你晚上没怎么吃东西，给你切了一盘水果沙拉，你吃一点吧。"

"不用了。"路其琛冷着脸，以为拿一盘水果沙拉就能打发自己吗？

叶知秋尴尬地站在一旁，扯了扯路其琛的袖子，问道："你是不是生我气了？"

"你觉得呢？"路其琛反问道。

"我知道我瞒着你买车是我的不对……"叶知秋只能认怂。

"我还不了解你吗？嘴上说着不对，可心里还觉得自己做得挺对的，是吗？"路其琛生气地问道。

叶知秋吐了吐舌头，算是默认了路其琛的说法，事实上她真的不觉得自己有什么做错的地方，她纯粹就是不想让路其琛为自己花钱罢了。

路其琛看叶知秋这个样子，就知道自己猜对了，事实上他也挺无奈的，明知道叶知秋是什么样子的个性，可还是忍不住生气。他气叶知秋到现在都不把他当成自己人，男人给自己老婆花钱不是很正常的事情吗？

"好了，别生气了。"叶知秋撒娇道，"我就是不想麻烦你，所以才买一辆车，到时候我送奶奶去医院也方便。"

叶知秋越说声音越小，这番解释反而让路其琛更加生气了。

"麻烦？你竟然跟我说麻烦这两个字？"路其琛问道，"你到底有没有把我当成是你的老公？"

"当然！"叶知秋斩钉截铁地说道，"就是因为把你当成自己人，所以我才不告诉你，我这是在替你省钱呢，你这刚送了我一个公司，还什么起色都没有，我哪有脸再让你花钱啊。"

"可是……"路其琛皱眉，送她东西是他自愿的啊。

"别可是了。"叶知秋拉着路其琛站起身来，"时间不早了，咱们赶紧回去休息吧。"

路其琛暗自下决心，一会儿一定要让叶知秋意识到自己的错误。

周末，叶知秋原本打算出去逛逛街给奶奶买两身衣服，刚准备出门的时候，就来了一个不速之客——叶问兰。

"你来干什么？"叶知秋把奶奶挡在了自己的身后，说道，"我告诉你，现在我什么都不怕，你没什么能威胁到我的了。"

"是，你现在多厉害，我把这死老太婆藏在那么隐蔽的地方你也能找得到。"叶问兰冷笑了一声，"不过你放心，我今天来可不是为了这个死老太婆。"

"那你来干什么？"叶知秋冷着脸，说道，"叶问兰，从今往后我不会再认你这个妈，你就当没生过我这个女儿，我是绝对不会再对你言听计从的，你做梦吧！"

"你想不认我这个妈，恐怕没这么简单。"叶问兰冷笑了一声，露出一副无赖的笑容，"不管你承不承认，你都是我肚子里面掉出来的肉，你想不认我这个妈，我可不答应。当年我生你的时候遭了多大的罪，你现在一句轻飘飘的话就想跟我断绝关系，哪那么简单？"叶问兰冷笑道。

"叶问兰，你到底想怎么样？"叶奶奶伸手将叶知秋拉到了自己的身后，她绝不能看着叶问兰再欺负叶知秋，"这些年你对知秋怎么样你自己心里有数，但知秋是怎么对你的？你到底还有什么不满意的？我知道，你不喜欢知秋，可你也说了，知秋是你肚子里掉出来的肉，这份血缘之情是斩不断的，我不求你能够公平地对待知秋，可她现在好不容易有了平静的生活，我只求你不要再拖累她。"

"妈，她是我女儿，将来可是要替我养老的。"叶问兰冷声说道。

"你……"叶奶奶看得出来，叶问兰根本就是看不得叶知秋过好日子，她是打定了主意要把叶知秋的这好日子给毁了，"你不要太过分了，知秋已经够可怜的，从小到大你这个当妈的尽过一天责任吗？你凭什么要求她这些？"

"不管我养没养过，我生了她。"叶问兰故意气叶奶奶。

看着奶奶因为叶问兰的这番话剧烈地咳嗽了起来，叶知秋忙扶住了奶奶，冲着面前的叶问兰斥道，"叶问兰，你到底想怎么样？"

"我的乖女儿，我来就是为了让你履行赡养我的义务。"叶问兰冷笑着说道，"听妍绯说她来的时候你就让她睡在保姆房里，我来……可绝不住保姆房。"叶问兰冷笑，"你赶紧给我把房间安排好，明天我会搬过来住的。"叶问兰朝着面前的叶奶奶笑道，"妈，明天我就搬过来跟您做伴，也省得您在这里无聊，好不好？"

"你……"叶奶奶气得脸色都白了,叶知秋忙扶着奶奶到一旁坐下。

路老爷子听到动静之后来到客厅,问道:"怎么了?亲家你脸色怎么这么难看?"随即就吩咐宋妈扶叶奶奶进去休息。

叶奶奶的身体状况这么差,经不起任何的刺激,吩咐完宋妈后,路老爷子这才转过脸来冲着面前的叶问兰说道:"顾太太,您这回来是……为了顾小姐的事情?"

听到路老爷子这么说,叶问兰的脸上顿时有些挂不住,她尴尬地笑了笑,说道:"亲家,这事情是我做得不漂亮,不过知秋也是我的女儿,不管怎么样,咱们两家还是亲家,你说是不是?"

"是吗?不过知秋怎么跟我说她从小就没妈妈?"路老爷子诧异地说道,"顾太太,说起令爱的事情,我还得跟您道个歉,这路蓉也是护嫂心切,看到外人欺负自己的嫂子下手顿时没了轻重,没想到令爱怀了孩子,这事情我们认亏,你们想要什么赔偿都没关系,将来令爱跟孩子他爸结婚的时候,我们肯定也不会少了那份大礼,这你可以放心。"路老爷子淡淡地说道。

"亲家真会开玩笑,这妍绯就是一时糊涂,被人骗了,真要是结婚的话肯定也得找其琛这样年轻有为的,怎么着也不能比知秋找的差,你说是不是?"叶问兰三句话不离路其琛。

"那怕是难。"路老爷子一本正经地说道,"像知秋这样的好女孩如今社会可不多了,我们家其琛也是运气好才阴差阳错地娶了她,不过顾小姐那样的……怕是也只能找个门当户对的了。"

"你……"路老爷子一番话表面上是在为顾妍绯考虑,可实际上却是句句都在贬低顾妍绯,弄得叶问兰脸色很难看。

"亲家,你说这话我就不爱听了,知秋是我的女儿,妍绯也是我的女儿,这两个孩子在我心中的分量是一样的,我也不会说偏心谁,妍绯之前是做了点糊涂事,都是我这个当妈的没教育好,可年轻人嘛,谁还不犯点错?"叶问兰为了顾妍绯不惜跟路老爷子呛声。

"顾太太,你今天来到底是为了什么就直说吧,别在这里浪费时间。"路老爷子淡淡地说道,既然现在叶知秋的身份已经明了了,那叶问兰这个妈,认不认也没太大的差别。

叶问兰看着面前的路老爷子,心里却在犹豫。她从没想过叶知秋竟然会有胆子把两人的身份和盘托出,更没想过路其琛会找到那个老太婆,现在她手上一点筹码都没有了。她今天来闹这一场，不过就是为了从叶知秋的手上弄点钱，不管路其琛的老婆是叶知秋还是顾妍绯，她的目的不就是钱吗？

"路老爷子，您看……咱们两家好歹是亲家，我想我女儿了过来看看，或者说是住一段时间，有什么问题吗？"叶问兰笑了笑，她是打定了主意要赖上叶知秋，否则顾妍绯这一流产，想要接近路其琛真的是难上加难了。

"叶问兰，你说吧，你到底想要多少钱才肯放过我？"只要她叶知秋花得起这笔钱，只要能换一段时间的平静日子，她就算是砸锅卖铁都要把这笔钱给她。

"你给得起吗？"叶问兰轻蔑地冲着面前的叶知秋说道。

"就算砸锅卖铁我也一定把这钱给你凑上。"叶知秋冷笑着说道，"叶问兰，你生下了我之后从来没有管过我，可我们俩之间毕竟有血缘关系，我认了，但我把话跟你说清楚，只要你拿了我的钱，我们之间就再也没有任何关系。"

"你这是要跟我断绝母女关系了？"叶问兰冷笑着说道，从头到尾她对叶知秋就喜欢不起来。

"你从来也没把我当成是女儿，何来断绝关系这一说？"叶知秋苦笑着问道。

"我好歹生了你，如今你嫁进路家也都是沾了我的光，怎么着……也得给个一两千万的吧。"叶知秋是没钱，可路家有啊，既然已经撕破了脸皮，那又何必藏着掖着，只有把钱紧紧地攥在自己手里才是真的。

"一两千万？我去哪里给你凑？"叶知秋崩溃地看着面前的叶问兰，她是真的打算逼死自己啊。

"你没有，可是路家有啊。"叶问兰怂恿叶知秋去问路其琛要，"我是你妈，你养我也是应该的。"

叶知秋是真的死心了，叶问兰是永远不会对自己动恻隐之心的。

"叶问兰，我没有这么多钱，我现在手上前前后后加起来也就十万块，我可以去借一点，最多给你二十万，买你怀胎十月生下我的那一年时间。"既然叶问兰不把她当女儿，那这些事情还是说清楚比较好，"是我欠你的，不是路家欠你的，我只有这点能力，你爱要不要。"

叶知秋都想清楚了，实在不行的话她就走法律途径，反正绝对不会再对叶问兰有任何的希冀。

"二十万，你当打发叫花子呢？"叶问兰冷笑了一声，"你要是出不起这笔钱也好办啊，赶紧跟路其琛把婚离了，到时候我说不定还能给你一笔钱呢。"

"我给你三千万，从今往后你跟叶知秋没有半点关系，你看怎么样？"叶知秋身后突然传来路其琛的声音，叶知秋转身微微皱眉，冲着路其琛问道："你怎么回来了？"

"奶奶给我打电话了。"路其琛原本开车都已经快到公司了，接到叶奶奶电话之后匆匆赶了回来，"你没事吧？"

"没事。"叶知秋微微摇头。

叶奶奶想得挺简单的，她唯一的想法就是不想让叶知秋受到任何伤害，她老了，现在也护不住叶知秋，路其琛是叶知秋的老公，她只能找他。

"顾太太，好久不见。"路其琛揽着叶知秋的肩膀，冲着面前的叶问兰说道，"三千万，从今往后咱们两家半毛钱关系都没有，你看怎么样？我不怕麻烦，你要是不肯的话……咱们就法庭见吧。"

"其琛，不要……"叶知秋皱着眉头，她就是有钱也不想给叶问兰。

"没事的。"路其琛笑了笑，能花钱解决的事情都不是大问题，"奶奶在里面呢，你进去陪陪她。"

叶知秋不肯，最后还是路老爷子发了话，她才肯进去。

叶知秋走后，叶问兰冲着面前的路其琛开了口，他都已经到三千万了，那她当然要狠宰一笔，"五千万，我二话不说立马走人，你看怎么样？"叶问兰看出来了，路其琛是真的喜欢叶知秋，所以不管顾妍绯怎么努力都无济于事，可要是让她就这样放弃，她也实在是不甘心，所以能宰多少就宰多少。

"顾太太，做人不要太贪心。"路其琛冷笑着说道。他有很多方法能让叶问兰再也不敢找上门来，最后选择这种谈判的方式，就是因为她确实生了叶知秋，所以他不想把事情闹到覆水难收的地步。可这并不代表他是个冤大头，如果叶问兰要多少钱他都给的话，那他以后肯定会有无穷无尽的麻烦。

"贪心？"叶问兰冷笑了一声，说道，"知秋是我怀胎十月生下来的，我把她养到这么大，现在你妹妹还害得妍绯流了产，我不过就是要五千万而已，过分吗？"

路其琛冷眼看着面前的叶问兰，说道："三千五百万，不能再多了。"叶问兰看路其琛的态度，知道自己要是继续再要的话路其琛指不定会翻脸，所以也就答应了下来。毕竟……她可没打算拿着这笔钱就断绝关系，她就不相信自己哪一天要是再上门来要钱，叶知秋还能狠下心来把自己赶走。

"好，就这么决定了。"叶问兰答应了下来。

"回头我会让人把钱打到你卡上，不过你记住了，如果你再来找知秋的麻烦，别怪我对你不客气。"叶问兰光顾着高兴能拿到钱，完全忽略了路其琛的后半句话。她相信以路其琛的为人，既然答应了会打钱就一定会给，但是一想到叶知秋竟然把路其琛的心抓得这么牢，叶问兰的心里就很不是滋味。

"路其琛，叶知秋有你想得这么好吗？"叶问兰临走还不忘嘲讽，弄得路老爷子很生气。

不管路其琛给叶问兰多少钱，只要能替叶知秋把这事给解决了，他都觉得这钱花得值。可叶问兰作为一个母亲，对自己的孩子竟然这么恶毒，这件事情路老爷子是绝对不能忍的。

"顾太太，我自己家的孙媳妇，我们自己了解，你要是再说这样的话，我保证你拿不到一分钱，听清楚了吗？"路老爷子难得的严厉，"从今往后知秋是我们家的，她是好是坏都轮不到你说什么，我自己会管，你要是真这么空的话……不如去管管你另一个女儿吧。"

闻言，叶问兰的脸上颇为尴尬，最后只能讪讪地离开了路家。

叶问兰走后，叶知秋扶着奶奶走了出来，叶知秋的眼睛红红的，像是刚刚哭过一样。

路其琛刚要说些什么，只见，叶奶奶就要跪，好在路其琛眼疾手快地扶住了她，"奶奶，您这是做什么？"

"亲家，你这可使不得。"路老爷子也急忙说道。

"路老爷子，其琛，我老太婆没用，以后知秋就只能麻烦你们了。"她心疼地拉着身边的叶知秋，"为了我她已经受了很多苦，现在好不容易有了你们，我真的希望她不要再被叶问兰欺负了。"

"奶奶您放心，只要有我在，我保证她不会再被人欺负了。"路其琛笑着说道，"你不是要出去给奶奶买几件衣服吗？要不我陪你一起吧。"

"你不去公司了吗？"叶知秋红着眼问道，她当然不排斥路其琛陪自己，可她也不想路其琛因为自己耽搁了正事。

"我已经安排好了，今天我就陪你了。"路其琛笑着说道，"爷爷，奶奶，我先带知秋去洗把脸，然后就出去。你们先回房休息吧。"

路其琛把叶知秋带上楼，这才说道："你看你，好端端的怎么又哭了？"

"我没事……"叶知秋摇了摇头，说道，"我只是觉得我以前一直想着只要我乖一点，她迟早会知道我的好，这种想法真的挺傻的，我甚至还在想着，将来哪一天要是顾妍绯不肯养她她来找我的话，我一定会不计前嫌，可我现在才知道，原来她根本不在乎我。从头到尾她对我只有利用。"叶知秋苦笑着说道，"其琛，你放心，你给叶问兰的钱，我一定会想方设法地给你赚回来的。"

"我昨天才说过以后不要跟我这么见外，你又忘了？"路其琛瞪了一眼叶知秋，说道，"赶紧去洗把脸。"

"好。"叶知秋微微点头，她现在没空想这些烦心事，她只想全心全意地陪着奶奶，至少让她在临走之前过得开开心心的。

第28章　赵珍珍的男朋友

这几天，叶知秋和路其琛一直尽心尽力地照顾着奶奶，想尽办法让奶奶开心，而顾妍绯那边，叶知秋真的没有再去看一眼，在她看来，把她的手术费、医药费付了已经仁至义尽了。叶问兰是顾妍绯小产两天后回来的，为了不让顾绮山生气，她把顾妍绯小产的事情瞒了下来，所以她每天自己偷偷摸摸地去照顾顾妍绯，等顾妍绯恢复得差不多的时候，叶问兰便把她接回家休养了。

这天，顾辞远到医院探病，意外碰见了顾妍绯，旁边在帮她办手续的叶问兰嘴里不停地说着什么，顾妍绯显得很不耐烦。顾妍绯眼尖，一眼就看见了顾辞远，甩下一旁的叶问兰气势汹汹地追了过来，指着顾辞远的鼻子骂道："顾辞远，我变成现在这个样子，你满意了吗？我好歹也是你妹妹，你陷害我也就算了，竟然还跑到这里来看我的笑话，你还嫌我丢人丢得不够大吗？"

"你变成哪个样子了？"顾辞远疑惑地看着面前的顾妍绯，"医院又不是你家开的，还不许我来吗？"

"你少在这里装傻，我告诉你顾辞远，不管你做什么，你永远都是顾家的弃子，是被人扫地出门的垃圾。"顾妍绯口不择言，冲着面前的顾辞远吼道。

叶问兰也追了过来，看到面前的顾辞远时她愣了一下，虽然已经很多年没有见过顾辞远，但叶问兰还是一眼就认出了他。

"辞远，你这孩子回来了怎么也不回家？当年那件事情就是个误会，你该不会到现在还在记恨我吧？"叶问兰反应很快，第一时间就主动提起了当年那件事情，占据了主动权，"你走之后我还一直说你爸，小孩子不懂事也是正常的，哪能对你这么严厉，我也一直很自责，说到底这件事情是因我而起的，后来听说你外公外婆把你带到国外去了，我这心里才好受一些。"叶问兰叹着气，"你爸要是知道你回来了也一定很高兴，没想到几年没见，出落得这么一表人才了。"叶问兰亲昵地拉起顾辞远的手，继续说道，"辞远啊，要不今天就跟阿姨回去吧，我亲自下厨，也顺便回去看看你爸，你看行不行？"

顾辞远冷眼看着面前的叶问兰，冷淡地甩开了叶问兰的手，说道："不必了，我还有事。"

顾辞远懒得跟两人多说，转身要走的时候顾妍绯一把拽住了他，"你站住，你把话给我说清楚了，你为什么要害我？"

"你有病是不是？"顾辞远很不耐烦地甩开了顾妍绯的手，对这个妹妹他一向没什么感情，甚至可以说是厌恶。

医院这种人来人往的地方，最容易传出谣言来，现在顾绮山还不知道顾妍绯流产的事情，要是让他知道的话一定会动怒，更何况现在顾辞远回来了，这个时候要是让顾绮山知道顾妍绯的事情，他要是把顾氏交给顾辞远，那她叶问兰这些年的辛苦就彻底白费了。别人不知道顾辞远走之后顾绮山是什么想法，但是她叶问兰是知道的，顾绮山一直觉得自己愧对顾辞远，一直想把他找回来，叶问兰一定要阻止这样的事情发生……叶问兰心里一边盘算着，一边对着顾妍绯说道："你这孩子，感冒发烧把脑子也烧糊涂了吗？辞远是你亲哥哥，是一家人，他怎么可能会害你？"

"妈……"顾妍绯气得脸都白了。

从俩人的话语中，顾辞远知道了顾妍绯流产的事情，但他没有闲情与这母女俩纠缠，于是抽身走了。

两天后，顾辞远接到了一个陌生电话，是阳城本地的号码，他犹豫了三秒钟，最后还是接了起来。

"喂？"

电话里面传来顾绮山严厉的声音，"回来了也不知道给我打个电话，是不是我不给你打这个电话你压根都想不起来还有我这个爸爸？"

顾辞远没说话，接到顾绮山电话的时候顾辞远就皱起了眉头，他紧紧地握着手机，一言不发。

"我在跟你说话，你哑巴了吗？"对顾辞远，顾绮山一向是一副严厉的样子，跟面对顾妍绯时截然不同。

有一瞬间顾辞远好像回到了小时候，回忆涌上心头。

"咱们之间还有什么好说的吗？顾绮山，我以为你压根都不记得有我这个儿子呢。"

"辞远，我知道当年的事情是我错了，可我……"顾绮山很早就后悔了，可他能怎么样？只能眼睁睁地看着顾辞远离开，事情过去了这么久，他还是很自责。

他一直想找回顾辞远，毕竟顾辞远是他唯一的儿子，这好不容易打听到了顾辞远回国的消息，所以他千方百计地要来了顾辞远的电话号码，无论如何，他不会再让自己的儿子流落在外。

"你回来吧。"顾绮山实在不知道自己该跟顾辞远怎么相处，否则的话父子俩之间也不至于闹成这样。

"都离开家这么多年了，有什么气也该消了，我让你叶阿姨给你准备你爱吃的饭菜。"顾绮山说道，"有什么误会咱们回家再说。"

顾辞远没说话，电话那端的顾绮山急了，"都这么多年过去了，你还不肯原谅我吗？"

"都过去的事情了，没什么原不原谅的。"顾辞远淡淡地说道，"不过我还是觉得……见面就没必要了，当个陌生人挺好的。"

"辞远！"听到顾辞远这么说的时候顾绮山急了，急忙叫住了他，"我知道当年的事情是我对不起你妈，其实我也一直很后悔，你妈死后我也没能好好照顾你，害你受了这么多的委屈，爸真的知道错了。"顾绮山叹了一口气，继续说道，"辞远，不管怎样你都是我唯一的儿子，我走之后顾氏肯定是要留给你的，你……你就当给我一个面子，回家吧。"

顾辞远闻言冷嗤了一声，说实话他可真不在乎什么顾氏，顾氏在顾绮山手里早就已经变成了一副烂摊子，但他也并不会就这么便宜了叶问兰母子。

顾绮山见顾辞远沉默，忙又开口说道："我在家等你，还是以前的那个位置。"

"知道了。"顾辞远没拒绝也没同意。

接下来顾绮山又打了无数个电话。顾绮山已经在家翘首以盼很长时间了，却一直没看见顾辞远的身影，不免有些着急。

"绮山，你过来坐一会儿吧。"叶问兰心里很不爽，顾辞远都已经离开这个家这么长时间了，是自己和顾妍绯一直陪在顾绮山的身边，原以为她们母女俩才是对顾绮山最重要的人，却不想在顾绮山的心里，只有他那个儿子才最重要。从知道顾辞远回来的那天开始，顾绮山就始终对自己不冷不热的，张嘴闭嘴聊的全是顾辞远。她心里窝了一团火，却不敢说什么。

"辞远这孩子从小就孝顺，既然他答应了会过来就一定会过来的，你站在门口等着也无济于事。"叶问兰温柔地说道，"外面风大，赶紧进去吧。"

"你别管我。"顾绮山朝着门口张望着，完全不理叶问兰的劝说，"我就在这等着，你赶紧进去做饭，一会儿辞远来了饭还没好就不好了。"

"爸，你这么紧张他做什么，不就是个小偷吗？值得你这样重视？"顾妍绯倚在门旁说道。

"妍绯，你胡说八道些什么？"叶问兰冷着脸斥道，"那是你哥，你都多大了，怎么一点事都不懂，赶紧跟你爸道歉。"

"妈……"顾妍绯皱着眉头，她不明白叶问兰明明很讨厌顾辞远，为什么还要做出一副慈爱的模样。

"赶紧道歉！"叶问兰朝着顾妍绯使了一个眼色，顾妍绯不情不愿地对面前的顾绮山说道："爸，对不起。"

顾绮山自始至终都冷着脸，直到顾妍绯道了歉他的脸色才好转了些，对叶问兰说道："你看看你把女儿惯的，一点规矩都没有了。"

"是是是，是我不好。"叶问兰急忙说道，"回头我一定好好训她。"

离约定的时间已经过了半个多小时，顾绮山还是没有看见顾辞远的身影，叶问兰心里暗暗欣喜，但是脸上还是不动声色，"绮山，咱们还是进去等吧，你看都这么晚了，外面风大，要是感冒了就不好了。"

"你先进去，我再等等。"他已经盼了十几年，也不在乎多等这几十分钟。

顾辞远一个小时之后才姗姗来迟，顾绮山甚至都怀疑顾辞远不会来了，等看到顾辞远的车时，他脸上的笑容是怎么也掩饰不了的。

"辞远，快让爸好好看看。"顾绮山急忙迎上前去，拉着面前的顾辞远不肯放，"高了，也瘦了。"这么多年了，总算是见着面了，"你这孩子一走就是这么多年，一个电话都没有，要不是我给你打电话你是不是就打算把我这个爸爸给忘了？"

"爸爸？"顾辞远冷笑了一声，"你什么时候把我当儿子了？"

一时间，顾绮山不知道如何开口了。

叶问兰尴尬地站在一旁，笑了笑，打破了父子俩之间的僵局，"绮山，赶紧让辞远进去吧，有什么话咱们先进去再说，站在门口像什么样子，辞远肯定也饿了。"

"对对对，赶紧进去吧。"顾绮山急忙说道，儿子回来了，他比任何人都高兴。

顾妍绯始终冷着脸站在一旁，顾辞远经过她身边的时候顾妍绯冷笑道："哟，之前嘴上说得那么厉害，最后还不是回来了？"

"你给我闭嘴！"叶问兰拍了一下顾妍绯，说道，"你哥好不容易回来一次，你要是再这个态度的话就给我出去，别打扰你爸跟你哥哥说话。"

顾妍绯冷着脸不说话。

顾绮山也不在乎顾妍绯到底说了什么，拉着顾辞远进门，笑盈盈地说道："辞远，你走之后家里装修过一次，你看看是不是跟以前不太一样了？"

"你的房间我一直给你留着，跟以前一模一样，你要是想回来住的话随时都可以。"顾绮山笑着说道。

"不必了。"顾辞远冷笑了一声，说道，"我今天来就是想来看看你，看到你没什么事情我也就放心了，我不会回来住的。"

顾绮山的脸色一下子就难看了，问道："你……是不是还在怪我？"

"是啊，辞远，你爸是真的很想你，事情都过去这么长时间了，你也该忘了。"叶问兰在一旁帮腔，一副顾辞远要是不肯原谅顾绮山就是他不懂事的样子，绝口不提当初那件事情的真相。

"不说我了。"顾辞远冷笑了一声，冲着面前的顾妍绯说道，"我也很久没看见妍绯和叶姨了，你们过得怎么样，我不在，你们应该很高兴吧。"

"怎么会……"叶问兰本来还担心顾辞远会说出顾妍绯流产的事情，见顾辞远没有这意思，她也就稍放下了心，面对挖苦她也就忍了下来。

顾妍绯却不管不顾地说道："可不是，你永远别回来才好呢。既然走了就别回来，这里早就已经不是你的家了，没有人欢迎你，你看不出来吗？"

"啪！"顾妍绯话音刚落，顾绮山就一巴掌甩了上去，清脆的巴掌声在客厅里响起，"你打我？"顾妍绯不可置信地看着面前的顾绮山，从小到大他对自己一句重话都没有，现在竟然为了顾辞远甩了自己一巴掌，顾妍绯怎么也不能接受这件事情。

其实顾绮山这一巴掌甩出去的时候就已经后悔了，他不是不喜欢顾妍绯，相反他一直很开心自己能有一个女儿，也一直把顾妍绯捧在手心里面疼着，可顾妍绯最近越来越不懂事，他也是气急了才……他挺后悔的，但是顾辞远毕竟是自己的儿子，是自己唯一的继承人，顾妍绯说这些话未免太过分了一些。

"你干什么？有什么话不能好好说，非要动手打人？"叶问兰借势发挥，她本就不想让顾辞远回来，正好借这一巴掌演一出戏，"妍绯是有不对的地方，可你怎么能打人呢？从小到大你连一句重话都没有，现在竟然为了你儿子打女儿，好啊，既然我跟妍绯在这个家里这么不受欢迎，我们走就是了。"

"凭什么？"顾妍绯委屈极了，一双美目里蓄满了泪水，她的情绪是真的，她从没想过自己有一天会被顾绮山打，"凭什么是我们走，我妈辛辛苦苦在这个家里照顾你的饮食起居。他呢？他做什么了？要走也该是他走，凭什么要我们走？"

顾妍绯指着顾辞远的鼻子骂，他从头到尾一言不发，静静地看着两人表演。

叶问兰搂着顾妍绯，一副心疼的模样，"妍绯，你还看不出来吗？在这个家里最不受欢迎的是我们俩，你爸还指望他儿子给自己养老送终，继承家业呢。"

一番话点醒了顾妍绯，她这才明白为什么顾绮山非要让顾辞远回来，原来他骨子里还是个很传统的人，觉得只有儿子才能继承家业。

"爸，你是不是真这么想？"顾妍绯不可置信地看着面前的顾绮山，"顾氏是我妈跟你一点一点拼才有了今天这样的局面，你现在就因为重男轻女，要把这个公司交给顾辞远吗？"顾妍绯的情绪很激动，她手指向顾辞远，冲着面前的顾绮山问道，"他这些年对你不闻不问，你却要将公司交给他，你觉得这对我来说公平吗？"

"妍绯，我不是这个意思……"顾绮山本就很自责自己打了顾妍绯一巴掌，听到顾妍绯这么控诉的时候更是觉得羞愧，"顾氏企业虽然最近一直是我跟你妈在管理，可是……可是这公司的初始资金还是辞远他妈妈给的，更何况起步的时候也都是她一个人撑着，我已经很对不起她妈妈了，我不能再对不起辞远……"顾绮山看顾妍绯的脸色越发难看，急忙说道，"你放心，就算我将来把公司交给了辞远，我也会安排好你和你母亲，绝对不会让你们俩受苦的。"

"你这是什么意思？"顾妍绯说来说去都是这句话，一点杀伤力都没有，没办法，叶问兰只能亲自上阵，她泪眼婆婆地看着面前的顾绮山，脸上的表情看起来委屈极了，"顾绮山，我不要脸，我勾引了你才害得辞远的妈妈去世，一切都是我的错，所以你现在用这样的方法来惩罚我吗？"

"问兰，我不是这个意思……"顾绮山觉得自己被夹在中间左右为难，他是真的觉得自己对不起顾辞远，这公司交给顾辞远也是合情合理的事情，但这些年叶问兰也为这公司付出了不少……

"那你是什么意思？"叶问兰苦笑着问道，"顾绮山，你说这公司是辞远的妈妈给的资金这话不假，可你想过没有，这些年是谁拼死拼活地在外面接业务，又是谁加班加点地忙生产，甚至公司出现问题之后我把我女儿都嫁了，就为了换顾氏集团一个生机，我付出了这么多，现在就换来这样一个结果？"

"不是，这……"顾绮山皱着眉头，看到叶问兰生气他是真不知道该怎么哄才好。

"够了，跟你在一起这么多年了我还不了解你吗？你就是嘴上说得好听罢了。"叶问兰冷笑了一声，"反正你儿子现在也回来了，你也不需要我们了，我们母女俩走就是了，绝对不挡着你们父子俩团聚的。"

"叶问兰、顾妍绯，你们闹够了没有？"顾辞远冷着脸，冲着面前的顾绮山说道，"这就是你让我回来的原因？看你们一家三口为了一个烂摊子公司吵得不可开交？"

"你嫌它是烂摊子你可以不要啊。"顾妍绯冷笑着说道，"也没谁逼你回来不是吗？"

顾辞远冷笑，"回来之前我就想清楚了，这公司我可以不要，但是……"他顿了顿，继续说道，"当年我妈出了多少钱，这笔钱你们必须连本带利地还给我，这笔钱要是还清楚了，我顾辞远跟顾家再也没有任何关系，你看怎么样？"

"这可是你说的！"顾妍绯的脸上露出一抹喜色，她现在觉得男人根本靠不住，只有钱才最靠得住，所以听到顾辞远这么说的时候第一时间答应了下来，"你拿完钱之后必须签一份协议，保证你以后绝对不会再来抢顾氏。"

"你放心，只要你能拿得出钱来，我一定写一份协议给你。"顾辞远冷笑道，一旁的顾绮山脸色却并不好看，"都是一家人，何必要把场面闹得那么难看，辞远，你是哥哥，你也让一下你妹妹，她不懂事难不成你也跟着不懂事吗？"

"小？她可不小了，都差点当妈的人，哪里小了？"顾辞远的一句话像是扔下了一颗重磅炸弹，炸得顾妍绯和叶问兰措手不及，也炸得顾绮山云里雾里。

顾绮山看了看顾妍绯，发现她的脸色苍白得可怕，忍不住问道："这话是什么意思？什么叫差点当妈的人？"

"你不知道？"顾辞远诧异地看着面前的顾绮山，"她前些天一不小心流产了，这么大的事情……叶姨都不告诉你的吗？"

顾绮山愣了半天，最后才反应过来顾辞远是在说顾妍绯，可……这怎么可能呢？

"顾妍绯，他说的是真的吗？"顾绮山问道。

顾妍绯低着头，不敢看顾绮山的眼神，这个举动在顾绮山的眼里就等于是默认了。

顾绮山冷着脸，他虽然宠顾妍绯，但骨子里还是个很传统的人，否则也不会重男轻女了。

"绮山，这事情不是你想的那样……"叶问兰皱着眉头想跟顾绮山解释，但顾绮山却不愿意听，"我只问你，这事情是不是真的？"

"是……"叶问兰弱弱地回道。

"你们……"顾绮山气得脚下踉跄了一下，好在一旁的顾辞远扶住了他，他终究还是不忍心，在叶问兰母女俩出现之前，顾绮山对他还算是挺好的，毕竟是自己的父亲，他看到顾绮山这样还是会觉得有些心疼。

顾辞远扶着顾绮山站稳脚步，这才说道："这事你们自己解决，我就不在这里给你们添堵了，想要顾氏集团就把钱准备好。"

"顾辞远，你这样做是要把我们一家人往绝路上逼啊。"叶问兰走到顾辞远面前说道，"不管怎么说咱们都是一家人，你妈确实给顾氏投了很多钱，可是这笔钱是她心甘情愿拿出来的，是她的嫁妆，现在的顾氏是我和你爸一点一滴打拼得来的，你一张嘴就要走几千万，你这不是要把顾氏往绝路上逼吗？"叶问兰痛心疾首地看着面前的顾辞远，继续说道，"你也是这家里的一分子，难道你能眼睁睁地看着我和你爸为了你倾家荡产吗？"

"叶姨，你这话说得好笑。"顾辞远冷笑了一声，说道，"这是我妈的嫁妆不错，可那难道是拿来养小三和小三的女儿的吗？我是她的儿子，我拿回这笔钱天经地义，更何况我还没问你算利息呢，我怎么就过分了？"

"你说谁是小三？"叶问兰的脸色很难看，说道，"我是你爸明媒正娶的老婆，我怎么就是小三了？你妈这公司既然给了顾绮山就是顾家的，你有什么资格拿走？"

"就凭他姓顾，这个理由够吗？"顾绮山冷声说道，"叶问兰，有时间就好好管管你这个女儿，其他的事情用不着你多操心，听明白了吗？"

顾绮山头一次用这么严厉的口吻跟叶问兰说话，弄得叶问兰措手不及，好半天才冲着面前的顾绮山说道："我这不也是为了这个家吗？这几年顾氏经营不善，要不是路其琛刚刚给了一笔钱，公司根本撑不到现在，如果现在顾辞远要这笔钱的话，那公司账上就一分钱都没有了，这不是要顾氏死吗？"

"够了！你说完了没有？"顾绮山冷眼看着面前的叶问兰，"我说了，这公司我会留给辞远，没有人比他更适合这个位置，就算公司垮了，我也要这么做。"

"你想过我的感受吗？"叶问兰冷着脸，"顾绮山，你别忘了，妍绯也姓顾，这公司也有她的一半。"

"她……"顾绮山冷笑，"等她先把肚子里那个孩子到底是谁的这件事情给我交代清楚了，我再考虑这些。"

叶问兰看着面前的顾辞远，眼底满是恨意，"你看到了，你一回来就把这家里弄得乌烟瘴气的，看到我们一家三口为了这件事情吵架你满意了吗？"

第29章　孩子是谁的

　　"叶姨，这件事情你要是怪到我身上那我也无话可说，总之我就一句话，我只拿我自己该拿的。"顾辞远看了一眼面前的顾绮山，淡淡地说道，"我看我就不在这里打扰你们了，我先走了。"

　　"我送你。"顾绮山说完这话也不管身后的叶问兰和顾妍绯怎么想，领着顾辞远就往外面走去。

　　出了顾家大门，顾绮山说道："你这也很多年没有回来了，能不能……陪我走走。"

　　"好啊。"顾辞远欣然应允，说道，"正好我也很久没去后面了。"

　　顾家周围风景秀丽，后面还有一座小山，小时候顾辞远最喜欢去的地方就是后山，他答应顾绮山陪他散步，一来是想去后山看看，二来也是想听听顾绮山想跟自己说些什么。

　　"今天……实在不好意思，让你看笑话了。"顾绮山慢慢地跟顾辞远并排走着，突然开口说道，"本来是想让你回家里吃顿饭好好聊聊的，没想到会出这样的事情，你叶姨她……平时不这样的。"

　　"是吗？"顾辞远冷笑了一声，说道，"叶姨是什么样的人大家心里都有数，你也不必在这里替她说好话，反正怎么样都不会影响我对她的看法。"

　　"辞远，你也是顾家的一分子，说实话你今天提的那个要求，确实也是太过分了，也难怪你叶姨会生气。"顾绮山犹豫了半天，最后还是说道，"你是我唯一的儿子，这公司我肯定是要交给你的，你何必急着把账上的钱都掏空？一个空壳公司到你手里也不好看，你说是不是？"

　　"我根本不在乎你这个公司到底给不给我。"顾辞远冷笑了一声，说道，"当年我妈到底是怎么死的你心知肚明，叶问兰进门之后要是对我好一点，今天我不要这笔钱也罢，可她是怎么做的呢？"他顿了顿，继续说道，"为了让我离开顾家不跟她抢顾氏，她冤枉我偷东西，这些年你拿我妈的钱养着她们母女俩，现在还想心安理得，怎么可能？"

　　"这笔钱拿到之后我就会捐出去，总之一句话，我绝对不会眼睁睁地看着她们继续用我妈的钱，否则将来我没脸去地下见我妈。"顾辞远冷淡地说道。

顾绮山皱着眉头，好半天才开了口，"辞远，当年的事情是我对不起你们母子，可事情已经过去这么多年了，你叶姨也进门这么多年了，不管怎么样你也应该叫她一声妈，咱们是一家人，何必算得这么清楚？"

顾绮山说了半天，实际上还是在帮叶问兰母女俩说话，毕竟跟自己相处了这么多年，总是有感情的。就算顾绮山打算把公司交给顾辞远，也早就已经准备了一笔钱，足够叶问兰母女舒舒服服地过完下半辈子。

"一家人？我的家人只有外公外婆，麻烦你告诉她们一声，以后别乱攀亲戚。"顾辞远冷声说道，"这笔钱我希望你们尽快准备好，否则咱们就法庭上见吧。"

"我先回去了，突然没有逛的兴致了，你自己慢慢逛。"顾辞远说完转身就走，不管顾绮山怎么说他都没有再回头。

顾绮山看着顾辞远的背影，微微皱起了眉头，不知道为什么，他总觉得自己这个儿子完全不一样了。以前的他胆小、懦弱，连一句话都不敢多说，跟自己也不亲近，而顾妍绯则很会撒娇，这也是顾绮山从小就喜欢顾妍绯的原因。但现在的顾辞远完全不一样了，他身上有一种气质，一种让人肃然起敬的感觉。

"绮山，你可算是回来了。"叶问兰看到顾绮山回来的时候第一时间迎了上去，说道，"我跟你讲，这公司绝对不能交给顾辞远，否则……"

"否则怎么样？你就跟我离婚吗？"顾绮山冷笑了一声，说道，"叶问兰，我以前怎么没看出来，你是这么势利的女人？"

"你……你在说什么，我听不懂。"叶问兰避开了顾绮山的眼神，她有些心虚，"我怎么势利了，我这也是一心一意地在帮公司打算，在帮这个家做打算。"

"得了吧，你这纯粹是在为自己盘算。"顾绮山冷笑了一声，"以前我什么都听你的，结果好好的一个公司落到现在这个地步，好好的一个女儿弄到现在这样，你不觉得你应该给我一个解释吗？"

"她……"叶问兰原本也没打算跟顾绮山说这个事情，她知道顾绮山是肯定无法接受这件事情的，可没想到顾辞远会把这件事情捅出来。

"绮山，这件事情也不是妍绯的错，你说谈个恋爱谁也没想到会搞出人命来。"叶问兰讪讪地解释道。

"那是谁的错，你的错吗？"顾绮山皱着眉头说道，"公司的事情你别想了，我是不会交给你的，你现在赶紧去把顾妍绯给我叫过来，我得好好找她聊聊。"

"她……"叶问兰想替顾妍绯挡的，但是看到顾绮山这个样子，话到嘴边最后还是咽了下去，"好，我这就去叫她。"

顾辞远走后，顾妍绯心情大好，回了房间就躺在床上休息，只要没人跟她抢家产她就开心，叶问兰过来敲门的时候顾妍绯正躺在床上吃零食，皱着眉头问道："妈，还有什么事情吗？"

"你啊，还有心思在这边吃东西。"叶问兰叹了一口气，说道，"你爸在楼下等你，说是要让你把孩子的事情解释清楚。"

"有什么好解释的？"顾妍绯不满地皱着眉头，"不就是一个意外吗？"

"你一会儿去他面前可千万不要这么说。"叶问兰叹气，她就知道顾辞远回家肯定会有麻烦。

"你爸现在对你已经很不满意了，他这会儿想把公司交给顾辞远，你要是再跟他对着干，说不定咱们母女俩真的会落到什么都没有的地步，所以咱们现在得赶紧想个办法……"叶问兰皱着眉头，想了好半天，才说道，"最好是能把自己择干净。"

"妈，你想这么多做什么？"顾妍绯皱眉，"我也是他的女儿，再怎么说他也不至于什么都不给我，你就别多想了。"

"你懂什么？"叶问兰皱着眉头，"你爸现在正在气头上，所以你还是安分一些，顾辞远是他唯一的儿子，他本来就对他有歉意，现在他回来了，他恨不得把所有的好东西都交给他，哪里还在乎我们俩的死活？"

听到叶问兰这么说的时候，顾妍绯才有些着急了，紧紧地皱着眉头，问道："妈，那你说我现在应该怎么办？爸要是追究起来的话，我……"

"你先别着急，你爸从小就宠你，一定会有办法的。"叶问兰想了半天，这才说道，"对，咱们可以用苦肉计，你这样……"

叶问兰凑到顾妍绯的耳边说了几句话，不多会儿，楼下一直等着的顾绮山不耐烦了，正打算上楼的时候叶问兰急急忙忙地跑了下来，因为着急，脚上的拖鞋都少了一只。

"你干什么！顾妍绯呢？怎么到现在还没下来？"顾绮山蹙眉。

叶问兰好不容易整理好自己的情绪，说道："绮山，不好了，妍绯她……她割腕了。"

顾绮山顿时觉得脑子"嗡"的一声，什么孩子、什么兴师问罪都抛到了脑后，朝着顾妍绯的房间跑了过去。

看着顾绮山焦急的背影，叶问兰的脸上露出了得意的笑容。

看来今天自己这一招苦肉计是用对了。

顾绮山急急忙忙地赶到了顾妍绯的房间，看到顾妍绯躺在床上，手腕上的鲜血在雪白的床单的映衬下显得尤为可怕。

"这傻孩子，好端端的怎么就这么想不开。"顾绮山吓得脸色惨白，急忙抱起床上的顾妍绯送到了医院，看着顾妍绯进了手术室，顾绮山这才松了一口气。

顾妍绯是自己的女儿，不管她做了什么，他都有教育她的责任，可他真是没想到，顾妍绯竟然会因为这样的事情想不开。

"都是你，好端端的把女儿害成这个样子，我告诉你，妍绯要是有什么三长两短的，我一定要你好看。"叶问兰哭哭啼啼地说道，"女儿是我的心头肉，从小到大你连一句重话都没说过，现在为了顾辞远你竟然甩了她一巴掌。"

"够了！"顾绮山心里本来就烦，听到叶问兰这么不依不饶的就更头疼，"要不是你把女儿教育成这个样子，怎么可能会有这样的事情？我告诉你，妍绯最好没事，否则我不会放过你的。"

"你……"叶问兰皱着眉头，"怎么反倒成了我的错了，妍绯会这样都是因为你，我看你就是有了儿子，所以想逼死我们娘俩……"

"你这个人真的是不可理喻……"顾绮山刚想跟叶问兰理论，路过的护士就冲着面前的两人说道，"吵什么吵什么，这是医院，不是你们吵架的地方，要吵回家去吵。"

一番话说完，叶问兰和顾绮山都讪讪地站在了一旁。

叶问兰被护士说完之后就默默地站在一旁哭泣，什么话也不说，只是一个劲儿地抹眼泪，顾绮山担心顾妍绯的状况，看见叶问兰这样又觉得心疼，忍不住走到她身边，将她揽进了自己的怀里，默默地拍着她的背安慰道："好了好了，别哭了，万事有我，妍绯肯定不会有事的。"

"怎么办……"被顾绮山这么一安慰，叶问兰顺势流露出脆弱的一面，靠在顾绮山的怀里说道，"我们就这么一个女儿，她要是真有个什么三长两短的，我……我可怎么办才好？"

"好了好了，别哭了。"顾绮山安慰着面前的叶问兰，"不会有事的……"

顾绮山目光忧虑地看着手术室，足足等了一个半小时，手术室的门终于打开来，叶问兰和顾绮山第一时间迎了上去，问道："医生，我女儿怎么样了？"

"病人已经脱离了生命危险，不过情绪还是很激动，这段时间你们多看着点，有必要的话带她去看看心理医生。"医生说道。

顾妍绯转去普通病房之后，叶问兰和顾绮山也追了过去，隔着老远就听到顾妍绯的声音，"放开我，你们救我干什么？"

"妍绯，你这是干什么……"叶问兰急急忙忙地赶到了顾妍绯的床边，问道，"你怎么这么傻？好端端的为什么要自杀？"

"妈，你别管我，你让我去死！"顾妍绯看到叶问兰的那一刻就忍不住哭了出来，"你救我干什么，反正在这家里我也是多余的，让我死了不是一了百了？"

"你胡说八道些什么？"叶问兰皱起了眉头，"你是我跟你爸的心头肉，怎么会是多余的人呢？"

叶问兰转头，拉着顾绮山走到了顾妍绯的病床前，看到顾绮山的时候顾妍绯就安静了下来，微微低下头，可怜巴巴地垂着脸，"爸……"

"绮山，你快跟妍绯说说……"叶问兰推搡了一把顾绮山。

"你……"看着面前脸色苍白的顾妍绯，顾绮山是怎么也硬不起心肠来了，但是有些话他不得不说。

"好了，别哭了。"顾绮山还是不忍心，坐到了顾妍绯的床前，说道，"爸什么时候说过你是多余的了？你啊，就是太多疑了。"

"可是……"顾妍绯可怜巴巴地看着面前的顾绮山，"你从小到大对我连一句重话都没有，哥一回来就什么都变了，你不光要把公司交给他，还为了他打了我一巴掌，爸，你以前从来不会这样的。"

"妍绯，爸不是因为你哥才打你，你说你一个女孩子，怎么就……"顾绮山觉得自己都说不出口，一个没结婚的女孩子怀了孕，这怎么能行呢？

"好了好了，都过去了。"叶问兰在一旁打圆场，"总之你别瞎想，以后也别再干这种傻事了，是吧，绮山？"

顾绮山皱了皱眉，最后还是决定不再追究孩子的事情，叹了一口气，冲着面前的顾妍绯说道："妍绯，你是我女儿，我把公司交给辞远并不是说我不喜欢你，事实上我这样做也是在为你考虑。"他皱着眉头继续说道，"你从小到大都是在我跟你妈的保护下长大的，对于公司的事情也是一窍不通，但是辞远不一样，我打听过，这些年他在国外把自己的公司经营得有声有色，顾氏现在正在走下坡路，只有把公司交给他才能有一线生机。辞远是你哥哥，我相信他也不可能不管你，更何况我早就已经准备了一笔钱，够你跟你妈过完下半辈子。"

"爸……"顾妍绯扑进了顾绮山的怀里，"我只要你陪在我身边就好。"

　　"好好好，爸一定陪着你。"顾绮山看到顾妍绯这样心都软了，从小到大他一直拿顾妍绯没办法。

　　顾妍绯靠在顾绮山的肩头，朝着叶问兰眨了一下眼睛，这一招虽然走得险了一点，但还算是有成效。

　　"妍绯，爸还有件事情得弄清楚。"顾绮山皱着眉头，"你这肚子里的孩子到底是谁的？"

　　"爸，我不想说。"顾妍绯和叶问兰对视了一眼，两人的脸色都有些尴尬。

　　"最近这段时间我跟你妈在国外，我们也没好好照顾你，出了现在这种事情，我们是有责任的，但不管怎么样我都得替你讨一个公道。"顾绮山既愧疚又气愤。

　　叶问兰知道顾妍绯不想提及这些事情，便说："绮山，这件事情……咱们还是容后商议吧。"

　　"为什么？"顾绮山疑惑地看着叶问兰，"难道不应该让孩子的父亲负这个责任吗？我的女儿就这么好欺负的吗？你到底是不是真心心疼女儿的？"

　　"爸，不是这样的……"顾妍绯刚想解释，叶问兰就打断了顾妍绯的话，"我当然心疼妍绯，可是……当初是妍绯不懂事，孩子的父亲也是个不争气的人，而妍绯现在也认识到错误了，我们最好和那个人撇清关系，不要让他再出现在妍绯面前。"

　　顾绮山皱着眉头想了半天，最后还是答应了下来，"好，那妍绯你先好好休息吧。"

　　"谢谢爸。"顾妍绯笑了起来。

　　叶问兰和顾绮山商量了一下，决定叶问兰留下来陪顾妍绯。

　　顾绮山刚走，顾妍绯就如释重负地躺在了床上，说道："妈，刚刚真是吓死我了，你不知道这刀割下去有多疼，总之我以后再也不做这种事情了。"

　　"还以后，我告诉你，现在顾辞远回来明摆着就是跟我们抢公司来了，所以无论如何我们俩都不能掉以轻心，否则稍不留神这公司就真成别人的了。"叶问兰皱了皱眉，说道，"这次虽然你受了点委屈，不过也换回了你爸对你的信任，这对咱们来说是有好处的。"

　　母女俩又分析了一会儿，商量好以后的对策，觉得形势乐观，便早早休息了。

　　第二天一早，顾妍绯还没醒，叶问兰站在阳台上抽烟，远远的看见了一个熟悉的身影——赵志平。虽然已经很多年没见了,但是叶问兰怎么也不会忘记他这个前公公,赵志平也第一时间认出了她,微微皱起了眉头。

叶问兰有一瞬间的慌乱,对于赵熙,她虽然不觉得愧疚,但还是觉得有些心虚,毕竟他确实是因为自己才离开人世。而对于赵志平,从叶问兰被赵熙带回家的第一天起,叶问兰就是畏惧的。因为觊觎赵家的财产,所以叶问兰忌惮赵志平,她想走,却觉得自己的双腿仿佛不受控制了一般,怎么也迈不开来。她只能眼睁睁地看着赵志平走到了自己面前,在她面前停下,淡淡地说了一句:"好久不见!"

"爸……"叶问兰讪讪地开了口,一开口看见赵志平微微皱眉,立马就意识到自己的称呼不对,急忙改口,说道,"赵先生。"

"有空吗?既然遇上了咱们就顺便聊聊吧。"赵志平说道,叶问兰哪里敢拒绝,点了点头,还不忘推荐地点,"附近正好有家咖啡厅,要不咱们就去那?不过我只能去一会儿,我女儿还在医院……"

"好。"赵志平微微点头,两人在咖啡厅坐下来之后点了两杯咖啡,叶问兰自始至终都是唯唯诺诺的样子,赵志平不开口她也不敢开口。

"咱们……有二十几年没见面了吧?"赵志平尝了一口咖啡,终于开了口,对面的叶问兰连连点头,正襟危坐的样子让赵志平觉得很好笑。想当初叶问兰第一次跟赵熙去家里的时候也是这样,摆出一副容易受惊的小白兔模样,看起来人畜无害,事实是她根本就是个心机深重的女人。

"是……"叶问兰讪讪地开了口,说道,"跟赵熙从家里离开之后就再也没见过面了,算起来……应该也有二十五年了,没想到会在这里见到您,您这是……"叶问兰早就听说赵志平举家迁往国外的消息,也正是因为这样,她才确定赵家是真的打算放弃赵熙了,所以才毅然决然地跟赵熙分开。

叶问兰做梦都没想到,自己竟然还能在国内见到赵志平。

"医院里面有个患者的手术挺难做的,所以他们请我回来做手术,我回来也有一段时间了,不过没想到会在这里碰到你,你这是……"

"我女儿生病了。"叶问兰淡淡地答道,又怕赵志平误会,急忙说道,"不是我跟赵熙的孩子,是……是我后来生的那一个,知秋她……挺好的。"

"知秋,原来她叫知秋啊。"赵志平假装没有遇到过叶知秋。

"是,赵熙起的名字。"叶问兰说道,"已经二十五岁了,前两个月刚刚结了婚,现在过得也挺好的。"叶问兰急忙表明叶知秋现在的处境,证明自己从来没有亏待过她。不管怎么样，叶知秋都是赵志平的亲孙女，不管赵家肯不肯认她，叶问兰都不敢冒这个险。

"你这次回来是……不打算走了？"叶问兰看着面前的赵志平，虽然他没有说自己回来的主要目的，但是叶问兰明显感觉到了，他这次回来一定跟叶知秋有关系。

"是。"赵志平微微点头，说道，"人老了吗，老话都说叶落归根叶落归根，在国外的时候就一直想着要回来，也想来看看熙儿，看看我那个从未谋面的孙女，我跟老伴都商量好了，我回来打前阵，等我把这里都安排好了，他们就一起回来了。"

"是……是吗？"叶问兰尴尬地笑了笑。

"国外不是挺好的吗？回来做什么？"叶问兰淡淡地笑了笑，"我还跟我老公商量，等到我们年纪大了就不打算管孩子们的这些事情了，两个人移民到国外，过我们俩自己的小日子去，多好。"

"话是这样说，不过中国人嘛，骨子里面还是很传统的，总想着要叶落归根，再说我也想来看看赵熙那个孩子，毕竟也是我赵家的骨肉。"

"您这是……"叶问兰敏锐地察觉到了什么，但是又觉得自己好像什么都没抓住一样，"您这是打算让知秋认祖归宗吗？"叶问兰紧紧地皱着眉头，她这心里还是觉得很复杂，一方面她不希望叶知秋认祖归宗，现在她一心想让顾妍绯和路其琛在一起，如果叶知秋认祖归宗了，有了赵家的支持，自己再想把叶知秋拉下马，就是难上加难的事情，更何况现在叶知秋还有路其琛的支持。

"算是吧。"赵志平淡淡地说道，"不过也得看那孩子的品性怎么样，毕竟赵家也不是随随便便什么人都可以进的，你说是不是？"赵志平说这话的时候眼睛一眨不眨地看着面前的叶问兰，让叶问兰想起自己跟赵熙回家时候的场景。

叶问兰知道赵志平是在说自己，却装作什么都不知道的样子，笑了笑，面不改色地抹黑叶知秋，"赵熙去得早，我又改了嫁，这孩子从小到大都是文姨带大的，你知道文姨那个人，哪怕知秋做错了点什么，也是舍不得打舍不得骂，弄得那孩子养成了骄横跋扈的性格……"

"是吗？"赵志平紧紧地盯着面前的叶问兰，如果不是他早有了解的话，说不定真的会被叶问兰的这番话给唬住了。叶问兰这样抹黑叶知秋，可想而知平时到底是怎么欺负叶知秋的。

"可不是。"叶问兰淡淡地笑了笑，说道，"知秋这孩子从小跟文姨一起长大，她又不会教育，我这……也有自己的难处，所以知秋性格很奇怪，但毕竟也是赵熙唯一的孩子，您要是真想认回她的话，将来还请您帮我多教育教育。"

赵志平冷笑了一声，"好，你放心吧。"

叶问兰见两人也没什么话可说了，便道："赵先生，如果没什么事情的话，我就先回去了，我女儿还在等我呢。"

"好。"赵志平淡淡地笑了笑，"能在这里碰见也是一种缘分，将来说不定咱们还能经常见面呢。"

赵志平的一句话让叶问兰心惊胆战，眼皮直跳，但最后她还是淡淡地笑了笑，装作什么事情都没发生过一样，"以后要是有什么用得着我的地方尽管开口，我能帮忙的一定帮忙。"

叶问兰说着就招手让服务员过来准备买单。赵志平见状，说道："我来吧，哪有让女士付钱的道理？"

"赵先生，您就不要跟我客气了。"叶问兰说道，"这点小钱我还是花得起的，再说也没有让长辈付钱的道理。"叶问兰坚持买了单，从咖啡店出来的时候她觉得自己浑身上下都失去了知觉，过了好长时间才缓缓恢复过来。不知道为什么，她总觉得赵志平的出现绝对不是这么简单的事情，也许……很快就会有大事发生。

赵志平坐在咖啡店的落地窗前，看着叶问兰跌跌撞撞地离开，眯起了眼睛。

叶问兰失魂落魄地从咖啡店回了顾妍绯的病房，顾绮山也在，看到叶问兰回来顾妍绯紧紧地皱起了眉头，"妈，你去哪了？怎么去了这么长时间？"

叶问兰低着头不说话，她还在猜测赵志平这一番话的意思，他到底是为了什么回来的，真的就如他说的这么简单吗？

"妈，你想什么呢？"顾妍绯见叶问兰不说话，忍不住催促了一声，微微皱起了眉头。顾绮山看叶问兰这个样子也忍不住皱起了眉头，这么多年了，他还是头一次看见这样失魂落魄的叶问兰。他走到叶问兰的面前，拉了拉叶问兰的手，没想到叶问兰的反应很激烈，"唰"地甩开了顾绮山的手。

顾绮山错愕地看着面前的叶问兰，他没想到叶问兰的反应竟然会这么大，忍不住皱起了眉头，问道："你这到底是怎么了？出什么事情了吗？怎么脸色这么难看？"

"是啊，妈，你到底怎么了？"顾妍绯也在一旁询问道。

"哦，没事。"叶问兰伸手理了理自己的头发，说道，"可能是昨天晚上没休息好，所以现在有点精神不济。"叶问兰勉强挤出一丝笑容，她并不打算告诉两人赵志平的事情，"妍绯，妈给你去买早饭。"

"不用了。"顾绮山拉住了叶问兰的手，说道，"你在这里陪着女儿，我去。"

"妈，你到底怎么了？"顾绮山走后，顾妍绯微微皱眉，问道，她明显察觉到了叶问兰的心不在焉。

"没事。"叶问兰仍旧不愿意说，她在想着，自己是不是应该去找叶知秋聊一聊？她犹豫了很长时间，最后还是决定去一趟，她叮嘱顾妍绯好好休息，然后开车去了路家，没想到竟然被宋妈拦在了门外。

"你这是什么意思？我可是叶知秋的母亲，凭什么不让我进去？"叶问兰咬牙切齿地问道，她没想到叶知秋竟然会把事情做得这么绝。

"我们家少爷说了，从现在开始你跟路家没有半毛钱关系，所以指名道姓地说不让你进去。"宋妈淡淡地说道。

叶问兰气得脸都黑了，最后还是掏出手机来给叶知秋打电话，"喂，你在哪呢？我在你家门口，赶紧给我死回来。"叶知秋莫名其妙地看着手里的电话，她正陪路蓼逛街，接到叶问兰电话的时候只觉得莫名其妙，"有事吗？"

叶知秋对叶问兰也是很冷淡的样子，气得叶问兰脸色更加难看，一想到自己今天过来的目的，最后还是忍住了，她好声好气地问道："你在哪？我真的有很重要的事情要找你聊，你把地址告诉我，我现在过去找你。"

叶知秋还是头一次听到叶问兰用这么好的口气跟自己说话，一时间没了主意，犹豫了一下，刚想把自己的地址告诉她，路蓼就抢过了电话，冲着电话里面的叶问兰吼道："我说你这个人到底还要不要点脸，我哥的钱应该已经打到你账上了吧，收了我哥的钱还跑来这里纠缠我嫂子，你怎么这么不要脸呢？"

"路小姐，这是我跟你嫂子之间的事情，不管怎么样我都是她母亲，怎么着也轮不到你说三道四的吧？"叶问兰冷着脸说道。

"我嫂子现在是我家人，跟你已经没有任何关系了，我为什么不能管？"路蓼冷笑着说道，"我跟我嫂子现在逛街呢，你要是愿意等的话就在家门口等着，不过我可不保证我们什么时候能回去。"路蓼说完这番话就直接挂断了电话，把手机塞回了叶知秋的手里。

叶知秋犹豫道："路蓼，你这……万一她真有什么急事呢？"

"她要是有急事的话肯定还会找你，怕什么？"路蓼挽着叶知秋的手臂说道，"嫂子，你今天可是陪我出来逛街的，你可不能半路扔下我。"

"不会的。"叶知秋也没多想，再过十几天就是路蓦的二十二岁生日，叶知秋特地陪路蓦出来买衣服和礼物，这刚出来就回去确实也不合适，她笑了笑，说道，"你放心，今天我一定把你陪好了。"

叶知秋陪着路蓦一家店一家店地逛，路蓦看中了一个镯子，五位数，她还正犹豫不定的时候，叶知秋偷偷地去把钱付了。

"嫂子，你这是做什么？"路蓦微微皱眉，"我今天是让你陪我逛街的，哪能让你花钱呢？"

"没关系啦。"叶知秋笑盈盈地让服务员把路蓦看中的那个镯子包了起来，说道，"你这不是快要过生日了吗？我这个做嫂子的也买不起什么贵重的礼物给你，你可千万别嫌弃。"

路蓦紧紧地皱着眉头，如果叶知秋是用路其琛的卡付钱，那路蓦肯定也不会说什么，可她这每一分钱都是她辛辛苦苦赚的，她实在用着不安。

"嫂子，你这样，我……"路蓦不知道该说什么好了。

"只要你喜欢就好，这是我送你的，回头你哥肯定还会给你礼物的。"叶知秋淡淡地笑道，递过了包装好的盒子。

"走吧，你不是说要去看衣服吗？"叶知秋拉着路蓦离开首饰店，两人慢慢地逛着，路蓦收了这盒子之后一直觉得不好意思，也想给叶知秋送点什么，正好最近降温，路蓦就想给叶知秋买两件大衣。

"嫂子，你看这件好不好看？我觉得挺适合你的。"路蓦拿起架子上一件大衣在叶知秋身前比画着。

叶知秋拿她没办法，最后只能试了一件连衣裙和外套，出来的时候导购员和路蓦都说好看。叶知秋看着镜子里面的自己，浅色的连衣裙和橙黄色的羊绒大衣配在一起确实还挺好看的，叶知秋犹豫了一下，最后还是作罢，"算了，我衣服也挺多的，下次再买吧。"

"别啊……"路蓦急忙拉住了叶知秋，冲着一旁的导购说道，"麻烦帮我把这两件衣服标签撕了，嫂子，你今天就穿这个吧。"叶知秋怎么也拗不过路蓦，最后只好作罢。

两人逛了一会儿路蓦就喊肚子饿，"嫂子，附近有一家西餐厅味道很不错，之前我哥带我来吃过，咱们要不去那边吃点东西吧？"

"好啊。"叶知秋微微点头，她倒是不太饿，只觉得跟着路蓦逛街很累，路蓦好像完全不需要休息一样。

　　路蓼介绍的那家店叶知秋路过好多次，但一次都没进去过。两人挑了一个靠窗的位置坐下，正准备点菜，身后突然响起一道熟悉的声音，"Autumn，你怎么也来这里了？"

　　说话的人是许久未见的张璐，她跟以前完全不一样了。

　　"张璐？好巧啊……"叶知秋淡淡地笑了笑。

　　"是啊，咱们好久没见了。"

　　"你最近怎么样？工作还顺利吗？"叶知秋问道。

　　张璐容光焕发，现在路其琛身边最信任的除了范特助就是自己，张璐渐渐地也有些得意忘形。叶知秋是自己的贵人，所以张璐的态度还算是很好，笑盈盈地说道："这件事情还得好好感谢一下Autumn，要不是你的话我也不会有这个机会去翔宇上班，回头我一定得好好请你吃顿饭感谢一下。"

　　"感谢就不用了，你好好努力就是。"叶知秋淡淡地说道，因为怕路蓼无聊，于是笑了笑，准备结束话题，"你来这里是……"

　　"哦，公司里最近事情挺多的，路总这几天每天都没什么胃口，我跟范特助打听了一下，知道路总喜欢吃这家的西餐，所以我就想说过来给路总打包一点带回去，这每天不吃饭也不是个事，你说是不是？"

　　"是……"叶知秋微微皱眉，张璐这样的举动让她觉得很不舒服，就好像属于自己的东西被别人觊觎了一样。

　　"那你们先吃，我那边应该好了，Autumn，回头我给你打电话。"张璐扭着纤细的腰肢从叶知秋面前离开。

　　张璐刚走，路蓼就忍不住嫌弃地问道："嫂子，这人该不会是我哥公司的吧？"

　　"是。"叶知秋微微点头，"她是你哥的秘书。"

　　"什么？"路蓼诧异地瞪大了眼睛，说道，"嫂子，你这心也太大了吧，你怎么能让这样的女人做我哥的秘书呢？"

　　"怎么了？有什么问题吗？"叶知秋淡淡地看着面前的路蓼说道，"她是我以前的同事，人长得漂亮，也挺有能力的，我就把她介绍到你哥那边做秘书了，听其琛说她工作能力也挺强的，能帮到其琛不就好了。"

　　"这女人一看就对我哥有想法，也就你这样心大的还能给自己找这种麻烦回来。"路蓼忍不住吐槽道，转而又笑了起来，"不过我哥现在真的是改了不少了，不管那女人是什么牛鬼蛇神，我哥肯定是看不上的。"

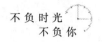
叶知秋脸色一红，默默地低下了头。

吃过午饭之后叶知秋又陪着路蓼逛了很长时间，快到晚饭时间的时候路老爷子打电话来问两人回不回去吃晚饭，路蓼犹豫了一下，最后还是说回去。

谁也没想到两人的车刚到景园门口，一直在旁边等着的叶问兰突然冲了出来。

"你可算是回来了，我已经等了你一天了。"叶问兰除了中间出去吃了个饭，几乎一直都蹲在旁边，她是无论如何都要见到叶知秋的。

"不是吧，你怎么还在这里？"路蓼忍不住皱起了眉头。

叶知秋看到叶问兰的时候也很惊讶，要知道叶问兰可从来没有像今天这样对自己这么上心过，她微微皱眉，说道："你找我到底有什么事情？"

"我……"叶问兰微微皱眉，最后还是说道，"我真的有很重要的事情要跟你聊，咱们能不能单独聊一会儿？"

"不行！"叶知秋还没说话，一旁的路蓼就斩钉截铁地说道。叶问兰这个人心肠歹毒，谁知道她葫芦里卖的是什么药，路蓼决不能让叶知秋去冒险。她紧紧地皱着眉头，冲着面前的叶问兰说道，"有什么话就在这里说吧，早点说完我们还得回去吃晚饭呢。"

"知秋……"叶问兰心里恨得牙痒痒，但是脸上却只能装作一副可怜兮兮的样子，哀怨地看了一眼面前的叶知秋，说道，"不管怎么样我都是你的母亲，我知道你不喜欢我，但是我……"

"你少在这里装可怜，我告诉你，我们是绝对不会再上你的圈套的。"路蓼冷笑着说道。

叶知秋犹豫了一下，不知道为什么，明明说好了要硬起心肠，可看到叶问兰这个样子她还是心软了。于是她说道："路蓼，你先回去吧，我跟她聊聊，没关系的。"

路蓼原本是不肯的，但叶知秋坚持，于是叮嘱叶知秋不要聊太久，这才不情不愿地回家，临走的时候还是不放心地盯着叶知秋这边看。

叶问兰上下打量着面前的叶知秋，觉得她比起以前来好看了不少，不光是脸色好了，就连衣品也提升了不少，一想到顾妍绯还在医院里面躺着，叶问兰的怨气一下子就上来了，她冷笑了一声，说道："你现在真是越来越大牌了，我是你亲妈，想见你一面还得等上一天，你倒好，跑去买衣服了吧？你这一身可是今年的限量款，不是自己的钱用起来就是舒坦是吧？"

叶知秋紧紧地皱着眉头，说道："你来找我就是为了说这件事情吗？如果你是为了说这件事情，那我就先回去了。"

"你等等……"叶问兰这才反应过来自己今天来的目的，急忙拉住了叶知秋，说道，"我今天找你来，是想跟你聊聊你的身世。"

"身世？"叶知秋心里"咯噔"一下，不知道为什么，她总觉得叶问兰要说的绝对不会是什么好事，"你这话是什么意思？什么叫我的身世？"

"是这样的……"叶问兰犹豫着不知道该怎么开口，"当年我跟你爸认识的时候他家里比较富裕，因为家里人不喜欢我，所以他就带着我私奔了，可是后来我们感情破裂，我们也就分手了。"

"够了，明明是你嫌贫爱富，说得这么冠冕堂皇，谁信啊？"叶知秋毫不留情地打断了叶问兰的话，说道，"你到底想说什么就赶紧的，别废话。"

叶问兰被叶知秋这句话呛得脸色很难看，但还是硬着头皮继续说道："知秋，我知道这些年我不怎么管你，你一直都很恨我，可我……真的是有苦衷的啊。"

"是吗？"叶知秋冷哼了一声，都到这种地步了，叶问兰竟然还有脸来自己面前说这种话，真是太可笑了，"你到底想说什么？"叶知秋冷着脸问道。

叶问兰苦笑了一声，"当年赵家人死活不同意我跟你爸在一起，我还怀着你的时候他们还不肯放过我，生下你之后我是实在受不了这种担惊受怕的生活，所以才会离开你爸，可……"

"你到底想说什么？"叶知秋紧紧地攥着拳头，她实在弄不明白，叶问兰在这个时候跟自己说这些到底是什么意思，原本她可以不说的，那么自己这辈子就永远不会知道真相，"你这个时候跟我说这些到底想表达什么？"

"我……"叶问兰上前抓住了叶知秋的手，说道，"知秋，如果可以的话妈真的很想你永远不要知道这些事情，我宁愿你永远恨着我也不要你为了这样的事情不开心，可我现在不得不告诉你，因为我今天见到赵家人了。"叶问兰紧紧地抓着叶知秋的手，"他们一定会回来找你的，我不知道他们找你想干什么，但是你相信我，他们肯定不怀好意。当年就是他们害得我们一家人不能团聚，你爸爸生病他们也没有管，他们真的很狠心。"

叶知秋紧紧地皱着眉头，她不知道自己到底应不应该相信叶问兰的话，她现在脑子里面乱糟糟的。

"知秋，你听到妈妈的话了吗？"叶问兰看叶知秋这个样子，知道叶知秋多半是相信了自己的话，她太了解自己这个女儿了，心肠太软。叶问兰一脸紧张地拉着叶知秋的手，继续说道，"我跟你爸都是希望你这辈子能平平安安地度过，可……不管将来赵家人找到你之后说了什么，我希望你能留一个心眼，千万不要百分百地信任他们，至于你要不要认他们……是你自己的事情，妈妈相信你有自己的判断力。"叶问兰笑了笑，伸手替叶知秋理了理头发，"我今天来就是想跟你说这个，我走了，你好好照顾自己。"

叶问兰说完这番话就准备走，这样一来叶知秋反而有些相信叶问兰了，见叶问兰要走，她急忙拉住了面前的叶问兰，问道："你等等，我问你，如果我真的还有亲人的话，为什么他们到现在才来找我？"

"这我就不知道了。"叶问兰说道，"我只知道他们那会儿很讨厌我，连带着也讨厌我肚子里的你，我今天来也是想提醒一下你。"

"那……奶奶她……"叶知秋觉得自己的脑子乱得很，她觉得自己不该相信叶问兰，可今天的叶问兰看起来很真诚，让她不得不相信。

她的话问了一半，叶问兰就回道："她不是你的亲奶奶，她是你爸的保姆，你爸从小到大都是她在照顾，你叫她一声奶奶也是应该的。好了，你也别多想，也许他们这次回来根本不是来找你的呢。"叶问兰笑了笑，继续说道，"我走了，你也回去吧，外面风大。"

叶问兰说完这句话就真的走了，叶知秋看着叶问兰离开的背影，站了很久，直到叶问兰的身影消失不见了，她才回过神来。

叶知秋失魂落魄地回到景园，奶奶第一时间迎了上来，拉着叶知秋的手嘘寒问暖，"知秋，你怎么样了，路蓼说叶问兰来了，她有没有把你怎么样？"

"我没事的奶奶。"叶知秋安慰着面前的奶奶，心里却有一种异样的感觉。她很想问问奶奶，叶问兰说的那些话到底是不是真的，可她问不出口。

晚饭时，叶知秋扒了两口饭就上了楼，她把自己关在黑漆漆的房间里面。

路其琛回来的时候就觉得不对劲，他打开灯，看到叶知秋趴在床上一动不动，忙走过去问道："怎么了你？奶奶说你晚上没吃什么，是不是没胃口？"

"我没事。"叶知秋坐起身，勉强挤出一丝笑容，问道，"你今天怎么这么早就回来了？"

"今天公司没什么事情就提前回来了，你到底怎么了？我听路蓼说是叶问兰来过了，她又跟你说什么了？"路其琛拉着叶知秋问道。

叶知秋沉默了好一会儿，这才说道："其琛，你说……要是你突然知道爷爷不是你的亲爷爷你会怎么办？不是……我不知道该怎么说……"

　　叶知秋一开口，路其琛就知道叶问兰肯定是在叶知秋面前嚼舌根了，他笑了笑，说道："傻丫头，就算没有血缘关系又怎么样？在一起生活了这么多年，感情难道抵不过血缘之情吗？"

　　"我不是这个意思，只是……"只是心理上突然觉得有些难以接受罢了。

　　"好了，别乱想了，不管发生什么我都在你身边呢。"路其琛笑了笑，叶知秋也不愿意让路其琛多想，便没有再说什么。

　　日子就这样一天天过去，叶奶奶的身体也一天比一天差。

　　路蓼的生日这天，路家把生日宴会办得很盛大，一是因为这是路蓼回国后的第一个生日，二是路其琛决定借这个机会把叶知秋隆重地介绍给大家，以叶知秋的身份。

　　一大早，路蓼就兴致缺缺，她其实并不喜欢这种场合，但奈何家里非得给她办。

　　"路蓼，准备好了吗？"叶知秋作为路家的女主人，一大早就开始张罗生日宴的事情，她今天穿了一件紫色的连衣裙，既端庄稳重，又不至于抢了寿星的风头。

　　"嫂子……"路蓼垮着脸，说道，"我能不能不下去？"

　　"那怎么能行？"叶知秋上前替路蓼把身上的礼服裙子整理好，"今天是你二十二岁的生日，你哥特意办得这么盛大，你这个正主都不出现，那你哥多没面子啊，再说，你也到了交男朋友的时候了，今天可以借着这个机会，认识一些不错的朋友。"叶知秋替路蓼整理好裙子之后，满意地笑了，"这才是二十二岁女孩子该有的样子嘛。"

　　"嫂子，你就别取笑我了……"路蓼叹了一口气，对于她来说，这生日过不过真的没有什么特别大的意义，最重要的是她根本不想考虑感情的事情，"你又不是不知道我现在的想法……"

　　"什么想法？"叶知秋装作什么都不知道的样子，说道，"你现在就应该多出去看看，结交一些新朋友，有比较才能知道什么是最适合自己的嘛，你说是不是？"

　　"嫂子！"路蓼气得撇了一下嘴。

　　叶知秋笑着拉路蓼站起身，说道："好了，咱们赶紧出去吧，你哥他们已经

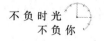

在楼下等了很长时间了。"

　　路蓼这才不情不愿地站起了身，跟在了叶知秋的身后，站在二楼的时候她朝下面看了一眼，却始终没有看见那个自己期盼多时的身影，她的脸色更加难看了。

　　叶知秋领着路蓼下楼，所有人的目光都集中在这两人的身上，一个娇俏可爱，一个成熟稳重，众人纷纷将艳羡的目光投向了路其琛。

　　路其琛也是笑盈盈地看着从楼梯上缓缓走下的两人，一个是自己的妹妹，一个是自己的老婆，他真心觉得此生足矣。

　　"路小姐今天好漂亮！"人群中不知道谁起了个头，顿时像是炸开了锅一样，赞美之词从四面八方涌了过来。

　　路蓼的脸上挂起得体的笑容，对所有人报以微笑，只是叶知秋和路其琛心里清楚，路蓼并不开心。

　　"走，咱们切蛋糕去。"叶知秋拉着路蓼上了舞台，一旁的路其琛也站到了舞台上。

　　"各位……"路其琛清了清嗓子，冲着舞台下的众人开口说道，"今天是我妹妹二十二岁的生日，举办这次生日宴也没别的意思，就是想将我妹妹隆重介绍给大家，有看上我妹妹的青年才俊可以来找我谈谈，必须得先过了我这一关才行。"

　　路其琛的一番话逗得台下的众人纷纷大笑，弄得路蓼哭笑不得，"哥，你干什么，弄得好像我嫁不出去了一样。"

　　路其琛这么做不过是缓和一下气氛，笑过了之后他就正经了起来，"另外，我还想向大家介绍一位，就是我的老婆。"路其琛拉过叶知秋的手，两人肩并着肩站到了舞台中间，"她叫……叶知秋。"

　　所有人都知道路其琛已经结了婚，但是今天才知道，路其琛娶的这个女人不是顾妍绯，而是叶知秋。

　　"我知道大家都很奇怪为什么她的名字跟新闻报道的不一样，这也是我今天请大家来的目的，机缘巧合之下我们结合在了一起，并且我们现在过得很幸福，我希望大家都能知道，我的老婆是叶知秋而不是顾妍绯，谢谢。"路其琛说完就走到了路蓼的面前，"现在请我们的寿星给我们切蛋糕，希望大家吃好喝好玩好。"

　　路其琛只是简单地介绍了一下叶知秋的身份，所有人都震惊了，不时交头接耳，谁也不明白这到底是怎么一回事。

　　赵珍珍站在台下，看着舞台上的叶知秋以及她脸上发自内心的笑容，由衷地替叶知秋高兴。

叶知秋陪着路其琛敬了一圈酒下来，感觉自己的笑容都有些机械了，她刚准备找个偏僻的地方躲懒，身后突然传来一个熟悉的声音，"Autumn，好久不见。"

"张璐，你怎么来了？"叶知秋一转头看见站在自己身后的张璐，微微有些诧异，她没想到今天会在这里碰见张璐，看她呆若木鸡的样子就知道她已经知道了自己的身份，她觉得微微有些尴尬。但转念一想，她为什么要尴尬？这里是她家，嫁给路其琛也不是什么见不得人的事情，为什么要尴尬？

"怎么？你不想见到我吗？"张璐冷笑了一声，她觉得自己就跟个傻子一样，千方百计地想要见路太太一面，却没想到身边人早就已经捷足先登，而她还跟个傻子一样被蒙在鼓里。

"不是，只是觉得挺意外的。"叶知秋笑着解释道，随即就招呼张璐坐下，"快过来坐。"

张璐却不领情，她觉得是叶知秋亏欠了自己，她是路太太这件事情为什么就不能坦然地告诉自己呢？为什么要把她当成傻子一样蒙在鼓里？所以她对叶知秋也没什么好态度，"Autumn，你可真是让我刮目相看。"

"张璐，你这话是什么意思？"叶知秋的脸色也变得凝重起来，她自认没有任何亏欠张璐的地方，至于她跟路其琛的关系，那是她自己的事情，是她的私生活，她为什么要跟张璐交代？

"难道不是吗？"张璐冷笑了一声，"你自己就是路其琛的老婆，这件事情你为什么一开始不告诉我，你是不是把我当傻子呢？看到我这样你是不是觉得很痛快？"

叶知秋忍不住皱起了眉头，她从来也没想瞒着谁，只是一开始跟路其琛的关系并不足为外人道，后来关系好转，她也觉得没有必要跟外人说起这件事情，更何况她跟张璐也不过是普通的同事关系，为什么要把自己的私生活交代给她呢？

"张璐，你是不是有什么误会？"

"误会？什么误会？"张璐冷笑了一声，"Autumn，你可真是让我刮目相看，当初你让我进翔宇的时候我还很感激你，可我现在才知道，你不过就是想看我的笑话罢了，看到我现在这个样子你是不是觉得很可笑啊？"

张璐今天是受邀来参加路蓁的生日宴的，当时请帖是放在张璐办公桌上的，张璐还以为是路其琛邀请她的，她当时简直高兴坏了，急急忙忙地去商场下血本买了一份礼物，把自己打扮得漂漂亮亮的，她想着既然有这样的机会，一定要跟路蓼打好关系，顺便也看看那个神秘的路太太到底是什么样的。可她刚进门，正好就听见路其琛介绍叶知秋的那段话，她整个人像是被雷劈了一样，呆呆地立在原地，连被赵珍珍撞了也察觉不到。

张璐恶狠狠地瞪着面前的叶知秋，在她心里叶知秋就是恶毒的代名词，把自己送到了路其琛的身边，又用这样的手段来打击自己。她冷笑了一声，说道："叶知秋，你现在心里是不是很得意？请帖是你给我的吧？你请我来就是想看我被羞辱吧？现在你达到目的了，你满意了吗？"

"你在胡说八道些什么，我什么时候请你来了？"叶知秋糊里糊涂的，根木不明白张璐到底在说什么。

"你少在这里装糊涂。"张璐听不进去任何话，"这里除了你还会有谁请我来？难道还能是路总不成？"她在路其琛身边待的这段时间，已经深深地爱上了路其琛，她甚至开始幻想自己跟路其琛在一起的场景，她以为路太太不过就是一个名分而已，路其琛迟早会知道自己的好。可她今天才发现，原来路其琛那么爱叶知秋，原来自己活在幻想里面那么长时间。

"我不知道你现在这么生气到底是为了什么，我自认没有任何亏待你的地方，当初你丢了工作也是我介绍你去翔宇，至于我跟谁结婚，那是我自己的事情，我不觉得有必要告诉你。还有，今天也不是我请你来的，你要是愿意在这待着就待，不愿意现在就可以走，没人逼你。"

叶知秋也来了脾气，谁愿意这样莫名其妙地被人说一顿？

"不是你？哼，你这谎话也说得太明显了，不是你还能是谁？难不成是我自己死皮赖脸地找上门来的吗？"张璐冷笑着说道。

"是我！"张璐话音刚落，路蓼就赶了过来，她在一旁看见叶知秋和张璐之间的氛围不太对，所以急忙赶了过来，正好听见张璐的最后一句话。

张璐和叶知秋转过脸，看到路蓼的时候两个人都愣了。

叶知秋第一时间迎了上去，说道："路蓼，你先回去，这事跟你没关系，我能解决的。"

"嫂子，我没事的。"路蓼笑了笑，拍了拍叶知秋的手背，挡在了叶知秋的面前，冲着张璐说道，"是我请你的，怎么样？"

闻言，叶知秋愣了半天，她实在不明白为什么路蓼会邀请张璐过来，据她所知，两人之间也没有交情啊。

"路蓼，你这是……"叶知秋犹豫着问道。

张璐一脸的不满，冷笑了一声，说道："你就别在这里替她遮掩了，我根本就不认识你，你为什么要请我？"

"你忘了吗？那天在西餐厅，我们有过一面之缘。"路蓼冷笑了一声，说道，"当时你说你是去给我哥买饭的，像你这样围着我哥身边转的女人我见得多了，我知道你喜欢我哥，所以我就请了你来，让你亲眼看看我哥跟我嫂子的关系怎么样，也好断了你的心思。怎么，这就接受不了了？我告诉你，我哥跟我嫂子平日里更让人羡慕呢。"路蓼冷笑着说道。

闻言，张璐的脸色更加难看了，她感觉所有人的目光都朝自己投了过来，她很想要躲，可是却无处可躲。

路蓼继续说道："张璐是吧，我不管你以前对我哥到底是什么想法，但是你今天也看到了，我哥跟我嫂子之间是没有你的容身之处的，我劝你最好赶紧死了这条心，否则我绝对不会放过你。"

张璐的脸色很难看，她觉得现在的自己可笑极了，犹豫了半天，她还是讪讪地冲着叶知秋开了口，"Autumn，我……对不起，是我误会你了。"

叶知秋没说话，她总觉得刚刚的张璐才是真实的，而现在的张璐不过是伪装出来的。

"我承认我喜欢路总，不过那只是小女生的崇拜罢了，我现在知道你和路总夫妻感情这么好，我也不会再有什么不该有的心思了。"张璐看着面前的叶知秋，淡淡地说道，"我刚刚情绪不太好，对你说话的态度也不好，你千万不要怪罪我，我……对不起。"

"算了，也不是什么大事。"既然人家都道歉了，叶知秋再不依不饶的也没意思，只是从今往后，叶知秋对张璐也不会像以前那样了。

"Autumn，我……"张璐欲言又止，最后还是讪讪地说道，"真的对不起，我也不知道我刚刚怎么回事，你千万不要怪我……"

"行了，都道完歉了就赶紧走吧，我们还有事呢。"路蓼说着就拉着叶知秋离开了，也不管张璐怎么想的。

"路蓼，你这样做会不会太……"叶知秋犹豫着开口说道。

"太过分？"路蓼冷笑了一声，"嫂子，你啊，就是太善良，像这样的女人你要是不把她的想法扼杀在摇篮里，她随时可能变成第二个顾妍绯或者白蓉蓉，到时候你想哭都找不到地方。"

闻言，叶知秋也没再说话，她只想过她安稳的小日子，不希望生活中有那么多的白蓉蓉和顾妍绯。

被路蓼这样说了一通，张璐也没脸再在这里待下去，灰溜溜地跑了。路其琛一边招呼客人，一边观察着叶知秋这边的情况，看叶知秋找了个角落的位置坐下，忙跟身边的人打了招呼，走到了叶知秋的身边。

"怎么了？很累吗？"路其琛过去的时候叶知秋正揉着发酸的小腿，她平日的穿着以舒适为主，像今天这样长时间穿着高跟鞋，自然会有些不适应。

"没事，休息一会儿就好了。"

路其琛坐在叶知秋的身边，伸手抓住了她的脚挂在自己的腿上，温柔地替她揉着酸痛的小腿，"怎么样，有没有舒服一点？"

"你别这样，被别人看到了……"叶知秋尴尬地想要收回自己的脚，但路其琛抓得很紧，"怎么了，别人愿意看就看呗，我心疼我自己老婆有什么丢人的吗？"

"你……"叶知秋的脸色顿时变得绯红，她面子薄，不习惯在众人面前展现出亲昵的样子，但路其琛却全然不管。

他替叶知秋按摩了好一会儿，这才抬头问道："怎么样？有没有好一些？"

"好多了。"叶知秋忙收回了脚，说道，"你下次别这样了，被人家看到挺别扭的。"

路其琛不置可否，他向来不是在乎别人目光的人，所以就算现在答应了，将来还是会这样做。

第30章　白蓉蓉的反击

温馨的气氛，很快因为白蓉蓉的到来被打破了。

她不是一个人来的。白蓉蓉挽着一个老男人的手臂，笑盈盈地走到了路其琛和叶知秋的面前，挥了挥手，身后保镖模样的男人送上了一个盒子，"路蓼啊，听老路说今天是你的生日，临时挑了一份礼物，也不知道你喜不喜欢，你可千万不要嫌弃。"

"你来干什么？"白蓉蓉的出现让路蓼一下子冷漠了起来。

白蓉蓉，不，应该说是白蓉蓉身边的那个男人，才是让路家头大的源头。

白蓉蓉咯咯笑着，瞟向叶知秋的眼神里写满了嫉妒和愤恨，再看向路其琛的时候眼神变得很留恋，但一想到自己身边的人，随即恢复了冷静，"我跟秉德这次来，就是想送一份礼物，也没别的意思，看来……我是被嫌弃了啊。"

白蓉蓉噘着嘴站在一旁，路秉德微微皱着眉头拍了拍白蓉蓉的手背表示安慰，一转头对着路老爷子的时候就是一脸的严厉，"蓉蓉现在是我女朋友，我今天带她来就是告诉你的。"

"什么？"路老爷子闻言气得差点背过气去，他千方百计地阻止白蓉蓉进路家的门，没想到到头来白蓉蓉竟然给自己搞这么一出，"路秉德，你是不是疯了，你也不看看你多大年纪了，竟然还学别人找女朋友，你觉得她真的会看上你这样的糟老头子吗？"

"路老爷子可别冤枉我，我跟秉德在一起纯粹是因为他对我好，我知道他是您的弟弟，不过年龄这种事情是阻碍不了爱情的，我喜欢他，他也喜欢我，我们为什么不能在一起？"白蓉蓉笑了笑，装作对路秉德一往情深的样子，淡淡地说道。她跟路其琛在一起的时候就知道路老爷子有个亲弟弟，年纪相差二十几岁，也就跟路其琛父亲年纪差不多大，年轻的时候因为打架斗殴曾经进过监狱，出来之后就要求跟路老爷子分家，路老爷子没办法，只能把好好的公司一分为二，从德懿翔宇变成了德懿和翔宇。

这些年路其琛把翔宇做大了，但德懿也不差，路秉德凭借自己的强硬手段，把德懿做大做强，在阳城立稳了脚跟。

跟路老爷子分家之后，路秉德几乎没跟路家联系过，所以叶知秋都不知道路家还有这么一号人物的存在。

白蓉蓉跟路其琛闹掰之后，原本并未想过要报复，她所有的怒气都集中在叶知秋的身上，直到路其琛为了叶知秋开始对她赶尽杀绝。她接不到工作，之前的黑料也被一点一点爆出来，连经纪公司都要跟她解约，走投无路的情况下，她偶然在一个饭局上认识了路秉德，得知他的身份，白蓉蓉萌生了报复的想法。她本就长得漂亮，再加上又是大明星，路秉德这些年生意越做越大，身边女人不断，却一直也没结婚。白蓉蓉稍稍使了点手段，就让路秉德对她死心塌地的，这才有了今天这一出。

路秉德替她摆平了圈子里的流言，又帮她投资了几部电影，现在的白蓉蓉过得风生水起，也终于缓过劲来准备对付路家。

路老爷子瞪着面前的白蓉蓉，从见到白蓉蓉的第一面开始，他就知道这个女人是个祸害，所以他死活不同意她进门，他痛心疾首地看着面前的路秉德，说道："你知不知道这个女人之前跟其琛是……"

"我知道，蓉蓉都跟我说了。"路秉德淡淡地说道，"哥，爸都死了这么多年了，我也一直没结婚，眼看着我就快六十了，这一次我是认真的，我决定跟蓉蓉结婚，所以我希望你能支持我。"

"是啊，路老爷子。"白蓉蓉得意扬扬地笑着，她费尽千辛万苦终于搭上了路秉德这条线，就是为了看路其琛惊诧的样子，可是她都站在这边这么长时间了，路其琛脸上还是一点反应都没有。她忍不住冷笑了一声，继续说道，"我知道秉德身份的时候我就已经跟他把事情说清楚了，我跟其琛是有过那么一段，不过我们现在都清楚彼此不是适合自己的那个人，也正是因为遇见了秉德我才明白，他的成熟体贴才是我所需要的，所以我们俩决定结婚，希望你们到时候都能来参加。"

叶知秋侧头看了一眼身边的路其琛，虽然他脸上没有表情，但是微微拧着的眉却透露出他此刻的心情。

前女友摇身一变成为自己的叔婆，这是一种什么样的体验。

"你做梦！"路老爷子气得大骂道，"我告诉你，你这辈子都别想进我路家的大门。"

"大哥！"路秉德冷着脸，说道，"二十几年前我就已经跟你分家了，蓉蓉要进的是我路秉德的家，跟你可没关系。"路秉德反驳道。

白蓉蓉俏生生地站在路秉德身边，拉了一把路秉德，"秉德，你别这样，这毕竟是咱大哥……"她看到路老爷子脸上的表情时得意极了，她做这么多事情不就是为了看到路家人这样吗？

在场的宾客纷纷看戏，叶知秋只能一个个地跟宾客道歉，送他们离开，看着空荡荡的大厅，总算是松了一口气。

"你这样看着我做什么？怎么？不认识了？"白蓉蓉站在路其琛的面前，问道。

路其琛冷笑了一声，说道："真没想到你会用这样的手段，很爽吗？"

"还不是你逼的！"白蓉蓉原本以为路其琛一定会很后悔自己之前的所作所为，但看路其琛现在这个样子，似乎压根就不在乎这事，她想到自己之前所有的遭遇，情绪一下子就爆发了出来，"路其琛，你可真够狠的，就因为一个女人，你对我赶尽杀绝，我什么工作都接不到，要不是因为认识了路秉德，我现在还不知道怎么样呢？"

"所以你就用这样的手段来报复我？"路其琛冷冷地看着面前的白蓉蓉，他很好奇自己之前怎么会瞎了眼选了这样一个女人，还觉得她通情达理、温柔大方，"白蓉蓉，你知不知道里面那个是谁？那是我叔公，跟我差着两个辈分呢，你为了报复我竟然跟一个老男人在一起，你是想让我看不起是吗？"

"你别把自己想得这么重要。"白蓉蓉冷笑了一声，她才不会上路其琛的当，在现在这个情况下，路秉德就是自己的救命稻草，只有牢牢地抓住这根救命稻草，她才能继续过自己想要的生活。她怕路其琛是在给自己下套，"自从跟秉德在一起之后我才知道，一个成熟的男人对我来说有多么重要，之前跟你在一起不过就是玩玩而已，现在我跟秉德已经要结婚了，我希望你能祝福我。"

"祝福？"路其琛笑了笑，"这种虚无缥缈的东西要它做什么？既然你觉得你跟他在一起幸福，那你们就好好过吧。"

"你……"白蓉蓉气急，好半天才问道，"路其琛，难道你就一丁点都不觉得后悔吗？你难道不后悔选了叶知秋而放弃我吗？"

"后悔。"路其琛斩钉截铁地说。闻言，白蓉蓉一喜，可路其琛接下来的话却让她整个崩溃了，"我后悔当初怎么会有眼无珠跟你这样的人在一起。"

"路其琛！"白蓉蓉想发火的，可最后还是强迫自己冷静下来，她冷笑了一声，说道，"随便你怎么说吧，反正现在我已经跟秉德在一起了，是你的长辈，只要我想，我就可以经常在你面前晃悠，路其琛，你逃不开我的。"

"值得吗？"叶知秋一直在一旁看着，她没打算上前打扰两人谈话，说实话，一开始知道白蓉蓉做出这种选择的时候她真的觉得很惊讶，但之后就觉得她很可悲，为了一个男人，竟然赌上自己一辈子的幸福，真的是太可悲了。

叶知秋幽幽地站在路其琛的身边，冲着面前的白蓉蓉说道："白小姐，你为了报复我们，搭上自己一辈子的幸福，真的值得吗？"

"你怎么知道我现在过得不幸福？"白蓉蓉咬牙切齿地看着面前的叶知秋，淡淡地说道，"我告诉你，我跟秉德很快就要办婚礼了，到时候咱们就是一家人了，说不定你还会经常见到我呢。"白蓉蓉笑了笑，继续说道，"秉德这些年自己一个人撑着德懿也挺累的，膝下又没有孩子，他原本是想把公司交给其琛的，这些年一直没什么联系，以后咱们可得多联系联系。"

白蓉蓉笑盈盈地挽着叶知秋的手说道："虽说咱们辈分相差有些大，不过我们年纪却是差不多的，到时候可得经常走动，哦对了，我婚礼的事情还得麻烦你帮我张罗张罗。"

看着白蓉蓉得意扬扬的样子，叶知秋也不想再劝她了。

房间内，路老爷子一进门就甩了路秉德一个巴掌，气得胸口剧烈地起伏，路秉德脾气差，换成别人的话他肯定忍不了，但面前的这个人是路老爷子，他一手把自己带大，他怎么下得去手。

"你这个浑小子，一点轻重都没有！"路老爷子说着就又要动手，这次路秉德有了准备，一把抓住了路老爷子的手，皱着眉头说道："够了吧，你之前不是一直催我赶紧讨老婆吗？现在我真的要结婚了你又百般阻挠，你到底想要怎么样？"

"你……我让你讨老婆是想让你找个贤惠的，能好好生活的那种，可你给我找回来的是什么？还是我孙子不要了的，你让我这张老脸往哪搁？"路老爷子气愤地说道，"你觉得她是那种可以安稳过日子的人吗？"

"你别把话说得太难听了。"路秉德冷着脸说道，白蓉蓉曾经跟路其琛在一起过，这是个不争的事实，原本他也在犹豫，不过这段时间接触下来，发现白蓉蓉真的是一个很懂他心的女人，不管自己想什么，白蓉蓉都能替他张罗好，正是这一点让他决定义无反顾地跟白蓉蓉在一起。他也已经老大不小的了，也该找个人结婚了。

路秉德皱着眉头，说道："白蓉蓉是跟路其琛谈过恋爱没错，可那已经是过去的事情了，谁还没个前任？我看中白蓉蓉，是因为她真的很懂我，我自己也一大把年纪了，难道不该找个女人好好过日子吗？"

"你找老婆我不管，总之不能是这个女人！"路老爷子严厉地说道，"你一会儿出去就跟那个女人分手，她要钱还是要赔偿都可以。"

"不可能！"路秉德拒绝道，"我既然决定要跟她结婚，那就不可能再改，大哥，我知道我从小到大让你操了不少心，不过我已经这么大年纪了，这种事情用不着你来帮我做决定，我来就是通知你一声，我跟蓉蓉的婚礼定在下个月十五号，你要是来，那我当然欢迎，但你不来，那蓉蓉也是你的弟媳，我希望你们以后能够尊重她。"

"你怎么这么糊涂？"路老爷子痛心疾首地说道，"你觉得那个女人跟你在一起难道就没有别的目的吗？"

"不管她是因为什么，总之我认定她了。"路秉德信誓旦旦。

路老爷子一直把这个弟弟当成儿子一样来教育，可没想到他太叛逆，走着走着就在歪路上一去不回头，好在进监狱待了几年改了不少，也有能力经营一个公司，可……在选女人这件事情上，他永远是没脑子。

"大哥，我知道你是为我好，不过我都这么大了，我能决定我的生活，我希望你能相信我。"路秉德淡淡地说道，"德懿和翔宇都是爸留下来的产业，原本都是给你的，可你怕我没能力养活自己，硬是把一个好好的公司分成了两半，这份恩情我一直记在心里。你放心，不管将来我跟蓉蓉有没有孩子，德懿我都会留给其琛，这也算是我对你的一个承诺吧。"

"你为什么永远这么冲动？当初的林琳是这样，现在的白蓉蓉也是这样，你什么时候才能懂点事？"路老爷子情急之下提了一个名字，路秉德的脸顿时变了，他板着脸说道："你别在我面前提这个名字。"

"当年你死活要跟林琳结婚，好，我同意，我忙前忙后地帮你张罗婚礼的事情，你倒好，因为一点点小事情跟人家打架，把自己弄到监狱里面去了，害得我一家一家地去跟人家解释婚礼取消的原因，现在又是这样，你仔细想想，你跟那个白蓉蓉才认识几天，为什么这么信任她？"路老爷子痛心疾首地说道。

路秉德冷着脸，说道："我说了，不要在我面前提这个名字，我不想再提到她。"

当年跟林琳认识一个月左右，路秉德就带她回家说要结婚，可后来他打架斗殴进了监狱，自此之后就再也没有见过林琳，她就像是人间蒸发了一样，再也没有出现过。从牢里出来之后，他托人找过林琳，可是这个名字就像是从来没有出现过一样，再也找不到了。他为了这件事情一蹶不振，直到路老爷子把德懿交给他，手里有了点要忙的事情，总算也不再去想这件事情了。他恨过林琳，但更爱她，也正是因为这样，他才不想提起这个名字。跟白蓉蓉在一起的时候他会觉得很舒服，因为在某些方面，他在白蓉蓉身上看到了林琳的影子。

路秉德冷笑了一声，"是，林琳的事情是我欠缺考虑，我以为我会跟她过一辈子，可我进了监狱才知道，夫妻本是同林鸟，大难临头各自飞，这句话说的一点都没错，从我进监狱开始我就没有见过她，我知道，她就是嫌弃我嘛，不过没关系，白蓉蓉跟她不一样。"路秉德顿了顿，"虽然我跟蓉蓉认识的时间也很短，但是我知道她是什么样的人，跟她待在一起我会觉得很舒服，所以我愿意跟她结婚，我相信她绝对不会像林琳一样丢下我的。"

"她不是不想去见你，她是……"路老爷子刚想帮林琳解释，路秉德却不想听，"行了，你也别帮她解释了，我不想听。"

"总之蓉蓉跟林琳不一样。"路秉德不耐烦地说道。

"林琳不是不想去见你，她是……她怀孕了啊。"路老爷子看着面前的路秉德，说道。

闻言，路秉德整个人都愣住了，他从来没有想过这种可能性，"怎么可能，你别闹了，她怎么可能怀孕？"

路秉德不断地重复着这句话，一方面是在质疑这件事情，另一方面也是不断地在提醒自己，让自己不要相信路老爷子的话。

"为什么不可能？"路老爷子苦笑了一声。当初林琳找上门来的时候他也很诧异，但后来他也确认过，她肚子里的孩子确实是路秉德的，"她不光怀了孕，还把这个孩子生下来了，只是当年因为担心你，所以身子一直很弱，就再也没能从手术台上下来。"

林琳怀着孩子的时候孕吐很严重，当时她坚持不去监狱，就是不想让路秉德因为这件事情担心自己。她原本打算生下孩子之后带着孩子去见路秉德的，可生孩子的时候难产，就没能从手术室里面出来。

路其琛父母一直把这个孩子当成是自己的亲生女儿抚养长大，两人去世之后，这孩子一直在国外留学，没错，这个孩子就是路蓼……后来路秉德出狱，路老爷子担心那孩子跟着路秉德会不好过，所以就把这件事情捂了下来，一直没跟路秉德提过，今天这事实在瞒不下去了，也不想林琳继续这样被路秉德误会下去，所以才说了出来。

其实说完路老爷子就后悔了，他不知道说出这件事情会给路蓼带来什么样的后果，但已经晚了。

"这怎么可能呢？"路秉德念叨着，"她怎么可能给我生了一个孩子？"

路秉德不知道自己现在到底是怎么想的，在听到林琳已经去世的时候，路秉德的心里像是撕裂了一样难受，他宁愿林琳现在在别的地方活得好好的，也不想接受这样的结果。

"大哥，你一定是在骗我对不对，你就是为了让我跟白蓉蓉分手，所以故意拿这样的话来骗我是不是？"路秉德抓着路老爷子的手问道。

"我没骗你。"路老爷子苦笑着甩开了路秉德的手，说道，"路蓼就是你跟林琳的孩子，当年你入狱之后林琳查出怀孕了，远儿夫妻俩怕路蓼会被人议论，所以就把路蓼当成自己的亲生女儿养大了，后来你出狱，你对林琳那恨之入骨的样子让我们不敢开口告诉你这件事情，所以这事就这么瞒了下来。"路老爷子叹了一口气，继续说道，"原本这件事情我不打算告诉你，这对路蓼来说是一件大事，我怕她承受不住，但……不管怎么样她都是你的女儿，现在你要娶白蓉蓉，你仔细想想，她跟路蓼的年纪相差无几，你让路蓼怎么办？她是你的女儿，别人的感受你可以不考虑，但路蓼的感受你必须得考虑。"

"你为什么到现在才告诉我这件事情？"路秉德心里很纠结，突然知道林琳根本没有背叛他，甚至还为他生下一个女儿，一方面他觉得很开心，一方面又因为自己误会林琳而感到很羞愧。

"秉德，路蓼生下来的时候林琳就难产去世了，她是一个很伟大的女人，哪怕在你入狱的时候也从来没有离弃过你，我只希望现在告诉你这些……还不算太晚。"路老爷子了解自己这个弟弟的脾气，他知道如果不是白蓉蓉勾引他的话，路秉德不可能这么草率地做出决定，路老爷子觉得自己不能再把路蓼的身世隐瞒下去了。

"你说得对，你都已经这么大年纪了，也应该有自己的主见，路蓼这个女儿你到底要不要，还有跟白蓉蓉的这桩婚事到底怎么处理，你自己好好考虑清楚。"路老爷子知道这个时候不能急着让路秉德做决定，而是应该让他自己把这件事情给考虑清楚了。

路秉德沉默了。

"你先不要急着做决定，自己好好考虑清楚。"路老爷子重重地叹了一口气。

回程的路上，路秉德始终一言不发，白蓉蓉敏锐地察觉到路秉德从路老爷子房间里面出来之后很不一样。

第31章　路秉德的警告

到家以后白蓉蓉先去洗了个澡，换上一身性感的睡衣，凑到了路秉德的身边，路秉德正捏着一张泛黄的照片发呆。

"秉德，你这是怎么了？从那边回来之后就是这一副魂不守舍的样子，到底发生了什么？你跟我说说看，说不定我能帮上什么忙呢。"白蓉蓉靠在了路秉德的怀中，冲着路秉德说道。她悄悄地瞟了一眼路秉德手里的照片，上面是一个很清秀的姑娘，大概十八九岁的样子。

白蓉蓉微微皱眉，她好歹是一个大明星，穿成这样坐在路秉德的怀中，他竟然还能想着别的女人。

"我没事。"路秉德显然还没想好怎么跟白蓉蓉开口，所以岔开了话题，"我去洗个澡。"

"你等等。"白蓉蓉一把拉住了路秉德，说道，"我不知道你到底发生了什么，但我毕竟是你女朋友，并且下个月就要跟你结婚了，我希望你能相信我，不管发生什么，我们两个都能一起面对，而不是你把我撇在一边，让我像个傻子一样猜你心里面到底在想些什么。"

"蓉蓉，这件事情太复杂了，我还没想好要怎么跟你说……"路秉德为难地看着面前的白蓉蓉。

"是跟你手里照片上的女孩有关吧？她是谁？你的前女友？还是你的前妻？"白蓉蓉指着路秉德手里的照片问道。

"我……"不知怎么的，路秉德竟然有些心虚，白蓉蓉站起身，说道："我知道，你都这么大年纪了，肯定会有些让你忘不掉的女人，我现在不是在质问你，我只是想知道到底发生了什么，我不想这样被你蒙在鼓里，你能懂我这个感受吗？"

"蓉蓉，你别想这么多。"路秉德叹了一口气，坐到了白蓉蓉的身边，说道，"好，既然你想知道，那我就全都告诉你。"

路秉德拿出那张照片，说道："照片上的这个女孩叫林琳，是我以前的女朋友。"

"长得很漂亮。"白蓉蓉是真心的，林琳长得确实很漂亮，甚至比白蓉蓉还多了几分气质。

"是啊。"路秉德笑了笑，手指抚上照片上的林琳，眼角眉梢全是情意，路秉德从来没有用这样的眼神看过自己。

白蓉蓉并不嫉妒，反正她也不爱路秉德。

"当年我跟林琳在一起的时候，她才二十岁，我们认识一个月的时候我就带她回去见家人了，很快就准备结婚，可是……"路秉德陷入了回忆当中，他想起那会儿林琳笑着跟自己说一定要穿全世界最好看的婚纱，现在却……物是人非。

"那后来呢？后来怎么样了？"白蓉蓉问道。

"后来……"路秉德叹了一口气，说道，"你也知道我年轻的时候有多糊涂，就在我跟林琳准备结婚的前几天，因为聚众闹事，进监狱蹲了好几年，林琳一直没去见过我，后来我出来之后也去找过她，想问问她的想法，可我怎么都找不到她。"

"怎么会？"白蓉蓉诧异地看着面前的路秉德，问道，"林琳为什么要这么做？"

"我一直以为她是看我进去了所以不想跟我有牵扯，所以我从我大哥手里要来了德懿，我跟以前那些朋友全都断了联系，我拼命地把德懿做大做强，就是为了哪天见到她之后可以让她知道，当年她离开我就是最错误的选择。"路秉德现在想想自己确实挺幼稚的，这么多年了，他还是没办法忘记林琳。

"那后来呢，你有没有遇见过她？"白蓉蓉好奇地问道。

路秉德摇了摇头，"在遇见你之前，我甚至一直在想着总有一天我会遇到她，会让她后悔，可遇见你之后我却突然觉得，这么多年了，我也该把她忘了，毕竟……这么多年过去了，就算我们俩真的遇到了，她说不定已经嫁了人生了孩子。"路秉德叹了一口气，继续说道，"可是……我今天才知道，这么些年，我一直误会了她，我以为她抛弃了我，却不知道她在我进监狱的时候就已经怀了孕，后来还为了生孩子死在了手术台上……"

"不会吧……"白蓉蓉愣了一下，诧异地问道，"这怎么跟演电视一样？那那个孩子呢？现在在哪？"

"她当年给我生下了一个女儿，现在已经二十二岁了。"路秉德放下手里的照片，说道，"蓉蓉，我知道我过去的事情肯定会给你造成很多困扰，你现在还这么年轻……"

"秉德，你这是什么意思？你是想跟我分手吗？"白蓉蓉拉着面前的路秉德说道，"秉德，我跟你在一起虽然时间还短，但是我真的很爱你，我不管你过去发生了什么，我只在乎我跟你的未来……"

"蓉蓉，不是这样的……"路秉德急忙拉着白蓉蓉的手说道，"我只是怕我的事情会给你带来困扰，之前我答应跟你结婚，我是单身，无牵无挂的，现在……我突然多出一个女儿，而且年纪还跟你差不多大，我真的很怕……"

"别怕。"白蓉蓉温柔地拉着路秉德的手，说道，"秉德，我不管你的过去怎么样，我只想以后能跟你好好地过日子。"

"可是……"路秉德皱着眉头，他想到那个孩子，对这个女儿他也有很多的愧疚和亏欠，他现在只想赶紧把这个女儿认回来，然后好好地补偿她。

"蓉蓉，路蓼就是我和林琳的孩子，我也是才知道，我知道她不喜欢你，我……"路秉德左右为难，不知道自己该怎么做才好。

"不会吧？"白蓉蓉诧异，仔细想想，路蓼确实跟照片上的那个女孩有很多相似之处，白蓉蓉咬着牙，简直恨得牙痒痒。她很快就要嫁给路秉德，也在一步步地接近路其琛，就算她现在没办法待在路其琛的身边，但至少她可以跟路其琛紧紧地联系在一起了。就差一点，她就要成功了，可突然冒出一个路蓼，她很怕自己会功亏一篑。

"蓉蓉，我亏欠她们母女俩太多了，现在林琳已经去世了，所以我必须要补偿女儿，我知道让你一嫁过来就做后妈也不公平，所以我想过了，我会给你一笔钱，让你能够好好地在阳城活下去，另外，不管以后你遇到了什么困难，只要你开口，我都会帮你。"

"你把我当什么了？"白蓉蓉愤怒地看着面前的路秉德，说道，"路秉德，我爱的是你这个人，不管你过去发生了什么我都不在乎，你想补偿她吗，我跟你一起啊。"

"你认真的？"路秉德欣喜地看着面前的白蓉蓉，紧紧地抓着白蓉蓉的手，问道。

"当然。"白蓉蓉信誓旦旦地说道，"秉德，我虽然没有当过妈妈，但是我跟你保证，我一定会做一个很好的后妈，让你没有后顾之忧。"

"蓉蓉，真的是太感谢你了。"平白无故多出来一个女儿，其实路秉德的心里除了欣喜之外，还有些害怕，有白蓉蓉陪在自己身边，多一个人替自己分担，他也多几分底气。

"刚知道这件事情的时候我真的很乱，我不知道应该怎么跟你开口，可我真没想到你会这么支持我，蓉蓉，我真的很感谢你。"路秉德觉得自己真的找对了人，有白蓉蓉这样一个贤内助在自己身边，他此生足矣。

"傻瓜。"白蓉蓉笑了笑，说道，"以后再有这样的事情记得一定要告诉我，我会跟你一起面对的。"

"好。"路秉德笑了笑，说道，"你在这等我，我去洗个澡就来。"

白蓉蓉娇羞地笑了笑，等路秉德进了浴室之后，白蓉蓉立马变了一张脸，暗暗骂道："路秉文这个老不死的，当初不让我跟路其琛在一起，现在又阻止我跟路秉德在一起，我早晚要收拾他。"

白蓉蓉因为这件事情一夜未眠，而路家此刻也并不安生。叶知秋一大早起床没看见奶奶，听保姆说她到现在还没起，顿时觉得不对劲，她敲了敲奶奶的房门，里面传来奶奶虚弱的声音，"进来。"

"奶奶，是不是有哪里不舒服？"叶知秋推开门，房间里面很暗，她刚想开窗帘，躺在床上的奶奶就说道："我没事，年纪大了，再加上这几天天气渐渐冷了，浑身上下都不太舒服，我休息休息就好了，你不用担心。"

"我还是带你去医院让赵医生看看吧。"这段时间赵医生帮了不少忙，叶知秋从心底里感谢。但奶奶不肯，"我真没事，我休息一下就好。"

叶知秋拗不过奶奶，说道："那我去把早饭给你端进来，奶奶，你要是到晚上还不舒服的话，我就只能带你去医院了。"

"好。"奶奶微微点头，"你要有事忙就赶紧出去吧。"

叶知秋把早饭给奶奶端进去之后还是不放心，嘱咐宋妈盯着点，有什么事情立刻给她打电话，这才去上班。

因为之前叶知秋对自己身份的疑惑，路其琛和赵志平商量了一下，他们决定先让她慢慢熟悉赵家人，然后再相认，也许那会儿叶知秋会更容易接受些。就这样，赵奶奶也带着女儿赵诗嘉和外孙女果果一起回到了国内。而路其琛便借着赵医生这段时间对奶奶的帮助为由，提议和叶知秋一起去赵家拜访，以表谢意，叶知秋当然乐意前往。

赵家的房子离景园不远，两人很快便到了。

"路先生，你们可算是来了，等你们很久了。"赵诗嘉第一个迎了上来，果果紧随其后，紧紧地抱住了叶知秋的腿，"姐姐……"

"赵小姐，这是……"路其琛问道。而叶知秋看着可爱的小女孩对自己如此亲近，便蹲下身问道："你叫什么名字呀？"

"我叫果果。"果果稚嫩地回答道。而赵诗嘉也在一旁说道："我叫赵诗嘉，是赵医生的女儿，这是我的女儿果果。你就是路太太吧，欢迎你来我们家做客。"

"赵小姐你好，叫我知秋就可以了。"

"那我就不客气了，快过来，知秋，我给你介绍一下。"赵诗嘉亲切地拉着叶知秋，走到了客厅里，"爸、妈，路先生和路太太来了。"

"知秋，这位是我爸，你应该已经认识了。"大厅沙发上坐着一对老人，男的就是赵志平，叶知秋笑了笑，算是打了声招呼。

"这位是我妈……"赵诗嘉刚想跟叶知秋介绍妈妈，妈妈就已经冲到了叶知秋面前，眼眶里面蓄满了泪水，她紧紧地抓着叶知秋的手，情绪有些激动，"你就是知秋？"

"是……"叶知秋吓了一跳，有些疑惑地看了一眼面前的赵奶奶，又看了看赵诗嘉，显然有些不适应赵奶奶这么热情的样子。

"知秋，你……"赵奶奶热泪盈眶地看着面前的叶知秋，眼神里面满是对叶知秋的疼爱，而对于叶知秋来说，面前的这个老人只不过是一个第一次见面的陌生人而已，她尴尬地收回自己的手，淡淡地说道："赵夫人好。"

"妈，你吓着人家了。"赵诗嘉忙冲着面前的妈妈说道。

"是是是，是我太激动了。"赵夫人忙抹去脸上的眼泪，冲着面前的叶知秋说道，"没吓着你吧？"

"没关系的，赵夫人。"叶知秋笑了笑，她倒是不介意这些，只是有些疑惑罢了。

赵夫人看着面前的叶知秋，情绪又要泛滥了，一旁的赵志平急忙站了起来，拉着赵夫人站到了自己的身后，说道："你看你，家里来个人就激动成这样，再这样下去，他们夫妻俩非得被你吓走了不可，你不是说今天亲自下厨吗？还不赶紧去厨房看看？"

"对对对，知秋啊，那你先坐会儿，我去厨房看看。"赵夫人恋恋不舍地看了一眼叶知秋，这才回了厨房。

"知秋，过来坐。"赵诗嘉招呼叶知秋坐到沙发上，笑着说道，"你别怕，我爸妈都是很好相处的人，就是热情了点。"

"嗯。"叶知秋尴尬地点点头。

"你们在这坐会儿，我去厨房看看我妈那边有没有什么要帮忙的。"赵诗嘉站起身说道。

赵诗嘉刚走到门口，就看到妈妈在厨房里面偷偷地抹眼泪，忙走上前说道："妈，好好的怎么哭起来了？"

"我这是高兴。"赵夫人擦了擦眼泪，说道，"没想到这么多年过去了，我还能再见到熙儿的孩子，而且还出落得这么漂亮、懂事，简直跟你哥是一个模子里刻出来的。"赵夫人抬起手背擦眼泪，"当年你还小，所以很多事情你都不记得，你哥小时候身体不好，所以我跟你爸都不让他出去瞎玩，没想到我们两个把他保护得这么好，最后就被一个女人骗了，还白白丢了自己的性命，我现在只要一想起这件事情就恨自己，早知道会出这样的事情我还不如让那个女人进门，至少这样你哥也不至于……"

"好了妈……"赵诗嘉心头泛起一阵酸楚，她还记得小时候大哥对她的好，什么事情都让着她，哪怕当年赵熙离开赵家之后，每年她的生日赵熙都会送一份生日礼物过来，直到赵熙去世。

"别哭了，能把大哥的孩子找回来是一件值得高兴的事情，你一会儿千万别让知秋看出什么破绽。"赵诗嘉替妈妈擦着眼泪说道。

"我知道。"赵夫人微微点头，"当年你爸赶你哥走的时候我就不赞同，谁也没想到会发生后面那一系列的事情，你哥走了这么多年了，我也想明白了，我现在就想好好地补偿他的孩子，别的我不想了。"

"这才对嘛。"赵诗嘉满意地笑了起来。

"也不知道她喜欢吃什么，我就做了一些你哥以前喜欢吃的，不知道合不合她的口味……"

"没关系，妈，我帮你，让爸跟知秋待一会儿。"赵诗嘉笑着开始帮赵夫人洗菜、切菜。

与此同时，路其琛也找了个借口走开了。赵志平时不时地偷偷瞄叶知秋一眼，犹豫许久，说道："你奶奶身体怎么样？有没有好一些？"

叶知秋闻言微微皱起了眉头，说道："赵医生，我正想跟您说这件事情呢……"

"叫我赵爷爷吧，别叫什么赵医生了，怪生疏的。"赵志平打断了叶知秋的话。

叶知秋愣了一下，最后还是开了口，"赵爷爷，昨天奶奶就说不舒服，我让她去医院她又不肯，您明天要是有时间的话，能不能麻烦您去帮我看一看，我真的有点担心她的身体。"

"好，那我明天一早就去看看。"赵志平欣然应允。

"老赵，来把水果端出去给客人。"

赵志平刚要起身，叶知秋忙站了起来，"赵爷爷，我去拿吧，正好也去洗个手。"

闻言，赵志平点了点头。叶知秋刚刚走到厨房门口，就听到里面赵诗嘉母女俩的声音。只听赵夫人说道："你小时候长得跟你哥一模一样，没想到知秋也是，简直就像是一个模子里刻出来的一样。"

"可不是。"赵诗嘉一边洗菜一边说道，"可算是找回来了，也算是对大哥有个交代了。"

"你大哥这人什么都好，就是脾气太犟，不然也不至于发生那样的事情……"赵夫人叹着气说道，两人背对着门口，谁也没有发现站在门口的叶知秋。

叶知秋想起之前叶问兰跟自己说的那番话，恍然大悟，原来她口中的赵家人就是赵志平一家，是了，连姓都对上了。

叶知秋僵直了身子，她不知道自己现在应该转身就走还是冲上去问问清楚，看看事情到底是不是像叶问兰说的那样。她犹豫了很长时间，就在她转身想当作什么都没发生的时候，手机铃声忽然响起。叶知秋连忙挂断，赵诗嘉和赵夫人回过头看见她，脸色都不好看。

"知秋，我们……"赵诗嘉尴尬地看着面前的叶知秋，不知道自己应该怎么开口跟叶知秋解释。

叶知秋的脸色煞白，她看着两人，语无伦次地说道："我……我突然想起我还有事，先走了。"

"知秋，你听我解释……"赵诗嘉急忙追了过来，说道，"其实我们一家人一直在找你，只是……"

"别说了！"叶知秋甩开了赵诗嘉的手，"赵小姐，我真的得走了，我……"

"怎么了？"路其琛闻声赶来，叶知秋看到路其琛就像是看到救星一样，紧紧地抓着路其琛的手，说道："其琛，带我走，你赶紧带我离开这里。"

"好。"几乎没有任何犹豫，路其琛就答应了叶知秋的要求，他揽着叶知秋的肩膀，说道，"我这就带你走。"

"路先生……"赵诗嘉微微皱眉，略带不赞同地看着路其琛。

"知秋现在情绪很激动，我只能先带她走，其他的事情以后再说吧。"路其琛说着就揽着叶知秋准备出门。赵诗嘉仍不放弃地说道："知秋，我知道你现在肯定很乱，但是……"

"赵小姐，"路其琛微微蹙眉，现在叶知秋的情绪这么激动，路其琛不想为难她，"我明白你们现在的心情，不过……我希望你们也能理解知秋。"

"可是……"赵诗嘉还在犹豫，一旁的赵志平说道："让她走吧。"

路其琛揽着叶知秋离开了赵家，从赵家离开之后，叶知秋的情绪总算是稳定了一些，但还是一言不发，路其琛并没有带叶知秋回景园，而是一路开到了一个僻静的公园，路其琛转过脸来，说道："下去走走？"

"好。"叶知秋微微点头，她本来也不想这么早回去，怕奶奶察觉出什么端倪，她下车，牵着路其琛的手慢慢地在公园里面走着。

公园里面人不多，湖风吹在脸上，叶知秋也冷静了许多，她看了一眼路其琛的侧脸，问道："你是不是早就知道这件事情了？"

"是。"路其琛微微点头，"是奶奶亲口告诉我的。"

"奶奶？"叶知秋诧异地看着路其琛，不明白为什么奶奶会跟他说这件事情。

"知秋，我想跟你聊聊。"路其琛拉着叶知秋在路边的长椅上坐下，"原本赵家怕你一时接受不了，所以想先慢慢地与你熟悉起来，他们很关心你，你有亲人，有爷爷、奶奶，还有一个小姑姑，这对你来说并不是什么坏事，为什么你会这么排斥这件事情？"

"你不明白。"叶知秋苦笑了一声，说道，"从小到大都是我跟爸爸和奶奶相依为命，如果不是他们赶走我爸的话，我爸不会这么早就过世，我奶奶也不会生病，我恨他们。"叶知秋冷笑了一声，"我不知道他们现在想要认回我的目的是什么，但我绝对不会回那个家，我也不想认他们。"

"知秋，你这话说的就不对了。"叶知秋的话说完，路其琛皱起了眉头，"他们是你的家人，怎么可能会害你呢？"

"为什么不能？"叶知秋冷笑了一声，说道，"你知道当年我跟我爸过的是什么样的日子吗？如果他们一家人真的在乎我们父女的话，怎么会看着我们这样？还有奶奶，她身体这么差，要不是他们见死不救，奶奶现在还好好的呢。"

"他们并不知道这些事情啊。"路其琛微微蹙眉，"知秋，你这么抵触赵家人，是不是有人在你面前说了什么？"

"没有。"叶知秋冷着脸，她承认自己确实受了叶问兰那番话的影响，但她确实也对赵家人有怨恨，"很晚了，咱们回去吧。"

叶知秋不想再跟路其琛说下去，主动结束了话题，路其琛也想让叶知秋冷静一下，所以没有再开口。两人到家之后叶知秋去了奶奶的房间，问道："奶奶，你好点了吗？"

"好多了。"叶奶奶靠在床头，脸色还是很苍白的样子。

"我……"叶知秋很想问问清楚，为什么奶奶不早点把赵家人的事情告诉她，可一想到奶奶的身体，叶知秋还是忍了下来，"奶奶，你好好休息，我先回房了。"

叶知秋说完这话就从奶奶的房间走了出来，她一晚上都在想自己以后要怎么面对赵家人，可怎么也理不出头绪来。

第二天一早，叶知秋刚刚起床，赵志平就到了，她冷着脸问道："你来干什么？"

"你昨天晚上不是说奶奶身体不舒服吗？我就过来看看。"赵志平叹了一口气，说道，"我知道你对我有气，不过奶奶的身体重要，别赌气。"

赵志平说得没错，奶奶的身体最重要，叶知秋犹豫了一下说道："跟我来吧。"

赵志平跟在叶知秋的身后，走进了叶奶奶的房间，叶奶奶这几天身体一直都不舒服，所以几乎没怎么出门，叶知秋和赵志平进门的时候叶奶奶还躺在床上。

"奶奶。"叶知秋拉开窗帘，说道，"赵医生来了，你不想去医院，我只能把他请过来了。"

"赵医生来啦？"叶奶奶挣扎着起身。

"知秋，我有点饿，你能不能去给我端点早饭过来？"叶奶奶说道。

"好。"叶知秋微微点头。

等叶知秋离开之后，叶奶奶抓住赵志平的手，说道："我知道，我时日不多了，知秋这边……你们是怎么打算的？"

赵志平叹了口气，说道："先不说这些，我先帮你看看。"

"不用了。"叶奶奶叹着气说道，"我自己的身体我自己清楚。老爷，知秋这孩子是我唯一放心不下的，我只希望能看见她回赵家，看到有人能保护她，这样我也能走得安心一些。"叶奶奶紧紧地抓着赵志平的手，"我不能眼睁睁地看着叶问兰再欺负她，我更不想她跟叶问兰再有什么联系。"

"我知道。"赵志平叹了一口气，说道，"她似乎对这件事情很抵触，根本不愿意听我说话，所以这件事情……只能暂时搁置一下。"

"什……什么？"叶奶奶脸色发白，"你说知秋不肯回赵家？为什么？"

"这我就不知道了，但我想，应该是叶问兰在她面前说了什么。"赵志平微微皱眉，"之前我见过叶问兰一面，我看得出来她不想让知秋认我们。"

"又是她。"叶奶奶痛心疾首，她已经折磨了知秋这么多年了，眼看着知秋嫁人，赵家也打算认回知秋，可叶问兰又出来搅局，叶奶奶恨得咬牙切齿。

"文书，我今天来，也是想跟你商量一下，知秋这么听你的话，你能不能跟她聊聊，看看她心里到底是怎么想的？"赵志平也是没办法了，所以才会求助叶奶奶。

"老爷您放心，这件事情我一定会跟知秋聊一下。"叶奶奶叹了一口气，说道，"这孩子跟赵熙一模一样，没什么心眼，老爷您可千万别怪她。"

"你放心，我怎么会怪她呢。"赵志平苦笑了一声，"我已经很对不起熙儿了，不能再对不起知秋，知秋对我们有怨气我也能理解，毕竟我们回来得太晚了，是我们对不起她。"

"老爷，您千万别这么说。"叶奶奶皱着眉头，"对不起她的是叶问兰那个女人，跟你们没关系，说起来……也是我不好，我当初就应该劝劝赵熙，不要这么冲动，后面这些事情也就不会发生了。"

"好了，事情都过去这么多年了，别在这里怪来怪去的了。"赵志平微微皱眉，"你这病……还是得去医院看看，不能再拖下去了。"

"老爷，真的不用了。"叶奶奶苦笑了一声，"我自己的身体我自己清楚，就算现在去医院也无济于事，倒不如趁着我还能开口说话，还能做点事情的时候为知秋再做点事情，能看到她回赵家，就是我这辈子最大的心愿了。"

"老爷，麻烦您出去的时候帮我把知秋叫进来吧。"叶奶奶费力地说道。

赵志平拿她没办法，但他也明白，叶奶奶说得没错，她这个病就算是去医院，也是无济于事……

叶知秋端了早饭之后却并没有进去，她知道奶奶一定有话要跟赵志平说，这会看见赵志平出来，急忙迎了上去，问道："我奶奶到底怎么样了？"以前她还会尊称一句赵医生，但现在……她连个称呼都没有。

"她……"赵志平看着面前的叶知秋，眼神里满是歉疚，"我之前就跟你说过，她的日子不多了，我原本想让她去医院的，不过她不肯。"

"那……如果她去医院的话，还能有多长时间？"叶知秋紧紧地端着手里的托盘，上面是奶奶爱喝的南瓜粥和小菜。

"到了她这个地步，去不去医院已经没有太大的差别了，最多也就是一个月的时间，但……去医院会给她增加很多的痛苦，所以她不愿意去。"叶知秋的脸色很难看，赵志平看着叶知秋，继续说道，"知秋，其实你爸爸的事情……"

"够了！"叶知秋根本不听赵志平的话，"你不配提我爸。"

"知秋，我……"赵志平想解释，但叶知秋已经端着托盘进了奶奶的房间，进门的那一瞬间，叶知秋就收起了冷漠的神情，柔声问道："奶奶，你怎么样了，我做了你爱吃的南瓜粥，要不要喝一点？"

"你先放着吧。"奶奶笑了笑，朝着叶知秋招了招手，"知秋，坐这来，奶奶想跟你聊一聊。"

"好。"叶知秋心里很沉重，她很想多陪陪奶奶，可老天爷给她的时间不多，"奶奶，你想聊什么我都陪着你。"

"你刚刚……在外面跟赵医生吵起来了？"叶知秋跟赵志平说话的时候声音很大，所以叶奶奶都听见了，"知秋，你已经知道你自己的身世了是不是？"

"奶奶你在说什么，我听不懂。"叶知秋装作什么都不知道的样子，说道，"我就是我，我永远都是您的孙女，除此之外我不会再有别的身份。"

"傻孩子。"叶奶奶苦笑着拍了拍叶知秋的手背，说道，"这是永远没办法改变的事实，他们是你的亲人啊。"

"我的亲人只有奶奶你和其琛一家，有你们我这辈子足够了，不需要别人。"叶知秋冷淡地说道，"奶奶，要不咱们还是先吃点东西吧，别饿坏了。"

"不，知秋，奶奶的日子不多，有很多话我想跟你说清楚。"奶奶拉着叶知秋，说道，"能不能告诉奶奶，为什么你这么排斥赵家人，是不是叶问兰在你面前说什么了？"

"奶奶，能不聊他们了吗？"叶知秋的脸色闪过一丝不满，继续说道，"咱们过自己的日子不好吗？"

"知秋……"叶奶奶叹了一口气，"当年你爸为了叶问兰离家出走，你爷爷奶奶一直不同意，可是你爸依然一意孤行，最后怎么样？叶问兰扭头就甩了他，弄得你爸抑郁而终，到现在你都不肯认赵家的人，你觉得叶问兰是真心为你好的吗？"

"在这个世界上，只有奶奶你和路家人是真心为我好的，这点我明白。"叶知秋淡淡地说道，"但是叶问兰说得也没错，就算赵家人再不喜欢她，可爸是他们的儿子，当年爸生病的时候他们为什么不来找他？为什么要眼睁睁地看着爸去世？"

叶知秋恨的，是赵家人在赵熙生病的时候没有施以援手。

叶奶奶苦笑了一声，"你啊，就跟你爸一样，一根筋。"她叹了一口气，继续说道，"他们很早就去国外了，一直都不知道我们的情况。你爸在临死之前跟我说了，他这辈子最大的心愿就是能看到你回赵家，可是我年纪大了，也没有什么能力，一直找不到赵家人，我托很多人去打听过也没有找到，这次住院好不容易碰上了，我一定得完成你爸的心愿。知秋，以前我不告诉你，是怕你承受不了，但现在赵家人既然回来了，他们也是真心希望你能回去的，我相信你也这么大了，应该有自己的判断能力，谁对你好谁对你不好，你都知道的，我只是希望你对赵家不要这样抵触，试着去接受他们，看看他们是不是真的对你好。到时候如果你还不想回去的话，那我肯定也不会阻拦你。这是你爸临终前的心愿，也是我的心愿，你能答应我吗？"

叶知秋紧紧地皱着眉头，她不知道自己应不应该答应，奶奶的这一番话让她脑子里乱得很，霎时好像没有判断力了一样。

"奶奶，你让我考虑一下。"叶知秋没有当场答应，但也没有拒绝，奶奶说得没错，她有判断能力，她接触赵医生这么长时间了，知道他是什么样的人。

她想试着去了解赵家人。

叶知秋从奶奶房间里面走出来的时候，赵志平还没离开，正坐在沙发上跟路其琛聊天，看到叶知秋出来，急忙站起了身，冲着叶知秋局促地说道："知秋，你一会儿有事吗？我想带你去个地方。"

叶知秋摇了摇头，又点了点头，见状，赵志平的脸上露出了笑容。

赵志平把叶知秋带到了一家咖啡店，他让叶知秋坐到了其中一个卡座里，自己坐到了另外一个，不多会儿，叶问兰来了，因为隔板的遮挡，她并没有发现叶知秋。

"来啦。"赵志平淡淡地说道，"给你点了一杯咖啡，你看看合不合胃口。"

"谢谢赵先生。"叶问兰喝了一口，问道，"赵先生，你今天找我来是有什么事情吗？"

"是关于知秋的事情，我想找你聊聊。"赵志平冷漠地看着叶问兰，继续说道，"她是熙儿唯一的女儿，我知道她也是你的女儿，所以我今天来就是想问问你，如果我们赵家要把她带回去的话，你这个当妈的会同意吗？"

"这……"叶问兰顿了顿，说道，"这恐怕不太合适。"

"有什么不合适的地方，说来听听。"赵志平冷笑了一声，说道。

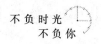
"赵先生你也知道的，赵熙去世得早，从小到大，知秋都是我一个人拉扯长大的，对于我来说，她就是我的唯一。"叶问兰苦笑了一声，"知秋是我的女儿，我希望她能永远陪在我身边，不管我的日子过得怎么样，我也绝对不会亏待了她，这一点你完全可以放心。"

"可是，据我所知，你再嫁之后又有了一个女儿。"赵志平顿了顿，"我相信你现在的丈夫也不会希望你养着别人的孩子，把知秋带回去，也是减轻你的负担。"

"赵先生放心，我老公非常支持我，所以你完全不用担心。"叶问兰笑了笑。

"叶问兰，咱们明人不说暗话，我已经找过知秋了，可是她很抵触我们，我今天来就是想问问你，你到底在知秋面前胡说八道了些什么？"赵志平冷笑着问道。

叶问兰的脸上闪过一丝笑容，这叶知秋还真是好骗，自己随随便便说两句话就骗得她团团转。

"赵先生，这里面是不是有什么误会？"叶问兰冷笑着说道。

"行了，你是什么样的人我还不清楚吗？当年赵熙去世之后你找人给我们带口信，说是只要给你一千万，你就让我们把知秋带回去，我就想问问你，你现在又想把知秋卖多少钱？"赵志平冷笑着说道。

叶问兰微微皱眉，当年她托人带那句话的时候，赵家已经移民国外，也是那时候她才知道，自己想要用叶知秋来换钱的想法是不切实际的，但她万万没想到，赵志平还会记得这件事情。

赵志平冷笑了一声，说道："你放心大胆地开价，知秋是我赵家的孩子，你开多少钱，她都值。"

叶问兰的心里很复杂，她不知道自己这个时候应该怎么做，挣扎了半天，最后还是说道："怎么说我也把她养到这么大了，价钱跟当年肯定有区别，这样吧，五千万，我会好好考虑一下的。"叶问兰话音刚落，就看见叶知秋的身影出现在了自己面前，"你……你怎么来了？"

"叶问兰，你真是一次次地刷新我对你的认知，对于你来说，我根本就不是你的女儿，我只是你用来骗钱的工具吧？"叶知秋苦笑着问道。

叶问兰慌乱地想要拉住叶知秋的手，"知秋，你听我说，事情不是你想的那样的……"

"够了叶问兰。"叶知秋甩开叶问兰的手，冷笑着说道，"我能被你骗一次，骗两次，但我不会一直被你骗下去，从现在开始，我们俩之间再也没有任何关系，你给我记清楚了。"

"知秋……"赵志平叫住叶知秋，"我也不想用这样残忍的方式，不过……只有这样才能让你明白，我跟你奶奶并不是别有用心，我们只是单纯想要补偿你。"

"我知道。"叶知秋微微点头，说道，"不过我暂时还不能接受，让我冷静一下。"

叶知秋肯跟赵志平过来，事实上已经是在尝试接受了，但这件事情对她打击太大，所以她没办法一下子接受。

叶知秋走后，叶问兰冷下了脸，"赵志平，二十几年前你坏我好事，现在你又故伎重施，我到底哪里不好，让你这样恨我？"

"坐下吧，我们好好聊聊。"赵志平冷笑着说道，既然已经撕破了脸，也就没有必要再互相试探了，索性坐下来，一起把话说清楚。

"你到底想怎么样？"叶问兰冷着脸，她自认为当初跟赵熙回家的时候做出了一副乖巧的样子，为什么赵志平就这么讨厌她呢？

"叶问兰，我儿子为了你已经去世了，这件事情我不跟你追究，我今天来就是想提醒你，知秋是我的孙女，如果以后你要是再对她不利的话，就别怪我对你不客气。"好在路其琛为叶知秋挡了不少麻烦，否则赵志平真不知道事情会怎么发展。

"你这是在威胁我？"叶问兰冷笑了一声，以前她怕赵志平，那是因为自己有求于他，可现在不一样了，她根本就没有怕他的必要了，"我告诉你，叶知秋是我肚子里掉出来的肉，我既然生了她，她就有照顾我的责任和义务，不管将来我要她做什么，那都是她应该做的事情。"

"看来你是搞不清楚状况了。"赵志平苦笑了一声，"以前她是叶知秋，你要她做什么她没办法拒绝，但现在……她不光是路太太，还是赵知秋，如果你真的想跟路家、赵家作对的话，你大可以试试，看看后果到底是怎么样的。"赵志平这绝对不是威胁，只是把事情真相说清楚罢了。

"你……你是要替叶知秋撑腰了？"叶问兰冷着脸问道。

"当然。"赵志平冷笑了一声，"她是我的孙女，我不挺她挺谁？你给我记住，你以后要是再找她麻烦，看我怎么收拾你。"毕竟……她还是害死赵熙的元凶。

从咖啡店离开，叶知秋去了公司，她不知道自己应该去哪，就想用工作来麻痹自己，谁知刚准备工作就接到了路其琛的电话，"赵医生说你一早就离开了，我打去家里知道你没回去，你去哪了？"

"我在公司呢。"叶知秋听到路其琛的声音心情好了不少，"为了不辜负你对我的期望，我当然得努力工作啦。"

路其琛笑了笑，"我当初就是想让你有点事情做，你别累着自己。"

"放心吧，我没事的。"叶知秋笑了笑，"那我先忙了，拜拜。"

挂断电话，叶知秋忙起了手头的事情，她心里装了很多的事情，怎么也静不下心来，直到赵珍珍过来敲门。

"你没事吧？方案的事情挺着急，我就来找你了。"赵珍珍说道，"细田真弘那边给的要求我们都能满足，可这样一来报价就多出了很多，咱们根本就赚不到钱。"

"把方案给我看看。"叶知秋一下子投入到了工作状态中。

开公司就是为了赚钱，但这个方案……叶知秋就是不赚钱也想做。做完这个方案，云漫的名声也会回升不少，但公司里上上下下那么多员工辛苦熬夜这么长时间，叶知秋也不想他们的努力白费。她得好好想想，该怎么压缩成本。

"行了，这件事情我会处理的，你先去忙吧。"叶知秋笑了笑，说道。

她一整个下午都在因为成本的事情发愁，快下班的时候，她接到了赵诗嘉的电话，"知秋，你有没有时间，我们……能不能见一面？"

叶知秋犹豫了一下，最后还是答应了，"我还要过一会儿才能下班，七点在餐厅见面？"

"好，都听你的。"赵诗嘉忙答应道。

七点不到，叶知秋匆匆赶了来，赵诗嘉招了招手。

"快坐。"赵诗嘉拉着叶知秋坐下，"想吃什么随便点。"赵诗嘉把菜单推到了叶知秋面前。

叶知秋随便点了两个菜，这才问道："赵小姐，你找我有什么事吗？"

"知秋，我……我就是想跟你聊聊。"赵诗嘉苦笑了一声，"我知道，你现在肯定想自己一个人静静，但……有些话我必须得说。"

叶知秋没说话，静静地等着赵诗嘉开口。

"在我印象中，大哥对我很好，哪怕后来离开家以后，每年生日也都会给我寄礼物，所以，对我来说，虽然大哥一直没在家里，但我对他的感情还是很深的。"赵诗嘉顿了顿，继续说道，"爸妈对他也是一样，大哥从小身体不好，爸妈一直让他学钢琴，如果不是遇见了叶问兰，大哥现在说不定已经是家喻户晓的钢琴家了。"

叶知秋仔仔细细地听着，她知道赵熙钢琴弹得不错，但却不知道原来这么厉害。

她很少听奶奶提起赵熙以前的事情，所以听到赵诗嘉这么说的时候特别认真。

赵诗嘉顿了顿，继续说道："大哥这辈子做的最错的事情就是跟叶问兰在一起，真的是毁了大哥这一辈子。虽然当年我年纪小，但是记得很清楚，当年叶问兰摆明了就是看中我家的钱，她跟大哥在一起之前是有男朋友的，但为了进赵家，她火速甩了之前的那个男朋友，跟着大哥过来见我爸妈，我爸妈一直不肯，大哥却一意孤行，为了跟叶问兰在一起，不惜跟家里翻脸。那个叶问兰摆明是要钱，大哥跟家里决裂之后，我妈生了一场大病……"赵诗嘉苦笑了一声，"知秋，我今天找你来，就是想告诉你，我们一家人从来没有扔下你不管，我们……"

"我明白的。"叶知秋终于肯开口说话，其实今早跟赵志平见过面之后，叶知秋就想通了，赵家人对自己一向很友好，她相信他们。

"赵小姐，我今天来……也是想告诉你，我需要点时间好好冷静一下，等我想通之后，我会亲自去见……爷爷和奶奶的。"叶知秋说道。

听到叶知秋这么说的时候，赵诗嘉的心情总算是好了一些，她相信叶知秋说的话。

"那就好，你奶奶这几天一直在盼着你回去。"怕叶知秋反感，所以赵诗嘉没有再说下去，两人又聊了一会儿，便各自回家了。

叶知秋到家的时候路其琛正在收拾行李。

路其琛停下手里的动作，伸手抱住了叶知秋，"你怎么到现在才回来，去哪了？"

"跟赵诗嘉吃饭去了。"叶知秋淡淡地说道，"你这是要去哪？我来帮你收拾吧。"

路其琛抱着叶知秋说道："我要去一趟日本，可能要一个礼拜的时间，这段时间我不在，你好好照顾自己。"

"日本？"叶知秋诧异地问道，她过几天因为日本那个方案也要过去一趟，不过她打算先不告诉路其琛了。

"是啊，那边有个行业交流会，有什么问题吗？"路其琛问道。

"没事。"叶知秋笑了笑，"日本那边应该挺冷的，我给你多带几件厚衣服，你工作归工作，别忘了吃饭。"

"这么不放心我？"路其琛笑着抱住了叶知秋，"那不如我们……"

"别闹。"叶知秋一边收拾东西一边说道，"其琛，你说……我真的应该接受赵家人吗？"

"为什么不？他们是你的亲人。"路其琛抱着叶知秋，说道，"知秋，不管你做什么决定，我都会支持你的，至少……他们不会害你。"

"你跟赵医生也认识一段时间了，他的为人，你应该也很清楚的。"路其琛说道。

叶知秋说道："可是……不知道为什么，我就是觉得心里别扭。"

"有什么好别扭的？"路其琛笑了笑，摸着叶知秋的头发，说道，"其实有件事情，我一直没告诉你。"

"什么？"叶知秋抬起头。

"路蓼她……"路其琛顿了顿，继续说道，"路蓼不是我的亲妹妹，准确来说……她应该是我的姑姑。"

"什么？"叶知秋诧异地转过了身，"这到底是怎么回事？"

"你还记得前两天来过的那个路秉德吗？也就是我的叔公，路蓼是他的女儿。"路其琛把路蓼的身份如实道来，一番话让叶知秋很是震惊。

"知秋，我跟你说这件事，就是想告诉你，其实每个人都有自己的无奈，我们瞒着路蓼是为了她好，路秉德也不是不想认她，只是……他从头到尾都不知道这件事情罢了。"路其琛说道。

"好了，我明天一早还要赶飞机，早点睡吧，总之不管你做什么，我都支持你。"路其琛搂着叶知秋，关上了房间里的灯。

当天晚上，叶知秋做了一个梦，她梦到了赵熙，他跟她说："知秋，不管怎么样他们都是你的爷爷奶奶，爸对不起他们，你替爸好好照顾他们。"

叶知秋惊出了一身冷汗，醒过来的时候路其琛已经在换衣服了。

"醒得这么早？"路其琛诧异地看着叶知秋，他今天一早的飞机，原本是想偷偷地走，不想让叶知秋起早送他的，但没想到叶知秋醒得这么早。

看叶知秋一身的冷汗，路其琛忙问道："怎么了？做噩梦了？"

"没事，你要走了？"叶知秋翻身下床，说道，"你等我，我送你去机场。"

"不用了，你多睡会儿吧。"路其琛忙拒绝道，但叶知秋坚持要送，"我很快。"

叶知秋把路其琛送到了机场才知道，这次跟路其琛一起出差的除了范特助之外，张璐也在，想到路蓁生日宴那天发生的事情，叶知秋微微皱起了眉头。

"怎么了？"看到叶知秋停下脚步，路其琛柔声问道，见叶知秋一直盯着张璐看，路其琛开口说道，"这次的事情都是张璐在忙的，所以我才带她过去。"

"没事。"叶知秋笑了笑，"我不在你身边，你好好照顾自己。"叶知秋叮嘱道。一旁的范特助笑道："路太太放心，我会帮你照顾路总的。"

原本张璐跟路其琛一起出差还很高兴，可看到叶知秋的那一刻她就冷下了脸，一想到路其琛还在身边，张璐没敢太放肆。她走到叶知秋面前，说道："Autumn，上次的事情，实在是不好意思。"

"没关系。"叶知秋笑了笑，"也不是什么大事。"

"其实……"张璐顿了顿，"我一直很想找你聊聊，跟你说句对不起，我以前是喜欢过路总，不过那只是小女生的崇拜感，知道他有老婆之后，我就死了心了，我只是没想到你连这样的事情都要瞒着我。"

"张璐，我跟你说过了，这是我的私事。"叶知秋冷淡地看着面前的张璐，"我给你介绍工作，只不过是看你有能力，我不认为我的私事需要跟你交代。"

"是，你当然不用。"张璐笑了笑，"Autumn，那我就先过去了，等我从日本回来以后请你吃饭。"

送走了路其琛之后，叶知秋直接去了公司，她召集所有策划开了一次会议，"日本那边这几天我会亲自去一趟，其他的案子就麻烦你们了。"

叶知秋加班加点地把日本那个方案完善了一遍，路其琛打电话来的时候她还在公司里面加班。

"这么晚了，你还没回家？"

"你怎么知道？"叶知秋本能地转头看了看，以为路其琛回来了，转念一想，路其琛一定是打电话回家问过了，"这么晚了，你还没休息？"

"是。"电话那头传来路其琛的声音，"刚陪日本的客人吃完饭，好不容易才回酒店洗了个澡。"

"那你早点睡。"叶知秋忙叮嘱道。

"你呢，这么晚了还不回家，在忙什么？"路其琛发现自己特别享受跟叶知秋聊天的时间，都说小别胜新婚，路其琛才离开家一天，就恨不得立马飞回家抱抱她。

"在忙一个方案……"叶知秋终于放下手里的鼠标，享受这段跟路其琛闲话家常的时间，"其琛，昨天晚上我梦到我爸了，他说他很对不起爷爷奶奶，希望我能替他好好照顾他们，这次从日本回来，你陪我去一趟赵家吧？"

"好啊。"叶知秋能想通，路其琛自然为她高兴。

突然，不合时宜的敲门声打断了两人的温馨一刻。

"怎么突然不说话了？"叶知秋问道。

"你等等，有人敲门，我去看一下。"路其琛并没有挂断电话，把手机放在床上就去开了门，门外站着的是身穿一身性感睡衣的张璐。

"路总，这是您今天要的文件，我已经全都整理好了，不清楚的地方也都做了标注，您看一下，有什么不清楚的再问我。"张璐痴迷地看着路其琛，她好不容易才有这样一次机会，她真的高兴坏了。

可看着路其琛手上那枚婚戒，张璐眼底里的光顿时暗淡了下来。

"好，我知道了。"路其琛接过文件，说道，"很晚了，你先回去睡吧，有什么事情明天再说。"

"路总……"张璐不甘心地叫住了路其琛，她知道这种事情不能着急，可是……她穿成这样站在路其琛的面前，他竟然一点反应都没有，这让她觉得很挫败。

"还有事？"路其琛皱着眉头问道，他不想让叶知秋等太久。

"路总，今天晚上您为了帮我挡酒喝了很多，不要紧吧？"张璐担忧地看着路其琛问道。

"我没事。"路其琛淡淡地说道。

"酒喝多了伤胃，路总，我给您准备了蜂蜜，您睡觉之前记得喝一点。"张璐关心道。

路其琛微微皱眉，对张璐这样的关心非但没有觉得舒心，反而觉得很反感。

"还有事吗？"路其琛冷淡地问道。

饶是张璐脸皮再厚，在路其琛这样的态度面前，她也实在没有脸再站下去了，"没……没事了，路总您早点休息。"

房间门关上的那一瞬间，张璐心里恨透了叶知秋，路其琛关上门重新拿起电话，叶知秋忍不住取笑道："这女秘书还真是尽职尽责，连老板的身体状况都开始关心了。"

"你吃醋啦？"说是取笑，可这语气里却是酸溜溜的，路其琛好整以暇地问道。

"我才不吃醋。"叶知秋嘴硬。

"知秋，"路其琛突然很严肃地叫了一声，说道，"不管发生什么事情，我心里永远只有你一个人。"

"好端端的，说这些做什么？"叶知秋脸上一红，好在路其琛也看不见，她笑了笑，"我就是跟你开个玩笑，用不着这么认真吧。"

不知不觉，两个人聊了将近一个小时，知道路其琛第二天还要早起，叶知秋急忙催他去睡觉，"好了，时间不早了，你赶紧休息吧。"

"那你呢？"路其琛问道。

她看了看时间，叹气道："原本还想在公司里面加会班的，这跟你聊完时间也不早了，我准备回家了。"

"那你路上小心。"路其琛不放心地叮嘱了两句，直到叶知秋到家给他发了信息，他才安心睡了过去。

第二天一早，叶知秋起床的时候叶奶奶已经起来了。

"奶奶，你起来啦！"

"知秋啊……"叶奶奶扬起笑脸，伸手拉过了叶知秋的手，"我听路蓼说你昨晚很晚才回来，工作再忙也得注意身体。"

"我知道。"叶知秋拉着奶奶的手，"奶奶，我会照顾好自己的，只要你能好好的，我就很开心了。"

"奶奶年纪大了，陪不了你多久了，以后奶奶不在了，你也得好好照顾自己。"叶奶奶笑着说道，"快去吃早饭吧。"

就在叶知秋准备出门的时候，白蓉蓉来了。

叶知秋蹙眉，"你来干什么？"

"我知道你很讨厌我，但以后咱们就是亲戚了……"

"下个月我就要跟秉德结婚了，我今天……是来送请帖的。"白蓉蓉笑盈盈地说道。

路老爷子气得脸都白了，他没想到路秉德还是一意孤行地要跟白蓉蓉结婚，甚至还让白蓉蓉上门来挑衅。

路老爷子冲着面前的白蓉蓉问道："是他让你来的吗？"

白蓉蓉轻蔑地笑了笑，"怎么？路秉德会这么信任我，很奇怪？"

"白蓉蓉，你到底想怎么样？"路老爷子不明白白蓉蓉到底想干什么，先是路其琛，再是路秉德，为什么她非要跟路家牵扯不清呢？

"你怕了？"白蓉蓉在沙发上坐了下来，说道，"当初我跟路其琛在一起的时候你就不喜欢我，甚至连见都没见过我就不同意我跟路其琛的事情，好，我忍，可我换来的是什么，你逼着路其琛娶了别人，然后路其琛还抛弃了我，我可是白蓉蓉，家喻户晓的大明星，我凭什么要被你们一家人糟践？我不妨实话告诉你，我根本就不喜欢路秉德，跟他在一起我就是为了他的钱，还有就是为了报复你们，既然我得不到路其琛，那我就另辟蹊径，总之从今往后我会经常在你面前晃悠，你也别指望再出什么招来拆散我们，我告诉你，路秉德对我很信任，不管你用什么手段，他都不可能放弃我。对了，路蓼的身世他也和我说了，以后怎么说我也是路蓼的后妈，我先替路蓼谢谢你们这么多年的抚养之恩。好了，我今天来的目的已经达到了，我就先走了。"白蓉蓉笑着拍了拍自己的衣服，继续说道，"还是那句话，我跟秉德的婚礼你要是能来参加的话，我一定会很高兴的。"

白蓉蓉今天就是为了在路老爷子的面前耀武扬威一番，好好地出一口气。白蓉蓉知道自己这样的做法让路秉德知道了一定会被埋怨，但是她不怕。

而不知何时已经站在客厅的路蓼听到了一切，她不可置信地问道："你刚刚那句话什么意思？"

叶知秋赶紧说道："路蓼，你别听她瞎说……"

白蓉蓉还没等叶知秋说完就插话道："我说的都是事实，你自己可以问他们。"

路蓼脑袋一片空白，什么话都不想听，直接跑出了景园。

叶知秋正犹豫要不要追出去时，只见路老爷子在找药，被白蓉蓉这么一气，他的高血压都犯了。

"爷爷，您没事吧？"叶知秋赶紧给医院打电话，直接把他送到了医院。

好在送得及时，才没出什么大事。

路蓼从景园跑出去之后，就去酒吧买醉，直到深夜才一身酒气地回到家。

叶知秋见路蓼没事，一颗心总算是放了下来，其实她特别能理解路蓼的心情，这样的事情此时此刻也在她的身上上演，只是她现在已经熬过了那段日子，而路蓼还没有想开。

她给路其琛打了一个电话，一来告诉他，自己明天也要去日本出差，二来想问问他这件事情怎么办才好。她没想到电话是张璐接的，"Autumn，找路总有什么事情吗？"

"怎么是你接的？其琛呢？"听到张璐声音的时候叶知秋就忍不住皱起了眉

头，她现在对张璐还是很不放心。

"路总现在有事在忙，您要是有什么事情的话直接跟我说就好，一会儿我帮您转达。"张璐也不知道自己怎么了，路其琛不过是上个厕所，让自己代为保管文件和手机，等待的过程中，看到叶知秋的来电，就鬼使神差地接了起来。

"不用了，我一会儿再给他打电话吧。"叶知秋淡淡地说道，正准备挂电话，里面传来张璐的声音，"Autumn，这次路总是来工作的，他的行程几乎是从早上五点安排到了晚上十二点，满打满算的也就五个小时的休息之间，这中间还要抽出一个小时的时间来陪你煲电话粥，今天开会的时候路总差点睡过去。"张璐顿了顿，继续说道，"我知道路总很爱你，不过……作为路太太，你也应该多心疼心疼路总，别有事没事就给他打电话，影响他工作，你说是不是？"张璐一副胜利者的姿态，叶知秋是路太太又怎么样？至少现在陪在路其琛身边的人是自己。

"你这是在教训我？"叶知秋觉得很可笑，什么时候她给自己老公打电话还要经过一个小小的秘书同意了，偏偏这个秘书还是自己送到路其琛身边的，这会儿叶知秋心里真有些后悔，当初自己就不该发善心。

"不敢。"张璐冷笑了一声，说道，"我只是希望路总能多一点休息的时间，看到路总这么没精打采的样子，作为秘书的我都看不下去了。"张璐怕被路其琛发觉自己动过他的手机，说完这番话之后就匆匆说道，"Autumn，我这还有事，先挂了。"

张璐是很想删掉通话记录的，但是实在猜不到路其琛的密码，所以只能作罢。

叶知秋看着被挂断的电话，错愕的同时也觉得有些可笑，她默默地收拾好行李，决定明天见到路其琛之后一定要好好地跟他把事情掰扯清楚。

白蓉蓉从景园出去之后心情大好，去商场逛了会儿街才回了家。回家后，她看到坐在沙发上阴沉着脸的路秉德就知道，他已经知道自己去景园的事情了。她笑了笑，装作什么都没发生的样子，说道："秉德你快看，我刚刚去商场看了几家婚纱摄影，虽然时间有点赶，我们来不及去国外拍婚纱照，但是也不能马虎，你看这家怎么样？"白蓉蓉把手里的影楼资料放到路秉德的面前，笑盈盈地继续说道，"这家的摄影师技术还是很不错的，你要是觉得好的话我明天就去定下来。"

"你去哪了？"路秉德冷着脸问道。

"我？我去逛街了啊，你都不知道，还有很多事情要忙，这几天可把我给累坏了。"白蓉蓉笑着说道。

"逛街之前呢？你去哪了？"路秉德的脸自始至终都很难看，似乎对白蓉蓉的话不为所动。

白蓉蓉愣了一下，讪讪地说道："我没去哪啊……"

"我再问你一遍，你到底去哪了？白蓉蓉，我给你最后一次机会，你要是再不说实话的话，别怪我对你不客气。"路秉德的神色很严肃，白蓉蓉知道这个时候绝对不能把路秉德惹毛，所以只能实话实说，"我去了一趟景园……"

"啪！"白蓉蓉话音刚落，脸上就结结实实地挨了一巴掌。

路秉德气势汹汹地看着面前的白蓉蓉，怒道："白蓉蓉，你跑到路家去耀武扬威，害得我大哥进了医院，我警告你，我路秉德可不是什么傻子，你要是把我当成报复路其琛的工具，就别怪我对你不客气。"

"是路老爷子跟你说的吧。"被打了这一巴掌之后，白蓉蓉心里一点都不难过，她早就做好了挨这一巴掌的准备。

"你不用管到底是谁跟我说的，我只问你，你今天去路家到底是什么意思？"路秉德问道。

白蓉蓉苦笑了一声，捂着自己被打过的那半边脸，眼神里满是哀伤，她淡淡地看着面前的路秉德，问道："在你心里，我就是这样一个人吗？"

"你少在这里装腔作势的，你今天要是不把话跟我说清楚了，我跟你没完。"是，路秉德必须承认白蓉蓉在自己心里跟其他女人不一样，否则他也不会想跟她结婚，但对路秉德来说，最重要的还是自己的女儿，他现在特别担心路蓼的情况。

"秉德，我去之前就做好了准备，我知道我这样做你可能会恨我，但是我必须这么做。"白蓉蓉看着路秉德，继续说道，"我这样做是在帮你，难道你看不出来吗？"

"帮我？真是太可笑了。"路秉德冷笑着说道，"你知不知道你这样做会让我很被动？"

白蓉蓉苦笑了一声，说道："我知道，你心里一直觉得自己亏欠了路蓼，所以想要补偿她，既然这样，那我今天去景园把事情摊开来说清楚有什么问题？不管路蓼能不能接受，这件事情都是事实。秉德，你仔细想想，我下个月就要跟你结婚了，路蓼跟我的关系这么差，我以后怎么跟她一起生活？

"我只是希望，在我们结婚之前，能够跟路蓼把关系搞好，让你不用这么为难，我这样做有错吗？"

路秉德看着白蓉蓉委屈的样子，顿时觉得自己刚刚那一巴掌确实打得太冲动了，怀着对白蓉蓉的歉疚，路秉德开口说道："蓉蓉，你……你为什么总是这么冲动？我还没想好要怎么跟路蓼开口，你这样做把我所有的计划都给打乱了你知不知道？"

"我知道，我也是想帮你。"白蓉蓉凑近路秉德身边，说道，"秉德，我承认我这样的方式确实是有些心急，可是……对不起……"白蓉蓉微微低下头，做出一副知错的样子，"我没想到会把事情弄成现在这个样子。"

"好了好了，事情已经发生了，我知道你是好心。"路秉德终究还是不忍心看白蓉蓉这个委屈的样子，心疼地搂住了白蓉蓉。

"你真的不怪我？"白蓉蓉抬起满是泪痕的脸蛋，说道，"秉德，我想过了，既然现在路蓼已经知道这件事情了，要不……明天我们去一趟路家，把事情跟路蓼说清楚，顺便把路蓼接回咱们家，你看怎么样？"

"也只能这样了……"路秉德叹着气。

白蓉蓉温顺地缩在路秉德的怀里，她巴不得路蓼永远别再出现，但在路秉德面前，她还是装作一副担心的样子，"你放心，路蓼肯定不会有事的。"

叶知秋是下午的飞机。一早，她就起床给路蓼泡了一杯蜂蜜水，敲了敲门，没等路蓼回答就推门进去了。

"嫂子，"路蓼的酒还没醒，头疼得厉害，脸色也很难看，"你怎么来了？"

"担心你，所以过来看看，我给你泡了一杯蜂蜜水，你先喝一点。"叶知秋把手里的杯子递给了路蓼，说道，"怎么样？现在好一点了吗？"

"我没事。"路蓼笑了笑，一觉醒过来，第一个涌进脑海里面的就是昨天发生的事情。

"你的事情……我都听说了。"叶知秋坐到了路蓼的床边，说道，"其实……也不是什么大不了的事情，兵来将挡水来土掩嘛。"

"嫂子，这件事情不是发生在你身上，你根本不会明白我的感受。"路蓼苦笑着说道。

叶知秋脸色微变，她怎么会不明白路蓼的处境，她现在正在经历跟路蓼一样的事情，"我明白，其实……我也是最近才知道，帮我奶奶看病的那个赵志平医生，是我的亲爷爷……"

"什……什么？"路蓉诧异地看着叶知秋，她这会儿终于相信，叶知秋是真的能跟自己感同身受了，"嫂子，你说的都是真的吗？"

"当然是真的，我没必要拿这样的事情骗你，你说是不是？"从一开始的抗拒到现在的坦然接受，叶知秋用自己的亲身经历告诉路蓉，其实这件事情真的没有这么可怕。

"刚开始知道这件事情的时候，我也很慌，我抗拒他们一家人的出现，就像你现在这样。"

路蓉听得很认真，她看着叶知秋，问道："那后来呢？"

"后来……"叶知秋苦笑了一声，继续说道，"路蓉，你觉得爷爷和其琛对你好吗？"

"当然！"路蓉想也不想地回道，"在这个世界上，不可能再有比他们俩对我还要好的人了。"

"是，我也这么觉得。"叶知秋微微点头，"我跟你一样，觉得奶奶是我唯一的亲人，我不想接受他们，总觉得接受了他们就是对奶奶的背叛，可我后来才知道，其实奶奶也很希望我能认他们，她希望她走以后能有人替她照顾我。我跟你大哥也聊过，他说无论我做什么决定，他都会支持我，但是他同样也告诉我，我从来没有给过赵家人机会解释这件事情就否定他们对我的感情，这对他们来说是一件很不公平的事情。所以我今天来找你聊，就是想把这句话告诉你，不管你做什么决定，你都是其琛和我的亲人，但……你至少给他一个机会，让他把事情解释清楚再做决定。"

"这不一样。"路蓉叹着气，"你的亲人出自书香门第，知书达礼，可我的呢？坐过牢，现在还想跟一个我讨厌至极的女人结婚，我现在恨不得消失在这个世界上，这样就不用去管这些烦心事了。"

"路蓉，父母的爱是一样的，不管他过去做了什么，他毕竟给了你生命。"叶知秋拍了拍路蓉的肩膀，"你现在脑子里面肯定很乱，没关系的，你好好考虑清楚，等我和其琛从日本回来之后，我们会陪你一起面对。"

"你也要去日本？"

"是。"叶知秋微微点头，"今天下午的飞机，你喝完蜂蜜水就赶紧起来吧，爷爷昨天都去医院了，不过现在没事了。他也担心了很久，别让他难过。"

听叶知秋提到爷爷的时候，路蓉的脸上露出一抹愧疚之意，他老人家已经这么大年纪了，还让他为自己担心，想想自己还真是不孝，于是她便主动去找爷爷撒娇认错了。

叶知秋到日本的时候，细田真弘亲自过来接机，看到叶知秋从通道口走出来的时候，笑盈盈地迎了上去，"叶小姐，左盼右盼，可算是把你盼来了。"

"细田先生。"叶知秋微微颔首，算是打了一声招呼。

"正好，晚上我安排了活动，从明天开始咱们就得努力做事了，今天晚上是最后的放松时刻了。"细田真弘笑盈盈地说道，替她拉开了车门。他帮着叶知秋把行李塞到后备厢，这才说道，"实在是不好意思，因为不知道叶小姐对住宿有什么要求，所以酒店还没给叶小姐订，你要是不介意的话……不如去我那边住？"

"不用了。"叶知秋微微皱眉，来之前她就已经订好了酒店，就在路其琛住的那一家酒店，但她听到细田真弘这么说的时候还是觉得有些……难以言说的感觉，"我已经订好酒店了，麻烦细田先生送我过去。"

"是吗？"细田真弘透过后视镜看了一眼后面的叶知秋，脸上看不出任何的表情，听到叶知秋报酒店名字的时候甚至还说了一句，"那家酒店确实不错。"

叶知秋笑了笑，没有再说话。

酒店位于繁华市区，到酒店的时候细田真弘下车替叶知秋拿下行李，说道："叶小姐，那……我晚上过来接你？"

"我看还是算了吧。"叶知秋笑了笑，"我这人喜欢把事情做在前面，方案还没拿下就去玩我还真提不起兴致，不如这样，等我拿下方案之后我们再出去玩，我请，你看怎么样？"

"既然叶小姐坚持我也就不勉强了，不过我可得提醒你，就算是工作也得注意休息，明天一早我过来接你，去公司熟悉一下环境，还有酒店的环境。"细田真弘特别好说话，不管叶知秋说什么他都一一答应了下来。

叶知秋拿着护照和身份证去办理入住手续，一转头就看见张璐的身影，她穿着一身职业装，姣好的身材展露无遗，叶知秋看到大厅里经过的男人都忍不住多看两眼。

怕她发现自己，叶知秋急忙戴上了墨镜，将帽檐往下拉了拉。

"路总，我正准备过来，资料我已经拿了……对，我马上到。"平心而论，张璐工作起来的时候还是很认真的，知道电话那头的人是路其琛，叶知秋的嘴角忍不住上扬，她现在迫不及待地想要看看路其琛见到自己出现在他面前那一刻的表情。

叶知秋的房间在十六楼，硕大的玻璃窗可以看见下面熙熙攘攘的人群，她躺在床上，忍不住掏出手机给路其琛打电话，却一直没能打通。没办法，她只能给张璐打电话，"我给其琛打电话一直不通，他还有多久忙完？"

"Autumn，你……"张璐叹了一口气，口气里却透着一股趾高气扬，她看了一眼正在饭桌上喝酒的路其琛，笑道，"路总现在很忙，从到日本之后就一直没好好休息过，你要是没什么事情的话我就先挂了。"

"你等等。"叶知秋皱着眉头叫住了张璐，说道，"麻烦你替我转达一声，他什么时候有空给我回个电话。"

"Autumn，你就这么不放心路总出差啊？"张璐冷笑了一声，"也是，路总这么优秀的一个男人，确实是让人挺没安全感的，不过你放心，有我在路总身边陪着呢，我一定帮你把路总看好了，绝对不会让他做什么对不起你的事情，你就放心吧。"

叶知秋在心里腹诽，就是你在才不放心呢。

"是吗？那就麻烦你了。"叶知秋淡淡地说了句，"那就麻烦你告诉他一声，让他回个电话吧。"

挂断电话之后，叶知秋百无聊赖，想起自己还没吃晚饭，于是披了件外套下楼去了。

来日本自然应该体会一下当地的风俗，叶知秋选了酒店附近的一间居酒屋，一个人安静地坐在窗边喝着清酒，别有一番滋味。

其间也有人上来搭讪，叶知秋只是笑笑，摆摆手表明自己听不懂，来人便讪讪地离开了。

居酒屋离酒店很近，喝到微醺的时候叶知秋就停下了，她知道自己的酒量，所以从不贪杯。

到酒店的时候叶知秋又给张璐打了个电话，此时张璐正跟路其琛以及范特助在车上，不方便接电话，所以直接挂断了。路其琛今天晚上的这个客户很重要，所以他多喝了几杯，已经坐在张璐身边睡着了。范特助回头看了一眼张璐，问道："男朋友？干吗不接电话？"

"范特助你就别取笑我了，我什么时候有男朋友了。"张璐笑了笑，说道，"就是一个不是太熟的朋友罢了，这几天手头比较紧，给我打了好几个电话说要借钱。"

"是吗？"这样拙劣的借口，范特助也没拆穿，笑了笑，说道，"其实你长得这么漂亮，赚得也不少，追你的人应该一大把，怎么会到现在还没男朋友呢？"

范特助当然知道张璐对路其琛的心思，今天肯多说这几句，也是看在张璐工作能力不错的份上，希望能点醒她。

"可能是我要求太高了，所以都被我吓跑了吧。"张璐半开玩笑地说道。路其琛就在她身边坐着，他靠在车窗上已经睡着了，也只有这个时候，她才敢用这样含情脉脉的眼神看着路其琛。

"是嘛？"范特助笑了笑，"其实偶尔眼光也要放低一点，你看我们路总，人长得帅，家世又好，他也选了路太太这样不算特别优秀的女人，现在不也过得很好吗？"

"是啊。"张璐苦笑了一声，凭什么叶知秋这样要什么没有什么的女人，也能得到路其琛的青睐？她有信心，只要自己能在路其琛身边待着，假以时日，路其琛一定会看到自己的好。她不怕浪费时间，只要……自己是朝着目标去努力的。

"所以说，人呢，还是不要太有野心，像咱们路太太这样幸运的女孩子毕竟是少数，路总就这么一个，你说是不是？"范特助也不知道自己这番话会不会让张璐清醒一点，但不管怎么样，他已经尽力了。

车子停在酒店门口的时候，范特助先下了车，拉开了车门，率先把路其琛扶了下来，张璐扶住了路其琛的另一边，刚准备把路其琛带回酒店，范特助的电话就响了，接完电话之后，范特助为难了。

客户那边需要范特助立即回去处理，可是路其琛这样，他实在是不放心。

"怎么了？"张璐问道，知道范特助临时有事要离开的时候，张璐心里开心极了，来日本这么多天了，她终于有机会跟路其琛单独相处了，还是在路其琛醉酒的状态下，也就是说……她想做什么都可以。

"客户那边需要我过去一下，可是路总……"

"那现在怎么办？"张璐压抑着内心的狂喜，说道，"路总现在这个样子，身边也不能离了人照顾，你走了路总怎么办？"

叶知秋坐在大厅的沙发上，已经睡着了，好在路其琛三人一进门的时候她就已经醒了。

范特助微微皱眉，如果把路其琛交给张璐，明天路其琛醒过来之后肯定饶不了自己。范特助犹豫了很久，决定还是把张璐一起带走，免得发生什么不该发生的事情，"一会你跟我一起去。"

"那怎么行？"张璐皱着眉头，说道，"路总现在这个样子，身边绝对不能离

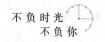

了人照顾。"

"你放心吧，路总喝醉酒之后就睡觉了，不会出什么事情的。"范特助淡淡地说道，还是把张璐带走比较安全一点。

"不行，我还是留在这里照顾路总吧。"张璐简直咬牙切齿。

"你们放心去，我照顾其琛就好。"叶知秋从一旁走过来，接替了张璐在路其琛身边的位置。

"路太太。"看到叶知秋出现的时候，范特助虽然很吃惊，但是却高兴坏了，"您怎么来了？"

"我正好在这边有个活动，本来想给其琛一个惊喜的，没想到他一直在忙。"叶知秋淡淡地笑了笑。

"Autumn，我帮你。"张璐伸手想扶住路其琛，看到叶知秋出现的时候她整个人都懵了。

叶知秋冷笑了一声，说道："不必了，我自己的老公，我自己照顾就行。"

路其琛虽然不胖，但因为个子太高，所以叶知秋扶着他的时候还是很吃力的，但她坚持不让张璐碰，她甚至不敢想象，如果今天自己没有出现的话会发生些什么。

"Autumn，你该不会是生气了吧？"张璐尴尬地看了一眼叶知秋，原以为她不接电话到时候回国找个理由解释一下就可以，可……现在叶知秋就在自己面前，她该怎么办？

"怎么会？"叶知秋淡淡地笑了笑，说道，"其琛很忙这一点我清楚，不过他现在已经醉了，接下来的事情就只能麻烦你们了。"

"Autumn，你听我说……"张璐着急想要解释，但叶知秋根本不给她机会，她叫了酒店的保安，麻烦他们帮她把路其琛送到房间里。

一旁的范特助一把拽住了想要跟上去的张璐，说道："还看什么，赶紧走了。"范特助冷笑了一声，"人家夫妻俩甜甜蜜蜜的，你跟上去做什么？"

张璐恨得咬牙切齿，却也别无他法。

好不容易把路其琛扶回了房间，叶知秋叹了一口气，替路其琛把身上的西装外套脱掉，然后替他洗脸擦身子，这样一忙下来就耽搁了一个多小时的时间，她原本是想回自己房间的，但又怕路其琛晚上难受，所以只能留了下来。好在路其琛这一晚上还算是安分，所以叶知秋才能睡了一个好觉。

尽管路其琛喝醉了，可是到了时间，他还是醒了过来，看到身边躺了一个女人的时候他愣了一下，可鼻尖萦绕着的熟悉味道让他安心了下来。他长手一捞把叶知秋抱进了自己的怀里，在她脸上亲了一口，叶知秋伸了个懒腰，看到路其琛的笑颜时，心情也顿时明朗了起来，就像是外面的天气一样，"醒啦？"

"嗯。"路其琛抱着叶知秋，也没问她为什么会在这里，反而开始动手动脚的，叶知秋拍掉了他的手，说道，"赶紧起来吃早饭去。"

"不着急，"路其琛喘着粗气将叶知秋压在了身下，"老婆，我好想你……"

叶知秋原本是想拒绝的，跟细田真弘约定的时间已经快要到了，可看到路其琛这样子，她终究还是狠不下心来。

"都是你，来不及了。"叶知秋一边穿衣服一边埋怨着路其琛。

路其琛却满不在乎地躺在床上，笑盈盈地看着叶知秋，"一会儿我去哪接你？"

"我还不知道。"叶知秋扣好衣服，说道，"我时间来不及了，我得赶紧走了。"她刚说完这句话，细田真弘的电话就打了过来，叶知秋忙接起电话，准备下楼。

临走她冲着路其琛说道："一会儿你结束之后给我打电话吧。"

"好。"路其琛微微点头，等叶知秋走了之后才去浴室冲个澡，来日本这么多天了，最开心的就是今天。叶知秋没来的那几天，路其琛都是工作狂的状态，每天起得比鸡早，工作起来就跟不要命一样，今天是他头一次，到点了还没起床。

范特助和张璐已经在餐厅等了很长时间，连早饭都吃完了，还是没看见路其琛的身影。

"不行，我得去看看路总，不会是出什么事情了吧？"张璐忐忑不安地站起身来，心里恨得牙痒痒，叶知秋刚来，路其琛就这么反常。

"你干什么去？"范特助很严厉地叫住了张璐，从昨天叶知秋的表情他就看出来了，张璐一定做了什么越界的事情，叶知秋才会那么生气。

"我当然是去叫路总啦，这都几点了，一会儿我们还有事情呢。"张璐说道。

"急什么？"范特助笑了笑，"今天的事情往后推一点也没关系，不用这么着急。"

"那怎么行？"张璐不满地说道，"咱们是来工作的，又不是来度假的，路总怎么能这样？"

"路太太难得来一次，小别胜新婚嘛，再说了，路总这几天连续工作了那么长时间，一点休息的时间都没有，让他们俩多休息休息又有什么关系？"范特助看着面前的张璐，很严厉地说道，"你记住了，你就是一个秘书，做好自己的本职工作，其他不该管的事情别管，不该说的话别说，明白了吗？"范特助说的这番话其实有些重了，但是这些话她必须记住。

张璐心里很恨，她其实就是想让路其琛和叶知秋待在一起的时间少一点，但范特助把话说成这样了，张璐也不敢再说什么，只能讪讪地坐了下来。

快到八点的时候，路其琛姗姗来迟，从容不迫地吃了一顿早饭，冲着范特助说道："一会儿去把知秋的房间退了，把她的行李搬到我的房间去。"

"好。"范特助点了点头，叶知秋出现在这里虽然挺让人诧异的，但是看得出来，路其琛是很高兴的。

"路总，我们今天只需要去考察一下场地，其余的时间你看……"范特助问道。

"一会儿考察结束之后你们随便安排时间，所有消费由我报销。"叶知秋来了，路其琛心情大好。

"路总，"张璐看着面前的路其琛，露出一抹笑容，说道，"我对这边人生地不熟的，日语也不是很好，能不能麻烦你下午陪我逛逛？"叶知秋来了，张璐觉得自己不能再等了，她必须得主动出击。不管怎么样，她都得试一试。

路其琛还没说话，一旁的范特助就皱起了眉头，张璐表现得太明显了，"张璐，难得有这样的休息时间，不如我陪你去逛吧，我来过日本很多次，对这里很熟悉，日语说得也挺溜的，最重要的是……"范特助顿了顿，"最重要的是我单身，路总这样的有妇之夫不适合陪你逛街，万一路太太发起火来可不好。"

范特助的这番话虽像开玩笑，但却很巧妙地解了路其琛的围。

张璐虽然不爽，但是也不敢当着路其琛的面反驳，否则自己的野心也暴露得太明显了。

不，现在还不行。所以范特助的话说完，张璐笑了笑，也没有再说什么，她始终觉得范特助是一块绊脚石，迟早她要把这块绊脚石给搬开。

路其琛下午接上叶知秋，陪着叶知秋逛了一下午，叶知秋觉得自己很累了，路其琛才带她吃了晚饭回酒店。

虽说叶知秋对自己的方案已经很有信心了，可是今天她实地考察过公司和酒店之后，还是冒出了很多新想法，趁着路其琛去洗澡的工夫，叶知秋打开了电脑。也不知道是不是太紧张这次的提案，叶知秋总觉得自己还有很多没做好的地方，所以路其琛从浴室出来的时候就看见叶知秋坐在电脑屏幕面前愁眉苦脸的样子。

"怎么了？"

"没事。"叶知秋说道，"你先睡吧，我这还有事情没做完。"

"我陪你。"路其琛说完这话就真的搬了把椅子坐在叶知秋的身边，看着她做方案。

也不知道为什么，叶知秋紧张得无所适从，就好像老板亲自看着自己做方案一样。

"你这里不行。"叶知秋手足无措的时候，路其琛突然开口说道，"日本的文化有很多是传承于中华文化的，甚至有很多大同小异的地方，所以你这里应该这样……"

路其琛指着叶知秋的方案，给了叶知秋很多建议，一开始叶知秋还很无所适从，可是路其琛给的意见真的是很实用的，有让叶知秋灵光乍现的那种感觉，原本她觉得自己遇到了瓶颈，可路其琛的话却让她茅塞顿开，方案改了又改，最后终于到了让她满意，让路其琛再也挑不出错的程度。

"你这样看着我做什么？"因为时间太长，路其琛原本湿漉漉的头发都已经干了，看叶知秋一直盯着自己，路其琛奇怪地问道。

"没有。"叶知秋笑了笑，"我只是在想，我才是干策划这一行的，为什么你给我的那些想法我都从来没有考虑到呢？"

"很简单啊。"路其琛笑着揉了揉叶知秋的头发，说道，"不管什么时候，你所做出来的方案都是要给老板看的，只有他们满意了，你这个方案才能受到肯定。作为一个策划，你只能尽可能地让你自己的方案看起来很绚烂，但其实并不实用，而老板很清楚自己要什么，方案好看当然是基本的一个条件，但……最重要的还是实用，能让人眼前一亮的感觉。"路其琛顿了顿，继续说道，"而你老公我呢……在很长的一段时间里，就是那个鸡蛋里挑骨头的老板本人，所以我太清楚老板心中想要的感觉是什么，才能给到你最中肯的意见。"

叶知秋恍然大悟。

路其琛推着叶知秋进去洗澡，"好了，赶紧去洗个澡，明天一早不是还要去提案嘛？今晚好好休息。"

叶知秋去浴室洗了个澡，出来的时候路其琛还没睡，躺在床上拿着一本外文书在看，看到叶知秋出来很自然地放下书，拿起了一旁的吹风机，替她把头发吹干，然后拥她入眠。

黑暗里传来路其琛沉稳的声音，"晚安。"

第二天一早，叶知秋打起精神起床，路其琛却起得比她还早，连早饭都已经叫到了房间，"起来啦，快去洗漱一下过来吃早饭。"

吃过早饭，路其琛亲自把叶知秋送到了工作地点华普，他摇下车窗冲着叶知秋说道："一会儿你结束了我怕是不能来接你了，今天我有个会，你照顾好自己。"

"好。"叶知秋微微点头，她不是那种黏人的女人，更何况路其琛昨天已经陪了自己一下午。站在华普门口，叶知秋深深地吸了一口气，迈着自信的步伐走了进去。

华普的会议室在20楼，在电梯里面的时候叶知秋就已经调整好了自己的情绪，再加上有路其琛的指导，所以叶知秋对这次的提案还是很有信心的。

一出电梯门叶知秋就看到细田真弘站在电梯口等着，她一出来他就迎了上来，"叶小姐，准备好了吗？"

"准备好了。"叶知秋微微点头。

"今天的提案原本是由公关部所有的领导决定，但现在临时加了一个总裁，所以尤为重要，请你一定要打起十二万分的精神。"细田真弘的脑门上都出了一层汗水，他也没想到总裁竟然会亲临，这让他一点准备都没有，对叶知秋也没了之前的那种信任。今天的提案事关他的前程，他绝不能在这个节骨眼上出问题。

"叶小姐，这段时间正是我升职的关键期，如果你今天这个方案做好了，那我升职有望，我绝对不会亏待了你，但你要是搞砸了，那就对不起了。"细田真弘把丑话说在了前面。

"你放心。"叶知秋笑了笑，"走吧。"

叶知秋觉得自己做好了万全的准备，但一进门……还是被会议室里的气氛给吓到了。

会议室四面都是落地玻璃，阳光从窗外暖洋洋地洒进来，长长的会议桌坐满了人。

首座上坐着一位精神矍铄的白发老人，虽然年纪看起来已经很大了，但是一双有力的眼睛就像是鹰隼看着自己的猎物一样，让人忍不住心里发毛。

更让叶知秋没想到的是，她竟然会在这里碰见熟人。她一进门就看见潘琴似笑非笑地坐在一旁，她忍不住微微皱起了眉头。

"Autumn，坐这里吧。"潘琴拍了拍自己身边的空位置，热情地跟叶知秋打招呼。

当着着么多人的面，叶知秋也不好拒绝，只能坐到了潘琴的身边，她刚坐下，潘琴就凑到了叶知秋的身边，冷笑着说道："好久不见。"

"是啊，好久不见。"叶知秋笑了笑，"没想到会在这里见到你。"

"我早就说过，我一定会跟你认认真真地较量一次，叶知秋，你有什么了不起的，不就是傍了一个路其琛嘛？我现在就要用实力告诉你，我潘琴绝对不会比你差，我跟你不一样，当小三才换来这样的机会，我能坐在这里，完完全全就是靠我自己的实力。"潘琴冷笑着说道。她自己心里清楚，她到底是做了什么才有这样的机会，但……在叶知秋面前，她绝对不认输。

"忘了告诉你一件事。"叶知秋底气十足地看着面前的潘琴，说道，"原本我是不想解释的，可你一口一个小三，听着实在刺耳，几个月前我就跟路其琛领了结婚证，所以麻烦你以后称呼我一声路太太。"叶知秋顿了顿，继续说道，"至于你说我用路其琛的钱，那是我老公，他愿意给我花钱，我想也轮不到你来管，就算是不给我花，也不会给你，所以你也不用心理不平衡。"

叶知秋说完还安慰地拍了拍潘琴的肩膀，看着潘琴错愕的样子，叶知秋觉得心里痛快极了。

参与提案的一共有五家公司，除了叶知秋和潘琴所在的公司之外，其余三家都是东京本地的公司，虽然叶知秋的日语不是太好，但光看大屏幕上他们的方案，还是有很多可取的地方，只能说是很保险，没有不恰当的地方，但也没有让人眼前一亮、特别出彩的地方。潘琴是第四个上场演示的，她的方案相比前面几个要出彩得多，有自己的想法和对汉文化的完美诠释，又能跟日本的本土文化完美地糅合在一起，确实是一个不错的方案，是迄今为止，潘琴方案做得最出色的一次。她演示完之后，会议室里的掌声是最热烈的，她甚至还得意地看了一眼叶知秋，仿佛在挑衅一样。

叶知秋才不在乎这些，毫不吝啬地给潘琴鼓起了掌。

潘琴冷笑了一声，她知道自己今天的方案有多出色，跟叶知秋在一起工作了这么长时间，她太了解叶知秋的套路，如果叶知秋还按照以前的那种方式去写方案的话，那今天自己就是赢家。所以她坐在自己的位置上，已经开始等待胜利了。

　　叶知秋是最后一个上去提案的，这个排位可以说……有利有弊吧。但看过前面四个人的方案，叶知秋对自己的方案还是很有信心的，她站起身，站到了投影仪面前，将自己昨晚才改好的方案展现在众人面前。

　　真正站到那个位置的时候，她还是有些紧张的，房间里所有人的眼睛都盯在她身上，她的舌头都打了结，但当她把方案展示在众人的面前时，她发现所有人的目光都被自己的方案吸引了过去，这给了她很大的信心，说出口的话也变得井井有条。

　　叶知秋一直注意着总裁的表情，在自己做总结陈词的时候，她看到总裁频频点头，而细田真弘的脸上也扬起了笑脸，这一刻她的心才算是放到了肚子里。

　　深深地鞠了一躬，叶知秋的演示才算是告了段落，潘琴鸡蛋里面挑骨头，生生问了几个很刁钻的问题，叶知秋全都巧妙地化解了，一来一往后，华普的总裁青田先生站起身，带头鼓起了掌。

　　"叶小姐的方案……很精彩。"青田先生用生涩的中文说道，"我为华普能有这样的合作方感到由衷的欣慰。"

　　青田说出这样的话，就是已经确定了提案花落谁家，除了潘琴一脸不满之外，其余三家公司的代表都纷纷过来对叶知秋表示祝贺。

　　会议结束之后，青田亲自走到了叶知秋的面前，说道："叶小姐，今天有个行业交流酒会，要不……你也过来玩玩吧。"

　　"这……"叶知秋是想拒绝的，她脑子里那根弦紧绷了好几天，拿下这个方案之后的第一反应就是想好好睡一觉，让自己放松一下。但毕竟邀请自己的是总裁，如果拒绝的话显得太不礼貌了，于是叶知秋犹豫了一下，最后还是点了点头，"不胜荣幸。"

　　青田走后，细田真弘迎了上来，一脸兴奋地说道，"叶小姐，今天真的是太棒了，你都没听到我们总裁对你的评价有多高，方案交给你真的是我这辈子做得最对的选择。"提案结束之后，他的上级直接告诉他，升职的事情已经是板上钉钉了。

　　"细田先生太客气了，这是我应该做的。"叶知秋淡淡地笑了笑，"那预算的事情……"

　　"好说，一会儿酒会上咱们细聊。"细田真弘笑盈盈地拍了拍叶知秋的肩膀，"先走了。"

　　叶知秋微微皱眉，她去了一趟厕所，不知道是不是不太适应生食，松懈下来之后她觉得肚子有些不舒服。原本是想给路其琛发个消息报喜的，但还是觉得当面说会更好，于是忍住了。不多会儿，卫生间里面似乎是有动静，外面的门被锁上了，率先响起的是潘琴的声音，"细田真弘，你玩我？"

"怎么会？"紧接着响起的还真是细田猥琐的声音，"你让我把你推荐过来，我做到了，但方案你做得确实不如叶知秋，这是实力问题，你怪得着我吗？"

"你……"潘琴恨得牙痒痒，"当初你答应我一定会让我们公司拿下这次的提案，可现在呢？你让我又在叶知秋面前丢了一次脸，你就不怕我把你做过的那些事情都抖出来吗？"

细田真弘冷嗤了一声，说道："潘琴，你要是愿意把事情抖出来我也不在乎，反正……丢脸的除了我以外，还有你陪我一起嘛。"

叶知秋躲在隔间里一句话都不敢说，难怪会在这里看见潘琴，原来背后还有这样一场肮脏的交易，只是叶知秋没想到，潘琴这么高傲的人，为了赢自己也真的是煞费苦心了。听到这一切，叶知秋忍不住摇头叹息，这个世界上就有这么多傻姑娘，总觉得自己只要付出就会得到回报，但这样的行为在那些男人的眼里，得到的只会是不屑和鄙夷。

一直到外面没有了声音，叶知秋才敢出来，想着刚刚的那番场景，叹息着离开了华普。

晚上的酒会很隆重，叶知秋没带礼服来，只能临时去买了一条白色的小礼服，不算出众，但也不会丢脸，在酒会里面转了一圈，叶知秋并没有看到潘琴的身影，反而等来了细田真弘。

"叶小姐，你今天真的是太漂亮了。"细田真弘端着两杯红酒走了过来，递了一杯红酒给叶知秋，说道，"说实话，我真的很欣赏你。"

看着细田真弘的那张脸，叶知秋就想起在卫生间里听到的那番话，脸上的表情怎么也自然不起来。

"是吗？谢谢！"叶知秋淡淡地笑了笑，"细田先生，你知道我公司的员工为了这个方案付出了很多，所以……"

"我明白，叶小姐，虽然提案已经很顺利了，但……我希望你还是不要掉以轻心，毕竟接下来的执行还是很重要的，至于能不能拿到更多的预算……完全取决于你自己。"

"我不懂细田先生到底是什么意思？"叶知秋不傻，她当然听明白细田真弘的意思是什么，只是她没想过，细田真弘刚刚才跟潘琴在卫生间里上演那一幕，

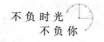
一转头还有心思来跟自己说这一番话。

细田真弘直勾勾地看着叶知秋，眼睛里是赤裸裸的贪婪，"今天晚上我在房间里面等你，这是房卡，你收好。"细田真弘把房卡塞到了叶知秋的手里。

说实话，此时此刻她真的是有些愤怒了，她冷眼看着面前的细田真弘，说道："不好意思，细田先生，我这个人比较笨，能不能……麻烦你把话说得更清楚一些？"

细田真弘看着叶知秋，说道："很简单，今天晚上你只要来我房间，那你要多少的追加资金我都可以满足你，听明白了吗？"

细田真弘的手递房卡过去的时候摸了一下叶知秋的手，让叶知秋起了一身的鸡皮疙瘩，她还没来得及做反应，一双大手突然把细田真弘的手掰了开来，力道之大让细田真弘不受控制地大叫了起来，"你谁啊，还不赶紧给我放开！"

今天晚上是华普的主场，作为华普新上任的总监，细田真弘忍不住有些飘飘然，叶知秋侧头一看，竟然是路其琛！

叶知秋顿时有了底气，她知道，不管发生了什么，他都会替自己处理好的。

"我让你放开我，你听不明白吗？"细田真弘的整个手掌都快被掰折了，路其琛却一点都没有打算放过他，他一进门就看见了叶知秋，虽然很意外，但还是很高兴，可当他看到细田真弘对叶知秋动手动脚的时候，路其琛的脾气怎么也压不住了。

"其琛，算了吧。"叶知秋微微摇头，毕竟是这么重要的一场酒会，就算不给细田真弘面子，也得给青田先生面子，在这里闹起来了，谁的脸上都不好看。

"你听到没有，她让你放开。"细田真弘也是脑子短路了，并没有发现叶知秋和路其琛之间的关系，只是一个劲儿地让路其琛放开，"你算什么东西啊，敢在这里多管闲事？我告诉你，这是我跟她之间的事情，一个愿打一个愿挨，你在这里装什么英雄救美？"

他这话一说完，叶知秋的脸色也不好看了。

"你的意思是……她是自愿的？"路其琛的脸色越发难看。

"当然。"细田真弘硬着头皮说道，"叶小姐，你赶紧说啊，你别忘了我答应你的事情……"

细田真弘生怕叶知秋不替自己解围，于是抛出了追加资金的诱惑。

叶知秋冷漠地看着细田真弘，说道："细田先生，作为合作对象，我一直都很尊重你，我希望你最好收回刚刚的话。"

叶知秋不是没有给细田真弘机会，但是显然细田真弘并不在乎这样的机会，他冷笑了一声，说道："叶小姐，我很认真，我是真的很欣赏你。"他话音刚落，路其琛就放开了他的手，紧接着他脸上就结结实实地挨了一拳，狼狈地跌坐在地。

这一下，酒会上所有人的目光都集中在了细田真弘的身上。

"你……"察觉到事情闹大了的时候，细田真弘很快就冷静了下来。他才刚刚坐上总经理的位置，绝对不能在这个时候把事情搞砸，他咬牙切齿地瞪了一眼路其琛，但心里更恨的是叶知秋。要不是她欲拒还迎，这些事情根本就不可能发生。

"叶小姐，我希望你不要毁了我对你的欣赏。"细田真弘站起身来，说道。

当时叶知秋还没反应过来，强压着怒气，说道："细田先生能有今天这样的成就，我相信与您背后那位贤内助一定有关，我觉得您还是不要亲手毁了自己的家庭比较好。"

细田真弘还没来得及开口，人群外面就传来青田先生的声音，"出什么事情了？"他的声音听起来很严肃，等他出现在众人面前的时候，细田真弘一下子收敛了脸上的嚣张，毕恭毕敬地站在青田先生的面前。

"青田先生。"叶知秋打了一声招呼，青田先生只是淡淡地点了一下头，等他看到叶知秋身后站着的路其琛时，整个人的眼底都亮起了光，激动地迎了上来，握住了路其琛的手，说道："路先生，您真的来了。"

"是，青田先生。"路其琛微微扬起笑容，说道，"您举办的行业交流会，我怎么可能不来？"

"真是太好了，我还想着您要是不来的话，下个月我就要飞中国去看您了。"青田先生激动地握着路其琛的手不肯撒开，一旁的细田真弘整张脸都变了。他没想到路其琛竟然会认识青田先生，而且看这个样子，连青田都对路其琛客客气气的，自己要是得罪了他，说不定升职的机会就没了。他忍不住懊恼，实在是不明白为什么他要替叶知秋出头，难道就因为她是中国人？

"路先生，这是……出什么事情了吗？"青田先生想起自己过来的目的，急忙问道，看起来路其琛像是当事人。

"青田先生，还是我来说吧。"细田真弘整个人都紧张了起来，急忙说道，"路先生刚刚才到，怕是还没弄清楚状况。"

路其琛也没反对，见状，青田先生微微皱眉，说道："那就你来说吧。"

"是这样的。"见状，细田真弘大喜，"今天这位叶小姐到华普提案是我介绍的，原本事情进展得很顺利，青田先生也对她颇为欣赏，所以邀请了她过来参与行业交流会，原本是一番好意，没想到竟然成了她野心的开始。我之前就认识这位叶小姐，也知道她能力不错，但我没想到……这人品和能力显然是不成正比的，叶小姐到了这里之后就跟我说，她觉得华普给的预算太低，希望我能看在她的面子上跟您提一下，追加一些资金，最后还想把一张房卡塞到我手里，说只要我能帮她这个忙，我想做什么都可以的。"

看着面前的细田真弘颠倒是非，再加上这张房卡就在自己的手里，叶知秋感受着众人投射过来的眼光，急得快要哭出来了。

"别怕。"路其琛就站在叶知秋的身后，冷眼看着细田真弘作秀，用只有两人可以听到的声音说道。

一下子，叶知秋的心就落了地。

尽管很委屈，但叶知秋不害怕了。

"青田先生，您也知道我有一个很幸福美满的家庭，我是绝对不会做对不起我妻子的事情，坦白来说，我真的对叶小姐今天这样的所作所为感到非常的失望。"细田真弘苦笑了一声，"所以我义正词严地拒绝了叶小姐，想把那张房卡退回给叶小姐，没想到路先生就误会了，上来就打了我一拳，事情就变成了现在这个样子。"细田真弘说完就看向了路其琛，继续说道，"路总，之前的事情纯粹就是一场误会，您可千万别放在心上，叶小姐长得这么漂亮，其实……很多男人都会动心，但我不是其中的一员。"

路其琛依旧是冷眼瞧着，一言不发，弄得细田真弘的心里很没底。

一旁的叶知秋委屈极了，急忙冲着面前的青田解释，"不是这样的，事情不是他说的那样。"异国他乡，叶知秋真的觉得委屈极了，她是想要解释的，但……青田似乎站在了细田真弘的那一边。

"叶小姐，"他冷漠地看着叶知秋，眼神里没了之前的欣赏，取而代之的是冷漠和无情，"原本我真的是很欣赏你的，不过我现在才发现，我在商场上混了这么多年，竟然也有看走眼的时候，你太贪心了，这在商场上来说是大忌。"

青田侧头跟身后的助理说了一句话，然后冲着叶知秋说道："说实话，我真的是很喜欢你那个方案，这样好了，方案多少钱，我买了，但之后所有的执行与你无关，你看怎么样？"

细田真弘的脸上扬起了笑容，得意极了。

而一旁的叶知秋委屈极了，她拼命地忍住眼泪，拼命地想要不去在意在场所有人的目光，好半天，才冲着青田说道："青田先生，我一直都很尊敬您，对于我来说，能有机会跟华普这样的大公司合作，真的是非常大的荣幸。"叶知秋顿了顿，继续说道，"在来日本之前，我跟我的团队没日没夜地赶工，希望我们能把这个方案做得漂漂亮亮的，不要丢人，我很珍惜这次的机会，所以我绝对不会做出这样的事情来。"

叶知秋看了一眼站在一旁的细田真弘，他的脸上挂着得意的笑容，似乎他已经赢定了一样。

她的任何话看起来都像是苍白无力的辩解，弄得叶知秋很颓废。

"细田先生在去中国的时候就……向我表示过那方面的意思，不过被我拒绝了，我承认，我是提出过要追加资金的要求，那是因为细田先生给的预算真的是太低了，如果真的要做这个活动，我不光不赚钱，甚至还要往里面贴钱，所以我没办法。"叶知秋紧紧地捏着手里的房卡，说道，"可是我没想到细田先生竟然提出让我陪他……换取追加资金这样过分的要求。我知道，您肯定不相信我说的话，这样好了，去查查这间房到底是用谁的名字开的，这样所有的事情就都水落石出了。"

听到叶知秋说这话的时候，细田真弘的脸上没有一丝一毫的慌乱，反而淡淡地说道："好啊，赶紧去查一查，我也想尽快证明我自己的清白，否则我回家之后我老婆肯定要跟我发脾气。"

叶知秋愣了，也是那一瞬间她明白过来，细田真弘肯定没用自己的身份证开房，她想起之前是细田真弘帮自己订的机票，忍不住骂自己蠢。

青田冷眼看着面前的这两个人，细田真弘跟了自己这么多年，他是个什么样的人他再清楚不过，所以他当然知道叶知秋说的是事实。但……今天这样重要的场合，细田真弘又是自己刚刚才提拔上来的总经理，作为主办方，他绝对不能丢了自己的脸面。如果替叶知秋出了头，那就代表承认了细田真弘的所作所为，也就代表着自己公司出了这样的人渣，青田是个爱面子的人，绝对不能接受这一幕的出现。所以哪怕明知道细田真弘在撒谎，但在今天这个行业交流会上，在今天这样的场合，青田必须保住他，保住华普的面子。

"叶小姐，"青田对面前的叶知秋说道，"细田先生跟了我这么长时间，所以我很了解他，他有个非常幸福美满的家庭，况且我心里清楚，我给出的预算是绝对让你稳赚不赔的。"青田歉意地看着面前的叶知秋，"所以抱歉，我们之间的合

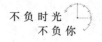

作到此为止。"

周围虽然有很多外国人，听不懂中文，但也有很多中国人，大家口耳相传，一下子所有人都知道到底发生了什么，对着叶知秋指指点点。

青田先生说完这番话之后，细田真弘脸上的表情更得意了，他冷笑了一声，说道："叶小姐，方案的事情会有别的人来跟你接洽，希望你下次能勤勤恳恳地做事情，不要再想着走捷径了，对你没好处。"细田真弘走到叶知秋的身边，用只有两个人能听到的声音说道，"看到了吗？不管你说什么，这里不会有人相信你说的话，这就是得罪我的后果。"

"你……"叶知秋咬牙切齿，青田也不去看叶知秋了，转过头满面春风地冲着路其琛说道："路先生，实在是不好意思，让你看笑话了，关于华普和翔宇之间的合作，我还有几个意见，要不咱们去那边聊一聊？"

"等等。"看细田真弘要请叶知秋离开了，一旁的路其琛终于开了口。他就是在等，等到这一刻，所有人都相信了细田真弘说的话，再狠狠地把这一切都揭开。

"路先生，还有什么事情吗？"听到路其琛声音的时候，细田真弘的脸色僵了一下，今天这件事情，唯一的不确定因素就是路其琛，他特别怕事情会不按照自己所设想的走下去，所以在路其琛叫住他的时候，他冒了一身的冷汗，甚至眼皮也开始不安分地狂跳。

他总觉得要出事。

"事情还没说清楚，这么急着赶人家走做什么？"路其琛冷笑了一声。

细田真弘还是要装作若无其事的样子，笑道："事情不是已经说得很清楚了吗？人家毕竟是女孩子，总要给人家留点面子，路总，您就不要追究了。"

"可我刚刚进门的时候，明明看到是你把房卡塞到她手里，还明目张胆地威胁她，想要追加资金的话就得先把你伺候好了，我真不知道什么时候青田先生把手底下的人调教成这样了？"路其琛冷笑着说道。

"路总。"青田先生的脸色也不好看，他想拉住路其琛的，但……根本不可能。

"路总，你到底想怎么样？"细田真弘皱着眉头，忍不住冲着路其琛说道，"差不多就得了，我是个男人，谁还不会犯点错？"细田真弘凑到了路其琛的面前，用只有两个人能听到的声音说道，"不如这样，路总只要这次肯放过我，将来有什么用得着我的地方，我一定义不容辞。"

　　路其琛忍不住冷笑了起来，一转头冲着叶知秋问道："细田真弘给你的预算是多少？"

　　他昨晚上才陪着叶知秋把方案做完，他知道做这样一场活动下来大概需要多少钱，叶知秋先是愣了一下，随后就如实回答。

　　一个很低的数字，比青田给出的预算少一大半，他知道，细田真弘一定是想私吞了这笔钱，青田的脸色很难看，但心里再不满，他还是偏向了细田真弘那一边，他狠狠地瞪了一眼细田真弘，这才转头看着路其琛说道："路总，这就是桩小事，咱们还是赶紧过来聊聊合作的事情吧，别因为这样一点小事坏了兴致。"

　　"是啊路总，"细田真弘的脸色很难看，他知道青田回头一定会找自己算账，但此时此刻，还是要把眼前的这件事情挺过去，"这样一桩小事真的不值得路总您费心思。"

　　"原本确实是桩小事。"路其琛冷笑了一声，"不过……"他走到了叶知秋的面前，冲着细田真弘和青田说道，"不过你们有一件事没搞明白，叶知秋是我老婆，你觉得我路其琛的老婆需要出卖自己去换那一点点追加预算吗？还是说……你们觉得我长得比这位细田先生差，导致我老婆红杏出墙？"

　　路其琛这话一说完，顿时在现场引起了轩然大波。

　　"路总，您别开玩笑了。"细田真弘怎么也不敢相信路其琛说的是真的，他知道叶知秋结婚的事情，但怎么也没想到对象会是路其琛，怎么可能会有这么巧的事情？路其琛和叶知秋都没说话，细田真弘这才意识到，路其琛说的都是真的，他顿时觉得天都塌了，明明刚刚自己还占上风，但现在什么都变了。

　　"路总，你……"青田懊恼极了，如果早知道叶知秋的身份，他肯定不会这样做的，"这事就是个误会，早知道叶小姐是你的妻子，我……"

　　"青田先生，"路其琛冷眼看着面前的青田，说道，"我老婆的工作我一直是很支持的，但我也绝对不会允许别人欺负我老婆，原本我今天来就是想跟你谈合作的事情，但是……"

　　路其琛顿了顿，继续说道，"翔宇不会跟这样一个公司合作，还有方案的事情，我们不做了，你们另外找人吧。"路其琛牵着叶知秋的手，淡淡地说道，"咱们走吧。"

　　叶知秋微微点头，从路其琛说话开始，所有的人就都看出来了，这个细田真弘说的话都是假的，哪有人放着这么帅的老公不要去选一个又老又丑还猥琐的人？再说能出现在这里的人肯定不差钱，叶知秋又怎么会为了这点钱去做这样的事情？

"路总，"青田先生后悔极了，急忙去拉路其琛，"今天的事情就是一场误会，我向你保证，以后绝对不会再出现这样的事情。"青田先生信誓旦旦地保证道，"翔宇和华普之间的合作是我一直很期盼的，今天好不容易有这样的机会，我……"见路其琛不为所动，青田也不管了，转过头来冲着叶知秋说道，"叶小姐，麻烦你帮我跟路总说说，今天这件事情从头到尾都是个误会而已。"青田咬牙切齿地把细田真弘叫了过来，说道，"还不赶紧向路太太道歉？你看看你自己什么样子，也敢说路太太勾引你，真是太可笑了。"

"是是是。"细田真弘立马认怂，他现在是一点脾气都不敢有，不管青田说什么他都只能忍着，"路太太，实在是不好意思，是我有眼无珠，是我不好……"

细田真弘这个时候是绝对不敢跟青田对着干的，他害怕自己丢了刚刚到手的总经理位置，更害怕丢了这份工作。所以他一边道歉一边狠狠地自扇嘴巴，看得叶知秋目瞪口呆。

青田一把把细田真弘推到了一旁，冲着叶知秋说道："路太太，如果你还不解气的话，我这就把他辞退了，给你出气。"

"不不不……"叶知秋连连摆手，有些手足无措地看向了身边的路其琛。

"路太太，我们真的是很有诚意想要跟翔宇合作，麻烦你帮我跟路总美言几句。"青田很真诚地说，弄得叶知秋手足无措。

"我……"叶知秋看了一眼路其琛，最后还是淡淡地说道，"青田先生，其琛的公事我一向不插手，所以……"

青田急了，还想说话的时候，路其琛却没给他机会，直截了当地冲着面前的青田说道，"从今天开始，翔宇所有子公司都将停止跟华普之间的合作，抱歉。"

青田整个人都愣住了，眼睁睁地看着路其琛和叶知秋离开，青田的怒气再也压不住了，他反手就给了细田真弘一巴掌，"你招惹人的时候也给我睁大眼睛看清楚，给我惹了这么大的麻烦，你现在就给我滚！"

原本青田是想在这个行业交流会上保住华普的名声，可眼睁睁地看着丢了这么大的一个合作对象，青田真的要崩溃了。

"青田先生，这件事情真的……"细田真弘不知道自己应该怎么解释，"您再给我一次机会，我一定会将功折罪的。"

"赶紧给我滚，我以后不想再看到你。"青田根本不想跟细田真弘再多啰唆。

从酒店出来之后，叶知秋的兴致明显不太高，"怎么了？丢了合作不开心？"

路其琛笑了笑，问道。

叶知秋急忙摇着头，说道："不是，虽然丢了这个合作我挺不舒服的，之前那段时间的所有努力全部都白费了，但……跟这样的人合作，其实我自己也是不舒服的，我只是觉得，你为了我丢了华普那样的合作对象，真的值得吗？"

"傻丫头，"路其琛揉了揉叶知秋的头发，说道，"你是我老婆，做什么都是值得的。"

"可是……"叶知秋还想说什么，但路其琛不让她再继续说下去了，"好了，真的没关系，我少赚一点也无所谓。"

听到路其琛说这话，叶知秋也没再说什么，两人在日本街头逛了逛，这才回了酒店。

到酒店的时候张璐第一时间迎了上来，可一看到路其琛身边的叶知秋，整个脸色都变得很难看，但还是迎了上来，"路总，怎么样了？"

这次他们来日本的重点之一就是谈跟华普的合作，她强迫自己忽视路其琛身边的叶知秋，这样不过就是为了跟路其琛多说两句话罢了。

"从今天开始，终止跟华普的一切合作，后果由我来负责。"路其琛说道。这句话刚说完，落在后面的范特助也赶了上来，听到路其琛这么说的时候，虽然疑惑，但是并没有说什么。

张璐就不一样了，听到路其琛这么说的时候，皱起了眉头，问道："路总，华普跟我们一年有多少资金来往这一点您比我更清楚，您怎么能这么轻易地放弃这次的合作，您忘了我们这次来日本的目的吗？"张璐这话说完，叶知秋心里更难受了，路其琛为自己付出了这么多，她觉得自己始终在拖路其琛的后腿。

"张璐，你说什么呢！"路其琛的眉头刚刚皱起，一旁的范特助就严厉地冲着张璐说道，"你别忘了你自己的身份，这些话是你该说的吗？"

"我……"张璐的脸色有些尴尬，又看到路其琛脸上的严厉，张璐一下子就愣住了，她尴尬地看了一眼面前的路其琛，说道，"路总，对不起。"路其琛没说话，张璐只能继续说道，"我只是担心公司的发展，毕竟……"

"你说够了吗？"路其琛冷眼看着面前的张璐，说道，"这是我自己的事情，跟公司无关，跟你更没有关系，记住自己的身份，要是再有下次的话别怪我不客气。"

张璐真的是很有工作能力的一个女孩子，但是如果她始终用这样的态度来干涉自己的话，路其琛是绝对不会容忍下去的。

"范特助，收拾东西，我们准备回国了。"路其琛冷淡地越过张璐身边，看着

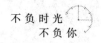
路其琛牵着叶知秋的样子，她多希望路其琛牵的那个人是她。

"还愣着干什么？赶紧上去收拾东西啊。"看张璐发呆，范特助推了一把张璐，说道。

"张璐，不是我说你，你真的得收敛一下，再这样下去，路总迟早会辞退你。"范特助知道自己再拐弯抹角已经没什么用了，倒不如直截了当，"我知道你喜欢路总，不过你别忘了，路总已经结婚了，路太太怎么说也是你的恩人，如果你还继续这样下去的话，真的是要让我看不起了。"

"我……"张璐尴尬地看了一眼身边的范特助，就像是心思被戳穿了一样，觉得很无措，但是又不肯放弃，"我没有，我只是觉得自打Autumn来了之后，路总整个人都变得很不专业，咱们来这里不就是为了谈跟华普的合作吗？可现在竟然说放弃就放弃，这件事情绝对跟她脱不了关系。"

"那又怎么样？"范特助冷眼看着面前的张璐，说道，"不管跟路太太有没有关系，反正都跟你没关系，不是吗？我劝你最好安分守己一些，人家是夫妻，你就是个局外人，少对人家的生活指手画脚的。"

"你懂什么！"张璐恼羞成怒地冲着范特助吼道，然后心不甘情不愿地上楼收拾东西去了。

看着张璐离开的背影，范特助知道，张璐肯定没有把自己的这番劝说听进去。他多少是有些无奈的，但是他觉得自己已经尽力了，将来不管张璐因为什么再惹恼了路其琛，都跟自己没有关系了。

路其琛和叶知秋是在第二天回国的，路蓼去机场接的他们。回家的路上，叶知秋偷偷地向路蓼问道："你的事情怎么样了？"

"我都已经跟他说清楚了。"路蓼显然没有再受那件事情的影响，"我是绝对不会跟白蓉蓉一起生活的，路秉德心里最重要的人还是白蓉蓉，所以这几天他也没出现过。"路蓼淡淡地笑了笑，说道，"不来也好，省得我心烦。"

路蓼已经完全看开了，这一点让叶知秋很欣慰。

她想起赵家人，听路蓼说自己不在的这段时间里，赵志平每天都会来景园替奶奶检查，自己现在已经回来了，有些事情也就不能再逃避下去了。

三人到家的时候，路老爷子和奶奶都站在门口等着，奶奶的精神状态已经很不好了，叶知秋站在院子门口，忍不住红了眼眶。

"别哭。"路其琛拍了拍叶知秋的肩膀，说道，"迟早会有那么一天的，奶奶只要能在临终前多陪陪你，她已经很高兴了，你别让她担心。"

"我知道。"叶知秋哽咽着说道，好不容易收拾好心情，她笑着朝奶奶走了过去，声音清脆，"奶奶，我回来了。"

"回来啦。"奶奶的脸上露出笑容，伸出手想要抓住叶知秋，她急忙迎上去，把自己的手送到了奶奶的手里，奶奶笑着伸手摸了摸叶知秋的脸，说道，"怎么瘦了？"

"吃不习惯那边的东西，奶奶，你别担心，回来了就会好的。"叶知秋没告诉他们在日本发生了什么，她向来是那种报喜不报忧的人。

一家人其乐融融地吃了一顿晚饭后，叶知秋和路其琛就上了楼。

好在第二天是周末，可以休息，路其琛因为丢了华普的合作，所以他必须要更加努力，一大早就出了门，而叶知秋睡到了日上三竿。

路蓼约了叶知秋去逛街，临出门的时候，赵志平来了，听到他的声音，坐在沙发上的叶奶奶就扬起了笑容："老爷，您来啦？"

"是。"赵志平回了一句，转头看着叶知秋，问道："要出门？"

"嗯。"叶知秋觉得自己浑身别扭，有些支支吾吾地问道，"那个……什么时候方便，我想带奶奶去家里看看。"

"什……什么？"赵志平半天没反应过来，一抬头看到叶知秋脸上不好意思的模样，欣喜若狂，"什么时候都方便，要不……明天晚上好不好？我让你奶奶给你准备你爱吃的。"

"好。"叶知秋的心头涌上一抹甜意，至少她的家人是在乎她的，这个认知让她很高兴。

第32章　别有用心的"意外"

逛完街吃完晚饭后，路蓼去和朋友约会了，路其琛打电话来说自己晚上要加班，叶知秋便开车来到了翔宇楼下，给路其琛买了点夜宵。

整个办公大楼都空荡荡的，连脚步声都能听到，张璐远远地就看见了叶知秋，于是她当机立断，拿起手上的咖啡进了路其琛的办公室。

"路总，您已经连续工作很长时间了，喝点咖啡吧。"张璐把咖啡端过去，走到路其琛面前的时候"手滑"了一下，一杯咖啡尽数倒在了路其琛的身上，张璐忙蹲下身子给路其琛擦，"对不起，对不起，路总，实在是不好意思。"

张璐的样子委屈得像是要哭出来了，但是心里却很高兴。

"不用了，我自己来吧。"路其琛微微皱眉，咖啡不烫，但是张璐擦的位置比较尴尬，所以路其琛打算推开张璐。

叶知秋推门而入的时候正好看见了这个场景。

路其琛坐在位子上，张璐跪在地上替路其琛擦裤子，这个姿势很暧昧，也很容易让人误会。

"你们……"办公桌挡着，叶知秋看不到桌子底下发生了什么，只能看见张璐跪在地上的背影。听到叶知秋声音的时候，张璐的嘴角忍不住扬起了一个弧度，路其琛惊慌失措地看着叶知秋。

"是啊，Autumn，你千万不要误会。"张璐做出一副想要解释的样子，刚刚站起来脚又扭了一下，直接朝着路其琛的怀里栽了过去，路其琛措手不及，但还是伸手扶住了张璐，没想到因为惯性的问题，两人一起倒在了地上。

张璐心里简直乐开了花，但是嘴上却是一个劲儿地跟路其琛道歉，"对不起，对不起，路总，我真的不是故意的。"她趴在路其琛的怀里，半点没有要起来的意思。

路其琛皱着眉头说道："行了，你赶紧起来吧。"

"是……"张璐讪讪地应了一声，慢慢悠悠地站了起来，叶知秋从头到尾都是冷眼看着，脸上看不出任何表情。

"知秋，你怎么过来了？"好不容易路其琛才站起了身子，走到了叶知秋的面前，问道。

"怎么，你不想看到我吗？"叶知秋一肚子的气，明知道是张璐在搞鬼，可她就是忍不住气路其琛。

"你说什么呢？"路其琛微微皱眉，说道，"我是这个意思吗？"

"是啊，Autumn，都怪我。"张璐委屈地站在一旁，冲着叶知秋说道，"是我不好，我刚刚给路总送咖啡的时候脚下没站稳，咖啡都倒在了路总的身上，我只是想帮他擦擦，没有别的意思。"

"你给我闭嘴！"叶知秋一脸不耐烦地冲着张璐说道。

"我……"张璐吓了一跳，但是心里却很开心。之前不管自己怎么挑衅，叶知秋都是一副不温不火的样子，但是现在不一样了，叶知秋终于开始有脾气了，只要她有脾气，自己就能找到她的破绽。

"知秋，你别胡闹。"路其琛因为工作的事情忙得焦头烂额，刚刚的事情在他看来就是一个意外，但是叶知秋不知道怎么了，不依不饶的。叶知秋以前从来不会这样。

"我胡闹？"叶知秋诧异地看着路其琛，她觉得路其琛变了，他现在竟然为了一个外人来指责自己。她很想把张璐做的那些事情通通都揭露出来，但是看着路其琛现在疑惑的表情，她怎么也说不出口。最后她只能苦笑了一声，冲着路其琛说道，"知道你没吃晚饭，我给你买了一点，我走了，不打扰你们了。"

叶知秋放下手里的夜宵，头也不回地离开了路其琛的办公室。

"Autumn……"张璐作势要追上去解释，路其琛一把拽住了她，冲着张璐说道，"你别理她。"

"可是……"张璐着急地说道，"路总，Autumn一定误会了，我去跟她解释一下就好了。"

"不用。"路其琛淡淡地说道，他觉得应该让叶知秋冷静冷静，等自己回家之后哄哄她就是了。

"路总，其实吧，老婆是要哄的。"张璐还装模作样地劝说路其琛，"Autumn毕竟也是女孩子……"

"行了。"路其琛不耐烦地说道，"不是还有很多事情要忙吗？"

"是……"张璐讪讪地应了一声，从路其琛的办公室里走了出来。

一出门，她立马换上了一副嘴脸，虽然今天这一幕让叶知秋误会了，但是跟路其琛之间依然没有任何的进展。她得好好想想，下一步应该怎么做。

"张璐。"她正头大的时候，范特助拎着刚买的晚饭回来了，他疑惑地看了一眼张璐，问道，"刚刚总裁夫人来过了吗？"

"是啊，怎么了？"张璐一听到这个称呼就烦。

"我刚刚跟她打招呼她也没理，看起来好像心情不太好的样子，出什么事了？"范特助还是头一次看到叶知秋这个样子，不免觉得疑惑。

"你这么关心她干什么？喜欢她啊？"张璐冷笑着说道。

"你胡说八道些什么？"范特助忍不住皱起了眉头。

张璐没有搭理范特助，直接回到自己的位置上，处理自己的文件。

从翔宇出来的叶知秋也没回家，她不知道自己该去哪里，也不知道自己到底在气什么，难道就因为张璐这样一个别有用心的"意外"？

不，应该不是的，但她说不出为什么，明明知道路其琛不会做对不起自己的事情，可她就是忍不住担心。

她在外面逛了很长时间，到家的时候屋子里面空落落的。

路其琛没回来，路蓼也没回来。

她没开灯，一个人坐在沙发上发呆，她想等路其琛回来跟他把话说清楚，这个张璐，她是真的忍不下去了。

等着等着，叶知秋便睡着了，路其琛到家的时候，叶知秋正躺在沙发上，路其琛赶紧抱着叶知秋回了屋。

一早醒来，叶知秋便看见路其琛正躺在身边看自己，她没好气地说道："你还知道回来呀？"

路其琛见叶知秋还没有消气，便说道："老婆，对不起，昨天的事情本来就是个误会，再加上我工作比较多，有些急躁，所以对你态度不好，你想怎么罚我都可以，只要你原谅我就行。"

叶知秋见他如此态度，也就不气了。想想，其实他也没做错什么，所以便说道："这次姑且原谅你了，不过以后你要注意和其他女人的距离，否则，下次我不会轻饶你。"

"一切都听老婆大人的。"说着，路其琛像是想到了什么，立马补充道，"对了，我过段时间得去欧洲出趟差，到时候张璐也会去，不过你放心，我会离她远远的。"

听到这个消息，叶知秋很不开心，但路其琛毕竟是出去工作的，所以也不好有什么意见，便说道："好吧，你放心工作，家里我会照顾好。"

第33章　咱们是一家人

这天，叶知秋带着奶奶去了赵家。

赵奶奶因为多年没有见到叶奶奶了，甚是想念，但当看到叶奶奶如今的样子时，忍不住难过起来，叶奶奶这么多年受的苦可想而知。赵奶奶一把抓住叶奶奶的手，说道："文书，这么多年辛苦你了。"

叶奶奶眼含热泪道："夫人，这是我应该做的，您别这样说。"

说着两人就叙起了旧。

"赶紧过来吃饭。"在厨房忙完的赵诗嘉招呼大家，"文姨，我扶您过去。"赵诗嘉走到叶奶奶的身边，虽然当年叶奶奶和赵熙离开的时候她没有太大的印象，但她知道，叶奶奶是大哥最信任的人，也是叶知秋最亲近的人，所以她对叶奶奶也是很尊敬的。

叶奶奶听到赵诗嘉的声音，忙伸出手拉她，"是诗嘉吗？"

"是。"赵诗嘉拉着叶奶奶的手，"文姨，是我。"

"当初我走的时候你才五六岁，一眨眼都这么多年过去了。"人就是这样，在熟悉的人面前，在熟悉的环境中，特别容易去怀念过去的事情。

叶奶奶也是一样。

赵诗嘉扶着叶奶奶在餐桌边坐下，笑着说道："知道您今天过来，我特意为您做了您以前最爱吃的糖醋排骨，也不知道合不合您的胃口，一会儿您多吃一点。"

"好，好，好。"叶奶奶连说了三个好字，她真的特别庆幸自己临走之前还能见到赵家人，他们自始至终都把她当成是家人。

"知秋，你也过来坐吧。"赵诗嘉扶着叶奶奶坐下之后就招呼叶知秋过来坐，赵奶奶今天看起来很伤感，可能是因为叶奶奶的缘故，中途偷偷出去抹了好几次眼泪。

赵诗嘉和叶知秋一边一个，让叶奶奶坐在中间，可能是心情好，叶奶奶今天晚上吃得特别多。看到她脸上比平时多了很多的笑容，叶知秋觉得自己的这个决定特别对。

"文姨，您尝尝这个。"赵诗嘉不停地给叶奶奶夹菜，把她照顾得很好，一旁的果果也特别乖，不需要人照顾，默默地吃完了一碗饭。

"文书，这些都是你爱吃的菜，你尝尝我的厨艺有没有退步？"赵奶奶冲着叶奶奶说道，她虽然这些年不在赵家，但对赵家所有人来说，她就是赵家的一分子，甚至说是赵家的恩人。

"夫人的厨艺还跟以前一样好，一点都没有退步。"叶奶奶笑着说道。

叶知秋是真的感受到了家人对自己的关心，这一个晚上谁也没有提让叶知秋认祖归宗的事情，而是细心地照顾着叶奶奶。

吃过晚饭，一大家子人坐在了沙发上闲话家常，赵诗嘉切了一盘水果，"文姨，知秋，吃点水果吧。"

"谢谢。"看着每个人脸上洋溢的笑容，叶知秋觉得自己突然开始喜欢起了这样的氛围。

"文姨今天好像挺高兴的。"赵诗嘉坐在叶知秋的身边跟她说话，叶知秋微微点头，说道："已经很长时间没看到奶奶这么高兴了。"

"你应该多带她过来玩玩。"赵诗嘉笑了笑，"爸妈跟她也挺聊得来的，如果让她住在这里的话那更好了，那样爸还能时刻观察她的病情，她自己也高兴，心情好了对病情也会有所帮助。"

叶知秋没说话，她虽然知道赵诗嘉说的是事实，但是这样做似乎也不太合适。

"我知道你在犹豫什么。"赵诗嘉一眼就看穿了叶知秋的想法，说道，"我只是在为文姨考虑，你跟其琛现在都在事业上升期，家里也没有人能照顾文姨，如果文姨在这里，我爸妈肯定会替你好好照顾文姨，如果不放心的话，你可以每天过来看她。"赵诗嘉顿了顿，继续说道，"知秋，你要明白，我不是在强迫你做什么事情，你已经嫁人了，就算你永远不回来也不会有人说你什么。"

"我明白的。"叶知秋叹了一口气，说道，"我只是觉得……太麻烦你们了。"

"这有什么麻烦的。"赵诗嘉说道，"文姨是我们的家人，我们愿意照顾她的，怎么会是麻烦呢？"

"知秋这么忙，文书，要不你就在这里住下，有志平在，你的病情也能得到有效的控制，也省得知秋在工作的时候还要担心你，你看怎么样？"赵奶奶顺势说道，一来是为了叶奶奶的身体，二来也是想让叶知秋没有后顾之忧。

"还是不要了，太麻烦你们了。"叶知秋当即拒绝道，虽然这确实是目前来说最恰当的做法，但叶知秋真的不想这么麻烦他们，毕竟……她还是觉得跟赵家人隔着一层什么。

"不麻烦不麻烦。"赵奶奶慈爱地看着叶知秋，说道，"知秋，咱们是一家人，怎么会是麻烦呢？"

看着自己孙女懂事的样子，赵奶奶的心里很不是滋味。就是因为她以前过得太苦了，所以才会这样懂事，才会承担同龄孩子不需要承担的东西。虽然赵奶奶很欣慰叶知秋能这样懂事，但也更心疼她过去的那些经历。

"可是……"叶知秋微微皱眉，还没说话，叶奶奶就叫住了她，"知秋，你过来。"

叶知秋讪讪地站起身，坐到了叶奶奶的身边，"奶奶。"

叶奶奶拉着叶知秋的手，放到了赵奶奶的手里，"我想过了，你跟其琛平时工作这么忙，我虽然帮不上什么，但是也不想拖你们的后腿，奶奶年纪已经大了，也没几天可以活的了，好不容易能回来，奶奶不想走了。"

住在路其琛家里，虽然大家都对她挺好的，但那始终不是自己的家，叶奶奶真的没办法适应。但是赵家不一样，她很早的时候就开始在赵家干活，对于她来说，赵家就是自己的家，赵家人在哪，哪里就是自己的家。而且，叶奶奶知道自己对于叶知秋来说很重要，如果自己住在这里的话，叶知秋还能经常过来看看，也能增进她跟赵家人之间的感情。

"奶奶，这不合适。"叶知秋微微皱眉，她很想抽回自己的手，但赵奶奶抓得很紧，再看看赵奶奶脸上的表情，这只手叶知秋是不忍心抽回来了。她能理解赵奶奶的心情，就如当初她被迫跟叶奶奶分开一样。

"没什么不合适的。"叶奶奶说道，"现在坐在这里的都是你最亲近的人，你要是心里有我，那就常来看看我，不好吗？"

"奶奶，我……"叶知秋皱着眉头，叶奶奶这一次却是无比的坚持，无奈之下，她只能答应了下来，"那明天我送你过来。"

"不，明天你帮我把行李带过来就好了。"叶奶奶说道。

"奶奶……"叶知秋无奈，一旁的赵志平说道："没关系的，就让她在这里住着吧，她们俩在一起也有话聊。"

"是啊知秋，就让文姨住在这里吧，我妈在阳城也没什么认识的人，就当是陪陪我妈了。"赵诗嘉在一旁劝说道，叶知秋只能点头答应。

"奶奶，那我明天把你的行李送过来，你要是觉得有什么不舒服的地方，记得给我打电话。"叶知秋不放心地叮嘱道。

叶奶奶笑了笑，"好。"

第34章　生个孩子

日子一天一天地过，眼看着就到了白蓉蓉和路秉德结婚的日子，因为白蓉蓉的身份以及白蓉蓉和路其琛以前的绯闻，所以媒体自然不会放过路家。而铺天盖地的新闻压得叶知秋都快要喘不过气来了，再加上路其琛出差没在身边，所以叶知秋尤显得孤单。

周末，叶知秋约了赵珍珍见面，两人把见面的地点约在了赵珍珍家里，去的路上叶知秋买了很多的零食，什么瓜子、鸭脖等一大堆，还买了两杯奶茶，赵珍珍一开门看见大包小包的叶知秋，指了指自己茶几上的东西，两个人竟然买重了。

"早知道你买了我就不绕路去买了。"叶知秋放下手里的东西，抱怨道。

叶知秋还是头一次来赵珍珍家里，虽然不大，但是收拾得挺温馨的，牙刷和毛巾都是双份的，看到挂在阳台上的男式内裤，叶知秋忍不住问道："看来你跟顾辞远已经同居了啊。"

赵珍珍脸色一红，倒也没否认，"他偶尔会过来。"

"是吗？"叶知秋才不信，"他今天怎么不在，不会是因为我来所以故意出去了吧？"叶知秋恍然大悟地问道。

"没有没有，他出差了。"赵珍珍急忙说道，"说是去欧洲参加一个会议，最近都没有过来。不说他了。"赵珍珍把奶茶递给了叶知秋，说道，"说说你吧，我看你好像不是特别开心，是不是因为白蓉蓉结婚的事？"

叶知秋喝了一口奶茶，明明很甜，她却只感受到了茶的苦涩，叹了口气，没说什么。

赵珍珍则盘腿坐在地上啃鸭脖，她买的鸭脖很辣，刚吃了一个就忍不住大喘气，抓起边上的奶茶狠狠地喝了一口，感觉自己稍微好一些了，这才问道："你们俩结婚……也有半年了吧？"

叶知秋微微点头，"快半年了。"

"打算什么时候要孩子？"赵珍珍直白地问道。

"怎么突然问这个？"叶知秋愣了一下。

"该要个孩子了。"赵珍珍长叹了一声，淡淡说道，"你跟路其琛能走到一起真的是挺不容易的，这个时候要孩子时机也挺恰当的。"

"可是……"叶知秋微微皱眉，要孩子这样的事情她希望是顺其自然的。

"别可是了。"赵珍珍说道，"生个属于你们俩的孩子，是对你们这个婚姻负责任，知秋，虽然很不想承认，但是婚姻真的就是一场赌博，而你跟路其琛的孩子，就是你最重要的筹码。"

赵珍珍的一番话说得很直白，但却是不容争辩的事实。

赵珍珍和叶知秋说了很多，最后她说道："知秋，我知道你跟路其琛在一起没那么容易，可既然遇到了，就得把这份幸福紧紧地抓在手里，没有人能够体会你在这份爱情里面的感觉，因为每个人的爱情都是不同样子的，人生本来就够枯燥乏味的了，你遇到了，就抓紧，别磨磨唧唧的。"

叶知秋诧异地看着面前的赵珍珍，大概是从来没有听过赵珍珍说这样富有哲理的话。

"你看着我做什么？"赵珍珍疑惑地看着叶知秋，问道，"我脸上脏了？"

"不是。"叶知秋微微摇头，"就是觉得你跟以前很不一样，爱情啊，果然能改变一个人的脾气秉性。"

"不，不是的。"赵珍珍斩钉截铁地说道，"其实我真没你想得那么复杂，只不过是旁观者清，你以前也总用这样的话来刺激我，现在我只是将这些话原封不动地还给你罢了。是你教会我要对另一半保持信任，我真的这样做了，可你现在却好像陷入了一个怪圈里。"赵珍珍的一番话点醒了叶知秋，其实这件事情确实没她想得那么复杂，她要做的就是相信路其琛，然后经营好自己和路其琛的婚姻。

"谢谢你。"叶知秋由衷地说道，跟赵珍珍聊了一下，她心里的压抑顿时抒发出来了，也知道自己以后应该怎么做了。

"不客气。"赵珍珍看到叶知秋的样子，忍不住笑了起来，看来叶知秋是真的已经想通了，那就好。

叶知秋回去的路上也一直在想赵珍珍要孩子的那个建议，经过药店的时候她停了车，药店的人热情地迎上前来，询问叶知秋想买些什么。

叶知秋红着脸问道："有没有叶酸？"

药店店员笑道："是准备怀孕了吗？这个牌子的叶酸卖得挺不错的，你要不就买这一种吧？"

　　"好。"叶知秋付了钱，捏着药瓶柔和地笑了起来。

　　从药店到家不过五分钟的车程，到家的时候路蓼已经在家了，难得她今天没出去约会，看见叶知秋拿着叶酸回来忍不住大呼小叫了起来，"嫂子，你怀孕啦？"

　　"没有……"叶知秋红着脸抢回了路蓼手里的叶酸，心虚地看了一眼路老爷子的房门，说道，"你别大呼小叫的，让爷爷听到了白高兴一场。"

　　路蓼吐了吐舌头，略有些不好意思，"看来你跟我哥是好事将近了？"

　　"只是有这个打算罢了。"叶知秋笑着，"你今天怎么没出去约会？"

　　"朋友今天都没空，所以我就在家待着喽，要不咱们俩出去看电影吧，最近有个新电影在上，里面有我最喜欢的男明星……"路蓼一脸期待地看着叶知秋。

　　叶知秋哪里忍心拒绝，只能点点头答应了下来，说道："那你等我一会儿，我去换件衣服咱们就走。"

　　两人兴致勃勃地去看电影，没想到电影放到一半的时候竟然出现了白蓉蓉的脸，虽然只是很短暂的一场戏，但是路蓼一下子就兴致缺缺，连她最喜欢的男明星也不看了，"咱们走吧，不想看了。"

　　路蓼拉着叶知秋离开了电影院，叶知秋知道路蓼的心思，不管怎么样，那个人是她爸爸，谁不希望自己是父母手上的掌上明珠？路蓼嘴上说着不介意，可心底里还是很在意这件事情的。

　　"怎么，看到有白蓉蓉就不想看了？"叶知秋和路蓼找了一家咖啡厅，点了两杯咖啡坐下聊天，享受这难得的悠闲时光。

　　"嫂子，咱们不聊她。"路蓼皱着眉头说道，"一听到她的名字就觉得扫兴。"

　　可不想见什么就来什么，咖啡厅的电视里竟然放起了白蓉蓉的采访，她的婚礼就是明天，看着电视里的她跟路秉德秀恩爱，路蓼的眉头都快打结了。

　　"咱们走吧。"叶知秋善解人意地说道，她知道路蓼现在肯定没有心思再逛下去了，倒不如回家。

　　没想到一回家就看到白蓉蓉亲热地挽着路秉德的手坐在客厅沙发上，两人脸上都洋溢着笑容，而坐在对面的路老爷子却是一脸的严肃。

　　"你来干什么？"路蓼上前问道。

　　"路蓼。"白蓉蓉站起身来，亲昵地拉着路蓼的手，说道，"你回来啦，我跟你爸今天来……"

　　"你给我闭嘴！"路蓼可从来不会给白蓉蓉什么好脸色看，"什么爸？我爸早死了。"

"路蓼……"白蓉蓉微微皱眉，一转头看见路秉德难看的脸色，心里得意极了，但脸上还是装作一副语重心长的样子，劝说面前的路蓼，"我知道你生你爸的气，可你也不能咒你爸死吧。"

"蓉蓉。"路秉德紧紧地皱着眉头，把白蓉蓉叫了回来，走到了路蓼的面前，冲着路蓼说道："我想跟你聊聊。"

看到路蓼这么抗拒自己，路秉德的心里很不是滋味。他明天就要结婚了，原本应该是高高兴兴的，可是只要一想到自己这个女儿，他就怎么也高兴不起来。所以他扔下手里的事情，不管怎么样都要来见路蓼一面。

"我们上次已经聊清楚了，既然你已经做出了决定，那咱们就没什么好聊的了。"路蓼冷冰冰地说道，"叔公，祝你明天新婚快乐。"

"路蓼……"路秉德皱着眉头，一把抓住了路蓼的手腕，说道，"我今天不是来跟你吵架的，我真的有很重要的事情要跟你说。"

"可我跟你没什么好说的。"路蓼觉得自己现在过得挺好的，有疼爱自己的爷爷和哥哥、嫂子，一个突然冒出来的爸爸，她真的没有放在心上。白蓉蓉皱着眉头，摆出一副长辈的模样，语重心长地说道："路蓼，不管怎么样他都是你爸爸，你怎么能这样对他？"

"你谁啊你，我跟你说话了吗？"路蓼一点都不客气地说道，"别总端着你那副大明星的架子，我告诉你，在我眼里你什么都不是。"

"你说够了没有？"路秉德冷着脸，这段时间跟白蓉蓉相处下来，他真心觉得白蓉蓉是个很好的女人，温柔善良，最重要的是懂得为自己考虑，不管发生了什么她都会一如既往地站在自己身边，甚至连做生意也很有一套，那个酒店自从交给她之后营业额就噌噌往上涨。

所以在路秉德心中，早就已经把白蓉蓉当成了自己人，而路蓼，因为她的固执和倔强，反而让路秉德不喜。再加上白蓉蓉时不时蹦出一两句话，表面上是在帮路蓼说话，可实际上却是在让诋毁路蓼。

看着白蓉蓉委屈的模样，路秉德一下子就来了怒气，他不敢对着路蓼撒气，就把所有的怒气都发到了路老爷子的身上。

"大哥，你这些年到底是怎么教育孩子的？怎么把她教育成这副模样，一点对长辈的尊敬都没有。"路秉德的一番话彻底惹恼了路蓼，她冲着路秉德说道："人家都说有其父必有其女，你好好想想你自己是什么样的再来教育我可以吗？

不管爷爷怎么教育我，至少人家教育了，不像有些人，只顾着跟新欢柔情蜜意，把女儿都扔给别人，到头来还好意思责怪人家教育得不好，真是太可笑了。"

"你……"路秉德觉得自己就是前辈子欠路蓼的，不管她说什么，自己都没有反驳的力气。

路老爷子冷着脸站起了身，冲着路秉德说道："我教育出来的孩子，我不觉得有哪里差的，我这辈子唯一的遗憾就是没能把你教育好。"

"爷爷……"叶知秋看路老爷子动气了，急忙上前扶住了他，"您别动气，别气坏了身子。"

"我没事。"路老爷子微微摆手，"路秉德，你愿意跟白蓉蓉过日子就过去，离我们远一点，以后你也少带着白蓉蓉来这个家里耀武扬威的，你走你的阳关道，我过我的独木桥，咱们井水不犯河水，就当个陌生人就好。我累了，先回去休息了。"路老爷子叹了一口气，不愿再管路秉德的糟心事，离开的背影仿佛苍老了很多。也不知道为什么，路秉德的心里突然生出一抹不安的感觉。他从小就是路老爷子带大的，对于他来说，路老爷子是大哥，但更多的是扮演了父亲的角色。他知道路老爷子是为了他好，可是他固执地认为他们根本不了解白蓉蓉，只要给时间让白蓉蓉跟他们好好相处，他们一定会喜欢上她的。

白蓉蓉本来得意极了，可看路老爷子要跟路秉德撇清关系，她顿时有些着急，忙拉住了路蓼，说道："路蓼，我跟你爸今天过来就是想跟你把事情都说开，我知道你真的很不喜欢我，可是不管怎么样，我们很快就要成为一家人了，我希望你能给我一个机会，让我们重新认识一下。"白蓉蓉顿了顿，"我真的对你没有任何的恶意，你是秉德唯一的孩子，我怎么会对你不好？明天是我们的婚礼，不管别人怎么想，但我是真的很想你能出席，希望你能在现场见证我们的幸福，并且我会用实际行动来告诉你，我一定会好好对你爸，让你看到我的认真。"

"是吗？"路蓼冷笑了一声，说道，"可是怎么办呢？我明天要出去逛街，怕是没时间去参加你们的婚礼了。白大明星这么出名，怎么会在乎我一个无名小辈的祝福？我爷爷刚刚不是说了吗？从现在开始，咱们之间没有任何关系，你听不懂中国话？"

白蓉蓉尴尬地看着路蓼，有些为难地说道："不管你怎么想，我毕竟是你的后妈，我们真的很希望你能来参加我们的婚礼……"

路秉德自始至终都在听着路蓼说话，看着这张跟她母亲相似的脸，他真的没办法硬起心肠来，好半天，他才冲着路蓼问道："在你心里，逛街都比你爸我的婚礼重要是吗？"

"是。"路蓼斩钉截铁地说道，"还有，麻烦你以后不要老用爸爸的身份自居，我说过了，我爸爸已经死了。"

"你……"路秉德气得心跳都加速了，一旁的白蓉蓉急忙扶住了路秉德，关切地问道："秉德，你怎么样了？是不是哪里不舒服？"

"我没事。"路秉德好不容易才稳定下来，冲着路蓼说道："你给我记住你今天说的话，早晚有一天我会让你明白，是你们看错了。"

"是吗？"路蓼冷笑，"那我只能拭目以待了。"

路蓼赶两人离开，看见白蓉蓉临走前扬起了一抹冷笑，气得坐在沙发上生起了闷气。

叶知秋给路蓼倒了一杯果汁，说道："你明明很在乎路秉德，为什么跟他说话的时候不能换一个方式呢？"

"谁在乎他了？"路蓼大呼小叫道，"我怎么可能在乎他？嫂子，你别闹了。"

叶知秋不说话，只是静静地看着路蓼，过了好一会儿才说道："到底在不在乎你自己心里有数。"

路蓼沉默了很长时间，就在叶知秋以为她不会再开口的时候，路蓼突然开口说道："可能……我心里还是有那么一丁点在乎的吧。"她叹了一口气，继续说道，"在我很小的时候，看着别的小朋友可以骑在爸爸的脖子上，周末的时候还有爸爸带他们出去玩，给他们买漂亮的衣服和玩具，我真的很羡慕，所以父爱对我来说一直是心里的一个心结。在知道路秉德才是我亲生父亲的时候，我一方面觉得不能接受，但另一方面又忍不住有一丝欣喜。"

"我明白。"叶知秋微微点头，虽说小时候跟赵熙相处的那些事情都已经在记忆里模糊了，可叶知秋还是记得爸爸抱自己时的感觉，记得他给自己买的玩具，记得他教自己弹钢琴时的严厉，这些都是自己童年的一部分，是没办法抹去的。

"可是嫂子，为什么上天给我惊喜的时候还要这样打击我？"路蓼不满地问道，"世界上有这么多的女人，为什么他就偏偏要选白蓉蓉？我一方面恨他的固执，一方面又忍不住担心他跟白蓉蓉在一起之后会变得人财两空。"

"你别想这么多，船到桥头自然直嘛，如果真有这么一天的话，我相信你也不会见死不救的，是不是？"叶知秋安慰着路蓼，"反正知道白蓉蓉是什么样的人，咱们就多防着点呗。"

"嗯。"想着想着，路蓼觉得自己不能再这样下去了，白蓉蓉明显就是想挑拨自己跟路秉德的关系，这样一来路秉德就只会信任她一个人，她绝对不能让这样的事情发生。

"所以……明天的婚礼，你要去吗？"叶知秋问道，不管怎么样，她不希望路蓼将来后悔。

"你陪我去好不好？"路蓼还是有点怂，说道。

叶知秋先是一愣，她最近本来就因为这件事情有些头疼，想躲都来不及，怎么可能主动去参加婚礼呢？可是看着路蓼期待的表情，她又不忍心拒绝，最后还是点了点头，说道："好，我陪你去。"

路蓼这才高兴地笑了起来。

回到房间的叶知秋想给路其琛打个电话，说一下明天要去参加婚礼的事情，但电话响了很长时间都没人接，叶知秋不放弃地拨打了第二个，等快要挂断的时候，张璐接了。

"Autumn，路总正在里面开会呢，有什么事情吗？一会我帮你转告他。"张璐这次的态度好了很多，不知道葫芦里卖的是什么药。

叶知秋愣了一下，随即皱起了眉头，原本她就担心张璐会做什么出格的事情，现在路其琛也联系不到，她这心里的不安就更大了。她拼命地告诉自己，一定要对自己有信心，一定要相信路其琛，好半天，她才说道："那你等他开完会之后让他给我打个电话。"

"好。"张璐应了下来，最后还跟叶知秋解释那天的事情，"Autumn，你跟路总该不会是因为那天的事情吵架了吧？那天的事情真的就只是一个误会。"

"为什么这么问？"叶知秋淡淡地说道，张璐愣了一下，她其实也不过是想试探一下叶知秋，看看她跟路其琛之间现在关系怎么样。

"没有，我就是看路总最近跟以前不太一样，一天到晚板着个脸，好像心情不是很好的样子，所以问问你。"张璐顿了顿，继续说道，"那天的事情真的就是个误会，我看路总已经连续加班那么长时间了，所以就想给路总冲杯咖啡，没想到笨手笨脚的，竟然把咖啡全都倒在了路总身上，你进去的时候我正想帮路总擦擦，没想到就让你给误会了。"

张璐语气里满是歉意，但是即使隔着电话看不到表情，叶知秋都能猜得出来，张璐现在肯定笑嘻嘻的，根本就不愧疚。她巴不得自己误会这件事情，所以才会一遍一遍地提醒自己。不是有句话叫越描越黑吗？张璐就是想达到这样的效果。

叶知秋看穿了张璐的心思，冷笑一声，冲着电话说道："你放心，我跟你们路总都已经结婚这么长时间了，他是什么样的人我比任何人都清楚，我相信他绝对不会做出任何对不起我的事情来，只是当时看到有些生气，过去了就好了。"叶知秋笑了笑，继续说道，"你也别老把这件事情放在心上，我跟其琛还不至于为了一个小小的秘书吵架，他脸色不好，可能是因为工作太累了吧！"

闻言，张璐的脸色很是难看。叶知秋这话分明是在提点她，让她别太把自己当回事，人家才是夫妻，她的分量还不足以让他们吵架。

张璐的脸色很难看，但跟叶知秋说话的语气还是很平静，笑了笑，说道："是吗？那就好，害得我最近一直担心这个事情，连觉都睡不好。"

"那你以后可以睡个好觉了。"叶知秋冷笑。

"是。"张璐笑笑，说道，"我这边还有事情要忙，我就不跟你多说了，Autumn，你就放心吧，我跟路总一起出差，一定会帮你好好看着他，绝对不会让他做任何对不起你的事情。"

"那就谢谢你了。"叶知秋几乎是咬牙切齿地说这句话的，要知道她最不放心的就是张璐了。

"不客气。"张璐挂断了电话。

挂断电话，叶知秋一下子就瘫倒在了床上，说实话，她还是很担心。尽管面上装得云淡风轻的，但是只有她自己知道，所有的不在意都是装出来的。她一个晚上没睡好，就怕错过了路其琛的电话，反反复复地看手机，一点点声音就被惊醒，可等了一晚上，一直没能等到路其琛的电话。早上起来的时候，叶知秋顶了两个硕大的黑眼圈，路蓼看到都吓了一跳，"嫂子，你这是怎么了？黑眼圈这么大，都快成国宝了。

"昨晚上没睡好。"叶知秋从冰箱里面拿了一瓶牛奶喝了一口，说道，"你等我一会儿，我上去换件衣服，马上下来。"

叶知秋上楼换了件衣服，下来的时候路蓼已经在楼下等着了。

一路上路蓼都显得很沉默，也是，自己的父亲娶的是自己很讨厌的人，换成谁都会心情不好的。

"到了。"车子停在酒店门口，叶知秋说道，"你先下去吧，我把车停好就过来。"

"好。"路蓼站在酒店门口等着，门口的展架上面摆着路秉德和白蓉蓉的婚纱照，白蓉蓉靠在路秉德的肩头笑靥如花，但更多的像是在作秀，这笑容并不像是从心底里散发出来的，反观路秉德，他的笑容就很实在，笑得眼睛都快没了。

路蓼站在门口，心里挺不是滋味的。

"看什么呢？"叶知秋停好车过来的时候路蓼还在看，脸上的表情显得很严肃，叶知秋看了一眼婚纱照，淡淡地说道，"挺好看的。"说完便拉着路蓼往里面走，"赶紧走吧，快开始了。"

两人的婚礼办得很高调，商场上的有名人士和娱乐圈的很多人都来了。当然，媒体最期待的还是看见路其琛能来参加这次的婚礼，毕竟路其琛跟白蓉蓉之间曾经有过这么一段。可是他们等了半天一直没等到路其琛，反而等到了路其琛的老婆和妹妹，原本还在拍两个新人迎客的记者们纷纷迎了上来。

没有路其琛，路其琛老婆来也是可以的。记者们一窝蜂地涌了上来。

"路太太，请问路总今天为什么没有到场？"

"路太太，对于路总和白小姐之间曾经的这段关系你有什么看法？"

"路太太，请问路总今天不来是为了避嫌吗？"

"路太太，请问您对白小姐的婚姻有什么看法呢？"

……

记者们的问题一个比一个刁钻，但是叶知秋既然来了这里，就已经做好了准备，她笑了笑，冲着记者说道："各位记者朋友，麻烦你们一个个来，这么多问题弄得我都不知道该回答哪一个才好了。"现场的气氛顿时缓和了许多。

"首先，我跟白小姐一直是很好的朋友，虽然她跟我老公之前确实是在一起过，但记者朋友们在今天这种场合说这件事还是有些不厚道的，毕竟今天是白小姐的大喜之日，你们也得考虑一下新郎的感受是不是？"叶知秋半开玩笑地说道。

"听说路总最近跟白小姐闹了点矛盾，所以他今天不来参加白小姐的婚礼就是因为这个吗？"

叶知秋微微皱眉，说道："我不知道你到底是从哪里得来的消息，不过下次要是再有这样的消息你还是不要相信了，其琛没有出现在这里是因为他现在正在欧洲出差，所以没办法赶回来，不过他让我和路蓼过来参加婚礼，也算是对这些不实消息的一个澄清吧？最后，我当然是希望白小姐能够好好地珍惜，毕竟遇到一个喜欢自己，自己也喜欢的人真的是挺不容易的，希望她能幸福。"

叶知秋一番话说完，不想再跟记者浪费时间。白蓉蓉看见叶知秋和路蓼出现在这里的时候还是挺意外的，忙挽着路秉德的手臂上前来，挤进了记者的镜头，笑盈盈地冲着两人说道："知秋，路蓼，你们两个还是来了，我真的是太高兴了。"白蓉蓉笑盈盈地跟两人拥抱打招呼，在镜头面前看起来一副好闺蜜的样子。路秉德一直看着路蓼，看到路蓼来参加婚礼他心里真的是很高兴的。

"我就知道你们一定会来的。"白蓉蓉感动得热泪盈眶，记者们急忙在一旁拍照，白蓉蓉跟路其琛的老婆叶知秋竟然能和平共处，两人的关系看起来还这么好，这可真的是一个大新闻。

"好了好了，别哭了，当心哭成小花猫。"叶知秋笑了笑，她现在代表的可是路其琛，要是在这个时候让记者抓到什么把柄乱写的话，她和路其琛的生活一定会受到影响。不就是演戏吗？谁还不会。

叶知秋上前替白蓉蓉擦了擦眼泪，说道："今天可是你大喜的日子，你一定得好好的，别哭了，一会儿妆花了可不好看了。"

白蓉蓉破涕为笑，说道："那你们俩赶紧进去吧。"

"好。"叶知秋和路蓼这才进了酒店，被人引到了后面的一块草地上。

白蓉蓉和路秉德选择了草坪婚礼的形式，酒宴也选择了自助的形式，看起来既温馨又可爱。叶知秋和路蓼的心思却不在这上面，婚礼现场装饰得再好看也跟她们没关系。

阳光暖暖地洒在草地上，等了大概半个小时左右，婚礼开始了。

叶知秋和路蓼的位置很靠前，能够清楚地看到亭子里的场景。主持人的声音很好听，慢慢地将所有人的目光都拉到了白蓉蓉和路秉德的身上。路秉德激动地走到了白蓉蓉的面前，单膝跪地，在所有人的见证下，他冲着白蓉蓉问道："蓉蓉，你愿意嫁给我吗？"

白蓉蓉接过鲜花，扶起了跪在地上的路秉德。

"我愿意。"白蓉蓉在说这三个字的时候，眼底里闪过一丝不甘，但还是说了出来。接下来的环节是交换戒指，路秉德别出心裁地准备了一架无人机，接下上面挂着的戒指盒，拿出了钻戒。婚礼的环节安排得紧凑而不枯燥，最终在两人的拥吻中结束了，路秉德搂着白蓉蓉站在台上傻笑。

路蓼百无聊赖，坐在一旁一杯接一杯地喝红酒。

"够了，别喝了。"叶知秋抢过了路蓼手里的酒杯说道，"你别忘了，咱们今天来可不是为了喝酒的。"

路蓼苦笑了一声，"我就是心里难受。"

"我明白。"叶知秋安慰着路蓼，看到白蓉蓉牵着路秉德的手笑盈盈地出来了，急忙说道，"好了好了，他们过来了。"

路蓼能来，路秉德真的很惊喜，所以婚礼仪式结束之后，他立马就带着白蓉蓉过来找路蓼。路蓼背过身去擦了擦眼泪，默默地等着两人过来。

白蓉蓉第一时间开了口，"我就知道你昨天那些都是气头上的话，不管怎么样你还是很关心你爸爸的。"白蓉蓉故意提起路蓼昨天说的那些话，让路秉德的脸色有些难看。确实，昨天路蓼说的那些话很难听，他现在甚至有些怀疑路蓼出现在这里的目的了。白蓉蓉看着路秉德皱眉，忍不住在心底冷笑了一声，继续说道，"好在你来了，你都不知道，你爸一直在盼着你过来，总算是把你盼来了。"

"你来干什么的？"路秉德怀疑地看着路蓼，说道，"你是不是想来闹事？"

白蓉蓉忙拉了拉路秉德，说道："秉德，你别这样，路蓼不是小孩子了，绝对不会做这么没有分寸的事情的。"

"可不是，已经不是小孩子了。"路秉德冷笑了一声，"可昨天那些话可说得特别没有分寸。"

路蓼抿着嘴不说话，她甚至有些后悔了，她到底为什么要来这里？自取其辱吗？

毕竟是自己的女儿，看着路蓼难过的样子，路秉德的心一下子就软了下来，他叹了一口气，说道："傻孩子，不管我跟谁结婚，你都是我最重要的宝贝，女儿是我的骨血，这是永远不能改变的事实。"听到这话，白蓉蓉的脸色很不好看，但她依旧乖巧地站在一旁，装作一副大度的样子。路秉德继续说道，"这些日子让你受委屈了。"

"我没事。"路蓼微微摇头，白蓉蓉不就是用这副可怜巴巴的样子让路秉德对她呵护有加吗？

她也可以。

路蓼的眼眶里噙着眼泪，冲着路秉德说道："我……前些日子是我不好，我太渴望得到父爱了，我不想跟别人分享，所以说了很多伤你心的话，也做了很多让你不痛快的事情，希望你不要放在心上。"

"傻孩子，我是你爸，怎么可能会跟你计较这些？"路秉德欣慰地看着路蓼，说道，"你只要明白不管我跟谁在一起，都不会影响你在我心目中的地位就好了。"

"我知道了。"路蓼微微点头。

路秉德笑了笑，说道："咱们父女好不容易解开心结，要不这样，你就搬回来跟我一起住，我知道你跟蓉蓉之间有些误会，但是只要你跟她相处的时间久了，就一定会喜欢上她的。"

"还是不了。"路蓼为难地摇了摇头，说道，"你跟白小姐新婚宴尔，我就不去做这个电灯泡了，再说……"

"再说什么？"

"再说不管怎么样，都是爷爷把我拉扯到现在这么大的，他现在身体不好，我希望能在他身边多照看着点。"路蓼懂事地说道。

听到路蓼这样说的时候，路秉德也无话可说，一旁的白蓉蓉干巴巴地笑了笑，说道："路蓼好像是一夜之间长大了，变得特别懂事。"

"可不是。"路秉德欣慰地看着路蓼。

"我……我想跟你单独聊一下。"路蓼看了一眼白蓉蓉，这才冲着路秉德说道。

白蓉蓉紧紧地抓着路秉德的手，微微皱起了眉头，一脸的不乐意，"秉德，我……"白蓉蓉总觉得路蓼想要什么花招。

"白小姐，你放心，我就是跟他说两句话，不会耽搁太长时间的。"路蓼冷笑着冲白蓉蓉说道。

路秉德拍了拍白蓉蓉的手背，说道："我去去就来。"他说完就跟着路蓼走到了一旁，任凭白蓉蓉在后面怎么叫都无济于事。

"白小姐，别叫了。"叶知秋冷笑了一声，说道，"人家父女俩说点悄悄话，白小姐应该不会介意吧？毕竟你也一直说希望他们俩能和好，既然这样的话，总得给人家一些空间吧？"

"你……"白蓉蓉很气，但是当着这么多宾客的面，她也不好意思发火，于是她把叶知秋拉到了一旁，厉声责问道，"叶知秋，你们两个葫芦里到底卖的是什么药？你们想干什么？"

"我们能干什么？"叶知秋笑了笑，说道，"路秉德是路蓼的父亲，路蓼只是希望跟自己的父亲单独聊一下，你就看不下去？还是说你之前在路秉德面前说希望跟路蓼和平共处，都只是说说而已？"

"叶知秋，这里就咱们两个人，你也别在我面前演戏了，你怎么想的，我还不清楚吗？"白蓉蓉冷笑了一声，"我问你，你们两个到底想怎么样？我都已经放弃路其琛了，你还想让我怎么做？"

"是你想怎么样！"叶知秋冷眼看着白蓉蓉，"这世界上有这么多男人，追你的也不在少数，可你偏偏选择了路秉德，毕竟……这一切都是你自己选的，是你自作自受。"叶知秋冷笑了一声，"你可别在我面前说你对路秉德是真爱，很可笑，这些话拿来骗骗那帮记者还好，骗不过我。"

"是吗？"白蓉蓉冷笑，"是，我当然骗不过你，我为什么选路秉德，别人不知道，但你肯定心里清楚。"叶知秋没说话，只是看着白蓉蓉。白蓉蓉冷笑了一声，继续说道："叶知秋，你以为你加上路蓼那个黄毛丫头就可以赢我了吗？做梦吧。我告诉你，不管你们用什么手段，我都已经是路秉德的妻子，是他明媒正娶的老婆，我只要稍微吹一点枕边风，你以为……你们能斗得过我吗？"

"试试不就知道了。"叶知秋冷笑，"提醒你一句，你最好安分守己一点，省的到时候赔了夫人又折兵。"

叶知秋扔下这一句就离开了。白蓉蓉一个人站在原地，想发火又不能，只能把一肚子的气憋在了心底，面上还是做出一副笑盈盈的样子。

路蓼把路秉德拉到了草坪边缘，这才停下了脚步，路秉德看着路蓼，柔声说道："路蓼，你有什么想说的就说吧，我是你爸，不管你想要什么我都能满足你的。"

"我……"路蓼想过了，她得给路秉德留一个保障，就算将来白蓉蓉把他弄得人财两失，他至少还能有个保障，她想了想，开口说道，"爸，是这样的……"

路秉德愣了一下，有些激动地冲着路蓼说道，"你……你刚刚叫我什么？"路秉德简直不敢相信自己的耳朵，他甚至怀疑是不是听错了，所以迫切地想要证明自己没有听错。

"爸……"路蓼知道，只要自己稍微服个软，路秉德就会对自己言听计从。

"你……你再叫一遍。"路秉德激动得热泪盈眶。

"爸……"路蓼微微皱眉，冲着路秉德略带撒娇地说道，"跟你说正事呢。"

"好好好，你说。"一个简单的字，就能让路秉德卸下所有的心防，面前这个是自己的女儿，不是敌人，哪怕为她付出一切他都是愿意的。

"我知道你一直想让我跟白蓉蓉和平共处，但是……"路蓼微微皱眉，"你也知道，她曾经跟我大哥是男女朋友，当初她为了钱无所不用其极，我看了太多，我不是在挑拨离间，只是想提醒你一句。"

路蓼说这番话的时候异常平静，丝毫没有带感情色彩。

路秉德能理解路蓼的感受，所以也没有动怒，只是说道："我明白你的感受，不过这段时间我跟她相处下来，发现她真的是已经变了很多，所以我才说想让你们两个试着相处一下，也许其中有什么误会也说不定。"

"是，我知道。"路蓼微微点头，"爸，每个人都有自己的看法，你觉得她善良大方，可我觉得她嫁给你是有目的的，我不能强迫你跟我一样看她，但你也不要试图改变我对她的看法。"

"好。"来日方长嘛，路蓼只要好好跟自己说，他也都是可以接受的，"那你现在想要怎么处理？"

"既然你喜欢她，那我也不干涉你，只要她对你好，我都可以接受。"路蓼淡淡地说道，"你愿意跟她一起生活的话，那我以后也不干涉了，只是我还是想多一句嘴，爸，我听说你已经把名下一个酒店转给她了，我希望你以后不要再这样了。你好歹留个心眼，再过几年，或者说等她给你生了孩子后，到时候你再想给她什么我都不会再有意见了。"

"你说的……也不是没有道理。"路秉德仔细地想了想，他知道路蓼肯来跟自己说这些，是真的在帮自己考虑，他笑了笑，说道，"好，你说的我都记住了。"

路秉德说完这话就拉起了路蓼的手，"你跟我来。"

他拉着路蓼走到了舞台上，现在的宾客都开始享受美食，聚在一起闲话家常，路秉德拿起一旁的话筒，清了清嗓子，冲着众人说道："各位……"

看到路秉德牵着路蓼上台时白蓉蓉的眼皮就开始狂跳，她总觉得有什么不好的事情要发生，她想上去把路秉德拉下来，可是她不能，只能眼睁睁地看着。

"今天不光是我跟蓉蓉结婚的日子，还有一个好消息我想跟大家分享。"路秉德笑了笑，说道，"大家都知道我这么些年一直没结婚，但是……我有一个女儿。"

"什么？"

"这到底是怎么回事？"台下的众人一片哗然。

"我知道我现在说这件事情大家肯定会觉得很奇怪，但这是事实，我也是最近才知道这个消息，而现在……站在我身边的这个，就是我路秉德的女儿。"路秉德说这话的时候一脸的自豪，有这样一个乖巧可爱的女儿，他真的觉得很骄傲。

"相信很多人应该都认识她，没错，路蓼是我的女儿。"路秉德笑着说道。

"路总，这件事情白小姐知道吗？"

"是啊路总，白小姐能不能接受这个事情呢？是不是你结婚之前一直瞒着白小姐这个事情？"

路秉德的脸上闪过一丝尴尬，说道："这个问题，我想还是由蓉蓉自己来回答你们比较有说服力。"

路秉德笑盈盈地在台下找了一圈，好不容易找到了白蓉蓉的身影，他笑了笑，朝着白蓉蓉伸出了手。

白蓉蓉无处可躲，只能登上了台，冲着众人说道："这件事情……秉德从来没有隐瞒过我。"白蓉蓉笑了笑，侧头深情地看着身边的路秉德，说道，"秉德这个人，心里是藏不住事情的，他在知道这件事情的第一时间就告诉了我，甚至还让我自己选择，如果我接受不了离开的话，他也绝对不会怪我。"

"所以白小姐你真的一点都不介意吗？你这么年轻就要做人家的后妈，而且她年纪比你也小不了几岁。"

"不介意。"白蓉蓉微微摇头，说道，"能找到这样一个男人真的很不容易，我不想错过，他很尊重我，所以我也会试着去接受他的一切，再说……我跟路蓼的关系也挺好的，我做不了一个好后妈，但至少可以跟她做朋友，不是吗？"

白蓉蓉说这番话的时候简直恨得牙痒痒，但是面上却丝毫没有表露出来。看来她真的是小看路蓼了，这才多长时间，竟然能让路秉德在媒体面前公开承认路蓼的身份。

路秉德满意地看着白蓉蓉，笑了起来。

自始至终路蓼的脸上都是面无表情的。

一旁的路秉德说道："今天是我这一辈子最重要的日子，娶了我最爱的女人，又找回了我的女儿，我觉得我已经是天底下最幸福的人了。"

路秉德心情很不错，多喝了两杯，婚宴结束的时候路秉德和白蓉蓉站在门口送客，白蓉蓉一直用怨恨的眼神看着路蓼。

路蓼看了一眼醉醺醺的路秉德，说道："爸，我先走了。"

"好。"路秉德笑，"回头多来看看我。"

"知道。"路蓼笑了笑，转头冲着白蓉蓉说道，"你好好照顾我爸。"

"你别得意得太早。"白蓉蓉压低了声音说道，"咱们来日方长。"

路蓼冷笑，跟叶知秋离开酒店之后，心里舒服了许多，"嫂子，今天真是辛苦你了。"

"跟我你还客气什么？"叶知秋笑了笑，"不过看到白蓉蓉脸上表情那么难看，还是觉得挺痛快的。"

"可不是。"路蓼冷笑了一声，说道，"她现在就是哑巴吃黄连，有苦说不出，以为嫁给路秉德就万事大吉了，我可不会让她这么舒坦。"

"不过人家毕竟是夫妻，有什么事情商量一下也就解决了。"叶知秋略带担忧地说道。

"你等着看吧，我早晚让那个白蓉蓉露出本来面目。"路蓼信誓旦旦地说道。

路老爷子看到了新闻，回去之后路蓼把自己的用意说了一遍，路老爷子沉默许久，最后还是叹着气说道："也罢，这样至少能给他留住一些东西，总不能眼睁睁地看着他被白蓉蓉骗。"

"爷爷，你不生气就好。"路蓼一直没告诉路老爷子，听到路老爷子的话，一颗惴惴不安的心总算是放了下来。

"傻丫头。"路老爷子说道。

叶知秋看着两人，刚想说话就接到了路其琛的电话，他开口就说道："知秋，我怕是要在这里多留两天了。"

原本接到电话还很高兴的叶知秋在听到路其琛这句话的时候脸色一下子就垮了下来，她紧紧地捏着手机，声音酸涩，"为什么？"

路其琛并没有注意到叶知秋语气里的不对劲，说道："临时出了点状况，我要留下来处理，知秋，你放心，我一定会用最短的时间处理好所有的事情，早点回去。"

"我……"叶知秋很想任性一下，但是她不敢，一来是不相信路其琛会为了她放下所有的工作，二来是就算路其琛放下所有的工作回来了，她又怕路其琛后悔。

所以只是一个人落寞地回到房间坐在床上，一言不发。

昏黄的灯光照在她的身上，空落落的房间里只有她一个人，显得尤为孤独。

"知秋，你怎么了？不高兴了？"路其琛总算是发现了叶知秋的不对劲，说道，"是因为我不能及时回来吗？"

是，肯定是的。叶知秋心里面这么想着，但却说不出口，笑了笑，说道："没有，我今天……跟路蓼去参加白蓉蓉的婚礼了。"

"去参加她的婚礼做什么？"路其琛微微摇头，显然很不理解。

叶知秋把今天发生的事情一五一十地告诉了路其琛，然后又说道："其琛，不管怎么样路蓼都是路秉德的女儿，她这样做……也是想给路秉德留条后路……"

"我知道。"路其琛微微点头，说道，"只是以后再有这样的事情……你们两个自己小心一点，别再这么冲动了，白蓉蓉可不是那么好对付的。"

"我知道了。"叶知秋点了点头。

"等我这次从欧洲回来就休两天假，陪你出去玩玩好不好？"路其琛柔声安慰叶知秋，叶知秋的脸上总算是挂起了笑容，好半天，叶知秋突然冲着电话那端的路其琛表明心迹，说道："其琛……"

"嗯？"听到对面那个人的声音，觉得无比的安心。

"我……我很想你。"明明面前空无一人，但是说这话的时候叶知秋还是忍不住红了脸，好在没有人看见。她忐忑地捏着电话，等待电话那头路其琛的回答。

路其琛听到叶知秋说这话的时候先是一愣，最后忍不住笑出了声，说道："我也很想你！"

叶知秋沉默了一会儿，突然说道："其琛，我们要个孩子吧？"她等了半天都没等到路其琛的回答，顿时有些忐忑不安，问道，"怎……怎么了？你是不是不愿意？"

"不，怎么会不愿意？"路其琛笑着说道，"只是觉得有些突然罢了，怎么突然想要孩子了？"

叶知秋叹了一口气，说道："之前你说想要孩子，可我一直觉得咱们俩结婚不久，太快要孩子不合适，可我现在想清楚了，早要和晚要没有什么太大的差别，我最近经常幻想，如果我跟你也有孩子的话，会不会很可爱。"叶知秋忐忑地说道，"我就是提个意见，你要是不愿意的话……"

"傻瓜，我怎么会不愿意？"路其琛笑道，他一直想要一个孩子，属于他和叶知秋的孩子，可之前叶知秋虽然嘴上不说，但是他看得出来，叶知秋是不太愿意这么早要孩子的，不过……难得叶知秋现在想通了，他怎么会错过这个机会。他笑了笑，继续说道，"你等着我，我忙完手上的事情立马就回去。"

"好。"叶知秋点了点头，还想说什么的时候，电话里面传来张璐不合时宜的声音，"路总，咱们该走了。"

叶知秋脸上的笑容一下子就凝固了，这算怎么回事？自己刚刚在跟路其琛聊天的时候张璐就一直在路其琛旁边吗？

叶知秋心里很不满，但张璐的心里就更不满了。

刚刚路其琛跟叶知秋打电话的时候她就在旁边，亲耳听着叶知秋和路其琛你侬我侬，张璐的心里很不是滋味，眼看着开会的时间就要到了，张璐忍不住了，开口催促路其琛，一方面是不想再听下去了，另一方面……也是想告诉叶知秋，现在跟路其琛在一起的人，是她。

听到张璐声音的时候叶知秋就懵了，只听电话那头的路其琛说道："知秋，我得挂了，一会儿还有个会，等有时间的时候再给你打电话。"

路其琛二话不说就挂断了电话，叶知秋想阻止都来不及。

叶知秋只能强迫自己不去想那些糟心事，第二天一早起来，她给赵珍珍打了电话。

赵珍珍到景园找叶知秋，看着空荡荡的房间，赵珍珍忽然问道："知秋，算算时间，你们家路其琛是不是应该回来了？"

"没。"听到赵珍珍提起这个的时候她就觉得很郁闷，"说是要在那边多留两天。"

"是吗？"赵珍珍微微皱眉，之前跟顾辞远视频的时候她提过一嘴，说是叶知秋担心路其琛，没想到顾辞远在欧洲还真的见过路其琛，说是在给赵珍珍买礼物的珠宝店里见到的，当时路其琛正跟张璐在一起逛珠宝，还不时征询张璐的意见，最后买了一条项链才离开。

顾辞远一直在一旁看着，但是却并没有上前打招呼。

赵珍珍原本没想把这件事情告诉叶知秋，毕竟这件事情也并不能证明什么，万一是个误会的话，自己就是好心办坏事了。但是听到路其琛多留两天的消息，赵珍珍实在是忍不住了，她觉得自己还是应该把这件事情告诉叶知秋，至于这件事情的真相到底如何，应该由叶知秋自己来弄清楚。

"怎么了你？"叶知秋看到赵珍珍紧紧地皱着眉头，急忙冲着赵珍珍问道。

赵珍珍犹豫了一下，还是在叶知秋的身边坐了下来，说道："知秋，有件事情……我觉得我应该告诉你。"

"什么事情？这么神神秘秘的？"叶知秋隐隐觉得事情有些不对劲，只能用笑容来掩饰自己的紧张。

事实上她紧张得手都已经攥成了拳头。

"知秋，我只说我知道的事情，但是……事情的真相到底是什么样的，这得由你自己去弄清楚。"赵珍珍说道。

其实她也很相信路其琛，但是这件事情真的是挺可疑的，她觉得叶知秋有知情的权利。

叶知秋更忐忑了，她深吸了一口气，说道："你说吧，我能承受得住。"

赵珍珍看了一眼叶知秋，她知道叶知秋现在的平静都是装出来的，事实上她的内心肯定已经是波涛汹涌，但是没办法，这话她必须说。她拉着叶知秋的手，说道："我之前不是跟你说过顾辞远也在欧洲吗？他碰见路其琛了。"

"是吗？"叶知秋淡淡地应了一句，说道，"他在干什么？"

　　"他……"赵珍珍突然觉得自己有些难以启齿，但狠了狠心，最后还是说了出来，"他当时正跟张璐逛珠宝店，全程都在征询张璐的意见，顾辞远说要不是知道他是你老公，肯定会以为他跟张璐才是一对，他买了一条项链才离开。"

　　赵珍珍说完这话，叶知秋的脸色顿时变得惨白，她看着赵珍珍，勉强挤出了一丝笑容，说道："是……是吗？"

　　"知秋，你没事吧？"看到叶知秋这个样子，赵珍珍着实有些不忍心，她拉着叶知秋的手安慰道，"我只是把这件事情告诉你，知秋，你先别想这么多，也许他去那里是给你选礼物了呢？你别自己吓自己。"

　　"我知道。"叶知秋脸上面无表情，赵珍珍知道坏事了。她了解叶知秋，如果她哭闹的话，可能发泄完了就都好了，可是她现在这个样子……真的很让人担心。

　　平静得好像什么事情都没发生过。

　　"知秋，我……"赵珍珍刚想说点什么补救一下，但是叶知秋不想听了，她开始赶赵珍珍离开，"珍珍，我有点累了，想睡一会儿，麻烦你走的时候帮我把门带上，可以吗？"

　　"可是知秋……"赵珍珍想留下来陪着叶知秋，她怕叶知秋做什么傻事，但叶知秋却闭上了眼睛，根本不听自己说的话。赵珍珍无奈地站起了身，说道，"那你自己好好休息，有什么事情的话就给我打电话。"

　　叶知秋没说话，赵珍珍出门替叶知秋带上了房门，准备离开的时候还是不放心，正好路蓼回来了，她就把路蓼拉到了一旁，叮嘱道："那个，知秋心情不是特别好，你一会儿要是有时间的话就去陪陪她，我实在是不放心。"

　　"嫂子怎么了？"路蓼诧异地看着赵珍珍问道，"出什么事情了？"

　　赵珍珍犹豫了半天，最后还是说道："总之你一会儿过去看看她，别告诉路老爷子了，免得他跟着担心。"赵珍珍叮嘱完这些话之后，才离开了景园。

　　路蓼本来是想上去看看叶知秋的，但是一想到赵珍珍说让自己过一会儿再上去，所以忍了下来，到吃晚饭的时候，叶知秋的房里还是一点动静都没有，她这才过去敲了敲叶知秋的房门，"嫂子，吃饭了。"她等了好一会儿，一点动静都没有，心里顿时有些忐忑，该不会出什么事情了吧？她想都没想就推开了房门，屋子里面黑漆漆的，什么都看不到，路蓼急忙打开了灯，看到叶知秋蜷缩在床角落里睡着了，脸上的泪痕还没干。她缩成了一团，紧紧地抱着自己，脸上的表情无比的痛苦，仿佛是做了什么可怕的噩梦。路蓼上前叫了两声，叶知秋一点反应都没有，她这才意识到不对劲。

"不要，不要……"叶知秋一个劲儿地喃喃自语着，不管路蓼怎么叫她都醒不过来，"不要扔下我……"

路蓼上前探了探叶知秋的额头，温度高得吓人，她忙叫了人把叶知秋送到医院里。

路蓼很自责，路其琛才离开几天时间，她都没能帮路其琛把叶知秋照顾好，顿时觉得自己挺没用的。

"好了路蓼，别自责了。"路老爷子这么大的年纪也跟了过来，虽然面上很平静，但是心里还是很担心的。

"爷爷，你说嫂子会没事吗？"路蓼紧张地问道。

路老爷子忙安慰她，"你放心，只是普通发烧而已，一定会没事的。"

路蓼从病房里面出来，就给路其琛打了电话。

电话响的时候，路其琛刚刚参加完一个聚会，原本到手的合约因为有人从中作梗丢了，路其琛心情不好，所以多喝了几杯。再加上张璐在一旁不动声色地劝酒，到聚会结束的时候，路其琛已经喝多了。

张璐费了九牛二虎之力才把路其琛带回了酒店，她看着路其琛英俊的侧颜，怎么也不舍得走。

"你知道吗？我真的很爱你。"她躺在路其琛的身边，伸手摸着他的轮廓，痴迷地说道，"从我见你的第一面开始我就喜欢你，我是绝对不会放手的。"

张璐痴迷地看着路其琛，尽管现在的路其琛已经醉成了一摊烂泥，但正是因为这样，她才有机会对着路其琛说出自己的心思。

"其琛，你知道吗？我真的很想这样喊你，我不想喊你路总，每次我看到你和叶知秋站在一起的时候我都嫉妒得快要发狂。"张璐伸出手，一颗一颗地解开了路其琛的衬衫纽扣，"你知道吗？我等这一天等了很长时间，现在……我们终于有机会在一起了，没有任何人再来打扰我们了。"

张璐把自己和路其琛脱了个精光，亲了上去，尽管喝醉了，但路其琛还是觉得自己怀里的不是叶知秋，他皱着眉头推开了张璐，然后翻了个身，倒头就睡。

张璐气疯了，"叶知秋啊叶知秋，你到底有什么魔力，为什么他都这样了还是对你死心塌地的？"

她试了很多次，最后只能放弃。

路蓼的电话不合时宜地响起并且一直不屈不挠地响着，弄得张璐心烦意乱，

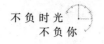
直接把路其琛的电话关了机。

大好的机会就摆在自己眼前，可是她没有办法。

路蓼听到路其琛电话关机的那一刻，气得差点把手机给扔了，她咬牙切齿地给路其琛发了一条微信，故意把叶知秋的情况说得很严重，然后才回了病房。

叶知秋做了一个很长的梦，梦里她担心的事情真的就发生了。

她梦见路其琛和张璐手牵着手在前面走，两个人的脸上挂着甜蜜的笑容，她拼命地想要追上前去，但是怎么追也追不上。她拼命地喊，可是喊到喉咙都哑了，路其琛也没有回头看自己一眼。再然后，画面一下子切换成了张璐，她妆容精致，跟自己蓬头垢面的样子形成了鲜明的对比，张璐冷笑着看向了自己，说道："叶知秋，想跟我斗，你输定了。叶知秋，你认输吧，路其琛爱的那个人是我，不管你怎么做，他都不会回头了……叶知秋，路其琛跟你在一起就是玩玩而已，你赶紧跟他离婚，我怀孕了，我要给我肚子里的孩子一个名分。"

再然后她看见张璐的肚子像是吹皮球一样的大了起来，她看见路其琛半蹲在张璐的面前，一脸柔和地摸着张璐的肚子，他把耳朵靠在张璐的肚子上，仔细地听着张璐肚子里的声音。

她拼命地扑上前去，拉着路其琛的手，"其琛，不是这样的……"她想要把路其琛拉回来，路其琛却决绝地推开了她，他的声音从四面八方涌了过来，"叶知秋，我们离婚吧，我爱的人是张璐。"

"不！"叶知秋尖叫着从睡梦中醒了过来，大汗淋漓，脸上还挂着泪痕，那个梦的感觉那么真实，她都快以为那是真的了。

"嫂子。"路蓼欣喜地看着叶知秋，但看到她的样子，又皱起了眉头。

"嫂子，你怎么了？做噩梦了吗？"路蓼关心地问道，拿起旁边的纸巾替叶知秋擦着脸，"你怎么样？现在好些了吗？"

"我没事。"叶知秋慢慢地冷静了下来，她不断地在心里告诉自己，刚刚那个只是梦而已，不是真的。

路蓼坐到了叶知秋的床前，问道："嫂子，你到底出什么事情了，能不能跟我说说？"

"我没事。"叶知秋笑了笑，脸色很苍白，"可能是最近太累了，休息一下就好了。"

"你……是不是跟我哥吵架了？"路蓼问道。听到路蓼提起路其琛，叶知秋的眼底闪过一丝意味不明的情绪，她笑了笑，说道："想什么呢你，我跟你哥隔着这么远的距离，怎么可能吵架？"

"真的？"路蓼还是不相信。

"当然是真的。"叶知秋笑笑，"我很累，想休息一会儿。"

"那你先休息一下，我去叫宋妈给你煮个粥。"路蓼转身准备离开的时候，还是不放心地回头叮嘱了一句，"嫂子，我把你当自己人，所以……不管发生了什么，你记得告诉我，我跟爷爷帮你做主。"

"好。"叶知秋笑了笑，等到病房门关上的一刹那，叶知秋脸上的笑容也没了。

另一边，醉酒的路其琛也醒了过来，看着自己身上的衣服都没了，他微微皱起了眉头。

他怎么都想不起来昨天晚上到底发生了什么。

恰好张璐过来敲门，他穿了衣服，打开了房门。

张璐笑盈盈地走了进来，手里还端了一杯蜂蜜水，说道："路总，您醒啦，我准备了蜂蜜水，解酒的，您喝一点。"

"我昨天晚上……怎么回来的？"路其琛问道，他真的一点也想不起来到底发生了什么。

"您忘啦，您喝多了，是我带您回来的。"张璐说道。

"那我……"路其琛微微皱眉，他是想问自己身上衣服的事情。

"您喝醉了酒，吐得满身都是，我让酒店的服务员帮您脱的，我可搬不动您。"张璐笑着说道，"一会儿咱们还有一个合约要签，得快点了。"

"好。"路其琛接过蜂蜜水喝了一口，想起自己已经很长时间没给叶知秋打电话了，忙拿过了手机，却发现自己的手机是关机状态。

他还没开口问，张璐就开口说道："昨天晚上您手机一直在响，我怕我接了被人误会了就不好了，再说您喝醉了酒也接不了，怕打扰您睡觉，我就给关了机，您……不会怪我吧。"

"没关系，你先出去吧，我洗个澡。"

路其琛关上房门，开了机，看到无数的未接电话以及路蓼那个微信，紧紧地皱起了眉头，急忙回了电话过去，紧张地问道："路蓼，你那个微信到底是什么意思？知秋现在怎么样了？到底出了什么事情？"

看到路其琛回电话过来，路蓼嘲讽道："大哥，你还知道回电话过来啊，昨

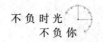
天我给你打电话的时候干吗关机？"路蓼实在是气不过，"你要真这么关心嫂子的话，就不会连电话都不接。"

路其琛没有时间解释，他只关心叶知秋现在的身体状况，"路蓼，知秋现在到底怎么样了？"

"我不知道。"路蓼没好气地说道，"你要真这么关心的话你自己回来看啊。"

路其琛皱着眉头，解释道："我昨天也不是故意不接电话的，我喝醉了，刚刚才看到你的信息。"

路蓼听到路其琛语气里的焦急，这才说道："嫂子昨天发烧住院了，我给你打电话一直打不通，大哥，在你心里到底是工作重要还是嫂子重要？"

"当然是你嫂子重要。"路其琛急忙说道，"她现在怎么样了？有没有什么事？"

"已经没什么事情了。"路蓼叹着气说道，"不过我看嫂子好像很不开心，可能是因为你不在的原因吧。"路蓼叹着气，"哥，你到底什么时候才能回来？"

"我今天就回去。"路其琛当机立断，什么合约，什么合作，都比不上叶知秋的万分之一。他挂断电话就开始收拾东西，吩咐张璐去订机票，张璐为难地说道："可是路总，咱们一会还有一个合约要签啊。"

"我说订机票就订机票，哪这么多废话？"路其琛说道。

"是……"张璐讪讪地点了点头，结果发现只有后半夜的机票了，"路总，只剩下后半夜的机票了，要不这样，咱们先去把合约签了，再赶去机场也是来得及的。"

"你安排吧。"路其琛确认了一下，发现张璐没有撒谎，一下子跟泄了气的皮球一样。

他虽然人在这里，但是心却早就飞回了叶知秋的身边。

签完合约之后，路其琛又接到了一个好消息，之前被抢走的那个合约又回来了，路其琛还是挺高兴的，总算是不虚此行。对方公司的人点名表扬了张璐，说道："路总，是你助理的毅力感动了我们，原本我们已经决定了，但是张小姐一直过来找我们，把你们的优势展现了出来，我们才重新考虑了贵公司，所以……你真正要感谢的人是你的助理。"

听到对方这么说的时候，路其琛诧异地看了一眼身边的张璐，张璐有些不好意思地低下了头，说道："是你们肯给我机会，相信我们一定会合作愉快的。"

"合作愉快。"路其琛伸出了手。

从对方公司离开的时候，路其琛冲着张璐问道："你为什么要这么做？"

"我……"张璐笑了笑，"我就是觉得这是路总您的心愿，所以无论如何我一定要替您完成。您昨天晚上为了这件事情喝了那么多酒，所以我就去试了试，没想到真的成功了。"

"这件事情……确实要好好感谢你。"路其琛笑了笑，"说吧，想要什么奖赏？"

张璐满心欢喜，好半天才说道："这我可得好好想想，路总难得许诺我一件事情，我一定要好好珍惜。"

路其琛笑，"那就想到了告诉我。"

两人回酒店收拾了行李，好在当天晚上的飞机没有晚点，两人如期返回。

路其琛给张璐叫了出租车，说道："我家里有点急事，就不送你回去了，你到家给我来个信息。"

"好。"张璐善解人意地说道，"路总您赶紧回去吧，Autumn肯定在等了，路上慢一点。"

路其琛笑了笑，送走了张璐的车子，这才开车直奔景园，到家的时候叶知秋已经去上班了，家里根本没有她的人影。

公司里面事情一大堆，叶知秋的身体稍微好了一点就赶去上班了，一来是怕赵珍珍一个人忙不过来，二来在家里待着容易胡思乱想，还不如出来转移一下注意力。

叶知秋到公司的时候赵珍珍就过来了，皱着眉头问道："不是生病了吗？怎么不在家多休息休息？"

"我哪是那种休息得了的人？"叶知秋笑了笑，说道，"资料准备得怎么样了？"

"已经差不多了。"赵珍珍说道，"知秋，不是我说，你……"

"珍珍！"叶知秋说道，"我现在不想说这些。"

叶知秋都这样说了，赵珍珍还能再说什么，只能苦笑了一声，说道："那你有事叫我。"

吃过午饭之后，她处理了一些手上的文件就准备去酒店商量一下发布会的细节。她这前脚刚走，后脚路其琛就赶了过来，结果正好被赵珍珍撞见了。

"路总，你不是在欧洲吗？怎么回来了？"赵珍珍看到路其琛的时候语气不是特别好。

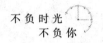

叶知秋出了这么多事情，罪魁祸首不就是站在自己面前的这个男人吗？

"赵小姐，知秋去哪了？"路其琛发现叶知秋不在公司，更着急了。

赵珍珍笑了笑，说道："路总这话问得好笑，她是我老板，她去哪也没必要向我报告，你说是不是，倒是你，作为人家丈夫，连自己的老婆去哪了都不知道吗？"

"我……"路其琛明显感觉到赵珍珍对自己的敌意，微微皱着眉头，好言说道，"我这刚到家，听爷爷说她来上班了，我给她打电话她也一直不接，你告诉我，她到底在哪里？"

路其琛不在乎赵珍珍的态度，她会这样就是因为在乎叶知秋，认为自己没有好好照顾叶知秋，所以他不会怪她。但他现在真的很担心叶知秋，所以迫切地想要知道叶知秋的下落。

"赵小姐，你跟知秋不光是上下级的关系，我知道你们两个还是很好的朋友，你一定知道她去了哪里，是不是？"路其琛好言问道。

看着路其琛这么焦急的样子，赵珍珍的心里很是矛盾。一方面叶知秋受了委屈，作为朋友的她很希望让路其琛受点惩罚，但另一方面也希望看到两人和好，看到叶知秋的脸上重新挂起笑容。

赵珍珍左右为难。

路其琛急得满头大汗，"赵小姐，我不知道我离开的这段时间到底发生了什么，但是只有见到了知秋，我才能把这些事情跟她说开你说是不是？再说知秋现在还生着病，我是真的不放心。"

赵珍珍还在犹豫，但仔细想想路其琛说得也有道理，毕竟什么都比不上叶知秋的身体重要，于是她抬起头看着路其琛，说道："知秋去酒店了，路总，我希望你见到她之后能好好跟她把事情说清楚，别再让知秋这么难受了。"

"我知道，谢谢。"路其琛感激涕零，赶到酒店的时候就看见叶知秋一个人在前台不知道跟人说些什么，看到叶知秋安然无恙地站在自己的面前，路其琛的一颗心总算是落了地。

路其琛立马上前抱住叶知秋，叶知秋吓了一跳，等看到来人是路其琛时，不禁还是有些开心，不过她并没有表现出来，而是挣脱路其琛，淡淡地问了句："什么时候回来的？"

"刚刚到，发现你没在家，我就出来找你了。"

"你找我干吗？刚回来也挺累的，赶紧回家休息休息吧。"

"那你和我一起回家，你好些没？"路其琛说着便伸手探了探叶知秋的额头。

叶知秋拿开路其琛的手说道："已经没事了，我在工作，你自己回家吧。"

路其琛知道叶知秋在生气，所以也不顾叶知秋的反对，直接把她带回了家，拉到了房里。

锁上房门，路其琛说道："你坐下，让我好好看看。"他把叶知秋拉到了床边坐下，测量完体温确认没有在发烧了，这才松了一口气，"你说你怎么就这么犟，不舒服还非要去上班。"

"跟你有关系吗？"叶知秋跟路其琛闹着别扭，"我怎么样用不着你来操心。"

"你……"路其琛无可奈何，结婚到现在，叶知秋还是头一次跟自己这样说话，他不知道怎么处理。

"知秋，你好好跟我说话行不行？你到底在别扭什么？"路其琛压根就不明白叶知秋到底为什么生气，"如果是因为你生病那天我没能赶回来的话，那我认错，对不起，我那天真的忙疯了，连电话都没接到，但是我知道这件事情之后已经第一时间赶回来了，你就原谅我好不好？"

路其琛拉着叶知秋的手，却被她甩开了。

"你忙你的，我会照顾自己。"叶知秋心里就是痛快不起来，她只要一想到那个梦就心情烦躁，觉得那个梦无比的真实。

路其琛把叶知秋抱在了怀里，说道："知秋，咱们可以好好聊聊吗？我真的很想知道你现在到底是在别扭什么。"路其琛叹了一口气，"咱们俩是夫妻，不管发生什么，我都希望你能如实地告诉我，如果我有做错的地方，我会改，但至少你得让我知道我错在什么地方，你说是不是？"

叶知秋静静地被路其琛抱在怀里，她不知道自己应该怎么说，好半天她才说道："其琛……你……"

"你到底想说什么？"路其琛焦急地问道，叶知秋这样欲言又止的样子可急坏了路其琛。

"你出差的这段时间……顾辞远也在欧洲。"叶知秋想了想，还是决定问清楚，这件事情要是不问清楚了，她这心里永远会有疙瘩。

"是吗？我怎么没碰见他？"路其琛疑惑地说道。

"他……"叶知秋犹豫了半天最后还是问了出来，"他说在珠宝店碰见你了，当时你跟张璐在一起，还说……"

"我知道了。"路其琛说着便从自己的公文包里取出了两个盒子，递给了叶知

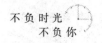
秋，说道，"打开看看。"

"这是……"叶知秋疑惑地打开看了一眼，盒子里面是一条手链和一条项链，是叶知秋喜欢的款式。

"戴上试试？"路其琛笑盈盈地说道，"这就是我去珠宝店的原因，我想着张璐是女孩子，之前又是你的同事，应该会比较了解你，所以我才让她帮着我一起挑的。"路其琛叹了一口气，"所以你就因为这件事情一直跟我闹别扭？"

叶知秋脸一红，知道自己是误会了路其琛，有些尴尬地说道："我不知道是这样……"

"你啊，下次再发生这样的事情就来问我，不要光听别人说的。"路其琛无奈地说道，"真是拿你没办法。"

"知道了。"叶知秋吐了吐舌头，好半天才说道，"我那天做了个梦，梦见你跟张璐在一起了，你说要我跟你离婚，还说她怀孕了，我真的……"

现在提到这个梦叶知秋还觉得毛骨悚然，在路其琛的安慰之下她才稍稍好转。

第二天一早，叶知秋起来的时候楼下坐着一堆人，赵志平和赵奶奶都来了，看到叶知秋下楼的时候急忙迎了上来，冲着叶知秋问道："知秋，你怎么样了？身体好点了没有？"

"我没事。"叶知秋忙说道，"爷爷奶奶，你们怎么来了？"

"你这好几天没有回家去了，你奶奶在家一直念叨你。"赵志平笑了笑，冲着叶知秋说道，"正好今天有空，我就带她过来见见你，听你爷爷说你生病了，你这孩子，怎么也不知道给我们打个电话？"

听着赵志平略带责怪的语气，叶知秋却觉得心头很暖，被人记挂着的感觉真好。

"我已经没事了，奶奶，不用担心。"叶知秋忙安慰赵奶奶，说道，"奶奶怎么样了？"

"她还是老样子。"赵奶奶叹了一口气，说道，"你真的没什么事吗？"

"真没事。"叶知秋这才想起自己已经很长时间没去看奶奶了，忙说道，"爷爷奶奶，我赶着去上班，先不跟你们聊了，等会儿下班之后我会去看你们的。"

"好。"赵奶奶高兴得像个孩子，问道，"你想吃点什么？回去的路上奶奶顺道就给买了。"

"我都行。"叶知秋笑盈盈地说道。

跟路其琛把问题说清楚了，叶知秋心里也舒坦了，脸上的笑模样也多了。赵珍珍一进办公室就感觉到叶知秋如沐春风的样子，知道这两人肯定是和好了。

"知秋，你把这个看一下，我先去忙了。"因为接了大公司亿诺的案子，再加上之前提案的事情传出去了，公司里的业务也开始多了起来，大家都是一副忙碌的样子。

看着公司一步一步走上正轨，叶知秋的心里说不出的开心。她抽空给路其琛打了个电话，约他晚上一起去赵家，路其琛答应道："那我晚上过去接你。"

"不用，我过去找你就行。"叶知秋淡淡地笑着。

挂断电话之后，路其琛抬起头来看着张璐，说道："你刚刚说什么？"

"是这样的路总……"张璐笑盈盈地开口说道，自打从欧洲回来之后，路其琛跟张璐的关系就没那么僵了。他看到了张璐身上的能力，所以自然也会珍惜自己身边的人才。

张璐把工作跟路其琛汇报完之后，看着路其琛，路其琛疑惑地看了一眼张璐，问道："怎么了？还有事情？"

"路总，之前在欧洲的事情，您答应要给我奖励，您还记得吧？"张璐问道。

路其琛笑了笑，微微点头，说道："当然记得，怎么，你想到想要什么奖励了？"

"是。"张璐点了点头，"我要的东西很简单，就是想让路总您请我吃顿饭，您看……您今天有没有空？"

路其琛愣了半天，这才回道："就……这么简单？"

"是，就这么简单。"张璐微微点头，说道，"路总您可千万不要误会，我这么做是因为我觉得我做的事情都是我分内的事情，根本不需要什么奖励，但是每次跟着路总我总能学到很多东西，所以我希望能跟路总一起吃个饭，让您跟我说说……我这工作上还有什么需要注意的地方。我希望我自己能变得越来越好，当然，就是这顿饭我请也没关系，只要路总肯出席就行。"

"其实你已经做得很好了。"路其琛说道。

"还不够。"张璐微微摇头，"路总，我真的很希望您能给我一点建议，您就不要推辞了。"

"好吧。"就是一起吃顿饭而已，也没什么的大不了的，但是一想到他已经答应了叶知秋，只能跟张璐说抱歉，"实在不好意思，今天恐怕不行。"路其琛歉意地看着张璐，"我今天已经答应了我老婆要陪她回家的，所以……"

"没关系。"张璐的脸上生出一抹失望，她看了一眼路其琛，说道，"路总对Autumn可真好，她有您这样的老公一定很幸福，真羡慕她……"

"是吗？"路其琛笑了笑，说道，"你也不要羡慕她，你现在还年轻，等将来也一定会遇到一个对你一心一意的男朋友的，别着急。"

"我才不着急。"张璐笑了笑，说道，"我觉得这个世界上不可能有人比路总更好了，所以我一点也不着急。"最好的就在自己身边，她为什么还要费心费力地去找呢？张璐笑了笑，继续说道，"那这件事情就这么说定了，路总您什么时候有空记得请我吃饭。"

"行，我记着了。"路其琛笑笑，说道，"回头补上。"

张璐笑盈盈地从路其琛的办公室走出来，她当然听到了叶知秋给路其琛打电话，但却故意在这个时候约路其琛出去吃饭，就是为了在下次或者下下次自己开口再约路其琛的时候，让他不好意思再拒绝。

"张璐，恭喜你。"范特助也听说张璐搞定那个合同的事情，衷心地跟张璐道贺，张璐只是淡淡地笑了笑，并没有太在意。她的目标可不是一个小小的合同，她要让路其琛明白，把自己留在身边，她能做的还有更多。

"谢谢，一会儿中午我请咱们部门吃饭。"张璐笑盈盈地说道。

听说张璐请吃饭，范特助还特意跑去问了一下路其琛，路其琛犹豫了一下，最后还是答应了下来。

吃饭的时候张璐故意坐在了路其琛的身边，虽然路其琛在，但是张璐很努力地把气氛搞了起来，到后来大家也都无所顾忌了。

路其琛看着张璐，总觉得自己好像今天才真正认识张璐一样。

饭吃到一半，路其琛起身去把账结了，一转身就看见张璐站在自己身后责怪地看着，顿时有一种做坏事被抓包了的感觉。

"路总，您这是什么意思？"张璐率先走上前来，问道，"说好了今天是我请客，怎么您过来把账结了？"

"没关系的。"路其琛笑了笑，"你们难得出来聚一下，再说你们的工资我最清楚了，跟我一起出来哪能让你们付钱？"

"可是这样……"张璐皱着眉头。

"好啦，都已经结了，你就不要再计较这些了。"路其琛满不在意地说道，"你放心，这顿绝对不算请你的那一顿。"

张璐笑了起来，最后还不忘跟路其琛说道："不过路总，以后还是让我来吧，说好了我请客的，你这样让我多不好意思。"

"好，下次肯定不跟你抢。"路其琛笑。

叶知秋下班的时候路上很堵，赶到翔宇楼下已经很晚了。

"其琛。"叶知秋站在楼下一眼就看到了从电梯里出来的路其琛，刚想打招呼就看见了跟在路其琛身后的张璐，高高抬起的手一下子就垂了下来。

张璐一出电梯就看见了叶知秋，故意凑到了路其琛的身边，叶知秋听不到他们在说什么，只是这个距离已经可以说是很亲密的了。

"路总，那我就先走了，不打扰你跟Autumn了。"张璐笑盈盈地说完这句话就离开了，经过叶知秋身边的时候还打了一声招呼。

叶知秋可没心思跟张璐打招呼，她心里那种不安的念头又冒了出来。

路其琛走到了叶知秋的面前，问道："怎么了，站在这里发什么呆？"

叶知秋紧紧地盯着路其琛的表情，问道："为什么她跟你一起坐电梯下来？"那是总裁专属电梯，没有路其琛的同意，别人是不能坐的。

"你又开始瞎想了。"路其琛无奈地看着叶知秋说道，"她今天下班之后有事情，所以就问我能不能带她下来，你也知道翔宇这么多人，要是等员工电梯的话不知道等到什么时候呢，你这是怎么了，总是这么疑神疑鬼的？"

叶知秋也不知道自己怎么了，情绪时好时坏的，一个劲儿地怀疑路其琛和张璐之间的关系，收都收不住。

"走吧，他们肯定已经在等我们了。"路其琛倒不是怪叶知秋，只是觉得叶知秋的情绪不太对劲。

叶知秋强迫自己不去想路其琛和张璐之间的关系，她告诉自己一定要相信路其琛。

两人到赵家的时候，屋子里已经很热闹了。

今天天气很冷，赵奶奶准备了火锅，整间屋子里都充斥着火锅的香味，叶知秋一进门就忍不住嗅了嗅鼻子，说道："好香啊。"

"知秋来啦。"赵奶奶笑盈盈地把菜端上桌，叶知秋一一打了招呼，急急忙忙地找叶奶奶去了。

"奶奶。"推开房门，叶奶奶正准备出去，叶知秋就冲了进来，一把抱住了叶奶奶，说道，"我好想你。"

"傻丫头，最近这几天怎么一直没过来？"叶奶奶拍了拍叶知秋的手说道。

她伸手抚上叶知秋的脸，微微皱眉，"怎么感觉好像瘦了？"

"哪有？"叶知秋撒娇，最近这段时间她因为生病确实瘦了几斤，没想到叶奶奶虽然眼睛看不见了，但是一摸就摸出来了，"我就是最近比较忙，再加上其琛出差，所以一直没过来。"

正说着话，路其琛也过来了。

一家人的晚餐，其乐融融。

第35章　叶知秋生日会

周末是叶知秋的生日，路其琛本想替她办一场生日宴会，但拗不过赵志平，赵志平说他能为知秋做的不多了，所以这场宴会一定得他来办，路其琛也就答应了下来。

一大早，叶知秋就起床打扮，还换上了路蓼买给她的礼服。

路蓼看到精心打扮的叶知秋，说道："你说你长得这么漂亮，底子这么好，怎么就一点都不知道珍惜呢？"

"漂亮有什么用？"叶知秋从小就觉得漂亮没什么用，从小到大赵熙经常会跟她说，当年叶问兰有多么多么漂亮，可结果呢？却把赵熙害得这么惨。所以从小到大赵熙就教育叶知秋，对一个女孩子来说，最重要的是内涵。

"当然有用啦。"路蓼苦笑了一声，说道："我要是长你这么好看，我天天出去让人看去，多赏心悦目。"

叶知秋"扑哧"一声就笑了出来，说道："你啊，我们又不是猴子，还天天让人欣赏。"

玩笑间，路蓼已经替叶知秋把衣服理好，拉着她来到了镜子前面，说道："好了，你看看，这多好看。"

叶知秋看了一眼镜子里面的自己，竟然有一种耳目一新的感觉。

看到叶知秋笑，路蓼就知道她满意了，笑盈盈地从一旁的梳妆台上拿起了一个盒子，说道："不过呢，还是少了点什么，你看看这个，喜不喜欢？"

路蓼打开盒子，里面放着一条很闪的钻石项链，路蓼解下项链就想给叶知秋戴上，但叶知秋不肯。

"不行，这太贵重了，我不能收。"这个项链看着比自己之前送给路蓼的不知道贵出多少倍，这她哪能收呢？

"你要是再这样的话，我可就生气了。"路蓼故作生气地看着叶知秋，说道，"当初你给我送礼物的时候我也没像你现在这样，再说今天是你的生日，我就送条项链，怎么就不能收了？"

"可这也……太贵重了吧？"叶知秋在乎的是这个价格。

"怕什么？"路蓼得意一笑，说道，"你可别忘了，我现在还没嫁出去呢，我这身上的钱啊都是我哥给的，他是你的老公，我这拿他的钱给你买个礼物，也算是借花献佛了，这有什么不好意思收的？"

路蓼把话都说到这个地步了，叶知秋要是再不收的话，显得有些矫情，于是她笑了笑，说道："那好吧，你帮我戴上吧。"

"这就对了嘛。"路蓼满意地笑了起来，说道，"生日快乐，争取早日给我生个小侄女出来。"

"好了吗你们？"路其琛一直在下面等着，等了很长时间都不见两人下楼，所以上楼来催了。

"怎么样？是不是很惊艳？"路蓼得意地把叶知秋推到了路其琛的面前，冲着路其琛问道，"嫂子今天是不是特别美，让你等这段时间不亏吧？"

路其琛没有接话，而是呆呆地望着叶知秋。

"怎……怎么了？"叶知秋有些局促地站在路其琛的面前，问道，"不好看吗？"

"不，很好看。"路其琛一向知道叶知秋很好看，哪怕是不加修饰也别有一番滋味，但是这一次，他真的是被惊艳到了。

路蓼坏笑着出门，还贴心地把门给两人带上了，隔着门喊道："哥，你小心点，别弄坏了嫂子的衣服和头发，回头我又要花很长时间。"

"这丫头。"叶知秋的脸腾的一下就红了，她看着路其琛，问道："真的好看吗？"

"真的好看。"路其琛郑重其事地点了点头，说道，"咱们走吧，别让他们等太久了。"

路老爷子送上了自己给叶知秋买的生日礼物，是一套茶具，知道叶知秋跟别的女孩子不一样，人家喜欢逛街购物，她却偏偏喜欢泡茶静坐。

叶知秋道了谢，所有人的目光便集中到了路其琛的身上，路蓼冲着路其琛问道："哥，今天可是嫂子的生日，我们大家都把礼物送了，你的呢？你该不会什么都没准备吧？"

叶知秋也是一脸期待地看着路其琛，说道："我的礼物呢？"

路其琛看着叶知秋，又埋怨地看了一眼路蓼，说道："都是你，你说你这礼物都送出来了，我这再送什么都不会比你的更好了。"

"那可不一定。"路蓼笑着说道，"你在嫂子的心里是最特别的，所以你大可放心，不管你送什么她都会喜欢的。"

路其琛轻咳了一声，说道："知秋，我知道你一直很想出去玩，我们结婚之后，因为很多的原因，还一直没能好好地出去玩过，所以我的生日礼物就是……"路其琛从怀里掏出了两张机票，说道，"下周飞塞班岛的两张机票，你跟我一起的。"

"谢谢。"叶知秋虽然脸上没有表现得特别激动，但是心里还是很开心的。

礼物不在贵重，最重要的是心意。

去欧洲之前路其琛还答应了自己，一定会带她出去玩一趟，他还记得这个承诺，肯花时间陪自己出去，这对她来说已经够了。

"傻丫头。"路其琛笑了笑，"咱们得赶紧去酒店了，生日宴快要开始了。"

叶知秋等人到现场的时候，生日宴已经快开始了，当初她千叮咛万嘱咐，让赵志平不要办得太高调，只要两家人一起吃个饭就可以了，可是到了现场才发现，自己叮嘱多少都是没有用的，赵志平根本不会听。也是，他就这么一个孙女，又是头一次帮她办生日宴，自然是能办得多盛大就办得多盛大了。

现场人来人往，显得热闹非凡。

赵志平精神矍铄地站在门口迎客，看见叶知秋他们过来了，急忙迎了上来，说道："知秋，你们来啦。"

"是，爷爷。"叶知秋笑了笑。

赵志平把几人带了进去，说道："人还没到齐，你们先进去坐一会儿，我忙完了过来找你们。"

"好。"叶知秋微微点头，进门的时候就看见了赵奶奶和叶奶奶，两人坐在角落里的沙发上，叶知秋急忙迎了过去，"奶奶！"

打完招呼，叶知秋忍不住吐槽道："奶奶，之前不是说了不要办得太隆重吗？怎么……"

"不管怎么说，这是我们帮你办的第一个生日宴，所以必须盛大。"赵奶奶笑着说道，"你以后也得习惯这样的场合。"

叶知秋不说话了，看来以后每次都不会比这次差了，她心里苦，但是不能说。

正当她不知道该说些什么的时候，门口出现了一道熟悉的身影——白蓉蓉。

白蓉蓉今天穿了一身黑色的抹胸裙，勾勒出她的完美身材，她挽着路秉德的手臂，笑盈盈地在宴会厅里面逡巡了一圈，在看到叶知秋的时候，她冷笑了一声，侧头跟路秉德说了句话，径直朝着叶知秋走了过来，"叶小姐，好久不见。"

叶知秋淡淡地看了一眼白蓉蓉，显得兴致缺缺，"好久不见。"

"我昨天才听说今天是你的生日，也来不及再给你买什么生日礼物了，所以就给你带了一个手镯，希望你能喜欢，生日快乐。"白蓉蓉送的这个生日礼物，虽然价值不菲，但是明眼人都知道，这就是她代言的，说不定还是广告商送的。

叶知秋根本不想收她的礼物，可一时也找不到拒绝的理由。

"叶小姐不喜欢？"白蓉蓉就是故意的，她就是来给叶知秋添堵来了，众目睽睽之下，叶知秋要是不收这个礼物，肯定会被人说，但要是收了，她这心里可不好受。

"我就知道叶小姐肯定不会喜欢这个的，叶小姐，回头补上。"叶知秋还没说话，白蓉蓉就冷笑着准备把盒子收回去，叶知秋却一把抓住了。

"谁说我不喜欢的？"叶知秋笑了笑，说道，"白小姐送的东西我怎么可能不喜欢，不过白小姐，这东西可没你的签名值钱，要不回头你在这盒子上签完名再给我吧。"

"好……好啊。"白蓉蓉愣了半天才说道。

叶知秋这一仗赢得漂亮，既没丢了自己的面子，同时也没拿人手短。

"希望白小姐能在今天晚上玩得开心，路先生在那边应该等急了，快过去吧。"叶知秋笑了笑，想要支开白蓉蓉，她懒得看白蓉蓉在自己面前演戏。

赵珍珍跟顾辞远紧随其后，叶知秋和赵珍珍说了几句话，宴会便开始了。

主持人在台上撑起了全场，而后赵志平上了台，接过了主持人手里的话筒，看了一眼台下的众人，最后把目光定在了叶知秋的身上，一脸的柔和。

"各位……"赵志平清了清嗓子，冲着台下的众人说道，"相信大家今天来这里都是为了给叶知秋叶小姐过生日，过生日怎么能少得了蛋糕呢？"赵志平话音刚落，酒店服务员就推上来一个一人高的蛋糕，蛋糕上面画着叶知秋一岁到三岁的样子，中间是空白的，再接下来就是她今天的样子了。

叶知秋看着这个蛋糕，忍不住想起小时候的场景，一下子红了眼睛。

"别哭。"路其琛站在叶知秋的身边，揽住了她，柔声说道，"这么高兴的日子，不能哭。"

叶知秋拼命地点了点头，把眼泪憋了回去。

赵奶奶也上了台，站在赵志平的身边，红着眼冲叶知秋招了招手，说道："孩子，上来切蛋糕了。"

"知秋，对不起，当初没能陪在你身边，到现在……连想看看你小时候长什么样都没办法。"赵奶奶小声说道，一想到这些她就忍不住鼻酸，她小时候到底过得是什么样的日子啊。

"没事的奶奶，不怪你们。"叶知秋微微摇头，赵志平把手里的刀递给了叶知秋，冲着叶知秋说道，"切蛋糕吧。"

她接过刀，切了一下，然后把第一块蛋糕给了赵志平夫妻俩，说道："爷爷奶奶，你们先吃。"

"好孩子。"赵奶奶终于忍不住哭了出来，她实在是憋不住了，尽管叶知秋现在就在自己身边。

叶知秋忙把赵奶奶扶下了台去，叶奶奶站在赵奶奶的身边，安慰道："夫人，别哭了，知秋回来了。"

"是，她回来了。"

叶知秋就站在两位老人身边，台上的赵志平看到赵奶奶情绪稳定下来了，这才继续说道："各位，今天除了是叶知秋的生日之外，我赵志平还有一件很重要的事情要跟大家宣布。"

所有人都在屏息以待，赵志平看着叶知秋的方向，说道："叶知秋是我赵志平的孙女，从今天开始，她会跟我改姓赵。"

"什么？"赵志平的话说完，底下一片哗然，赵志平早就已经预想到了这一切，所以并没有阻止，而是任由他们去讨论。

"这是怎么一回事？"

"可不是，当初她顶替顾妍绯嫁进路家已经是够惊人的了，没想到竟然还有这样的身世。"

"之前大家还在说这个叶知秋配不上路其琛，这下好了，人家这才是真正的门当户对，赵家可是书香门第。"

"这个叶知秋，真是太让人惊讶了。"

等到台下的议论声稍微平息了一些，赵志平这才继续说道："我知道大家心里肯定有很多的疑惑，但是我可以保证，知秋就是我的孙女，是我唯一的孙女，我找到她的时候也很激动，更多的是自责，没能一直陪在她的身边。"赵志平叹了一口气，"不过现在我既然已经把她找回来了，那以后我们一家人一定会好好地弥补她，也希望大家以后多多支持我这个孙女。"

赵志平的话音刚落，宴会厅的大门就被人推开了，所有人的目光都集中在了

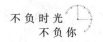
大门的方向。

推门而入的是叶问兰和顾妍绯母女，看到这两人出现的时候，白蓉蓉的脸上露出了得意的笑容，叶知秋想安安稳稳地回赵家，怎么可能？

叶问兰的出现在宴会厅里顿时引起了轩然大波，所有人的目光都被她吸引了。叶知秋微微皱眉，她就知道叶问兰不会这么轻易善罢甘休。

果然，她出现了。

看到叶知秋皱眉，一旁的赵志平靠近，拍了拍她的肩膀，说道："别怕，爷爷在。"

叶知秋心头一暖，她长到这么大，除了去世的赵熙和叶奶奶之外，再也没有感受过亲情的温暖。

叶问兰目光幽怨地看着叶知秋，说道："我女儿的生日宴，怎么没有人邀请我？"叶问兰苦笑了一声，在顾妍绯的搀扶下走到了舞台前面，"知秋，今天是你的生日，妈无论如何都要来的，祝你生日快乐。"她从衣服口袋里拿出了一个盒子，颤颤巍巍地打了开来，说道，"这镯子本来在你结婚的时候就应该给你的，这是我给你们姐妹俩准备的嫁妆，你收下吧。"

"不用了，你自己留着吧。"叶知秋冷漠地说道，不知道这叶问兰葫芦里卖的到底是什么药。

"别啊……"赵志平冷笑了一声，让人接过了叶问兰手里的手镯，说道，"这镯子不管怎么说都是顾太太的一片心意，你就收下吧。"她毕竟是叶知秋的母亲。

叶问兰今天是下了血本了，一个镯子她心疼得要死，但是为了演好今天这场戏，她不得不这样做。

"姐姐，为什么你要跟我们撇清关系？我们毕竟还是你的亲人呀，你就这么恨我们吗？"一直站在叶问兰身边的顾妍绯开口道。

"恨？怎么会！"叶知秋笑了笑，她恨不得永远不要再见到叶问兰，恨不得自己不是叶问兰的女儿。这样赵熙就不会死，奶奶的身体也不会这么差。

她看了一眼叶问兰，说道："叶问兰女士现在毕竟已经嫁了人，再加上还有你这个女儿，我现在用不着她担心，所以我希望你们一家人能好好地过日子，所以我从小就不愿意去你家打扰，生怕给她造成一丁点的麻烦，让她不开心。"叶知秋这话是在告诉大家，她从小到大，叶问兰就没有管过自己，这样的母亲，她要来干吗？

"知秋，你这是……"叶问兰痛心疾首地看着叶知秋，说道，"你这是在怪妈小时候没把你照顾好吗？你知道我……"

"您别多想。"叶知秋不愿意把自己的生活暴露在大家面前，但这并不代表她可以任由叶问兰摆布。她笑了笑，继续说道，"这些年你过得不是很好吗？我现在也结婚了，又找到了自己的亲人，咱们两不相欠不是挺好的吗？你难不成非要我跟大家说清楚，我为什么要这么做吗？"

"撒谎，明明就不是这样的。根本就不是这样的。"大家都蒙了，正愁不知道该听谁的，顾妍绯开了口，这下所有人都把注意力放到了顾妍绯的身上。

看到所有人的目光都集中在自己身上，顾妍绯冷笑了一声，挑衅地看着叶知秋，说道："事情根本就不像叶知秋说的那样，她不是不想打扰我们，她是看赵家有钱，所以急着跟我们撇清关系，好享受荣华富贵去。她这根本就是嫌贫爱富。"

"好了妍绯，别说了。"看顾妍绯已经把该说的话都说了，一旁的叶问兰拉了拉顾妍绯，说道，"她毕竟是你的姐姐，况且……也确实是我对不起她。"叶问兰叹了一口气，"如果她真的想这么做的话，那就由她吧。"

"妈！"顾妍绯不满地说道，"你处处为她考虑，什么事情都想着她，可是人家呢？人家可没心疼过你，她要是把你当妈的话，今天这个生日会就不会不通知你，你倒好，还赶过来，想着给你女儿送份生日礼物，人家领情吗？"顾妍绯冷笑了一声，冲着叶问兰说道，"人家现在可是赵家的千金大小姐，想要什么没有？哪里还看得上你送的东西？"

"顾妍绯，你少在这里阴阳怪气的。"叶知秋微皱着眉头，看着这母女俩就觉得头大，"事情到底是怎么样的你自己心里清楚，我问心无愧。"

"我是清楚，我当然清楚啦。"顾妍绯冷笑了一声，说道，"我只知道我妈对你是仁至义尽，要不然你现在能嫁得这么好吗？"

"够了妍绯。"叶问兰的心里很得意，顾妍绯那两句话句句都在点上，现在在场所有人都认为叶知秋是个忘恩负义之人。叶问兰苦笑着拍了拍顾妍绯的手背，说道，"咱们走吧，不要在这里打扰人家了。"

"不，既然来了，咱们就把话说清楚。"顾妍绯冷笑着说道，"妈，你咽得下这口气我可咽不下，她这算什么，这么急着想跟我们撇清关系，是怕咱们跟她要钱吗？叶知秋，你知不知道我妈今天是从医院过来的，就为了跟你说一句生日快乐，她处处维护你，可你竟然还这样做，你对得起她的一片苦心吗？"

在场的人都开始帮着叶问兰谴责叶知秋，好好的一个生日宴，竟然弄到现在这个样子，叶知秋的脸色很难看，一直站在台上不说话的赵志平开了口。

他冷眼看着叶问兰，说道："原本这些话我是不想说的，因为知秋说你毕竟还是她的妈妈，所以想给你留点脸，可你竟然还敢跑过来闹事，那这些话，就算知秋不高兴，我也必须得说出来，这是我唯一的孙女，我看不得她被人家误会。当年你跟赵熙私奔，看到赵熙身上没什么钱了，你立马跑了，生下知秋之后直接把女儿扔给赵熙，还从他那边敲诈了一笔钱走，这些话，我没冤枉你吧？赵熙后来抑郁而死，你一天都没管过知秋，都是文书一个人把她带大，这些也没冤枉你吧？"

"你少在这里胡说八道。"顾妍绯冷眼看着赵志平，说道，"当初我妈明明把她带回顾家照顾了很长时间，是她自己不愿意再在顾家待着，怪得了谁？"

赵志平没有搭理顾妍绯，冷笑着说道："知秋和文书两个人相依为命，日子本来已经过得够辛苦了，你还是不肯放过知秋，顾氏集团遇到危机需要靠翔宇的资助才能熬过去，你们就想到了联姻的办法，一开始想让顾妍绯和路其琛联姻，可顾妍绯逃婚了，你就用文书威胁知秋，让她冒名顶替嫁了过去，好在知秋和其琛现在相处得不错，你也算是做了一件好事。"

在场的人根本不知道该信谁的，但赵志平的话，也总算是解释了为什么叶知秋会嫁到路家去，顿时多了几分可信度。

"这还不算，你后来发现路其琛一表人才，对知秋又好，你又怂恿顾妍绯去勾引路其琛，没想到顾妍绯逃婚的这段时间跟别的男人有了孩子，结果孩子流产了，你这才偃旗息鼓。"

赵志平的话在现场掀起一阵阵的轩然大波，所有人纷纷开始同情起叶知秋，如果赵志平说的这些话都是真的，那叶知秋到底是受了多少苦才走到今天这一步？

"文书因为你，耽误了病情，现在眼睛都瞎了，这些事情……我都没有冤枉你吧！"赵志平的话掷地有声，叶问兰的脸上有些挂不住了，但不管怎么样都得把这场戏演完，否则她不就白来了吗？

她看着台上的叶知秋，悲痛地说道："知秋，如果给我冠上这些罪名能让你开心的话，那我就认了。"她苦笑了一声，冲着大家说道，"没错，我就是这样一个不负责任的母亲，我希望大家不要为难知秋了，她想怎么做我都会支持她，希望大家能理解一个做母亲的心情。"

叶知秋目瞪口呆地看着叶问兰，原本以为她肯定是会反驳的，可没想到叶问兰反其道而行之，反而让人更加相信她的话。

叶知秋实在是忍不住了，她站在了叶问兰的面前，说道："叶问兰，你到底想怎么样？"

"妈就是想来看看你。"叶问兰伸手想拉她，可又讪讪地缩了回来，"妈知道，你一直在怪我，怪我对妍绯比对你好，可是你要明白，在妈心里……你们两个都是妈的宝贝女儿，没有什么分别的。"

"你不要再演戏了好吗？"叶知秋很不耐烦地说道，"你这样做到底能得到什么，就为了让我不痛快？"

"你怎么这么自私！"顾妍绯推了一把叶知秋，说道，"妈就是想来看看你，而我实在是气不过，今天一定要揭穿你的真面目，你可以不认我这个妹妹，反正我也不想认你了，但是她也是你的妈妈，你必须认。"

"我……"叶知秋皱着眉头，眼看着叶问兰和顾妍绯占了上风，她真的觉得很无奈，好半天，她摇了摇头，不想再解释什么。

"你们母女俩该演够了吧！"听到声音，人群默默地让开了一条道，看到声音的主人走到自己面前的时候，顾妍绯和叶问兰面面相觑，显得有些紧张。

"你来干什么？"叶问兰皱着眉头问道。

"托您的福，我跟知秋关系还不错，她过生日我肯定会来。"来人正是顾辞远。

"顾辞远，你少在这里多管闲事。"顾妍绯紧张地说道。

"你这么着急做什么，我还什么都没说呢。"顾辞远冷笑着说道。

"辞远，我知道你恨我，不过今天是我们母女之间的事情，麻烦你不要插手，我感激不尽。"叶问兰礼貌客气地冲着顾辞远说道，却换来顾辞远一声冷笑。

他看着面前的叶问兰，说道："阿姨，我这人有个毛病，最看不了别人受冤枉，可能……是跟小时候的经历有关，一看到这种场景就想到自己小时候被人冤枉偷东西，实在是气愤。"

"这位是……"大家都纷纷在猜测顾辞远的身份。

"大家好，我叫顾辞远，这位顾太太的……继子。"顾辞远主动转过身，冲着大家说道，"这位顾妍绯是我同父异母的妹妹，顾太太当年爬上我爸的床，气死了我妈，然后在顾太太的位置上一坐就是二十几年，可能有很多人都已经不知道这段往事了。"

叶知秋怎么也没想到，顾辞远竟然是顾妍绯同父异母的哥哥。

"顾辞远，你够了没！"叶问兰崩溃了，她小心翼翼地埋藏了二十几年的秘密，竟然就被顾辞远这样堂而皇之地暴露在了众人面前，看着周围的人投过来的鄙夷的目光，叶问兰觉得自己快要承受不住了。

"够？"顾辞远冷笑，"当年这位顾太太，明知我爸有老婆，还是费尽心思地贴上来，为了什么？还不是看我爸有点钱。她气死了我妈，最后还看我不顺眼，怕我在家里会抢她的财产，所以故意冤枉我偷东西，让我爸把我赶出家门，一个心思这么恶毒的女人，她做出什么来也都是正常的。"

"顾辞远，你少在这里胡说八道。"顾辞远的出现让顾妍绯和叶问兰乱了方寸，谁也没想到顾辞远竟然会出现在这里，顾妍绯惊慌失措地冲着顾辞远说道，"你就是小时候偷东西被我妈发现了，所以一直怀恨在心，今天故意报复我妈，是不是？"

"各位……"顾辞远转过脸，冲着众人说道，"如果当初我真的偷了东西，请问作为父母的你们会怎么做？"

"自己的孩子，当时是狠狠地揍一顿，然后好好教育啊。"旁边有位来宾脱口而出。

顾辞远笑了，"没错，正常情况下，父母肯定会对孩子进行教育，可是这位顾太太没有，而是怂恿顾绮山把我扔给我外公外婆，所以我是跟着我外公外婆长大的。前段时间顾绮山说要把公司交给我，说我是家里唯一的男孩子，可是这位顾太太不肯，说顾氏是她和顾绮山一起打拼得来的。"顾辞远冷笑，说道，"在这里我不妨告诉大家，顾氏的资金都是我妈的嫁妆，顾氏能有今天的规模也都是因为我妈，我不要顾氏，但……我妈的那笔嫁妆，麻烦顾太太你准备好交给我。你气死了我妈，又霸占了我妈的位置这么多年，没道理连嫁妆都要霸占吧？"顾辞远根本不是在乎这个钱，他只是为了让叶问兰难堪而已。

"顾辞远，你这个混蛋！"顾妍绯眼看着大势已去，径直朝着顾辞远扑了过来，拼命地拍打着顾辞远，"我让你在这里胡说八道！"

"够了没有？"顾辞远一开始还任由她拳打脚踢，因为对方毕竟是个女孩子，但是顾妍绯越来越过分，他皱着眉头推了一把顾妍绯，"小时候就这样胡搅蛮缠，长大了还是这样，顾太太的教育真的是好极了。"

"顾辞远，你到底想怎么样？"叶问兰冷眼看着顾辞远，脸上也没了刚才的病态，气势汹汹地问道。

"我说了，我的目的只有一个，就是想让你赶紧把我妈的嫁妆还给我，听明白了吗？"顾辞远冷笑着说道。

"辞远，你不能这样做，你知道顾氏现在正在危急关头，如果我把这笔钱给了你，那顾氏就真的完了。"叶问兰也不管周围人的眼神了，着急地说道。

这话一说出口，在场的人都明白了，原来从头到尾都是叶问兰在演戏，这太恐怖了。

"顾太太，请问您刚刚是承认了吗？"有人问道，叶问兰这才发现自己说漏了嘴。

她铁着脸站在一旁，一言不发。

顾妍绯冲上前去，冲着顾辞远说道："都是你，全都是你的问题，当年你都已经走了，为什么还要回来？你要是不回来，爸就不会把公司交给你，就不会发生这么多的事情，你为什么要回来？"顾妍绯的情绪很激动，"我警告你，顾氏所有的东西都是我的，你休想拿到一分钱，我不会让你得逞的。"

"你们闹够了没有？"现场吵得不可开交，门口突然传来顾绮山愤怒的声音。

顾绮山看到叶问兰和顾妍绯为了自己的家产大打出手，气得他差点背过气去。好不容易才忍住自己的怒气，走到了叶问兰的面前，问道："你这是在干什么？"

"绮山，我……"叶问兰的气势顿时被浇灭了一半，她有些慌乱地看着顾绮山，说道，"辞远在跟我说顾氏的事情，我这也是一时冲动……"

"啪！"顾绮山一怒之下打了叶问兰一个巴掌，人家都说家丑不可外扬，叶问兰倒好，当着这么多人的面，竟然把自己的家事暴露出来。

"爸，你干什么？疯了吗？"顾妍绯着急地护住了叶问兰，现在她跟叶问兰是一条船上的人，所以不管怎么样，她都得护着叶问兰，"明明先挑事的是顾辞远，为什么你要打我妈？"

"我没连你一起打，就已经算不错的了，你给我闭嘴！"顾绮山冷眼看着顾妍绯，眼神里面没有一点对女儿的疼爱，他冷笑了一声，说道，"我这还没死呢，你们就这么急着分家产，是在咒我吗？"

"怎么会，绮山，我就是……"叶问兰被打了大气都不敢喘一下，她拉着顾绮山的手，说道，"我这么做也是为了咱们家啊。"

"你少在这里冠冕堂皇的。"顾绮山冷笑了一声，"跟你结婚这么多年了，我还不了解你吗？眼睛里面只有钱，早知道这样，当年我就不应该上你的当。"顾绮山愧疚地看向了顾辞远，说道，"当年辞远他妈那么好，我为了你，一门心思地要跟她离婚，害得她难产而死，这件事情在我心里面藏了这么多年，我一直都很内疚，如果当年不是因为你的话，说不定我跟辞远还有他妈还好好的呢。"

"你这是什么意思？"听到顾绮山这么说，叶问兰顿时气急，她跟顾绮山都已经结婚这么多年了，顾绮山现在竟然后悔了，这让她的脸往哪里放，"结婚这些年，我做的哪一件事情不是为了你？不是为了顾氏？我跟你结婚这么多年了，女儿都已经这么大了，你现在竟然跟我说这种话。"

"够了，你做这么多不是为了我，而是为了钱。"顾绮山冷笑了一声，"我也看清楚了，道不同，不相为谋，我看我们还是尽早把这段关系结束了比较好。"

"你这是要……跟我离婚？"叶问兰不可置信地看着顾绮山，他们俩在一起这么多年什么问题都没有，结果顾辞远一回来什么事情都乱套了，她忍不住看向了旁边的顾辞远，冷声说道："这就是你回来的目的吗？看到我们两个为了你吵来吵去的，你心里很痛快，是吗？"

"不要每次出了什么问题就往别人身上推，多在你自己身上找找答案。"顾辞远冷眼看着叶问兰，说道，"你走到今天这一步，都是你咎由自取，你跟顾绮山怎么样，根本不是我关心的事情，所以别一天到晚地认为别人想害你。"

叶问兰尖叫着朝顾辞远扑过去，却被顾绮山死死地拉住，他很是嫌弃地看着叶问兰，说道："有什么话咱们回家去说，少在这里丢人现眼的。"

第36章 离婚

生日宴会风波后，顾辞远被顾绮山叫回了顾家。

顾辞远不耐烦地盯着一言不发的顾绮山，说道："你叫我来到底什么事情，不说我就走了。"

"等等。"顾绮山急忙拦住了顾辞远，说道，"我……"

"辞远，如果我跟叶问兰离了婚，你愿不愿意回家？"顾绮山像是下了很大的决心，问道。

顾辞远这才开了口，他神情冷然，丝毫不受顾绮山刚刚那句话的影响，"家？"

顾绮山着急地说道："我知道你恨我，可是我毕竟是你的亲生父亲，出了这么多事情，我也看清楚了，我现在是真的很后悔，辞远，你能不能原谅我？"

"不如你直接去问问我妈，她能不能原谅你？"顾辞远很平静地说道，他对顾绮山真的没有任何的感情，又怎么可能会回这个所谓的家呢？

"你……你就这么恨我吗？"顾绮山一下子就变得颓然，他从未想过自己给顾辞远造成的影响会这么深，深到过了这么多年他还是不肯原谅自己。

"辞远，我想过了，你是我唯一的儿子，如果我跟叶问兰离了婚，那我就真的是孤家寡人一个了，我希望你能回来陪我，房子、车子、公司，我统统都留给你，叶问兰休想从我这里拿走一分钱。"顾绮山提到叶问兰的时候一副咬牙切齿的模样，似乎真的是积怨已久。

想想也是，二十几年前的事情被挖出来，顾绮山也看清了叶问兰的为人，离婚是肯定的了。

"你现在想到我是你儿子了？"人老了之后都会不自觉地怀念过去，想起过往的种种美好，现在的顾绮山就是这样，但顾辞远显然不领情，"当初你帮着叶问兰把我从家里赶出去的时候怎么没想到我是你儿子？"

"我……"每每想到这个顾绮山就觉得羞愧，当初被叶问兰哄得神魂颠倒，事情也没查清楚就鬼迷心窍地把顾辞远赶了出去，其实当时他也嫌顾辞远碍事，一看见他就会想起去世的前妻，所以就任由叶问兰胡闹了。

"是爸对不起你。"顾绮山叹息着说道,"辞远,不管你怎么恨我,总之我是一定要跟叶问兰离婚的,爸在家等着你,什么时候你没这么生气了,你再回来看我。"

顾辞远没再说话,径直离开了顾家。他把车子开到赵珍珍家楼下。赵珍珍下楼,见到顾辞远失落的样子,随即了然,"其实我看得出来,你心里还挂念着顾绮山,只是一直不能原谅他罢了,不过辞远,他已经这么大年纪了,不管你喜不喜欢他,但至少做到别恨他,如果你想去看他,我陪你。"

"好。"顾辞远笑了笑,"外面冷,赶紧上去吧。"

"绮山,我想跟你聊聊。"生日宴之后,叶问兰和顾妍绯就没有再出过门,昨晚上顾绮山和叶问兰大吵了一架,顾绮山是在书房睡的。

事情发酵迅速,不知记者从哪得到消息,热搜和头条铺天盖地都是对叶问兰的谩骂和唾弃,让她很是郁闷。叶问兰稍微冷静了一下,觉得自己应该找顾绮山聊一聊,抛开外界的议论纷纷,她现在最重要的就是重新赢得顾绮山的信任。

"正好,我也有点事情想跟你聊聊。"顾绮山冷静地看着叶问兰,他发现他现在看着叶问兰除了厌恶再没有其他感觉。

叶问兰看着顾绮山,心里隐隐有一丝不好的预感,她总觉得要出事,但还是强迫自己冷静下来,平静地看着顾绮山,说道:"你先说吧。"

顾绮山给自己倒了一杯茶,说道:"还是你先说吧。"他很想知道,这一次叶问兰又要出什么招。

"我……"叶问兰微微低下头,下一秒眼泪就掉了出来,看得顾绮山目瞪口呆,想当初他不就是被叶问兰这个眼泪哄得团团转吗?当时他一看到这眼泪就心疼得不行,叶问兰想要什么他都答应,可现在……不管叶问兰怎么哭,他都是抱着一种看戏的心态,也不会再有任何的情绪。

叶问兰哭了很长时间,都没有等到顾绮山的安慰,她抬起头,泪眼婆娑地看着顾绮山,说道:"绮山,你现在一定很生气是不是?"

"我知道,我这次真的做得很过分,你生气也是应该的。"叶问兰一边哭一边说道,"我就是气不过,我是为了妍绯好,我真的是一时糊涂,你就原谅我吧。"

提到顾妍绯,顾绮山就忍不住皱起了眉头,这些年顾妍绯都是叶问兰带的,自私自利,刁蛮跋扈,只要是她看上的东西,就一定得得到,对这个女儿,顾绮山也很是失望。

"绮山……"叶问兰见顾绮山不为所动,坐到了顾绮山的身边,说道,"我们两个夫妻这么多年，我是什么样的脾气你再清楚不过了，我对你，对这个家，对顾氏，一直都是兢兢业业的，这次的事情是我做错了，可……也不算是不可饶恕吧？"

叶问兰伸手想拉顾绮山，却被顾绮山躲开了，"说话就说话，拉拉扯扯地做什么？"

看着自己空落落的手，叶问兰的心里很不是滋味，好半天，她说道："我知道你生我气，可谁知道昨天的生日会顾辞远会突然出现，绮山，一个巴掌拍不响，这事情会闹成现在这个样子，可不是我一个人的责任。"

"够了，你不要老在别人身上找原因。"顾绮山冷声说道。

顾妍绯一直躲在楼梯拐角处偷听，这会儿是实在忍不住了，冲到了顾绮山的面前，说道："爸，你怎么能帮着一个外人说话？你别忘了，我才是你的女儿!"

"妍绯，你下来干什么？"叶问兰斥责了一句，说道，"大人说话，哪有小孩子插嘴的份？"

"妈，我不小了。"顾妍绯冷笑了一声，说道，"要不是叶知秋那个贱人的话，说不定我跟路其琛早就已经结婚，连孩子都有了。"

"够了！"顾绮山看到这母女俩异想天开的样子就觉得心烦，他不耐烦地皱着眉头，冲着顾妍绯斥责道，"你也不照照镜子，就你这个样子，人家路其琛能看得上你吗？"

"绮山，你这是什么意思？"听到顾绮山这话，叶问兰皱起了眉头，顾妍绯可是她的心肝宝贝，还是顾绮山的亲生女儿，哪有这样说自己女儿的？

"难道我说错了？"顾绮山冷笑了一声，"当初给你安排得好好的，让你嫁过去，一辈子享尽荣华富贵，你倒好，跟一个不三不四的男人跑了，看到路其琛一表人才的又开始后悔，千方百计地想勾引人家，顾妍绯，我要是路其琛，我早就收拾你了，还会对你这么客气？"

"爸……"顾妍绯不可置信地看着顾绮山，实在不敢想象，自己的父亲竟然会说出这样的话来，"我可是你的女儿，你怎么能这样说我？"

叶问兰的脸色也很难看。

顾绮山却不在乎顾妍绯怎么想，看了一眼顾妍绯，继续说道："从今天开始，我不会再管你的任何事情，你好自为之吧。"

"你……你这话是什么意思？"叶问兰的心都跳到了嗓子眼，冲着顾绮山问道，"她是你的女儿，你不管她谁管？"

"不是还有你吗？"顾绮山冷笑了一声，说道，"抽个时间咱们去一趟民政局，赶紧把该办的手续都给办了。"

"你真要跟我离婚？"叶问兰不可置信地看着顾绮山，整个人都快要崩溃了，她怎么也没想到顾绮山竟然真的要跟自己离婚。

"对，我要跟你离婚。"顾绮山斩钉截铁地说道，"叶问兰，跟你在一起的这些年，真的是过够了，我再也不想过这样的日子了，我要跟你离婚。"

"不，我不要离婚！"要是换成以前，叶问兰说不定拿一笔钱就走了，但是现在她年纪这么大了，离了婚她还有什么出路？难道还能像年轻的时候一样，再去跟别人结婚吗？

她累了，她现在只想要一个安定的家，不想折腾了。

她紧紧地拽着顾绮山的衣服，冲着顾绮山说道："绮山，我不要离婚，你要是觉得我哪里做得不好，我改，我改就是了，我真的不想离婚。"叶问兰拉着顾绮山的手苦苦哀求，"只要你不跟我离婚，你要我做什么都可以的。"

"晚了。"顾绮山甩开了叶问兰的手，"我已经给过你很多次机会，是你自己把事情弄到现在这个局面，叶问兰，我们之间结束了！"

"顾绮山，你是为了顾辞远才要跟我离婚的是不是？"叶问兰看着顾绮山，"你是看顾辞远回来了，所以才这么急着跟我离婚，你想把公司都交给顾辞远，是不是？"

"跟你有关系吗？"顾绮山冷声说道，"公司是我的，我愿意交给谁就交给谁，用不着你来操心。"

"呵……"叶问兰冷笑了一声，"顾绮山，我跟你在一起这么多年，竟然比不过一个儿子，你这样做对得起我吗？"

"你少在这里胡说八道，我跟你离婚跟别人没关系。"顾绮山冷声说道，"我懒得跟你多说，明天吧，明天早上我们民政局门口见，你要是不来，别怪我对你不客气。"

"爸，爸！"顾妍绯急忙拉住了顾绮山，惊慌失措地喊道，"是我不好，都是我的错，你跟妈不要离婚，要是我有什么做得不对的地方，我改……我改还不行吗？"

"放开！"顾绮山不想过了，任何人求情都没用，尤其是顾妍绯，他只会觉得烦。

"离婚之后我们就再也没有关系了，你跟着你妈好好过。"顾绮山冷声说道。

"顾绮山！"看他要走，叶问兰急忙拉住了他，"你想跟我离婚，门都没有。"

"叶问兰，"顾绮山不耐烦地说道，"好聚好散不行吗？顾辞远他妈妈到底是怎么死的……真的要我跟你掰扯清楚吗？"

"你这句话是什么意思？"叶问兰顿时愣在了原地，心里开始打起了鼓。

"若要人不知，除非己莫为，叶问兰，如果你明天不出现在民政局门口的话，那我可不敢保证这些事情警察会不会知道。"

顾绮山扔下失魂落魄的叶问兰，毫不留恋地离开了家，顾妍绯看着坐在一旁的叶问兰，焦急地问道："妈，咱们现在怎么办？爸要是真的跟你离婚……我们以后的日子怎么办？"

叶问兰没有心思再管离婚的事情了，她现在只想知道，当年的事情连顾妍绯她都没告诉，为什么顾绮山会知道？

"不，不可能，他怎么可能知道？"叶问兰摇着头说道，"他一定是在吓我！"

"妈，妈，你到底怎么了？"顾妍绯皱着眉头，说道，"咱们现在到底应该怎么办？你倒是给句话啊……"

叶问兰的脸上闪过一丝狠绝，她冷笑了一声，说道："既然他对我不仁，就别怪我对他不义，他这辈子只要活着，就得是我叶问兰的老公，想跟我离婚，除非……他死了。"

"妈……你这话是什么意思？"顾妍绯被眼前的叶问兰吓坏了，连说话都有些结巴，"你……你想干什么？"

"妍绯，你过来。"叶问兰朝着顾妍绯招了招手，说道，"妈妈问你，我对你好不好？"

"当然好。"顾妍绯起了一身的鸡皮疙瘩，她觉得面前的叶问兰特别吓人，但是又不敢说什么，只能乖乖地走了过去。

"妈跟你说，你爸现在有了顾辞远，他不会要我们了。"叶问兰阴森森地说道，"不光这样，他还打算把这房子、车子，还有公司……全都交给顾辞远。"

"那怎么能行？"顾妍绯皱起了眉头，说道，"顾辞远算什么东西，家里的这些东西都应该是我的，我绝对不会给他。"

"这就对了，这才是妈的好孩子。"叶问兰拍了拍顾妍绯的手背，说道，"有你这句话，妈一定帮你把这些东西都抢回来。"

"妈……你这话是什么意思？"顾妍绯紧张地看着叶问兰，叶问兰凑到顾妍绯的耳边说了一句话，吓得顾妍绯瞪大了眼睛，"妈，你疯了吗？你怎么能这

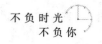
样做？"

"他不仁，就别怪我不义，难道你不想要家产了吗？"叶问兰冷笑了一声，"想要家产，这是唯一的办法，你自己决定吧。"

顾妍绯想了很长时间，最后郑重其事地点了点头，"好，就这样做。"

第二天一早，叶问兰就给顾绮山打了电话，让他回家吃饭，说是有很重要的事情要跟他聊，在电话里叶问兰说得很诚恳，顾绮山念在两人结婚这么多年的分上，最后还是答应了。

叶问兰信誓旦旦地保证，"你放心，吃完这顿饭我就跟你去领离婚证，绝对不会找任何借口。"

快到中午的时候，顾绮山回来了，叶问兰遣散了家里的所有保姆，连顾妍绯也被她打发出去了，她做了一桌子的菜，等着顾绮山回来。

顾绮山到家的时候叶问兰没有丝毫的异样，像往常一样跟顾绮山打招呼，"回来啦，快去洗手准备吃饭。"

"你这是在干什么？"顾绮山皱着眉头看向了叶问兰，说道，"你别以为这样就能挽回我，我们两个之间不可能了。"

叶问兰低着头，朝着顾绮山苦笑了一声，说道："我知道，我不会再挽回你了，只是我们俩也在一起这么多年了，就算真的走到离婚这一步，我希望也能跟你好好地告别一下，算是为我们之间的感情画上一个完美的句号，难道不应该吗？"

顾绮山听到叶问兰这么说的时候愣了一下，最后叹了一口气，如果叶问兰一直这样懂事的话，他们之间也不可能走到今天这个地步。

他看着叶问兰，说道："吃饭吧。"

顾绮山从回家到落座除了叶问兰没有看到一个人，疑惑地问道："家里怎么一个人都没有？"

"我想跟你好好聊聊，所以就让他们休息了，家里就咱们两个人。"叶问兰淡淡地说道，她给顾绮山盛了一碗排骨汤，递了过去。

"喝点排骨汤吧，这是你最喜欢喝的。"叶问兰淡淡地笑着，一如初见模样，有一瞬间顾绮山甚至觉得好像时间回到了二十几年前，他刚刚认识叶问兰的时候，她也经常请自己去家里吃饭，当时他最喜欢的就是这排骨汤。

"好喝吗？"叶问兰看顾绮山喝了一口，笑盈盈地问道。

顾绮山微微点头，放下了手里的碗，说道："好喝。"他淡淡地看着叶问兰，问道，"不是说有很重要的事情要跟我说吗？赶紧说吧。"叶问兰低着头不说话，顾绮山皱了皱眉，继续说道，"你要是没话说的话那我就先说了，这份协议你签了吧。"他从随身携带的公文包里取出了一份文件，"你跟了我这么多年，我也不会太委屈你，我给你和妍绯准备了一套公寓，还有这张卡，里面有一百万，以后每个月我会给你两万的赡养费，这些钱足够你跟妍绯两个人生活的了，还有……你们的车子也可以开走，衣服、首饰、包包，通通可以带走，这是我能做的最大的让步。"

顾绮山觉得自己已经仁至义尽了，可叶问兰显然还不满足。

她的脸上一点表情都没有，"你……就这么急着跟我离婚吗？"

"我以为我们之间已经达成协议了。"顾绮山把协议推到了叶问兰的面前，说道，"赶紧的，签字吧，不要浪费大家的时间。"

"不着急，这个一会儿我会签字的。"叶问兰冷笑了一声，说道，"你手上捏着我的把柄……我怎么敢不签字？"

叶问兰的话说完，顾绮山的脸上闪过一丝冷然，"你明白就最好了，如果不是迫不得已的话，我也不会走这一步。"

"其实我今天叫你来，一来是想跟你好好吃顿饭，这些年我们各自忙碌着，很少有机会这样坐着聊聊天，二来我就是想问问你，那件事情，你到底是怎么知道的。"叶问兰觉得自己已经做得很隐蔽了，可是二十几年了，她才发现原来真的是自己太天真了。

"还是那句话，若要人不知，除非己莫为，事情已经过去这么多年了，我怎么知道的重要吗？"顾绮山冷笑了一声。

"重要。"叶问兰低下头看着碗里的排骨汤，淡淡地说道，"如果你想让我签字的话，我唯一的条件就是这个。"

顾绮山皱了皱眉，最后还是答应了，"既然你这么想知道，那告诉你也无妨。"他又喝了点排骨汤，冲着叶问兰娓娓道来，"当年我跟你在一起之后，就不怎么回这个家了，但是她在医院生辞远的时候，我还是去了……"

叶问兰记得自己当天晚上缠着顾绮山不让他出门，没想到等自己睡着之后，顾绮山还是去了。

"你别这样看着我。"顾绮山淡淡地说道，"不管怎么样，她肚子里怀的是我的孩子，她也是我的妻子。"

叶问兰不说话，只是静静地看着顾绮山。

顾绮山顿了顿，继续说道："医生告诉我，她吃错了东西，所以精神不太好，生孩子的时候一点劲儿都使不上，还说如果这个东西再吃一段时间的话，恐怕孩子都会流产。"

"当时我也没在意，一直以为她是难产而死，直到你嫁进来之后，有一次偶然的机会，我听到了你跟一直照顾她饮食起居的保姆的对话，你给了她一笔钱让她离开，并且警告她永远都不能回来，是不是？"顾绮山冷笑着说道。

"原来是这样。"叶问兰苦笑了一声，说道，"既然你这么早的时候就发现我是害死她的凶手，为什么不揭穿我？"

顾绮山苦笑，是啊，如果那个时候把这些事情都拆穿了，现在就不会有这么多的麻烦事。

"那时候我那么喜欢你，再说我知道你这样做也是想跟我在一起……这些年那个保姆来过很多趟，想要来找你要钱，但是都被我拦下了，这些钱……都是我替你出的。"

"你说什么？"叶问兰惊讶地瞪大了眼睛，她当时给了那个人一大笔钱，足够她过一辈子的钱，可没想到她竟然还不知足，一次次地过来要钱，这让叶问兰很不满。她更没有想到，顾绮山竟然在背后替自己应付了她这么多次，难怪他会知道这件事情。

"现在你想知道的都已经知道了，那个字……赶紧签了吧。"顾绮山冷声说道，"你放心，只要你把这个字签了，我会替你保守这个秘密的。"

"恐怕……不行。"叶问兰抬起头，脸上的表情很阴森，顾绮山暗叫不好，刚想站起身来质问叶问兰，却发现自己力不从心。

"你……你在这饭菜里面下了药？"顾绮山一下子就明白了过来，叶问兰这个女人，能害死顾辞远的母亲，对自己的亲生女儿这么狠心，现在自己跟她撕破了脸，为了拿到自己手里的财产，她有什么事情做不出来？

"很聪明。"叶问兰站起身，看着顾绮山，她在汤里下的药，无色无味，会让人浑身疲软，然后慢慢地死去。

"叶问兰，你这个贱人！"顾绮山冲着叶问兰吼道，"你杀了她还不够，你还要杀了我，你会有报应的。"

"报应？"叶问兰冷笑，"我要是怕报应的话……怎么可能会走到今天？"

"我告诉你，不光你们两个，还有那个赵熙，也是我杀的。"叶问兰冷笑着说道。

"你……"顾绮山惊恐地看着叶问兰，实在不明白为什么她要这样做，赵熙到底哪里对不起她了？

"很意外是吧？"叶问兰冷笑着说道，"反正你也活不过今天，我不妨就把所有的事情都跟你说清楚。"

叶问兰不知道，顾绮山已经偷偷地拨通了顾辞远的电话，原本顾辞远是不想接的，可是想来想去，总觉得心里不舒服，还是接了起来，他接起电话刚想说话，就听到里面传来了叶问兰的声音。

"当年我跟赵熙在一起，赵志平死活不同意，后来我怀了叶知秋，没想到赵熙宁愿跟我分手也不肯回赵家，我一气之下就给他下了药，看起来像是抑郁而死，但其实……他是被我毒死的。"

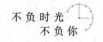

第37章　叶问兰的秘密

顾辞远惊恐地瞪大了眼睛，没想到竟然会听到这样的事实，他赶忙按下了录音键，屏息以待。

"再来说说顾辞远她妈妈……"叶问兰冷笑着在屋子里面走来走去，脸上的表情显得很兴奋。

"我跟你在一起的时候找过她一次，希望她能离开你，成全我们，可是她不肯啊，她告诉我，她会跟你离婚，但是房子、车子、公司，一样都不会留给你，所以我才会动手，因为她该死啊。"

叶问兰阴森的笑声在电话里面显得尤为刺耳，顾辞远紧紧地握着拳头，他今天才知道，原来自己母亲的去世也跟叶问兰有关系。

"至于你……"叶问兰话锋一转，看向了顾绮山。

顾绮山的意识已经越来越模糊了，但是他还是强撑着，一字一句地说道："叶问兰，就算你杀了我，你也别想得到我的东西，顾辞远才是我的儿子，我会把所有的财产都留给他，你不要痴心妄想了。"

叶问兰一下子就被顾绮山的话激怒了，她冲到顾绮山的面前，紧紧地掐着顾绮山的脖子，说道："就是因为你这样，所以我才会动手，顾绮山，我做这么多还不是为了你？我背上人命不就是为了能跟你在一起吗？为什么你还要跟我离婚？"

"为了我？你是为了你自己。"顾绮山冷笑着说道，"叶问兰，你就是个自私自利的贱人，你所做的一切都是为了能让自己过上更好的生活，少在这里把自己说得这么好。"

"想让自己过上更好的生活，难道有什么不对的吗？"叶问兰疑惑地看向了顾绮山，说道，"人往高处走，水往低处流，我凭我自己的努力，让自己过上更好的生活，有什么不对的吗？难道我千方百计跟赵熙在一起，就是为了跟着他过苦日子的吗？"

顾绮山不说话，叶问兰这个人，根本就不懂真正的感情，不管跟她说什么都无济于事，倒不如沉默以对，省得浪费自己的口舌。

"你为什么不说话？"叶问兰冷笑着说道，"顾绮山，咱们两个是同一类人，你当初跟顾辞远的母亲在一起，不也是看中了她的身家吗？你不也是为了让自己过得更舒服吗？你有什么资格来鄙视我？"

"我跟你不一样。"顾绮山知道顾辞远在听着，他已经没有机会再跟儿子好好解释了，所以只能用这样的方式告诉顾辞远，他很爱他。

"当年我跟他妈妈在一起的时候，我并不知道她的身份，我跟她在一起的时候我是真的很喜欢她，哪怕到现在……我依然觉得对不起她和顾辞远。"顾绮山苦笑着说道，人之将死其言也善，"我最后悔的一件事情，就是当初鬼迷心窍地跟你在一起，后来又鬼迷心窍地替你隐瞒了你杀人的事情，叶问兰，你就是个没有感情的贱人，我怎么可能会跟你一样？"

"说得这么好听。"叶问兰冷笑了一声，"顾绮山，当初为了得到公司，你替我隐瞒，后来为了得到路其琛的支持，你又纵容我把女儿嫁了过去，在你的心里，钱和公司早就已经比亲情重要了，你承认吧，你跟我是一路人。"

叶问兰的一番话让顾绮山陷入了沉思，是啊，他什么时候竟然变得跟叶问兰一样了。

这个认知真的是太可怕了。他没办法原谅这样的自己，所以他冷声说道："我承认我做了很多不对的事情，但现在，我已经看透了，叶问兰，你赶紧杀了我吧，不要再废话了。"

顾辞远已经在赶去顾家的路上了，他听到这句话的时候就知道，顾绮山一心求死。这个时候他才意识到，不管自己嘴上说怎么恨顾绮山，可血缘之情，是怎么也斩不断的，否则他怎么会情不自禁地哭呢。

他不敢说话，生怕叶问兰听到动静，会害了顾绮山。

他听到顾绮山冲着叶问兰说道："所有的事情到我这里都结束了，叶问兰，别再继续害人了，到此为止吧。"

"你知道吗？我真的不想跟你走到这一步。"叶问兰苦笑着说道，"跟你在一起这么多年了，我对你还是有感情的，可是你偏偏要跟我离婚，为什么你不能把家产留给妍绯，难道就因为她不是男孩吗？"叶问兰冷笑，"不过没关系，等你死了之后，我们三个可以平分你的家产，再不济也能得到一半以上的家产，够了。"叶问兰抚上顾绮山的脸，"绮山，原本我们可以安安稳稳地过完这一辈子的，是你把这一切都搞砸了，你别怪我。"叶问兰看着面前的顾绮山闭上了眼睛，"妍绯也是你的女儿，如果不是你这么狠心的话，我又怎么会这样做？"她亲了亲顾绮

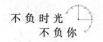
山，脸上却没有丝毫的留恋，"再见了。"

听到这句话，再加上一直没听到顾绮山的声音，顾辞远知道，他十有八九是遇害了，他崩溃地把车子停到了路边，趴在方向盘上失声痛哭。

他还没来得及告诉顾绮山，他不恨他了。

他还没来得及告诉顾绮山，他已经原谅他了。

他有很多想要说的话，可是却再也没有机会说出口了。

顾妍绯到家的时候只看见一桌丰盛的饭菜，凉透了，像是没人动过一样，她看到叶问兰坐在沙发上傻笑，走了过去，问道："妈，我爸呢？"

"埋在后院了。"叶问兰淡淡地说道。

顾妍绯明知道今天叶问兰把她支使出去之后会发生什么，可还是忍不住毛骨悚然，"就……就这样埋在后院了？"

叶问兰冷眼看着顾妍绯，说道："你怕什么？"

"不是，我就是……"顾妍绯突然有些后悔了，她觉得现在的叶问兰真的很可怕，可现在已经晚了，只能硬着头皮问道，"妈，那我们……接下来应该怎么做？"

"接下来……"叶问兰冷笑了一声，刚想说话，就传来了门铃声，顾妍绯赶紧逃离这个阴暗的氛围，去开了门。

一开门，顾妍绯就看到顾辞远一脸阴鸷地站在门口。

"你来干什么？"顾妍绯一看见顾辞远就像一只斗志昂扬的公鸡，全身的毛都竖起来了。

"叶问兰呢？让她给我滚出来！"顾辞远冲着顾妍绯说道，顾妍绯挡在门口不让他进门，"你以为你是什么东西，这里是你想来就来的地方吗？赶紧给我滚蛋！"顾妍绯心虚啊，叶问兰刚刚才处理了顾绮山，这会儿要是让顾辞远进去了发现点什么蛛丝马迹可怎么办？

"给我让开！"顾辞远的眼睛绯红，他直接冲着里面喊道，"叶问兰，你给我滚出来！"

叶问兰本来没打算出去，但听到顾辞远的声音，还是走了出来，平静地站在顾辞远的面前，说道："你来干什么？"

"顾绮山呢？你把他怎么样了？"顾辞远直奔主题，"你赶紧把他给我交出来，否则我绝对不会放过你。"

"你这话是什么意思？"顾妍绯站在一旁已经心虚得不敢说话了，但是叶问兰却是一脸的平静，也是，杀个人对她来说是再简单不过的事情，她怎么会心虚，"他一个大男人，有手有脚的，想去哪我哪管得住，你给他打电话不就行了。"

"我只问你，你把顾绮山怎么样了？"顾辞远冷着脸问道。

"我说过了，我不知道顾绮山在哪。"叶问兰心底里有些疑惑，为什么她刚刚才处理了顾绮山，顾辞远就过来要人，"你有什么事情，回头我见到他之后我帮你告诉他。"

"叶问兰，在我面前装，你不累吗？你以为你做的事情天衣无缝吗？我最后再说一遍，赶紧把顾绮山交出来！别逼我进去找。"顾辞远心里急得要死，他很想冲进去，但是他又很怕，怕进去之后见到自己不敢面对的场景。

叶问兰心里也有些不安，她总觉得顾辞远好像知道什么，但是不管怎么样，她绝对不能自乱阵脚，她看着面前的顾辞远，说道："我也是最后一遍告诉你，我不知道顾绮山到底在哪，他那天从叶知秋的生日宴回来之后跟我大吵了一顿，之后就出去了，还说要跟我离婚，本来约好了今天在民政局门口见，可是我一直给他打电话也打不通，我真的不知道他到底在哪，我还想让你见到他之后给我带个信，帮我问问他，这婚……他到底是离还是不离？"

"叶问兰，我可是真佩服你。"顾辞远冷笑了一声，"明明是你杀了他把他藏了起来，现在还跟我在这边巧舌如簧，难道你真的一点都不内疚吗？"

"你胡说八道些什么？"站在一旁的顾妍绯总算是找回了自己的声音，她知道这个时候她必须得护着叶问兰，她们是一条船上的，"你是不是得了什么妄想症？什么杀人不杀人的，我看我爸要是真的出了什么事情，你才是那个凶手。"

"我懒得跟你废话。"顾辞远推开了顾妍绯，准备闯进去，但却被叶问兰死死拦住。

叶问兰挡在顾辞远的面前，冷声说道："顾辞远，你已经不是这个家里的人了，你要是再往里面闯的话，我立马报警告你私闯民宅。"

"不用报警了。"顾辞远还没说话，身后突然传来一道声音，三人的目光顿时被吸引了过去，顾辞远一转头就看见警车停在了顾家门口，而顾妍绯的脸色顿时变得煞白，一个劲儿地拉着叶问兰的手，问道："妈，怎么办？咱们现在可怎么办？"

叶问兰也慌了，只是还强迫自己保持冷静，冲着顾妍绯骂道："急什么？冷静点！"

看到警察出现的时候，顾辞远的脸上流露出了一丝安定，他静静地站到了一旁。警察冲进去，找到了顾绮山的尸体，顾辞远这时拿出了手机交给了警察。

警察将叶问兰和在现场的顾妍绯一起带到了警局问话。

第38章 这一次，他不会再放手

叶知秋从顾辞远口中了解了真相后，觉得天旋地转，最后直接晕过去了。她没办法接受赵熙的死竟然跟叶问兰有关系，她直接崩溃了。

顾辞远把叶知秋送到了医院，然后给路其琛打了电话，路其琛还在加班，接到电话的时候就把会议暂停了，扔下会议室里的合作对象，直奔医院。

张璐追了出来，冲着顾辞远问道："顾总，您要去哪？那么多合作方在等着您呢。"

"你帮我处理一下，知秋生病了，我现在得赶去医院。"路其琛一边按电梯一边说道，电梯到的第一时间他就冲了进去。

"叶知秋，叶知秋。"张璐咬牙切齿地看着路其琛离开的背影。

路其琛在叶知秋的床前守了一夜。

天刚蒙蒙亮，叶知秋便醒来了，她睁开眼睛就想起顾辞远跟自己说的那番话，开始默默地流眼泪，也不说话。

后来还是路其琛发现了叶知秋的不对劲，她明明已经睁开了眼睛，可不说话，只是哭，哭得他心都揪起来了，"知秋，你怎么样了？"

路其琛喊了叶知秋好几声，可是叶知秋却不搭理，只是一个劲儿地哭，"都是……都是我不好。"

叶知秋一个劲儿地道歉，路其琛温柔地替叶知秋擦去了脸上的泪水，说道："我都知道了，这不怪你，你别难过了。"

"其琛，我真的很后悔，我爸都死了这么多年了，我竟然现在才发现他真正的死因，你说我这个做女儿的是不是很不合格？"

"傻丫头，这跟你有什么关系？"路其琛替叶知秋擦眼泪，"明明就是叶问兰的责任，你为什么什么都要往自己身上揽？"

"不，你不明白。"叶知秋特别怕将来去了地下，赵熙会责怪她。

"我明白。"路其琛柔声说道，"你啊，就是给自己的压力太大了，你安心休息，叶问兰的事情……我会处理的。你好好休息，我去给你买点吃的。"

路其琛在医院附近转了一圈，最后还是开车去了一家港式茶餐厅，他点了一些吃的，等餐的时候，身后突然传来一道诧异的声音，"路总？"

"张璐？你怎么会在这里？"路其琛一转头看见张璐，略带诧异地问道。

"我这正准备去公司，想着来这里吃点东西再去，昨晚上陪了那些合作方一夜，刚回家睡了两个小时就出来了，您呢？"张璐故意提起那些合作方的事情，就是为了让路其琛知道，这一次的麻烦，又是她给解决的。

"辛苦了。"果然，听到这个事情之后，路其琛的脸上露出了一丝歉意，"昨天知秋住院，刚刚才醒过来，我出来给她买点吃的，公司的事情，辛苦你了。"

"这是我的分内之事，怎么能算是辛苦。"张璐笑盈盈地说道，"不过路总您对Autumn可是真的好，扔下所有的事情去医院陪她，我以后的男朋友要是能这样对我的话，那我肯定高兴死了。"

"自己老婆当然得心疼，你想吃点什么？赶紧点。"路其琛笑着说道。

张璐随便点了几样东西就坐在路其琛旁边跟他聊天，她今天碰见路其琛，纯属意外，她始终觉得这是他们两人之间的缘分。

"对了路总，Autumn怎么样了？"张璐问道。

"还好，就是受了点刺激，很快就能出院了。"路其琛说道，"我一会儿去医院看看，她如果能出院的话我就去公司上班，在那之前……公司的事情还得麻烦你。"

"放心吧路总。"张璐笑了笑，这么好的机会，她可不能放弃，又笑了笑，说道，"路总，要不我跟您一起去看看她吧？Autumn可是我的贵人。"

"也好。"正说着话，路其琛点的东西做好了，他侧头问，"你怎么来的？"

张璐是自己开车来的，不过来的时候门口已经没有停车位了，她就停在了稍微远一点的地方，听到路其琛这样问，笑了笑，说道："我打的来的。"

"那正好，你坐我车吧。"半路经过一个花店，张璐死活要让路其琛停车，下车去买了一束花，这才心满意足地回了车上。

"其实你不必买，她很快就可以出院了。"路其琛说道。

"那哪行。"张璐笑盈盈地说道，"Autumn对我这么好，还给我介绍工作，我哪能空着手去看她？那多不好意思。"

"给你介绍工作不假，不过也得看你自己的能力，能在翔宇留这么长时间，是因为你自己的本事。"

车子停在医院门口，张璐跟在路其琛的身后上了楼，路其琛先进门，赵珍珍已经到了，皱着眉头问道："怎么去了这么长时间？"

"特意去知秋最喜欢吃的那家港式茶餐厅，买了几样知秋爱吃的，你也吃一点吧。对了知秋……"路其琛把打包盒拿了出来，扶着叶知秋坐好，这才说道，"你猜我刚刚买东西的时候碰见谁了？"

"谁？"叶知秋问道，赵珍珍安慰了很长时间，叶知秋的情绪总算是平静了些。

路其琛冲着门口喊道："进来吧。"张璐这才捧着花进去了，笑盈盈地看着叶知秋说道："Autumn，你好些了吗？"

"你怎么来了？"看到张璐，叶知秋脸上并没有什么欣喜，反而板起了脸，一旁的赵珍珍看出了端倪，但却没有说话。

"我刚好碰见路总，听说你生病住院了，所以就过来看看你。"张璐把花放在了叶知秋的床头，笑着问道，"你怎么样了，好些了吗？"

"放心，死不了。"叶知秋说道，张璐的脸上闪过一丝尴尬，叶知秋别过脸去，说道，"我累了，我想休息。"

"知秋……"路其琛微微皱眉，不明白为什么叶知秋会对张璐有这么大的意见，忙说道，"你别这样。"

"那个……"赵珍珍淡淡地扫了一眼张璐，说道，"不好意思啊，麻烦你跑这一趟，知秋累了，要不……你就先走吧。"

张璐哀怨地看了一眼路其琛，看到他的眼底闪过一丝歉意，张璐这才心满意足，冲着叶知秋说道："那Autumn，你好好休息，我先回去了。"

路其琛把张璐送到了门口，还不忘跟张璐道歉，"实在不好意思，她最近情绪不太好。"

张璐笑了笑，一脸理解地看着路其琛，说道："没事的，路总，您赶紧进去陪着Autumn吧，我先走了。"

"好。"路其琛一转身，看见赵珍珍一脸怒气地站在自己身后，他愣了一下，刚想开口，赵珍珍先开了口，"你跟我来一下。"她把路其琛带到了走廊尽头的窗户前，问道，"路其琛，你趁早离张璐远一点，明眼人都看出来了，她喜欢你。"

"这怎么可能。"路其琛笑了笑，说道，"张璐这个人知秋最了解了，要真是这样的话，她怎么可能把张璐介绍到我公司去？"

"难道你看不出来知秋根本不想见她吗？"赵珍珍皱着眉头说道，"总之，如果你跟那个张璐之间有什么的话，我第一个不放过你。"接着赵珍珍就把张璐做过的事情都跟路其琛说了一遍。赵珍珍庆幸之前叶知秋和自己说了这些事情，否则不知道路其琛什么时候才可以认清张璐的真面目。

赵珍珍说完这番话就扔下路其琛一个人回了病房，路其琛没想到张璐心机这么深，决定要找个机会辞了她，在这之前除了工作上的事情一定要远离张璐。

他返回病房，哄着叶知秋吃了饭。

顾辞远给顾绮山办了葬礼，去的人很少，看着他的骨灰盒，顾辞远不受控制地浑身发抖，一旁的赵珍珍急忙抓住了他的手，冲着顾辞远说道："没事的，我在这里。"

顾辞远好不容易恢复正常，挤出了一丝苍白的笑容，明明心里真的很难过，但不知为什么，他怎么也哭不出来。所有的仪式做完，看着新立的墓碑，顾辞远蹲下了身子，赵珍珍想要留下来陪他，却被他拒绝了，"珍珍，你先回去吧，我想一个人在这待会儿。"

"可是……"赵珍珍实在是担心。

"你放心，我没事的。"顾辞远说道，"他生前，我除了跟他吵就是跟他闹，现在他去世了，我只想安安静静地陪他待一会儿，跟他说说话。"

"那好吧，我在外面等你。"赵珍珍把空间留给了顾辞远，墓地里只留下顾辞远一个人。他坐在顾绮山的墓前，从怀里掏出了一瓶酒，拧开了瓶盖，倒在了顾绮山的墓前，"我记得你喜欢喝这个牌子的酒，所以给你带了一瓶过来，你要是喜欢的话，就托梦告诉我，下次来的时候我还给你带。"

顾辞远一个人坐在墓前不停地说话，他觉得自己有很多的话想要告诉顾绮山，可是话到了嘴边却不知道怎么说出口。

"小时候我真的很恨你，既然这么讨厌我的话，为什么要生下我，每天你出门之前都恨不得你晚上不要回来。"这是顾辞远第一次提起这个事情，"你知道吗，每次别人问我父亲的时候，我都跟人家说你已经死了，可能在我心里，我真的很希望你去死。"

"我盼着盼着，长大了，我不再提起你，每次别人问的时候，我都沉默以对，我很纠结，希望你好好地活着，又希望你已经不在了，可你现在真的走了，我为什么这么难过？"

感觉好像下雨了，顾辞远抬起手背擦了擦脸，却发现眼泪不知道什么时候掉了下来。

原来，自己真的这么在乎顾绮山。

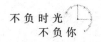

"你给我打电话的时候，我其实很想不接的。"顾辞远苦笑了一声，"还好我接了，否则我一定会很遗憾。"

"你不知道我当时多难受，我拼命地往你家里赶，可还是晚了一步。"顾辞远每每想起这个事情就很痛苦。

他侧头看着旁边的墓碑，上面写着"慈父顾绮山之墓"，立碑人是"孝子顾辞远"。

他看着墓碑上顾绮山的笑脸，问道："爸，你会怪我吗？"

要说遗憾肯定是有的，他还有很多话没有来得及告诉顾绮山。明知道顾绮山已经不可能说话了，顾辞远还是忍不住这么说道。

"你放心，顾叔一定不会怪你的。"一道声音传来。

顾辞远转过脸，看到叶知秋手捧着一束菊花，穿过青柏树，站在了自己面前。

"你怎么来了？"顾辞远看着叶知秋，有些疑惑地问道。

叶知秋把手里的菊花在顾绮山墓前放下，说道："不好意思，我今天刚出院，来晚了。"

"没关系。"顾辞远说道，"你能来就已经很有心了。"

"应该的。"叶知秋看着墓碑上的顾绮山，忍不住感慨世事无常，"顾大哥，顾叔的事情……我很抱歉，我也没想到会发生这样的事情。"

顾辞远淡淡地看着叶知秋，说道："跟你没关系。"

"不管怎么样，叶问兰都是我妈，她害死了顾叔，这是事实，如果你心里有怨气的话，就冲我发。"她不知道自己还能帮顾辞远什么，唯一能做的就是帮他抒发一下自己内心的郁气。

顾辞远看了一眼叶知秋，说道："你跟我一样都是受害者，没必要把责任都往自己身上揽，你能来，我真的已经很满足了。"

死者为大，不管之前怎么样，顾绮山已经去世了，所有的恩怨也就全都烟消云散了。

叶知秋在墓前站了很长时间，直到天色变暗，才跟顾辞远一起出来了，生老病死这样的事情真的是挺让人无能为力的，不管你是穷人还是富人，在生死面前，都是平等的。

翔宇。

张璐盼了那么多天，路其琛终于来上班了，她开心极了，拿着文件进去给路其琛签字，路其琛签完字把文件扔给了张璐，说道："出去的时候麻烦把门带上。"

"路总……"张璐犹豫了很长时间，最后还是说道，"我有话想跟您说。"

路其琛抬起头，看向张璐的眼里满是冷漠，问道："什么事？"

"我……"张璐犹豫再三，都不知道自己应该怎么跟路其琛开口，她又怕路其琛不耐烦，最后只能硬着头皮说道，"我刚回公司上班，就听到公司里面有关于咱们俩的谣言，我已经解释过了，但这个事情真的不是我传出去的，我希望路总您不要误会我。路总，您该不会是为了这个事情故意疏远我吧？"

路其琛冷眼看着张璐，说道："你想多了，你是员工我是老板，我们之间本来也没什么不正当的关系，何来疏远这个说法？"

"路总，我不是这个意思……"张璐急忙说道，"我知道路总您没什么老板的架子，所以之前我们之间的相处也比较像是朋友，如果您也听到了那些谣言，请您相信我，这些谣言都跟我没关系，我会尽快把它们清理干净，请给我一点时间。"

"行了。"路其琛淡淡地说道，"谣言也好，事实也罢，时间会证明一切，我没你想象中那么在乎这些东西，你以后还是多把时间和精力放在工作上，不要想这些有的没的。"

"是，路总。"张璐恨得牙痒痒，叶知秋生完病，路其琛整个人都变了，再也不会像以前那样跟自己说话，她努力了这么长时间，没想到现在所有的事情都回到了原点。

"路总，那……晚上的应酬您会出席吗？"晚上要招待的客人很重要，之前都是自己跟路其琛一起去的，她希望这次也是一样，这样一来自己能多一点时间跟路其琛相处。

没想到路其琛皱着眉头想了一会儿，说道："让范特助跟你一起去吧，我晚上有事。"

"是。"张璐不敢在这个节骨眼上再出什么纰漏，所以不管路其琛说什么她都点头称是。

从路其琛的办公室出来，张璐整个人都气得疯掉了，却不敢表现出来。

半年后。

半年中发生了太多的事情。

叶奶奶寿终正寝，尽管叶知秋已经有了心理准备，但当那天真正到来的时候，她还是崩溃了，但幸运的是，在路家与赵家的精心照顾下，她最终走出了阴霾，重新拥抱生活。

张璐多次对路其琛图谋不轨，忍无可忍的路其琛终究是把张璐辞退了，而张璐面对路其琛的冷漠，终于认清事实，意识到自己的异想天开，但一切都太晚了，而代价则是自己的职业生涯。

白蓉蓉一开始和路秉德的新婚生活表面上过得还是比较幸福的，但在白蓉蓉某次的新片发布会上，路秉德竟撞见白蓉蓉跟一个男明星偷情，路秉德当机立断就和白蓉蓉离了婚，白蓉蓉也在路秉德面前露出了真面目，尽管路秉德被白蓉蓉骗了一些钱，但好在听了路蓼的建议，并没有损失太多，他和路蓼以及路家的关系也越来越好。而白蓉蓉的丑闻被揭露之后，彻底在娱乐圈混不下去了。

这事情传到叶知秋耳朵里的时候，她搂着路蓼笑作一团。

这天，路其琛和叶知秋一起去赵家吃晚饭。

每次叶知秋来，赵奶奶都会做一桌子的菜，这次也是一样。

吃着饭，赵志平突然提起了叶问兰，叶知秋才想起自己已经很长时间没想起这个人了。

"好端端的，提那个人做什么？"赵奶奶看到叶知秋脸上的不高兴，忙说道，她对叶问兰简直就是恨之入骨，连提她的名字都不愿意，只用那个人来代替。

"没事的奶奶。"叶知秋苦笑了一声，冲着赵志平问道，"爷爷，她又怎么了吗？"

"判决下来了。"赵志平小心翼翼地说道，听到这话的时候，叶知秋手里的筷子差点掉了，赵诗嘉关切地问道："你没事吧？"

"没事。"叶知秋微微摇头，问道，"什么结果？"

原本赵志平是不想告诉叶知秋的，一家人都对叶问兰恨之入骨，根本没人关心她的死活，赵志平了很长时间，还是觉得应该跟叶知秋说一声。无论叶知秋要不要去见叶问兰，他都支持。

"叶问兰因为罪行严重，被判了死刑，估计……也没多长时间了。"赵志平说这话的时候见叶知秋脸上的表情很平静，他知道叶知秋是装出来的。

"那……顾妍绯呢？"叶知秋问道。

"她在警局接受询问期间，彻底崩溃了，被送进了精神病院。"赵志平说道，"那……你要不要去见她一面，如果你想的话，我可以……"

"不用了。"叶知秋想了想，还是拒绝了赵志平的想法，说道，"我跟她也没什么好说的了，她做错了事情，就应该受到惩罚，我不想去见她。"叶知秋笑了笑，"希望她在这最后的日子里能好好反省，想想自己到底做错了什么。"

叶问兰这样的人，叶知秋太清楚了，即使是在这最后的日子里，她也不会反省自己，她会埋怨，埋怨叶知秋不救她，埋怨顾辞远不应该报警，埋怨顾绮山死了还不让她好过，但绝对不会想想自己到底做错了些什么。

所以，叶知秋去见她又有什么意义呢？

等到叶问兰被处决之后，她会以女儿的身份，帮她办葬礼，但是现在……真的没有再见面的必要了。

"如果你真的是这么想的，那我尊重你，但是你要是在处决之前改变主意的话，也可以跟我说。"赵志平说道。

"好。"叶知秋自从知道这个处决之后兴致就一直不高，回去的路上路其琛问她："为什么不去见她？"

叶知秋愣了一下，换了个舒服的姿势在副驾驶上坐着，说道："因为觉得没必要。"她看着窗外的景色，说道，"叶问兰这个人，我闭着眼睛都能猜到她见了我会说什么，无非就是让我救她，然后骂这个骂那个，骂这个世界对她不公平，她从来不会在自己的身上找原因，我何必去见她，给自己找不痛快。"

"你真的跟以前不太一样了。"路其琛说道，"换成以前的你肯定会去，不管叶问兰说什么你都信，但现在……"

"这样不好吗？"叶知秋也知道自己变了。

"说实话，这样挺好的。"路其琛微微点头，说道，"至少这样我就再也不用担心你又被人骗了。"

叶知秋以前就是太善良。有些时候，他宁愿叶知秋自私一点，不要这么善良。

叶知秋是在五个月后收到了叶问兰被枪决的消息，作为叶问兰唯一的亲人，接到了警察局的电话，通知她去替叶问兰收尸。

接到这个电话的时候，叶知秋愣了一下，然后应了一声好。她有些不敢相信，一向高傲的叶问兰，竟然就这样没了，她咄咄逼人的样子还近在眼前。

"知秋，你怎么了？"路其琛看了一眼叶知秋，问道。

"没事。"叶知秋挂了电话，说道，"警察局打来的，让我去给叶问兰收尸。"

"我陪你去。"路其琛二话不说，穿上外套之后就陪着叶知秋出了门。

监狱门口，叶知秋从警察手里接过了叶问兰的骨灰盒。

很冰冷的触感，她忍不住哆嗦了一下。

"没事吧？"路其琛关切地问道，她微微摇头，说道："没事。"

叶问兰的葬礼办得很低调，她在这个世界上也只有自己和顾妍绯两个亲人了，顾妍绯没办法出席葬礼，所有事情都是叶知秋一个人亲力亲为的。看着叶问兰的黑白照片，叶知秋忍不住叹了一口气，但凡叶问兰善良一点，她们之间也不会走到现在这个地步。

好在一切都结束了。

路其琛去了一趟公司处理事情，到家的时候叶知秋正在煮面，他悄悄地从背后抱住了她，说道："好香啊。"

"你今天怎么回来得这么早？"叶知秋听到路其琛声音的时候就忍不住扬起笑脸，问道，"吃过晚饭了吗？"

其实也不早了，路其琛到家的时候已经是晚上八点多了，叶知秋才刚刚开始煮面。

他微微皱眉，问道："你怎么这么晚才吃东西？"

"之前觉得不太饿，就没吃。"叶知秋说道，"你要不要再吃点？"

"好啊。"路其琛微微点头，他觉得自己已经很长时间没有吃到知秋做的饭了。

叶知秋也给路其琛煮了一碗青菜面，然后煎了一个鸡蛋，说道："你将就吃一点，来不及做别的了。"

"已经很好了。"洁白的骨瓷碗、金黄的鸡蛋和翠绿的青菜，光看就让人流口水，路其琛狼吞虎咽地吃完了，弄得叶知秋在一旁看着很无奈，"你慢点吃，没人跟你抢。"

叶知秋看路其琛吃完了，把自己的那一碗也推了过去，"我不太饿，你把这个也吃了吧。"

"你快吃，吃完了咱们出去走走。"刚结婚的时候，路其琛有空的时候经常会带着叶知秋出去散步，可是现在越来越忙，反而没有这个闲情了。

路其琛今天特别的温柔，弄得叶知秋很不适应，一个劲儿地问道："你怎么了？是不是出什么事情了？"

"想什么呢？"路其琛无奈地看着叶知秋，说道，"我就是觉得最近这段时间太冷落你了，再加上上次的塞班岛之行因为叶问兰的原因咱们也没去成，现在事情都解决了，咱们是不是该把蜜月旅行补上了？"

"蜜月旅行？"叶知秋拉着路其琛的手走在小道上，眼睛都笑成了月牙。

"我定了周日飞法国的机票，不过……在咱们出国之前，我想带你去见一下我爸妈。"路其琛突然开口说道，两人结婚之后也一直没去过墓地，路其琛觉得自己有必要把叶知秋介绍给自己爸妈，"他们盼着有个儿媳妇肯定盼了很长时间。"

叶知秋笑着，应了下来。

路其琛把时间定在了周六，一大早，两人买了一束菊花，往墓地赶去。

路其琛父母的墓地在乡下，一个山清水秀的地方，两人爬上去都用了半个多小时，站在墓地前面的时候忍不住喘气。

"还好吗？"路其琛柔声问道。

"我没事。"叶知秋微微摇头，路其琛把墓旁的杂草除了除，脸上的表情很柔和，"爸、妈，我带我老婆来看你们了，你瞧，她叫叶知秋，长得很漂亮吧？"

叶知秋笑着把花摆在了墓前，说道："哪有你这样介绍的？"

"怎么了？哪里说得不对吗？"路其琛笑道，"我爸妈要是还在的话，看见我们在一起，一定会很开心的。"

叶知秋忍不住想起了赵熙，如果他还在的话，一定也会非常高兴自己嫁给了这么好的一个男人。

叶知秋蹲在墓前，擦了擦墓碑上的灰尘，说道："爸，妈，我跟其琛来看你们了，你们放心，我一定会帮你们把其琛照顾好。"

路其琛在一旁一脸严肃地说道："是，知秋把我照顾得很好，你们大可放心，说不定……等到明年清明节来看你们的时候，她肚子里已经有你们的孙子了。"

"你怎么知道一定是儿子？"

"直觉！"

"可我想要一个女儿。"

"那就一儿一女，凑成一个好字。"